KB162000

불교시학의 발견과 모색

정효구

푸른사상 학술총서 43

In Search of Buddhist Poetics

정효구

불교시학의 발견과 모색

책머리에

넓게 말하면 경전들, 좁게 말하면 불교와 음양론적 시각을 가지고 나 자신은 물론 우리 시와 우리가 처한 현실 및 세계를 이해하고 해석하며 가꾸어 나아가보려는 노력 속에서 그간 여러 권의 책을 출간하였다. 『한국현대시와 평인(平人)의 사상』(2007), 『마당 이야기』(2008), 『맑은 행복을 위한 345장의 불교적 명상』(2010), 『일심(一心)의 시학 도심(道心)의 미학』(2011), 『한용운의 『님의 침묵』, 전편 다시 읽기』(2013), 『붓다와 함께 쓰는 시론』(2015), 『신월인천강지곡』(2016), 『님의 말씀』(2016), 『다르마의 축복』(2018) 등이 그 목록들이다.

위의 목록에서 드러나듯이 나는 그간 장광설이라 할 만큼 말을 많이 한 셈이다. 그러나 삶도 현실도 쉽게 진도가 나아가지 않는 견고한 세계이어서 나는 이렇게 많은 언어들을 내놓았음에도 불구하고 그 언어들 앞에서 적잖게 좌절하고 힘들어하였다. 하지만 한 줄기 빛처럼 무엇인가가 나를 지속적으로 강하게 이끌었고, 육중하고 뜨거운 어떤 것이 나를 강하게 추동하였기에 나는 이 언어들을 내놓을 때마다 늘 처음인 것만 같이 절실하였다. 그야말로 '가야 할 세계'와 '갈 수 있는 근거'가 계속하여 내 몸 속에 살아 있었던 것이다.

나는 한동안 인간 세상의 인위적인 것을 바꾸면 세상도 삶도 나아질 것이라고 생각하였다. 인간과 인류를 믿었고, 그들의 이성과 지성을 믿었으며, 인간사와 인류사의 진전에 대한 꿈을 순정하게 간직하고 있었다. 그러나 이런 나의 생각이 얼마나 단견인가를 깨닫게 되는 때가 왔고, 그 깨달음은 아픔과 더불어 새로운 모색의 길로 나를 나서게 하였다. 그런 가운데 나는 아주 단순하지만 간명하게 인간들의 '중생심(衆生心)'이 타파되지 않는 한 어떤 삶도 '다른 반복'에 지나지 않는다는 결론에 이르게 되었다. 이러한 진단 위에서 나는 그 해결을 위하여 어설프지만 진지한 발걸음을 계속 내디디게 되었다.

이번에 출간하는 책은『일심의 시학 도심의 미학』이후 학술지, 문예지 등에 쓴 글들을 모은 것이다.『일심의 시학 도심의 미학』을 낸 이후 나는 전작 단행본 집필에 집중하느라 논문과 평론 등을 쓰는 데에는 시간을 적게 할애할 수밖에 없었다. 그럼에도 불구하고 그 주제와 정신은 동일하였으니 전작 단행본과 동행하는 흐름의 글들이 이어진 셈이다.

원고를 모아보니 대의가 불교에 가 있었다. 이에 나는 마음속에 품고 있었던 '불교시학'이라는 말을 사용하기로 하였다. 그리고 그 발견과 모색의 여정을 독자들과 함께 숙고하고 싶었다. '불교시학'에서의 불교는 신앙이나 종교 이전에 하나의 철학이자 사상으로 보더라도 우리가 처한 현실과 시세계의 한계를 넘어서도록 하는 데 훌륭한 견인차 역할을 할 수 있다. 부족하지만 나의 글과 더불어, 아니 불교 및 불교시학의 내면과 더불어 삶과 시가 밝아지고 맑아지는 시간이 생성될 수 있게 되었으면 하는 바람을 가져 본다.

글을 마치며 한 가지 양해와 참고의 말씀을 드린다. 이 책의 맨 앞에 수록된 글 「일심(一心) 혹은 공심(空心)의 시적 기능에 관한 시론(試論)」은 이전의 책 『일심의 시학 도심의 미학』에 수록된 바 있으나 이번 책에 수록되는 글 「'시적 감동'에 관한 불교심리학적 고찰」과 연작의 성격을 지닌 까닭에 부득이 다시 한 번 수록하게 되었다. 그것은 이 두 편을 함께 읽을 때에 시의 핵심 특장 가운데 하나인 '공감'과 '감동'의 문제에 대한 시학적 이해가 포괄적으로 이루어질 수 있기 때문이다.

이번에도 푸른사상사에서 책을 출간하게 되었다. 언제나 든든한 후원자가 되어주시는 한봉숙 사장님께 큰 감사의 말씀을 드린다. 그리고 푸른사상사의 무궁한 발전을 마음속 깊이 기원한다.

2018년 10월

정효구

차례

제1부

불교시학의 심층

제1장
일심(一心) 혹은 공심(空心)의 시적 기능에 관한 시론(試論)

— 공감의 구조와 양상을 중심으로

1. 서론

시를 읽는 중요한 목적이자 도달점 가운데 하나는 이른바 '공감'에 있다. 여기서 공감은 폭넓은 의미로 쓰인다. 이를테면 시로부터 받는 일체의 쾌적한 느낌 전체를 뜻한다. 실제로 시를 읽었을 때 이 공감이라는 쾌적한 느낌이 찾아오지 않는다면 시 읽기의 지속은 불가능할 것이다.

이 글은 시를 읽는 데서 생성되는 이러한 공감의 발생 구조와 그 양상을 살펴보는 데 목적이 있다. 공감론 및 공감학의 연구자들도 말하듯이[1] 공감은 인위나 강압에 의하여 가능한 것이 아니라 자연스러움과 자발적인 이끌림 혹은 참여에 의하여 가능한 것이다. 그렇다면 이런 자발적인 이끌림 혹은 참여는 어떻게 가능한 것일까? 이 글은 인간심리는 물론 그

---

1 박성희, 『공감학 : 어제와 오늘』, 서울 : 학지사, 2004; 요아힘 바우어, 『공감의 심리학』, 이미옥 역, 서울 : 에코, 2006; 막스 셸러, 『공감의 본질과 형식』, 이을상 역, 서울 : 지식을만드는지식, 2009 등을 참조할 것.

인식의 총체적인 세계를 밝히는 데 탁월한 기여를 한 것으로 평가되는, 이른바 불교심리학의 핵심인 불교유식론(佛教唯識論)을 근거로 삼아 이 문제를 탐구해보고자 한다.[2]

불교유식론에서 우리의 모든 '식(識)'은 제7식에 해당되는 마나스식이 자아중심적인 '유아(有我)'를 생(生)함으로써 형성된 '환(幻)'의 세계이다. 따라서 모든 식의 중심에는 자아중심적인 유아가 있고, 그와 같은 유아의 출현은 곧바로 대상을 만들어 내면서 환으로서의 '식'의 세계를 산출해내고 있다. 이러한 유아의 출현으로 인하여 세상은 전일성의 기존 세계를 억압하거나 상실하고 언제나 주체와 객체, 나와 너, 우리와 타자로 분리되고 대립되며 단절되는 현상을 드러낸다. 이른바 '분별'이 이루어지기 시작하고 중심과 타자가 형성되기 시작하는 것이다.

분별과 중심주의는 자아중심적 '유아'가 살아가는 방식이다. 분별하는 자아중심적 유아는 자신을 세상의 전면이나 중심에 놓기 위하여 끊임없는 자기보존과 자기확대, 그리고 자기탐닉을 도모하며 기획하고 추구한다. 자기보존과 자기확대, 그리고 자기탐닉의 성취는 자아중심적 유아에게 기쁨을 준다. 물론 그 반대의 경우는 좌절과 슬픔을 안겨준다. 인간의 삶이란 외양으로만 보면 무척이나 복잡하고 다양한 것 같지만, 실은 대부분의 경우 이와 같은 자아중심적 유아의 무한한 출현에 의하여 이루어지는 자기보존과 자기확대 및 자기탐닉을 도모하고 추구하는 일의 연속이

---

2 앞으로의 불교유식론에 대한 논의는 주로 다음과 같은 책에 근거를 두고 있다. 서광 스님, 『현대심리학으로 풀어본 유식 30송』, 서울, 불광출판사, 2007; 오카노 모리야, 『불교심리학입문—유식으로 자신을 변화시킨다』, 김세곤 역, 서울: 양서원, 2003; 한자경, 『유식무경(唯識無境)—유식 불교에서의 인식과 존재』, 서울: 예문서원, 2000.

자 이들의 다른 반복이라 해도 과언이 아니다.

시를 읽는 일도 그 현상적인 출발점이자 토대는 주체인 독자와 시인(시), 혹은 주체인 시인(시)과 독자 사이의 분별과 대립으로부터 시작된다고 할 수 있다. 독자와 시인은 서로를 주체와 객체로서 마주 대하며 분별된 양자로서 위치하며 작용하는 것이다. 하지만 그것은 그 이면에 관계와 대화에의 소망을 품고 있다. 그 관계와 대화의 실현은 수많은 결과와 양상을 낳거니와 그중 대표적인 것은 공감의 형성 여부에 따라 쾌와 불쾌, 이끌림과 물러남, 신뢰와 불신 등등의 여러 가지 반응이 발생한다는 것이다.

앞서 언급했듯이 인간은 제7식인 마나스식의 자아중심적 유아의 형성에 따라 자기를 중심으로 이루어지는 주관적 분별관념과 분별상에 빠져서 산다. 그러나 이것만이 인간의 전부가 아니다. 인간의 존재 저변에는 자아중심적 유아의 분별을 넘어섰거나 그 분별이 이루어지기 이전의 자아초월적 무아의 세계, 달리 말해 청정한 전일적 세계가 존재하며 인간들은 그 세계를 본능과 같이 근원적으로 그리워하며 구현해가는 마음과 능력을 갖고 있다. 다시 말하면 일심(一心) 혹은 공심(空心)이라고 부를 수 있는 주객 너머의 세계이자 그 이전의 세계가 인간 속에 살아 존재하며 지속적으로 작용하고 있는 것이다. 따라서 시를 읽는 일은 우선 분별의 시작으로부터 이루어지는 것 같지만 이면에는 그 분별을 무화시키고 초월하고자 하는 인간들의 전일적 소망이 반영돼 있다고 볼 수 있다.[3]

---

3 이런 자아초월적 일심과 공심의 의미를 새롭게 발견하여 개인중심주의의 서양 심리학을 넘어서려는 최근의 이론이 이른바 '트랜스퍼스널 심리학'이다. '트랜스퍼스널 심리학'에서 말하는 '트랜스퍼스낼리티'야말로 일심 및 공심과 궤를 같이한다. 그러나 서양의 트랜스퍼스널 심리학은 동양의 불교심리학에 비하면 아직 미숙하다. 참고로 몇 권의 트랜스퍼스널 심리학 저서를 제시해둔다. 정인

글을 시작하는 첫 문단에서 밝혔듯이 이 글의 핵심 주제는 시 읽기에서의 공감이다. 그 공감은 한 마디로 말하여 분별된 독자와 시인이 합일의 상태에 도달하는 일이다. 부연하자면 주체인 독자와 시인인 객체, 또는 주체인 시인과 객체인 독자가 어느 순간 한 몸이 되는 것이다. 그러나 여기서 주의해야 할 점은 앞서 시사했듯이 주체와 객체, 시인과 독자 사이의 합일과 한 몸 되기에는 서로 다른 두 가지 층위이자 모습이 존재한다는 사실이다. 굳이 부연하자면 자아중심적인 유아의 자기보존과 자기확대, 그리고 자기탐닉의 만족으로 인한 합일과 한 몸 되기가 그 하나이고, 자아중심적인 유아의 자기초월과 무아의 구현으로 인한 이들의 실현이 다른 하나라는 것이다. 전자의 경우와 비교할 때, 후자의 경우에선 전자가 추구하는 자기보존과 자기확대, 그리고 자기탐닉의 세계가 자기방생과 자기축소, 그리고 자기해체로 전환된다. 요컨대 자아중심적인 유아의 공감과 자아초월적인 무아의 공감 사이의 차이는 이러한 것이며 이런 두 가지 공감의 양태가 존재한다.

본론에서 본격적으로 논의되겠지만 수많은 공감의 양상 가운데 그 중핵에는 '감동'이 있다. 감동은 일심 혹은 공심의 선율이 가장 심오한 자리에서 자발적으로, 전폭적으로 움직인 것이다. 이런 감동을 중심에 두고 있는 공감은 공감의 본원인 일심과 공심의 자장에 가까이, 깊이, 넓이 다가간 것일수록 강력함과 지속성과 보편성을 띠고 있다.

앞서 이미 언급했듯이 인간에겐 자아중심적 유아와 자아초월적 무아의 속성이 있다. 공감은 이들 중 어떤 것을 어떻게 불러내고, 이들이 어떻게

석, 『트랜스퍼스널 심리학』, 서울 : 대왕사, 1998; 정인석, 『삶의 의미를 찾는 역경의 심리학』, 서울 : 나노미디어, 2003; 와위크 폭스, 『트랜스퍼스널 생태학』, 정인석 역, 서울 : 대운출판, 2002.

작동하는가에 따라 그 구조와 양상을 달리한다. 아래에서는 이와 같은 공감의 다양한 모습과 그 심층의 실상을 살펴보기로 한다.[4]

2. 공감의 구조와 그 양상

1) 자아중심적 유아(有我)의 공감

(1) 이해

분별에 의한 주체와 객체의 분리와 대립이 이루어졌을 때, 주체가 대상인 객체의 언어를 주관이 개입된 감정적, 지적 해석이나 동요 없이 그대로 보게 될 경우, 이것을 이해라고 할 수 있다. 이해에서 주체는 객체의 자리에 객체의 입장이 되어서 볼 수 있으나, 그것은 동의에 의한 것이 아니라 방편에 의한 것이라 할 수 있다. 방편으로서 객체의 입장이 된 주체는 일순간 자신을 괄호 속에 넣고 객체가 된다. 이렇듯 객체의 입장이 된 주체는 그렇다고 하여 객체의 입장에 설득 당하는 것은 아니다. 다시 말하면 이해는 하지만 납득 혹은 동의를 통한 수용까지 하는 것은 아니다.

이해는 인간들로 하여금 여러 사람들의 삶을 살아보고 인지하게 만든다. 다양한 객체의 입장에 자신을 놓아봄으로써 다양한 삶의 가능성

4 이 글은 시론(試論)의 성격을 띤다. 적어도 필자의 독서 범위 내에서는, 지금까지 시에서의 공감을 수용미학적, 심리적, 정신분석학적 차원에서 다룬 예를 만나보지 못했다.

과 해석의 가능성, 더 나아가 인지의 가능성을 보고 경험하게 하는 것이다.

그러나 앞서 말했듯이, 이해에서 주체는 자신의 입장을 객체의 입장으로 대신하지 않는다. 자신의 입장은 그대로 두고, 객체의 입장들을 여행하듯 방문하는 것이다. 말하자면 자아중심적 유아의 입장은 그대로 있고, 다른 자아들의 자기중심적 입장들을 또 하나의 입장으로 바라보고 인지하는 것이다.

시를 읽는 데서 이런 이해의 공감은 더 높은 단계의 공감으로 가는 초보적 단계에 해당된다. 그렇더라도 현실적으로 주체가 객체의 자리에 자신을 고스란히 세워보는 일조차 자아중심적 유아의 속성으로는 지극히 어려운 일이다. 따라서 시를 읽는 일에 있어서 이해의 단계에만 도달해도 시 읽기의 첫 관문은 열리는 셈이다.

> 텨…ㄹ썩, 텨…ㄹ썩, 텩, 쏴…아,
> 뎌世上 뎌사람 모다미우나,
> 그中에서 똑한아 사랑하난 일이잇스니,
> 膽크고 純精한 少年輩들이,
> 才弄텨럼, 貴엽게 나의품에 와서안김이로다.
> 오나라 少年輩 입맛텨듀마.
> 텨…ㄹ썩, 텨…ㄹ썩, 텩, 튜르릉, 콱.
>
> — 최남선, 「해에게서 소년에게」 부분[5]

위 시의 화자가 내놓는 담론에 독자는 동의가 섞인 공감을 할 수도 있

---

5 『소년』 창간호, 1908.11, 4쪽.

고, 그럴 수도 있겠다는 이해를 할 수도 있다. 독자가 후자의 경우에 처해 있다면 주체로서의 그의 마음은 객체인 화자의 담론을 오직 하나의 그럴 수 있는 현실로 인지할 뿐이다. 이것은 인정과 다르다. 그리고 앞서 말한 동의와는 더욱 다르다. 그렇지만 이 경우, 주체는 한 사람이 무슨 말을 하고 있는가를 이해하고 그와 적절한 거리를 유지는 하지만, 맞서는 대립 및 갈등의 관계를 형성하지는 않는다. 갈등과 대립이 부재하는 이 같은 현실, 그것은 자아중심적인 유아가 상호 간에 있을 수 있는 자기보존과 자기확대, 그리고 자기탐닉의 경계를 넘어서지 않는 모습이다.

이런 예는 무수히 들 수 있지만 이상의 문제작 가운데 하나인 「문벌(門閥)」을 더 예로 들어보기로 한다.

> 墳塚에계신白骨까지가내게血淸의原價償還을强請하고있다.天下에달이밝아서나는오들오들떨면서到處에서들킨다.당신의印鑑이이미失效된지오랜줄은꿈에도생각하지않으시나요—하고나는의젓이대꾸를해야겠는데나는이렇게싫은決算의函數를내몸에지닌내圖章처럼쉽사리끌러버릴수가참없다.
>
> — 이상, 「문벌」 전문[6]

위 시의 화자가 토로하는 개인 부재의 가문의식과 조상의식에 대해 독자들은 충분히 이해의 마음을 낼 수 있다. 자유로운 개인 이전에 하나의 억압적 실체가 되어 개인을 압도하고 있는 이 땅의 엄청난 가(家)중심체제와 그 의식의 사회적 압력 아래서 자신을 드러내지 못하고 살아가야 하는 한 인간의 하소연은 비록 이 시를 읽는 독자의 견해나 느낌과 동일하

---

6 이승훈 편저, 『이상시전집』, 서울 : 문학사상사, 1989, 83쪽.

지 않다 하더라도 그럴 수 있다는 지적 이해의 대상이 될 수 있기 때문이다. 화자의 견해가 분명하게 드러난 이 작품에서 독자는 동의까지는 아니라도 이해를 하는 관대함을 보일 수 있는 것이다. 물론 이 작품을 읽고 견해나 느낌의 상이함에서 오는 화자와의 내적 대립과 갈등, 그리고 불신을 경험하는 독자도 있을 것이다. 그러나 이 작품의 화자가 제시하는 개인과 가문, 자손과 조상 사이에 내재한 담론에 대해 얼마간의 이해만 한다 하더라도 주체인 독자의 인식과 경험의 지평은 넓어지고 그것은 주체와 객체 사이를 이어주는, 소극적이나 분명 공감이 이루어지는 한 장이 될 것이다.

(2) 생각이입과 감정이입

시를 읽는 데서 나타나는 자아중심적 공감의 중요한 한 양태는 생각이입과 감정이입이다. 시 읽기나 시 감상에서 뒤의 감정이입은 우리에게 상당히 익숙한 용어이자 세계이지만, 앞의 생각이입은 상대적으로 그렇지 못한 형편이다. 그것은 일반적으로도 그렇거니와, 지금까지 시의 주된 에너지원이 감정 혹은 정서이기 때문이며, 생각의 이입이나 생각 자체는 해석에 따라 쉽게 감정의 영역으로 전변하는 특성을 갖고 있기 때문이다.

불교에서 말하는 인간의 안이비설신의(眼耳鼻舌身意)라는 6근(六根)과 색성향미촉법(色聲香味觸法)이라는 6경(六境)이 만나서 구성해내는 6식(六識)의 세계는 감각식(感覺識) 이외에 정식(情識)과 지식(知識)으로 구성돼 있다. 이 가운데 정식과 지식은 각각 감정이입과 생각이입의 원천을 이루거니와, 정식이 대상에 이입된 것을 감정이입이라 하고, 지식이 대상에 이입된 것을 생각이입이라 한다.

일반적으로 자아중심적 유아에서 비롯되는 정식과 지식은 불안정하고 가변적이며 자기보존과 자기확대, 그리고 자기탐닉을 지향한다. 다시 말하면 무엇인가에 의지하여 그것을 자기화하고자 하는 속성을 갖고 있다. 불교유식론의 최고 목표가 인간들로 하여금 유아를 넘어선 무아적 단계에서의 무의(無依)의 마음과 삶을 구현하도록 하는 것이라면 이들은 그와 상대적인 자리에 있다. 현실적으로 자기중심적 유아는 무척 집착이 강하여 결코 사라질 기미를 보이지 않으나 실은 그것이야말로 연약한 유아의 역설적인 자기표현 방식이다. 이런 자기중심적인 유아는 자신과 일시적으로나마 합일될 그 무엇을 찾거나 반기며 생각도, 감정도 이입하기를 즐긴다.

감정이입과 생각이입의 공감은 그리 높은 단계의 것이라고 평가할 수는 없지만 대부분의 범속한 인간사에서 늘 일어나고 그 인간사를 주도하며 추동해가는 주요한 원천이다. 시를 읽는 데 있어서도 이런 이입 작용으로 인한 공감의 활동은 상당하다. 일반적인 독자들은 많은 경우 감정이입과 생각이입이 이루어졌을 때, 그 시와 시인에 대해 이끌리는 공감의 반응을 보이며, 이들과 하나가 된 느낌과 사유 속에서 자신이 강화된 기운을 느낀다. 감정이입과 생각이입은 시를 읽는 일에 있어서 더할 나위 없이 중요한 독자 반응의 하나인 것이다.

산산히 부서진이름이어!
虛空中에 헤여진이름이어!
불너도 主人업는이름이어!
부르다가 내가 죽을이름이어!

心中에남아잇는 말한마듸는
끗끗내 마자하지 못하엿구나.

사랑하든 그사람이어!
사랑하든 그사람이어!

(중략)

선채로 이자리에 돌이되여도
부르다가 내가 죽을이름이어!
사랑하든 그사람이어!
사랑하든 그사람이어!

— 김소월, 「초혼(招魂)」 부분[7]

인간의 내면 기관이자 세계에는 감각, 감정(감성), 지성, 영성이 있다, 그 가운데서 위의 인용 시는 감성이자 감정이 주로 작용하여 형성된 작품이다. 주지하다시피 감정과 감성은 시 장르를 주도하고 움직이는 주요 요소이며, 특히 1920년대 우리 시, 그 가운데서도 위 인용 시의 작자인 김소월의 작품에서 상당히 중요한 시적 원천이 되었다.

앞의 인용 시는 독자들로 하여금 감정이입을 용이하게 하는 작품이다. 독자들에 따라 편차가 있겠지만, 많은 독자들은 위 시의 화자와 감정적 동일시를 이루기가 어렵지 않다. 더 이상 이 땅으로 돌아올 수 없는 애인에 대한 절제할 수 없는 연정과 안타까움의 격한 토로는 인간사의 가장 큰 문제 가운데 하나인 에로스의 본능과 경험을 충동한다.

여기서 감정이입이 이루어진 주체로서의 독자는 객체인 화자(시인)와 한 몸이 된다. 독자는 시를 읽으면서 화자의 마음속으로 들어가 화자가 쓴 페르조나와 어조를 자신의 것으로 만들어 동일시하는 가운데 그 화자

---

7 김소월, 『진달래꽃』, 경성 : 매문사, 1925, 164~165쪽.

와 동일한 심정과 처지에 빠진다. 이것은 독자가 화자나 시인을 위해서 헌신적으로 그렇게 하는 것이 아니다. 역으로 자신의 내적 감정을 강화하고 확대하기 위한 내적 소망과 욕구 때문에 그렇게 하는 것이다. 감정이입은 이처럼 주체의 자아중심성을 반영한다. 주체인 독자가 이 시를 좋아하고 그 시에 공감하는 것은 자신이 간직하고 있던 자아중심적 감정의 어떤 부분을 충족시켜주기 때문이다.

생각이입은 독자가 시를 읽는 동안 작품 속의 화자나 시인이 드러내는 생각에 자신의 지적 해석이나 인식의 결과를 이입시켜 동일시의 경험을 하는 것이다. 일반적으로 인간들의 생각은 지성의 작용에 의하여 이루어지나 그 해석과 인식은 주관성을 넘어설 수 없다. 이런 생각은 불교유식론으로 보면 전5식(前五識)과 제6식, 그리고 제7식과 제8식이 만들어낸 가합(假合)으로서의 환상이다. 하지만 인간들은 자기중심적 유아가 작용하는 한, 그것을 확인하고 싶고, 인정받고 싶고, 확장하고 싶은 자기보존과 자기확대 및 자기탐닉의 욕구를 제어할 수가 없다. 시인의 생각도 이런 욕구의 발현과 관련되며, 독자들의 생각이입도 이런 성격과 관련이 있다.

독자들은 생각의 이입을 통하여 자신의 생각을 강화한다. 그리고 이를 통해 자신의 생각이 특이한 것만이 아니라 타인과 공감할 수 있는 보편적인 것이라는 데서 안심과 더불어 상대와의 동질의식을 갖는다. 이를테면 다음과 같은 시를 보자.

> 껍데기는 가라.
> 四月도 알맹이만 남고
> 껍데기는 가라.

껍데기는 가라.
東學年 곰나루의, 그 아우성만 살고
껍데기는 가라.

(중략)

껍데기는 가라.
漢拏에서 白頭까지
향그러운 흙가슴만 남고
그, 모오든 쇠붙이는 가라.

— 신동엽, 「껍데기는 가라」 부분[8]

여기서 화자는 세상을 껍데기와 알맹이로 이분한다. 그리고 껍데기가 상징하는 부정적 세계는 이 땅에서 사라져야 한다고(사라지라고) 외친다. 그 외침은 너무나 당당하고 도덕적이며 절절하여 독자들이 그 외침에 항의할 엄두를 내기란 쉽지 않다. 이런 강력한 외침 앞에서도 독자들은 두 가지 반응을 보이는 것이 일반적이다. 그 하나는 자신을 작품 속의 화자나 시인과 동일시하여 '껍데기'로 상징되는 존재들은 사라져야 한다는 생각을 함께 하며 강화된 힘을 느껴보는 것이고, 다른 하나는 과연 나는 껍데기가 아닌가 하는 두려움과 반성 속에서 자기점검을 해보는 것일 터이다. 전자의 경우, 독자는 화자이자 시인의 생각에 자신의 생각을 이입시키는 것이다. 그리하여 자신도 당당하고 도덕적이며 절절한 담론의 주체가 되어 자기 생각을 옹호하며 확대하는 것이다.

생각이입을 통하여 우리는 앞에서 살펴본 바와 같은 공감의 한 순간을

---

8 신동엽, 『증보판 신동엽전집』, 서울 : 창작과비평사, 1976, 67쪽.

체험한다. 그러나 그 공감은 자아초월의 그것이 아니라 자기중심적인 데서 비롯되는 그것이다. 그런 점에서 생각이입은 독자의 내면을 크게 움직이는 힘을 갖고 있으나 그것은 독자들이 생각이입의 주관성을 냉정히 관조하는 데서 오는 힘이 아니라 자신의 주관성에 애착하는 데서 오는 마음의 힘이다.

(3) 애호(愛好)－무의식적 이끌림

불교유식론에 따르면 인간의 제8식인 아뢰야식엔 그 종류와 양과 모습을 헤아릴 수 없을 만큼의 업종자(業種子)가 내장돼 있다. 크게는 우주사와 지구사, 작게는 인류사와 한 인간사의 초창기부터 비롯된 모든 업의 씨앗이 이곳에 숨어 있다는 것이다. 꼭 같지는 않지만, 이런 제8식을 서양의 정신분석학자들이 지칭하는 무의식과 유사한 것으로 볼 수 있다. 무의식은 집단무의식과 개인무의식이 한꺼번에 저장된 거대한 창고이다. 그런데 이 창고를 온전히 들여다보고 설명하며 관리할 수 있는 사람은 거의 없다. 그만큼, 제8식, 아니 무의식은 긴 역사성과 넓은 공간성, 측량하기 어려운 무게를 갖고 있으며, 그 영향력이 엄청나다.

인간들은 어떤 대상에 이유를 모르고 이끌릴 때가 있다. 이것을 애호의 감정이라 한다면 그 애호의 감정도 공감의 한 양상이다. 한 남성이 어떤 여성에게 이끌리는 것, 한 인간이 어떤 동식물에 이끌리는 것, 한 동식물이 우주의 4대인 지수화풍(地水火風) 중 어떤 기운에 유난히 이끌리는 것 등, 이 모든 것은 다 제8식의 존재와 활동에 직, 간접적으로 관련돼 있다.

제8식은 제7식이 불러냄에 따라 표면화된다. 그러나 제7식조차도 제8식을 마음대로 다룰 수가 없다. 제8식의 강력함과 완고함 그리고 지속성은 앞서 말했듯이 범접하기 어려운 영역이기 때문이다. 결국 인간들은 고도의 수행을 통하여 자아중심적 유아의 세력을 온전히 넘어서지 않는 한 이 제8식의 영향권 아래서 여러 모습으로 살아간다.

한 사람의 독자가 시를 읽을 때 어찌된 영문인지 그 시에 이끌린다는 반응을 보이게 된다면 그것은 상당 부분 제8식 혹은 무의식의 내용 및 그 특성과 관련돼 있을 것이다. 자기 자신도 모르는 어떤 이끌림, 그것은 자신의 분별된 의식으로 설명할 수 없는, 이른바 무의식의 작용에 의한 것이다. 이런 무의식은 끊임없이 '내적 평화'를 추구한다. 이 내적 평화는 '평형' '균형' '조화' 등과 같은 말과 다르지 않다.[9] 따라서 인간은 수행을 통하여 온전히 중생(重生)하지 않는 한 끝없이 뒤뚱거리며 존재의 평형을 위해 신체적, 정서적, 지적 차원의 노력을 계속해야 하고 그런 노력은 여러 가지 가운데 어떤 대상이나 경계에의 이끌림으로 드러나기도 한다. 그러나 이런 이끌림은 그 속에 이끌림의 인력만큼 배제의 척력(斥力)이라는 에너지를 품고 있다는 것을 기억해야 한다. 즉 애증의 힘이 들어 있는 것이다. 이처럼 수행으로 거듭나지 않는 한, 모든 업종자와 업식은 작용과 반작용을 기본 문법으로 삼고 움직인다. 그러나 앞서 언급했듯이 인간에겐 개인무의식이라 부를 수 있는 개인의 업종자와 업식, 집단무의식이라고 부를 수 있는 집단의 업종자와 업식이 혼재해 있다. 이런 가운데 우리는 어쩐 일인지 알 수 없으나 어떤 대상에 이끌리게 되는 시간들을 갖게 된다.

이 한밤에
푸른 달빛을 이고

9 이런 내적 평형의 상태를 설명하는 데는 동양사상의 토대를 이루는 음양오행론이 상당히 유효하다. 음양오행론의 기본인 상생론과 상극론은 모두 균형맞추기의 작용에 다름 아니기 때문이다.

어찌하여 저 들판이
저리도 울고 있는가

낮 동안 그렇게도 쏘대던 바람이
어찌하여
저 들판에 와서는
또 저렇게 슬피 우는가

알 수 없는 일이다
바다보다 고요하던 저 들판이
어찌하여 이 한밤에
서러운 짐승처럼 울고 있는가

— 김춘수, 「풍경」 전문[10]

위 인용 시는 물론 '감정이입'이 잘 이루어질 수 있는 실례로 논의되어도 무방하다. 하지만 감정이입조차도 실은 무의식의 한 작용 형태일 때가 많다. 제7식인 마나스식이 자아중심적 유아를 형성함에 따라 만들어진 정식(情識)은 늘 자신을 강화시킬 어떤 것을 찾고 있다. 위의 시에 나오는, 울고 있는 바람, 들판 등은 이런 독자의 무의식적 요구를 충족시키기에 적합하다. 그러나 위의 인용 시엔 그런 감정이입을 넘어서는 어떤 보다 폭넓은 이끌림을 유발시키는 요소가 들어 있다. 한밤, 달빛, 들판, 바람 등의 우주적 원형들과 이들의 상호 교호작용이 이미 집단무의식의 유전자로서 업종자가 되어 인류 속에 공통으로 잠들어 있는 우주적 친연성과 감성을 가동시키고 있는 것이다. 시인은 이런 것들을 향하여 마지막 연 첫 행에서 '알 수 없는 일이다'라고 말하였다. 이런 시인의 말에 독자들

10 김춘수, 『김춘수 시전집』, 서울 : 민음사, 1994, 13쪽.

은 또한 이끌리면서 공감하게 되고, 시인이 이런 말과 더불어 여러 이미지로 암시한 우주사의 비애이자 신비에 몸을 맡기게 된다.

또 다른 작품 한 편을 보기로 한다.

> 올 봄에는 자주 쑥이 눈에 띈다. 좀 유난스럽다. 길을 가다가도 문득 눈에 띈다. 손톱이 엷어지고 뒤로 자꾸 휘곤 한다. 어릴 때 먹은 쑥버무리가 문득문득 생각난다. 숨을 쉬면 코에서 쑥 냄새가 난다.
>
> — 김춘수, 「빈혈」 전문[11]

위 시의 소재인 쑥은 늘 거기에 무심히 있는 존재이자 세계이다. 우리가 '나'라는 주체를 생(生)하지 않았을 때, 그 쑥은 아예 나와 분별되지 않은 일심(一心)이자 일물(一物)의 것이다. 그것은 '그냥, 그렇게' 실상으로 존재하는 것이다. 그러던 쑥이, 위 시에선 시인을 강하게 불러들인다. 달리 말하면 시인은 그 쑥에 무작정 이끌리거니와 그는 이 이끌림을 제어할 길이 없다. 이런 시인은 쑥에 대한 무작정이라 할 만큼의 애호가 얼마나 대단한지 숨을 쉬면 코에서 쑥 냄새가 난다고 말한다. 숨을 쉬면 이렇듯 코에서 쑥 냄새가 난다는 것은 그의 심층 무의식에 숨어 있던 업종자가 사무치게 발화되었다는 것을 뜻할 수 있다.

그런데 시인이 위 시에서 체험한 무의식적 이끌림의 경험은 이 시를 읽는 독자들의 경우에도 동일하게 나타날 수 있다. 독자들 역시 그들 존재 속에 대지의 씨앗처럼 내장돼 있던 업종자의 개화를 통하여 쑥은 물론 위 시가 말하고 있는 바에 제어할 수 없는 이끌림을 당할 수 있다. 제8식의 카르마는 이처럼 강력하고 무작정이라 할 만큼의 힘을 갖고 있는 욕구이

---

11 위의 책, 415쪽.

자 충동이다. 우리가 알 수 없는 세계를 향하여 자신도 모르게 전진하고, 그 세계로부터 후퇴하기도 하는 것은 적잖은 경우 이런 요구와 충동의 한 양상이다.

(4) 감격과 통쾌

감격과 감동은 다르다. 감동이 자아초월적이라면 감격은 자아중심적이다. 우승의 감격이라고는 말하지만 우승의 감동이라고는 여간해서 말하지 않는다. 해방의 감격이라고 말하는 것은 자연스러워도 해방의 감동이라고 말하는 것은 크게 어울리지 않는다. 또 있다. 집 마련의 감격이라고 말하는 것은 일반적이지만 집 마련의 감동이라고 표현하는 것은 상대적으로 부자연스럽다. 그리고 생일 선물을 받은 감격이라고 말하는 것은 흔한 일이지만 그것을 감동이라고 표현하는 일은 드물다. 이렇게 볼 때 감격은 자신의 소망이나 욕구가 오랫동안 억압되거나 지연되었을 때, 더욱이 그 소망이나 욕구가 강력하면 그러할수록 강하고 격하게 나타나는 마음 작용이다.

사람들은 감격의 순간에 눈물을 흘리기도 한다. 그것은 현실의 장벽 때문에 오랫동안 간절한 자신의 소망과 욕구를 연기하고 억압한 자기 자신에 대한 연민과 만족감 때문이다. 또한 감격의 순간에 사람들은 바깥을 향하여 환호하기도 한다. 그동안 억압된 욕구와 소망이 충족된 것을 누군가를 향하여 드러내고 싶기 때문이다. 그런 점에서 감격은 외향적인 측면을 갖는다. 이것은 감동이 내향적인 측면을 갖는 것과 대비된다.

그러한 감격의 순간은 우리의 삶이나 시를 읽는 동안 그렇게 많이, 자주 찾아오지는 않는다. 그러고 보면 우리들의 욕구나 소망이란 대개 사소한 것들의 연속이고, 그런 욕구나 소망은 지연의 정도나 억압의 정도에 있어서 그렇게 불가항력적이라 말할 만큼 엄청난 경우는 많지 않다고 볼 수 있다.

그런데 이 감격을 유발하는 우리의 욕구나 소망도 실은 인연에 의하여 형성된 것이고 구성된 것이다. 따라서 어떤 상과 관념을 분별된 것으로 지니고 있는 주체에게, 어떤 것이 결여의 것, 결핍의 것, 빼앗긴 것, 강탈당한 것, 무시된 것, 소외된 것, 배제된 것 등으로 생각될 때, 그것은 이전과 달리 불현듯 하나의 욕구와 소망의 대상으로 탄생된다. 그리고 이것이 긴 시간 동안의 지연 이후에 충족되는 순간, 자아인 주체는 감격의 순간을 맞이한다.

앞서 말했듯, 시를 읽으면서 독자들이 감격의 순간에 도달하는 경우는 흔하지 않다. 그러나 그렇다고 하여 아주 없는 것은 아니다. 이런 감격의 순간이 오게 된다면 그 시를 읽는 공감의 기쁨은 최상의 상태로 고조된다.

이상화의 「빼앗긴 들에도 봄은 오는가」와 같은 작품에서 독자들은 이런 감격의 공감을 하기가 쉽다.

> 지금은 남의 땅—빼앗긴들에도 봄은오는가?
>
> (중략)
>
> 고맙게 잘자란 보리밧아
> 간밤 자정이넘어 나리든 곱은비로
> 너는 삼단가튼머리를 깜앗구나 내머리조차 갑븐하다.
>
> 혼자라도 갓부게나 가자
> 마른논을 안고도는 착한도랑이

젓먹이 달래는 노래를하고 제혼자 엇게춤만 추고가네.

나비 제비야 깝치지마라
맨드램이 들마꽃에도 인사를해야지
아주까리 기름을바른이가 지심매든 그들이라 다보고십다.

내손에 호미를 쥐여다오
살찐 젓가슴과가튼 부드러운 이흙을
발목이 시도록 밟어도보고 조흔땀조차 흘리고십다.

강가에 나온 아해와가티
짬도모르고 끗도업시 닷는 내혼아
무엇을찻느냐 어데로가느냐 웃어웁다 답을하려무나.

나는 온몸에 풋내를 띄고
푸른웃슴 푸른설음이 어우러진사이로
다리를절며 하로를것는다 아마도 봄신령이 접혓나보다.

— 이상화, 「빼앗긴 들에도 봄은 오는가」 부분[12]

독자들은 위 시의 화자가 보여주는 태도와 행위 그리고 감정과 생각에 감격할 수 있다. 구체적으로 화자가 느끼는 깊은 상실감과 박탈감, 그 속에서의 그리움과 안타까움, 절절한 국토애와 조국애를 보면서 독자들은 자신들 역시 식민지의 백성으로서 지니고 있는 오래되고 깊은 아픔과 분노를 위로받으며 감격스러움의 체험을 하게 되는 것이다. 좀 더 위 시에 대해 논의하자면 위 시의 화자가 드러낸 논과 밭, 들과 하늘, 곡식과 생명, 자연과 우주, 이웃과 동족에 대해 보여준 눈길은 순정하고도 따뜻하

12 이상규 편, 『이상화시전집』, 서울 : 정림사, 2001, 149~150쪽.

다. 그리고 그가 이들에 대해 지닌 포용력과 교감의 능력은 넓고도 진실하다. 이런 그의 모습에서 독자들은 또한 국토와 조국을 상실한 자로서 지녔던 결핍감과 상실감과 안타까움을 치유받으면서 동시에 감격스러움이라는 공감의 시간 속으로 들어가게 된다. 감격스러움은 공감 가운데서 매우 격한 공감의 한 가지이다.

한편 감격과 유사하나 조금 다른 측면을 갖고 있는 자아중심적 공감의 하나로서 이른바 통쾌라고 부를 수 있는 심적 공감의 양태가 있다. 통쾌에서 주체는 자신보다 높거나 강한 대상에 의하여 자존감에 심한 상처를 입거나 욕구의 좌절과 억압을 경험하고 있다. 이처럼 대상이 주체보다 힘이 강할 때, 더욱이 그 힘이 도저히 약화되거나 사라질 것 같지 않을 때, 주체는 억압된 분노와 어쩔 수 없는 체념이 공존하는 일종의 한의 감정에 빠진다. 이런 감정은 언제든지 반격을 노리고 기대하며 추구하고 있다. 그것이 일시적인 것이든, 영속적인 것이든, 억압된 분노와 체념의 한을 해소하고자 하는 움직임이 존재의 안쪽에 들어 있는 것이다. 이런 기대와 추구는 주체가 그 자신 축소되고 위축된 상황을 넘어서서 어떻게든 주체의 회복과 확장을 꾀하고자 하는 심리를 반영하는 것이다.

우리가 시를 읽으면서 이와 같은 통쾌함의 공감을 느끼는 경우는 그 정도의 차이는 있을지언정 결코 적지 않다. 주체가 대상을 공격하며, 대상보다 윗자리에 서서 일시적이나마 승리감까지 맛보는 이 통쾌의 공감은 주체의 억압되고 막혀 있는 심정을 해소시켜주기에 알맞은 기제이다. 많은 풍자시가 이런 경우에 속하거니와 김지하의 「오적(五賊)」 같은 작품은 이런 경우의 대표적인 예이다.

장충동 약수동 솟을대문 제멋대로 와장창

저 솟고 싶은 대로 솟구쳐 올라 삐까번쩍
으리으리 꽃궁궐에 밤낮으로 풍악이 질펀 떡치는 소리 쿵떡
예가 바로 재벌, 국회의원, 고급공무원,
장성, 장차관이라 이름하는,
간뗑이 부어 남산만하고 목질기기 동탁배꼽 같은
천하흉포 五賊의 소굴이렷다.
사람마다 뱃속이 오장육보로 되었으되
이놈들 배안에는 큰 황소불알만한 도둑보가 곁붙어 오장칠보
본시 한 왕초에게 도둑질을 배웠으나 재조는 각각이라

— 김지하, 「오적」 부분[13]

너무나 잘 알려져 있는 위 인용 시의 기조는 시인이 뛰어난 언어구사력을 동원하여 우리 사회의 최고위층에 있는 다섯 부류의 사람들을 천하의 도적이자 어느 것과도 비교할 수 없는 타락한 짐승으로 격하시키며 이들의 속성을 지적, 고발, 비판, 야유, 풍자, 질타 등으로 거침없이 폭로하고 있다는 점이다. 이런 시를 읽는 독자들은 자신들이 사회적 주인공은 물론 담론의 주인 노릇을 하지 못해왔다고 생각할수록, 다시 말하면 자신들을 소외되고 배제된 약자와 동일시하는 정도와 시간이 컸으면 그럴수록 위 시를 통해 숨었던 억압감의 해소와 더불어 공격성의 충족과 우월감의 획득에서 오는 통쾌함을 느낄 것이다. 독자들의 이와 같은 통쾌함의 공감은 그 안에서 주체와 객체, 나와 너를 분리시키고 있다는 점, 그리고 자기보존과 자기탐닉 및 자기확장을 도모하고 있다는 점에서 앞의 여러 가지 공감의 예와 구조적으로 동일하다. 다만 그 에너지의 움직임이 공격을 통한 일시적 우월감의 충족으로 향해 있다는 점에서만 모습을 달리한다.

---

13 김지하, 『오적(五賊)—결정본 김지하시전집 3』, 서울 : 솔출판사, 1993, 27쪽.

지금까지 자아중심적 유아의 공감이 지닌 구조와 양상을 몇 가지로 나누어 살펴보았다. 이들은 한결같이 자기보존과 자기확대 및 탐닉에 뜻을 두고 있으며, 따라서 그 공감은 개별적이고, 일시적이며, 가변적이다. 뿐만 아니라 사람에 따라, 시공에 따라 아주 다양한 반응을 보인다. 그것은 이미 앞의 이곳저곳에서 시사되었듯이 제7식에서 출현한 이기적 자아의 속성과 제8식에 저장된 종자들, 그리고 인식의 앞자리에 서 있는 6근이 상호 관련되면서 만들어내는 제인식과 제반응이 개인마다, 문맥마다 다르기 때문이다.

2) 자아초월적 무아(無我)의 공감

(1) 납득과 동의

납득은 이해보다 주체가 객체에 대해 적극적이고 포용적이며 긍정적인 마음을 보이는 것이다. 달리 말하면 객체의 존재나 담론 앞에서 주체가 자기를 축소하고, 자기를 물러서게 하며, 자기를 초월하는 일을 기저에 담고 있다. 자아중심적인 유아에서 비롯된 이해가 주체와 대상 사이의 냉정한 공존만이 존재하는 상태라면, 납득은 주체가 대상을 자신 속으로 자발적으로 받아들이는 마음의 상태이다.

납득이 이루어졌을 때, 주체 대신 객체의 영역이 강화되고 확장된다. 그렇다고 하여 이것이 주체의 패배를 뜻하는 것은 아니다. 주체는 자발적으로 객체를 받아들임으로써 이른바 자아초월을 통한 자아의 확장을 다른 차원에서 이룩하기 때문이다. 말하자면 자아중심적 관계 속에서 보면 납득으로 인해 객체의 자아확장이 이루어진 것 같지만, 자아초월적 측면에서 바라다보면 역으로 주체의 자아확장이 실현되었다는 것이다.

말할 것도 없이 납득은 강요를 통해서 이루어지는 것이 아니다. 주체가 지닌 자아초월의 영역이 활동하면서 객체를 자발적으로 끌어안는 것이다. 그런 점에서 납득이 이루어진다는 것은 주체와 객체가 모두 승자가 되는 일이요, 서로 간에 깊은 공감의 영역이 형성된다는 것이다.

시를 읽고 독자가 납득이 되었을 때, 독자는 그 시를 자신의 품 속으로 들여놓는다. 여기서 대립과 갈등은 사라진다. 그것은 주체가 피동적으로 납득당한 것이 아니라 능동적으로 납득한 까닭이고, 납득의 기쁨은 강요되는 것이 아니라 스스로의 존재 속에 형성되는 것이기 때문이다.

이처럼 독자가 어떤 시인의 시에 납득하였을 때, 독자는 시인과 동반자가 된다. 그런데 가만히 생각해보면 그 동반감 속에는 시혜의 감정까지 실린다. 그렇다고 하여 그 시혜의 감정을 오해해서는 안 된다. 그때의 시혜는 주체의 자발적 자기초월에서 이루어지는 것이지 결코 객체와의 비교에서 오는 대립적 우월감이 아니기 때문이다.

> 푸른 하늘을 制壓하는
> 노고지리가 自由로웠다고
> 부러워하던
> 어느 詩人의 말은 修正되어야 한다
>
> 自由를 위해서
> 飛翔하여본 일이 있는
> 사람이면 알지
> 노고지리가 무엇을 보고
> 노래하는가를
> 어째서 自由에는

피의 냄새가 섞여있는가를
革命은
왜 고독한 것인가를

革命은
왜 고독해야 하는 것인가를

— 김수영, 「푸른 하늘을」 전문[14]

위 시의 화자이자 시인은 자유와 혁명에 대한 자신의 담론을 절절한 어조로 제시한다. 그가 제시한 이러한 담론의 내용은, 자유에는 '피의 냄새'로 표상된 투쟁과 고난의 아픔이 내재돼 있고, 혁명엔 진정한 혁명이라면 감당해야 할 운명적인 '고독'이 현실로서 강하게 내재돼 있다는 것이다. 따라서 자유가 무상의 선물인 것인 양, 혁명이 대세의 산물인 것처럼 여기는 것은 자유와 혁명의 본질을 보지 못한 것이라는 말이다. 위 인용 시의 화자이자 시인이 들려주는 이런 자유론과 혁명론은 참신하다. 그 참신한 담론에 대하여 독자들은 여러 가지 반응을 취할 수 있을 것이다. 그런데 그 여러 가지 반응 가운데 하나가 바로 '납득'이라는 것이다. 독자인 누군가는 그 스스로가 주체가 되어 위 인용 시의 담론에 대해 자발적인 긍정과 포용의 마음을 취할 수 있는 것이다. 이와 같은 납득의 공감 속에서 독자는 자신을 스스로 뒤로 물러서게 하며 위 시의 담론을 품어 안는다. 여기서 시인과 독자는 서로 그 누구도 이기고 지는 관계가 아니라 서로가 서로에게 안기고 스미는 대립과 투쟁 너머의 포용적 일심의 관계이다.

납득과 더불어 이와 유사한 계열의 동의에 대해서도 잠시 생각해 본다.

---

14 김수영, 『김수영전집 1—시』, 서울 : 민음사, 1981, 147쪽.

의견을 같이한다는 의미에서의 동의는 납득처럼 그 길에 이르는 긴 시간과 과정을 필요로 하지 않지만, 궁극적으로 객체의 의견을 주체인 자신의 의견과 중첩시킨다는 점에서는 동일하다. 물론 납득의 경우, 객체의 의견은 주체의 심장 안쪽으로 더 깊숙이 들어온다. 그러나 동의에서만 하더라도 주객의 틈은 무화된다.

동의에는 감각적 동의, 감정적 혹은 정서적 동의, 지적 동의, 의지적 동의 등, 여러 가지가 있을 수 있다. 동의의 '의'자를 의견이라고 해석하면 지적 차원과 의지적 차원의 동의만을 좁게 떠올릴 수도 있다. 그러나 인간들의 동의는 지적, 의지적 차원 이외에도 감각적, 감정적(정서적) 차원에서까지 이루어질 수 있다.

납득에서와 마찬가지로 동의라는 공감 속에서도 주체는 객체와 하나가 된다. 그것이 비록 객체의 제안에 의하여 이루어지는 일이기는 하나 주체의 공감은 객체를 향하면서 동시에 객체의 의견을 끌어안는다. 그런 점에서 동의의 경우엔 에너지의 외향화와 내향화가 한꺼번에 이루어지는 셈이다.

여기는 초토입니다

그 우에서 무얼 하겠읍니까

파리는 파리 목숨입니다

이제 울음 소리도 없읍니다

파리 여러분!

이 향기 속의 살기에 유의하시압!

— 황지우, 「에프킬라를 뿌리며」 전문[15]

위 시의 화자는 1970년대의 유신시대와 1980년대의 군부 독재정권 시대를 초토로 규정하고, 그 위에서 파리 목숨처럼 힘이 없는 국민들은 아무것도 할 수 없다는 비극적 인식을 드러낸다. 그리고 그런 현실 속에서는 누구도 저항하거나 반항할 수조차 없게 되었다는 역시 암담한 현실 진단을 내놓고 있다. 이런 그의 인식과 진단 앞에서 독자들은 동의의 공감을 표할 수 있다. 그리고 그 동의의 공감을 통하여 서로가 하나됨을 느낄 수 있다. 이런 공감은 화자이자 시인의 인식이 옳다는 그것과 독자인 나도 그렇게 생각한다는 자기인식의 제출이 함께 이루어짐으로써 가능하다. 요컨대 이런 동의는 객체를 향한 주체의 자기 내려놓기 및 주체의 자발적인 자기인식의 제출을 통한 객체와의 합일이 이루어지는 일이다.

(2) 감탄

감탄은 주체가 대상의 뛰어난 모습이나 능력을 보고 자발적으로 자아초월적 심정이 되어 복종하듯 자신을 객체 앞에 내려놓는 것이다. 객체는 주체를 향하여 아무런 인위적 강요나 요구, 유혹이나 유인을 한 바 없음에도 불구하고 주체가 객체의 놀라운 모습과 능력을 보고 탄복하듯 자신을 방하착(放下着)하며 여는 것이다.

사람들은 멋진 자연 풍경을 보고 감탄하기도 한다. 또한 대단한 능력의 운동경기를 보거나 모방할 수 없는 기예의 장면을 만났을 때에도 감탄한

15 황지우, 『새들도 세상을 뜨는구나』, 서울 : 문학과지성사, 1983, 28쪽.

다. 뿐만 아니다. 사람들은 뛰어난 지적 능력이나 탁월한 초인적 능력 앞에서 감탄하기도 한다. 이렇게 볼 때, 감탄은 일상적이며 보편적인 기대의 지평 이상으로 어떤 능력이나 모습이 발휘되었을 때, 그것을 본 자의 마음속에 놀라움, 경이로움, 신비감 등을 내재시키며 자리잡는 자율적 복종의 감정이자 태도이다. 물론 앞서 말한 기대의 지평은 개인에 따라, 시대에 따라, 장소에 따라 달라진다.

그러나 감탄은 객체의 능력과 재능을 향하여 발산되는 공감의 에너지이지, 객체 자체를 향하여 표출되는 내적 움직임은 아니다. 그런 점에서 감탄하는 주체는 객체의 능력과 재능 앞에 자신을 내려놓는 것이지, 객체라는 존재 자체에 자신을 내려놓는 것은 아니다. 따라서 감탄 속에서 주체와 객체는 하나가 되지만 그것은 재능이나 능력을 통한 하나됨이지 존재와 존재 자체의 매개 없는 전일성은 아니다.

그렇더라도 감탄을 통해 주체는 객체를 드높이며 자발적으로 객체와 한 몸을 이루고, 객체는 오래 준비된 인연처럼 어디선가 찾아온 주체와의 하나됨을 경험한다. 그것은 수준 높은 공감의 하나요, 인간적 고양을 이룩하는 공감의 실례이다.

> 바람도 없는 공중에 垂直의 波紋을 내이며 고요히 떨어지는 오동잎은 누구의 발자최입닛가
> 지리한 장마 끝에 서풍에 몰녀가는 무서운 검은 구름의 터진 틈으로 언뜻언뜻 보이는 푸른 하늘은 누구의 얼골입닛가
>
> (중략)
>
> 연꽃가튼 발꿈치로 갓이없는 바다를 밟고 옥갈은 손으로 끝없는 하

늘을 만지면서 떨어지는 날을 곱게 단장하는 저녁놀은 누구의 詩입닛가

타고 남은 재가 다시 기름이 됩니다 그칠 줄을 모르고 타는 나의 가슴은 누구의 밤을 지키는 약한 등불입닛가

— 한용운, 「알 수 없어요」 부분[16]

위 인용 시는 '법신(法身)'의 현현을 노래한 만해 한용운의 걸작이다. 위 시를 읽고 독자는 감탄 이외의(또는 그 이상의) 공감의 경험을 얼마든지 가질 수 있지만, 특별히 그 표현과 수사학의 절묘함으로 인해 다른 어떤 공감보다도 이 자리에서 논하고 있는 감탄이라는 공감을 경험하기에 적절하다. 많은 독자들은 위의 인용 시를 읽고 언어의 적실한 선택과 그 언어가 지닌 아름다움 및 조화로움, 시인이 세상을 바라보는 깊고도 섬세하며 청정한 안목을 보며 머뭇거림 없이 다가오는 감탄의 순간을 맞이할 것이다. 위 시는 필자 자신이 독자가 되어 언제 보아도, 생경한 관념, 값싼 감정, 진부한 언어를 훌륭하게 넘어선, 그야말로 높은 미학적 수준을 구현한 것으로 감탄을 자아낸다.

감탄은 주체가 객체를 향하여 마음의 무릎을 꿇는 것이다. 객체가 타고난 천재성을 지녔기 때문이든, 무한한 노력을 통하여 고도의 것을 성취하였기 때문이든, 우연을 통해 최고의 것을 만들어냈기 때문이든, 그 예사롭지 않은 산물 앞에서 인간인 자신의 한계조차도 함께 드높여지는 것 같은 느낌을 가지면서 객체를 진심으로 높이 인정하고 그에게 기우는 것이다.

한국 근현대시사 속의 많은 명시나 문제작들은 대체로 여러 가지 차원

16 한용운, 『한용운전집 1』, 서울 : 신구문화사, 1973, 43쪽.

의 탁월함으로 인하여 감탄을 자아낸다. 그 정도의 차이는 있을지언정 명시나 문제작 속에는 장인적 기예의 걸출함, 예술가적 몰입의 밀도가 숨쉬고 있다.

하지만 감탄은 감동만큼의 자아초월적 깊이와 넓이, 시간의 지속성과 범위의 보편성을 지니지 못한다. 감탄은 주체가 객체를 통하여 느낀 신선함과 경이로움, 충격과 신비로움이 지속될 때까지만 계속되기 때문이다. 그런 점에서 감탄은 감동에 비하여 상대적이고 문맥적이며 가변적인 속성을 지닌 자아초월의 한 양식이다.

(3) 전율

감탄의 공감에서는 자아초월적 에너지가 밖을 향한다면, 전율의 공감에서는 그 에너지가 내부를 향한다. 감탄의 공감을 했을 때 우리의 몸은 자신도 모르게 환호하며 입을 벌리듯 에너지를 밖으로 방출한다. 반면, 전율이 일어났을 때에 우리의 몸은 자신을 안으로 단속하며 오싹하는 가운데 수렴의 닫힌 공간을 만들어낸다. 감탄의 공감이 음양오행론적으로 볼 때 목성(木性)과 화성(火性) 방향의, 열린 자기초월의 그것이라면, 전율은 금성(金性)과 수성(水性) 방향의, 닫힌 자기초월의 양태이다. 열린 자기초월 속에서 존재는 외부적인 개방 시스템을 이루고, 닫힌 자기초월 속에서 존재는 내부적으로 숨은 수장(收藏)의 합일 시스템을 형성한다.

전율이 일어날 정도로 공감했을 때, 독자인 주체는 자기 자신의 에고가 무너지는 것을 경험한다. 그러나 그 무너짐은 따스한 열림에 의한 것이라기보다 차가운 자기성찰과 인지의 충격으로 인한 중생(重生)의 경험 같은 것이다.

전율은 대체로 깊은 사유와 사색이 돋보이는 시를 읽고 경험하는 공감의 한 양태이다. 다만 여기에 한 가지 조건이 있다면 그것은 자기를 초월하고자 하는 주체의 간절함이 저변을 이루거나 느껴질 때 '벼락처럼' 전율의 순간이 찾아온다는 것이다. 이것은 단순한 인지의 충격만을 경험하는 경우와 구별된다.[17]

> 스물세햇동안 나를 키운건 八割이 바람이다.
> 세상은 가도가도 부끄럽기만하드라
> 어떤이는 내눈에서 罪人을 읽고가고
> 어떤이는 내입에서 天痴를 읽고가나
> 나는 아무것도 뉘우치진 않을란다.
>
> 찰란히 티워오는 어느아침에도
> 이마우에 언친 詩의 이슬에는
> 멫방울의 피가 언제나 서꺼있어
> 볓이거나 그늘이거나 혓바닥 느러트린
> 병든 숫개만양 헐덕어리며 나는 왔다.
>
> — 서정주, 「자화상」 부분[18]

인용 시에서 독자들은 전율의 공감을 체험할 것이다. 스물세 해 동안 자신을 키운 건 팔할이 바람이라는 화자의 깊은 자기통찰, 세상은 가도가도 부끄럽기만 하다는 엄격한 자기점검과 고백, 자신의 시와 언어 속엔 언제나 '몇 방울의 피'가 섞여 있다는 치열한 탐구와 헌신, 어떤 장소, 어

---

17 시인들의 전율의 경험을 고백한 특집이자 저서로는 다음과 같은 것이 참고가 된다. 「벼락치듯 나를 전율시킨 '최고의 시구'」, 『시인세계』 2007년 겨울호, 2007.11 ; 강은교 외, 『벼락치듯 나를 전율시킨 최고의 시구』, 서울 : 문학세계사, 2009.

18 서정주, 『미당 서정주 시전집 1』, 서울 : 민음사, 1983, 35쪽.

떤 시간에서든 '혓바닥 느러트린 병든 수캐마냥 헐덕어리며' 진아(眞我)를 찾아 헤맸다는 진정성, 이런 것들은 비장미까지 유발하며 독자들로 하여금 심각한 자기반조와 자기성찰의 충격을 가능하게 하기 때문이다.

전율 속에서 우리는 자아와 세계와 인생을 이전과 다른 눈으로 보고 느끼며 새사람이 된다. 말하자면 의지로써 수습할 수 없는 내적 균열과 떨림 속에서 자기 존재가 새로 열리며 솟구치는 진실한 시간을 맞이하게 된다. 만약 독자들이 어떤 시 속에서 전율의 경험을 하였다면 그것은 재생과 중생(重生)의 경험과 이어진다.

앞절에서 논의한 감탄에서는 놀라움을 통한 환희가, 뒷절에서 다룰 감동에서는 울림을 통한 뜨거움과 뭉클함이 솟아난다면, 전율에서는 공포와도 같은 떨림을 통한 차가우나 맑은 빛이 생성된다. 그 빛은 견고하여 자아중심적 삶에 의하여 만들어진 우리 속의 짙은 어둠과 두터운 막힘을 흔들어 일깨우고, 탁했던 내면을 맑게 트이도록 한다.

이런 전율의 공감은 독자들이 이상의 시를 읽을 때 특별히 자주, 인상적으로 체험하게 된다.

> 내키는커서다리는길고왼다리아프고안해키는작아서다리는짧고바른다리가아프니내바른다리와안해왼다리와성한다리끼리한사람처럼걸어가면아아이夫婦는부축할수없는절름발이가되어버린다無事한世上이病院이고꼭治療를기다리는無病이끝끝내있다
>
> — 이상, 「지비(紙碑)」 전문[19]

독자들은 위 인용 시의 앞부분을 통해서도 얼마간의 전율에서 오는 공

19 이승훈 편저, 앞의 책, 197쪽.

감을 느끼고 내적 전변을 경험할 것이다. 그러나 그보다 뒷부분에서, 그 가운데서도 특히 "無事한世上이病院이고꼭治療를기다리는無病이끝끝내 있다"는 부분에서 강한 전율의 공감을 느끼며 존재의 전환을 체험할 것이다. 이 부분을 비롯한 위 시 속에서 이상은 얼핏 보면 너무나도 오래되고 흔한 세상 풍경이라 그야말로 아무 일도 없는 것처럼 보이는 이 세계를 새로운 눈으로 조명하여 문제점을 드러낸다. 그것은 이 아무렇지도 않은 세상이 실은 얼마나 무반성적이고 모순투성이인 질병의 장(場)인가 하는 점을 전경화시켜 독자들로 하여금 인식하게 하는 것이다. 이상이 이 질병의 장을 진정 치유를 기다리는 환자들의 병원과 같다고 인식하며 말한 것, 그것을 '무병의 환자'들이 살고 있는 거대한 병원이라고 인식하며 드러낸 것은 놀랄 만한 전경화의 예이다. 독자들은 시인의 이런 전경화된 인지적, 지적 습격 앞에서 전율의 공감을 느끼며 중생의 경험과 더불어 일체의 경험을 한다. 말하자면 무엇인가에 공감의 충격을 받아 자신을 내적으로 무화시킨 경우처럼 자신의 아상(我相)이 방하착되는 중생의 체험 속에서 오히려 더 큰 자아를 생성하게 되는 경험으로 들어가는 것이다.

지금까지 논의한 전율은 사람들로 하여금 이완된 내면을 강하게 충격시키는 가운데 긴장과 더불어 재생의 시간을 갖게 하는 '선한 채찍'의 기능을 하고 있다. 항상 동일한 마음의 길로 습관처럼 오고가며 삶을 살아가던 사람들에게 이런 전율의 공감은 다른 길의 참신함과 황홀함이 있음을 알게 한다. 그리고 그 스스로가 얼마나 진부한 삶을 무반성적으로 살아왔는가를 점검하게 한다. 그야말로 '벼락처럼 감전되는' 이 전율의 공감 앞에서 독자인 주체는 죽었다 다시 사는 내면의 강렬한 자아초월적 재탄생의 시간을 맞이한다.

(4) 감동

전율이 존재의 균열과 떨림을 통해 자기초월적 중생을 가능케 한다면, 감동은 합일과 울림을 통해 자기초월적 중생으로 이끈다. 또한 전율이 지혜와 지성의 차원에 주로 의존한다면 감동은 덕성과 영성적 차원에 주로 근거를 두고 있다.[20] 지금 본 절에서 논의하고 있는 감동은 전율에 비하여 한 존재가 지니고 있는 좀 더 종합적이고 근원적이며 심층적인 생명선을 움직이고 거기 작용하는 경우에 발생한다.

감동은 자기애와 자기중심적 유아를 넘어선 지극한 자기초월의 마음에 이르렀을 때 자연스럽게 발생하고 전달되는 최고의 공감 형태이다. 말하자면 일심과 공심의 마음자리에 닿았을 때 아무런 매개 없이 그대로 발생하고 전달되는 가장 놀라운 공감상태인 것이다. 시를 읽는 데 있어서뿐만 아니라 일상적인 삶을 살아가는 데 있어서도 이러한 자기초월적 일심과 공심의 움직임과 드러냄은 감동을 자아낸다. 그런데 흥미로운 것은 이런 자기초월적 감동의 마음을 쓰거나 그런 일을 할 때, 그것은 바라보는 대상뿐만 아니라 그 일을 하는 주체까지도 감동을 느끼는 경우가 대부분이라는 것이다. 따라서 감동은 주체와 객체 모두에게 있어서 의식적, 무의식적으로 일심과 공심의 장으로 이끄는 본질적 힘을 지니고 있는 셈이다.

감동 속에서 인간들은 제8식인 아뢰야식조차 넘어선 청정심, 달리 말하면 유식(唯識) 3성(변계소집성(遍計所執性), 의타기성(依他起性), 원성실성(圓成實性))의 최고 단계인 원성실성이 움직일 때의 그 놀라움과 신비함을 느낀다. 그리고 세상이 분리되고 분별된 시비와 대립과 비교의 장만이

20 이 점의 구체적 논의에 대해서는 다음 글을 참조할 것. 정효구, 「전율, 비극적 황홀, 위반」, 『시인세계』 2007년 겨울호, 2007.11, 111~119쪽.

아니며, 그것은 어리석은 자의 환상이거나 세상의 외양일 뿐 실제로 자신을 포함한 세계 전체는 이들을 넘어선 일체이자 일심인 전일성의 세계임을 감득한다. 감동의 체험은 그런 점에서 인간들에게 일체인 세계의 본질을 몸으로 뿌리부터 알게 하는 근원적인 일이다. 감동의 시간이 왔을 때 인간의 몸은 가장 깊은 오지에서부터 신성하게 열리며, 그 열림은 인간의 몸을 구성하는 4대, 곧 지수화풍에서 지(地)인 흙의 부드러움을, 수(水)인 물의 맑음과 유연함을, 화(火)인 불의 따스함과 온화함을, 풍(風)인 바람의 원활함과 활달함을 느끼게 한다.

시를 읽는 데서 감동은 주체인 독자가 객체인 시인과 경계를 뛰어넘어 합심으로 창조할 수 있는 최고의 단계이다. 이러한 감동은 앞서 말한 바처럼 청정심과 원성실성이 움직이며 이루어진 것이기 때문에 시간적으로 지속적이고 공간적으로 보편적이다. 뿐만 아니라 한 번 감동이 일어나면 그 감동은 주변 상황이나 문맥에 따라 시시각각 사라지거나 변질되는 것이 아니라 우리의 존재 자체가 되며 그 저변에 몸처럼 살아 내재하는 것이다.

감동 속에서 주체인 독자는 객체를 향해 자기 자신을 온전하게 방하착한다. 그런데 그것은 의지적인 차원이 아니라 자신도 통제할 수 없는 본능적이자 무방비적인 그것이다. 이때 주체는 객체를 분별하여 인식하지 않고, 객체 또한 주체를 구별하지 않는다. 오직 파도의 거품처럼 분리되었던 개체로서의 포말들이 그 심저의 바다라는 전일적 세계를 자신의 몸으로 인식하고 깨달으며 질적 전변 속에서 울림을 경험하듯이, 소아를 넘어 진정한 대아의 울림을 경험하는 것이다.

① 우리는 만날 때에 떠날 것을 염려하는 것과 같이 떠날 때에 다시 만

날 것을 믿습니다

아아 님은 갔지마는 나는 님을 보내지 아니하였읍니다

제 곡조를 못이기는 사랑의 노래는 님의 沈黙을 휩싸고 돕니다

— 한용운, 「님의 침묵」 부분[21]

② '님'만 님이 아니라 기룬 것은 다 님이다 衆生이 釋迦의 님이라면 哲學은 칸트의 님이다 薔薇花의 님이 봄비라면 마시니의 님은 伊太利다 님은 내가 사랑할뿐아니라 나를사랑하나니라

(중략)

나는 해저문 벌판에서 돌어가는 길을 잃고 헤매는 어린 羊이 기루어서 이 詩를 쓴다

— 한용운, 시집 『님의 침묵』의 「군말」 부분[22]

한용운의 시집 『님의 침묵』의 대표작과 그 시집 『님의 침묵』의 서문격인 「군말」에서 각각 그 일부분씩을 인용하였다. 실상 시집 『님의 침묵』의 서문격인 「군말」조차도 한 편의 시로 인정하여 크게 문제될 것은 없으나, 여기서는 시적인 글로 다룰 뿐 독립된 시라고 규정하지는 않기로 한다.

인용 시 ①에서 화자이자 시인이 만남과 떠남에 대해 보여준 심오한 철학과, 그 철학에 기대어 "님은 갔지마는 자신은 님을 보내지 아니하였다"고 하는 님에 대한 자기초월적 헌신, 그리고 제 곡조를 못이길 정도로 님을 그리워하는 대아적(大我的) 사랑의 마음은 독자들로 하여금 감동을 자아내게 하기에 부족함이 없다. 아마도 이 시의 이 부분을 읽은 독자들이

21 한용운, 앞의 책, 42쪽.

22 위의 책, 같은 곳.

라면 주체의 장벽이 무너지며, 일심과 공심의 생명선이 울리는 뜨거운 감동의 시간을 갖지 않는 경우가 거의 없을 것이다. 왜냐하면 틈이나 기교 없이, 진심에 바탕을 둔 일심과 공심의 선이 움직이며 나타나거나 작동할 때, 사람들은 그가 누구든지 에고의 벽을 넘어서서 감동의 전일성 속으로 들어가게 되기 때문이다.

인용문 ②에서도 마찬가지이다. 님에 대한 시인의 심오하면서도 폭넓은 개념 규정도 그렇거니와, 시를 쓰는 까닭이 "해 저문 벌판에서 돌아가는 길을 잃고 헤매는 어린 양이 기루어서"라는 그 고도의 함축된 자아초월적 연민과 사랑의 마음도 그러하다. 부연하면 참다운 도와 도심(道心)을 모르고 미혹 속에서 방황하는 중생과 이웃들을 '님'으로 생각한 것과, 그러한 중생과 이웃들에 대한 '하화중생(下化衆生)'의 마음을 생의 과제로 삼은 것은 감동적이다. 거듭 말하거니와, 이런 감동의 기저를 이루는 것은 시인도, 독자도 자기초월의 일심이자 공심이라는, 그들이 이미 지니고 있는 존재의 가장 깊은 생명선이 인위적 기교 없이 무위의 상태로 움직였다는 사실이다.

한편 윤동주의 대표작 「서시」도, 서정주의 대표작 「동천(冬天)」과 「연꽃 만나고 가는 바람같이」도 감동의 공감을 논의하기에 적합한 작품이다. 윤동주가 그의 「서시」의 첫 부분에서 "죽는 날까지 하늘을 우러러/한 점 부끄럼이 없기를,/잎새에 이는 바람에도/나는 괴로워했다"[23]고 말하며 도와 도심, 달리 말하여 일심과 공심의 거울을 자기성찰의 도구로 제시하였을 때, 그리고 그 근본적이며 본질적인 거울에 자신을 비추어 한 점의 부끄러움이 없기를 바란다고 말하였을 때, 독자인 우리들도 우리 자신이 지녔

---

23 홍장학 편, 『정본 윤동주 전집』, 서울 : 문학과지성사, 2004, 122쪽.

던 에고의 자아중심적 흡인력을 무너뜨리며 자신도 모르는 사이에 무아의 상태로 점점 들어가는 경험을 하게 되는 까닭이다.

서정주의 「동천」과 「연꽃 만나고 가는 바람같이」를 읽을 때도 마찬가지이다. 「동천」에서 시인이 자신의 마음속에 있는 님의 고운 눈썹을 천 밤의 꿈으로 맑게 씻었다고 하는 그 지극한 정성도 그렇거니와, 그것을 하늘에다 옮겨 심어 놨더니 한겨울의 매서운 새조차도 그 정성을 알아차리고 그 옆을 비켜서 날아가더라는 이심전심, 염화미소 같은 일체의 몸짓도 감동적이다. 이 시는 바로 이 점을 통해 독자들을 좁은 아견(我見)으로 지배당한 소아(小我)의 차원 너머로 이끈다.

「연꽃 만나고 가는 바람같이」의 경우는 어떠한가. 여기에서 무엇보다 독자들은 "蓮꽃/만나러 가는/바람 아니라/만나고 가는 바람 같이…"라는 제3연과, "엊그제/만나고 가는 바람 아니라/한 두 철 전/만나고 가는 바람 같이…"[24]라는 제4연을 통해 그야말로 자아중심적 집착을 넘어선 초연함과 청정함의 감동을 경험한다. 독자들은 이 작품의 이들 두 연을 중심으로, 욕망하는 자의 긴장감과 조급함이 아닌, 물러서고 넘어선 자의 자유로움과 담담함을 느끼는 것이다. 그러면서 그들은 자아중심적으로 닫혔던 자신을 개방하여 무한이자 무변의 우주 속으로, 이른바 경계 없는 자리로 들어가는 것이다. 이러한 경험 속에서 우리는 우주 삼라만상을 '대하여' 있지 않고 그에 '속하여' 있는 존재가 되며, 그것은 바로 현상 너머의 일심과 공심의 세계를 구현하고 있는 것이다.[25]

---

24 서정주, 앞의 책, 157쪽.

25 일심 및 공심의 다른 이름인 자아초월의 전일적 세계에 도달함으로써 치유가 이루어진다는 자아초월의 정신의학도 감동이라는 공감의 기능과 관련시켜 살펴볼 만하다. 다음과 같은 저서들을 주목해볼 필요가 있다. 이동식, 『도(道)정신

3. 결론

지금까지 독자가 시 작품을 읽는 일의 가장 핵심적인 문제로 손꼽힐 수 있는 '공감'의 문제에 대하여 불교의 유식심리학을 근거로 삼아 그 구조와 양상을 살펴보았다. 이와 같은 공감의 문제를 살펴본다는 것은 넓은 의미로는 문학의 수용이론 및 독자중심비평의 한 측면을 밝혀본다는 뜻을 가지며, 보다 직접적인 의미로는 독자들이 시 작품을 읽고 '좋다' '인상적이다' '마음에 든다' '감동적이다' 등과 같이 막연하게 표현해 오던 독자 반응의 실제를 밀도 있게 살펴보는 일이 된다.

이 글은 독자 반응이 일어나는 공감의 근거가 기본적으로 두 가지 측면에 기인한다고 보았다. 그 하나는 제7식인 마나스식에서 비롯되는 자기중심적 유아의 출현에 근거한 것이고, 다른 하나는 이런 자기중심적 유아 너머에 존재하며 작용하는 보다 심층적인 자아초월적 무아의 작용에 토대를 둔다는 것이었다. 전자가 분별과 시비로 이루어진 자아상의 작용이라면, 후자는 일심과 공심이 구현되는 초아의 세계이다.

인간은 대체로 이 양자의 세계를 오간다. 시를 읽는 독자들 또한 그러하다. 그러나 중요한 것은 인간이라면 누구나 불성(佛性)을 가지고 있다는 말처럼, 그 어떤 사람도 후자의 공감에 도달할 가능성을 갖고 있으며, 실제로 후자의 공감에 가까이 다가갈수록 한 인간이 공감에서 얻는 쾌적감은 높은 질적 수준을 갖는다는 것이다.

필자는 앞에서 자아중심적 유아의 공감으로 이해, 생각이입과 감정이

치료입문』, 서울 : 한강수, 2008 ; B.W. 스코튼 외 공편, 『자아초월 심리학과 정신의학』, 김명권 외 역, 서울 : 학지사, 2008 ; 세이무어 부어스틴, 『자아초월 정신치료』, 정성덕 역, 서울 : 중앙문화사, 2006.

입, 애호, 감격과 통쾌를 들었고, 자아초월적 무아의 공감으로 납득, 감탄, 전율, 감동을 들었다. 이들 이외에도 다른 공감의 양태를 제시해볼 수 있으나, 이들이야말로 공감의 대표적인 양상이라 판단된다.

실제로 한 작품을 대했을 때, 독자들은 이들 공감 가운데 어느 한 가지를 유독 강하게 느낄 수도 있지만, 많은 경우 여러 가지 공감이 한꺼번에 다가오거나 시공과 문맥에 따라 서로 달라지는 공감의 세계를 맛볼 수 있을 것이다. 이처럼 독자들의 반응은 주관적이고 가변적이며 시간적이다.

하지만 한 가지 분명한 것은 자기중심적 유아의 공감이 일시성, 주관성, 가변성 등의 성격을 강하게 갖고 있다면 자기초월적 무아의 공감은 지속성, 보편성, 영속성 등의 성격을 띠고 있다는 점이다. 그리고 더욱 강조해야 할 점은 자아초월적 일심과 공심의 선을 움직이거나 그것에 작용하는 정도가 크고 강할수록 공감의 지속성과 보편성 그리고 영속성은 크고 강하다는 것이다.

우리 근현대 시사 속의 시 작품들을 일별해보면, 독자들이 공감 중의 최고 양태라 할 수 있는 '감동'에 이르도록 이끄는 시 작품은 그리 많지 않다. 감탄과 전율 정도를 일으키는 작품은 비교적 어렵지 않게 찾아볼 수 있으나, 감동이라는 단계에까지 이르도록 하는 작품은 많지 않은 것이다. 그 까닭은 여러 가지가 있을 수 있겠으나, 본 논문의 맥락에서 찾아본다면 일심 혹은 공심이라 할 수 있는 세계에 도달한 시인이 그리 많지 않다는 점을 들 수 있을 것이다. 감동이란 영적 공감의 한 형태이다. 그런 점에서 우리 근현대시는 개인과 이성과 자유의 발견에 따른 감각적, 정서적, 지적 영역의 개척에는 상당 부분 공헌한 바 있지만 영적이라 할 수 있는 자기초월적 영역에는 그리 가까이 다가가지 못했다는 판단을 할 수 있다.

시가 독자들을 크게 사로잡지 못하는 까닭은 공감을 일으키는 힘이 부족한 데 있다. 그리고 비록 공감이 이루어졌다 하더라도 그 지속성이 약하고 가변성이 심한 까닭은 대부분의 시들이 자아중심적 유아의 공감을 불러일으키는 데 그치고 있기 때문이다. 이런 데엔 일차적으로 시인의 책임이 있다. 그리고 물론 자아중심성을 삶의 전면에 놓고 사는 독자들의 책임도 있다. 그런 점에서 일심과 공심의 자각 및 회복은 우리 시사의 발전을 위해 크게 숙고해볼 가치가 있는 세계이다. 시인과 독자의 양 측면에서 모두 이와 같은 일심과 공심의 자각 및 회복이 이루어진다면 우리 근현대시는 새로운 국면으로 질적 전변을 할 수도 있다. 시는 단순한 언어의 문제가 아니다. 그 심층에는 마음의 문제가 내재돼 있다. 이른바 '마음공부'가 요구되는 것이다. 포스트모더니즘을 중심으로 한 새로운 시작 형태가 전개되는 이 시점에서 마음을 탐구함으로써 일심과 공심을 회복하는 일은 새로운 시의 바람직한 방향을 숙고하게 하는 데도 큰 도움을 줄 것이다.

제2장
‘시적 감동’에 관한 불교심리학적 고찰

1. 문제 제기

이 글은 이른바 ‘시적 감동’의 문제를 불교심리학적 관점에서 살펴보고자 하는 의도에서 씌어진 것이다. ‘시적 감동’은 시에서 받는 일체의 감동을 뜻하거니와, 감동이란 반드시 시만의 전유물이 아니라 인간사의 어느 부분에서도 만날 수 있는 편재적인 것이다. 그럼에도 불구하고 ‘시적 감동’을 따로 문제 삼는 까닭은 시에서 느끼는 감동의 빈도와 비중이 어느 분야에서보다 크며, 이 감동이란 시의 존재 의미이자 시의 위의(威儀)를 지키도록 후원하는 근간이기 때문이다.[1]

삶 속에서도, 시 작품 속에서도, 이 감동의 경험은 드물고 귀한 것이다. 그만큼 감동이 찾아오는 시간은 적고 감동이 주는 효력은 대단하다. 그

1 ‘시적 감동’의 문제는 ‘예술적 감동’ 전반의 문제와 연관되고 그곳으로 확대될 수 있다. 장차 예술 전반에서의 ‘감동’의 문제를 폭넓게 다루는 일이 필요하다고 판단된다.

러나 이 드물고 귀한 경험에 의지하여 인간들은 범속한 의식의 표층 아래 아주 심오한 마음의 세계가 진실하게 존재한다는 것을 직감한다. 감동의 경험은 인간 존재의 심층을 알려주는 소중한 체험이자 전달자이기도 한 것이다.

이 감동의 문제를 논의하고자 할 때 불교 혹은 불교심리학은 매우 의미 깊고 유용하다. 이것은 서양의 행동주의 심리학, 인본주의 심리학, 정신분석학 등의 주류 심리학보다 더욱 유용하고 적절하다. 다만 서양의 심리학 중 트랜스퍼스널 심리학으로 불리는 자아초월의 심리학은 불교심리학과 상당히 밀접하게 닿아 있으므로 다른 관심이 필요하다. 주지하다시피 불교는 종교로서의 성격과 사상 및 철학으로서의 성격을 지니고 있지만, 그것들 못지않게 심리학으로서의 성격도 크게 지니고 있다. 불교가 강조하는 '마음(心)'의 문제는 바로 불교가 심리학에 전적으로 닿아 있음을 알려주는 점이다.

불교 가운데 이 '마음'의 문제를 심리학적 차원에서 치밀하게 연구한 이론이 유가행파에 의하여 구축된 유식론(唯識論)이다. 유식론은 인간의 마음 구조를 밝히면서 '유식무경(唯識無境)'을 깨쳐 '전식득지(轉識得智)'의 경지로 나아가는 데 그 궁극적인 뜻을 두고 있다. 그러나 불교에서는 이 유식론뿐만 아니라 이를 포함한 거의 대부분의 교설들이 심리학적 차원과 연관되어 있다. 따라서 유식론을 중심에 두고 인간의 심리구조를 이해하되, 불교의 다른 내용들도 포용하여 보다 넓은 의미에서의 불교심리학을 상정하는 것이 필요하다.[2]

---

2 다음과 같은 책들은 이 점을 이해하는 데 큰 도움을 줄 것이다. 서광(瑞光), 『치유하는 불교 읽기』, 서울: 불광출판사, 2013; 서광, 『치유하는 유식 읽기』, 서울: 공간, 2012; 마크 엡스타인, 『붓다의 심리학』, 김현수 · 김성철 역, 서울: 학지사,

지금까지 시를 읽는 일반 독자들은 물론 연구자들도 "아, 그 시는 참으로 감동적이야"라는 말을 아무렇지도 않게 내어놓는 데 익숙해 있지만, 정작 그 감동의 실체가 어떤 것인지를 학술적으로 이해하거나 밝혀낸 바는 거의 없다. 시에 대하여 우리가 보낼 수 있는 최고의 찬사가 '감동적이다'라는 말임을 감안할 때 그 실체가 제대로 탐구되지 않았다는 것은 좀 의아스럽고 아쉬운 일이다.[3]

실제로 시가 행할 수 있는 중요한 기능은 다양하다. 흥미, 위로, 계몽, 운동, 광고, 소통, 교감, 교훈 등, 시가 행할 수 있는 기능을 여기서 다 열거하기는 어렵다. 하지만 그 많은 기능 가운데 시의 본질적이며 중심적인 기능으로 단연 앞서서 손꼽힐 수 있는 것은 '감동'을 준다는 것이다. 감동은 앞에서 열거한 여러 가지 기능들과 달리 존재의 가장 온전하고 신성한 심층(divine reality)[4]이 움직이는 일이며, 그것도 자발적으로, 유아의식이 무화되며 생성되는 특수한 마음의 작용이다.[5]

2006.

3 필자는 「시는 권력이 될 수 있는가」(『현대시』 1999년 4월호, 197~215쪽)와 「일심(一心) 혹은 공심(空心)의 시적 기능에 관한 시론—공감의 구조와 양상을 중심으로」(『한국시학연구』 29호, 265~301쪽)에서 감동의 시적 중요성을 언급하고 그 구조를 일부분에서 밝힌 바 있다. 그러나 이것은 보다 본격적인 탐구와 논의를 필요로 하고 있다.

4 올더스 헉슬리, 『영원의 철학』, 조옥경 역, 오강남 해제, 서울: 김영사, 2014, 14쪽.

5 '공감'과 '감동'은 조금 다른 개념이다. '공감'엔 '자아중심적 유아(有我)의 공감'과 '자아초월적 무아(無我)의 공감'이 같이 포함되거니와, '감동'이란 '자아초월적 무아의 공감' 가운데 가장 높은 단계에서 일어나는 공감의 한 양상이다. 필자는 앞의 주 3)에서 제시한 「일심 혹은 공심의 시적 기능에 관한 시론—공감의 구조와 양상을 중심으로」라는 논문에서 이 점을 다루면서 '자아중심적 유아의 공감'으로 이해, 생각이입, 감정이입, 애호, 감격, 통쾌 등을 들었고, '자아초월적 무아

이 감동은 어떤 것에 의해서도 강요되거나 조작될 수 없다. 그것은 철저하게 자발적이며 자신도 모르는 어떤 자리에서 나타나는 것이다. 이 감동의 맛은 너무나도 강렬하여 일단 그 경험을 한 사람은 자신의 의지와 관계없이 '마음의 무릎을 꿇고' 그의 편이 된다. 감동의 순간은 잊혀지지 않고 몸과 마음에 각인되며, 그 순간을 떠올릴 때마다 삶은 정화되고 재생된다.

본고에서는 이 감동의 문제를 특별히 '시적 감동'에 초점을 맞추고, 앞서 말했듯이 불교심리학적 관점에 입각하여 그 실체를 파악하며 논의해 보고자 한다. 이와 같은 과정을 거치면서 우리는 인간의 마음 구조가 어떤 모습인지 밝혀내고, 마치 신비체험과 같은 감동의 경험이 어떤 상태이며 그 의미가 무엇인지를 확인할 수 있을 것이라 생각한다. 이것은 시의 이해에서 핵심을 차지하고 있는 감동의 문제를 시론의 차원으로 심화시켜 정립할 수 있는 한 계기가 될 것이며 감동의 참다운 기능에 대하여 다시금 눈을 뜨는 일을 가능케 할 것이다. 그리고 이 글에서는 또 한편으로 우리 시의 감동의 실제에 대하여서도 살펴보고자 한다. 1908년 최남선의 「해에게서 소년에게」가 발표된 이후 현대시 100주년을 기념하고 21세기의 새로운 시담론을 만들어가는 과정에 놓여 있는 우리 시에 이런 일은 얼마간의 도움을 줄 수 있을 것이라 기대되기 때문이다.

의 공감'으로 납득, 동의, 감탄, 전율, 감동 등을 들었다. 본 논문에선 이 가운데 감동의 문제에 특별히 주목하여 이를 '시적 감동'과 연관시켜 다루고 있는 것이다. 이 점은 '공감'은 본 논문의 틀인 세 가지 층위(속제, 진제, 진속불이제)에서 모두 일어날 수 있지만 '감동'은 '진제'를 토대로 한 '진속불이제'에서만 나타날 수 있음을 말하는 것이기도 하다.

2. 속제(俗諦), 식작용(識作用), 유아의식(有我意識) : 대립과 구속

우리가 사는 인간 세상은 3차원의 세속 사회이다. 중생세계, 사바세계 등으로도 불리는 이 세속 사회에선 감동을 주고받는 일이 매우 드물다. 왜 이와 같은 현상이 나타나는 것일까?

이 궁금증에 대하여 살펴보기 위해서는 먼저 세속 사회의 본성을 알아볼 필요가 있다. 세속 사회는 그 사회를 움직이는 고유한 법칙을 갖고 있는데 그 법칙은 너무나도 영속적이고 보편적인 까닭에 불교는 이를 가리켜 '세속적 진리'라는 뜻에서 아예 '속제(俗諦)'라고 부른다.

그렇다면 이 속제의 본질은 무엇일까? 세속 사회와 세속적 삶을 이끄는 동력은 분리된 유아(有我)의식, 이기적 개아(個我)의식, 상대적 주객(主客)의식이다. 이와 같은 의식과 인식들이 세속적 인간 행위의 기저와 중심을 이루고 있는 것이다.

그런데 여기서 우리는 이 유아의식과 개아의식 그리고 주객분리 의식이란, 말 그대로 그것이 '의식'이자 '인식'의 일종임을 주목해야 한다. 그것은 유아와 개아 그리고 주객이 실제로 존재하는 실상이 아니라 그와 같은 것이 있다는 '의식' 혹은 '인식'이 현실 속에 존재한다는 것을 뜻한다. 이처럼 의식과 인식은 우리의 현실적인 삶에서 매우 중요한 현상으로 나타나지만 그것은 만들어진 구성체의 일종으로서 지극히 인간적인 한 모습이다.

의식과 인식에 대한 객관적인 사유는 의식과 인식의 지배하에서 벗어나지 못하는 인간들을 해방시킨다. 따라서 보다 객관적인 사유를 위하여 의식 혹은 인식의 출현이 어디에 기인한 것인가를 물어볼 필요가 있다.

불교는 인간들의 생물학적 욕구와 사회화 과정에서 이와 같은 의식 및 인식이 탄생한 것임을 시사한다.[6]

인간이 생물로서 거의 맹목적인 수준에서 살고자 하는 생명 욕구와 인간 사회 속의 일원이 되어 집단으로 살고자 하는 사회적 욕구가 바로 유아의식과 개아의식 및 주객의식을 낳았다는 것이다. 불교가 인간들의 일대사(一大事)라 부르며 '생사문제'의 해결을 그토록 강조하는 것은 이 점에 의식과 인식의 출현이 내재해 있음을 알려주는 대목이다. 부연하면 불교가 말하는 바 생사문제의 해결에서 인간들의 일방적인 생물학적, 사회적 생존 욕구는 그에 대비되는 죽음이라는 상대성의 세계를 만들어놓고 생에 대해서만 집착하는 의식과 인식 경향을 만들어내었다는 것이다. 이렇게 만들어진 의식과 인식은, 삶은 좋은 것이고, 죽음은 나쁜 것이라는 시비와 호오의 이분법을 다양한 시공간 속에서 반복한다. 그러면서 개아의식과 유아의식 그리고 주객의식을 점점 더 강화시키고, 삶은 살기 위해 존재한다는 생존 욕구를 절대적 진리인 양 훈습한다. 그러나 이것은 실상과 다르다고 불교는 말한다. 생과 사는 분리되지도 않았으며, 생존 욕구가 아무리 강하여 온갖 생존에 유리한 세계를 만들어내어도 모든 인간 생명은 마침내 죽음을 맞이할 수밖에 없기 때문이다. 따라서 불교는 생과 사가 분리된 것이 아님을, 또 생존 욕구가 그대로 일방적인 욕구 실현에 성공할 수 없음을 알려준다.

이처럼 살고자 하는 생존 욕구와 그로 인한 이분법의 출현과, 개아의식과 유아의식 그리고 주객의식의 탄생은 인간존재의 근원적 카르마이다.

---

6 서광 스님은 그의 저서 『치유하는 불교 읽기』(서울 : 불광출판사, 2013)에서 이 점을 명시하고 있다. 인간의 카르마 가운데 생명으로서의 생존 카르마는 가장 본질적이고 강력하다.

그리고 이것은 현대 생명과학의 중심에 놓여 있는 진화생물학이 그토록 중시하는 자연선택 및 성선택의 원리와 맥을 같이한다.

인간들의 이와 같은 생존 카르마에 의하여 만들어진 마음의 의식작용과 인식 작용을 불교심리학은 총 8식으로 나누어 설명한다. 안식(眼識), 이식(耳識), 비식(鼻識), 설식(舌識), 신식(身識)의 5감각식, 그리고 의식에 해당되는 제6식, 마나스식이라고 불리는 제7식, 아뢰야식이라고 불리는 제8식이 바로 그것이다.

불교심리학에 따르면 이처럼 모두 여덟 가지 식세계와 식작용에 의하여 우리의 마음이 형성되고 작동된다. 그런데 식세계는 앞에서 언급했듯이 그것 자체가 실제가 아니라 상대를 만듦으로써 형성된 구성체이다. 불교식으로 말하면 연기(緣起)의 소생이자 판타지의 세계이고 대상화의 산물이다. 또한『금강경』이 반드시 넘어서라고 거듭 역설하는 아상(我相), 인상(人相), 중생상(衆生相), 수자상(壽者相)과 같은 일체의 상이 만들어낸 세계이다. 그러나 앞서도 언급했듯이 이 구성체이자 판타지이고 가상체에 불과한 의식과 인식의 세계는 너무나도 견고하고 집요해서 현실적 힘을 강력하게 지닌다.

불교심리학은 이와 같은 식의 세계에서 특별히 제7식인 마나스식에 주목한다. 그것은 제7식이야말로 인간들로 하여금 자기중심적인 이기성과 세속성을 띠고 상대적으로 움직이게 하는 뿌리라고 보기 때문이다. 제7식인 마나스식은 '나다' '내가 있다' '내것이다' '내가 옳다' '내가 살아야 한다' 등과 같은 분리된 유아의식과 개체 의식 그리고 에고의식이 형성되고 작동하는 본거지라 파악되고 있는 것이다. 이 제7식은 언제나 고유하고 우월한 대문자 'I'로만 살고 싶은 '유아'와 '개아' 및 '주체'를 고집하고 있다. 그러면서 제7식의 대표적 특성인 '아견(我見)' '아애(我愛)' '아만(我慢)'

'아치(我癡)'와 같은 속성을 구현하고자 한다.

불교가 그토록 넘어서고자 애쓰는 중생계와 사바세계의 중생심, 분리의식, 소아의식 등은 이 제7식이 주인처럼 작용하는 세계이다. 과학자들이 종(種)의 선택이 개체 선택에 앞선다고 충격을 주어도, 철학자들이 삶과 죽음은 일체라고 지혜담을 말하여도, 더 나아가 종교인들이 개아나 유아와 같은 허상은 무아의 진리 앞에서 찰나적 물방울과 같은 것에 불과한 것이라고 진실을 말하여도, 이 제7식은 좀처럼 그 말을 받아들이지 않는다(아니 못한다). 철저하게 개아 및 유아와 동일시된 제7식은 누구의 말도 듣고자 하지 않는다. 따라서 오늘도 이 제7식의 견고함과 견인력에 의하여 인간들(중생들)의 세속 사회와 세속적 삶은 그 방식으로 영위된다.

물론 불교에서도 말하지만 이렇게 산다고 하여 특별히 문제가 될 것은 없다. 그러나 안타까운 것은 이와 같이 실상과 어긋나는 왜곡된 삶을 삶으로써 인간들은 '고통스러움'이라는 대가를 치러야 한다는 것이다. 즉, 감동 없는 삶을 살아야 한다는 것이다. 불교는 이런 세속 사회와 세속적 삶을 가리켜 '고해(苦海)'의 것이자 고제(苦諦)라고 부를 만하다는 결론을 내린다.

불교에 조금이라도 관심이 있는 사람들은 이러한 '고해'의 삶과 '고제'의 결박으로부터 벗어나기 위해 '마음을 비우라'라고 하는 말을 많이 들었을 것이다. 그러나 제7식과 동일시되어 사는 데 익숙해진 세속인들에게 이 말은 쉽게 그 본뜻이 이해되지 않는다. 도대체 마음을 비우라는 것이 무엇인가라는 의문을 갖거나, 자기 방식대로 마음을 비운다는 것은 이런 것인가 보다는 짐작을 할 뿐이다. 이에 대해 지금까지의 논의 내용과 관련하여 언급하면 '마음을 비우라'는 것은 제7식인 마나스식을 비우라는 뜻이다.[7] 그리고 생존 욕구에서 비롯된 일체의 구성된 것으로서의 식세계와 식작용을 비우라는 뜻이다. 하지만 마음을 비우는 일은 참으로 지난한 일이어서 인간들은 지식으로서의 앎이나 충고와 달리 늘 마음을 붙들고 산다. 그 결과 인간들의 삶과 세상 속에서 감동적인 시공간은 만들어지지 않는다.

필자는 방금 앞에서 제7식의 자기중심성과 그 견고함에 대하여 언급하였다. 이 제7식은 그 자체로도 문제이지만 이로 인하여 제8식이 움직이며 제6식과 5감각식도 왜곡되어 작용하게 한다는 데 더욱 큰 문제가 있다. 이 제7식이 살아서 작동하고 상대적인 식작용을 만들어내는 한 어느 것도 청정한 상태로 나타나지 않는 것이다. 여기서 청정하다는 것은 실상과 위배되지 않는다는 뜻이다. 그러니까 인간들의 왜곡된 식세계와 식작용은 본래 공심(公心)의 장(場)이자 일심의 장인 세계를 한없이 분리시키고 주관화시킨다.

우리가 쓰는 시 가운데 어떤 것들은 이와 같은 왜곡된 식세계와 식작용의 산물이다. 방금 말한 제7식의 아견, 아애, 아만, 아치가 빚어낸 산물들이다. 이러한 시를 쓰는 것은 유아의 확장과 강화 및 그 탐닉에 뜻이 있다. 다시 말하면 세속적 자아확대와 성공을 기하고자 하는 데에 그 근본 뜻이 있는 것이다.[8]

---

7 서광 스님, 『현대심리학으로 풀어본 유식 30송』, 서울 : 불광출판사, 2003, 109~111쪽 참조.

8 한의학자인 금오(金烏) 김홍경은 이와 같은 인간의 속성을 자아보존, 자아확대, 자아탐닉이라는 세 가지 말로 규정하고 이로 인하여 인간의 질병이 발생한다는 주장을 내놓는다. 질병이란 존재의 부조화이자 고통의 드러남이다. 금오, 『동양의학혁명; 총론』, 서울 : 신농백초, 1989.

그런데 흥미로운 것은 이와 같은 차원에서 시 쓰기를 한다면 그것은 아무리 언어가 화려하고 형식적 짜임이 우수하여도 절대로 '시적 감동'을 창출할 수가 없다는 것이다. 독자들을 감동시킬 수 없는 것은 물론 시를 쓴 시인 자신조차도 감동시킬 수가 없는 것이다. 언어란 마음의 문제여서 제7식에 기반을 둔 언어는 제7식의 마음을 그 안에 담고 있다. 따라서 시인은 조금 새로운 경험 내용을 말할 수 있을지는 모르지만 '시적 감동'이라는 하나됨의 순간을 창출할 수는 없다. 제7식에 기반한 자아우월과 나르시시즘은 언제나 그 언어 속에 공격과 방어, 비교와 우열, 파당과 투쟁, 취함과 버림, 호오와 시비 등의 기미를 담고 있다.

노파심에서 한 번 더 부연한다면 시인 자신이 세속적으로 보다 힘 있고 우월한 존재가 되고자 하는 제7식의 충동에 의하여 작품을 쓴다면 그 시는 결코 사람의 마음을 움직일 수가 없다는 것이다. 만약 그와 같은 글이 사람의 마음을 움직이는 경우가 있다면 그것은 유사한 처지에 있는 사람들의 감정이입이나 생각이입 등에 의한 일시적 만족감에 지나지 않는 것이다.[9]

우리는 시인들이 어떤 마음으로 시를 쓰는지 그 심저를 확실하게 알아볼 방법이 없다. 더욱이 시인 자신도 자신이 어떤 마음으로 시를 쓰는지 모를 때가 있다. 그러나 드러난 작품들만을 놓고 본다면 많은 대중가요의 가사들이나 대중시들은 이와 같은 성향을 띤다. 앞서 언급했듯이 이런 내용들 앞에서 독자들의 제7식은 잠시 동요하고 흥분한다. 그러나 그것은 일순간의 자기중심적이며 자아확장적인 동요에 지나지 않을 뿐 한 존재

9 필자는 「일심 혹은 공심의 시적 기능에 관한 시론—공감의 구조와 양상을 중심으로」 292~307쪽에서 이것을 '유아 중심적 공감'이라고 부르며 '자아초월적 무아의 공감'과 구별하여 논한 바 있다.

의 심층을 정화시키고 분별의 벽을 무너뜨리는 감동과 구별된다.

배타적인 목적 지향의 시, 의도적인 프로파간다로서의 시, 나르시시즘에 입각한 자기애적 사랑 시 등도 감동을 주기 어렵다. 이와 같은 시들은 시인의 이기적 목적을 위하여 타자를 도구화하거나 배제시키는 경우이다. 여기서 중요한 것은 시인 자신의 욕망이지 타자나 세계의 진실이 아니다. 이들은 분명 시의 형태를 취하고 있지만 오히려 저변에서는 시의 궁극과 달리 주객의 분리와 경계를 강화시키고 있는 터이다.

불교와 불교심리학은 '한 생각'을 바꾸라고 간정한다. '마음을 비우라'라는 말처럼 이 말도 쉽게 다가오지 않는 암호와 같다. 그러나 살펴보면 '한 생각'은 '한 마음'과 대비되는 것으로서 세상을 자기중심적으로 나누어 보는 인간들의 표층의식이다. 이 표층의식으로서의 식작용은 감동을 창출할 수 없다. '한 생각'의 표층의식은 다 같이 인간들의 내면을 구성하고 있지만 참된 마음인 '한 마음'의 심층의식과 대척 지점에 있다. 따라서 문제는 언제나 '한 생각'을 쓰느냐, '한 마음'을 쓰느냐에 있다. 전자가 생존 욕구의 단견이 빚어낸 산물이라면 후자는 생존 너머 혹은 그 이전의 실제상(實際相)이다.

일반적으로 시가 인간 세상에서 높이 평가받는 것은 그것이 '한 생각'을 '한 마음'으로 전환시키고자 하는 안간힘을 담고 있기 때문이다. 그런 점에서 시는 언제나 현실 너머를 가리키고 있으며, 그 힘으로 시의 발전이 이루어진다. 그러나 시인들도 인간인지라 그들의 언어에는 여전히 '한 생각'이 묻어 있다. 더욱이 개인주의가 이기주의로 오인되고 전체성에 대한 통찰과 공부가 소홀해진 현대로 오면서 시인들의 시에는 '한 생각'의 흔적이 어느 때보다 진해지게 되었다. 이것은 이 시대의 시인들이 자신의 언어와 시심이 어느 차원에서 생성되는지를 새삼 점검하고 자각해야 할 필요가 있음을 알려주는 부분으로서 의미 있게 수용되어야 할 내용이다.

3. 진제(眞諦), 전식득지(轉識得智), 무아의식(無我意識) : 자유와 해방

불교의 초기 경전들은 인간들의 '한 생각'을 다스리는 데 중점을 두고 있다. 어찌 보면 소박한 계몽과 윤리가 중심을 이루는 듯하다. 그러나 이 '한 생각'을 자각하고 다스리지 않는다면 그 다음 단계로의 향상과 성장은 지난하다는 뜻이 초기 불교의 문면에 담겨 있다.

『아함경(阿含經)』을 중심으로 한 초기 경전 이후에 불교는 소위 '반야부(般若部)' 경전을 통하여 '한 생각'이 아닌 '한 마음'의 근거로서 '공(空)사상'을 설파한다. 계정혜(戒定慧) 3학(三學)과 고집멸도(苦集滅道)의 4성제(四聖諦) 같은 초기 가르침으로부터 더 나아가 실상의 본질에 본격적으로 직입하여 전법을 하기 시작한 것이다.

공사상에서 불교는 '진제'를 알려준다. 속제와 대비되는 '진제'란 실상의 차원에서 보면 일체가 '공하다'는 것이다. 공이란 애초에 아무것도 없다는 뜻이기도 하며, 모든 것이 연기(緣起)에 의한 무상성(無常性) 속에 있다는 뜻이기도 하고, 나도 너도 실체시할 수 없는 아공법공(我空法空)의 세계가 실제임을 알려주는 말이기도 하다. 공사상에 밝은 용타(龍陀) 스님은 이 공의 도리를 27가지로 분석하여 제시함으로써 공성의 이해를 한층 실감있게 구축하였다.[10]

---

10 용타, 『공(空) : 공을 깨닫는 27가지 길』, 서울 : 민족사, 2014.

어쨌든 진제의 차원에서 볼 때 세계는 인간적인 식작용의 세계와 그 한계를 넘어선 무심의 공터이다. 반야부 경전의 대표적 경전인 「마하반야바라밀다심경(摩訶般若婆羅蜜多心經)」(약칭 「반야심경」)은 이 공성에 대하여 충격적이면서도 친절한 설명을 가하고 있다. 제법(諸法)은 공상(空相)인데 그것을 구체화하면 '불생불멸(不生不滅), 불구부정(不垢不淨), 부증불감(不增不減)'이라는 말로 풀어서 설명할 수 있다는 것, 모든 색(色)은 공이라는 '색즉시공(色卽是空)'의 원리가 숨어 있다는 것, 실상을 보면 4성제도, 12연기도, 무명(無明)도, 그 무엇도 존재하지 않는 '무'의 세계라는 것, 이런 말들로써 「반야심경」은 보통 사람들이 의심조차 하지 않고 그에 의지하여 살았던 식세계를 부정하고 해체시키고 전복시킨다.

세상을 이분법적인 상대적이며 차별적인 세계로 보았을 때 거기서 나타나는 것이 '식의 세계'이다. 그리고 이것은 앞 장에서 말했듯이 세속을 지배하는 속제의 속성이다. 그에 반하여 세상을 전체인 무경계(無境界) 혹은 무분별(無分別)의 절대적 일원상(一圓相)으로 보았을 때 거기서 발견되고 출현하는 것이 진제의 '공성'이다. 공성은 모든 중심주의와 우월주의를 해체시킨다. 아상, 인상, 중생상, 수자상과 같은 대표적인 상들도, 개인중심주의와 인간중심주의 같은 인간 위주의 환상도, 지구중심주의나 태양계 중심주의와 같은 단견의 우주관도, 그런가 하면 주관주의에서 나온 어떤 가치체계도 해체시킨다. 이른바 '공성'을 통하여 세상은 배타적인 실체가 부정되고 초월되는 무아의 장이자 차별적 실체가 없는 평등의 장이 되는 것이다.

이와 같은 '공성'을 바로 볼 때, 식세계에 결박되었던 인간들은 크나큰 자유와 해방감을 경험한다. 식세계란 인간계의 일이며, 그것도 인간들의 주관성이 빚어낸 세계이고, 인간들의 이해관계에 따라 변화되는 세계이다. 그런 세계의 구속은 '공성'의 직시에 의하여 해결되는 것이다.

시인들이 직관과 사유 속에서 앞서 오랫동안 언급한 공성을 보게 되면 세속의 틀을 벗어나 무한 일탈을 꿈꿀 수 있다. 그것을 상상력이라 해도 좋고, 창조력이라 해도 무방하며, 생성의 힘이라고 말해도 괜찮을 것이다. 시인들은 중중무진의 연기 속에서, 인드라망과 같은 그물 속에서, 무시무종의 초시간적 무상성 속에서, 불가득의 현상적 율동 속에서 움직이는 세계의 실상을 직감하면서 그들이 지닌 자유의 마음과 그 언어를 사용할 수 있을 것이다.

그런 점에서 공성을 본다는 것, 좀 더 친근한 불교적 용어로 말해 '견성(見性)'을 한다는 것은 그 자체로서도 의미가 있지만 시의 최고 단계인 울림과 감동으로 나아가는 전초 국면이기도 하다. 일단 세계의 본 성품을 본다는 뜻에서의 견성이 이루어지면 그들은 유식무경(唯識無境)의 속뜻을 깊이 이해하게 될 것이고, 그에 따라 식세계의 주관성과 인간성이 얼마나 좁은 한계 내의 집착이자 환영인가를 알게 될 것이기 때문이다. 식의 세계 너머에 지(智)의 세계가 있다는 것, 그리고 식의 세계가 만들어낸 경(境)의 세계는 실상과 다른 주관성의 투사물이라는 것을 아는 일은 속제의 단계를 온전히 벗어나는 일이다. 그럼으로써 세계를 있는 그대로 보고, 그 바탕 위에서 자유와 해방은 물론 그 너머를 꿈꾸게 만드는 일이다.

시는 우리가 사는 세계의 해방구이다. 해방구의 역할은 일차적으로 유식무경의 길을 열어가는 것이다. 그럼으로써 주관적이며 고착된 이미지와 관념에 사로잡혀 사는 부자유한 사람들에게 자유와 해방을 선사하는 것이다. 그리고 해방구의 역할은 더 나아가 전식득지(轉識得智)의 세계를 직관하게 하는 것이다. 인간적인 식의 세계 너머에 있는 지혜의 세계(공성의 세계)를 크든 작든 보고 느끼게 하는 것이다.

지금까지의 글의 흐름 속에서 자연스럽게 드러났겠지만 한 번 더 핵심을 제시하자면 식의 세계란 세상을 주객으로 상대화시켜 본 데서 나타난 앎의 세계요, 지의 세계란 주객을 무화시킨 절대의 자리에서 세상을 읽어낸 앎의 세계이다. 편의상 전자를 인간적 지식의 세계라고 할 수 있다면 후자는 우주적 지혜의 세계라고 부를 수 있다.

시인들이 유식무경, 전식득지의 경험을 가장 잘 표현한 경우는 주로 승려들에 의하여 씌어지는 오도송(悟道頌)이나 열반송(涅槃頌) 같은 경우이다. 그리고 넓게는 선시(禪詩) 일제가 이런 모습을 보여주고 있으며, 선시는 아니지만 선취를 지닌 일반적인 시들도 이런 모습에 근접해 있다. 그러나 이와 같은 전문적인 불가의 시가 아니더라도 자유와 해방을 시정신으로 삼고 있는 시인들의 마음 저변에는 그런 모습이 내재해 있다. 우리에게 잘 알려진 김소월의 「산유화」를 보아도, 그리고 조지훈의 「낙화」나 김춘수의 「처용단장」 등과 같은 작품을 보아도, 그런가 하면 황지우의 「게눈 속의 연꽃」이나 이승훈의 「비누」 또는 오규원의 「호수와 나무」 등을 보아도 이런 점은 쉽게 확인된다. 그러나 이것은 적은 실례에 불과할 뿐 모든 진정한 좋은 시들은 그 공성의 세계를 나름의 형태로 가리키며 품고 있다.

그렇게 보면 세상을 고정된 형태로부터 본래의 상태로 풀어놓는 것은 문제적인 시인들의 본업이다. 그들은 축적하기 전에 풀어놓고, 규정짓기 전에 해체한다. 일체의 것들을 고체와 같은 경직성에서 액체와 같은 유동성으로, 또 기체와 같은 무형성으로 돌려놓는 것이다. 고체에서 액체로, 액체에서 기체로 향할수록 존재는 시원의 공성 혹은 허공성을 닮는다. 허공을 가리켜 진공이라 부를 수 있다면 경직된 존재의 해체는 진공에 다가가는 일이다.

이와 같은 상태에서 고정되고 불변하는 중심으로서의 '아상'은 없다. 아상이 없으니 자연스럽게 '법상(法相)'도 없다. 주객이라는 말이 아예 성립되지 않는 것이다. '무아'의 상태가 이런 것을 지칭한다면 이러한 자리에선 '무아의식'이 흐를 뿐이다.

무아란 무심의 상태이다. 사적인 마음, 주관적인 마음, 이기적인 마음, 우월한 마음, 차별하는 마음 등이 부재한 '있는 그대로의 상태'를 보는 마음이다. 이 마음은 불교에서 '모르는 마음'이라고 칭하기도 한다. '아는 마음'과 대비되는 '모르는 마음'은 현상과 형태 너머의 우주적 실상과 심층에 대한 경외의 마음이자 스스로 언어를 삼가는 마음이다. 달리 말하면 도저히 우리가 알 수 없는 우주적 실상 앞에서 인간적 의식과 인식 작용의 한계를 고백하는 마음이다. 우리가 '모르는 마음'이 되었을 때 세상은 '공성'의 얼굴로 드러난다. 그 '공성' 앞에서 일체는 자유로워지고 해방된다. 기존의 속제에서 '한 생각'을 일으켜 만들어낸 언어와 수와 측량단위 등으로 단정짓거나 경계지을 수 없는 세계를 보는 것이다. 자아초월심리학의 석학인 켄 윌버가 지적했듯이 언어와 수와 측량단위는 세상을 주객으로 분리시켜 본 자들이 인간중심적으로 만들어낸 대표적 도구성의 세계이다.[11]

시인들은 외형상 언어를 사용한다는 점에서 세간의 다른 언어 행위들과 크게 구별되지 않는 일을 하는 듯하다. 그러나 시인들의 언어는 정도의 차이가 있을지언정 '공성'의 바탕 위에서 재창조된다는 점에서 세간의 언어 행위들과 구별된다. 이런 언어들 속에는 해방과 자유를 느끼게 하는 기운이 있고, 그런 언어를 통하여 시인도 독자들도 현상계의 분리되고 경

11 켄 윌버, 『무경계(No Boundary)』, 김철수 역, 서울 : 김영사, 2012, 69~75쪽.

계지어진 집착의 틀로부터 벗어날 수 있는 가능성을 확보하게 된다.

4. 진속불이(眞俗不二), 일심(一心), 대아의식(大我意識) : 울림과 감동

앞 장에서 진제의 세계가 주는 자유와 해방에 대하여 언급하면서 이것을 가리켜 인간 마음의 최고 단계인 울림과 감동의 단계로 나아가는 이전 국면이라고 말한 바 있다. 공성에 대한 인식, 견성을 통한 본 성품의 통찰, '모르는 마음'으로 보는 우주적 실상, 무심으로 읽은 무아의 연기성, 해체하여 바라본 허공과 같은 진공 세계 등은 속제의 현상과 형태에 갇혀 있던 인간들의 단견과 사견을 벗어나게 하는 길이기 때문이다. 불교는 이를 가리켜 지혜의 증득이라고 말한다. 좀 더 전문적인 용어로 말하면 세계의 중도성(中道性) 혹은 중도상(中道相)을 보았다는 것이다. 불교는 이런 경지의 최고 지점에 이른 사람들을 '아라한'이라고 부른다.

하지만 아라한은 소승불교의 이상형이다. 불교는 소승불교를 넘어 이들을 포월하면서 이루어낸 대승불교 시대로 오면서 진제와 속제가 둘이 아닌 경지, 즉 진속불이의 경지를 구현하고자 하였고 여기서 상구보리(上求菩提)와 더불어 하화중생(下化衆生)의 중요성이 강조되었다. 요컨대 진속불이의 경지, 일체를 일심의 장으로 포월(包越)하는 '하나'의 의미, 세상 전체가 한몸이라는 일체(一體)의식과 동체(同體)의식, 우주 전체를 자신과 동일시하는 대아(大我)의식, 그리고 원력으로 살아가는 보살의식 등이 여기서 역설된 것이다.

여기에서는 일체중생이 모두 불성을 지니고 있다는 이른바 불성사상과 여래장(如來藏)사상이 중요한 역할을 하였고, 누구나 불종자(佛種子) 혹은 여래(如來)의 성품을 지니고 성불의 길을 가는 영원의 존재라는 대긍정의 인간관이 또한 크나큰 역할을 하였다.

이와 같은 대승불교적 진속불이 사상, 일심사상, 대아의식에서 가장 중요한 것은 '용심(用心)'의 문제이다. 마음을 어떻게 쓰느냐 하는 것이 일체를 규정한다는 것이다. 마음을 쓰는 일은 천차만별이어서 좁게 쓰면 바늘 하나도 들어갈 수 없을 만큼 좁고 넓게 쓰면 허공을 다 담고도 남음이 있을 만큼 넓다고 불교는 설명한다. 마음을 쓰는 데 따라 그야말로 자업자득(自業自得)이자 자작자수(自作自受)의 세계가 무한한 양태로 다채롭게 그리고 차원 변이를 하며 형성된다는 것이다.

하지만 이와 같이 다양한 형태로 나타날 수 있는 용심의 근본 문법이자 기본 문법은 다음과 같은 두 가지로 압축된다. 그 하나는 아상을 중심으로 삼아 주객 이분법의 분리된 마음을 쓰는 일이요, 다른 하나는 무아상을 근거로 삼아 주객 초월의 하나된 마음을 쓰는 일이다. 전자를 가리켜 '두 마음'을 쓴다고 한다면 후자를 두고서는 '한 마음'을 쓴다고 말할 수 있다. 또한 전자를 가리켜 '한 생각'을 일으킨다고 말할 수 있다면 후자에 대해서는 '한 마음'을 썼다고 말할 수 있다. 요컨대 '두 마음'과 '한 마음', '한 생각'과 '한 마음', 이것이 바로 마음을 쓰는 '용심'의 기본 틀인 것이다.

불교 전체의 핵심이 그러하지만 특별히 대승불교는 '한 마음'의 실천적 사용을 수행의 최종 단계로 생각한다. 공성(空性)의 공심(空心)에서 얻은 자유와 해방의 마음을 일체(一體)인 일심(一心)의 구현으로 전환시켜 울림과 감동의 삶을 이루어내는 데 그 최고의 뜻을 두고 있는 것이다. 달리 말하자면 불교가 그토록 강조하는 지혜의 증득에서 자비의 실천으로 수행의 길을 확대, 심화시켜 나아가는 것이다. '자비'는 대아(大我)적 사랑이다. '한 마음'이 빚어낸 용심의 결과물이다. 그것은 공심(公心)이라고도 할 수 있는 일심의 마음을 점점 더 확장시켜 나아가는 데서 탄생되는 산물이다.

감동은 이와 같은 공심(公心)의 작용 또는 확대된 일심의 작용에서 탄생된다.[12] 자아초월의 마음이라고 할 수 있는 이 마음은 인간들의 심층심리 속에 자리해 있다. 이러한 심층심리의 세계를 다루는 것을 심층심리학이라고 부른다면 감동은 심층심리학으로 설명이 가능한 세계이다. 심층심리학적으로 볼 때, 인간의 심층에는 그 분리되고 대립된 표면세계와 달리 세상을 '하나'로 살며 그 '하나'를 그리워하는 마음, 그리고 세계 전체를 자아와 동일시하며 그 세계의 공익을 소망하며 노력하는 우주심, 그런가 하면 진선미의 경지라고 할 수 있는 성불의 세계를 구현하고 싶은 마음이 존재한다. 이런 마음이 움직였을 때 우리는 감동을 주었다 혹은 감동을 받았다, 또는 감동의 구현이 이루어졌다고 말하는 것이다.

참다운 시심의 원천은 일심과 공심(公心)의 세계이다. 달리 말하면 사랑과 자비의 마음자리이다. 이 세계이자 자리가 움직이지 않는다면 시심은 피어나지 않는다. 김남조 시인이 시의 마음에 대하여 말하면서 그 속엔 '기도'와 '사랑'이 본질적으로 들어 있다고 한 것은 이 점과 동일한 견해이다.[13] 그리고 승려이자 시인인 조오현 선사가 시와 선은 동일하다고 말한

---

12 이것은 오강남이 말하는 '신성한 실재(divine reality)'에 닿고, 그것이 움직이는 일이다. 그리고 올더스 헉슬리가 명명한 '영원'의 세계에 닿고 그것이 활동하는 일이다. 올더스 헉슬리, 『영원의 철학』, 조옥경 역, 오강남 해제, 서울 : 김영사, 2014.

13 월간 '현대시' 주관, 『한국의 시인들 7 : 사랑의 시인 김남조 』, 시네텔 서울, 1997.

것도 이와 같은 맥락이다.[14]

그러면 이제 이와 같은 전제 위에서 우리 시사 속의 작품을 구체적으로 거론하며 감동의 실제에 대하여 살펴보기로 하자. 거칠지만 앞서 언급한 내용을 요약하여 핵심을 다시 한 번 제시하자면 감동은 공심 혹은 일심을 사용함으로써 아상 속에서 닫혀진 경계와 대립하는 칸막이를 무너뜨리고 '일체의 장'을 경험하는 일이다. 본고에선 이와 같은 드물고 높은 경험의 세계를 대승불교 수행 방법의 중심을 구성하는 이른바 '6바라밀'을 근거이자 기준으로 삼아 살펴보기로 한다. 다른 방법들도 유효할 것이나 이 '6바라밀'을 통한 고찰이 그 포용성이나 설득력의 면에서 가장 적실하다고 생각된다. 주지하다시피 6바라밀은 보시(布施)바라밀, 지계(持戒)바라밀, 인욕(忍辱)바라밀, 정진(精進)바라밀, 선정(禪定)바라밀, 지혜(智慧)바라밀의 여섯 가지 수행 방식을 가리킨다. 그러나 이 6바라밀의 공통점은 모두가 '한 마음'을 사용함으로써 이루어지는 수행 방식이자, 그 '한 마음'에 도달하도록 이끄는 수행 방식이라는 점이다. 요컨대 그것은 차안인 속계의 언덕에서 불계인 피안의 언덕으로 건너가는 방법인 것이다.[15]

먼저 보시바라밀의 정신을 내재시킴으로써 시적 감동을 불러일으킨 경우에 대하여 살펴보기로 한다. 편의상 우리에게 널리 알려진 작품들을 거론한다면 한용운의 작품 「나룻배와 행인」, 서정주의 「나의 시」, 김남조의

---

14 조오현의 시 「나의 삶」은 이 점을 잘 드러낸다. 참고로 시의 전문을 밝혀보면 다음과 같다. "내 평생 찾아다닌/것은/선(禪)의 바닥줄/시(詩)의 바닥줄이었다//오늘 얻은 결론은/시는 나무의 점박이결이요/선은 나무의 곧은결이었다". 권영민 엮음, 『적멸을 위하여 : 조오현문학전집』, 서울 : 문학사상사, 2012, 252쪽.

15 바라밀은 산스크리트어 '파라미타'를 음사한 것이다. '바라밀'은 '자아중심적 유아'의 세계를 벗어나 '자아초월적 무아'의 세계로 건너가는 일이다. 따라서 그 본질은 '감동' 혹은 '시적 감동'과 맞닿아 있다.

「목숨」, 구상의 「그리스도 폴의 강」, 함민복의 「눈물은 왜 짠가」, 이정록의 「의자」 등을 예로 들어볼 수 있을 것이다.[16] 한용운의 「나룻배와 행인」에서 화자가 자신을 나룻배와 동일시하면서 행인들에게 강을 건네주는 무한의 보시행을 하는 일, 서정주의 「나의 시」에서 시인인 화자가 꽃이 피는 하늘의 신비를 아는 친척 부인의 치마폭에다 풀 위에 떨어진 낙화를 하염없이 가져다 드려놓는 무주(無住)의 보시행, 김남조의 「목숨」에서 전쟁으로 공포에 떠는 살고 싶은 목숨들 앞에 가장 무구한 기도를 올리는 일, 구상의 「그리스도 폴의 상」에서 화자가 자신도 그리스도 폴처럼 강을 '회심(回心)의 일터'로 삼아 헌신하겠다는 마음, 함민복의 「눈물은 왜 짠가」에서 어머니와 아들과 식당 주인이 서로에게 보여주는 무언 속의 배려와 베풂, 이정록의 「의자」에서 시인의 어머니가 인간 너머의 뭇 생명들에게까지 의지처이자 쉼터인 의자를 내어주며 확장된 생명애를 전하는 일, 이런 것들은 모두 보시바라밀의 속성으로 감동을 자아내는 실례이다. 보시는 대가 없이 자신의 것들을 내어줌으로써 나와 너의 벽을 허무는 일이다. 보시를 하는 사람도, 또 그것을 받는 대상도 이 행위 앞에선 가로놓였던 장벽을 허물고 일체가 된다.

다음으로 지계바라밀과 관련된 시적 감동의 경우를 살펴보기로 한다. 불교에선 가장 기본적인 지계행으로서 다섯 가지를 제시한다. 불살생(不殺生), 불투도(不偸盜), 불망어(不妄語), 불사음(不邪淫), 불음주(不飮酒)가 그것이다. 이들 모두는 다른 존재의 삶을 자신의 이익을 위해 주관적으로

16 지금부터 예시로 거론되고 언급되는 작품들은 매우 잘 알려진 것들이므로 출처와 본문을 밝히지 않고 논의하기로 한다. 다만 그 핵심이 되는 내용들을 서술하여 독자들의 이해를 돕고 그것을 논증의 바탕으로 삼아 바라밀행이 시적 감동과 연관되는 점을 폭넓게 보여주고자 한다.

빼앗거나 지배하지 않도록 만드는 금기이다. 그러나 이 지계행의 적극적인 뜻을 함께 살펴야 지계바라밀의 참다운 이해가 가능하다. 말하자면 지계바라밀의 첫 번째 행인 불살생은 적극적인 방생(放生)의 뜻으로, 불투도는 적극적인 베풂의 뜻으로, 불망어는 적극적인 이어(利語)와 애어(愛語) 사용의 뜻으로, 불사음은 적극적인 사랑의 뜻으로, 불음주는 적극적인 평상심 회복의 뜻으로 새겨야 한다.

이 글에선 지계행의 가장 앞자리에 나오는 불살생계의 적극적 행위인 방생을 통한 감동의 실제에 대해 살펴보기로 한다. 역시 우리에게 잘 알려진 작품들을 제시해보면 백석의 「수라」, 정현종의 「한 숟가락 흙 속에」, 김종삼의 「민간인」, 최승호의 「방울새들」 등을 들 수 있다. 백석은 그의 작품 「수라」에서 거미와 그 새끼들에 대한 한없는 생명애와 살림의 연민심을 통하여 시적 감동을 불러일으킨다. 그리고 정현종은 「한 숟가락 흙 속에」에서 한 숟가락의 흙 속에 일억 오천만 마리의 미생물이 살아 존재하며 발밑의 탄력을 일으킨다는 이해와 통찰로 시적 감동을 자아낸다. 그리고 김종삼은 「민간인」에서 분단된 비극의 바다 속에 희생양이 되어 어둠과 더불어 사라진 어린 생명의 비애를 통탄함으로써 시적 감동을 자아낸다. 또한 최승호는 「방울새들」에서 숲 속에선 사람들이 방울새들보다 느린 속도로 차를 몰아야 한다는 한 스님의 말씀을 통하여 시적 감동을 불러일으킨다.

이제 셋째로 인욕바라밀을 통한 시적 감동의 실제에 대해 살펴보기로 한다. 한용운의 「당신을 보았습니다」, 서정주의 「신부」, 이상화의 「빼앗긴 들에도 봄은 오는가」, 이육사의 「절정」, 윤동주의 「십자가」, 조지훈의 「봉황수」 등은 인욕의 마음이 어떻게 시적 감동으로 이어지는가를 보여주는 훌륭한 실례들이다. 한용운은 「당신을 보았습니다」에서 민적과 인권과 정조를 부정당하는 폭력 앞에서 인욕으로 감동에 이르게 하는 모습을 보여주고 있다. 그리고 서정주는 「신부」에서 첫날밤의 남편에 대한 무한한 신뢰 속에서 시간을 초월하여 인욕하는 신부의 모습으로 시적 감동을 자아내고 있다. 그런가 하면 이상화는 「빼앗긴 들에도 봄은 오는가」를 통하여 국권 상실의 아픔을 국토와 자연에 대한 무한한 사랑과 더불어 인욕으로 넘어서는 시적 감동을 창출하고 있다. 또한 이육사는 「절정」을 통하여 죽음과도 같은 극지의 극한상황에서 인내하며 현실을 넘어서는 인욕바라밀의 감동을 자아내고 있으며, 윤동주는 「십자가」를 통하여 참된 삶을 위해 예수처럼 순교하듯 목숨을 바치고자 하는 인욕바라밀의 감동을 창출하고 있다. 조지훈의 「봉황수(鳳凰愁)」도 마찬가지이다. 그는 여기서 참담해진 나라와 전통의 비애를 인욕의 마음으로 승화시켜 비장한 시적 감동을 불러일으키고 있다.

넷째로 정진바라밀과 관련된 시적 감동의 예를 보기로 한다. 윤동주의 「서시」와 「쉽게 씌어진 시」, 서정주의 「자화상」과 「동천(冬天)」, 유치환의 「생명의 서」와 「바위」, 조오현의 「절간이야기 20」 등을 그 예로 들 수 있다. 먼저 윤동주는 「서시」에서는 죽는 날까지 하늘을 우러러 한 점 부끄러움이 없을 때까지 참회와 성찰 속에서 사랑의 마음으로 정진하고자 하는 각오를, 「쉽게 씌어진 시」에서는 진실한 시 쓰기에 순교자와도 같이 온몸과 마음을 바치고자 하는 정진의 마음을 드러냄으로써 시적 감동을 자아내고 있다. 그리고 서정주는 「자화상」에서 자아의 드높은 성장을 위해 오직 자존심과 진실 하나로 무장하고 정진해온 한 청년의 고백과도 같은 절절한 육성을 통해 시적 감동을 창조하고 있다. 또한 그는 「동천」에서 님의 고운 눈썹을 무한과도 같은 시간을 바쳐 최고의 미로 닦아 승화시키는 정진행으로 시적 감동을 불러일으키고 있다. 한편 유치환은 「생명의 서」에서 진아(眞我)를 찾기 위해 자신을 가혹한 아라비아 사막과 죽음으로까지 내모는 뜨거운 고행의 정진행을 통하여 시적 감동을 불러일으키고 있다. 그리고 그는「바위」에서는 희로애락의 인간적 감정을 극복하여 초연에 이르고자 하는 정진행을 통해 시적 감동을 불러내고 있다. 끝으로「절간 이야기 20」은 조오현의 연작 가운데 한 편인데 그는 여기서 어느 절의 종두(鐘頭)가 지고지선(至高至善)의 범음(梵音)을 창조하기 위하여 종치기로서의 종두 일에 자원하여 매진하는 정진행을 보여줌으로써 진한 시적 감동을 창조하고 있다.

이번에는 다섯째로 선정바라밀에 의한 시적 감동의 탄생에 대해 살펴보기로 한다. 정지용의「장수산2」, 조지훈의「파초우」, 박목월의「청노루」, 한용운의「슬픔의 삼매」 등을 예로 들어 보면 좋을 것이다. 먼저 정지용은「장수산1」에 이어지는 연작「장수산2」에서 한 덩이의 돌산과 같은 겨울 장수산 속의 고요 속에 그 자신도 고요가 되어 절벽과 마주 앉은 선정의 모습을 그려보이고 있다. 그리고 조지훈은「파초우」에서 파초 잎에 비 내리는 저녁 어스름에 창을 열고 산과 마주 앉아 선정에 든 모습을 그려보이고 있다. 이 두 작품은 모두 선정바라밀과 같은 풍경으로 독자들을 시적 감동에 젖어들게 한다. 박목월의「청노루」도 마찬가지이다. 박목월은 이 작품에서 청정한 자연 풍경의 실상을 그려보이고 있다. 이런 청정한 자연 풍경은 바로 선정의 상태를 환기시키거니와 이 작품은 그러한 환기력에 의하여 시적 감동을 느끼게 한다. 끝으로 한용운의「슬픔의 삼매」를 보기로 하자. 한용운은 이 작품에서 님을 향한 슬픔의 삼매 속에서 '아공(我空)'이 된 자신의 모습을 고백하고 있다. 슬픔이 아공으로 이어지게 하는 이 선정의 힘은 작품「슬픔의 삼매」를 감동으로 이끄는 원동력이 된다.

마지막으로 지혜바라밀을 통한 시적 감동의 실례를 살펴보기로 한다.

김소월의 「산유화」, 한용운의 「알 수 없어요」, 서정주의 「시론」, 정진규의 「해마다 피는 꽃, 우리 집 마당 10품(品)들」, 최승호의 「노을」 등이 그 예에 속한다. 김소월은 「산유화」에서 사시사철 피고 지는(또는 지고 피는) 꽃들을 통하여 존재의 항상성과 무상성을, 한용운은 「알 수 없어요」를 통하여 '모르는 마음'으로 읽어낸 '법성(法性)'의 현현을, 서정주는 「시론」을 통하여 가장 훌륭하고 본질적인 것은 포착하지 않고 그대로 둠으로써 시적일 수 있다는 고차원의 시론이자 존재론을, 그리고 정진규는 「해마다 피는 꽃, 우리집 마당 10품들」을 통하여 잡풀들처럼 아무렇지도 않고 흔해빠진 '지천(至賤)'의 경지가 최고의 경지임을, 최승호는 「노을」을 통하여 값을 매길 수 없는 죽은 고양이가 가장 귀하다는 무가(無價)와 무분별의 세계를 일깨워주고 있다. 이와 같은 통찰과 일깨움은 모두 지혜바라밀의 성격을 띰으로써 시적 감동을 불러일으키는 요인들이 된다. 지혜에는 언제나 사람을 움직이는 감동의 힘이 깃들여 있다. 앞서 열거하고 논의한 작품들에서 이와 같은 지혜의 힘은 순도 높게 빛난다.

지금까지 대승불교의 대표적 수행 방법인 6바라밀에 근거하여 우리 시에 나타난 시적 감동의 실제를 살펴보았다. 앞의 논의 과정에서 말하고자 하는 바의 핵심은 충분히 드러났다고 생각하나, 그럼에도 불구하고 한 가지 덧붙여야 할 점은 6바라밀 이외의 방법으로도 불교심리적 관점에 입각한 시적 감동의 실제를 탐구할 수 있다는 것이다. 예컨대 8정도(八正道), 4섭법(四攝法), 37조도품(三十七助道品), 5정관(五停觀) 등과 같은 여러 수행 방법이 거론되고 적용될 수 있다.

그러나 이와 같은 다양한 방법을 명명하거나 거론하는 것이 중요한 것은 아니다. 이들은 논의를 하기 위한 방편일 뿐, 실제로 중요한 것은 어떤 시가 '한 마음'을 사용한 것이냐, 그 시를 창작하는 행위가 '한 마음'에 도달하도록 이끄는 행위냐 하는 점이다. 이와 같은 뜻이 달성된다면 어떤 것이든 시적 감동으로 이어질 수 있는 것이다.

따라서 앞에서 예로 언급한 것 외의 다른 작품들에서도 얼마든지 시적 감동의 실례를 찾아볼 수 있고 만나볼 수 있다. 그것을 일일이 열거한다는 것은 무모한 일로 여겨질 만큼 많은 작품들이 실제로 언급될 수 있다.

물론 시인들의 시가 창조하는 이런 시적 감동이 일반적으로 불교가 말하는 '지혜와 자비'에 대한 분명한 자각이나 불교심리학에 대한 이해 및 통찰에서 이루어진 것이라고 말하기는 어렵다. 하지만 그것이 드문 예외를 제외하고는 비록 무자각 속에서 혹은 직감에 의해서 찰나적으로 이루어진 것이라 할지라도 '한 마음' 혹은 '하나의 세계'가 작동하거나 그것에 접선이 이루어지는 시인들의 시 쓰기는 시적 감동과 이어진다.

시인들도 그러하지만 독자들도 뚜렷한 이해나 통찰 없이 어떤 시인들이나 그들의 특정한 작품에 이끌려 '한 마음'의 경지로 나아가는 경우가 많다. 그것은 자신의 의식이나 의지로도 어쩔 수 없는 인간 심층에 존재하는 불성과 불심, 공성과 일심이 작용한 까닭이다. 그런 점에서 시적 감동을 크게 불러일으키는 시인들이나 시적 감동에 크게 젖어드는 독자들은 그들의 자각 여부와 무관하게 불성과 불심, 공성과 일심의 장에 닿아 그것을 일깨우는 경험을 갖는 사람들이다. 언어도, 시도 재주 이전에 근본적으로 '마음'과 '마음씀(用心)'의 문제라고 불교가 그토록 강조하는 것처럼, 시인에게는 물론 독자들에게도 불심과 일심의 사용과 작동은 마음의 경계를 허물고 '하나'의 장으로 나아가는 소중한 감동의 길이자 경험이 된다.[17]

---

17 앞에서 지금까지 언급한 '하나'의 의미에 대해서는 이기영의 『하나의 의미 : 이기

5. 결어 : '시적 감동'의 새로운 의미와 우리 시가 나아갈 길

지금까지 '시적 감동'의 문제를 불교심리학적 관점에서 살펴보았다. 좋은 시의 요건으로 제시할 수 있는 사항은 여러 가지가 있으나 그 가운데 시적 감동은 단연 앞자리에 놓인다. 시적 감동은 시를 인간사의 고처(高處)에 존재하게 하는 중요한 원천이거니와 그것은 인간들의 심층에 묻혀 있거나 그 속에서 작동하고 있는 청정심(淸淨心), 일심, 도심(道心), 공심(公心), 자비심, 영성(靈性), 영원성 등을 일깨우는 일이다.

불교심리학적 관점에서 보자면 인간들의 심리는 매우 복잡한 것 같으나 그 원리는 생각과 다르게 단순하다. 이른바 주객이 분리된 '두 마음'을 쓰느냐, 아니면 주객을 넘어선 '한 마음'을 쓰느냐 하는 것이 모든 일의 핵심이기 때문이다. 일반적으로 '내가 있다'는 유아의식에서 비롯된 세속적 심리는 주객이 분리된 '두 마음'을 사용하는 것이다. 그에 비해 무아의식 및 대아의식에서 이루어지는 초월적 심리는 주객이 하나가 된 '한 마음'을 사용하는 것이다.

시에서 이와 같은 '용심'의 문제는 그 시의 관점과 상상력 그리고 감동의 유무를 결정하는 중요한 요인이다. 일반적으로 시를 언어의 문제로 보기 쉽지만 실제로 언어 이전에 혹은 언어 속에 존재하는 '용심'의 문제는 언어 문제 이상으로 시의 중요하고 본질적인 측면이다.

우리에게 익숙한 근대시는 근대가 기저로 삼고 있는 개인중심주의와 인간중심주의에 기반해 있기 때문에 자칫 이 '용심'의 문제를 소홀히 하기 쉽다. 따라서 개아의 개성과 인간의 자부심을 전면에 놓고 있는 근대인의

영 전집 13권』(서울 : 한국불교연구원, 1999)을 보면 보다 심화된 이해가 가능할 것이다.

삶과 근대시에서 '용심'의 문제를 제대로 이해하고 개아의 개성과 인간의 자부심 너머에 존재하는 차원을 열어가며 그 마음을 쓰는 일은 특별히 비중 있게 기억되고 탐구되어야 한다.

그런 점에서 시적 감동의 문제는 단순한 시의 문제만으로 끝나지 않으며 한 존재의 세계에 대한 심층적 이해 및 실천의 문제와 연관돼 있다. 달리 말하면 근대시를 말할 때 중시되는 천재성이나 기예의 훈습 등의 문제를 넘어선, 보다 본질적이고 근원적인 세계 이해의 차원이라는 문제와 연관되어 있는 것이다.

시적 감동에 내재된 이와 같은 점을 좀 더 폭넓게 이해할 수 있도록 다음과 같은 표를 제시해보기로 한다.[18] 이 표 속에서 시적 감동은 자비심, 대아심, 공심(公心), 원성실성, 500 이상의 의식지수, 파워의 세계 등과 연관돼 있다. 불교와 불교심리학에서 말하는 지혜 위의 자비심, 무아 위의 대아의식, 공심(空心) 위의 공심(公心), 의타기성 너머의 원성실성 그리고 데이비드 호킨스가 말하는 500 이상의 의식지수의 성취와 파워의 영역은 시적 감동이 작동하고 창출되며 감수되는 층위와 맞닿아 있는 것이다.

18 아래에서 제시된 개념들 중 소아(small I) 의식, 무아(nothing I) 의식, 대아(big I) 의식은 숭산(崇山) 스님의 마음 서클(0도 : 소아, 90도 : 업아(業我), 180도 : 무아, 270도 : 묘아(妙我), 360도 : 대아)에 , 의식지수와 포스(force) 및 파워(power)의 개념은 데이비드 호킨스의 의식이론에 토대를 두고 있는 것이다. 그리고 변계소집성과 의타기성 및 원성실성은 불교유식론에서 말하는 3성(三性)의 개념에 해당한다. 각각의 내용을 담은 참고문헌은 다음과 같다. 숭산행원(崇山行願), 『선의 나침반 1-2』, 현각(玄覺) 편, 허문명 역, 서울 : 열림원, 2003; 데이비드 호킨스, 『의식혁명』, 백영미 역, 서울 : 판미동, 2011; 서광 스님, 『현대심리학으로 풀어본 유식 30송』, 서울 : 불광출판사, 2003.

무지(無智)	소아(small I) 의식	사심(私心)	변계소집성(遍計所執性)	의식지수 200 이하	포스의 작용 : 대립과 구속
지혜(智慧)	무아(nothing I) 의식	공심(空心)	의타기성(依他起性)	의식지수 200-500 사이	포스 이후/파워 이전의 작용 : 자유와 해방
자비(慈悲)	대아(big I) 의식	공심(公心)	원성실성(圓成實性)	의식지수 500 이상	파워의 작용 : 울림과 감동

앞서 언급한 근대의 기본 정신인 개아중심주의와 인간중심주의에 토대를 두고 전개돼온 우리의 근현대시는 그간 한편으로 이와 같은 근대정신을 충실하게 반영하면서도 다른 한편으로 예술 본래의 원형적이면서도 심층적인 마음인, 이른바 자비심, 대아심, 공심, 일심, 영원성 등을 활용함으로써 시공을 넘어선 시적 감동을 불러일으키는 데에 공헌하였다. 그러나 지금, 현 단계의 우리 시는 지나친 개아중심주의와 인간중심주의에 편향됨으로써 시적 감동을 창출하는 일로부터 멀어져가고 있다. 적절한 명칭이라고 할 수는 없으나 '미래파'라는 호칭과 관련된 21세기 젊은 시인들의 시적 특성을 두고 논쟁까지 치른 우리 시단의 새로운 흐름은 '시적 감동'이 약화되는 모습을 보인다는 점에서 우려감을 자아낸다. 이에 대해서는 따로 자세한 논의가 필요하다. 여기에서는 우리 시단과 시사의 현재를 생각해보기 위하여 간략하게 언급하는 것으로 그친다.

시적 감동은 앞서 말했듯이 시공을 초월한 시의 힘이자 저력이다. 그것은 3차원의 시공간 속에 사는 유한한 인간들이 심층에 내재하는 무한성을 개발하는 일이다. 이것이 시의 힘이자 존재 기반이거니와 이 점을 상실하거나 소홀히 할 때, 시는 위태로워진다. 여러 차례 앞서 언급했듯이 시적 감동은 인간 마음의 신성한 지대와 맞닿아 있는 고차원의 마음 작용이다. 따라서 시적 감동에 대한 탐구와 심층적인 이해는 시를 발전시킬 수 있는 필수요건이다. 근대시 100주년을 기념하고 다시 새로운 단계로 나아가고 있는 오늘날의 우리 시는 이 점을 기억하고 시의 본질에 충실한 자세로 돌아올 필요가 있다.

제3장
한용운의 『님의 침묵』에서의 '고제(苦諦)'의 해결 방식과 그 의미

1. 문제 제기

이 글은 한용운의 시집 『님의 침묵』을 심층적이면서도 포괄적으로 이해하기 위해서는 불교 성립의 출발점이자 불교 교리의 핵심을 담당하는 이른바 '고제(苦諦)' 혹은 '고성제(苦聖諦)'의 문제에 주목하여 살펴보는 것이 매우 효과적이라는 판단 아래 씌어진 것이다.

주지하다시피 한용운의 시집 『님의 침묵』은 단순한 예술 장르로서의 문학성만을 지닌 시집에 그치지 않고 한 승려의 불교적 세계관과 구도의 실천행이 담긴 수행서이자 교화서로서의 성격을 띠고 있다. 따라서 이 시집을 깊이 있게 이해하기 위해서는 시집이 지닌 예술성과 더불어 종교성과 구도성이 함께 고려되고 탐구되어야 한다.

불교의 첫 출발은 무수한 생명의 다른 이름인 이른바 중생들이 지니고 있는 '고액(苦厄)', 그 가운데서도 몸과 마음을 함께 지니고 사는 매우 기이한 존재로서의 인간 중생들(인류, 인종)이 지니고 사는 고액의 문제를 본격적으로 인지하는 데서부터 비롯되었다. 말하자면 불교의 성립은 중생들의 삶이 고액이라는 사실을 여실하면서도 사무치게 인지한 결과, 그것을 극복하고자 하는 간절한 바람과 탐구로부터 시작된 것이다. 그러니까 심하게 말한다면 고액의 문제를 철저하게 자각하고 고뇌하지 않는 한 불교적 성찰과 삶은 그 처음부터 진행되기가 어려운 것이다.

그렇다면 과연 불교가 그토록 심각하게 비중을 두어 말하는 것처럼 중생들의 삶은 고액으로 구성된 것일까? 그리고 그것이 중생들에게 그토록 엄청난 문제가 되는 것일까?[1] 이에 대해서는 입장과 해석에 따라 여러 가지 의견이 개진될 수 있을 것이나 적어도 불교적 관점에서 보자면 중생들의 삶은 고액으로 점철돼 있으며 그 고액은 단순한 일시적 · 현상적 차원을 넘어서 영구적이고 본질적인 '진리'의 성격을 지닌다고 파악된다. 따라서 불교에서 고액은 '고제' '고성제' 등의 이름을 부여받는다. 여기서 고제라는 말은 '고(苦)라는 진리'를, 고성제라는 말은 '고라는 성스러운 진리'를 뜻한다. 요컨대 고액이 중생들의 삶과 세계를 지배하는 근본 진리에 해당된다는 말이다. 그것도 '성스러운 진리'에 속한다는 말이다.

불교에서 말하는 고제로서의 고액에는 여덟 가지가 있다. 생고(生苦), 노고(老苦), 병고(病苦), 사고(死苦), 애별리고(愛別離苦), 원증회고(怨憎會苦), 구부득고(求不得苦), 오음성고(五陰盛苦)가 그것이다. 앞의 4고인 생로병사의 고액은 우리가 육신을 가지고 이 땅에 출현한 과보이며, 뒤의 4고인 애별리고, 원증회고, 구부득고, 오음성고는 육신과 더불어 정신을 지

1 김윤수가 '삶은 과연 괴로운 것인가'라는 제목 아래 '괴로움'에 대해 폭넓게 성찰한 것은 삶을 괴로운 것으로 전제하는 불교의 견해를 다시금 살펴보고 이해하는 데 큰 도움을 준다. 김윤수, 『불교는 무엇을 말하는가』, 서울 : 한산암, 2007, 27~109쪽.

니고 살아가는 과보이다.[2]

고액의 내용을 위와 같이 분류하여 제시하든 또 다른 방식으로 파악하고 정리하여 제시하든 이 땅에서 영위되는 중생들의 삶이란 고액으로 점철된 '일체개고(一切皆苦)'의 현실이라는 것이 불교의 중생과 중생계에 대한 확고부동한 진단이자 관점이다. 이 진단과 관점은 앞서 언급했듯이 너무나도 근원적이어서 '성스러운 진리'에 속한다고 규정된다.

한용운의 시집『님의 침묵』을 깊이 들여다보면 이 시집이 바로 불교의 출발점이자 핵심 진리인 고제 혹은 고성제의 문제를 뚜렷하게 자각하는 데서부터 시작되고 있다는 판단을 할 수 있다. 이와 같은 사실은 무엇보다 시집『님의 침묵』을 열어가는 첫 관문이자 서문 격의 글인「군말」에 매우 분명하면서도 간절한 목소리로 제시돼 있다. 그 내용은 총 세 단락으로 구성된「군말」에서 두 번째 단락과 세 번째 단락을 통하여 특별히 잘 드러나 있다.

> ① 戀愛가自由라면 님도自由일것이다 그러나 너희는 이름조은 自由에 알뜰한 拘束을 밧지안너냐 너에게도 님이잇너냐 잇다면 님이아니라 너의그림자니라
>
> ② 나는 해저문벌판에서 도러가는 길을일코 헤매는 어린羊이 긔루어서 이詩를쓴다[3]

---

2 김성철이 불교의 '고액'을 인간 혹은 중생이 지닌 '고기 몸의 비극'이라는 말로 표현하고 그곳에서부터 문제를 직시하고 풀어가려 한 점은 고제의 이해에 큰 도움을 준다. 김성철,『김성철 교수의 불교 하는 사람은……』, 서울 : 불교시대사, 2012, 15~20쪽.

3 한용운,『님의 沈默』, 경성 : 회동서관, 1926. 앞으로 한두 차례 더 인용될「군말」

위의 인용된 부분에서 「군말」의 두 번째 단락에 해당되는 ①의 핵심어이자 중심 내용인 '구속'과, 세 번째 단락에 해당되는 ②의 핵심 내용인 '돌아가는 길을 잃고 헤맨다'는 말은 중생들의 '고액'의 삶과 현실을 그대로 가리키는 환유적 표현들이다. 오도(悟道)한 선사이자 불교 승려인 한용운의 안목으로 볼 때, 이 땅에서 참자아와 존재의 실상 및 세계의 진리를 모르고 살아가는 무명의 중생들이 빚어내는 삶이란 결박된 삶, 미망의 삶, 어둠의 삶, 어리석은 삶으로서 너무나도 안타까운 것이다. 그런데 문제는 이와 같은 중생들이란 그들이 고액의 삶을 살고 있다는 사실 자체도 모르는 경우가 대부분이며, 설령 그와 같은 사실을 알고 느낀다 하더라도 그 원인을 탐구하고 해결 방법을 찾는 것과는 너무나도 먼 거리에 놓여 있다는 것이다. 어디 그뿐인가. 그들은 이 땅에서 그들이 도달해야 할 진정한 삶의 지점이자 세계가 어디이며 어떤 모습인지도 모르고 있다는 것이 위의 글에 나타나 있는 한용운의 시각이다.

시집 『님의 침묵』은 이와 같은 '고액'의 문제를 그 서두에서 심각하게 인식하고 제기하며 그것의 해결 방법을 시집 본문에 속하는 88편의 시를 통해 지혜롭게 풀어가고 있다. 불교적으로 말한다면 이 고액의 문제가 온전히 인지되고 해결될 때 중생들은 미망과 방황과 윤회의 삶을 벗어나 불교가 궁극적으로 지향하는 지점인 해탈과 열반에 도달할 수 있기 때문이다. 앞에 인용한 「군말」 속의 말을 빌리면 '구속'에서 벗어나 참자유를 얻고, 본향과 그에 이르는 길을 찾아서 '헤매임'으로부터 벗어날 수가 있는 것이다. 한용운의 시집 『님의 침묵』은 중생들을 이러한 구속과 방황의 고액으로부터 '건져내고자' 하는 불교적 원력을 담고 쓰여진 시집이다.

은 모두 이 책을 자료로 삼았다.

지금까지 한용운의 시집『님의 침묵』에 대한 이와 같은 시각에서의 접근은 거의 없었다.[4] 따라서 한용운의 시집을 이와 같은 문제 인식에서 출발하여 다시 읽어볼 때 이 시집이 지닌 수행서이자 교화서로서 성격이 잘 드러날 뿐만 아니라 '『님의 침묵』 깊이 읽기'가 좀 더 높은 수준에서 성취될 수 있을 것이라 기대한다. 그리고 이와 더불어『님의 침묵』이 지닌 창작 의도와 그 의미도 보다 핵심적인 측면에서 드러날 수 있을 것이라 생각한다.

2. 불교에서의 고제의 문제, 그리고『님의 침묵』

일반인들까지도 아무렇지 않게 '세상은 고해'라는 말을 자주 사용하곤 한다. 물론 이때 그 함의는 대체로 표층적이고 관습적이다. 하지만 사람들이 이와 같은 말을 사용하는 저변에는 삶이 고통스러운 것이라는 경험상의 절박한 인식이 내재돼 있다고 볼 수 있다.

'고제'를 이해하면 불교의 절반은 이해한 것이라고 보아야 한다. 그것은 이를 통하여 왜 우리의 삶이 그토록 시도 때도 없이 불안과 공포, 근심과

4 필자는 지금까지 발표한 몇 편의 글에서 한용운의 시집『님의 침묵』이 지닌 불교 수행서이자 교화서로서의 본질을 드러내고자 노력하였다. 그런데 이 글들을 쓴 이후에 더 자세히 살펴보니 '고제'의 문제가 새롭게 자각되고 인지되었다. 이 글은 바로 그와 같은 계기로 씌어지게 된 것이다. 정효구,「한용운 시집『님의 침묵』의 창작원리와 그 의미」,『한국문학논총』62, 2012.12, 163~197쪽; 정효구,「한용운 시집『님의 침묵』속의「군말」재고」,『한국시학연구』35, 2012.12, 377~416쪽; 정효구,「『님의 침묵』속의 '님'과 '사랑'의 의미」,『한용운의『님의 침묵』, 전편 다시 읽기』, 서울 : 푸른사상사, 2013, 57~73쪽 참조.

후회, 분노와 실의 등과 같은 온갖 부정적이며 어두운 마음으로 얼룩져 있는지를 파악할 수 있게 되고 그 극복 방안도 찾아갈 수 있기 때문이다.

앞의 '문제 제기' 장에서도 말한 바 있지만, 논의의 편의를 위하여 한 번 더 언급하자면 불교는 중생들이 고액 속에서 살아간다는 현실적이며 본질적인 진단 위에서 출발하였고 그 고액의 내용을 일반적으로 생고, 노고, 병고, 사고, 애별리고, 원증회고, 구부득고, 오음성고의 여덟 가지로 요약하여 제시하고 있다. 불교는 이와 같은 고액이야말로 중생들의 삶을 이해하는 원천이며 그로부터 치유에 이르도록 이끄는 길잡이라고 생각한다. 그리고 불교는 이것이 '성스럽고 온전한 진리'의 영역에 속한다고 규정한다. 참고로 밝히자면 불교 교리의 중심 체계인 4성제(고성제, 집성제, 멸성제, 도성제)는 이로부터 비롯되었는 바, 특별히 '고액'의 문제를 강조하기 위해서는 이 4성제의 네 가지를 고성제, 고집성제, 고멸성제, 고멸도성제라고 각각 '고'자를 서두에 붙여 표현하기도 한다.

위의 고액의 내용을 조금 더 심층적으로 살펴보기로 한다. 우선 앞의 4고에 해당하는 생로병사의 고통은 육신을 가진 모든 존재라면 쉽게 이해하고 공감할 수 있는 부분이다. 불교의 가르침에 따르면 중생들이 육신을 갖고 이 세상에 나온 것 자체가 고액의 원천이자 출발이고, 그 육신이 존재의 의지와 상관없이 늙어간다는 사실이 또한 고액의 원천이며, 이 육신이 마침내 병들어 신음하게 된다는 것이 고액 중의 고액이라는 것이다. 그리고 이런 병든 육신은 결국 해체되어 죽음을 맞이해야 하는데, 이 육신의 죽음인 사고(死苦)야말로 삶 전체를 공포로 몰아넣는 고액 가운데 고액이라는 것이다.

그러니까 문제는 육신에 있다. 더 정확히는 육신의 탄생에 있다. 이런 까닭에 불교에서는 육신 혹은 몸을 연기업과 집착 및 욕망의 결과물로 본다. 육신의 탄생은 축하해야 할 일이라기보다 윤회의 길을 가는 연기적 시설물의 나타남으로 여겨지는 것이다. 이런 가운데 육신의 탄생이 의미를 가지려면 그것은 그 육신을 이생에서 존재와 세계의 실상을 깨닫는 도구이자 장소로 선용할 수 있을 때뿐이라고 불교는 말한다.

불교의 우주관, 세계관, 존재관이 그렇듯이 그것의 생명관, 중생관, 인간관, 신체관 등도 매우 독자적이고 초(超)상식적이다. 앞서 말했듯이 육신의 태어남을 환영할 만한 것으로만 보지 않는다는 것, 그 육신의 태어남 자체도 연기적 형성물로 보고 있다는 것, 또한 태어난 이후의 과정도 무명을 타파하는 처소가 되지 않는 한 인연업과의 윤회적 삶을 지속시키거나 강화시켜 가는 길에 불과하다고 보는 것, 이런 것들이 불교의 독특한 생명관이자 신체관이고 인생관이다.

우리는 불교의 근본 목적이 '생사해탈'에 있다는 말을 자주 듣는다. 그러나 여기서 사용하고 있는 '생사'라는 말의 뜻이 특수한 불교적 함의를 지니고 있으므로 보통 사람들은 그 뜻을 명료하게 파악하는 일이 쉽지 않다. 역시 논의의 편의를 위해 설명을 덧붙이자면 이때의 '생사'란 외적으로는 자아라는 현상적인 육신의 탄생과 죽음을 가리키며, 내적으로는 자아에 기반한 현상적인 상(相)과 관념의 탄생과 소멸을 가리킨다. 불교는 이 둘을 본질이 아닌 '현상'이라고 본다. 그리고 이런 현상에 집착하는 일이 고액의 원천이라고 본다.

그렇다면 어떻게 생사로부터 해탈할 수 있을까. 이에 대해 쉽게 답을 말하자면 본래면목이 아닌 가상(假相)으로서의 현상에 집착하지 않는 것이다. 그러나 이 일은 쉽지 않다. 이를 위해서는 전체성에 토대를 둔 세계와 존재의 실상을 볼 수 있는 지혜가 갖추어져야 한다. 불교는 이때의 지혜를 '공의 진리', '중도의 진리', '연기의 진리', '일심의 진리' 등과 같은 말로 표현한다.

생로병사의 고액에 대해서는 이 정도 살펴보는 것으로 그치고, 나머지 4고에 대한 논의를 이어가 보기로 한다. 나머지 4고는 애별리고와 원증회고, 그리고 구부득고와 오음성고이다. 이 가운데 애별리고와 원증회고는 크게 보아 동일한 영역에 속한다고 볼 수 있다. 이들은 중생들이 주관적으로 형성된 자아의식과 그 관념에 기반하여 대상에 대한 호오와 시비를 끝도 없이 일으킴으로써 비롯되는 마음 상태이기 때문이다. 그런데 이 두 영역에서의 중생들의 호오와 시비의 마음은 그들이 일으킨 욕망과 마음 그대로 외부 세계의 대상과 현실을 지배할 수가 없다. 세계는 중생들의 주관적 욕망과 호오 및 시비를 위하여 존재하지 않기 때문이다. 이와 같은 주관적 자아관념과 그 작용이 일으키는 호오와 시비는 불교적 용어로 표현하면 업식의 산물이다. 따라서 모든 호오와 시비의 결과는 자기중심성과 세속적인 희비의 범주를 넘어설 수 없다. 또한 그것이 영속될 수도 없다. 호오와 시비는 매순간 일어나고 사람들은 그 매순간 일어나는 마음의 파동에 일희일비하며 살아가는 것이다.

여기서 문제는 호오와 시비가 일어나지 않아야 비로소 고액과 그 원인이 원천적으로 사라진다는 것이다. 앞서 주관적 자아라고 표현한 개체로서의 소아와 경험으로 이루어진 업아는 이 호오와 시비의 근원이다. 자기중심성에 의거하여 주객을 나누며 작동하는 소아와 업아는 일체를 자신의 안목으로 판단하고 그에 따라 변화시키고자 한다. 그러나 실상으로서의 세상엔 중심으로서의 배타적인 주어가 없다는 것이 불교적 관점이다. 이것은 모든 존재가 주어이기 때문에 주어가 없다고 하는 것이기도 하고, 세상 자체가 일체이기에 주어가 따로 없다고 하는 것이기도 하다. 이처럼 세상에 주어가 달리 없다는 사실을 볼 수 있는 능력을 가지게 되었을 때,

불교는 그를 가리켜 '깨달은 경지' 혹은 '관자재(觀自在)한 경지'에 도달했다고 말한다.[5] 즉 세계의 실상을 보고 참자아를 찾음으로써 어떤 배타적인 관점에도 집착하거나 구속당하지 않는 자유를 얻게 되었다고 보는 것이다.

선가(禪家)의 3조(祖)인 승찬(僧璨)대사가 지은 것으로 알려져 있는 『신심명(信心銘)』은 중생들의 이와 같은 호오와 시비가 깨달음의 핵심적 장애물이 된다는 통찰 속에서 "지도무난(至道無難)/유혐간택(唯嫌揀擇)/단막증애(但莫憎愛)/통연명백(洞然明白)"[6]이라는 유명한 말을 그 맨 앞자리에 제시해놓았다. 해석하자면 '도에 이르는 것은 어렵지 않으니/오직 간택을 하지 마라/다만 애증이 없어지면/확 트여 명백해지리라'는 것이다. 이는 승찬대사가 들려주는 도에 이르는 지름길이다. 여기서 반드시 넘어서야 한다고 본 '간택'과 '증애'는 우리가 앞서 논의한 호오와 시비의 다른 이름이다. 그렇다면 어떻게 해야 이러한 호오와 시비, 간택과 애증으로부터 벗어날 수 있을까. 불교가 그 방안을 탐구한 끝에 제시한 내용은, 이 세상에서 호오와 시비의 마음을 내는 소아로서의 '아상'이란 사실상 '생각'에 불과할 뿐 실상이 아니라는 것이다. 부연하자면 간택과 애증, 호오와 시비는 생각으로서의 내가 만든 인지장애와 정서장애의 한 형태라는 것이다.

다음으로 구부득고와 오음성고에 대해 살펴보기로 한다. 구부득고는 중생이 지닌 탐심(貪心)의 산물이다. 그리고 이것은 또한 호오와 시비의

---

5 '관자재'에 대해서는 한형조의 설명이 매우 친절하고 이해하는 데 큰 도움을 준다. 한형조, 『붓다의 치명적 농담 : 금강경 별기』, 서울 : 문학동네, 2011, 218~223쪽.

6 성철, 『신심명 · 증도가 강설』, 합천 : 장경각, 1986, 13~25쪽.

산물이기도 하다. 중생들의 탐심은 그 근원을 들여다보면 그들의 살고자 하는 생명 욕구 및 생존 욕구와 직결된다. 물론 호오와 시비 역시 근원적으로는 이런 욕구에 토대를 두고 있다. 생명 욕구 혹은 생존 욕구는 자아의 보존과 확장에 맹목적으로 집착하는 것이다. 이것이 생물, 생명, 중생의 본원적인 카르마이다.[7]

그러나 중생들이 이를 위하여 무엇인가를 끊임없이 구하고 있지만 그 구함은 그들의 뜻과 같이 성취되지 않으며 그것은 오히려 고액을 발생시키는 데로 이어진다. 그런데 더욱 큰 문제는 중생들이 아무리 생명 욕구와 생존 욕구를 불태우며 살고자 구하여도 언젠가는 죽음과 해체의 시간이 와서 모든 것을 무화시킨다는 아이러니이다. 따라서 무엇인가를 구하고자 하는 마음을 그쳐야만 이 고액과 아이러니의 현실로부터 벗어날 수가 있다. 하지만 그것은 실행하기 쉽지 않다. 존재와 세계의 실상을 투철히 보고 생의 방향 전환을 감행하지 않는 한 이런 욕구의 초월은 불가능하거나 임시적일 수밖에 없다. 오직 존재와 세계의 실상을 투철히 관(觀)하고, 그리하여 생명 또한 인연에 의하여 가설된 것이며 그 속의 생명욕과 생존욕 역시 인연소기(因緣所起)의 산물이고 설령 우리가 생명욕에 따라 모든 것을 구하여서 성취한다 해도 그것은 '무소득(無所得)'[8]의 진리 속에 있음을 알 때, 우리는 생명욕이 빚어내는 구부득고의 고액으로부터 탈

7 진화생물학의 도움을 받으면 생물로서의 인간이 지닌 카르마 혹은 특성을 더욱 깊이 이해할 수 있게 된다. 그리고 불교 교설과 불교가 말하는 '고제'의 문제를 이해하는 데에도 큰 도움을 받을 수 있다. 김성철의 최근의 연구는 이와 같은 접근의 결실과 가르침을 보여주는 중요한 실례이다. 김성철, 『붓다의 과학』, 서울: 참글세상, 2014 참조.

8 「마하반야바라밀다심경」의 핵심 내용을 담고 있는 '이무소득고(以無所得故) 의반야바라밀다(依般若波羅蜜多)'라는 구절을 음미할 필요가 있다.

출할 수 있다는 것이 불교의 가르침이다.

이제 끝으로 오음성고에 대해 살펴보기로 한다. 여기서 5음은 반야사상과 공사상의 핵심경전인 「반야심경」에 나오는 5온(蘊), 즉 색수상행식(色受想行識)을 가리킨다. 「반야심경」은 이 5온이 공한 것임을 처음부터 끝까지 가르치고 있다. 5온이란 인간의 생각이 만들어낸 유형무형의 연기적 산물로서, 색이 물질적 산물이라면 수상행식은 정신적 산물이다. 「반야심경」은 이 5온이 실체가 없는 무아, 무상(無相), 무상(無常)의 공한 것임을 역설한다. 그러나 중생들은 이 5온을 실체로 여기며 집착함에 따라 고액에 빠지게 된다는 것이다. 오음성고란 이 5음이 치성하게 됨으로써 나타나는 고액을 가리킨다. 5음이 강해지고 커질수록 고액의 강도와 크기도 증대된다. 그러니 또한 문제는 5음의 형성과 그에 대한 집착에 있다. 그렇다면 왜 5음이 형성되는 것일까? 그리고 이에 집착하게 되는 것일까? 5음이 형성되는 원인은 개체적 자아의 탄생에 의한 주객의 분별에 있다. 내가 개체로서의 자아성을 드러내는 순간 세계는 객이 되어 5온이 생성된다. 그리고 개체로서의 자아는 이 5온을 소유하고자 하게 되는 것이다.

조금 장황하게 고액에 대하여 살펴보았다. 이런 고액의 문제, 즉 '고제' 혹은 '고성제'의 문제는 한용운이 시집 『님의 침묵』을 출간하게 된 원천이며 출발점이라고 생각된다. 그는 이 고액에 빠져 미망의 삶을 살아가는 안타까운 중생들을 보았고 그들을 고액으로부터 벗어나게 하는 데 기여하고자 하는 보살심의 원력(願力)으로 『님의 침묵』을 쓴 것이다. 이런 점에서 한용운의 시집 『님의 침묵』은 근대적 개인이나 세속적 인간들의 자아성취나 자아실현을 위한 예술행위의 산물과 구별된다. 그것은 고액에 빠져 있는 중생들을 각성시키고 제도하고자 하는 이타적 자아초월의 행위에 의해 나온 것이며, 진정한 자아실현이란 자아초월의 무아가 되는 데 있다는 불교적 관점을 구현하고자 하는 뜻에서 나온 것이다.

앞에서 고액을 여덟 가지로 나누어 살펴보았지만 이것은 하나의 방편일 뿐[9] 세상은 '일체개고'의 현장이며 모든 고액의 근저에는 분리되고 구분된 소아, 실체화된 아상, 형성된 자아의식이 가로놓여 있다는 게 불교적 소견이다. 결국은 연기, 공, 중도 등과 같은 우주적 실상과 무아의 원리를 모르고 에고를 절대시하는 삶 속에서 고액이 빚어진다는 것이다. 그러니 문제는 실상을 모르는 무명과 그로 인한 에고의 출현에 있다. 불교는 4성제에 대한 인식과 그 4성제의 하나인 도성제를 방편으로 삼아 무명과 에고의 장애를 넘어서고자 한다. 여기서 도성제란 직접적으론 8정도를 가리킨다. 정견(正見), 정사유(正思惟), 정어(正語), 정업(正業), 정명(正命), 정정진(正精進), 정념(正念), 정정(正定)이라는 여덟 가지 정도(正道)를 가리키는 것이다. 그런데 이것은 대승불교로 오면서 6바라밀의 형태로 발전한다. 그리고 마침내는 대승사상이 만개하고 무르익으면서 한 개인의 삶 전체를 온전히 중생제도를 위한 원력 속에서 헌신하는 보살심과 보살도 그리고 보살행으로 확장돼 나아간다.

이것은 불교적 관점이기에 불교적 삶을 신뢰하고 신앙하는 사람들에겐 하나의 진리로 받아들여지는 것이다. 한용운의 시집『님의 침묵』에서도 고액의 소멸을 위한 8정도와 6바라밀, 그리고 보살심·보살도·보살행은 글의 표면에 혹은 이면에, 직접적 언어로 혹은 간접적 언어로 깊이 수

---

9 불교 연구자들에 의하면 고는 문헌에 따라 2고, 3고, 4고, 5고, 6고, 7고, 8고, 9고, 10고, 11고, 16고, 18고, 19고, 110고로 나뉘어 다양하게 나타난다고 한다. 望月信亨 編,『望月佛教大辭典』, 東京 : 世界聖典刊行協會, 1974, 633쪽; 정승석, 「불교적 고관(苦觀)의 추이와 의의」,『인도철학』32, 2011.8, 101쪽에서 재인용.

용되고 있다. 다만『님의 침묵』은 시집이기 때문에 이들이 시적으로 형상화되는 과정에서 다양한 모습으로 변주되거나 부분적으로 선택 혹은 강조되어 나타나거나 융합되는 특징을 갖고 있다.

3.『님의 침묵』에서의 고제의 해결 방식과 그 의미

1) 고제의 자각과 그 현실

고액의 해결은 고액의 자각 혹은 지각으로부터 비롯된다. 고액을 자각한다는 것은 고액의 현실을 알고 진단한다는 것과 같은 말이다. 병의 치유가 그 병의 정확한 자각과 진단으로부터 가능한 것처럼, 고액의 해결 또한 그것에 대한 자각과 진단이 있어야 가능해질 수 있는 것이다.

붓다는 어린 시절 농업경제의 현장을 보고 생명계의 적나라한 먹이사슬 앞에서 목숨 가진 존재의 부조리와 비극을 절감하였으며 또한 성문 밖의 많은 병들고 가난한 사람들의 비참한 인생을 대면하면서 역시 목숨 가진 존재의 생이 지닌 아픔에 대해 고뇌하기 시작하였다. 널리 알려져 있듯이 붓다는 이를 해결하기 위하여 소위 유성출가(踰城出家)를 하였고 6년간의 고행 끝에 새벽별을 보고 견성하였다. 그가 견성한 내용은 한 마디로 말하여 존재와 세계의 '연기공성(緣起空性)'을 본 것이다. 현상으로서의 속제를 넘어선 진제의 차원에서 본다면 만상(萬相)과 만법(萬法)은 무아로서의 공성이 작용하는 불생불멸, 불구부정, 부증불감, 불래불거하는 일체(一體)의 장임을 꿰뚫어본 것이다. 이 사실을 알 때, 우리는「반야심경」의 첫 구절이 가리키듯이 일체고액을 넘어설 수 있지만 대다수의 사람들은 안타깝게도 이를 모르기에 고액의 삶을 살아갈 수밖에 없는 처지에 있다는 것이다.

한용운의 『님의 침묵』에서 이러한 고액의 자각과 진단은 시 창작의 출발점이 되고 있다. 그는 중생들이 처한 고액의 현실을 깊이 자각하고 그것을 해결하고자 하는 마음으로 시를 썼다. 이 점은 앞에서도 말했듯이 대부분 시인들의 시 창작이 사적인 자기표현 혹은 개성 표현의 한 양식으로 이루어지는 점과 구별된다.

한용운이 이와 같이 고액의 문제를 자각하고 진단한 것은 그 자체로서 고액의 문제를 넘어서는 문제 해결의 한 과정이라는 점이 강조되어야 한다. 그는 이 점을 필자가 앞의 '문제 제기'의 장에서도 언급했듯이 시집의 자서 격인 「군말」에서 단호하면서도 심각하게, 간절하면서도 안타까운 마음으로 보여주고 있다. 논의의 편의를 위해 「군말」의 전문을 옮겨보기로 한다.

> 「님」만님이아니라 긔룬것은 다님이다 衆生이 釋迦의님이라면 哲學은 칸트의님이다 薔薇花의님이 봄비라면 마시니의님은 伊太利다 님은 내가사랑할뿐만아니라 나를사랑하나니라
>
> 戀愛가自由라면 님도自由일것이다 그러나 너희는 이름조은 自由에 알뜰한 拘束을 밧지 안너냐 너에게도 님이잇너냐 잇다면 님이아니라 너의그림자니라
>
> 나는 해저문벌판에서 도러가는 길을일코 헤매는 어린羊이 긔루어서 이詩를쓴다
>
> 著者

위 인용문에서 시인은 우선 첫 번째 단락의 내용을 통하여 대아(大我)적

공심(公心)의 님이 아닌 소아(小我)적 욕망에 의한 님을 갖고 살아가며 그 것만이 님의 모든 것인 것처럼 생각하는 세속인들의 좁은 소견을 은밀히 걱정하며 지적하고 있다. 그리고 그는 이어서 두 번째 단락을 통하여 세속의 범부들은 자유를 구가한다고 스스로 생각하거나 말하지만 실은 오히려 그 이름 좋은 자유 앞에서 심각한 구속을 받고 살아간다고 말한다. 시인이 생각하기에 세속인들의 자유로운 삶이 이처럼 자유라는 말 속에 깃든 기대와 다르게 역으로 구속을 낳는 것은 그들이 참자유의 속뜻을 모르고 삶을 살아가기 때문이다. 또한 시인은 계속하여 세속의 범부들이 자신의 욕망의 그림자를 투사하고는 그것이 진정한 님이라고 오해하며 어리석은 삶을 살거나 고통스러워한다고 말한다. 욕망의 그림자를 투사하는 일이란 실로 님을 사랑하는 것이 아니라 자신을 사랑하는 일이다. 더욱 깊은 곳을 들여다보자면, 이것은 님과 자신을 모두 진정한 사랑 속에서 자유롭게 하는 일이 아니라 양자를 함께 구속하는 일이다. 이와 같은 위 인용문의 첫 번째 단락과 두 번째 단락의 내용을 요약하자면 그것은 세속적 범부들의 삶의 고액이란 자유와 님에 대한 무지와 오해에서 비롯된다는 것이다.

자유는 불교에서 '해탈'의 다른 이름이다. 해탈한 자만이 자유를 얻을 수 있고, 자유의 삶을 살 수 있는 자만이 해탈에 이를 수 있다는 것이 불교의 견해이다. 그리고 '님'은 해탈한 자의 수행의 대명사인 '자비행'의 대상이자 그 창조물이다. 따라서 자유와 님에 대한 세속적 이해나 소아적 관념은 이름만의 자유와 님을 창조할 뿐 실제로는 구속과 상대로서의 님을 창출할 뿐이다.

위 인용문 「군말」 속의 '구속'은 쉽게 생각하면 평범한 의미에서의 일상적이고 간헐적인 구속을 말하는 듯하다. 그러나 한용운이 여기서 사용한 구속이라는 말의 속뜻은 보다 큰 불교적 함의를 지니고 있다. 그것은 무명의 중생이 겪어야 하는 최고의 본질적인 고액이자 '이고득락(離苦得樂)'을 중심에 두고 있는 불교적 진리에 의하여 파악된 구속과 결박으로서의 고액이다. 중생들은 8고라고 칭해지는 여덟 가지의 고액 혹은 구속이나 결박은 물론 만상과 만법에 자아를 투사하고 그에 집착함으로써 발생하는 구속과 결박 속에서 살아간다고 불교는 생각한다. 한용운 역시 이 점을 크게 인식하여 위의 「군말」 속에서 '구속'의 문제를 거론한 것으로 생각되거니와 그는 이런 점을 자신의 에세이 「자아를 해탈하라」[10]에서도 비장한 문제로 지적하고 있다.

앞의 인용문 「군말」의 첫 번째 단락과 두 번째 단락에 대한 논의가 조금 길어졌다. '구속'과 '그림자'의 함의를 본격적으로 말하고 싶은 필자의 소망 때문에 그렇게 된 듯하다. 이제 이 앞의 두 단락과 이어지면서 그 두 단락의 의미를 모두 종합적으로 포용하는 가운데 불교 교리의 전체적이며 중심적인 문제와 관련시켜 고액의 문제를 언급한 세 번째 단락의 내용에 대해 살펴보기로 한다. 방금 말했듯이 세 번째 단락은 불교의 근간을 이루면서 전체적 안목을 반영한 진리관을 토대로 이 고액의 문제를 심각하게 자각하고 예리하게 진단한 경우이다. 시인은 이 세 번째 단락에서 "해저문벌판에서 도러가는 길을일코 헤매는 어린羊"이란 표현으로 이들을 드러내고 있거니와, 여기서 '헤맨다'는 것은 중생들이 고액에 처해 있는 현실을 지적하는 것이며, '돌아가는 길을 잃었다'는 것은 그들이 본향인 진리의 집과 그곳에 이르는 방법이자 정도를 상실하였다는 뜻을 담고 있다. 그러니까 중생들이 고액에 처해 있는 것은 그들이 본향으로서의 집

10 한용운, 「自我를 解脫하라」, 『惟心』 3호, 1918.12, 1~5쪽.

과 그에 이르는 길에 무지하기 때문이라는 것이다.

불교에 조금만 관심이 있는 사람이라면 불교에서 말하는 중생들의 고액은 이른바 '무명(無明)'에서 비롯된다고 말해지는 것을 알 것이다. 여기서 무명이란 깨닫지 못한 상태를 가리키거니와, 깨닫지 못한 상태란 다름아니라 본향인 진리의 집과 그에 이르는 정도(正道)를 모르는 것이다. 그렇다면 왜 이러한 일이 발생할까. 왜 중생들은 무명의 상태를 벗어날 수 없는 것일까. 불교에 따르면 그것은 분별되고 우월한 개아이자 소아가 따로 존재한다는 중생들의 생각 때문이다. 이 개아이자 소아의 작용은 자아의 중심성, 자아의 영속성, 자아의 소유성, 자아의 지배성, 자아의 배타성, 자아의 주관성, 자아의 이기성을 낳는 원천이다. 그리하여 연기공성의 세계이자 일체의 장인 존재와 세계의 실상은 가리어지고 중생들은 자아가 만든 주관적 상과 관념 속에서 살아가게 된다. 이 실상과 주관적 환상 사이의 간격과 불일치, 그것이 바로 고액을 낳는 원천이다. 한용운은 「군말」의 세 번째 단락에서 이와 같은 무명의 중생들의 삶의 현실을 불교적 진리관에 의하여 표현하였고, 그 자신 이런 중생들을 사랑하고 그들을 해방시키고자 하기에 『님의 침묵』을 쓰게 되었노라고 창작 동기를 밝히고 있다.

영원한 자유에 이르는 이른바 불교적 의미에서의 '이고득락'의 삶을 살아가기 위해서는 먼저 고액의 현실을 자각하고 진단하는 일이 선행되어야 하고 이와 더불어 무명을 벗어나 본향으로서의 집과 그 집에 돌아갈 정도를 찾아 지니는 일이 이루어져야 한다. 그때에야 비로소 한용운이 「군말」의 마지막 단락에서 말하는 근본적인 방황의 삶이 끝나고, 그 방황의 삶의 다른 이름인 고액의 삶도 그치게 되는 까닭이다.

시집의 자서 격인 「군말」을 통하여 이처럼 고액의 문제를 정면으로 지적하고 해결하고자 한 한용운은 시집 속의 여러 작품들에서도 같은 모습을 보여주고 있다.

① 하늘에는 달이업고 따에는 바람이업습니다
사람들은 소리가업고 나는 마음이업습니다

宇宙는 죽엄인가요
人生은 잠인가요

—「고적한 밤」 부분[11]

② 그것은 어머니의가슴에 머리를숙이고 자긔자긔한사랑을 바드랴고 삐죽거리는입설로 表情하는 어엽쁜아기를 싸안으랴는 사랑의날개가 아니라 敵의旗발입니다

그것은 慈悲의 白毫光明이아니라 번득거리는 惡魔의눈(眼)빗임니다

그것은 冕旒冠과 黃金의누리와 죽엄과를 본체도아니하고 몸과마음을 돌돌뭉처서 사랑의 바다에 퐁당너랴는 사랑의女神이아니라 칼의우슴임니다

아아 님이어 慰安에목마른 나의님이어 거름을돌리서요 거긔를가지마서요 나는시려요

—「가지 마서요」 부분[12]

③「民籍업는者는 人權이업다 人權이업는너에게 무슨貞操냐」하고 凌辱하랴는將軍이 잇섯습니다

그를抗拒한뒤에 남에게대한激憤이 스스로의슯음으로化하는刹那에 당신을보앗습니다

---

11 한용운, 『님의 沈黙』, 경성 : 회동서관, 1926, 11쪽.

12 위의 책, 8쪽.

아아 왼갓 倫理, 道德, 法律은 칼과黃金을祭祀지내는 煙氣인줄을 아럿슴니다

永遠의사랑을 바들ㅅ가 人間歷史의첫페이에 잉크칠을할ㅅ가 술을 마실ㅅ가 망서릴때에 당신을 보앗슴니다

—「당신을보앗슴니다」 부분[13]

인용 시 ①에서 화자는 하늘과 땅으로 표상된 천지자연, 사람과 나로 표상된 인간 세상의 폐허처럼 무력하고 '고적한' 모습을 보면서 우주와 인생의 본질에 대한 부정적인 의구심을 갖는다. 그 의구심은 시인과 화자에게 고통스러운 현실상이자 고액의 원천이다. 이와 같은 화자의 고통스러운 내면은 강력한 물음으로 발산된다. 우주는 죽음과 같은 것이냐, 인생은 잠과 같은 것이냐라는 질문이 바로 그것이다. 이 물음은 우주란 참다운 생명과 살림의 장이 아니라 주검 혹은 죽음과 같은 허무와 좌절의 장으로 느껴진다는 화자의 복합적인 감정과, 우리들의 인생 또한 낮과 같은 밝고 환한 눈뜸의 세계가 아니라 밤과 같이 어둡고 미욱한 세계로 느껴진다는 화자의 비극적인 탄식을 담고 있다. 보통 사람들로서는 우주와 인생의 참뜻을 알기 어렵다. 위 시 속의 화자 역시 그 뜻을 알기 어려운 것 같은 혼란에 빠져 있는 처지이다. 위 시 속의 화자는 바로 이런 사실로 인하여 본질적인 차원에서의 고통을 경험하고 있거니와 이것은 뭇 중생들이 미망 속에서 겪는 근원적인 고액의 모습과 다르지 않다.

한편 인용 시 ②에서 화자는 세상의 참모습을 정확하게 읽어내지 못하고 순간적인 욕망의 만족을 좇다가 고액 속에 빠져들고 있는 님의 모습을 보며 염려하고 있다. 이 시에 등장하는 님은 값싼 위안과, 유치한 호기

13 위의 책, 66쪽.

심과, 믿을 수 없는 인정에 사로잡혀 자업자득의 고통스러운 삶을 자초하는 무지하고 안타까운 존재의 상징이다. 이와 같은 값싼 위안, 유치한 호기심, 순간적인 인정에 목말라하는 것은 이 시의 님뿐만 아니라 일반적인 중생들의 공통된 특성이다. 그리고 그 결과는 순간적으로 달콤한 욕망의 충족을 얻는 대신 심각한 고액의 현실을 감수해야 하는 것이다. 이와 같은 님과 중생들을 가리켜 화자는 이 시의 마지막 부분에서 '죽엄을 芳香이라고 하는' 전도된 삶에 빠져 있는 모습이라고 규정한다. 죽음과 같은 것을 방향과 같은 것으로 오해하고 주관적 욕망의 촉수를 끝도 없이 뻗으며 고액의 바다로부터 벗어나지 못하는 존재, 그런 존재가 무명의 중생들이라고 불교는 반복하여 들려준다. 그리고 위 시의 화자도 그와 같은 관점을 견지하고 있다.

인용 시 ③은 중생심 속에서 주관적이고 배타적인 자아우월감을 가지고 살아가는 사람들이 얼마나 무모하게 타인을 향한 공격과 비판을 자행하며 그들에게 인격적 상처를 입히고 있는지를 고발하듯 밝히고 있다. 참다운 진리를 내면화하지 않은 사람들에게 교만한 아상을 유지하며 그것을 근거로 타존재를 공격·비판하는 일은 일상사와 같다. 왜냐하면 그들은 오직 소아인 자아만을 사랑하고 거기에서 자만심을 느끼기 때문이다. 이 시에서 화자는 그 자신이 참다운 진리를 상당한 수준에서 내면화한 수도자의 길을 가고 있음에도 불구하고 이와 같은 공격과 비판 앞에서 얼마나 큰 마음의 동요를 경험하게 되는지를 고백하고 있다. 진리에 눈을 뜨고 있는 이 시의 화자는 미망의 속인들이 빚어내는 온갖 윤리, 도덕, 법률과 같은 것이 칼로 표상된 권력과 황금으로 표상된 물욕을 받드는 일에 불과함을 알고 있다. 하지만 그런 앎에도 불구하고 화자는 자신에게 모진 현실적 공격과 비판이 가해지는 현장 속에서 '영원의 사랑'과 '인간 역사'

가 의미하는 바 초월과 세속 사이에서 갈등을 겪으며 그 자신이 남모를 고액 속에 빠져 있었음을 고백하고 있는 것이다.

방금 세 편의 작품을 통해 '고액'의 자각이라는 문제에 대하여 살펴보았다. 이와 같은 고액의 자각 문제는 시집 『님의 침묵』에서 특별히 '애별리고'와 '구부득고'라는 두 가지 양태의 자각을 중심으로 나타난다. 그러나 그것이 어떤 유형의 고액이든 모든 고액의 원천엔 무명이 자리잡고 있음을 인지하고 그 무명의 극복이 이루어짐으로써 고액이 원천적으로 해결되기를 바라는 마음이 『님의 침묵』 전편 속을 흐르고 있다.

우선 본절에서는 고액의 자각과 진단이라는 문제에 대해서만 언급하였다. 앞서 말했듯이 자각과 진단은 모든 문제 해결의 출발점이 된다. 『님의 침묵』 속에선 이 자각과 진단이 매우 성공적으로 이루어졌다고 볼 수 있다. 따라서 남은 것은 그 이후를 제대로 진행시켜 나아가는 것이다. 다음에 이어지는 내용들은 그 진행의 여정을 잘 보여줄 것이다.

2) 견성 혹은 정견의 성취

불교에서 견성 혹은 정견이란 진리의 성품을 보았다는 뜻이다. 달리 말하면 진리의 실상을 깨달았다는 뜻이다. 견성과 정견이 이루어졌을 때 한 인간은 비로소 오도한 자로서 '지혜'를 갖추게 되고 그 위에서 이른바 '지혜인'으로서의 자재한 삶을 살게 된다는 것이 불교의 견해이다. 이와 같은 불교적 관점에서 본다면 지혜가 온전히 구족되고 증득되지 않는 한 그 어떤 일도 진리와 계합되는 자재행(自在行)이자 묘유행(妙有行)으로 나타날 수 없다. 말하자면 '전식득지(轉識得智)'가 이루어진 삶, 업식으로서의 삶을 넘어선 지혜로서의 삶을 열어갈 수가 없는 것이다. 이와 같은 진리 부재, 지혜 부재의 삶을 살아갈 때 그 속에서 나타나는 것이 고액이다. 그러니까 고액은 진리의 성품을 보지 못하고 그 위에서 살아가지 못할 때 감수해야 하는 '부작용' 같은 것이다.

한용운은 1917년 그의 나이 39세에 득도의 오도송을 부르고 송만공(宋滿空) 선사에게 그것을 바쳤다. 그리고 그가 지대한 애정 속에서 1918년에 발간한 『유심(惟心)』지의 창간호 권두시로 「심(心)」을 발표하였는데 여기서 그는 '심'의 다른 말인 진리의 성품 혹은 도의 실상이 어떤 것인지를 깨친 자의 안목과 훌륭한 시적 언어로 보여주었다. 그러나 이것은 하루아침에 이루어진 것이 아니라 그가 1904년 백담사에서 처음으로 승려생활을 시작한 이후 끝없는 공부와 정진을 통하여 그 무렵에 이르러서야 성취할 수 있었던 것이다. 한용운이 부른 「오도송」과 『유심』지에 수록한 작품 「심」을 소개하면 다음과 같다.

① 男兒到處是故鄕
幾人長在客愁中
一聲喝破三千界
雪裡桃花片片飛

—「悟道頌」 전문[14]

② 心은心이니라
心만心이아니라非心도心이니心外에는何物도無ᄒᆞ니라
生도心이오死도心이니라
無窮花도心이오薔薇花도心이니라

---

14 1917년 설악산 오세암(五歲庵)에서 지음.

好漢도心이오賤丈夫도心이니라
蜃樓도心이오空華도心이니라
物質界도心이오無形界도心이니라
空間도心이오時間도心이니라
心이生ᄒᆞ면萬有가起ᄒᆞ고心이息ᄒᆞ면一空도無ᄒᆞ니라
心은無의實在오有의眞空이니라
心은人에게淚도與ᄒᆞ고笑도與ᄒᆞᄂᆞ니라
心의墟에ᄂᆞᆫ天堂의棟樑도有ᄒᆞ고地獄의基礎도有ᄒᆞ니라
心의野에ᄂᆞᆫ成功의頌德碑도立ᄒᆞ고退敗의紀念品도陳列ᄒᆞᄂᆞ니라
心은自然戰爭의總司令官이며講和使니라
金剛山의上峰에ᄂᆞᆫ魚鰕의化石이有ᄒᆞ고大西洋의海底에ᄂᆞᆫ噴火口가有ᄒᆞ니라
心은何時라도何事何物에라도心自體ᄲᅮᆫ이니라
心은絕對며自由며萬能이니라

―「心」 전문[15]

위의 두 작품을 통해 한용운의 견성한 세계, 그가 증득한 진리의 세계가 어떤 것이며 그가 무명을 타파하고 어떻게 지혜의 눈을 떴는지에 대해 알 수 있을 것이다. 위 작품에서 한용운은 그가 본향(진리, 본질, 실상)을 발견했다는 사실과 그 본향의 편재성(遍在性), 무심성, 영원성, 만능성, 묘유성(妙有性)에 대하여 말하고 있다. 이것은 불교에서 사용하는 말들, 이를테면 법성, 적멸, 고요, 침묵, 진공, 여래 등과 같은 세계이자 '연기공성', '중도공성', '연기일심', '진여법성'과 같은 세계이다.

한용운의 시집 『님의 침묵』에서는 이 지혜의 세계가 전 작품의 저변을 형성하고 있다. 말하자면 『님의 침묵』은 지혜의 세계를 증득한 자가 내놓

15 萬海, 「心」, 『惟心』 1호, 1918.9, 2~3쪽.

은 담론의 일종이자 언어 행위 및 예술행위의 일종인 것이다. 이와 같은 『님의 침묵』에서 지혜의 세계는 그 자체가 시적 대상이 되어 곧바로 형상화된 경우도 있지만, 많은 경우 시 작품의 저변에서 보이게 혹은 보이지 않게 작용하고 있다.

『님의 침묵』에서 지혜의 세계를 가장 본격적이면서도 수준 높은 언어로 보여준 작품은 「알ㅅ수업서요」이다. 이 작품에서 시인은 진여법성, 연기공성, 진공묘유의 세계를 아름답고 절실한 언어로 그려보이고 있다.

> 바람도업는공중에 垂直의波紋을내이며 고요히써러지는 오동닙은 누구의발자최임닛가
> 지리한장마씃헤 서풍에몰녀가는 무서은검은구름의 터진틈으로 언뜻언뜻보이는 푸른하늘은 누구의얼골임닛가
> 쏫도업는 깁흔나무에 푸른이씨를거처서 옛塔위의 고요한하늘을 슬치는 알ㅅ수업는향긔는 누구의 입김임닛가
> 근원은 알지도못할곳에서나서 돍색리를울니고 가늘게흐르는 적은시내는 구븨구븨 누구의 노래임닛가
> 련쏫가튼발꿈치로 갓이없는바다를밟고 옥가튼손으로 쯧업는하늘을 만지면서 써러지는날을 곱게단장하는 저녁놀은 누구의詩임닛가
> 타고남은재가 다시기름이됨니다 그칠줄을모르고타는 나의가슴은 누구의밤을지키는 약한 등ㅅ불임닛가
>
> —「알ㅅ수업서요」 전문[16]

위 시에서 '누구'는 진여법성, 법신, 도리, 진리 등을 뜻한다. 존재와 세계의 본성과 그 작용을 본 자가 이들의 그 심심미묘한 모습과 활동을 보여주고 있는 작품이다. 그러나 시인은 이들을 분명한 언어로 규정짓는 대

16 한용운, 『님의 沈默』, 4~5쪽.

신 '알 수 없어요'라는 말로 그것이 언어(분별) 너머의 세계임을 시사하고 있다. 이 알 수 없는 세계, 분별 너머의 세계를 보고 증득하였을 때, 비로소 무지의 고액으로부터 벗어날 수 있다고 불교는 말한다. 그리고 이것이야말로 위의 작품을 포함하고 있는 시집 『님의 침묵』에서 한용운이 "해저문 벌판에서 길을 일코 헤매는 어린 양"과 같은 존재들에게 그들의 고액을 해결해주기 위해 전하고자 하는 핵심적인 내용이다.

『님의 침묵』에서 이와 관련하여 한 작품을 더 살펴보자면 「낙원(樂園)은 가시덤풀에서」가 적절하다.

> 一莖草가 丈六金身이되고 丈六金身이 一莖草가됩니다
> 天地는 한보금자리오 萬有는 가튼小鳥입니다
> 나는 自然의거울에 人生을비처보앗슴니다
> 苦痛의가시덤풀뒤에 歡喜의樂園을 建設하기위하야 님을써난 나는 아아 幸福입니다
>
> ―「樂園은가시덤풀에서」 부분[17]

위 인용문 가운데서 특히 첫째 행과 둘째 행의 내용은 견성한 자가 보여주는 본 성품의 핵심적인 실상이다. '一莖草가 丈六金身이 되고 丈六金身이 一莖草가 된다'는 말의 함의, 그리고 '天地가 한 보금자리이며 萬有가 같은 小鳥'라는 말의 함의는 본 성품의 모든 것을 보여주는 언어라 하여도 과언이 아니다. 한 줄기 풀에 불과한 일경초가 열여섯 자나 되는 부처님 몸(丈六金身)과 평등한 지위 속에서 자재한 교호성을 갖는다는 말, 그리고 천지가 일가(一家)이며 만유가 동체(同體)라는 말은 차별과 분별로

17 위의 책, 87쪽.

나뉘어진 현상계 너머의 자재한 공성과 연기적인 불이성(不二性) 그리고 무분별의 일체성을 알려주는 말이다. 위 시에서 화자는 이와 같은 세계의 진실을 보고 그것을 인생을 되비추는 거울로 삼는다. 그런 거울을 가졌기에 화자는 어떤 고액도 넘어설 수 있는 자신감을 갖게 되고 그것은 위 인용문의 마지막 행인 "苦痛의가시덤풀뒤에 歡喜의 樂園을 건설하기위하야 님을떠난 나는 아아 幸福입니다"라는 구절을 탄생시키게 된다.

불교에서 그토록 중요시하고 있는 견성과 정견은 존재와 세계의 전체성을 볼 수 있는 능력을 말한다. 이와 같이 존재와 세계의 전체성을 볼 수 있게 되었을 때 무엇인가를 배타적 중심에 두고 이루어지는 일면성, 부분성, 주관성, 고착성, 자의성 등은 사라지게 된다. 「반야심경」이 전하는 바, 불생불멸, 불구부정, 부증불감의 이치를 터득하고 그것을 쓸 수 있는 경지가 되는 것이다.

한용운의 시집 『님의 침묵』에서 이 견성과 정견의 힘은 시 전체를 남다르게 만드는 요인이 된다. 말하자면 현상적인 행복과 불행을 넘어서서 시인과 시적 화자는 물론 그 시를 읽는 독자들 또한 언제나 자유로운 주인공으로서 참자유와 참행복을 자력으로 열어갈 수 있게 하는 원천이 된다. 전체성을 보고 그 전모와 본질을 깨달은 사람에겐 호오와 시비에 의하여 일희일비하는 경계가 있을 수 없다. 불교에서 거듭 강조하는 바는, 견성과 정견이 성취되고 증득되었을 때, 우리는 언제, 어디서나 전체를 보며 삶의 긍정적인 주도자가 될 수 있다는 것이다. 말하자면 '수처작주(隨處作主) 입처개진(立處皆眞)'의 상태가 될 수 있다는 것이다.

이와 같은 사실은 시집 『님의 침묵』 속의 어느 작품에서도 만나볼 수 있다. 시집의 앞부분에서부터 몇 작품만 분석하여 열거해보면 다음과 같다. 우선 『님의 침묵』의 맨 앞에 수록된 작품인 「님의 침묵」에서의 슬픔의 극복 문제, 바로 다음에 수록된 두 번째 작품「리별은미(美)의창조(創造)」에서의 이별을 미로 전변시키는 문제, 세 번째 작품인「알ㅅ수업서요」에서 누군가의 밤을 등불이 되어 영원히 지킨다는 것, 네 번째 작품인「나는 잇고저」에서 님에 대해서는 영원한 사랑만이 있다는 것, 그리고 다섯 번째 작품인「가지 마서요」에서 님에게 바른 길을 안내하는 것 등이 그러하다.

요컨대 견성과 정견을 통하여 무유정법(無有定法) 혹은 중도불이법(中道不二法)의 실상과 비밀을 안 시인에겐 그 어떤 것도 장애가 될 수 없는 것이다. 여기서 장애란 중생적인 고액의 다른 이름이거니와,『님의 침묵』속엔 이 장애이자 고액인 걸림돌이 언제나 디딤돌이 되어 무사(無事)의 경지를 열어보이고 있는 것이다.

견성과 정견은 불교가 말하는 상구보리(上求菩提)의 한 결실이다. 이 보리와 보리심은 위에서 논의한 자유와 자재함과 무사함을 얻게 한다. 그러나 이 상구보리의 성취는 하화중생(下化衆生)으로 이어져야 한다. 그것이 불교의 가르침이고 한용운의 불교적 관점이자 이상이다. 다음 절에선 이 보리와 보리심이 하화중생의 자비심으로 이어지면서 어떻게 고액의 해결을 성취해 가는지에 대해 살펴보기로 한다.

3) 보살심의 작용과 '님'의 탄생

일반적으로 초기불교는 소승적 아라한을 목표로 삼고 있다고 전해진다. 그러나 불교 발전사에서 소승적 아라한의 한계가 지적되고 중생구제의 보살도와 보살정신 그리고 보살행을 불교 행위의 최종 지점에 두는 대승불교가 탄생됨으로써 불교는 현실 사회와 구체적인 삶의 현장 속으로 깊이 들어오게 된다. 이와 같은 대승불교의 근저엔 '세계일화(世界一花)'의 우주관과 세계관에서 비롯된 전우주적 동체의식, 일체의식, 동조동근(同祖同根)의식, 불이(不二)의식 등이 가로놓여 있다. 결국 이 우주 전체가 한 몸이자 자신의 몸이라는 것이다. 그러니 대승적 관점에서 볼 때 이 세상에 타자란 아예 존재하지 않으며 분리된 배타적 자아 또한 처음부터 존재할 수가 없다.

한용운은 대승불교의 정신을 구현하는 삶을 살면서, 그 가운데서도 불교를 대중화하는 일에 특별히 많은 노력을 기울였다. 그는 이를 위하여 불교잡지의 발행, 불서의 출간, 불법 강의. 시론 및 에세이의 집필, 시와 소설을 비롯한 문학창작 등 다채로운 활동을 전개하였다. 여기서 한 가지 참고로 말해둘 것은, 그가 특별히 불교 보살정신과 보살행의 으뜸 경전인 『화엄경』에 대한 공부를 출가 초기부터 힘써 했으며 이후에도 『화엄경』 강의를 비중 있게 행했다는 사실이다. 이것은 그의 보살정신과 보살도에 대한 관심과 인연이 어디에서 왔으며 얼마나 큰 것이었는지를 짐작하게 하는 부분으로서 주목할 만한 것이다.[18]

한용운의 시집 『님의 침묵』에서 이 보살정신과 보살행은 한 인간이 고액으로부터 벗어나서 참다운 행복의 삶을 살기 위한 현실 속의 구체적인 길로 제시된다. 『님의 침묵』의 서문 역할을 하고 있는 「군말」을 보면 이 점

---

18 한용운은 1908년, 그의 나이 30세에 강원도 유점사에서 서월화(徐月華) 스님에게 『화엄경』을 배우고 또한 건봉사의 이학암(李鶴庵) 스님에게 『화엄경』을 수학하였으며, 1913년 경상남도 통도사에서 『화엄경』을 강의하였고(그때 한용운에게 『화엄경』을 배운 대표적 고승이 경봉(鏡峯) 스님이다), 범어사에서 『불교대전』을 출간하였는데 그 책 속에 가장 많이 등장하는 것이 『화엄경』으로 400구가 된다. 이미령, 「근현대 한국불교를 움직인 명저 50선 ①: 한용운의 『불교대전』」, 『법보신문』 703호, 2003.4.23.

이 아주 확연하게 드러난다. 그 가운데서도 첫 번째 단락과 세 번째 단락의 내용이 특히 그러하다.

앞에서 두 차례나 「군말」의 전문 혹은 부분을 인용하였지만 논의의 편의를 위하여 해당 부분을 다시 한 번 옮겨 보기로 한다.

> ①「님」만님이아니라 긔룬것은 다님이다 衆生이 釋迦의님이라면 哲學은 칸트의님이다 薔薇花의님이 봄비라면 마시니의님은 伊太利다 님은 내가사랑할뿐만아니라 나를사랑하나니라
>
> ② 나는 해저문벌판에서 도러가는 길을일코 헤매는 어린羊이 긔루어서 이詩를쓴다

위 인용문에서 보살심과 보살도를 보여주는 대표적인 언어는 '긔루다'이다. 얼핏 보면 이 '긔루다'라는 표현은 세속 언어의 모습을 하고 있기 때문에 그처럼 심각한 함의가 이 속에 있다고 생각하기 어렵다. 그러나『님의 침묵』전체가 그러하듯이 시인은 전문적인 불교 용어나 교리를 표면에 드러내지 않고 대중적이며 일상적인 세속의 언어들을 자연스럽게 끌어들이고 있다. '긔루다' 역시 그러한 경우에 속하거니와 이 말은 소아적 욕망에 의한 자기중심적 그리움을 표현하는 좁은 중생적 개념에서부터 대아적 공심과 헌신의 사랑 및 자비를 표현하는 구도적 개념에 이르기까지 그 스펙트럼이 넓다. 위 인용문에서 시인은 세속인들의 '긔룸'도 언급하면서, 그러나 이것을 넘어서서 더욱 중요한 것이 있으니 그것은 바로 보살심과 보살도에 의해서 생성된 대아적 사랑과 자비심으로서의 '긔룸'이라는 것을 역설하고 있다.[19]

---

19 정효구, 「한용운 시집『님의 침묵』속의「군말」재고」,『한국시학연구』35,

앞의 인용문 ①에서 시인은 이 점을 "「님」 만님이아니라 긔룬 것은 다 님이다"라는 말로 운을 떼며 알리기 시작한다. 그러나 이 말만으로써 충분하다고 생각하지 않는 그의 노파심은 이어서 다양한 실례를 들어가며 친절한 설명을 하는 데로 나아간다. 구체적으로 붓다 석가모니는 중생을 긔루어했으며, 대철학자 칸트는 철학의 세계를 긔루어했고, 꽃의 여왕인 장미화는 봄비를 긔루어했으며, 이태리의 애국자 마치니는 그의 나라 이태리를 긔루어했다는 것이다.

이 네 가지 실례 가운데서도 특히 맨 앞에 거론된 붓다의 중생들에 대한 '긔룸'의 실제를 이해한다면 한용운이 「군말」을 통하여 그토록 전달하고자 한 '긔룸'의 참뜻이 잘 들어오리라 생각한다. 붓다는 출가 후 6년만인 35세에 정각을 이룬 후, 80세에 열반에 들기까지 45년간을 오직 중생구제를 위해 설법하고 모범을 보인 대성인이다. 그의 중생에 대한 사랑은 완전한 무아의 경지에서 나타난 보살심의 전형이었으며, 중생들을 무명의 고액에서 벗어나 자유와 행복에 이르도록 이끌기 위한 자비행이었다. 요컨대 한용운이 「군말」을 통하여 전달하는 '긔룸'의 내용이란 붓다가 중생구제를 위해 전생을 바친 것과 같은 대아적 보살심의 마음, 그리고 칸트가 철학을 위하여 자발적으로 바친 것과 같은 진실과 진리에 대한 무한한 사랑의 마음, 장미화가 봄비를 향하여 보내는 것과 같은 찬탄과 감사의 마음, 마치니가 조국의 통일을 위해 바친 것과 같은 순정한 대아적 공심의 마음과 같은 것이다.

이런 점에서 「군말」 속의 '긔룸'은 보살심의 산물이다. 지혜에 근거를 둔 자아초월의 보살심이 작용하지 않으면 결코 나타날 수 없는 인간의 고귀

2012.12, 377~416쪽 참조.

한 마음 상태인 것이다. 한용운은 이를 통하여 우리가 고액에서 벗어날 수 있음을 시사하였거니와 앞의 인용문 ②를 보면 그 또한 이와 같은 보살심의 원력 때문에 시집 『님의 침묵』을 출간하게 되었음을 밝히고 있다. 구체적으로 그는 '해저문 벌판에서 돌아가는 길을 잃고 헤매는 어린 양'과 같은 존재가 기루어서 『님의 침묵』을 출간하였다는 것이다.

그런데 이와 같은 한용운의 시집 『님의 침묵』에서 중요한 것은 보살심의 작용이 '님의 탄생'으로 이어진다는 것이다. 보살심이 작동할 때, 인간들은 대상으로서의 대립적인 타자가 아니라 자신과 한몸이 된 '님'을 갖고 살 수 있다는 것이다. 『님의 침묵』에서 님은 외형상으론 화자인 나와 구분돼 있는 듯하지만 그것은 외면의 일일 뿐 내면으론 하나가 된 일체(一體)이자 일체(一切)이다. 한용운의 시집 『님의 침묵』에서 이와 같은 '님'의 탄생은 시집 전체를 지배하고 이끄는 동력이 되고 있거니와 「군말」의 취지에 따르자면 독자들이 이 시집을 성공적으로 읽었을 경우 그들도 보살심 속에서 '님'을 탄생시키고 품어안을 수 있어야 하는 것이다.

한용운의 시집 『님의 침묵』에서 이 '님'과 관련하여 지금까지 연구의 초점이 되어온 것은 '님이 누구냐(혹은 무엇이냐)' 하는 것이었다. 그러나 이와 같은 물음과 대답은 부차적이거나 그렇게 중요하지 않은 것이다. 실제로 이런 물음과 대답보다 더욱 본질적이고 중요한 것은 보살심을 갖게 되었는가, 그리고 보살심에 의하여 '님'을 갖게 되었는가 하는 것이다.[20]

보살심의 사랑이 아닌 소아의 욕망에 의한 사랑일 때 그 '님'은 '남'이다. 그러나 보살심의 사랑에 의한 님일 때 그 '님'은 '나'이다. 전자에서 님은

---

20 정효구, 「『님의 침묵』 속의 '님'과 '사랑'의 의미」, 『한용운의 『님의 침묵』, 전편 다시 읽기』, 서울 : 푸른사상사, 2013, 57~73쪽 참조.

나를 위해 있지만 후자에선 내가 그 님을 위하여 존재한다. 불가에선 이것을 발꿈치 한 번을 어떻게 돌리느냐, 또는 생각 한끗을 어떻게 쓰느냐 하는 문제라고도 한다. 결국 너와 내가 하나가 되는 일체심으로 마음을 썼을 때 그 대상은 '님'이 되고, 소유하고자 하는 분리심으로 마음을 썼을 때 그 대상은 '남'이 되는 것이다.

한용운의 시집『님의 침묵』에서「군말」이후에 이어지는 모든 작품 속의 '님'은 이와 같은 소아의 소유욕을 넘어선 보살심이 탄생케 한 님이다. 따라서 그 '님'을 보는 일도, 그 '님'을 향한 화자의 마음을 느끼는 것도 언제나 자아초월의 마음이 줄 수 있는 감동을 불러일으킨다. 한용운의『님의 침묵』에서 바로 이와 같은 보살심의 작용과 님의 탄생은 소아적 안목과 사유로 인한 중생들의 고액의 삶을 넘어서고 치유하게 하는 중요한 길이자 방법이다. 한용운은 이 점을 역설하고 보여주기 위하여 끝도 없이 님을 불러들이고 그 님과의 만남을 꿈꾸었던 것이다.

4) 무아적 사랑의 선택과 일심의 구현

한용운의 시집『님의 침묵』전체를 지배하는 중심적인 시적 주제이자 동력 가운데 대표적인 것은 '사랑'이다. 시집 속의 첫 작품부터 끝 작품에 이르기까지 빠짐없이 '사랑'의 문제가 한가운데 놓여 있으며 이 사랑의 문제를 수준 높게 탐구하고 형상화한 힘으로 인하여 이 시집은 드높은 시적 · 정신적 성취를 이루고 있다.

앞 장에서 우리는 '보살심'에 대하여 논의하였다. 보살심은 불교가 도달할 수 있는 마지막 지점이며 불교를 인간 사회와 인간들의 구체적인 삶의 현장으로 회향시킬 수 있는 현실적 동기이자 에너지이다.

한용운이 『님의 침묵』을 쓴 것은 앞에서 여러 차례 언급했듯이 이 보살심이 작용한 까닭이고, 그가 보살심의 가장 구체적이고 근원적인 행위로 파악하고 선택한 것이 바로 '무아적 사랑' 혹은 '대아적 사랑'이다.

사실 불교에서 '사랑'이란 말은 잘 사용하지 않는다. 그보다 자비라는 말을 사용하고 그 자비는 반드시 지혜와 짝을 이루어 사용된다. 그럼에도 불구하고 한용운이 『님의 침묵』 속에서 대중적 기미까지 지닌 '사랑'이란 말을 세속 사용한 것은 이 시집이 중생들의 내면 속으로 자연스레 흘러들어가게 하기 위한 일종의 배려이자 방편을 구사한 것이라 생각된다.

한용운은 그가 사용하고 있는 이와 같은 '사랑'이라는 말의 의미가 세속의 자아중심적이며 소아적인 사랑과 구별된다는 것을 「군말」에서부터 시사하고 있다. 그는 세속적인 '긔룸'과 자아초월적인 '긔룸'이 다르고, 세속적인 소유의 님과 대아적 원력으로서의 님이 다르다는 것을 분명하게 밝힘으로써 그가 추구하는 사랑이 어떤 것인지를 알리고 있는 것이다.

이와 같은 한용운의 『님의 침묵』 속의 사랑은 붓다가 중생을 '긔루어' 한 것과 같이 조건과 상황, 시간과 공간을 넘어서는 무조건의, 무한정의 사랑이라 할 수 있다. 그것은 이 사랑이 한 개인의 단순한 감정적 · 정서적 · 의지적 사랑이 아니라 상구보리의 보리심을 지닌 자가 하화중생의 자비심을 발휘한 데서 나온 일종의 보살행인 까닭이다.

이런 점에서 한용운의 시집 『님의 침묵』에 등장하는 사랑을 가리켜 '깨친 자의 사랑', '지혜 위의 사랑'이라고 할 수 있다. 그것은 중생들의 좁은 안목에서 비롯된 주관적이며 감정적이고 자기중심적인 집착의 사랑과 달리 전체적이고 객관적인 안목과 견해를 갖춘 자의 무심하나 자비로운 공심(公心)의 대아적 사랑이다. 불교적 관점에서 보자면 상구보리와 하화중생의 도리를 함께 구족한 자는 무슨 일이 있어도 지혜 위에서의 이 대아적 사랑을 한결같이, 영속적으로 실천한다.

그렇다면 한용운은 왜 『님의 침묵』에서 이와 같은 '지혜 위의 대아적 사랑'을 구사하며 역설한 것일까. 그것은 '지혜 위의 대아적 사랑'이야말로 시인 자신은 물론 인간들 모두가 '고액'으로부터 벗어날 수 있게 하는 최상의(최선의) 길이라고 여겼기 때문이다. 여기서 '지혜 위의 대아적 사랑'이란 모든 존재가 '일심' 혹은 '일체감' 속에서 자유와 행복을 느끼며 살아가는 길이요, 연기공성의 일물(一物)적인 세계에 부합되는 참삶을 사는 길이라 여겨지는 것이다.

> 사랑의束縛이 꿈이라면
> 出世의解脫도 꿈입니다
> 우슴과눈물이 꿈이라면
> 無心의光明도 꿈입니다
> 一切萬法이 꿈이라면
> 사랑의꿈에서 不滅을엇것습니다
>
> —「꿈이라면」 전문[21]

위 시는 한용운이 '지혜 위의 대아적 사랑'을 선택한 이유와 그 의미에 대하여 분명하게 밝히고 있는 상당히 중요한 작품이다. 한용운은 앞에서도 언급했듯이 그의 시집 『님의 침묵』 속의 거의 모든 작품에서 이 사랑의 문제를 형상화하고 있지만, 위 작품에서처럼 명확한 언어로 그의 사랑의 선택이 지닌 의미와 까닭을 압축하여 드러낸 경우는 많지 않다. 위 시에서 시인은 "一切萬法이 꿈이라면/사랑의꿈에서 不滅을엇것"다고 단호하

21 한용운, 『님의 沈默』, 105쪽.

게 그의 견해를 표명한다. 요컨대 만유와 만법이 꿈과 같은 것이라면 '지혜 위의 대아적 사랑'을 통하여 불멸이라는 진리에 도달하겠다는 것이다. 참고로 밝히자면 위 시에서 가장 많이 반복적으로 사용된 말은 '꿈'이다. 이 '꿈'이란 단어는 한용운이 『님의 침묵』에서 의도적으로 세속 언어를 차용한, 이른바 방편의 문제와 관련되는 바, 여기서 '꿈'이란 불교적 의미의 '공성' 혹은 '공상(空相)'을 가리킨다.

위 시에서 시인은 제법(諸法)이 공한 것을 깨치고 있는 자이다. 사랑의 속박도, 출세의 해탈도, 웃음과 눈물도, 무심의 광명도, 그 이외의 모든 것도 무상한 것이요, 무아의 것임을 관하고 있는 자이다. 그렇다면 이와 같은 안목을 갖고 이 땅에서 무엇을 선택하여 살아가는 것이 가장 바람직한 것일까? 시인은 이와 같은 물음 속에서 '대아적 사랑의 꿈'을 선택하는 것이 가장 바람직하다는 결론을 얻은 것이다. 환(幻)으로써 환을 넘어서기, 상(相)으로써 상을 넘어서기, 유한으로써 유한을 넘어서기, 몸으로써 몸을 넘어서기, 언어로써 언어를 넘어서기가 이 땅에서 우리가 할 수 있는 수행과 수도의 현실적 길이라면 '사랑'이라는 꿈으로써 꿈의 현실을 넘어서고자 한 한용운의 뜻은 자연스러우면서도 고차원적인 방안에 해당한다.

한용운의 시집 『님의 침묵』은 다시 다음과 같은 말로써 방금 언급한 '지혜 위의 대아적 사랑 혹은 무아적 사랑'이 진리에 이르는 최선의 길이자 현실구원의 최상승 방편임을 가리키고 있다.

> 나는 禪師의說法을 드럿슴니다
> 「너는 사랑의쇠사실에 묵겨서 苦痛을밧지말고 사랑의줄을끈어라 그러면 너의마음이 질거우리라」고 禪師는 큰소리로 말하얏슴니다
>
> 그 禪師는 어지간히 어리석슴니다

사랑의줄에 묵기운것이 압흐기는 압흐지만 사랑의줄을끈으면 죽는 것보다 더압흔줄을모르는말입니다

사랑의束縛은 단단히 얼거매는것이 푸러주는것입니다

그럼으로 大解脫은 束縛에서 엇는것입니다

님이어 나를얽은 님의사랑의줄이 약할가버서 나의 님을사랑하는줄을 곱드렷습니다

—「禪師의說法」 전문[22]

위 시는 소승적인 선사의 사랑론을 부정하면서 대승적인 화자의 사랑론을 펼치고 있다. 그 내용은 소승적인 사랑이란 한계가 있는 것이고 진정한 대승적 사랑을 통해서만이 참다운 자유와 행복에 이를 수 있다는 것이다. 사실 소승적인 지혜의 성취도 인간을 고액으로부터 벗어나게 하는 하나의 길이기는 하다. 그러나 존재와 세계를 연기된 일물(一物)이자 화엄의 장으로 파악하는 대승적 견지에서 보면 그와 같은 견해는 한계 속의 자유에 불과한 것이다. 이와 같은 사실을 아는 위 시의 화자는 대승적 사랑을 적극적으로 선택하고 옹호하며 강화한다. 대승적 사랑이란 소승적 사랑이나 중생심의 사랑과 달리 그 고뇌와 속박의 정도에 비례해서 자유와 행복의 크기가 확장된다. 따라서 대승적 사랑의 고뇌와 속박이 완전한 무아 속의 그것이라면 그때의 자유와 행복은 모든 한계를 넘어서는 무한의 그것이 되는 것이다.

위 시엔 고액의 다른 이름인 '아픔'과 '속박'이라는 말이 나온다. 이 두 가지 말들에서 우리는 「군말」 속의 '헤매임'과 '구속'이라는 말을 상기할 수 있을 것이다. 그러면서 중생심으로 인한 소아의 고액과 일심에 기반한 대아 혹은 무아의 고액이 어떻게 다른지를 실감할 수 있을 것이다. 전자

22 위의 책, 78~79쪽.

의 고액이 자기중심적인 욕망의 고액에 지나지 않는다면 후자의 고액이란 중생들의 고액이 안타까워 그것을 구원해주고자 하는 자아초월적 원력의 고액이기 때문이다.

위 시에서 "사랑의줄에 묵기운것이 압흐기는 압흐지만 사랑의줄을끈으면 죽는것보다 더압흔줄을 모르는말임니다/사랑의束縛은 단단히 얼거매는것이 푸러주는것임니다/그럼으로 大解脫은 束縛에서 엇는것임니다"와 같은 초(超)상식적인 사랑 담론이 등장할 수 있는 것은 바로 그 사랑이 자아초월적 원력의 고액 위에 놓여 있기 때문이다.

한용운이 이와 같은 사랑에 임하여 보여준 결의와 태도는 '불퇴전'의 그것과 같다. 「오서요」라는 그의 시의 일부분을 보면 이 점이 확연해진다.

> 당신은 나의죽엄속으로오서요 죽엄은 당신을위하야準備가 언제든지 되야잇슴니다
> 만일 당신을조처오는사람이 잇스면 당신은 나의죽엄의뒤에 서십시오
> 죽엄은 虛無와萬能이 하나임니다
> 죽엄의 사랑은 無限인同時에 無窮임니다
> 죽엄의압헤는 軍艦과砲臺가 씨끌이됨니다
> 죽엄의압헤는 强者와弱者가 벗이됨니다
> 그러면 조처오는사람이 당신을잡을수는 업슴니다
> 오서요 당신은 오실째가되얏슴니다 어서오서요
>
> —「오서요」 부분[23]

위 시의 화자는 목숨까지도 자발적으로 바치는 '죽음의 사랑'을 말한다.

---

23 위의 책, 160쪽.

죽음은 생명을 가진 한 인간이 바칠 수 있는 최종의 것이자 모든 것이라 할 수 있다. 진화생물학을 거론하지 않더라도 생명을 가진 일체 생물들의 최초의 욕망이자 최후의 욕망은 생명을 유지하는 것이다. 따라서 생명을 내놓는 '죽음의 사랑'은 그만큼 자신의 모든 것을 헌신해야 하는 난제이자 숭고한 과업이다.

위 시의 화자는 이와 같은 죽음을 말하며 이른바 '죽음론'을 전개한다. 그리고 님을 향한 그의 사랑이 얼마나 무아적이고 대아적이며 보살적인 것인가를 강조하고 있다. 이와 같은 위 시의 화자가 보여준 죽음에 대한 말들은 두 가지로 요약될 수 있다. 그 하나는 님을 사랑하는 자신은 언제든지 님을 위해 죽을 각오가 되어 있다는 것이고, 다른 하나는 그러한 죽음의 각오가 있다면 이 세상에서 해결할 수 없는 경계는 아무것도 없다는 것이다. 이러한 무상(無上)의, 그리고 만능의 죽음을 가리켜 위 시의 화자는 "죽엄의 사랑은 無限인同時에 無窮임니다"라는 말로 요약하고 있다.

불교식으로 말한다면 소아적 에고의 완전한 죽음이 이루어질 때 그 존재는 진리 그 자체, 광명 그 자체가 된다. 이 진리이자 광명은 진여법성의 다른 이름이거니와 이 진여법성은 앞서 살펴본 한용운의 시 「心」의 마지막 구절에서 보이는 바와 같은 "絶對며自由며萬能"인 것이다.

지금까지 한용운의 시집 『님의 침묵』 속에 들어 있는 '무아적 사랑'의 선택과 성격에 대하여 살펴보았다. 이 정도만으로도 그가 모든 것의 앞자리에서 선택한 '무아적 사랑'이 어떤 것이며 그것이 왜 고액의 문제를 해결할 수 있는 최상의 방안이 될 수 있는지에 대해 이해가 되었으리라 생각한다. 그럼에도 불구하고 실제로 『님의 침묵』에 나타난 '무아적 사랑'의 실제는 너무나 큰 비중을 갖고 있으므로 몇몇 작품을 선정하여 거기에 나타난 사랑의 모습을 대략적으로나마 언급해보기로 한다.

편의상 시집 첫 부분부터 차례대로 약 10여 편의 작품 속에 있는 사랑의 실상을 만나보기로 한다. 우선 시집의 첫 번째 작품인「님의 침묵」에서는 님의 외형적인 떠남과 달리 그 님을 보낼 수가 없다는 사랑의 영원성을, 두 번째 작품인「리별은 미의 창조」에서는 이별을 지혜의 안목에 의해 승화시킬 때 이별은 미의 창조적 원천이 될 수 있다는 사실을, 세 번째 작품인「알ㅅ수 업서요」에서는 님의 밤을 지키는 화자의 마음이 법성이 나타난 사랑의 힘임을, 네 번째 작품인「나는 잇고저」에서는 님을 잊는다는 것은 결코 있을 수 없음을, 다섯 번째 작품인「가지 마서요」에서는 님이 세속적 유혹에 빠질 것을 염려하는 사랑의 마음을, 여섯 번째 작품인「고적한 밤」에서는 모순 가득한 인생과 우주 속에서도 창조되는 무한한 사랑의 힘을, 일곱 번째 작품인「나의 길」에서는 님을 사랑하는 외길밖에 다른 길을 갖고 있지 않은 순정을, 여덟 번째 작품인「꿈 깨고서」에서는 노력 속에서도 항상 부족하기만 한 님에 대한 사랑의 미흡함을, 아홉 번째 작품인「예술가」에서는 님의 전모를 그대로 품어 안고자 하는 알뜰한 마음을, 열 번째 작품인「리별」에서는 진정한 사랑 속에는 이별이란 존재하지 않는다는 사랑의 이치를 말하고 있다.

이후에 계속되는 모든 작품 속에서도 앞서 말한 '깨친 자'의 무아적 사랑, 대아적 사랑, 보살심의 사랑은 다양한 문맥 속에서 그때마다의 적절성을 얻는 가운데 일관되게 형상화된다. 이 모든 사랑은 님과 화자 혹은 화자와 님 사이의 일심이 창조한 세계이며 일심을 창조하는 원천이다. 이와 같은 불심의 사랑은 중생심의 사랑과 달리 언제나 자아와 세계를 일물의 장으로 일체화시킨다. 분별과 시비에 의하여 전체성으로부터 이탈된 개아의 고액은 이러한 불심의 사랑에 의해 근본적인 차원에서 치유되고 해결되는 것이다.

4. 결어

지금까지 한용운의 시집『님의 침묵』을 '고제'의 문제에 초점을 맞추어 살펴보았다. 그것은 고액의 문제야말로 불교 성립의 출발점이자『님의 침묵』이 창작된 시발점이라 여겨졌기 때문이다.

한 마디로 말하면 불교는 '이고득락'을 지향한다. 물론 여기서 말하는 '고'와 '낙'의 개념은 세속 사회의 그것과 다르다. 세속 사회의 '고'와 '낙'이 소아의 주관적 욕망을 충족시켰느냐의 여부에 따라 결정되는 개념이라면 불교에서의 고와 낙은 세속 사회에서의 주관적이고 상대적이며 일시적인 고와 낙을 모두 '고액'으로 규정하고 세속 너머의 무아의 자리에서 탄생되는 열반의 세계를 '낙'이라고 규정짓는 것이다.[24] 그러니까 문제는 어떻게 소아 혹은 유아의 삶을 대아 혹은 무아의 삶으로 전변시키느냐 하는 것이다. 전자의 삶이 생의 모든 것이라고 생각하는 것을 '무명의, 중생의 삶'이라고 한다면 후자의 삶을 체득하여 성취한 것을 '광명의, 각자(覺者)의 삶'이라고 하는 터이다.

---

24 「대지도론(大智度論)」에서 세속의 낙을 모두 지닌 전륜성왕(轉輪聖王)과 세속 너머의 낙을 모두 구족한 법륜성왕(法輪聖王)의 차이를 제시한 다음과 같은 내용은 이 점을 이해하는 데 큰 도움을 준다 : ① 전륜성왕은 탐진치의 번뇌가 가득하지만 법륜성왕에겐 그런 번뇌가 없다. ② 전륜성왕은 생로병사를 되풀이하며 윤회하지만 법륜성왕은 윤회에서 완전히 벗어나 있다. ③ 전륜성왕은 4천하를 통치하지만 법륜성왕은 무량한 온갖 세계의 중생을 이끈다. ④ 전륜성왕은 재물을 자유자재로 쓰지만 법륜성왕은 마음을 자유자재로 쓴다. ⑤ 전륜성왕은 천락(天樂)을 추구하며 살지만 법륜성왕은 천락은 물론 최고의 삼매락(三昧樂)조차 추구하지 않는다. ⑥ 전륜성왕은 밖의 자극을 통해서 즐거움을 얻지만 부처는 그 마음 자체에 즐거움이 있다. 김성철,『김성철 교수의 불교 하는 사람은……』, 21~23쪽 참조.

한용운이 『님의 침묵』에서 이 '이고득락'의 길을 중생제도의 근간으로 삼고 보여준 고액의 해결 방식으로는 다음과 같은 몇 가지 점이 돋보인다.

첫째, 중생들의 삶이 고액으로 점철돼 있다는 이른바 '고제'의 현실을 투철하게 자각하며 연민심을 내는 것이다.

둘째, 고액의 현실로부터 벗어나기 위해서는 견성 혹은 정견을 성취하는 일이 근간이 되어야 한다는 것이다.

셋째, 견성과 정견을 체득하기 위해서는 대승적 보살심으로 거듭나야 하며 각 사람마다 그의 보살심이 창조한 '님'을 품고 살아야 한다는 것이다.

넷째, 견성과 정견도, 보살심과 '님'도 모두 '지금, 이곳'의 현실세계에서 '회향(廻向)'의 방식으로 현실적 작용을 해야 하고, 그 최선의 길로서는 '무아의 사랑', '대아의 사랑'만한 방편이 없다는 것이다. 본문에서도 말했지만 무아의 사랑과 대아의 사랑이란 깨친 자만이 할 수 있는 '지혜 위의 사랑'이며 지혜와 한몸을 이룬 사랑이다.

세속적 고액은 우리가 무명 때문에 평지풍파를 일으킨 것, 달리 말하면 시비분별에 바탕을 둔 현상계에 집착함으로써 발생하는 자업자득의 고통과 같다는 것이 불교의 견해이다. 한용운의 시집 『님의 침묵』에 나타나 있는 고액에 대한 견해도 이와 동일하다. 그 고액을 넘어서서 영원한 자유와 평화 그리고 행복의 세계로 중생들을 안내하기 위해 한용운은 여러 가지 길을 제시하고 있다. 그 가운데 특히 흥미로운 것은 중생의 고액과 다른 보살의 고액을 강조한 점이다. 외형상으로는 다 같은 고액이지만 전자의 고액이 타율적인 고액이라면 후자의 고액은 자발적인 고액이라는 점이 다르다. 타율적인 고액은 원한을 낳지만 자발적인 고액은 정진을 낳는다. 한용운의『님의 침묵』에서 화자가 님에 대한 조건 없는 무한의 사랑을 바칠 수 있었던 것은, 그리고 영원히 님을 갖고 살 수 있었던 것은 바로 이와 같은 자발적 고액을 감당한 정진이 가능했기 때문이다.

고제에 초점을 맞추고『님의 침묵』읽기를 다시 해보니 시집 읽기가 조금 더 선명해진 느낌이다. 그리고『님의 침묵』이 말하고자 하는 바가 무엇인지를 좀 더 전문적인 불교적 안목에 의하여 파악할 수 있게 된 느낌이다. 고제는 궁극적으로 고멸성제를 꿈꾸고 있다.『님의 침묵』이 지닌 이와 같은 불교적 측면을 활용할 때『님의 침묵』은 한 존재의 삶을 고제에서 고멸성제로, 다시 말하면 치유의 세계로 이끄는 훌륭한 안내서가 될 것이다.

제4장

구상의 『그리스도 폴의 강』과 불교적 상상력

1. 문제 제기

구상(1919~2004)의 시작 여정 속에서 시집 『그리스도 폴의 강』은 정점에 서 있는 작품이라고 보아도 과언이 아니다. 정신적 높이와 언어적 수련의 측면에서는 물론, 총 65장에 이르는 긴 호흡의 장시가 보여준 노작이자 역작으로서의 모습 속에서 우리는 이 점을 확인할 수 있다.

『그리스도 폴의 강』은 1983년부터 1985년까지, 그러니까 구상의 나이 65세부터 67세에 이르는 기간 동안, 월간 『시문학』지를 통하여 연재된 50편의 작품과 그 이전에 씌어진 10편의 작품 및 그 이후에 씌어진 5편의 작품을 합하여 총 65편으로 구성 및 완결된 시집이다. 이 시집은 2009년, 구상 탄신 90주년을 맞이하여 '구상문학상'을 제정하면서 그 기념 시집으로 출간될 만큼 구상 시의 진면목을 보여주는 대표작이자 문제작이다.

구상 시인과 관련하여 우리 시단과 시학계는 두 가지 사실에 대한 인식을 공유하고 있다. 하나는 그가 가족사적으로 남다른 가톨릭 신앙의 환경 속에 놓여 있었고 그 자신도 가톨릭 신앙인으로 살았다는 것이며, 다른 하나는 그가 해방 직후 북한에서 소위 '『응향(凝香)』지 사건'에 연루되어 북한 정권으로부터 불순불자로 지목되는 바람에 원치 않는 월남인의 비극을 겪게 되었다는 점이다.

따라서 구상 시에 대한 연구도 이와 같은 점을 고려하면서 이루어져 왔다. 그는 가톨릭 정신을 형상화한 구도의 시인이었으며, 남북 분단과 전쟁의 비극을 절감하고 그려낸 현실 고발과 휴머니즘의 시인이었다는 것이다. 본고에서 다루고자 하는 『그리스도 폴의 강』도 이런 관점으로부터 크게 벗어나지 않는 방향에서 탐구되었다. 특히 전자와 관련되어 이 작품은 기본적으로 가톨릭 정신세계를 형상화한 구도의 시편이자 시집이라는 해석이 일반적이었다.[1] 혹여 여기서 더 나아간다 해도 이 작품은 '초월성' '영원성' '구도성' '형이상성' 같은 말로 그 핵심이 언급되었다.[2]

물론 위와 같은 연구 결과는 구상 시의 중요한 점을 밝혀낸 것이다. 그러나 선입견 없이 구상의 시를 읽어보면 불교성 혹은 불교적 상상력이라고 부를 만한 것이 그의 시작 과정 전체에서 큰 역할을 하고 있음을 확인하게 된다. 본고에서 다루고자 하는 『그리스도 폴의 강』도 예외가 아니거니와, 특별히 이 시집은 총 65장의 어느 곳을 펼쳐도 불교성 및 불교적 상상력이 눈에 띌 만큼 그가 신앙했던 가톨릭 세계의 경계를 넘어서고 있다. 얼마간의 과장이 허용된다면 이 시집의 주된 상상력이자 세계는 불교

1 우종상, 「구상 시 연구-현실의식과 구원사상을 중심으로」, 계명대학교 박사학위 논문, 2007; 우종상, 『시인 구상의 문학세계』, 글마당, 2011, 251~270쪽.

2 김정신, 「구상 시의 존재론적 탐구와 영원성-『그리스도 폴의 강』과 『말씀의 실상』을 중심으로」, 『문학과 종교』 15권 1호, 2010, 61~80; 김은경, 「구상의 연작시 연구-『그리스도 폴의 강』을 중심으로」, 호남대학교 석사학위 논문, 2008.

혹은 불교적인 것이고, 가톨릭은 차후적인 것이라고 말해도 무방할 정도이다.

이 논문은, 『그리스도 폴의 강』이 지닌 이와 같은 면모를 한 번쯤 상세하게 분석할 필요가 있다는 판단으로부터 시작되었다. 구상 시에 대한 이와 같은 접근은 그의 시를 좀 더 풍요롭게 읽어내며, 그의 시에 대한 선입견과 고정관념을 벗어나게 하고, 종교 간의 관계가 배타성보다 상호 연계성 및 관련성 속에 있음을 인지하도록 하는 데 기여할 수 있을 것이라 생각된다.

구상 시의 이와 같은 점을 이해하기 위해서 다음과 같은 몇 가지 사실을 참고하면 좋을 것이다. 첫째로 구상 시인이 직접 고백했듯이 그가 일본 대학의 종교학과에 다니면서 그의 표면적 신앙과 관계 없이 종교 일반과 더불어 특별히 불교를 상당한 수준으로 이해하고 내면화하게 되었다는 점,[3] 둘째로 그가 불교계의 많은 승려들 및 지성인들과 서로 외경하는 마음으로 교류했다는 점,[4] 셋째로 『그리스도 폴의 강』의 해설에서 이승

---

3 구상, 「불교와 나」, 『구상문학총서 제8권 : 그 분이 홀로서 가듯』, 홍성사, 2008, 124~127쪽. 그는 이 글의 서두에서 이렇게 말하고 있다. "당시 일본 대학 종교과의 커리큘럼이란 그 60퍼센트가 불교 경전의 주석이요, 나머지가 종교의 학문적 이론이나 체계, 또는 기독교나 여타 종교의 개론 등으로 좋든 궂든 불교의 여러 경전 강의를 날마다시피 3년 동안 들어야 했다. 이것이 내가 불교를 접하게 된 동기로서 기독교인으로서는 비교적 불교에 대한 지식이나 이해가 있다고 알려지고 또 때마다 땡땡이중 같은 소리를 한다고 놀림을 받는 연유이기도 하다."

4 구상은 중광 스님, 혜련 스님, 경봉 스님 등 불교계의 여러 선사 및 지성들과 교류하였다. 그가 쓴 다음과 같은 글을 이런 사실과 관련시켜 읽어볼 만하다. 구상, 「수도(修道)와 선(禪)」, 위의 책, 157~159쪽; 구상, 「진리는 하나」, 위의 책, 228~229쪽.

원도 지적했듯이 '그가 깨달은 세상의 진리는 가톨릭 신앙에 바탕을 두고 불교의 진리와 도교의 진수를 함께 아우른 것'[5]처럼 보인다는 점, 그리고 끝으로 홍신선이 『그리스도 폴의 강』의 초월성을 논하면서 몇몇 곳에서 이 시집이 지닌 불교적 초월의 기미를 확인한 것[6] 등이 그것이다.

그러나 이런 사항들을 참고하더라도 역시 가장 중요한 것은 그의 시 자체가 보여주는 실제의 양상이다. 필자가 분석한 바로는 『그리스도 폴의 강』의 거의 모든 곳에서 불교적 상상력은 가톨릭의 세계 못지 않게 작품의 핵심적인 구성요소이자 근간 원리가 되어 있다. 이것은 그가 가톨릭 신자의 모습을 벗어났다는 의미가 아니라, 그의 종교적 구도성이 그만큼 포괄적이고 개방적이며 성숙미를 지니고 있다는 증거이며, 소위 '영원의 철학'[7]이라고 불리는 구도의 정점을 그가 가톨릭 경계 너머의 세계에서 자유롭게 내면화시키고 있다는 징표라 할 수 있다.

2. 실상(實相)과 실유(實有)의 상상력

바람직한 의미에서의 종교는 그것이 어떤 것이든 실상 및 실유를 보고

---

5 이승원, 「해설 : 강의 상징성과 불이(不二)의 세계관」, 『그리스도 폴의 강』, 홍성사, 2009, 133～134쪽.

6 홍신선, 「초월과 물의 시학－구상론」, 『상상력과 현실』, 인문당, 1989, 84～96쪽.

7 올더스 헉슬리, 『영원의 철학』, 조옥경 역, 오강남 해제, 김영사, 2014, 9～20쪽. 구상 시인을 말하면서 '영원성'의 개념을 명료하게 밝힌 글이 많지 않다. 필자는 '영원성' 혹은 '영원성의 철학'을 종교학자 오강남이 규정한 것과 같이 '종교적 인간이 이를 수 있는 가장 심오한 경지'라는 의미로 쓰고자 한다.

자 한다. 실상과 실유란 인간적 소견이나 욕망을 넘어서 있는 그대로의 전체성의 세계, 다시 말하면 우주 자체의 본 모습으로서, 이런 세계를 탐구하여 시사하거나 담아내고 있는 텍스트를 가리켜 인간들은 '경전'이라 부른다.

그러나 실상과 실유의 참모습을 온전히 파악하기란 인간의 한계성으로 인하여 참으로 어려운 일이 되어 있다. 천문학자들에 의하면 우리가 과학적으로 알고 있는 지식은 실상 혹은 실유의 4퍼센트 정도에 불과하다고 한다.[8] 그렇더라도 인간들은 인간적 사심이나 이해관계가 개입되지 않은 참본성, 참진리, 참이치, 참성품 등에 대한 꿈을 지니고 그것을 탐구하는 일을 그치지 않는다. 그만큼 인간은 그 본성상 종교적인 존재이다. 달리 말하면 '호모 렐리기우스'의 속성을 지니고 있다.

더욱이 인간들은 그들이 실상과 실유를 알고 있는지의 여부와 관계 없이, 깊은 의미에서는, 실상과 실유 속에서 '이미' 살고 있다. 아니 인간 자체가 실상이며 실유이다. 이것을 올더스 헉슬리는 '그대가 그것이다(That Art Thou)'라는 상징적 언어로 표현하고 있다.[9]

종교는 과학이라기보다 직관이자 통찰의 영역이다. 따라서 과학과 다르게 실증되지 않은 가운데서도 실상과 실유에 대한 견해를 제시한다. 불교에서 제시하는 실상과 실유의 핵심은 '연기공성(緣起空性)'의 세계이자 '연기일체(緣起一體)'의 세계이다. 이를 달리 말하면, 실상과 실유의 세계

---

8 이석영, 『모든 사람을 위한 빅뱅이론 강의 : 한 권으로 읽는 우주의 역사』, 사이언스북스, 2009.

9 올더스 헉슬리, 앞의 책, 21~53쪽. 여기서 헉슬리는 종교 공통의 원형을 27가지로 제시하고 있다. 그 가운데 으뜸이자 중심이 바로 '그대가 그것이다(That Art Thou)'이다.

는 무상과 무아의 연기적 세계이자 일체와 일심의 연기적 관계라는 것이다.

구상의 시집『그리스도 폴의 강』에는 바로 이 무상과 무아의 연기성과 그 일체성이 중요한 세계 및 자아 인식의 내용으로 등장한다. 이들은 시간적 무한과 공간적 무변에 닿아 있으면서 이 세계엔 불변의 실체와 분리된 개체가 부재함을 알려준다. 요컨대 세상은 연기적 무상과 무아로 구성된 일체의 장이라는 것이다.

이로부터 불교의 근본 교리인 삼법인을 떠올릴 수 있다. 제행무상, 제법무아, 열반적정이 그것이다. 그리고 모든 존재가 불성의 실유이며 세계는 화엄일법계라고 하는 여래장(如來藏)사상과 일체일체(一切一體)사상을 떠올릴 수 있다.

강에
물이
하염없이
흐른다.

저렇듯 무심한 물이
어느덧 하늘로 올라가
안개가 되고 구름이 되고
이슬이 되고 비가 되어서
또다시 땅으로 내려온다

그리고 이번엔 생명에게 스며서
풀이 되고 나무가 되고
꽃이 되고 열매가 되고
새가 되고 물고기가 되고

짐승이 되고 사람이 된다.

하지만
목숨을 다하면
그 물이 소롯이 빠져나와
다시 강이 되어
여기 이렇듯
하염없이 흐른다.

—「그리스도 폴의 강 50」 전문[10]

위 시엔 강물의 영원성, 무심한 흐름의 성품, 무상한 변화성, 수도 없는 연기성이 형상화돼 있다. 시인의 눈으로 보기에 강물은 이런 본성이자 진리를 심오하게, 한결같이 보여주는 실유의 상징이자 우주적 상징이다. 이것을 달리 풀어보면 물은 그 자체로 법성의 몸으로서 무수한 화신을 만들어내며 원융한 삶, 불이의 삶. 영원의 삶을 살아가고 있는 것이다.

구상의 이와 같은 실상 및 실유관은 「그리스도 폴의 강 54」에선 무시무종의 시간적 영원성과 무상성 그리고 불생불멸의 공간적 연관성 및 일체성을 통해 나타난다. 예를 들면, 그는 이 시에서 "나의 시계(視界) 속의 강은/비롯함이 없는 곳에서 흘러나오고/마침이 없는 곳으로 흘러가서/이 지구가 소멸된 뒤에도/아니 저 우주가 해체되어도/흐르고 또 흐를 것이다"[11]라는 말이나 "나는 이 강의 한 방울 물이지만/내가 없이는 이 강을 이룰 수 없어/정녕 스러질 수도 없고/정녕 비길 수도 없는/영원의 그 한 모습으로//바로 이렇게/흐르고 있다"[12]는 말로 이와 같은 점을 그려내고

10 구상, 『그리스도 폴의 강』, 홍성사, 2009, 85쪽.
11 위의 책, 54쪽.
12 위의 책, 54~55쪽.

있다.

그러나 뭐니뭐니 해도 구상의 시집『그리스도 폴의 강』에서 이와 같은 점을 가장 본격적으로 보여주는 문제작이자 수작은「그리스도 폴의 강 16」이다. 그 전문을 옮겨 보면 다음과 같다.

강은
과거에 이어져 있으면서
과거에 사로잡히지 않는다.

강은
오늘을 살면서
미래를 산다.

강은
헤아릴 수 없는 집합이면서
단일(單一)과 평등을 유지한다.

강은
스스로를 거울같이 비워서
모든 것의 제 모습을 비춘다.

강은
어느 때 어느 곳에서나
가장 낮은 자리를 택한다.

강은
그 어떤 폭력이나 굴욕에도
무저항(無抵抗)으로 임하지만
결코 자기를 잃지 않는다.

강은
뭇 생명에게 무조건 베풀고
아예 갚음을 바라지 않는다.

강은
스스로가 스스로를 다스려서
어떤 구속(拘束)에도 자유롭다.

강은
생성과 소멸을 거듭하면서
무상(無常) 속의 영원을 보여준다.

강은
날마다 팬터마임으로
나에게 여러 가지를 가르친다.[13]

위 시에서 구상이 제시한 실상 혹은 실유의 모습은 다음과 같다. 우선 제1연을 보면 강은 과거와의 연속성 속에서 흐르되 무집착의 마음을 지닌 연기공성의 흐름 자체이다. 이것은 그가 강의 연기적 무심성을 본 것이다. 다음으로 제2연을 보면 강은 오늘과 미래를 동시에 살기에 여기서 오늘과 미래의 분별은 무너지며 이들은 한 몸이 된다. 그리고 제3연을 보면 강은 중중무진의 연기적 존재이지만 결국 '하나'이자 '평등심'의 장을 이룬다. 그리고 제4연을 보면 강은 더 이상 닦을 것이 없는 사심 부재의 거울이 되어 세상의 어떤 것도 그대로 비춰주는 '허공' 혹은 '공(空)의 거울'과 같다. 이어서 제5연을 보면 강은 아상(我相)을 드러내지 않는 하심

13 위의 책, 34~35쪽.

(下心)의 무상 속에 있으며, 제6연을 보면 강은 어떤 일에도 본성을 잃지 않는 부동심의 존재이다. 그리고 제7연을 보면 강은 베풀되 바라지 않는 무주(無住)의 존재이며, 제8연을 보면 강은 해탈인과도 같은 자유의 삶을 살고 있다. 이어서 제9연을 보면 강은 현상적으로 생성과 소멸의 움직임을 보여주나 실은 '무상 속의 영원'을 사는 존재이다. 마지막으로 제10연을 보면 강은 묵언으로 설법을 하는 언어 너머의 선지식(善知識) 같다.

위에서 보았듯이 강은 여러 가지 모습을 보인다. 그러나 이들은 모두 실상 혹은 실유의 모습들이며, 연기, 무상, 무아, 일체, 일심, 영원, 열반, 해탈 등과 같은 불교적 실상 개념과 궤를 같이 한다.

구상 시의 이런 점은 「그리스도 폴의 강 65」에서 다시 한 번 종합적으로 제시된다. 이 시는 시집의 맨 마지막 작품이면서 구상 시인이 하고 싶은 말의 종합이라고 보아도 과언이 아니다. 그러나 그 내용은 앞의 「그리스도 폴의 강 16」과 유사한 것이므로 여기서 다시 분석하지는 않겠다.

실상과 실유에 대한 통찰이 이루어졌을 때, 인간들은 그 세계와 합일하거나 그 세계에 순응하는 삶을 살고자 하는 마음을 내게 된다. 왜냐하면 삶이 고통스러운 것은 우리가 실상 및 실유의 참모습과 어긋나는 삶을 살고 있기 때문이라 여기게 되기 때문이다. 그리고 참다운 삶이란 이런 삶이라고 여기게 되기 때문이다.

인간들이 이와 같은 실상과 실유의 참모습을 보았을 때, 그것은 구원과 깨달음의 길에 다가간 것이다. '오도(悟道)'라고도 할 수 있는 이 진리 통찰의 경험은 매우 특별한 것으로서, 사적 자아와 단견을 중심에 두던 자리에서 전체성의 실제 그 자체를 중심에 두는 자리로 옮겨가는 시각과 사유의 전변이 일어나는 것이다.

구상의 시엔 이런 구원과 오도의 안목에 입각하여 세속적 상식을 파괴

하는 힘이 있다. 전체성의 참모습을 읽고 있는 그에겐, 개아와 인간 이전의 태허, 허공, 절대계, 신비, 염화미소의 세계, 일물성, 화엄세계 등으로 언급된 우주적 실재가 앞서 있다. 그는 현상계 이전의 본질계를 중시하며, 마침내 자신을 포함한 인간들의 현상적 세계를 본질계와 일치시키는 힘을 그의 시에서 보여준다.[14] 이런 사실로 인하여 구상 시는 불교에서 말하는 아상(我相), 인상(人相), 중생상(衆生相), 수자상(壽者相)과 같은 것들을 넘어서는 '무상(無相)'의 길을 열어 보이고, 이런 무상계(無相界)와 하나가 되기 위해 끝없는 정진을 수행한다.

3. 회심(回心)과 수행(修行)의 상상력

'회심'은 기독교 용어로 쓰이기도 하지만 불교의 핵심 용어이기도 하다. 불교에서 말하는 '회심'의 뜻은 사심(私心)을 무심(無心)으로 돌리는 일이다. 달리 말하면 인간들의 에고의식이 만들어낸 오염과 왜곡을 무아의식이자 대아의식(공심(空心)이자 공심(公心))의 힘으로 되돌려 정화시키는 일이다. 삶이 에고의 장에 불과하다는 범속한 사유를 가진 사람들에겐 이 '회심'의 길이 낯설게 여겨질 것이다. 그러나 앞 장에서 언급하고 논의했던 실유와 실상을 보았거나 보고자 하는 자들에겐 이 회심으로 인한 존재의 전변이야말로 자연스럽게 이루어져야 할 과업이며 인간이 가야 할 참다운 길이다.

---

14 홍신선이 '진속이제(眞俗二諦)', 즉 진제와 속제를 이 시에서 읽어내며 이들을 진속불이(眞俗不二)로 이해한 점은 참고할 만하다. 홍신선, 앞의 글, 91쪽.

구상의 시에서 '회심'의 문제는 처음과 마지막의 자리를 모두 차지할 만큼 중요한 일이다. 구상은 그의 시 「그리스도 폴의 강」의 '프롤로그' 장에서 아예 첫 연을 이 회심의 문제로 시작하고 있다.

> 그리스도 폴!
> 나도 당신처럼 강을
> 회심(回心)의 일터로 삼습니다.[15]

위 인용 부분에서는 그리스도 폴도, 강도, 다 중요하지만, 그보다 중요한 것은 '회심의 일터'라는 말이다. 더 정확히는 '회심'이라는 말이다. 회심이 이루어지지 않는다면 그리스도 폴도, 강도, 큰 의미가 없기 때문이다. 따라서 『그리스도 폴의 강』에서 소재로서의 그리스도 폴이나 강의 의미를 밝히는 일보다 '회심'의 의미를 밝히는 일이 더욱 중요하다. 구상에게서 '강'은 만유실체의 환유일 뿐, '강'만이 실유와 실상의 대상으로 한정지어 지목된 것은 아니기 때문이다.

회심이란 불교적 표현으로 '회광반조(廻光返照)', '전식득지(轉識得智)', '전미개오(轉迷開悟)'의 의미와 같은 것이 될 것이다. 사심을 돌려 참마음을 보는 일, 사심을 버리고 일심을 회복하는 일, 속진을 버리고 신성을 보는 일이 바로 '회심'이기 때문이다.

회심은 그 가능태로 볼 때 범부가 성인이 되는 데까지 그 존재의 차원향상을 기대할 수 있다. 기독교식으로 말하면 죄인이 성자가 되는 데까지, 불교식으로 말한다면 중생이 각자(覺者)나 보살이 되는 데까지, 또 유교식으로 말한다면 소인이 대인(군자, 성현)이 되는 데까지 그 무한향상

---

15 구상, 『그리스도 폴의 강』, 13~14쪽.

의 길을 상정할 수 있다. 인간에게는 이렇게 될 가능성이 있다고 믿는 자리에서 '회심'의 일이 비롯될 수 있다. 그리고 실상과 실유를 본 자의 자리에서는 이런 일이 당연하고 간절한 인간사일 수 있다.

구상의 『그리스도 폴의 강』의 중심인물인 '그리스도 폴'은 '회심'의 삶을 보여주는 전범에 해당한다. 그는 가톨릭 성인 14인 가운데 한 사람이다. 전하는 바에 따르면 그는 힘이 장사였으며 세상에서 가장 힘센 왕의 신하가 되어 멋진 인생을 살고자 원했다고 한다. 이를 위해 길을 떠난 그리스도 폴은 강에서 길손들을 건네주는 은수자(隱修者)를 만나게 되고 그로부터 이 강가에 살면서 길손들을 무사히 건너게 해주는 일이 가장 위대한 왕을 만나는 일이 된다는 말을 듣게 되었다. 그리스도 폴은 이 일을 수행한다. 그러는 동안 그에게는 이 세상의 어떤 사람보다도 무겁게만 느껴지는 소년 예수를 건네주게 되는 일이 찾아왔다. 그는 이 일로 인하여 어떤 왕보다도 참다운 왕인 소년 예수를 만남과 동시에 그로부터 세례를 받게 되는 기적을 체험한다. 이후 그리스도 폴은 이전의 이름인 오페로 대신 '그리스도를 어깨에 멘 사람'이라는 뜻을 가진 '그리스도 폴'이라는 이름으로 불리어지게 되었고 그는 길손들을 건네주다가 하느님을 만나 회심한 수행자의 표본이 되었다고 한다.

회심과 같은 계열의 단어인 회개, 수련, 수행, 수양, 수신 등은 진정한 종교에서 이기적 개아를 넘어서 실상 및 실유와 합일하고자 하는 정진의 뜻을 가진다. 구상의 시 『그리스도 폴의 강』에서 이 점은 시집 전체를 이끄는 원동력이거니와, 그것은 특별히 불교적 수행의 문제와 연관시켜 언급될 많은 내용을 담고 있다.

강을 회심의 일터로 삼은 그리스도 폴의 삶에서 우리는 '이 언덕'에서 '저 언덕'으로 건너가는 불교의 '반야용선(般若龍船)'의 모티프를 떠올릴 수 있다. 즉 강의 이 언덕인 차안에서 강의 저 언덕인 피안으로 도달하게 하는 일을 끝도 없이 계속하며 중생들을 실어나르는 '바라밀행'을 떠올리게 되는 것이다. 한용운의 시 「나룻배와 행인」도 이런 모티프를 사용하고 있다. 또한 구상은 실제로 「그리스도 폴의 강 1」과 같은 작품에서 "피안(彼岸)을 저어가듯/태백(太白)의 허공 속을/나룻배가 간다"[16]와 같은 표현을 통하여, 그리고 「그리스도 폴의 강 2」의 "나루터에서/호롱을 현 조각배를 타고/외론 영혼이 저어나간다"[17]와 같은 표현을 통하여 '반야용선'의 바라밀행을 상기시킨다.

구상의 회심과 수행에서 중요한 의미를 가졌던 개념은 '관수세심(觀水洗心)'이다. 그가 자신의 처소를 '관수재(觀水齋)'라고 명명한 사실은 널리 알려진 바이거니와, 그의 방안 액자엔 '관수세심'이란 문구가 화두 혹은 좌우명처럼 걸려 있었다고 한다. 그는 물을 통하여 '세심'에 뜻을 두고 있다. 이와 같은 '세심'은 사심을 넘어 무심과 공심 그리고 대아심으로 마음을 전변시키는 일이다. 이러한 '세심'의 일이야말로 불교의 '마음 닦기' '마음 공부' '마음 챙김' 등 일체의 마음 수행론과 궤를 같이한다.

그런데 주지하다시피 불교의 마음 닦기인 수행론에서 가장 본격적인 것은 대승의 바라밀행, 4섭법(四攝法), 4무량심(四無量心) 등이다. 이 가운데서도 바라밀행은 대중적으로 널리 알려져 있을 뿐만 아니라 그 세목이 매우 보편적이고 적절하다. 참고로 바라밀의 대의인 6바라밀을 여기에 열거해보면 그것은 보시바라밀, 지계바라밀, 인욕바라밀, 정진바라밀, 선정바라밀, 지혜바라밀을 가리킨다.

---

16 위의 책, 15~16쪽.

17 위의 책, 17~18쪽.

구상이 선지식으로 삼고 있는『그리스도 폴의 강』의 그리스도 폴은 이 바라밀행을 잘 실천한 인물이다. 그리스도 폴이 길손들을 태워 강을 건네준 것은 보시행이요, 그가 악인으로부터 선인으로 마음을 바꾼 것은 지계행이며, 그가 인내심을 갖고 길손들을 건네주면서 끝까지 참아낸 것은 인욕행이요, 그가 멈추지 않고 왕을 기다리며 일념으로 집중한 것은 정진행이며, 그가 자신도 잊을 만큼 이 일에 몰두하여 한 마음이 된 것은 선정행이요, 그가 소년 예수를 만나 성인이 된 것은 지혜행이다. 그런데 이와 같은 여섯 가지 행은, 그에게 단순히 행으로서 머무르지 않고 그를 차안에서 피안으로 건너가게 한 '바라밀행'으로 완성된다.

회심, 수행, 관수세심 등의 고귀한 뜻 앞에서 구상이 위와 같은 바라밀행과 더불어 계속적으로 반복하며 자신을 돌아보고 돌본 것은 '참회'이다. 참회란 자신의 사심이 준동하여 분별심 속에서 세상을 나누고 자신의 마음을 오염시킨 데 대한 반성이자 재발심의 행위이다. 이것을 회개라고 부르든, 신독(愼獨)이라 부르든, 인간들은 이런 행위를 통하여 본성자리로 되돌아간다. 말하자면 두 마음을 버리고 한 마음으로, 생멸심을 여의고 근본심으로 돌아가 생을 다시 시작하는 것이다.

구상의 작품「그리스도 폴의 강 19」에는 '똥자루' 같은 자신의 삶을 되돌아보는 일이,「그리스도 폴의 강 20」에는 신비의 하루를 구정물처럼 산 자신을 참회하는 일이 절절하게 이야기되고 있다.

이런 참회와 회심 그리고 수행 속에서 구상은 그 자신의 수행 정도를 점검하는 일을 절박한 심정으로 반복한다. 그의 시「그리스도 폴의 강 59」에 이 점이 잘 드러나 있다.

웨스페라의 성합(聖盒)*처럼 휘황스레

태양이 솟은 아침 강 한복판으로부터
홀연 물 위를 터벅터벅 걸어오시는
나의 사부(師父), 그리스도 폴 성인(聖人),

놀람과 반가움에 어쩔 줄 모르는 내 앞에
그 분은 신장(神將) 같은 모습으로 다가와서
마치 찰처(拶處)*나 하듯 다짜고짜 물었다.

"요한* 형제! 그대는 강을
일터로 삼은 지 이미 여러 해
이 강에서 무엇을 보았는가?"

"신비를 보았습니다."
무망중, 나의 대답이었다.

"요한 형제! 그대는 강을
일터로 삼은 지 이미 여러 해
이 강에서 무엇을 배웠는가?"

"신비를 배웠습니다."
내친 김의 눈먼 대답이었다.

"요한 형제! 그대는 강을
일터로 삼은 지 이미 여러 해
이 강에서 무엇을 깨우쳤는가?"

"신비를 깨우쳤습니다."
그 거듭되는 질문이 나의 대답의
인가(印可)*쯤 여겨서 으쓱대며 응답했다.

그러나 다음 순간, 나의 사부는
마치 손에 쥔 여의봉(如意棒)을 휘두르듯
노기를 띠고 일갈(一喝)하기를

"이 도둑놈, 사기꾼아! 그것은
아무것도 못 보고 못 배우고
못 깨우쳤다는 말 아닌가?"

나는 황겁결에 고개를 떨구고
"네"랄 수밖에 없었다.

"네?!그 소리만이 구원(救援)이로구나,
다시 시작해라, 강과 더불어 쉼 없이!"

"네."

내가 얼마만엔가 고개를 쳐드니
그리스도 폴 성인(聖人)은 사라지고
강만이 쉼 없이 흐르고 있었다.

* 웨스페라의 성합 : 가톨릭의 성체강복(聖體降福)이라는 의식에 쓰이는 황금색 제기로, 태양의 광채 모양을 함.
* 찰처 : 불교의 참선에서 사승(師僧)이 수행자에게 질문을 발하는 것.
* 요한 : 필자의 세례명
* 인가 : 불교에서 사승이 제자의 수도의 원숙(圓熟)을 인정하여 증명해 주는 일

—「그리스도 폴의 강 59」 전문[18]

18 위의 책, 101~103쪽.

이 글이『그리스도 폴의 강』속에 나타난 불교적 상상력을 다루는 데 목표를 두고 있기 때문에 위 시를 보면서 이 점에 초점을 맞추어 논의하기로 한다. 먼저 위 인용 시에 나타난 용어들의 불교적 성격을 언급해보기로 한다. 신장, 찰처, 인가, 여의봉, 일갈 등은 모두 불교적 용어이자 개념들이다. 특히 이 시에서 사부인 그리스도 폴과 화자인 시인과의 문답법은 불가의 선적 문답법 내지는 인가의식을 원용하고 있다. 선지식인 스승이 수행승인 제자의 깨달음과 수행 정도를 측정하는 불교의 문답법이 그대로 위 시의 분위기를 구성하고 있는 것이다.

여기서 스승은 묻고 제자는 답한다. 그러는 가운데 제자는 스스로 자신의 깨달음과 수행 정도를 가늠한다. 앞의 시를 보면 제자인 시인은 스승과의 문답을 통해 아직 갈 길이 멀었으니 강물과 더불어 쉼 없이 다시금 수행 정진을 계속하라는 소리를 듣는다.

어느 종교에서건 수행의 길은 끝이 없다. 불완전자인 인간이 우주의 이치에 계합되는 삶을 빈틈없이 살아갈 수 있어야 하기 때문이다. 따라서 이 길은 '영원을 가는 길'로 언급된다. 기독교에선 예수의 화신 그 자체가 될 때까지, 유교에선 성현 그 자체가 될 때까지, 노장(老莊)에선 무위인 그 자체가 될 때까지, 불가에선 부처 그 자체가 될 때까지 나아가야 할 길인 것이다.

그런데 구상의『그리스도 폴의 강』에서 흥미로운 것은 수행의 모범이자 완성자 같은 존재로 두 사람이 등장한다는 것이다. 구상은 이들을 위의 그리스도 폴과 등가의 자리에 놓이는 것과 같은 인물로 그리고 있다. 그들은 요한 바오로 2세와 성철 스님이다. 구상은 이 두 인물에 대하여 다음과 같이 적고 있다.

지금 내 머리에 떠오르는 것은
바로 그제 백만의 신도가 모인 여의도
그 찬란한 가설제단에 앉으셨던
교황 요한 바오로 2세와
몇 달 전 여성잡지에서 뵈온
가야산(伽倻山) 바위 위에 앉으신 성철(性徹) 종정과의
두 모습,

한 분은 인파(人波)의 그 환성 속에 계시고
한 분은 자연의 그 적막 속에 계시나
두 모습 그대로가 진실임을 의심할 바 없거늘
과연 이 대조(對照)는 무엇을 뜻함인가?

한 분이 행하시는 인위(人爲)의 극진(極盡) 속에도
한 분이 행하시는 무위(無爲)의 극치(極致) 속에도
신비가 감돌기는 매한가지어늘
과연 이 부동(不同)은 무엇을 말함인가?

저 두 분의 모습이 다 함께
진리의 체현(體現)임에 다를 바 없으니
유무상통(有無相通)의 소식이란 바로
이런 것이었구나!
정동일여(靜動一如)의 소식이란 바로
이런 것이었구나!

—「그리스도 폴의 강 38」 부분[19]

위 시의 요한 바오로 2세는 가톨릭계의 교황이다. 그리고 성철 스님은

19 위의 책, 66~67쪽.

불교계의 종정이다. 교황이나 종정이란 이름은 각 교계에서 깨달음과 수행의 최고 자리에 올라간 사람을 가리키는 언어이다. 이 두 사람이 실제로 그러한지의 여부는 가톨릭의 하느님이나 불가의 붓다만이 알 수 있는 일이지만, 적어도 인간들의 안목으로는 이들에게서 그런 모습을 보았고 기대하고 있는 터이다.

흥미로운 것은 여기서 구상이 요한 바오로 2세와 성철 스님, 가톨릭 세계와 불가의 세계를 이분법으로 나누지 않는다는 점이다. 구상은 이들 두 인물과 그 세계를 중도의 관점에서 통합하고 있는 것이다. 중도는 불가의 세계관이자 실상관이다. 불이법의 근간이며 무심 혹은 일심법의 핵심이다.[20]

어쨌든 본장의 논지에 비춰볼 때 중요한 것은 구상의 회심과 수행의 길이 참으로 진지하고 정직하며 철저하다는 것이다. 그리고 이런 회심과 수행의 문제가 배타적 기독교의 범주에 머물지 않고 불교성 및 불교의 상상력과 깊이 닿아 있다는 것이다. 좀 더 적극적으로 말한다면 불교적 회심과 수행의 길이 저변에 깊이 가로놓여 있다고 할 수 있다.

한편 구상은 이와 같은 회심과 수행의 여정에서 동근(同根)의식, 동체(同體)의식, 일물(一物)의식, 일체(一體)의식을 자주 보여준다. 이 세상 모든 것이 한 뿌리에 기원을 두고 있다는 것, 그러므로 자신과 세상의 모든 것은 물론 시 속의 강물과도 실은 한 몸이라는 것, 따라서 세상은 '하나'이

---

20 이 점에 대해서는 이승원과 홍신선도 궤를 같이 하여 언급하였다. 이승원은 가톨릭과 불교를 '불이(不二)'라는 관점에서 본 것으로, 홍신선은 속제와 진제의 모순을 하나로 본 것으로 해석하였다. 이승원, 앞의 글, 136쪽; 홍신선, 앞의 글, 91쪽.

며 그 '하나'가 자신의 실존이라는 것을 그는 언급한다.[21]

이런 구상에게 회심과 수행의 길은 소승적 개인 구원을 넘어서서 대승적 세계 구원으로 나아가게 한다. 이 점은 다음 장에서 예토와 정토의 문제를 다루며 좀 더 깊이 논의하기로 한다.

4. 예토(穢土)와 정토(淨土)의 상상력

예토란 개아로서의 '나'가 있다는 생각 속에서 인간들이 이기적 생존을 위하여 탐진치(貪瞋痴)를 발산하며 만들어내는 오염된 세계, 왜곡된 세계, 속진(俗塵)세상, 감인토(堪忍土), 사바(娑婆)세계, 오탁악세(五濁惡世) 등과 같은 곳을 가리킨다. 불교는 이와 같은 세계의 원인자인 인간들을 중생이라 칭하고, 그들의 마음을 중생심이라 부른다. 이런 중생들의 중생심이 구축한 땅은 불교의 시각으로 볼 때 고통의 땅이자 번뇌의 땅이고 윤회의 땅이다. 불교는 인간과 그 세계에 대한 이런 인식으로부터 출발하며, 그것을 극복하는 데 목적을 둔다. 그리고 불교는 궁극적으로는 인간의 완전한 해탈을 지향하지만 그곳에 이르기 이전의 현실적 가능태로서 '정토'를 상정한다.[22]

---

21 구상은 가톨릭의 유일신 교리에 고민하다가, 가톨릭계가 1965년 이른바 '제2차 바티칸 공의회'를 통하여 타종교의 포용 및 그와의 소통을 선포한 일에 감격하며 그때의 후련한 심정을 고백해놓은 바 있다. 구상, 「진리는 하나」, 『구상문학총서 제8권 : 그 분이 홀로서 가듯』, 홍성사, 2008, 228~229쪽; 구상, 「동서관상(東西觀想)의 교류」, 위의 책, 223~227쪽.

22 대한불교조계종 포교원 편, 『불교의 이해와 신행』, 조계종출판사, 2004, 138~145쪽.

정토는 대승불교의 현실적 이상이다. 지금, 이곳의 인간들이 사는 세상에 '청정한 땅'을 구현하는 것이다. 보이지 않는 저 너머의 극락이나 유토피아를 추상적으로 꿈꾸기 이전에, 그리고 소승적 자기구원의 해탈에 그치지 않고, 이 속진의 땅, 중생들의 땅에 '정토의 세계'를 만들고자 하는 것이다.

예토에서 인간들을 움직이는 원동력은 에고이다. 그러나 정토에서 인간들을 움직이는 원천은 에고 너머의 대아(大我)이다. 전자가 이기적인 단견으로 분별된 사유를 한다면, 후자는 전일적 상견으로 자리이타의 사유를 한다. 따라서 예토는 언제나 에고의 이기성으로 가득하다. 이것은 존재의 실상을 깨치기 전에는 넘어설 수 없는 인간계의 한계이다.

구상의 시『그리스도 폴의 강』에서 이런 예토와 정토의 상상력은 중요한 부분을 이룬다. 구상의 눈에 이 시의 중심장소이자 모티프이며 토대를 이루는 강물엔 예토의 흔적이 즐비하다. 강물은 단순한 강물이 아니라 세계의 모든 것을 종합하여 함축하고 있는 거울로서 이 거울에 비친 예토의 모습이 구상의 마음을 안타깝게 한다.

① 5월의 숲에서 솟아난
그 맑은 샘이
여기 이제 연탄빛 강으로 흐른다.

일월(日月)도 구름도
제 빛을 잃고
신록(新綠)의 숲과 산은
묵화(墨畵)의 절벽이다.

암거(暗渠)를 빠져 나온

탐욕의 분뇨(糞尿)들이
거품을 물고 둥둥 뜬 물 위에
기름처럼 번득이는 음란!

우리의 강이 푸른 바다로
흘러들 그 날은 언제일까?

연민의 꽃 한 송이
수련(睡蓮)으로 떠 있다.

—「그리스도 폴의 강 8」 전문[23]

② 잔설(殘雪)이 쌓여 있는 '대마등'에는
갈숲에서 들락거리는 요정(妖精)인 양
청둥오리들이 옹기종기 노니는데

이 천연의 절경을 난도질 하려고
저 나루터쪽 하구(河口) 댐 공사장에서는
무법자의 모습을 한 준설선과 포크레인이
흉물스런 굉음을 울리고 있다.

—「그리스도 폴의 강 31」 부분[24]

인용 시 ①에서 시인은 강을 통하여 '연탄빛 물결', '제 빛을 잃은 하늘', '묵화의 절벽이 된 산과 숲', '탐욕의 분노', '번득이는 음란' 등을 본다. 청정했던 천지와 산하를 인간들이 오염시킨 실상을 강에서 발견하고 안타까워하는 모습이다. 그는 강으로부터 이런 인간적 현실의 오염상을 보면서, "우리의 강이 푸른 바다로/흘러들 그 날은 언제일까?"라고 아프게 질

23 구상, 『그리스도 폴의 강』, 23쪽.
24 위의 책, 55~56쪽.

문한다. 그러나 그것은 단순한 비난이 아니라 천지산하와 인간들에 대한 '연민심'을 품은 안타까움의 표현이다.

인용 시 ②는 청정했던 강물이 인간들에 의하여 어떻게 흉물스럽게 변하고 있는지, 그 현장을 보여준 시이다. 시인은 그 앞의 강을 바라보며 '천연의 절경'이 인간들에 의하여 난도질 당한다고 느낀다. 저 나루터 쪽 하구의 댐 공사장에서 준설선과 포클레인이 무법자처럼 굉음을 내며 강을 파괴시키고 있기 때문이다.

이와 같은 강은 이 땅이 예토 속에 있음을 보여주는 실례이다. 강을 자신과 분리시켜서 대상화시키고 도구화하는 인간들의 사견, 수많은 오물들을 타자화시켜 자신의 영역 밖으로 흘려보내는 무지와 단견, 세상이 하나이며 서로 연결된 것을 모르고 자신의 욕망을 중심에 놓는 무지, 이런 것들이 이 땅을 예토로 만들고 있다는 것이다.

이런 예토의 인식과 그 상상력은 구상으로 하여금 언제나 예토 너머를 꿈꾸며 그리워하게 한다. 예토를 전변시켜 정토로 만들어야 하겠다는 의지, 저 너머에서 정토를 찾는 것이 아니라 지금/이곳에서 정토를 구현해야 하겠다는 마음, 눈을 뜨고 마음을 바꾸면 바로 지금/이곳이 정토가 된다는 현실론, 이런 것들이 구상의 마음에 담겨 있는 것이다.

예토에 대한 현실 인식은 구상을 이곳에 발 디딘 현실의 사람이 되도록 만드는 원천이다. 그러나 정토에 대한 꿈과 그리움은 그가 현실을 넘어서고자 끝없이 정진하게 만드는 원동력이 된다. 구상에게서 강은 이 두 가지 모습을 함께 보도록 만드는 장소이자 세계이다. 그러므로 그의 강에는 예토의 표상과 정토의 표상이 같이 들어 있다.

다음은 강물에 나타난 정토의 표상과 그 상상력에 대하여 살펴보기로 한다.

① 한 방울의 물로
강이 되어 흐르는
나는, 이제 내가 없다.

그렇듯 나를 꿈꾸게 하고
그렇듯 나를 절망하게 하고
그렇듯 나를 달뜨게 하고
그렇듯 나를 외롭게 하고
그렇듯 나를 불안하게 하고
그렇듯 나를 미치게 하던

내가 스러지고 없고
오직 흐름일 뿐이다.

그러나 비로소 나는
천연(天然)의 질서와 자유와
그 평화를 누린다.

—「그리스도 폴의 강 48」 전문[25]

② 가을 강에는
잊혀지지 않는 눈, 눈동자들이
살고 있다.

이북(以北) 고향을 탈출하던 그날
행길까지 따라 나오셔
나를 바래주시던 어머니의
그 애절한 눈,

---

25 위의 책, 82쪽.

이승을 떠나시기 하루 전
악지가 세던 이 막내에게
'조금 줄여서 사는 것이 곧
조금 초월해 사는 것이니라'는
채근담의 한 구절을 짚어 보이시던
아버지의 그 자애에 찬 눈,

공산당 감옥에서 순교하였을
나의 오직 하나인 신부(神父) 형의
그 어질디 어진 껌벅 눈,

나의 가슴의 첫 그리움이던
도쿄 하숙집 거리 카페 에트랑제의
백계(白系) 러시안의 피가 섞인 유미짱의
흰자위가 많은 보랏빛 눈,

—「그리스도 폴의 강 43」 전문[26]

시인은 인용 시 ①에서 자신을 '꿈꾸고, 절망하고, 달뜨고, 외롭고, 불안하며, 미치게' 하던 '개아의식'의 소멸로 인하여 그가 얼마나 커다란 정토를 지금, 여기서 스스로 창조하여 살고 있는지를 절절한 어조로 알려주고 있다. 시인은 '개아의식'의 표상인 '나'를 버렸을 때 찾아오는 천연의 질서와 자유와 평화, 오직 삶 속에 '흐름'이란 무상의 길만이 피어나는 그 고차원의 삶을 예토에서의 이전 삶과 비교하여 보여주고 있는 것이다.

이렇게 본다면 정토는 본래부터 있는 것이다. 예토에 의하여 가리어졌을 뿐, 아니 스스로 정토를 예토로 만들어 살고 있을 뿐, 정토는 언제든

26 위의 책, 75~76쪽.

거기서 그를 기다리면서 있었던 것이다. 그러니 정토는 저쪽의 상상적 피안이 아니라 이쪽의 현실적 차안이다.

다시 인용 시 ②를 보면 시인은 정토의 표상들을 그의 마음속에서 꺼내 보인다. 이 오염된 예토 속에서도 실은 이와 같은 정토가 살아 있었다는 것을 그는 여러 예로써 보여주고 있는 것이다. 북한에서『응향』지 사건으로 남하하게 되었을 때 시인을 바래다 주시던 어머니의 애절한 눈, 고집이 세던 아들에게 '조금 줄여서 사는 것이 곧 조금 초월해서 사는 것'이라는『채근담』의 말을 전해주던 아버지의 자애스런 눈, 공산당 감옥에서 순교했을 자신의 하나뿐인 신부 형의 어질디어진 눈, 첫 사랑이던 유미짱의 흰자위가 많던 보랏빛 눈, 이런 것들이 그가 보여준 정토의 구체적 모습들이다.

이런 정토 속에서 너와 나는 분별 없는 하나가 된다. 그 속엔 '한 마음'의 작용만이 있을 뿐, 너와 나를 나누어 분리하는 상대성의 마음 작용이 없다. 예토가 상대성의 대립된 마음 작용이 주류를 이루는 데라면, 정토는 절대로서의 한마음의 작용이 토대를 이루는 시공이다.

정토 체험은 분리되었던 인간들을 하나로 이어준다. 그리고 소인의 욕망을 부끄럽게 여기며 무아의 꿈을 만개시키도록 한다. 여기서 일체(一切)는 일체(一體)이고, 인간들은 진심 공동체가 된다.

구상은 앞의 인용된 두 작품 이외의 많은 곳에서도 이런 정토의 감동과 아름다움을 보여주고 역설한다. 가령「그리스도 폴의 강 30」에서 모든 고통을 참는 인욕행 속에서 유유함과 태평함과 무심함과 염화미소의 길을 가고 있는 강의 풍경,「그리스도 폴의 강 38」에서 교황 요한 바오로 2세와 성철 스님을 한 자리에서 성인으로 외경하는 장면,「그리스도 폴의 강 47」에 나오는, 식민국과 피식민국이라는 대립, 일본 식민지와 조선 피식민지라는 대립, 더 나아가 어떤 인종적 차별도 넘어서서 오직 사랑의 힘이라면 시와 강을 공유할 수 있다는 대화의 장면, 그리고 「그리스도 폴의 강 55」에서 백두산 천지의 신비경을 보며 조국을 신뢰하고 조국애를 확인하는 풍경 등이 그러하다.

하지만 정토의 상상력 가운데 압권은 남북한의 모든 강을 하나씩 헤아리며 이른바 '월인천강(月印千江)'의 그 진리와 화엄의 강이 일제히 그곳에 함께 떠서 하나로 빛나고 있음을 보여주는 작품 「그리스도 폴의 강 58」이다. 여기서 구상 시인이 보여주는 불교적 화엄정토의 모습은 참으로 포월적이고 거시적이며 고차원적이고 미학적이다.

또한 이와 더불어 언급할 수 있는 것은 겨울 강의 이면과 표면을 함께 보며 '영산회상(靈山會相)'의 법화정토를 그려 보이는 작품 「그리스도 폴의 강 49」의 경우이다. 구상은 이 시에서 일체의 겨울 강이 지닌 어둠을 포월하며 승화시킨다. 「그리스도 폴의 강 58」에서의 화엄정토와 「그리스도 폴의 강 49」에서 보이는 법화정토, 이것은 대승적인 정토의 상상력에서 핵심을 이룬다.

하지만 뭐니 뭐니 해도 시집 『그리스도 폴의 강』에서 정토의 상상력을 극단까지 보여주는 존재는 이 시집 전체의 주 인물인 '그리스도 폴' 성인이다. 그는 그야말로 예토의 사람에서 정토의 사람으로 거듭나는 길을 뚜렷하게 보여준 모범적 인물이다. 이 시집이 가능했던 것도 그로 인한 것이었으며, 구상 시인을 예토에서 끝없이 정토로 추동하고 안내하는 견인력도 그에게 있었던 것이다. 이렇게 보면 그리스도 폴 성인과 구상은 모두 예토를 넘어 정토를 꿈꾸고 그를 향해 정진한 수도인으로서의 정토행자라 할 수 있다.

5. 결어

이 글은 구상 시인의 시작 여정 속에서 최고봉을 차지한다고 해도 과언이 아닌 그의 연작시집 『그리스도 폴의 강』 속에 나타난 불교성 및 불교적 상상력을 탐구하는 데 목적을 두고 씌어졌다. 이와 같은 시도를 하게 된 것은 구상 시 전편에 불교성 및 불교적 상상력이 두루 나타나고 있으며, 그 가운데서도 이 시집 속에 그런 경향이 특히 비중 있게 내재돼 있기 때문이다.

구상은 일반적으로 가톨리시즘에 그의 전 생애를 바친 시인으로 알려져 있지만, 이것은 일면적 진실일 뿐, 실제로 그의 시에는 범종교적이라 할 만한 종교적 원형이 장애 없이 통합되어 들어 있으며 특별히 불교성 및 불교적 상상력이 아주 강하게 배어 있다.

구상의 시집 『그리스도 폴의 강』에 나타난 불교성 및 불교적 상상력의 대강은 다음과 같다. 이미 본론에서 언급했듯이 첫째, 시어의 상당 부분이 불교 용어 및 불교적 표현으로 이루어졌다는 것이다. 둘째, 불교적 모티프나 이미지 또는 불교적 상징이 적잖게 들어 있다는 것이다. 셋째, 불교적 세계관이 기저에 깔려 있다는 것이다. 특히 '연기공성'과 '연기일체'라고 부를 수 있는 불교적 세계관은 가톨릭을 비롯한 다른 종교에서 찾아보기 어려운 불교 특유의 세계관인데 구상은 이것을 받아들여 원용하고 있다. 넷째, 불교적 인간관이 들어 있다는 것이다. 인간이 그 자체로 불성, 곧 '신성한 실재'를 지닌 존재라는 인식과 더불어, 그런 인간들이 회심과 수행을 통하여 진리 혹은 신성한 실재 그 자체가 될 수 있다는 믿음이 들어 있는 것이다. 다섯째, 불교적 현실관이 들어 있다는 것이다. 깨닫지 못한 인간들이 사는 세상은 예토이지만 그 인간들이 눈을 뜨고 정진을 한다면 지금, 이곳에서 정토의 구현이 가능하다는 생각을 보여주고 있는 것이다.

그렇다면 시집 『그리스도 폴의 강』은 이와 같은 불교성 및 불교적 상상력으로 인하여 어떤 가치를 가질 수 있었으며 그것은 그의 시와 우리 시사 속에서 어떤 의의를 획득할 수 있었던 것일까. 이런 물음에 대하여 다음과 같은 몇 가지 점을 언급할 수 있을 것이다.

첫째, 구상 시인은 '진리'를 개개의 종교나 그 교리보다 앞에 두고 산 시인이라는 점이다. 따라서 그로 인하여 배타적 종교성 속에서 분열되었던 기성 종교나 교리가 포용되고 통합되는, 이른바 '화쟁(和諍)의 미학'이 성립되었다는 것이다.

둘째, 불교를 통하여 가톨릭 신앙을 보다 넓은 차원에서 조명하고 펼칠 수 있는 가능성을 열어놓았다는 점이다. 이것은 가톨릭계를 위해서도, 또 가톨릭 문학을 위해서도 긍정적으로 기여할 수 있는 점이다.

셋째, 시의 미학적인 측면에서 보다 넓고 깊은 세계를 구현할 수 있는 계기가 되었다고 보인다. 구상의 불교적 안목과 포용력은 『그리스도 폴의 강』의 전체적 구성이나 문체를 원숙하게 하고 그 정신적 품격을 높여주는 데 기여하고 있는 터이다.

요컨대 우리는 구상의 시 작품을 통하여 모처럼 만에 높은 차원에서의 '화쟁'의 상생적인 면모를 만날 수 있게 된다.[27] 포용과 융합 그리고 열림과 소통이 얼마나 큰 성과를 이룩할 수 있는 토대인지를 경험할 수 있게 되는 것이다. 『그리스도 폴의 강』이 남다른 감동을 주고 또 한국 시사에

---

27 구상, 「원효의 파계행(破戒行)」, 『구상문학총서 제8권 : 그 분이 홀로서 가듯』, 84~86쪽.

남을 문제작으로서 손색 없는 경지를 열어 보인 것은 바로 시인의 이와 같은 자세와 추구 그리고 마음의 작용이 빚어낸 것이라 생각된다.

시간이 허락된다면 구상의 시 전체를 통하여 이런 '화쟁'의 세계를 탐구해보는 것도 뜻있는 작업이 될 것이다.

제5장
불교유식론으로 본 이승훈 시의 자아탐구 양상

1. 문제 제기

시인 이승훈은 1962년도에『현대문학』을 통하여 등단한 이래 지금까지 총 20권의 시집을 출간하였다. 시력 50여 년 동안 그가 한결같이 탐구한 문제는 필자를 포함한 여러 논자들에 의하여 이미 언급되었듯이 이른바 '자아'에 관한 것이었다. 달리 말하면 '나는 누구인가'라는 물음이 그의 시 전체를 지배하는 원동력이자 추동력이 되었던 것이다.[1]

이승훈의 이와 같은 자아탐구 문제는 여러 연구자들의 논의와 더불어

---

1 이승훈의 시력 45년을 기념하여 간행된 단행본『이승훈의 문학 탐색』은 이 점을 자전적 에세이, 대담, 평론, 논문, 대표시, 대표시론, 지인들의 경험담, 연구서지 목록 등을 통하여 자세히 밝혀주고 있다. 이 책은 이승훈의 시적 주제인 "나는 누구인가"라는 문제의 중요성과 그가 이 문제를 탐구하면서 이룩해온 성과의 윤곽을 파악하는 데 더할 나위 없이 좋은 종합적 자료이다. 시와세계 기획,『이승훈의 문학 탐색』, 푸른사상사, 2007.

시인 자신의 상세한 고백과 명료한 설명을 통하여 초기 모더니즘 시대, 중기 해체주의 시대, 후기 선불교 시대의 것으로 구분되어 그 특징이 밝혀졌다.[2]

이승훈은 이런 자아탐구의 여정을 통하여 소위 '근대적 개인'으로 설정된 주체가 수없는 고뇌와 방황과 모색의 시간을 거쳐 마침내 근대 너머의 세계로 이르는 길을 설득력 있게 보여주었다. 그것도 단순한 서구적 의미에서의 해체주의나 포스트모더니즘의 세계가 아니라 '선불교'라는 동양적이며 근원적인 지혜의 세계에 도달하는 길을 보여주었다. 이승훈의 이와 같은 자아탐구의 여정은 협소한 개인적인 문제라기보다 시대적이고 문명사적인 의미를 띠고 있으며, 한 시인의 가치중립적인 변화의 양상을 드러낸 것에 머물지 않고 근대적 개인의 인간적, 정신적 '발전'이 어떤 것인가를 보여주는 중요한 의미를 내재시키고 있다.

이승훈은 그의 시에 관한 여러 지면에서의 고백과 설명에서 일관되게 다음과 같이 말한 바 있다. "나는 자연이니 현실이니 하는 외적인 문제에 대해서는 관심이 없다. 오직 나의 관심은 나 자신의 내면세계에 있을 뿐이다"[3]라고 말이다. 방금 앞에서 시인의 목소리를 통하여 들어본 바와 같이 그는 이른바 '비대상시'라고 스스로 명명한 초기 시에서부터 '자아불이의 시'를 창작한 후기 시에 이르기까지 일체의 외적인 문제를 배제한 채

---

2 이 점에 대해서도 위의 책이 유익한 참고가 되어준다. 이 책 가운데 '이승훈 대표시선'란을 맡은 송준영은 '1. 자아탐구와 비대상의 시', '2. 자아소멸과 언어가 쓰는 시', '3. 자아부정과 장르 해체', '4. 자아불이와 현대 선시'라는 4단계로 이승훈의 시를 구분하고 있지만 '2. 자아소멸과 언어가 쓰는 시'와 '3. 자아부정과 장르 해체'의 단계는 중기 해체주의 시대의 것으로 통합될 수 있다.

3 시와세계에서 기획한 『이승훈의 문학탐색』 가운데 수록된 2편의 대담(이승훈/박찬일, 이승훈/이재훈)에서 이 점을 시인의 육성으로 생생하게 들을 수 있다.

자신의 '내면세계'만을 직시하며 자아의 심리와 그 존재방식을 끝간 데까지 밀고 나가며 탐구하였던 것이다.

이승훈의 이와 같은 자아탐구의 양상은 서양의 심리학이나 정신분석학을 통해서도 그 심층구조가 상당 부분 밝혀질 수 있을 것이다. 그러나 그가 근대적 주체의 내면세계에서 시작하여 최근에 도달한 '자아불이'의 선불교적 정신세계에 이르는 과정까지를 놓고 볼 때, 그의 자아탐구의 문제는 서양의 심리학이나 정신분석학보다도 인간심리의 근원을 보다 폭넓게 파악하고 수행의 차원으로까지 이끌어간 동양의 대표적 심리학이자 정신분석학인 불교의 유식론(唯識論)을 원용할 때 더욱 심층적이면서도 포괄적인 조명이 가능하다고 생각된다.[4]

유가행파에 의하여 구축된 불교유식론은 인류사에 등장한 수많은 심리학 내지 정신분석학 가운데서도 단연 높은 수준을 보여준다. 이는 서양의 에고 및 의식 중심의 심리학과 정신분석이 가리키는 바를 포함하면서도 그것을 넘어서서 우주적, 자아초월적 실상을 꿰뚫고 있는 '오래된' 고차원의 심리학이자 인간학이다. 이를 통하여 우리는 범부들의 일반적인 내면세계에 대한 현실적 이해를 얻을 수 있음은 물론 참다운 의미에서의 자유와 해방을 성취한, 이른바 '깨친 자'의 인간적 자아실현의 길이 어떤 것인지를 만나볼 수 있다.[5]

---

4 이재복은 이승훈의 시를, 특별히 제18시집 『비누』를 중심으로 하여 '무'와 '수양'이라는 동양적 사유 속에서 읽어내고 있는데, 이러한 시도는 서구적 방법론을 넘어서서 이승훈 시를 이해하고자 한 점에서 의미가 있다. 이재복, 「유에서 무로 무에서 무로－이승훈의 『비누』를 중심으로」, 『작가세계』, 2005년 봄호, 2005.3), 98～117쪽.

5 불교유식론을 이해하는 데 도움이 될 만한 몇 권의 저서를 열거해보면 다음과 같다. 한자경, 『유식무경－유식 불교에서의 인식과 존재』, 예문서원, 2000; 서광

요약하자면, 이승훈의 자아탐구의 문제는 위와 같은 불교유식론을 하나의 방법론으로 삼아 접근하였을 때 단순한 미학적 차원이나 시대구분(초기 모더니즘 시대, 중기 해체주의 시대, 후기 선불교의 시대)의 문제를 넘어서서 보다 심층적이며 포괄적인 이해와 해석이 가능해질 것이다. 그리고 이를 통하여 이승훈이 걸어온 자아탐구의 여정이 단순한 인간심리의 기제를 가치중립적으로 보여준 데 머물지 않고 참다운 의미의 인간해방과 자아성장 및 치유에 이르는 길과 이어지고 있음을 보게 될 것이다. 그런 점에서 이승훈의 자아탐구의 여정은 신으로부터 이탈하여 근대적 개인의 모습으로 그 정체성을 형성한 가운데 삶이 시작되고 전개된 이 시대의 수많은 사람들에게 근대적 인간의 삶의 특성을 이해하고 그것의 장점을 받아들이면서도 또한 그것이 지닌 한계와 난관을 극복해가는 데 하나의 훌륭한 시사점을 제공하며 동시에 안내자의 역할을 할 수 있을 것이다.

2. 유아(有我)[6]의 유식무경(唯識無境)과 '비대상의 시'

이승훈의 초기 시를 이해하려면 시인 자신이 명명한 '비대상의 시'가 가

스님, 『현대심리학으로 풀어본 유식 30송』, 불광출판사, 2003; 오카노 모리야, 『불교심리학입문』, 김세곤 역, 양서원, 2003; 김명우, 『유식삼십송과 유식불교』, 예문서원, 2009; 서광 스님, 『치유하는 유식 읽기』, 공간, 2013.

6 본 논문에서 '유아'는 무아와 상대적인 의미로 사용된다. 유아란 자아의식 속에서 '소아(小我)'와 '업아(業我)'를 자기 자신으로 여기는 마음이다. 그에 비해 무아란 '공성(空性)'을 깨닫고 무상한 연기적 존재로서의 소아와 업아를 넘어 '참나'에 도달한 마음이다.

리키는 바를 읽어내야 한다. 이승훈은 그의 시론집 『비대상』에서 그가 자신의 시를 통하여 외부의 대상세계를 부정하고 자신의 내면세계를 탐닉에 가깝게 탐구한 데는 두 가지 이유가 있다고 말한 바 있다. 그 하나는 현실이니 자연이니 하는 외부의 대상세계를 시로서 다루는 것이 시인으로서 아방가르드적 참신성을 꿈꾸는 자신에겐 이미 익숙함을 넘어 진부해진 과거의 시적 관습을 추종하는 일로 여겨졌기 때문이요, 다른 하나는 유년기와 청소년기의 왜곡된 가족사로 인하여 그의 내부에 형성된 극도의 불안과 우울, 공포와 단절의 심리가 그것을 이해하거나 해결하지 않고는 참을 수 없을 정도의 크나큰 고통을 자신에게 안겨주었기 때문이라는 것이다.[7] 전자는 그에게 있어서 시작태도 및 시작관과 관련된 것이요, 후자는 자아의 심리적인 내면 문제와 직결된 것이다.

이승훈은 시 창작을 위해서나, 자신의 내면적 고통을 다스리고 감당하기 위해서나, 그의 삶과 실존을 고통스럽게 뒤흔드는 불안정한 내면세계를 깊이 관찰하고 표현하는 데 누구보다도 치열하게 몰두하였다. 그의 말을 따르자면 그는 자신을 괴롭히는 자신의 억압된 무의식을 들여다보고 들춰내며 그것에 출구를 열어주기 위하여 총력을 기울였던 것이다.[8] 이런 그의 노력과 안간힘은 앞서 언급했듯이 그가 추구하는 참신한 시 쓰기의 길과 이어지면서, 그의 참을 수 없는 내적 고통을 치유하는 하나의 방법적 모색으로 작용하였던 것이다.

이승훈은 이런 자신의 상황을 첫 시집 『사물 A』에서 '위독'이라는 말로 표현한다. 그야말로 그는 '위독'한 처지에 놓여 있었던 것이다. 그런 만큼

---

7 이승훈, 『비대상』, 민족문화사, 1983, 30~47쪽.

8 위의 책, 84~91쪽.

그는 첫 시집에서 「위독」 연작을 9편이나 쓰고 있는데 이 연작들의 핵심 내용이면서 시 제목으로 사용된 '위독'이란 말은 그가 처해 있던 절박한 내적 상황을 그대로 반영한다. 이승훈은 또한 제2시집 『환상의 다리』에서 '위독'과 동일 계열에 속하는 내부, 감옥, 악몽, 초조, 방황, 도주, 갈등, 권태, 공포, 피에타 등과 같은 말로 자신의 불안한 내면세계를 표현하고 있다. 방금 열거한 표현들은 거의가 그의 시에 쓰인 제목을 그대로 옮겨온 것인데, 그 가운데서도 무엇보다 「감옥」이란 제목의 연작과 「피에타」라는 제목의 연작은 내용과 분량의 양쪽 측면에서 다같이 주목을 요한다. 이승훈에게 있어서 이런 시 쓰기의 상태는 제3시집 『당신의 초상』과 제4시집 『사물들』에 이르는 과정까지는 물론 넓게 보아 제12시집 『밤이면 삐노가 그립다』까지 계속된다. 그러나 그는 이 긴 기간 동안 단순 반복의 상태를 계속한 것이 아니라 '나'에서 '너'로, '너'에서 '그'로 시적 화자와 대상을 바꿔가며 탈출의 가능성을 집요하게 모색하였던 것이다.

이쯤 해서 이제 이승훈의 위와 같은 '비대상의 시' 혹은 '내면 탐구의 시'가 어떤 심리적 메커니즘 속에 놓여 있는 것인가를 불교유식론에 의거하여 살펴볼 필요가 있다.

먼저 불교유식론의 핵심어이자 핵심 내용인 '유식무경'과 관련하여 이점을 살펴보기로 한다. 유식무경이란 말 그대로 오직 인간의 '식(識)'이 있을 뿐 경계인 대상은 없다는 말이다. 그러나 유식무경이란 말을 이렇게만 풀이하고 끝낸다면 많은 사람들이 그 뜻을 쉽게 알아들을 수 없을 것이다. 따라서 논의의 편의를 위하여 이 말에 대한 부연 설명을 조금 더 해보기로 한다.

여기서 유식이란 오직 유아의 주관적 인식 작용이 있을 뿐이라는 구성주의에 바탕을 둔 인식론적 의미를 갖는다. 인간들이란 유아의 상태에 머무는 한 자신의 소아와 카르마가 작용하는 주관적 인식 작용에서 벗어날 수 없고, 그들은 자신이 만든 그 인식의 세계를 어리석게도 실상이라고 오인하며 살아간다는 것이다. 한편 '유식'과 짝을 이루는 '무경'이라는 말의 뜻은, 유아의 주관적 인식이 만든 그와 같은 세계(경계)는 이 세상에 실재하지 않는다는 것이다. 이것은 경계인 세계 자체가 없다는 말이 아니라 유아가 인식한 것과 같은 주관적 인식의 세계가 이 세상에는 사실적으로 존재하지 않는다는 것이다. 이러한 유식무경의 견해에 따를 때, 우리가 만들어내고 영향을 받는 심상(관념)과 표상은 모두 유아의 주관적인 인식 작용에 의한 것이요, 실제의 세계인 경계는 그와 같은 유아의 주관성과 무관하게 여실히 실상의 모습으로 존재하고 있는 것이다.

이승훈의 '비대상의 시'는 경계인 대상을 괄호 속에 넣어 부재의 대상으로 만들어 버리고 오직 '유식'의 세계만을 인정하고 전경화시킨 유심론(唯心論)적 시이다. 사실 유아와 대상은 언제나 짝을 이루어 존재하는 것이지만 이승훈은 처음부터 대상을 배제시킨 자리에서 심리 표현의 시를 쓰고자 했던 것이다. 그러나 문제는 유식무경에서의 유식이 이승훈에게서는 선택적이고 긍정적인 의미로 사용되고 있지만, 불교유식론에서는 극복해야 할 장애물로 여겨지고 있다는 것이다. 불교유식론에서 유식무경은 범부들의 인식 작용이 얼마나 실상과 다르게 주관적인 것인가를 말하기 위한 방편인 것이다.

주지하다시피 유식무경을 말하는 불교유식론은 인간들로 하여금 소아와 카르마의 인식 작용에 의하여 살아가는 범부중생의 길을 넘어서서 지혜에 의거하여 살아가는 보살 및 부처의 길을 살아가도록 일깨워주고자 하는 목적을 갖는다. 달리 말하면 '전식득지(轉識得智)' 혹은 '전식성지(轉識成智)'의 길을 통하여 인간들로 하여금 존재와 인생의 마음혁명을 이룩하고, '해탈'과 '열반'에 이르는 자아성장과 자아실현의 길을 가도록 이끄는 데 유식론의 목표가 있다.

이런 점에서 이승훈의 초기 '비대상의 시'는 유심론적 차원에서 유식을 말하고 있다는 점에서는 불교유식론의 그것과 동일하지만 유식을 말하는 까닭과 목표에 있어서는 서로 같지 않다. 이승훈은 그의 초기 시를 쓰던 시절, 그 나름의 실존적 자각에서 고통스러운 내면적 '식'의 세계를 절박하게 인지하고 그것에 귀를 기울였지만 그것은 유아 중심에 의거한 '의식의 철학' 위에 놓여 있던 것일 뿐, 전체성의 통찰에 입각한 무아적 지혜의 철학을 꿈꾸거나 그곳으로 나아가고자 한 것은 아니었다. 다시 불교유식론의 용어를 빌려 말해본다면 초기 '비대상의 시'에서 이승훈은 유식3성(唯識三性)[9] 가운데 가장 에고중심적인 '변계소집성'으로서의 유아를 설정하고 그 위에서 무의식의 세계를 탐색하였던 것이다.

불교유식론에서 말하는 유식무경의 핵심은 '유아'인 아상 곧 자아의식을 조복(調伏)시키고 무아인 '지혜' 혹은 '참나'를 찾는 데 있다. 따라서 불교유식론의 자아탐구와 이승훈을 포함한 수많은 보통 사람들이 제기하는 '나는 누구인가'라는 자아탐구의 물음은 외형에 있어서는 동일하지만 그 본질과 궁극에 있어서는 상당히 다르다. 전자의 경우 그 물음은 무아인 '참나'의 발견으로 이어지기를 꿈꾸고 있는데 반하여, 후자의 경우엔 이 물음이 유아인 '가아(假我)' 혹은 '소아'인 인식주체의 발견 및 강화에 이르고자 하는 것이 일반적이다.

---

9 유식3성은 변계소집성(遍計所執性), 의타기성(依他起性), 원성실성(圓成實性)을 말한다. 변계소집성은 세계를 흩어져 분리되어 있는 배타적이며 개별적인 것으로 보는 견해이고, 의타기성은 세계를 서로 연기적인 관계 속에 있는 것으로 보는 견해이며, 원성실성은 세계를 하나로 보는 견해이다.

이승훈의 초기 '비대상의 시'는 아직 변계소집성으로서의 '유아'를 견고하게 붙들고 있는 단계이다. 그는 자아와 대상을 분리하고, 대상보다 자아를 우월한 자리에 놓으며. 자아의 내면이 곧 자기 자신의 전체인 것처럼 생각하는 유아적 내면중심주의에 머물러 있는 것이다.

그러나 '비대상의 시'로 일관하며 대상을 배제시킨 이승훈의 과감한 유아적 내면중심주의는 그가 '나는 누구인가'라는 절박한 물음을 심층에서부터 제기한 결과이며 그런 자아탐구를 통하여 그는 진정한 유식무경의 길로 나아갈 수 있는 첫발을, 적어도 의심의 차원에서나마 희미하게 내딛게 되었다고 볼 수 있다. 다시 말하면 초기 '비대상의 시'에서 이승훈은 대상에 이끌려 가지 않고 이른바 근대적 개인이자 주체의 발견물인 '내면세계'에 집중하면서 그것에 동반되는 어려움을 직시하게 된 것이다. 그것이 비록 식의 차원에 불과한 것이었을지라도 그는 이 내면세계를 정면으로 마주함으로써 새로운 자아의식을 지닐 수 있었던 것이고, 삶의 문제란 외부에 존재하는 것이 아니라 내부에 존재하는 것임을 인지하기 시작하였던 것이다.

이승훈이 초기 '비대상의 시'에서 보여준 '유식'의 실질적인 표정은 매우 다채로우면서도 낯설다. 이 시기에 무의식의 세계를 주로 들여다보기 시작한 이승훈은 불교유식론이 말하는 8식(전5식, 6식, 7식, 8식) 작용 가운데 소위 아뢰야식(또는 저장식)이라고 불리는 제8식과 마나스식(또는 생각식)이라고 불리는 제7식의 표정을 단속적이고 불완전하나마 매우 민감하게 스캐닝하여 자신의 내면을 그려보였던 것이다. 가령 다음과 같은 작품을 보기로 하자.

사나이의 팔이 달아나고 한 마리 흰 닭이 구 구 구 잃어버린 목을 좇아 달린다. 오 나를 부르는 깊은 명령의 겨울 지하실에선 더욱 진지하기 위하여 등불을 켜놓고 우린 생각의 따스한 닭들을 키운다, 새벽마다 쓰라리게 정신의 땅을 판다. 완강한 시간의 사슬이 끊어진 새벽 문지방에서 소리들은 피를 흘린다. 그리고 그것은 하얀 액체로 변하더니 이윽고 목이 없는 한 마리 흰 닭이 되어 저렇게 많은 아침 햇빛 속을 뒤우뚱거리며 뛰기 시작한다.

—「사물 A」 전문[10]

램프가 꺼진다. 소멸의 그 깊은 난간으로 나를 데려가다오, 장송의 바다에는 흔들리는 달빛, 흔들리는 달빛의 망토가 펄럭이고 나의 얼굴은 무수한 어둠의 칼에 찔리며 사라지는 불빛따라 달린다. 오 집념의 머리칼을 뜯고 보라. 저 침착했던 의의가 가늘게 전율하면서 신뢰의 차건 손을 잡는다. 그리고 시방 당신이 펴는 식탁 위의 흰 보자기엔 아마 파헤쳐진 새가 한 마리 날아와 쓰러질 것이다.

—「위독 제1호」 전문[11]

위의 두 작품이 무엇을 말하는지는 분명치 않다. 그러나 확실한 것은 불안과 공포로 대표되는 심리적 고통이 시인이자 화자의 내면을 휩싸고 있다는 것이다. 우리가 세세생생 살아오면서 경험한 것은 물론 현생에서 생명 작용의 일환으로 경험한 모든 것을 종자로 저장하고 있다는 제8식(아뢰야식), 그리고 '내가 있다'는 자아의식을 형성하여 에고의 독단적 생존을 모색하고 있는 제7식(마나스식)의 표상과 심상, 느낌과 정서, 생각과 관념이 시인이자 화자의 심층에서 가라앉지 않은 흙탕물처럼 부유하고 있음을 보게 되는 것이다. 시인은 이런 자신의 현실을 무엇이라 이름

10 이승훈, 『이승훈 시전집』, 황금알, 2012, 30쪽.

11 위의 책, 31쪽.

붙일 수 없기에 '사물 A'라는 기호의 풍경으로 제시하고, 그것이 이름을 붙일 수는 없지만 너무나도 고통스러운 현실임은 틀림없기에 '위독'하다는 극단적 표현을 거기에 덧붙인 것이리라.

왜 이승훈은 이토록 불안과 공포로 가득찬 심리적 고통을 경험해야 했을까. 그의 심리적 고통의 뿌리가 어떤 것이며 그것이 얼마나 심각한 것이었는지는 그의 자서전적인 글 「나의 시 나의 삶」을 보면 아주 소상하게 드러난다. 그 일부를 소개해보기로 한다.

> 원주에 살던 판잣집. 가기 싫던 학교. 아무도 없는 빈집에서 동생들과 놀거나 혼자 노는 게 유일한 즐거움이었다. 저녁이 되어 아버지가 돌아오시면 여지없이 어머니와의 싸움이 계속된다. 아버지 병 때문이다. 언제 집안이 박살날지 모르는 불안, 몇 차례에 걸친 어머니의 자살 시도, 어머니가 나이 어린 동생과 나를 버리고 떠날지도 모른다는 불안. 그러므로 집에 있어도 불안하고 밖으로 나가도 낯설고 무섭기만 했던 유년 시절, 나는 우울했고 지금도 우울하고 자신이 없고 이상한 상실감이 찾아오는 가을이면 우울증이 도진다. 난 어린 시절 한번도 즐겁게 웃어본 일이 없다. 우리 집안에는 웃음이 없었다. 이런 환경에서 보낸 유년 시절, 무슨 공부를 제대로 했겠는가?
>
> —「나의 시 나의 삶」 부분[12]

한 마디로 말하여 그의 왜곡된 유년 시절, 불건강한 아버지의 방황과 낯선 현실에의 던져짐이 그 원인으로 작용하였고 그 고통은 강도에 있어서나 시간적인 측면에 있어서나 견디기 어려울 정도였던 것이다. 여기서 우리는 유식론이 말하는 바 제7식의 상처에 대하여 생각해볼 필요가 있

12 시와 세계 기획, 앞의 책, 18쪽.

다. 한 인간의 에고의식 혹은 자아의식을 총괄하고 주도하는 제7식은 지독한 자기중심성을 가지고 있으면서 현상계에서의 우리들의 삶을 이끌어 나아가는 주요 에너지로 작용한다. 이와 같은 제7식이 심한 상처를 받으면 그것은 생존의 불안감을 야기하며 한 인간을 우울과 좌절, 공포와 고통 속으로 몰아넣는다. 그런 점에서 구체적으로 아치(我癡), 아견(我見), 아만(我慢), 아애(我愛)의 성격을 띠고 있는 제7식은 궁극적으로 수행을 통해 극복해야 할 대상이지만 보통 사람들의 경우 그것의 적절한 충족이 이루어지지 않으면 세속적 차원의 건강성을 성취하기 어렵다는 점에서 아이러니한 면모를 갖는다.

불교유식론은 유아 중심주의의 제7식이 작동하는 한 삶은 근본적으로 '고통스러운 것'이라고 진단한다. 그러나 그 7식이 상처를 입는다면 삶은 근본적인 차원의 고통 이외에 현실적인 차원의 고통까지를 덧입게 된다. 이승훈이 앞서 인용된 시들을 비롯하여 '비대상의 시' 전반에서 보여주고 있는 상상 이상의 내면적 고통은 바로 이런 7식의 상처 입음과 관련된다. 그러니까 이승훈은 제7식으로 인하여 누구나 겪게 되는 근본적인 고통에 더하여 그 7식이 심각하게 상처를 입음으로써 겪게 된 현실적 고통을 함께 경험하고 있었던 것이다.

단언하기는 어렵지만 일반적으로 제7식의 자아의식이 강한 사람일수록 그 욕구의 결핍에서 오는 고통의 강도는 더욱 크다. 그리고 그런 사람일수록 7식을 무한히 강화하고자 하는 욕구가 발동하므로 7식의 좌절과 상처로 인한 고통은 상대적으로 다른 사람들의 경우보다 다스리기가 더 어렵다.

이승훈은 그의 시는 물론 산문 등을 통해서 볼 때 누구보다 제7식을 중심으로 한 자아의식이 강한 사람으로 여겨진다. 그런 점에서 그의 상처

입은 제7식은 어떤 누구의 경우보다 큰 그림자를 그의 무의식 속에 내장시켜 놓았을 것이라 생각할 수 있다. 그럼에도 불구하고 다행스러운 것은 그로 인하여 이승훈이 '나는 누구인가'라는 지적이며 반성적인 물음을 전 생애를 거는 자세로 제기하게 되었다는 점과, 그렇게 한 결과 그가 시 창작의 초기부터 최근까지 너무나도 먼 길을 걸어오기는 했지만 궁극적으로 고통스러운 자아의 문제를 상당한 경지에서 탐구하고 해결하는 데 이를 만큼의 성과를 거두게 되었다는 점이다.

3. 유아(有我)의 의타기성(依他起性)과 '자아소멸의 시'

이승훈은 초기 '비대상의 시' 시절을 지나서 중기 '자아소멸의 시' 시대로 나아간다. 대상을 부정하고 변계소집적인 유아를 설정한 가운데 그 위에서 무의식의 지대를 탐험하며 자아찾기에 몰두하던 초기의 그는 이 시기에 이르러 변계소집적인 유아란 존재하지 않는다는 의미에서의 '자아소멸'을 주창하고 '나와 너', '이것과 저것', '여기와 저기'와 같은 이분법의 해체를 감행하며 새로운 자아찾기의 단계로 나아가게 되었던 것이다.

앞 장에서 말했듯이 이승훈의 제7식은 성장기에 엄청난 상처를 받았다. 그는 초기 '비대상의 시' 시절에 이 7식을 자신과 동일시하며 그 7식을 다스려보고자 노력하였다. 그러나 참으로 길고 긴 기간 동안 그의 시 쓰기가 이런 노력으로 점철되었음에도 불구하고, 그런 엄청난 노력 속에서도 그의 7식의 치유는 제대로 이루어지지 않았다. 그는 여전히 고통스러웠으며, 그의 자아는 더욱더 우울해지고 불안해지기만 하였다.

필자는 방금 '고통'과 '불안'에 대해 말하였다. 이것은 평범한 의미에서의 고통이나 불안이 아니라 한 인간의 자아찾기가 본질적으로 이루지지 않았다는 징표로서 나타난 고통이자 불안을 의미한다. 불교의 유식론에 따르면 인간이 고통스러운 것은 근본적으로 참다운 자아찾기에 도달하지 못하였기 때문이다. 그런 점에서 볼 때 고통은 우리들의 삶이 올바른 각성 위에서 제대로 영위되지 못하고 있음을 알려주는 메신저이며, 그 고통의 양과 강도는 자아찾기의 수준을 가늠하게 해주는 바로미터가 된다.

이승훈은 이와 같은 고통 속에서 해체주의 혹은 포스트모더니즘의 철학을 만나고 그 만남을 통해 새로운 자아찾기의 단계로 진입한다. 구체적으로 그는 페르디낭 드 소쉬르의 언어학과 자크 데리다의 철학 그리고 자크 라캉의 정신분석학을 만난다. 이들을 통하여 그는 세계란 '차이'로 존재한다는 것에 눈을 뜨고, '차연'이라는 존재의 방식을 이해하며, 삶이란 구성된 욕망의 활동이라는 것을 깨닫는다. 이로 인해 이승훈의 고통은 한결 완화된다. 그는 여기서 '자아의 소멸'을 선포하고 차이로서의 자아, 차연으로서의 자아, 욕망으로서의 자아를 받아들인다. 이것은 유식3성의 용어와 견해로 표현할 때, 변계소집성의 배타적이고 완고했던 제7식이 의타기성의 관계지향적이고 탈중심주의적이며 포용적인 자아로 변모한 것을 의미한다. 이분법 속에서 더 이상 나아갈 곳을 찾지 못할 만큼 긴장되고 고통스러웠던 이승훈의 '비대상의 시' 시절의 제7식은 이런 과정을 거치면서 새로운 세계의 관계성을 직시하고 그 자신의 고통을 경감시키는 한편 새로운 자아찾기의 출구를 열어갈 수 있게 되었던 것이다.

이승훈의 이 시절을 대표하는 시론이 이른바 '해체시론'이다. 그의 해체시론은 『해체시론』[13]이라는 제목의 단행본으로 출간되기도 하였는데, 그

13 이승훈, 『해체시론』, 새미, 1998쪽.

속에 수록된 여러 장의 글 가운데 '비빔밥의 시론', '표류의 미학', '시뮬라시옹의 시 쓰기' 등의 이름을 달고 기술된 시론은 그가 이해하고 지향하는 해체시론이 어떤 것인지를 흥미롭게 알려주는 문제적인 경우이다. 그는 이런 해체시론을 통하여 세상은 중심이 부재하는 가운데 끝도 없이 연관된 의타기성의 세계임을 직시하기 시작한다. 불교유식론에서 제시하는 3성 가운데 하나인 의타기성의 세계는 모든 존재가 무한의 연관 속에 인드라망의 그물처럼 얽혀 있음을 말한다. 여기선 어느 것도 혼자서 변별적으로 중심이거나 주어임을 주장할 수 없다. 모든 것은 연기(緣起)된 것이다.

이승훈이 여기까지 오는 데에는 참으로 긴 시간이 소요되었다. 그의 제13시집 『밝은 방』[14]이 이 세계를 본격적으로 드러낸 첫 시집인데 이 시집이 출간된 것은 1995년이다. 그러니까 이승훈의 등단 시절인 1960년대 전반 무렵부터 계산해본다면 그는 약 30여 년 동안 초기 시의 단계에 머무른 다음에야 비로소 새로운 세계로 진입할 수 있었던 것이다. 하지만 이처럼 긴 그의 초기 시 시절은 단순한 시간상의 평면적 길이를 알려주는 부분으로 그치지 않고, 진정 '나는 누구인가'라는 엄청난 '의정(疑情)' 속에서 그가 보낸 유의미한 시절로서의 가치를 갖고 있다. 그의 이런 변화를 불교유식론에 의지하여 설명해보면 변계소집성의 배타적이며 자아중심적인 유아를 의식적으로 설정하고 무의식인 제7식과 제8식을 자신과 동일시했던 이승훈이 1995년 무렵에 이르러 비로소 그간의 선택적이고 분별적인 시비분별의 삶을 버리고 일체의 것들을 연관 속에서 바라보는 의타기성의 세계로 나아가기 시작한 것이라 할 수 있다.

그러나 여기서 한 가지 유의해야 할 점이 있다. 그것은 이승훈의 중기

---

14 이승훈, 『밝은 방』, 고려원, 1995쪽.

시에 해당하는 '자아소멸의 시'가 무아의 의타기성이 아니라 유아의 의타기성에 닿아 있다는 것이다. 전자와 후자는 모두 의타기성을 말하고 사유한다는 점에서는 공통적이지만 그 저변에 놓여 있는 하부구조는 각각 무아와 유아라는 점에서 서로 상반된다. 유아의 의타기성은 변계소집성의 시선에서 의타기성을 바라다보는 것이고, 무아의 의타기성은 원성실성의 방향에서 의타기성을 바라다보는 것이다. 논의의 편의를 위하여 부연하면, 변계소집성은 세상을 분별된 개체의 집합으로 보는 것이고, 의타기성은 세상을 연기된 관계의 장으로 보는 것이며, 원성실성은 세계를 하나인 일물(一物) 혹은 원상(圓相)으로 보는 것이다. 그러니까 똑같이 의타기성에 주목한다 하더라도 변계소집성 쪽에서 그것을 보는 경우와 원성실성 쪽에서 그것을 보는 경우는 상당히 다르다. 변계소집성이 소아인 유아를, 원성실성이 대아인 무아를 가운데 두고 있음은 주지의 사실이다. 또한 한 가지 더 덧붙이자면 변계소집성에서 바라본 의타기성이 '식(識)'의 차원이라면 원성실성에서 바라본 의타기성은 '지(智)'의 차원인 것이다.[15]

그러나 이와 같은 점에서 한계를 지닌 의타기성 속에 있음에도 불구하고 이승훈은 중기 '자아소멸의 시'에 속하는 시집들을 통하여 차연 혹은 의타기적인 자아와 삶이 지닌 모습을 열정적으로 그려 보이고 있다. 다시 말하면 단순한 자아중심주의와 이항대립을 벗어난 관계의 표정들을 다채롭게 드러내 보이고 있다.

> 나는 없고 언어만 있으니 나라는 언어가 나를
> 만든다 이 글 이 텍스트 이 짜깁기 언어라는

15 이 양자의 차이를 유식론적 차원에서 명료하면서도 설득력 있게 설명한 경우로 참고할 만한 저서가 있다. 오카노 모리야, 앞의 책, 45~75쪽.

실과 실의 얽힘 속에 양말 속에 편물 속에
스웨터 속에 당신의 스타킹 속에 내가 있다
나는 거기 있는가? 내가 거기 있다고? 글쎄
난 그것도 모르고 거울만 보며 쉰이 넘었다
만족스럽도다 거울만 바라보며 세월을 보낸
내가 갑자기 망측해서 주먹으로 한 대 갈기고
이 글을 쓴다 이 글 속에 이 언어 속에 아무
것도 없는 언어 속에 부재 속에 무 속에 내
가 있도다

—「텍스트로서의 삶」 전문[16]

위 시는 이승훈의 유아적 의타기성이 어떤 것인가를 보여주는 대표적인 시이다. 위 시에서 시인은 삶을, 자아를 하나의 '텍스트'라고 규정한다. 텍스트란 무엇인가. 이승훈은 위 시에서 그것을 '짜깁기의 언어'라고 말한다. 그러면서 이 '짜깁기의 언어'를 '거울만 바라본 (이전의) 세월'과 대비시킨다. 말할 것도 없이 '거울만 바라본 (이전의) 세월'이란 초기 '비대상의 시' 시절을 가리키는 것이다. 그러니 이제 초기 '비대상의 시'와 구별되는 '짜깁기의 언어', 곧 '텍스트'로서의 삶과 자아에 대해 사유해보는 일은 이승훈의 이 시기 시에 나타난 유아적 의타기성의 속뜻을 풍요롭게 이해하는 길이 될 것이다.

이승훈은 중기 '자아소멸의 시' 단계에 와서 나도 없고, 너도 없고, 그도 없으며, 오직 존재하는 것은 언어뿐이라고 말하면서 자신의 시를 설명하고 시론을 전개하였다. 여기서 언어란 그에게 영향을 미친 소쉬르의 견해

---

16 『이승훈 시전집』, 451쪽. 참고로 밝히면 이 시는 이승훈의 제15시집인 『너라는 햇빛』(세계사, 2000) 속에 들어 있다.

를 따르면 '차이와 관계의 기호'이고, 데리다의 견해를 따르면 '차이와 연기의 세계'이며, 라캉의 견해를 의지하면 '욕망의 발현상'이다. 이승훈은 이런 언어가 만들어내는 세계를 '텍스트'라고 불렀던 것이다. 그러니 텍스트는 중심 부재의 관계망이요, 절대 부재의 지연되는 세계이고, 욕망이 창조한 주관적 구성체이다. 이런 텍스트는 무한의 해석을 기다리고 있다. 어떤 해석도 절대가 될 수 없는 미결정의 '부재'이자 '무'의 모습으로 최종의 것을 연기시키고 있다.

이승훈은 이런 텍스트를 가리켜 '거짓말'이라고 표현하기도 하였다. 그의 시 「거짓말의 시」[17]는 이 점을 아주 흥미롭게 제시하고 있는데 이때의 거짓말이란 환유적으로 말하여 시니피에가 부재하는 시니피앙의 유희를 뜻한다. 그리고 그것은 인간들이 인식하는 세계란 절대적 이데아가 아니라 창조적 구성물에 지나지 않음을 가리키는 것이다.

정리하면 이승훈은 중기 시에 이르러 '자아소멸'에 대하여 탐구하였다. 이것은 초기 '비대상의 시'에서 근간을 이루었던 변계소집성으로서의 자아동일성의 해체를 뜻한다. 자아동일성이란 제7식을 중심으로 하여 형성된 자신의 인식 작용 전체를 자아와 동일시하는 마음이다. 그리고 자아를 다른 존재와 분별한 가운데 중심에 위치시키며 불변의 실체화된 자아상을 창출하고자 하는 마음이다.

이승훈은 바로 이런 자아동일성을 중기 시에 와서 부정하게 되었다. 그리고 분별되지 않는 관계 속의 존재로, 중심이 없는 흐름의 존재로, 실체가 없는 무정형의 존재로 자아를 인식하게 되었다. 이승훈이 중기 시에서

---

17 위의 책, 427쪽. 이 시는 이승훈의 제14시집 『나는 사랑한다』(세계사, 1997) 속에 들어 있다.

보여준 이와 같은 자아찾기는 초기 '비대상의 시'에서 보여준 자아찾기에 비해 상당히 발전된 것이다. 여기서 발전이라 함은 자아의 무게로 인한 그의 고통이 상당히 경감되었다는 의미이다. 그의 시를 보면 이 자아동일성이 해체된 중기에 와서 그는 흐를 뿐 집착하지 않는 자의 가벼움을 체험하게 된 것이다. 어떤 것도 자아이면서 자아일 수 없는 현실 앞에서 그는 방일과 무심에 가까운 관찰자의 심정이 되었던 것이다.

그러나 이승훈의 이와 같은 중기의 자아찾기는 앞서 언급했듯이 여전히 유아의 인식 작용 안에 머물러 있다. 그리고 자아동일성의 해체라는 측면에서 제7식을 약화시켰지만 그 제7식은 시니피앙의 유희 혹은 노마드적 미끄러짐의 모습으로 변주 혹은 변형되었을 뿐 완전히 사라진 것이 아니었다. 이런 점에서 중기 이승훈의 자아찾기는 여전히 유아적 유식의 차원에 머물러 있는 것이면서 해체된 자아에 또 다른 방식으로 애착하는 '해체중심주의'의 모습을 띠고 있는 셈이다. 그런 점에서 중기의 해체와 의타기성은 '중도(中道)'의 모습이 되지 못하고 단견(斷見)의 양상을 띤다.

왜 이런 모습이 나타났을까. 그것은 그가 이 단계에서 아직 불교유식론의 궁극인 '지혜'의 세계를 보지 못하였기 때문이다. 한 마디로 말한다면 '전식득지'의 세계를 알지 못하고 있었기 때문이다. 분명 그는 초기의 변계소집적인 자아동일성의 세계에서 중기의 의타기적인 자아해체의 단계로까지 발전적인 변화를 이룩하였지만 그것은 여전히 8식(전5식, 제6식, 제7식, 제8식)으로서의 식작용에 의존하는 범부의 영역 안에서의 발전이었을 뿐, 4지(성소작지(成所作智), 묘관찰지(妙觀察智), 평등성지(平等性智), 대원경지(大圓鏡智))에 의해 영위되는 무아적 공성(空性) 혹은 지혜의 세계로 나아간 것은 아니었던 것이다. 이런 점에서 그의 해체는 진정한 의미에서의 무아적인 자아의 소멸이라기보다 유아의 설정에 의한 자아의 무한변형 혹은 무한유예에 가깝다. 그러나 이승훈은 이런 단계를 거쳐 마침내 더욱 발전된 고차원의 다음 단계로 나아가게 된다. 따라서 이승훈의 자아찾기의 여정에서 이 중기의 '자아소멸의 시' 단계는 그의 자아찾기가 질적 도약을 하도록 만드는 일종의 디딤돌과 같은 역할을 하고 있다.

4. 원성실성(圓成實性) 혹은 무아(無我)의 의타기성과 '자아불이의 시'

이승훈에게 1990년대 후반의 어느 봄날 경상남도 하동의 칠성암에서 만난 『금강경』의 「대승정종분(大乘正宗分)」은 그의 자아찾기를 식(8식)의 차원에서 지(4지)의 차원으로 전변시키게 이끈 중요한 계기이다. 그의 자술에 따르면, 이때 그는 그의 장모님의 49재를 지내기 위하여 하동 칠성암에 들렀던 것이고, 거기서 그가 만난 『금강경』 「대승정종분」은 우연히 그 앞에 펼쳐진 경전의 한 페이지에 불과하였다. 그러나 이처럼 비자발적이며 우연한 만남이 그에게는 불교적 법연(法緣)으로 이어지는 계기로 작용하였다. 그는 이때의 정황과 그로 인한 자신의 이후 변화상을 다음과 같이 적고 있다.

> 90년대 후반 어느 봄날 진주 장모님 49재가 하동 칠성암에서 있었고 그때 『금강경』을 만났고 그때 처음 내가 펼친 부분이 「대승정종분」이고 거기서 보살은 我相 人相 衆生相 壽者相을 버려야 한다는 부처님의 말씀이 나와요. 특히 아상을 버리라는 말씀이 충격을 주었습니다. 왜냐하면 자아탐구니 자아소멸이니 하는 게 결국은 아상에 대한 집착이니까요. 자아는 相이고 想이라는 것. 부처님의 이 말씀과 만나고 나서 한결

가벼워지고 그 후 無我, 無住, 不二, 空 같은 개념들이 내 사유를 지배하게 됩니다.

— 이승훈 · 이재훈, 「대담 : 비대상에서 선(禪)까지」 부분[18]

위의 인용문에 나오는 '상(相)'의 세계는 '식'의 세계의 다른 이름이다. 이승훈은 이 같은 상이자 식의 세계가 버려야 할 것이라는 불교 경전의 가르침을 듣고 충격에 빠졌다고 고백한다. 그것은 불교적 견지에서 볼 때 그가 참으로 엄청난 시간 동안 그토록 애착을 가졌던 초기 '비대상의 시'는 말할 것도 없거니와 중기 '자아소멸의 시' 역시 상에 기초한, 다시 말하면 아상의 집착 위에 가설된 하나의 주관적이며 환상적인 구성물에 불과했기 때문이다. 이런 지난날에 대한 자기 점검과 자기 부정은 그에게 있어서 거의 참회에 가까운 자기반성과 거듭남으로 이어진다. 그는 이를 계기로 하여 상과 식의 세계를 넘어서서 지(智)와 실상(實相)의 세계를 탐구하기 시작하였고, 이전의 식과 상이 만들어내던 심리적 고통 속에 무반성적으로 함몰되는 어려움으로부터 벗어날 수 있게 되었다. 이승훈의 시작 과정 속에서 제16시집인 『인생』[19]에서부터 가장 최근의 시집 『화두』[20]에 이르기까지의 작품들은 모두 이와 같은 그의 변화상과 탐구심을 고스란히 반영하고 있다.

불교유식론에 따르면 식이 만든 자아상이나 자아의식은 환영에 불과하다. 그것은 인간의 뿌리 깊은 생존 본능과 생존 욕구에 의하여 만들어진 오염된 자아상이자 자아의식이다. 따라서 불교유식론은 우리가 이것을

---

18 시와세계 기획, 앞의 책, 93쪽.

19 이승훈, 『인생』, 민음사, 2002.

20 이승훈, 『화두』, 책만드는 집, 2010.

분명하게 깨닫고 우리의 본성자리인 '참나'를 찾아야 한다고 가르친다. '참나'란 모든 상을 넘어선 '공성'으로서의 자아요, 모든 존재가 일체이자 일물임을 보는, 전체성을 통찰한 결과요, 세계를 중도로 볼 줄 아는 평등심의 발로이며, '이 언덕'의 삶을 마치고 '저 언덕'의 삶을 살아가는 각자(覺者)의 세계이다.

참나의 세계, 지혜의 세계, 진공의 세계, 중도의 세계에서는 식과 상이 만들어낸 소아이자 업아로서의 아상은 사라진다. 더 이상 마나스식인 제7식을 중심으로 한 생각의 세계가 전경화되지 않거니와, 구체적으로 그토록 분별하고 시비하며 자신에 애착하고 그 대가로 괴로워했던 제7식의 작용체인 아치와 아견 그리고 아만과 아애가 힘을 잃는다. 다시 말하면 제7식이 허상임을 통찰함에 따라 그에 영향을 받는 전5식과 제6식은 물론 제8식까지도 오염된 상태로부터 벗어나게 되고, 이윽고 '무아'가 자신의 실상임을 알게 되는 것이다. 다시 이것을 불교유식론의 언어로 설명하자면 8식(전5식, 6식, 7식, 8식)의 삶을 버리고 성소작지, 묘관찰지, 평등성지, 대원경지라는 4지(四智)에 입각한 삶이 전개되는 것이다. 한마디로 말하여 전식득지(轉識得智)의 삶이 새롭게 펼쳐지는 것이다.

이승훈은 이 단계의 시 작품들을 통하여 특히 그가 중기 '자아소멸의 시' 시대에 아끼고 집착했던 언어, 곧 텍스트의 문제에 대해 철저한 반성적 사유를 가한다. 그가 이런 반성적 사유 속에서 내놓은 말은 요약하면 '텍스트도, 언어도 없다'는 것이다. 그러니까 이 단계에 와서 이승훈은 텍스트의 다른 이름인 언어까지 버림으로써 아상이 만들어내는 주관적 식의 세계를 완전히 청산하고자 하였던 것이다. 이승훈의 시 가운데 「언어1」, 「언어2」, 「떠돌이 언어여」, 「언어서방」, 「언어도 버리자」, 「언어」, 「언어를 버리려고」 등은 모두 이런 점을 담고 있다.

나는 지금 시론을 쓰는 심정으로 이 시를 쓴다 언어도 버리자 언어는 존재의 집이 아니라 존재의 짐이므로 집도 버리고 짐도 버리고 산도 버리고 거리도 버리고 저 거울도 버리고

—「언어도 버리자」 부분[21]

언어에서 벗어나십시오 언어에서 벗어날 때 당신에서 벗어납니다 언어는 감옥입니다 귀를 막고 들으시오 어제도 말 때문에 상처입고 시달리고 병들었습니다 말이 아니라 말 너머 말 너머 들리는 저 마음을 들으시오 벌레 소리 차 소리 해 뜨는 소리 구름 지나가는 소리 책상 소리 의자 소리 거울소리 이 방의 소리 이 방의 소리를 들으시오

—「언어」 전문[22]

위에서 보이듯이 이승훈은 언어란 존재의 집이 아니라 존재의 짐임을 깨닫는다. 그리고 언어란 감옥이며 그 언어 때문에 우리들은 상처받고 시달리고 병든다는 것을 인지한다. 그는 이런 감옥으로서의 언어를 버리고 그 언어 너머에서 들리는 '마음'의 소리를 들으라고 권유한다. 여기서 '마음'이란 식의 환상과 오염을 벗어난 청정한 지혜의 실상이다.

불교적 표현을 빌리자면 '마음'의 다른 말로는 진여(眞如), 법성(法性), 불성, 본성, 본향(本鄕), 진심, 본마음자리, 진공, 본래면목 등이 있다. 이들은 지혜의 눈을 뜬 자만이 볼 수 있고 느낄 수 있고 쓸 수 있는 세계라고 한다. 불교유식론의 표현을 빌리자면 4지로 구성된 지혜를 증득한 자만이 볼 수 있고 머물 수 있고 쓸 수 있는 세계인 것이다.

언어란 무엇인가. 불교의 언어관에 따르면 언어는 주객 이분법의 분별

---

21 이승훈, 『이승훈 시전집』, 512쪽. 이 작품은 그의 시집 『비누』(고요아침, 2004)에 수록돼 있다.

22 위의 책, 513쪽. 이 작품도 역시 그의 시집 『비누』에 수록돼 있다.

이 낳은 산물이다. 세상은 '나와 너'로 분리되지 않는 한 언어를 필요로 하지 않는다. 언어란 아상이 만들어내는 식작용의 산물이거나 그것의 또 다른 이름일 수 있는 욕망의 산물이라는 것이다. 이승훈은 언어의 이와 같은 실상을 파악하고 그 언어를 삶과 시 속에서 버리고자 한 것이다.

이 단계에서 유아로 남고자 했던 자아는 무아가 되고 그 무아는 유식3성 가운데서 최종 단계인 원성실성과 같은 성품을 지닌다. 원성실성의 세계에서 자아는 '참나'인 우주적 진리 그 자체와 한 몸이 된다. 말하자면 주관적 식의 세계와 상의 세계에서의 삶의 방식을 버리고 모두가 일물이자 동체(同體)가 되는 원성실성의 다른 이름, 즉 무아적 의타기성의 세계에 도달하게 된다. 이것을 불교식으로 표현하면 중생의 삶에서 붓다의 삶으로, 중생지견(衆生知見)을 가진 삶에서 불지견(佛智見)의 삶으로 옮겨가게 되는 것이다.

이승훈의 후기 '자아불이의 시'는 이 점을 탐구하며 표현하고 있다. 그것이 이승훈 개인에게 진정한 수행으로 실천되고 있는지의 여부는 알 수 없으나 그의 시와 글을 통하여 볼 때 그가 이 세계에 각성의 눈을 뜨고 그 세계를 적극적으로 받아들여 내면화하고 있다는 점만은 확실하다. 그리고 중요한 것은 이런 변화에 따라 그를 그토록 괴롭혔던 내적 불안과 우울과 고통의 세계가 그의 시에서 완화되거나 거의 사라져버렸다는 점이다.

불교유식론을 포함한 불교 전체는 그 궁극의 목표를 '이고득락(離苦得樂)'에 두고 있다. 여기서 이고득락이란 소아중심주의, 유아중심주의, 에고중심주의, 아상중심주의, 식중심주의의 삶이 필연적으로 만들어내는 윤회의 고통에서 벗어나 무아, 진여, 불성, 지혜, 법성 등이 주인공이 되어 창조하는 상락아정(常樂我淨)의 환희심으로 전변된 삶을 의미한다. 앞에서도 잠시 언급했듯이 한 인간의 내면적 고통이 줄어든다는 것은 그의 삶이 전자의 삶에서 후자의 삶으로 이동했다는 증거이다. 불교식으로 말한다면 여법한 삶 쪽으로 가까이 가고 있다는 증거이다.

이승훈은 이 단계에서 『금강경』의 주된 가르침이기도 하며 불교 반야부 경전의 핵심이자 불교 전체의 대표적 사상이기도 한 '무주(無住)'의 중요성에 대해 역설한다. '무주'란 말 그대로 머무름, 곧 사심에 의한 집착이 없는 세계이다. 다시 말하면 에고의 이기적 작용이 쉬어버린 상태이다. 또한 그것은 이 세상 전체가 실상의 차원에서 보면 우리의 아상으로 어찌할 수 없는 '무소득'의 세계임을 가리키는 말이다. 불교는 이것을 제행무상이니 제법무아니 제법공상(諸法空相)이니 하는 말로 표현하기도 하며, 또한 식으로서의 자아의식이란 본래 없는 것임을 깨닫고 무아의 해탈과 열반에 이른 경지로 표현하기도 한다.

거듭 말하지만 이승훈의 불교적 수행이 어느 정도까지 진척되었는지 우리는 알 수 없다. 다만 그의 시를 통하여 볼 때 그는 '무주'의 세계를 인지하고 있고, 그런 인지가 그의 자아탐구의 여정에 큰 발전을 가져왔으며, 이로 인해 그가 불교의 궁극적 목표인 '이고득락'으로서의 고통의 경감에 크게 성공한 것으로 보인다는 것만은 확실하다.

불교유식론에서는 마치 돈오(頓悟)의 순간처럼 지혜의 성품을 본 자가 그간의 업식과 업장의 습기를 털어버리고 온전한 보살이나 붓다로 태어나기 위한 수행의 과정으로 5단계를 두고 있다. 자량위(資糧位), 가행위(加行位), 통달위(通達位), 수습위(修習位), 구경위(究竟位)가 그것이거니와 이승훈의 수행이 여기서 어느 정도까지 와 있는지는 말하기 어렵다. 그러나 그가 지금까지 낸 가장 마지막 시집의 제목이 『화두』인 것과 그 속의 작품들이 들려주는 바에 근거하여 볼 때, 그는 지금 아상의 온전한 소멸과 극복을 위하여 '언어를 부수는 언어', '언어를 궁지로 몰아넣는 언어'인 선불교식 '화두'를 챙기고 탐구하고 있음이 분명하다. 그리고 그가 자신의 '자아불이의 시' 단계를 시론으로 구체화한 역저 『선과 하이데거』[23]를 볼 때 그의 공부는 상당한 수준에 이른 것으로 판단된다. 이처럼 그는 소위 '전식득지'로의 방향 전환에 성공하였고 그가 가야할 길을 알고 있는 것이다. 물론 이것은 언어에 의한 전달 내용일 뿐 그가 어느 단계에서 내적 수행 혹은 수행으로서의 시 쓰기를 하고 있는지를 알기는 어렵다. 여기서 오직 우리가 할 수 있는 일은 그의 소중한 방향 전환이 가진 의미만큼 그가 공부하고 터득한 세계가 무르익어 그의 시와 삶이 공히 향상일로(向上一路)로 나아갔으면 하는 마음을 내는 일이다.

5. 결어

지금까지 이승훈 시인이 걸어온 자아탐구의 여정을 불교유식론에 비추어 살펴보았다. 그 결과 이승훈은 불교유식론이 말하는 바 인간성장과 자아실현의 단계인 변계소집성, 의타기성, 원성실성의 단계를 차례대로 밟으며 거쳐 온 것으로 나타났다.

변계소집성의 단계에서 그는 배타적이고 중심적인 자아를 설정하고서 그 자아의 극심한 고통을 밝히고 치유해보기 위하여 자신의 무의식을 자아와 동일시하며 그 세계를 전력으로 읽어내려 하였다. 그러나 이것은 오히려 자신이 고통스럽다는 사실에 대한 인식을 강화시키거나 소아적인

23 이승훈, 『선과 하이데거』, 황금알, 2011.

자아의식의 강화를 가져왔을 뿐 진정한 자아이해와 자아치유에 도달할 수 있는 길이 되지 못하였다. 그는 이 단계에서 변계소집성의 주인 역할을 하는 제7식인 마나스식의 고집과 상처를 어찌할 수 없었으며 그 집착과 상처는 그로 하여금 끝도 없이 시라는 언어를 토해내게 만들었다. 이승훈의 초기 '비대상의 시'는 이런 정신 속에서 탄생된 시이다.

그 다음에 이승훈은 의타기성의 단계로 진입하였다. 그러나 한 가지 유보를 달아야 할 것은 이 의타기성이 무아를 토대로 한 온전한 의미에서의 의타기성이 되지 못하고 아직까지 아상의 다른 이름인 유아의 시선 위에서 구축된 의타기성의 성격을 띠고 있었다는 것이다. 그렇다 하더라도 이것은 초기의 너무나도 배타적이고 자기중심적인 변계소집성의 경직된 자아를 해방시키는 데 상당히 큰 기여를 하였다. 여기서 그는 나와 너를 동시에 보았고, 이것과 저것을 연관지어 보았으며, 세계는 언어의 직조물인 텍스트에 불과하다는 인식을 하였던 것이다. 해체주의 혹은 포스트모더니즘의 영향을 받은 이 단계에서 이승훈은 변계소집성으로서의 절대적 자아는 없고 존재하는 것은 연관된 언어로서의 텍스트와 같은 자아가 있을 뿐이라고 말한다. 여기서 이야기하는 '연관된 언어로서의 텍스트'는 의타기성을 닮았다. 그리고 그 텍스트는 차연되는 자아의 환유로서 외형상 자아의식의 소멸을 가능케 하는 듯하다. 이승훈은 이런 변화를 통하여 변계소집성의 자아동일성이라는 미망에서 얼마간 벗어나기는 하였지만 그래도 여전히 불교유식론이 그토록 극복하고 무화시키고자 하는 '식'의 세계 안에 머물러 있었다. 부연하자면 마나스식인 제7식이 '차연의 자아', '미끄러지는 텍스트'라는 이름으로 변형된 모습을 보였을 뿐, 그 본질적인 작동과 존재 자체를 해체시키는 데로 나아가지는 못하였던 것이다. 이승훈의 중기 '자아소멸의 시'는 이런 텍스트적 자아의 의타기적 속성을 말하고 표현한 시편들이다.

본론에서 여러 차례 언급했듯이 불교유식론의 목표는 '전식득지'에 있다. 8식의 삶, 범부의 삶을 4지의 삶, 각자(覺者)의 삶으로 전환시키는 데 그 목표가 있다. 불교유식론은 이와 같은 변화가 일어나지 않는 한 주관적 자아의식이 빚어내는 자업자득의 고통은 영원할 수밖에 없다고 말한다. 그러므로 중요한 것은 식의 세계가 환영임을 알고 그것으로부터 벗어나는 일이다. 구체적으로 제7식의 견고한 아상을 조복시키고 카르마의 저장고인 아뢰야식을 전변시키는 일이다. 하지만 이 일은 너무나 어렵다. 그 사실을 아는 일도 어렵거니와, 그것을 실천하기란 더욱 어렵다.

이승훈은 이처럼 여전히 아상이 살아있는 의타기성의 단계를 거친 다음『금강경』과의 만남을 계기로 불교가 가르치는 바의 핵심에 눈을 뜸으로써 무아적 의타기성 혹은 원성실성의 세계를 보기 시작한다. 그는 이 단계에서 아상을 구성하는 8식 전체, 그 가운데서도 아상을 창조하고 지속시키며 아치, 아견, 아만, 아애를 속성으로 하는 제7식과의 결별을 선언한다. 그리고 그의 처소를 지혜의 세계로 이전시킨다. 그야말로 전식득지의 길을 밟은 것이다. 거기서 그는 무아, 무주, 무상, 공, 불이, 중도, 진여 등을 사유하며 증득하게 되었고 이것은 그가 수십 년 동안 그토록 괴로워했던 심리적 고통으로부터 벗어나는 '이고득락'의 길을 안내하였다. 이 단계에서 이승훈은 그가 마지막까지 붙들고 있었던 언어 혹은 텍스트를 버린다. 그럼으로써 그는 식세계의 모든 것을 버리게 된다. 아상도, 아상의 욕망도, 욕망의 언어도, 시라는 규범적 문화양식도 그는 버리고 만 것이다.

주지하다시피 버린다는 것은 새로운 것의 탄생을 의미한다. 그는 이들을 버리는 대신 무아를 얻었고, 무언을 얻었으며, 무심을 알았고, 무위를 보게 되었다. 이제 그는 소아에서 무아로, 업아(業我)에서 묘아(妙我)로 가는 길을 깨닫게 된 것이다. 앞서 말했듯이 이것은 실제의 수행으로 이어져야 한다. 그러나 수행 이전의 앎만으로도 삶은 질적 변화를 이룩하는 계기를 맞는다. 이런 앎이 내재하는 한, 식세계의 유혹과 관습은 조금씩이나마 지혜의 세계 쪽으로 자리를 옮길 것이기 때문이다.

이승훈의 자아탐구의 고단한 여정은 중세의 신적인 세계로부터 독립하고 개체로서의 소아이자 업아를 권리와 의무의 주체로 삼아 전개된 근대적 개인 혹은 주체의 속성이 어떤 것인지를 알게 하며, 그 속에 내재하는 고통을 어떻게 극복하여 바람직한 길로 나아갈 수 있는가를 보여준 상당히 시사적인 실례에 속한다. 특히나 인간들 개개인의 아상이 그 어느 때보다 강력해지고 이들 사이의 대립과 갈등이 첨예해져 가는 이 극단적 시비분별의 시대에, 이승훈이 걸어온 50여 년의 자아탐구의 길은 어떤 다른 경우보다 많은 교훈을 제공해줄 것이다.

제6장
조오현 연작시 「절간 이야기」의 장소성 고찰
— '절간'을 중심으로

1. 문제 제기

조오현(曺五鉉)은 시인이기 이전에 불교계의 승려이다. 그는 7세에 이른바 절집에 소먹이로 입산하여, 1958년 성준(聲準) 스님을 은사로 정식 출가한 후, 현재 법랍 60세로 설악산 백담사의 조실 스님이자 대한불교 조계종단의 대종사이다. 이런 그는 1968년도에 『시조문학』으로 등단한 이래 『심우도(尋牛圖)』(1979), 『산에 사는 날에』(2000), 『절간 이야기』(2003), 『조오현 선시조 : 만악가타집(萬嶽伽陀集)』(2006), 『아득한 성자』(2007), 『조오현 시집 : 비슬산 가는 길』(2008) 등의 시집 및 시조집을 출간하였다. 그리고 '조오현 문학 전집'이라는 이름을 달고 『적멸을 위하여』(2012)가 출간된 바 있다.[1]

조오현에게 수반되는 승려와 시인이라는 두 이름과 그 두 이름이 요구

1 권영민 편, 『적멸을 위하여』, 문학사상사, 2012.

하는 과업은 그에게 서로 별개의 것이 아니다. 그는 자신의 두 가지 이름과 삶에 대한 분명한 자의식을 지니고 있으며 그것을 그의 시 「무제(無題)」에서 "선(禪)은 다섯줄의 향비파(鄕琵琶)요/시(詩)는 넉 줄의 당비파(唐琵琶)"[2]라고 드러냈는가 하면, 또한 다른 작품 「나의 삶」에서는 "시는 나무의 점박이결이요/선은 나무의 곧은결이었다"[3]고 결론을 내고 있다. 요컨대 승려로서 도달해야 할 선의 세계와 시인으로서 도달해야 할 시의 세계가 그에겐 불이(不二)이자 불이(不異)의 세계로 회통되었던 것이다.

본고에서 다루고자 하는 「절간 이야기」 연작 32편[4]은 이와 같은 조오현의 시 작품 가운데 최고의 역작이자 문제작이라 평가하여도 부족함이 없다. 이 연작 32편은 시인의 분명한 시작 목표와 방법 속에서 기획되어 창작된 것이라 할 수 있다. 그러니까 때에 따라 쓰여진 작품들을 모아 놓은 경우와 달리 기획성과 의도성 및 일관성이 이 작품 속에 들어 있다는 것이다. 구체적으로 이 작품은 절간의 세계를 세속의 공간에 전하면서 절간과 세속 혹은 세속과 절간이 소통할 수 있는 길을 마련한 하나의 의도적인 장이었다고 판단된다. 그리고 이 연작 「절간 이야기」에는 시로서 갖추어야 할 상상력과 미학성의 높이는 물론 '절간'이라는 특수한 세계의 경험적인 이채로움과 더불어 수준 높은 정신성과 종교성이 내재해 있다.

이 「절간 이야기」 연작은 여러 가지 측면에서 연구될 수 있을 만큼 다양한 문제점을 함축하고 있는 작품이기도 하다. 예를 들면 창작방법의 측면에서 탐구하여도 흥미롭고, 시인정신의 측면에서 다루어도 역시 가치가 있으며, 산문시의 측면에서 다루어도 소기의 성과를 얻을 수 있다. 또한

---

2 조오현, 「무제(無題)」, 『유심』 23, 2005년 겨울호, 19쪽.

3 권영민, 앞의 책, 252쪽.

4 조오현, 『절간 이야기』, 고요아침, 2003, 9~90쪽.

본고에서 다루고자 하는 '장소성'의 측면에서 살펴보아도 의미 있는 성과를 거둘 수 있을 것으로 기대된다. 총 32편으로 된 연작시 「절간 이야기」에서 시적 소재이자 중심 처소가 되어 있는 '절간'은 이 시를 지배하고 이끌어 나아가며 수렴하고 확산시키는 지배소(dominant)로서 장소성의 특별함을 인지하게 하는 문제적인 세계로 주목받을 만하다.

우리 문화 속에서 '절간'은 일반인들에게 특별한 공간으로 여겨진다. 세간과 구별되는 출세간 지대의 대표적 공간이자 장소가 바로 '절간'인 것이다. 승려 시인인 조오현은 「절간 이야기」 연작 속에서 이 특수한 공간이자 장소인 '절간'에 초점을 맞춰 절간이 지닌 남다른 공간성과 장소성을 보여주고 있다.

실제로 어떤 공간이든 모든 공간은 그 공간에서 전문적인 삶을 살아간 사람에 의하여 보다 여실하게 그 내면이 드러날 수 있다. 마찬가지로 '절간'도 상당히 전문적인 공간이자 특수한 공간으로서 그 세계에서의 경험을 전문적으로 한 사람에 의해서 발화될 때 그 공간적, 장소적 특성이 제대로 표현될 수 있다. 조오현은 그런 점에서 절간의 공간성과 장소성을 그려 보이기에 매우 적절한 존재이다. 앞서 언급했듯이 그의 삶 전체가 절간에서 이루어졌다 해도 과언이 아니며 그는 단지 승려로서의 삶만을 산 것이 아니라 이미 1970년대부터 시인으로서의 삶을 살아오기도 한 시적 발화의 주체인 것이다.

조오현의 시 작품에 대한 연구는 그 분량이 상당하다.[5] 그러나 「절간 이

5 참고로 밝히면, 조오현의 개별 작품에 대하여 쓴 글을 권성훈이 모두 모아 편집한 단행본 『이렇게 읽었다 – 설악(雪嶽) 무산(霧山) 조오현 한글 선시』(반디, 2015)와 조오현에 대한 논문, 평론 등을 송준영이 모두 모아 편집한 단행본 『빈 거울을 절간과 세간 사이에 놓기 – 설악(雪嶽) 무산(霧山) 조오현, 미오(迷悟)의 시세계』

야기」 연작을 학술적으로 다룬 본격 논문은 오직 한 편 정도가 있을 뿐이다. 우은진이 바로 그 연구자인데 그는 이 연작시를 '서술시'로 규정하면서 이 서술시의 주체가 어떻게 이 작품에서 소통구조를 구축하고 있는가 하는, 이른바 소통 방식의 실상을 연구하고 있다.[6] 시작 방법상의 고찰로서 이 논문이 가지는 의미는 작지 않다. 그러나 이런 형식적 구조의 저변을 밝히는 것은 '절간 이야기'의 이야기성을 구명하는 데서 그치고 있다. 이런 점과 더불어 '절간 이야기'의 '절간'이라는 대상이자 소재의 공간성과 장소성을 밝힐 때 작품 「절간 이야기」의 보다 온전한 모습이 드러날 것이라 생각한다.

2. 본론

1) 범성불이(凡聖不二)의 세계

조오현의 「절간 이야기」를 읽어가다 보면 그 '절간'에서 일어나는 일 가운데 가장 먼저 눈에 띄는 것은 평범한 인물들의 비범함을 발견하여 부각시키는 일이다. 일반적으로 범인, 세속인, 중생, 범부 등으로 불리는 세간의 사람들과 성인, 도인, 각자(覺者), 선지식 등은 서로 대비되는 관계에

(시와세계, 2015)는 방대한 분량으로 그간의 조오현에 대한 연구 결과를 집대성하고 있다.

6 우은진, 「조오현 서술시의 주체와 소통구조 연구-「절간 이야기」 연작을 중심으로」, 『어문논총』 69, 2016, 203~224쪽.

있는데, 이 시에서 그와 같은 대비 구도가 해체되고 와해된다. 그것은 바로 시인의 안목에 의한 것인데, 시인은 범인, 세속인, 중생, 범부로 불리는 자들에게서 성인, 도인, 각자, 선지식의 모습을 읽어낼 수 있는 능력을 지닌 까닭이다.

이런 일이 일어나는 동안 '절간'은 우리가 사찰이라고 부르는 물리적이고 가시적인 건축 공간(사찰 경내)에 그치는 것이 아니라 인간들의 삶이 영위되는 전 지역으로 확대된다. 그러니까 인간들이 사는 어느 곳이든 참다운 '불성(佛性)'이 구현되는 장소는 모두가 절간의 공간성을 지니고 있는 것으로 나타나는 것이다. 여기서 한 가지 떠오르는 일화가 있다. 그것은 서암(西庵) 대선사가 그의 제자에게 가르친 '절간'의 의미에 관한 것이다. 절간이란 공식적인 사찰 경내를 말하는 것이 아니라 우리가 어디에 있든 그곳에서 불성을 발견할 수 있으면 그곳이 '절간'이라는 전언 말이다.[7]

조오현 시인이 「절간 이야기」에서 발견한, 범부이지만 도인과 같은 경지의 인물이 되어 살아간 사람이나 존재들은 다음과 같다 : 시인이 살고 있는 사찰의 부목처사(1, 7), 낙산사 절벽의 바위 끝에 앉아 있는 선풍도골(仙風道骨)의 늙은 신사(2), 불교경제론 강의를 듣고 있는 1천여 명의 회사원들(4), 한 사찰의 관음지(觀音池) 둑방에 새벽녘이 되도록 앉아 있는 한 사내(6), 금릉의 계림사 가는 길목에서 만난 석수(石手)(8), 천은사 가웅스님이 고창읍 쇠전거리에서 탁발을 하다가 만난 대장장이 늙은이(12), 시인이 사는 절의 원통보전 축대 밑에 쭈그리고 앉아 소주를 마시고 있는

7 법륜(法輪), 「서문 : 깨우침, 서암 큰스님과의 인연」, 서암(西庵) 스님, 『꿈을 깨면 내가 부처』, 정토출판, 2015, 11쪽.

여든 살 가량의 촌 노인(15), 동해안 주문진 앞바다에서 만난 한 늙은 어부(17), 당송 2대 중 9대 문장가인 소동파(蘇東坡)(18), 부산 범어사 설봉스님이 곡기를 끊고 곡차만 마시던 시절에 자갈치 어시장에서 만난 '아즈매 보살'(19), 40여 년 동안 염습을 해온 염장이 사내(22), 수달피를 사냥한 한 젊은 사냥꾼(26), 덕사(德寺)로 올라가는 한 골짜기의 산지기와 한 늙은이(27), 시인이 머무는 사찰의 초록 풀섶에 앉아 있던 청개구리 한 마리(31) 등.

그의 시에서 이런 존재들이 거처하는 공간은 이와 같은 변전으로 인하여 범속한 자리에서 성스러운 자리로 비약한다. 그것은 공간이 인간이나 존재를 변화시킨다기보다 인간이나 존재가 공간을 변화시킨 예에 속한다. 바로 이런 이원성의 높은 이해와 변전 속에서 범인과 성인, 세간과 성소는 둘이 아니다.

그러면 좀 더 구체적으로 「절간 이야기」 연작에서 그토록 많이, 자주, 보여준 범인들의 성스러운 경지와 그로 인한 범성불이의 진실상을 몇몇 예를 통하여 만나보기로 한다.

먼저 「절간 이야기」 연작시의 가장 앞에 등장하는 시인과 같은 사찰의 대중이자 도반인 부목처사의 이야기를 들어보자. 그는 새벽 예불이 끝날 무렵이면 일어나 승방의 아궁이 앞에 쭈그리고 앉아 군불을 때는 것이 소임인 사람이다. 이 부목처사는 힘이 장사 같은 자신의 할아버지와 아버지가 어려운 여건 속에서도 사찰을 만들고 지키는 데 순정을 바친 존재라는 점에 대단한 자부심을 갖고 사는 사람이다. 그러나 할아버지도 아버지도 모두 비극적인 여건에서 벗어나지 못하고 이승을 마감한 데 대한 안타까움을 갖고 있는데, 그런 부목처사는 자신의 할아버지와 아버지에 대해 보내는 사랑의 마음을 새벽이 될 때까지 돌아오지 않는 주지스님에게 보내며 산다. 부목처사가 자신의 할아버지와 아버지에게 보내는 마음이나, 새벽까지 돌아오지 않는 주지 스님에게 보내는 마음은 그를 언제나 범인이 아닌 도인의 경지로 살게 이끈다.

둘째로 조오현 스님으로부터 불교 경제론 강의를 듣고 있던 1천여 명의 회사원들에 대하여 살펴보기로 한다. 조오현 스님이 들려준 불교 경제론은 근세의 도인인 혜월(慧月) 스님이 산을 뭉개어 논을 만드는 데 그것을 돈으로 환산하여 이해득실을 따지지 않고 오직 개간한 논이 늘어난 것만으로 경제성을 계산하는 특이한 계산법의 경제론 이야기이다. 이 이상하면서도 세속적 계산법을 넘어서는 강의를 할 때 1천여 명의 회사원들은 순간 그들 속에 숨어 있던 '신산(神算)'이자 '천산(天算)'의 불성이 움직이면서 범부를 넘어선 다른 차원의 존재로 반응한다. 여기서 회사원들은 범성불이의 실제를 보여주고, 이들로 인하여 그들이 머문 공간은 명실공히 절간이 된다.

한 가지만 더 예로 들어 살펴보기로 한다. 앞에서 예로 제시한 것 가운데 맨 마지막의 경우에 해당되는 청개구리 이야기이다. 이 이야기가 들어 있는 작품을 보면 화자인 시인은 세수를 하고 대야의 물을 버리기 위해 담장가로 갔는데 그만 풀섶에 앉았던 청개구리 한 마리가 화들짝 놀라 담장 높이만큼이나 뛰어오르기에 담쟁이넝쿨에 앉겠지 하였으나 어느 순간 미끄러지듯 잎 뒤에 바짝 엎드려 숨을 할딱거리며 앉아 있더라는 것이다. 시인은 청개구리의 이 놀라운 모습을 보고 시조 한 수를 지으려고 며칠을 끙끙거렸지만 결국은 시조 짓기를 포기할 수밖에 없었고 그 대신 '이 세상 어떤 언어로도, 몇 겁을 두고서도, 개구리의 삶을 다 찬미할 수 없다'는 것을 깨달았다는 내용이다. 여기서 개구리는 한낱 미물중생이지만 언어와 시간의 힘으로 찬미할 수 없는 신적 존재이자 영적 존재로 재발견된다. 청개구리 앞에서 보인 시인의 이와 같은 깨달음은 미물중생과 성자도인의 분별심을 깨트리게 한다.

이와 같이 조오현의 「절간 이야기」 연작에서 범성(凡聖)은 불이(不二)이거나 일여(一如)가 된다. 그러나 그것은 진부한 시각이나 지해(知解)에 의하여 가능한 것이 아니라 범속성 속에서도 나타나는 성스러움의 본모습을 구체적 삶 속에서 만나고 읽어낼 수 있는 깨어 있는 안목에 의하여 가능한 것이다. 「절간 이야기」에서 시인이자 화자는 범속성 속의 성스러움을 보는 데 탁월한 능력을 갖고 있다. 그럼으로써 그가 거처하는 절간은 보통의 사찰보다 더 성스러움이 깃든 곳이 되고, 그는 또한 곳곳에서 범속성 속의 성스러움을 포착하고 외경하게 됨으로써 사찰 밖의 어떤 곳도 사찰처럼 성스러움과 불성이 숨 쉬는 공간으로 창조해 낸다.

진정한 의미에서의 절간 혹은 사찰이란 범속함을 성스러움으로, 중생심을 보살심으로, 무지함을 지혜로움으로, 공격성을 자비심으로 바꾸는 수행의 장소성을 지닌 곳이라면 조오현의 「절간 이야기」는 이런 실례를 너무나도 많이 담고 있으며, 앞 단락에서 언급했듯이 사찰 바깥의 세속적 공간까지도 사찰의 성스러운 공간으로 전변시키는 실례를 여럿 보여주고 있다. 이런 사실은 보는 이의 마음이 대상과 장소를 창조한다는 불가의 가르침처럼, 「절간 이야기」의 시인이자 화자의 깊고 열린 마음의 반영물이라고 할 수 있다.

2) 법담(法談)과 선심(禪心)의 공간

조오현의 연작 「절간 이야기」 속에는 심오하면서도 다채로운 법담이 들어 있다. 이야기 가운데 최고의 이야기가 법담이라면「절간 이야기」는 그런 최고의 이야기인 법담의 보고(寶庫)이다.

그렇다면 법담이란 무엇인가. 소아(小我)의 본능적 이기심과 업아(業我)의 습관적 카르마에 의한 이야기를 중생담이라고 부르는 반면, 공아(空我), 묘아(妙我), 대아(大我)를 깨치고 그에 기반하여 주고받는 이야기를 법담이라고 한다. 그러니까 법담은 우주의 이치를 터득하거나 그런 소망을 가진 사람들이 나누는 이야기라고 할 수 있다. 이렇게 법담을 나누며 살아가거나 살아가고자 하는 사람들의 관계를 도반의 관계라고 부른다.

사찰은 이런 법담이 생성되고 소통되며 확장되는 근원지이다. 이와 같은 법담이 생성, 소통, 확장되는 근원지의 역할을 할 수 있을 때 사찰은 성소로서의 장소성을 지닌다. 그리고 그곳은 범속한 세상과 구별되며 그런 세상을 정화시킨다.

조오현의「절간 이야기」연작 속에 담긴 법담의 실례들을 만나보기로 하자. 절간 이야기란 본래 법담이어야 당연하지만 절간 또한 온전한 법담의 장소만이 될 수 없는 세속성을 품고 있을 수 있기에 법담은 절간의 최고 언어이자 이야기이다. 따라서 조오현의「절간 이야기」연작의 성패도 얼마나 법담을 깊이 있게 보여주고 있는가에 달려 있다고 할 수 있다. 법담이 없는 절간 이야기는 그 한계성을 이미 지니고 있기 때문이다.

「절간 이야기」연작 속에 담긴 법담의 실례를 열거해 본다 : 부목처사의 이야기(1), 시인과 낙산사 의상대 절벽에 걸터앉아 바다를 바라보는 초로의 신사가 나누는 이야기(2), 노 비구니 스님이 다람쥐들이 먹을 도토리를 가져다 묵을 해 먹고 어리석음을 깨치며 참회하는 이야기(3), 조오현 스님이 혜월 선사의 이야기를 빌려 불교 경제론 강의를 1천 명의 회사원들에게 전하여 그들과 더불어 중생계의 셈법과 마음자리를 순식간에 벗어난 일(4), 중국 당나라 때의 보화 스님이 옷 한 벌 시주해 달라는 말씀에 임제선사가 알아듣고 관을 짜서 전해드리니 희색이 만면하였다는 이야기(5), 본래면목을 찾으려고 애쓰던 사찰의 김 행자가 달밤에 관음지 부근에 앉아 미동도 하지 않는 늙은이를 이상하게 바라보다가 그로부터 월인천강의 비밀을 들은 이야기(6), 조오현 스님이 사찰 내의 부목처사에게 임제스님의 법제자인 관계스님이 걸어가던 그 모양 그대로 죽었다는 이야기를 들려주었더니 그 말을 듣고 세상에서 가장 좋은 날은 죽는 날이 될 것 같다고 한 소식 전하는 부목처사 이야기(7), 70세가 되도록 석수일을 한 석수장이가 지금까지 만든 부처상과 보살상은 모두 실패작이고 이제야 반석을 바라보면 그냥 그 속에 본래부터 앉아계시는 동불, 연등불, 삼존불, 문수보살 등 일체의 제불보살들이 보인다고 전해주는 이야기(8), 일제 총독부의 조선 승려 결혼 권유를 받고 수덕사 만공 스님이 사자후를 토한 일과 이를 보고 달려간 만해 스님에게 본래 사자는 그림자만 보이는 것이라고 진정한 고승과 사자후의 참모습을 알려준 이야기(9), 조오현 스님이 해인사의 백련암을 찾아갔더니 한 선승이 집요하게 던지는 법거량과 그 법거량의 언어 때문에 수많은 사람들이 장경각 바다에 빠져죽었다고 전해주는 홍류동 계류의 붉은 꽃물들 이야기(10), 치악산 정휴 스님과 조오현 스님이 전화를 통하여 법거량을 하다가 법거래의 값을 매겼다 부수었다 하며 성속을 포월하는 자재한 이야기(11), 가옹 스님이 조오현 스님에게 망처의 기일도 잊고 고창읍내 쇠전거리에서 대장장이 일에 일념정진하는 노인장 이야기를 전해준 것과 그 노인에게 가는 것이 자신이 가고 싶은 길이라고 말한 가옹 스님 이야기(12), 경주 불국사를 참배하고 동해안을 찾았더니 천년고찰 불국사가 망망한 바다에 또 흐르고 있더라는 조오현 스님의 고백(13), 중국 마조 선사의 제자인 대매 선사가 깊은 깨달음을 얻은 것을 보고 스승인 마조 선사가 다른 제자들에게 "매실이 다 익었으니 그대들은 가서 마음껏 따 먹어라"라고 인가의 기쁨과 제자에 대한 사랑을 표시한 이야기(14), 6.25때 스님들이 다 살아보려고 떠나버린 대흥사를 마침내 공비들이 점령하고 나서 불을 지르고 떠나려 한 것을 여든 살은 되어 보이는 촌로가 막았다며 조오현 스님이 거처하는 사찰의 원통전 앞에 와서 공로담을 설하고, 그 공로담을 듣고 사찰 일주문 밖의 개살구나무가 어느 때보다 환한 꽃을 피워 상춘객들에게 이 세상에서 제일로 환한 웃음을 선사하게 되었다는 이야기(15), 스승인 마조 스님과 제자인 백장 스님이 들오리떼의 울음소리를 두고 선문답을 한 것과 이 이야기를 전하며 우리가 보고 듣는 세계도 무진장하지만 그러하지 못한 세계도 무진장하다는 것을 알아야 한다고 조오현 스님에게 일갈하는 통도사 경봉 스님의 이야기(16), 주문진 앞바다에서 만난 한 늙은 어부가 조오현 스님에게 당신은 수도하신 지 40여 년이 되었다니 이제 산을 버렸느냐고 묻는 고차원의 물음과 자신은 노도(櫓棹)를 잡은 지 30여 년이 되고나니 노도를 버리게 되었다고 일갈하는 고차원의 이야기(17), 당송 2대에 걸쳐 나타난 9대 문장가의 한 사람인 소동파에게 승호라는 큰 스님이 오만을 깨뜨리며 마침내 소동파로 하여금 도심에 이르러 제대로 된 시를 쓰게 한 이야기(18), 부산 범어사에서 말년을 보낸 설봉 스님이 자갈치 시장의 '아즈매 보살'의 손자 욕심을 선화(禪話)로 만들어 들려주는 바람에 맞은 편 '젊은 아즈매 보살'이 웃음보를 터뜨리고 마침내 그 웃음소리를 들은 갈매기가 먼 곳에까지 소문을 냈는지 설봉 스님의 장례식 때 부산 앞바다의 수백 마리 갈매기들이 모여들어 아즈매 보살들의 울음소리를 흉내내며 조문했다는 이야기(19), 조오현 스님의 사찰에서 종을 치는 종두가 누구도 맡기 싫어하는 종두 소임을 기필코 더 맡겠다며 우겨대는데, 그 이유가 바로 그 절 조실 스님의 열반종을 쳐서 모든 사람들의 심금을 울린 이후 한 번도 그때와 같은 종성을 내보지 못한 데 있다고 하는 이야기, 그러면서 노덕 스님(조오현 스님)의 열반종을 자신이 꼭 쳐서 그때와 같은 소리가 나게 하겠다는 원력 이야기(20), 어떤 촌유가 스님들의 대중방에 들어가 "불도에서는 어떤 사람을 가리켜 자기 몸을 잃어버린 사람이라고 하는지요?"라는 건방진(?) 질문을 던지자 절에 들어온 지 달포도 안 된 김행자가 "바로 처사님 같은 사람을 두고 몸을 잃어버린 사람이라고 합니다"라고 면박을 주어 선문답의 장을 격상시킨 이야기(21) 등.

필자는 위에서 총 32편의 「절간 이야기」 연작 가운데 차례대로 21편에 들어 있는 법담만을 소개하였다. 나머지 11편의 시 작품 속에도 농익은 법담이 들어 있는데, 바로 이 법담이 「절간 이야기」를 이끌어가는 힘이다.

그렇다면 이런 법담은 「절간 이야기」의 공간성 및 장소성을 어떻게 바꾸어놓고 있는 것일까? 시인이 들려주는 작품 속의 법담은 '절간'을 정신적, 철학적, 초월적, 종교적 공간이자 장소로 바꾸어놓고 있다. 그러니까 사찰이란 법담이 살아 숨 쉬는 곳이요, 법담을 통해 사찰의 존재 의미가 확인되고, 법담에 의하여 사찰 속의 인물들이나 사찰과 관련된 인물들이 보살 내지는 깨친 자의 삶을 살아가게 된다.

불가에선 인간들의 행위이자 카르마를 신구의(身口意) 삼행(三行) 혹은 신구의 삼업(三業)이라고 한다. 인간들의 일이 아무리 복잡한 것 같아도 근본을 요약해보면 이 세 가지로 압축되어 나타난다는 것이다. 법담은 이 가운데 구행 혹은 구업과 연관이 있다. 우리가 입으로 말을 하되 그 말이 '법행(法行)'의 경지로 격상되는 것을 말한다. 실로 우리는 얼마나 엄청난 구업을 짓고 살아가는가. 그러기에 불가의 의식 모두엔 '정구업진언(淨口業眞言)'이 자주 등장한다. 구업을 맑히지 않고서는 의식의 실행이 불가능하다는 뜻이라 생각된다.

조오현의 「절간 이야기」 연작 속에 들어 있는 편편의 법담은 세속의 마음과 언어를 녹여 사찰이라는 공간을 도량으로 만든다. 공간과 장소는 단순히 물리적인 처소가 아니라 그 안에서 사람들이 무슨 생각을 하며 어떤 말을 하고 어떤 행동으로 살아가는가에 의하여 그 성격이 정해지는 것이라면, 크게는 신구의 삼행의 모습에 의하여, 작게는 구행의 실상에 의하여 사찰의 공간성과 장소성이 결정될 것이다. 「절간 이야기」 속의 법담은 이런 측면에서 사찰의 공간성과 장소성을 규정짓는 데 중요한 역할을 하고 있다고 볼 수 있다.

부연하면 법담은 단순한 언어의 문제가 아니다. 실은 신구의 삼행이 함께 활동하는 일이다. 마음이 선심(禪心)에 가 닿아야 언어가 선어(禪語)이자 선화(禪話)가 되며, 언어가 선어이자 선화가 되어야 선어와 선화가 선행(禪行) 혹은 선행(善行)과 더불어 드러날 수 있는 것이다.

요컨대 조오현의 「절간 이야기」 연작 속에서 그 이야기는 보통 사람들이 듣기 어려운 법담들이다. 그리고 이 법담들은 사찰이라는 공간과 장소를 법이 살아 숨쉬는 도량 혹은 선원으로 만들고 있으며 사찰로부터 들려오는 법담을 통해 세간 속의 사람들도 잠시나마 그 공간과 장소 속으로 들어가는 시간을 갖게 한다.

법담은 아무나 말할 수가 없다. 법을 깨치고, 법을 운용하고, 법을 나누고자 해야만 그것이 가능하다. 그런 점에서 「절간 이야기」 속의 법담은 매우 보기 드문 이야기에 속한다. 그런 이야기가 이 시를 소중하게 만들며 그 시 속의 공간과 장소 또한 성스럽게 만든다.

3) 해학(諧謔)과 공심(空心)의 세계

조오현의 산문시로 이루어진 연작시 「절간 이야기」를 읽어가다 보면 처음부터 끝까지 아주 많은 곳에서 해학, 웃음, 유머 등으로 부를 수 있는 어떤 특별한 감각이자 감정의 세계를 경험하게 된다. 말하자면 화자가 전달해주는 작품 속의 이야기를 들으면서 저도 모르게 입가에 미소를 짓거나 파안대소를 하게 하는 순간을 자주 경험하는 것이다.

이야기는 그것이 어떤 이야기이든, 특별히 긴 분량의 복잡한 이야기일수록 청자를 끌어들이는 흡인력이 있어야 한다. 만약 흡인력이 부족하다면 청자는 이야기의 청취를 중간에서 그만둘 것이다. 이와 같은 흡인력을 불러일으키는 요인은 다양하다. 그러나 가장 큰 요인은 유익하면서 재미가 있어야 한다는 점이다. 이 가운데 어느 하나가 부재해도 이야기의 흡인력은 약화된다. 그런 점에서 볼 때 해학, 웃음, 유머는 재미를 유발하는 중요 요인이라 볼 수 있다.

조오현의 「절간 이야기」 연작 속의 이야기들은 이 두 가지를 동시에 갖추고 있다. 유익하면서 흥미롭다는 것이다. 유익함은 앞의 두 장에서 논의된 내용만 보더라도 충분히 입증되었으리라 보거니와 흥미로움은 본장에서 논의하고자 하는 해학, 웃음, 유머 등의 요인을 통하여 밝혀질 수 있을 것이라 생각된다.

웃음에 관한 논의는 그간 상당히 많이 이루어졌다. 그 가운데서 많은 사람들이 공감하는 것은 앙리 베르그송의 웃음 이론이다. 베르그송의 웃음 이론 가운데서 무심한 방관자적 태도일 때 사람들이 웃음을 웃게 된다는 대상과의 '거리두기' 이론은 웃음 이론의 중요한 면으로 수용되었다. 그리고 웃음은 인간이라는 생명 속에 깃든 기계주의적 속성과 자동주의

적 속성이 발견되었을 때 유발된다는 그의 견해도 널리 수용되었다.[8]

이와 같은 베르그송의 웃음 이론에서 특별히 대상과의 '거리두기' 이론으로 조오현의 「절간 이야기」 속의 웃음, 유머, 해학 등을 설명해볼 수도 있다. 그러나 이와 같은 이론만으로는 「절간 이야기」의 웃음, 유머, 해학을 밝히는 데 한계가 있다. 그것은 베르그송의 '거리두기' 이론이 일반인들의 보통심리에 의거해 있기 때문이다.

논의가 길어졌지만 여기서 조금 더 부연해야만 앞 단락의 내용이 이해될 것이라 생각한다. '무심한 방관자적 태도'로서의 '거리두기'도 대상에 대한 집착을 내려놓는 태도이자 마음이지만, 이것은 주체와 객체의 이분법을 그대로 둔 상태의 태도이자 마음이다. 이에 비해 조오현의 「절간 이야기」 속의 웃음, 유머, 해학에는 주체와 객체의 이분법을 해체한, 이른바 '공성(空性)'을 본 자가 가질 수 있는 '공심(空心)'의 거리두기와 마음 상태가 깃들여 있는 것이다. 공성은 불교가 가진 최고의 세계관이자 우주관이고 존재관인데 이 공성을 본 자의 공심은 '냉정한 방관자적 태도'를 넘어서서 무심의 마음을 지니게 되고, '거리두기'라는 심리를 넘어서서 아예 거리를 제로화함으로써 무주(無住) 혹은 무주(無主)의 상태에 머문다.

조오현의 「절간 이야기」는 이런 공성과 공심의 세계를 이해할 때 그 속에 깃든 유머, 해학, 웃음 등의 요소를 해석하고 의미화할 수 있다. 부연하자면 「절간 이야기」의 유머, 해학, 웃음 등은 공성과 공심의 자리에서 출현하여 청자들을 그 자리로 돌아가게 만드는 힘을 갖고 있는 것이다.

뒤에서 구체적 논의를 전개하면 자연스럽게 드러나겠지만, 이와 같은 사실로 인하여 조오현의 「절간 이야기」 속의 유머, 해학, 웃음은 아주 청

---

8 앙리 베르그송, 『웃음』, 정연복 역, 세계사, 1992.

정하다. 그림자와 찌꺼기가 남지 않는 자유와 해방의 유머이고 해학이자 웃음이다. 그리고 공심(空心)이 공심(公心)이자 일심(一心)으로 이어지는 사랑과 자비의 유머이자 해학이고 웃음이다. 지혜와 자비, 이 두 가지를 근간에 두고 세상을 바라보며 살아가는 자의 유머, 해학, 웃음이 등장하는 것이다.

「절간 이야기1」을 보면 부목처사의 '구시렁거리는 소리'가 이야기로 등장하고 그것을 들으면 우리들의 입가에는 미소가 번지는데 그 미소를 유발하는 화자의 마음은 공성과 일심에 근거해 있다. 따라서 화자도, 부목처사도, 청자들도 전혀 다치는 일이 없다.

다시 「절간 이야기2」를 보기로 하자. 여기엔 곱게 늙은 초로의 한 신사가 낙산사 의상대의 깎아지른 절벽 맨 끄트머리 바위에 걸터앉아 천연덕스럽게 하루 종일 동해의 파도와 물빛을 바라보고 있는 모습이 등장한다. 화자인 조오현 스님은 이 신사에게 "노인장은 어디서 왔습니까?"라고 묻는다. 그랬더니 신사는 묻는 말엔 답을 하지 않고 "아침나절에 갈매기 두 마리가 저 수평선 너머로 가물가물 날아가는 것을 분명히 보았는데 여태 돌아오지 않는군요"라고 혼잣말로 중얼거리는 것이다. 그런데 이 신사는 다음날도 그 자리에 그 자세로 앉아 있는 것이었다. 그래서 화자이자 조오현 스님이 "아직도 갈매기 두 마리가 돌아오지 않았습니까?"라고 하였더니 역시 이에 대한 답은 하지 않고 "어제는 바다가 울었는데, 오늘은 바다가 울지 않는군요"라고 다른 답을 내놓고 있는 것이다.

여기서 화자와 초로의 신사 간의 어긋나는 문답도 웃음을 자아내지만, 초로의 신사 혼자서 내놓은 말의 일탈성도 웃음을 자아낸다. 그러나 전자의 어긋남으로 인한 웃음도, 후자의 스스로 내놓은 말의 일탈성에 의한 웃음도 모두 일상문답이나 담화를 넘어선다. 선문답이자 선화라고 말할 수밖에 없는 이 두 가지 문답과 담화에 의한 웃음은 두 사람 모두 공성의 세계와 일심의 세계를 파악하고 사랑하는 가운데서 발생하는 것이다. 특히 이야기를 주도해 가는 화자인 오현 스님은 이 두 가지 세계에 대한 깊은 이해와 사랑이 있기에 초로의 신사와 웃음 섞인 문답을 이어나아갈 수 있었던 것이며, 초로의 신사 또한 그와 같은 세계를 이해하고 사랑하는 가운데 있기 때문에 언어 너머의 언어로 화자인 오현 스님뿐만 아니라 독자들에게 웃음을 선사할 수 있었던 것이다.

공성과 일심의 바탕 위에서 만들어진 언어들은 일상 언어의 말문이 막히게 하는 '화두'와 같은 역할을 한다. 화두 앞에서 우리는 난감해지고 막막해지지만 화두는 궁극적으로 그 안에 일상적 의미와 행위 자체의 무의미성을 드러냄으로써 웃음을 자아낸다. 그리고 이런 가운데 오고가는 언어들은 주객 이분법의 대립과 갈등, 경쟁과 승패의 마음을 초월한 상태에서 나온 것이므로 앞서 말했듯이 웃음이 청정하고 이야기 속의 누구도 다치지를 않는다.

지금 우리가 논의하고 있는 작품 「절간 이야기2」를 놓고 이 사실을 대입해보면 화자인 조오현 스님도, 이야기 속의 초로의 신사도, 그것을 듣는 청자이자 독자인 우리들도 깨달음의 장에 참여하는 도반일 뿐 다른 경계는 없다.

「절간 이야기」의 많은 작품들이 웃음과 유머 그리고 해학을 담고 있지만 우선 차례대로 두 작품의 실상을 거론하고 분석해보았다. 이번에는 본장의 취지를 가장 잘 보여주면서 웃음, 유머, 해학의 정도도 대단한 작품 한 편을 그대로 인용해 제시하고 이 점에 대해 논의해보기로 한다.

> 며칠 전에 어느 회사에서 사원들을 위해 불교 경제론을 이야기 해

달라는 청법이 있었습니다. 나는 1천여 명이나 되는 청중 앞에서 잠시 양구하다가

"여러분! 근세의 도인 중에서 혜월이라는 스님이 있었는데 어느 해 겨울 마을 사람들을 불러 산을 뭉개어 논을 만든 일이 있었습니다. 그런데 한겨울 내내 논은 겨우 두 마지기밖에 만들지 못했는데 품값은 논 열 마지기 값이 들어갔습니다. 그 절 주지스님이 '혜월 스님! 논 두 마지기 치기 위해 논 열 마지기를 버려야 합니까?'하고 울화통을 터뜨리자 혜월 스님 왈 '주지스님은 바보다. 논 열 마지기는 저기 그대로 있고 두 마지기가 또 생긴 것도 모르고. 그간 마을 사람들 품값 받아 잘 쓰고. 웬 세상에 이런 이익이 어디 있나. 내년 겨울에도 또 해야겠어.'했답니다."

여기까지 내가 말하자 1천여 명이나 되는 청중들이 배를 들썩들썩 거리며 웃었습니다. 그 웃음소리는 이승 사람들의 웃음소리가 아니었습니다. 물론 나도 배를 들썩들썩 거리며 웃었지만 말입니다.

—「절간 이야기 4」 전문

위 시의 화자인 조오현 스님이 청자인 1천여 명에 달하는 회사원들에게 들려준 혜월 스님의 논 만드는 이야기는 청자인 1천여 명의 회사원들뿐만 아니라 이야기를 전해준 화자 조오현 스님까지 '이승 사람들의 웃음소리가 아닌 웃음소리'를 내며 웃게 만들었다. 그 까닭은 혜월 스님의 논 만드는 이야기가 세속의 계산법이 아니라 신산이자 천산이라고 부르는 공성의 계산법으로 이루어졌기 때문이다. 세속의 계산법은 편리하고 각자의 이익을 가져다줄 뿐 웃음이나 깨달음을 가져다주지는 않는다. 즉 셈법에 참여하는 모든 사람들이 편리와 이익 너머를 만나게 하는 일이 없다. 그런데 위 인용 시에서 보듯이 혜월 스님은 '부증불감(不增不減)'이라는 공성의 이치에다 '불구부정(不垢不淨)'이라는 또 다른 공성의 이치를 더하여 논을 만들고 그 이야기를 들려줌으로써 선뜻 이해되지 않지만 실제

로는 모두가 승자가 되는 데서 오는 웃음을 선사하고 있다.

'불교 경제론'이라는 이름 하의 혜월 스님의 논 만드는 마음과 방법은 다음과 같은 것이다. 첫째, 부증불감의 이치에 의하면 돈은 누가 갖고 있든지, 얼마가 들었든지 간에 이 땅에 있는 것이다. 즉 늘어난 바도 줄어든 바도 없이 그대로 있는 것이다. 그러므로 논을 만드는 데 논값 이상의 돈이 들었어도 그 돈은 사라진 것이 아니며 주인도 손해를 본 것이 아니다. 둘째, 논을 만드는 것만이 진정한 이로움이라는 견지에서 보면 아무리 많은 돈을 들여 논을 만들었어도 논이 만들어진 만큼 이익을 본 것이다. 그러니 이 손해 나는 일은 할수록 이익이라는 역설이 성립된다. 셋째, 불구부정의 이치로 보면 돈과 논, 품삯과 논일, 세속적 이익과 손해 사이에 고정된 가치가 따로 없다. 따라서 이익이니 손해니, 좋은 것이니 나쁜 것이니 하는 것은 개아의 소유하고자 하는 마음, 인간의 인간중심주의의 셈법에 의하여 나타나는 것일 뿐, 실로 이런 마음과 셈법을 버리면 이 세상엔 시비, 호오(好惡), 선악, 청탁(淸濁) 등과 같은 이분법적, 주관적 가치는 본질적으로 존재하지 않는 것이다.

앞에서 인용한 「절간 이야기 4」 속의 이야기는 이런 깨침을 주면서 세속의 이야기와 논리를 일거에 무력화시킨다. 그런 가운데서 화자인 조오현 스님, 청자인 1천여 명의 회사원, 혜월 스님, 주지 스님, 그리고 「절간 이야기 4」를 읽는 독자 등은 공성과 일심의 행위가 주는 초월적 웃음의 경지로 고양되어 상승하는 체험을 하게 된다.

위에서 보았듯이, 「절간 이야기」 연작에서 보이는 웃음과 유머 그리고 해학은 베르그송이 말하는 '거리두기' 너머의 차원에서 발생하고 작동한다. 그것을 필자는 불교의 세계관이자 우주관이고 인간관의 핵심인 공성과 일심의 자리에서 나타난 웃음, 유머 그리고 해학으로 보았고 그 점이야말로 「절간 이야기」 연작이 지닌 해학성의 특수함이자 높은 수준이라고 판단하였다.

주객이 분리된 가운데 나타나는 웃음, 그러니까 중생심의 작용, 달리 말하면 의식과 무의식이라는 식작용(識作用)에서 나타나는 웃음에는 한계가 있다. 그 한계란 인간의 식작용을 가장 잘 설명한 불교 유식론이 가르쳐주는 바, '전식득지(轉識得智)'의 경지에 도달하지 못한 인간적 심리와 마음의 흔적물이다. 말하자면 아상(我相)이라는 주체의 생존욕이 만들어낸 유형무형의, 직간접의 이해관계가 그 속에 담겨 있다는 것이다. 이것을 웃음 이론에서는 홉스의 '우월성 이론'과 칸트의 '불일치 이론'으로 설명하기도 한다. 그런 점에서 보통의 웃음은 온전히 청정한 웃음이라고 하기 어렵다.

조오현의 연작 「절간 이야기」에서 이런 보통의 웃음이 지닌 한계를 넘어선, '전식득지'의 경지가 만들어낸 웃음을 만나게 된 것은 매우 뜻깊고 소중한 일이다. 웃음을 만들어내는 화자도, 웃음의 소재를 제공한 인물도, 웃음의 이야기를 듣는 청자도, 이 전식득지의 경지에서는 평등심의 해방과 청정함의 자유라는 상태를 맛본다. 즉 공성의 자리로 돌아가 어떤 업장도 작동하지 않는 순간을 경험하는 것이다.

웃음이 주는 여러 가지 효과 가운데 카타르시스의 기능이 있다면 조오현의 연작시 「절간 이야기」 속의 웃음이 주는 카타르시스 기능은 주체의 단순한 우월적 감정의 배설이 아니라 공성의 자리에서 일어나는 주객 너머의 평등심의 공유이자 그로 인한 해방감이다.

선사들의 선어록을 보면 웃음, 유머, 해학이 깊이 배어 있다. 선어록의 선화 혹은 선담이란 도반끼리 서로의 중생심을 지적하며 깨달음의 경지에 이르도록 하고자 하는 '자비의 언쟁'이다. 이 언쟁에는 날카롭고 낯선 언어들이 검객의 칼처럼 오고가지만 그런 가운데 일체를 공성으로 초월시키는 웃음과 유머 그리고 해학이 있다. 따라서 선화와 선담을 읽는 일은 긴장된 가운데서도 흥미진진하다.

조오현의 「절간 이야기」 연작 속에는 바로 이런 해학과 유머 그리고 웃음이 깃들여 있는 것이다. 이런 웃음이야말로 근치(根治)의 기능을 한다. 주체에 대한 일시적 위로나 감정이입의 쾌적감을 주는 그런 치유가 아니라 주객을 무화시켜 무아의 자리에서 치유케 하는 그런 근치가 일어나는 것이다.[9]

이런 유머, 해학, 웃음의 이야기를 담고 있는 절간은 공성과 공심이 만들어내는 해방과 자유의 장소이자 치유의 장소이기도 하다. 조오현의 「절간 이야기」를 읽으면서 우리는 이와 같은 '절간'의 장소성에 마음을 주게 되고 그곳이 참으로 유쾌한 장소임을 느끼면서 절간에 대한 긍정과 사랑의 마음을 보내게 된다.

3. 결어

지금까지 총 32편으로 구성된 조오현의 연작시 「절간 이야기」에 나타난 '절간'의 장소성에 대하여 살펴보았다. 그 결과 이 작품의 '절간'이 지닌 장소성은 다음과 같은 특성을 지니고 있는 것으로 나타났다.

첫째로는 '절간'이 작품 제목의 핵심을 담당하면서 작품의 전문(본문)을 읽기도 전에 '절간'에 대한 일반인들의 누적된 관념과 상상력을 불러일으

---

9 서광(瑞光), 『치유하는 유식(唯識) 읽기』, 공간, 2013 참조.

키게 만들고 있었다. '절간'은 세속적 공간과 구분되는 출가인의 공간으로서 세속의 일반인들에게 낯설면서도 외경심을 불러일으키는 공간이다. 바로 이런 '절간'이 지닌 이야기를 들려준다는 점에서 「절간 이야기」 연작은 다른 공간의 이야기보다 흥미와 관심을 자아내기에 충분하다.

둘째로 「절간 이야기」 연작시에 드러난 장소성은 범성불이(凡聖不二)의 성격을 지니고 있다. 범인과 성인, 범속함과 성스러움이 둘이 아니며 다르지 않다는 '불이(不二)의 사상' 혹은 '불이(不異)의 사상'이 이 속에 담겨 있다. 「절간 이야기」에서 이와 같은 '불이(不二)' 혹은 '불이(不異)'의 사상이 활성화될 수 있고 그 깊이를 얻을 수 있었던 것은 시인이자 승려인 조오현의 탁월한 안목이 작용했기 때문이다. 조오현은 범인들 속에 숨어 있거나 그로부터 나타나는 성인과 성스러움의 모습을 포착하였고 그것은 일반적으로 범(凡)과 성(聖) 사이에 그어진 금을 파기하고 해체하는 역할을 하였다. 그리고 이와 같은 일로 인하여 범속한 장소가 성스러운 장소로, 다시 말하면 사찰이라는 이름을 달고 있는 공간뿐만 아니라 성스러운 행위가 일어나는 모든 곳이 '절간'으로 전변되는 '질적 장소성'이 나타나게 되었다.

셋째로 「절간 이야기」 연작시에서 '절간'은 출가인의 세계답게 '법담(法談)'과 '선심(禪心)'이 숨 쉬는 공간이었다. 중생심에 의한 중생담과 구별되는 법담은 진리(道)에 의거한, 진리를 탐구하는, 진리를 사모하는 도반들의 담화이자 언어이다. 인간의 행위를 구성하는 근본 행위가 신구의(身口意) 삼행(三行)이라면 법담은 구행의 최고 경지이다. 이 법담을 통하여 '절간'은 법담의 생성, 소통, 확장이 이루어지는 법의 장소가 된다. 사람이 언어를 만들고 언어가 사람을 만드는 양자의 상호성과, 공간이 언어를 만들고 언어가 공간을 만드는 양자의 상호성을 상기한다면 「절간 이야기」

연작에서의 '절간'의 장소성은 이런 상호성과 더불어 이해될 수 있다.

'선심(禪心)'의 문제도 이런 관점에서 생각해 볼 수 있다. 신구의 삼행은 실로 한 몸이거니와 선심이 기반이 되었을 때 구행도, 신행도 선행(禪行)이자 선행(善行)이 될 수 있다. 조오현의「절간 이야기」연작에서 '절간'은 이런 선심이 살아 있는 건강한 영성적 공간이다.

넷째로 조오현의「절간 이야기」연작의 '절간'은 위와 같은 진지함과 철학성, 정신성, 영성과 종교성이 살아 움직이는 공간이지만 유머와 해학 그리고 웃음이 감도는 매우 경쾌한 해방과 자유의 공간이기도 하다.「절간 이야기」속의 '절간'의 장소성에서 이 점은 매우 특수할 뿐만 아니라 각별히 역설하여 의미를 공유할 만한 점이다. '절간 이야기'의 인물, 대상, 청자 등 모든 이들이 함께 만들어내는 이야기 속의 유머, 웃음, 해학은 주객의 분별과 이분법을 넘어선 자리에서 생성되는 높은 경지의 유머이고 웃음이며 해학이다. 이런 점을 필자는 공성(空性)의 터득과 공심(空心)의 작용에서 보았다. 일반적으로 웃음을 창조하는 '거리두기'와 구별되는 공성과 공심에 의한 거리 해체의 웃음의 창조는 일반적인 웃음 속에 내재된 '우월성' 및 '냉정성'과 다른 청정성을 지닌다. 청정한 웃음은 그 자체로 아무런 찌꺼기나 탐진치의 흔적이 남지 않는 해방과 자유, 깨침과 깨달음의 순간을 선사한다.

요약하면 조오현의「절간 이야기」연작은 수많은 세속의 장소와 구별되는 '절간'의 장소성을 사찰 본연의 모습에 근거하여 구현하면서도 사찰의 폐쇄성을 넘어서서 세속을 적극적으로 포용하고 세속으로 나아가는 개방성을 활달하게 구현하고 있다. 이 점이 바로「절간 이야기」연작 속의 각 작품이 들려주는 여러 가지 이야기를 듣는 재미이자 의미이며, '절간'의 장소성이 지닌 특수성을 경험하게 되는 일이기도 하다.

제7장

최승호 시집『달마의 침묵』에 나타난 글쓰기의 양상

— '물 위의 글쓰기'를 중심으로

1. 문제 제기

1979년에 월간『현대시학』을 통하여 등단한 최승호 시인은 '오늘의 작가상' 수상작이자 그의 첫 시집인『대설주의보』를 1983년도에 출간한 이래 지금까지 총 18권의 시집을 세상에 내놓았다.[1]

이와 같은 그의 시적 전개 과정 속에서 시적 전환이자 질적 도약을 이룩한 문제적인 첫 시집은 1993년도에 '명상집'이라는 이름을 달고 출간된『달맞이꽃에 대한 명상』이라고 생각된다. 그는 이 시집에서 산문성을 시

1 시집의 수를 18권으로 산정한 것은 '명상집'이라고 이름 붙인『달맞이꽃에 대한 명상』을 명상시집으로, '우화집'이라고 이름 붙인『황금털 사자』를 우화시집으로, '물 위의 글쓰기'라고 이름 붙인『달마의 침묵』을 수식 없이 그대로 시집으로 본 결과이다. 최승호는『달맞이꽃에 대한 명상』을 그 후에 조금 보완하여『반딧불 보호구역』이라는 제목을 붙이고 시집으로 출간하였으며,『황금털 사자』도 이름만 '우화집'일 뿐 내용을 보면 우화시집으로 규정하는 것이 적절하다. 그리고『달마의 침묵』은 말할 것도 없이 본격적이고 모범적인 시집이다.

적으로 살려내는 미학적 변모와 더불어 자연과 존재 그리고 우주에 대한 새로운 차원의 정신적 통찰을 보여주기 시작하였다. 이때의 미학적 변모와 정신적 통찰은 그 수준과 의미에서 다 같이 심오하고 문제적이다.

이렇게 시작된 그의 변모는 가속도를 붙여가며 1996년도에 『눈사람』을, 1997년도에 『여백』을, 그리고 같은 해에 '우화집'이라는 이름을 달고 『황금털 사자』를 출간하는 데로 이어졌고, 그것은 다시 1998년도에 '물 위의 글쓰기'라는 큰 제목을 달고 『달마의 침묵』을 출간하는 데로 이어졌다. 참고로 밝히면 그는 『달마의 침묵』을 출간하면서 '물 위의 글쓰기'라는 큰 제목 아래 총 4권의 시집을 출간하고자 기획하였고 그것을 『달마의 침묵』 속날개에 예고하였다. 그 4권의 출간 기획 시집 제목은 『달마의 침묵』, 『어린 장자(莊子)』, 『노자(老子)의 여행가방』, 『성 프란치스코의 슬픔』이다.

최승호는 이 4권의 기획 시집 가운데 『달마의 침묵』만을 출간하고 아직 나머지 3권의 시집을 출간하지 않았다. 그러나 나머지 시집의 출간 여부와 관계없이 그는 이 당시 시인으로서 가장 화려한 정신적, 미학적 정점에 도달해 있었다고 할 수 있다. 그는 앞서 언급한 시집 『달맞이꽃에 대한 명상』에서 시적 도약의 바탕을 마련한 후 『눈사람』, 『여백』, 『황금털 사자』(1997) 등을 출간하며 그 바탕을 더욱 다졌고, 마침내는 『달마의 침묵』을 출간하면서 그가 보여줄 수 있는 정신적, 미학적 차원의 정점을 노정하였던 것이다.[2]

---

2 최승호의 '물 위의 글쓰기'라는 새로운 글쓰기의 기획과 시도는 그간 최승호가 다져온 정신세계를 '글쓰기'라는 구체적 실천으로 텍스트화하기 위한 새 단계로의 진입이자 도약이다. 그는 이를 통하여 '글쓰기'의 새로운 양태를 만들어내고자 한 것이다. 그런 점에서 이 기획과 『달마의 침묵』이라는 시집의 출간은 그 의미가 매우 크다.

최승호의 이와 같은 최고 절정기에 출간된 시집 『달마의 침묵』은 몇 가지 측면에서 특별한 문제성을 내재시키고 있는 시집이다. 우선은 최승호 개인의 시가 전개되는 시사적 과정에서 그렇고, 또한 우리 시사의 미학적, 형이상학적 전통 속에서 특별히 주목하며 논의할 만한 가치와 문제성을 가지고 있다.[3]

둘째로 이 시집은 본고에서 탐구해보고자 하는 '글쓰기의 문제'와 관련하여 상당히 중요한 의미를 지닌 시집이다. 이 시집은 우리 근 · 현대시사의 많은 시집들이 보여주고 있는 일반적인 시 쓰기 혹은 글쓰기 방식과 구별되면서 그것을 반성적으로 성찰하고 극복할 수 있는 새로운 방안을 구상하게 하는 중요한 역할을 하고 있는 것이다. 부연하자면 시집 『달마의 침묵』은 시인뿐만 아니라 인간 일반의 글쓰기의 목적과 방법이 가진 의미를 본질적인 차원에서 재음미하도록 이끄는 중요한 면을 지니고 있다. 본고는 이 점에 초점을 맞추고 『달마의 침묵』에 나타난 새로운 글쓰기의 방식을 읽어내고 그 의미를 천착해보고자 하는 데 뜻을 두고 있다.

이 시집에 대한 연구는, 이 시집이 앞서 말한 바와 같이 남다른 문제성과 중요한 가치를 지니고 있음에도 불구하고, 비교적 한적하였다.[4] 최승호가 아직 현장에서 활동하고 있는 시인임을 감안하더라도 이 시집의 중요성에 비하여 관심과 논의가 적었다는 점은 설명이 필요할 만큼 이색적

---

3 이 시집의 중요성을 감지하고 '선(禪)'의 문제에 주목하여 한용운의 『님의 침묵』과 함께 묶어 논한 한 편의 글이 나온 바 있다. 정효구, 「『님의 침묵』과 『달마의 침묵』에 나타난 선(禪)의 세계」, 『한국문학논총』 50, 2008.12, 319~350쪽.

4 고명섭 기자가 쓴 『한겨레신문』 기사 한 편 정도가 이 시집에 대한 간략한 소개를 하고 있을 뿐이다. 이후 최승호에 대한 학술논문을 쓴 거의 대부분의 연구자들도 이 시집을 놓치고 있다. 짐작건대 이 시집을 시집으로 보지 못했거나, 작가사전에 이 시집이 산문집으로 잘못 분류되어 유통된 데 그 원인이 있는 듯하다.

이다. 필자는 이 시집이 출간되던 당시부터 이와 같은 사실을 직시하며 그 까닭을 다음과 같이 진단하고 있었다. 첫째는 이 시집의 해독이 쉽지 않다는 점이다. 시집의 절반 정도를 차지하는 선어록(禪語錄) 혹은 조사록(祖師錄)의 전면적인 원용은 독자들의 접근을 용이하지 않게 하는 원인이었다. 둘째는 이 시집의 정신적 거점이자 지향점인 선 혹은 불교의 심층적인 탐구와 그 도입 및 형상화에 그 원인이 있지 않았는가 하는 생각이다. 최승호의 이 시집에서 불교의 세계는 상식적 수준 이상의 전문성과 심각성을 지니고 있다. 셋째는 그간의 최승호의 시집에서 시대적, 문명사적 비판이 워낙 외적으로 강렬하게 표출되어 왔다는 사정 때문에 이 시집들이 말하는 본질적인 문제에 접근하는 것이 방해받지 않았는가 하는 생각이다. 그러나 실제로 최승호의 시대적, 문명사적 비판의 근저와 궁극에는『달마의 침묵』에서 보여준 세계가 들어 있다. 따라서 이 사실을 직시할 때 최승호의 시대적, 문명사적 비판 담론을 읽는 일이 보다 온전해질 수 있다. 여기에 한 가지 더 언급하자면 이 시집이 지닌 형식적 특성의 파격성도 작용하고 있다고 생각된다. 최승호를 소개하는 인터넷 상의 작가사전에서 이 시집을 '산문집' 속에 포함시키고 있는 것을 보면 이런 현실에 대한 이해와 더불어 안타까운 마음이 크게 든다. 더욱이 전문 연구자들까지도 이런 점을 간과하고 논문을 쓰고 있다는 사실 앞에서 그 안타까운 마음은 배가된다.

서론이 장황해진 감이 있다. 요컨대 필자는 본고를 통하여 최승호의『달마의 침묵』에 나타난 글쓰기의 새로운 양상과 그 차원을 논의해보고자 한다. 그렇게 함으로써 기존의 시 쓰기 혹은 글쓰기 방식에 대한 반성 및 성찰과 더불어 새로운 관점에서의 시 쓰기 혹은 글쓰기의 한 모습을 만나고 사유해보는 시간을 갖고자 한다.

2. 글쓰기의 목적

사람들이 글을 쓰는 목적은 참으로 다양하다. 시간과 공간의 차이에 따라, 각 개인과 집단의 삶의 양태와 세계관 및 인간관에 따라, 그리고 그 글이 처해 있는 맥락과 추구하는 용도에 따라, 글쓰기의 목적은 수를 헤아릴 수 없을 만큼 다양하다. 따라서 글쓰기의 목적을 본격적으로 논하는 일만으로도 수많은 지면을 필요로 할 수밖에 없다.

따라서 본고에선 글쓰기의 목적에 대한 서언(緒言)으로 이와 같은 점만을 지적하고 바로 최승호의『달마의 침묵』에 나타난 글쓰기 방식을 논하는 데로 들어가고자 한다. 이 시집에서 글쓰기 혹은 시 쓰기의 목적은 범부(凡夫)의 삶과 세계를 넘어서는 데 있는 것으로 판단된다. 방금 필자는 범부라는 말을 하였다. 범부란 한 마디로 요약하면 이기적이고 자기중심적인 에고를 중심에 두고 살아가는 사람이다. 그리고 그와 같은 사람들이 살아가는 범부의 세계를 사람들은 세속 사회니, 중생계니, 욕계니, 사바세계니 하는 말들로 부른다. 이런 범부와 범부의 세계를 기준으로 놓고 본다면 앞 단락에서 글쓰기의 일반적 현황만을 제시한 것으로 끝낸 글쓰기의 목적은 범부와 범부의 세계 구현을 위한 글쓰기와 그것을 넘어서고자 하는 글쓰기로 거칠지만 양대분해 볼 수도 있다.

앞의 두 가지 글쓰기 목적 가운데 범부와 범부의 세계를 넘어서는 데 목적을 두고 있는 최승호의『달마의 침묵』에 나타난 글쓰기에선 다음과 같은 점을 주목할 필요가 있다. 그는 이 글 앞머리의 '문제 제기' 장에서도 언급하였듯이 '물 위의 글쓰기'라는 대 제목 아래 자신이 출간하고자 기획한 4권의 시집을 구체적으로 예고하였다. 그런데 그 4권의 시집 가운데 첫 시집으로 출간한『달마의 침묵』의 뒷표지와 그 안쪽 날개를 보면 다음과 같은 문구가 등장하여 그의 글쓰기의 목적을 보다 심각하게 인지하도록 하고 있다.

> 흐린 물 위로 성현들이 걸어올 때
> 그들의 발끝에서
> 아름다운 물무늬가 피어난다[5]

위의 문구에서 '물(흐린 물)', '성현', '아름다운 물무늬'는 문장과 내용을 구성하는 키워드이다. 여기서 우리는 이 세 가지 키워드를 음미해 봄으로써 최승호의 『달마의 침묵』에 나타난 글쓰기의 목적이 어디에 있는지를 실감 있게 확인할 수 있다.

먼저 '물'과 관련하여, '물 위의 글쓰기'라는 말에 대해 생각해보기로 한다. 이때 최승호의 『달마의 침묵』의 글쓰기는 소아(小我), 자아의식, 에고, 아상(我相) 등과 같은 말로 불리는, 이른바 집착심이 만들어낸 '나'를 포기하거나 초월하는 데 그 목적을 두고 있는 것이다. 흙도 아니고, 종이도 아니고, 나무도 아니고, 금속도 아니고, 돌덩이도 아닌, '물' 위에다 글을 쓴다는 것은 자신의 글쓰기가 이 세상에 소유와 집착의 방식으로 남기를 바라지 않는다는 뜻이기 때문이다. 약간의 비약이나 추상화가 허용된다면 이것은 집착이나 소유와 상대적인 자리에 있는 '무상성(無常性)'과 '무아성(無我性)'에 도달하기 위한 목적으로 글쓰기가 이루어진 것이라고 볼 수 있다. 무상성과 무아성은 불교가 역설하는 교리의 본원이다. 그리고 이 말은 연기법과 공성의 이음동의어이다. 불교는 오직 중중무진의 연기적 흐름이 있을 뿐 어떤 것도 실체로서 존재할 수 없다는 존재관과 세계관을

---

5 최승호, 『달마의 침묵』, 열림원, 1998, 뒷표지.

지닌다. 최승호의 『달마의 침묵』에서의 '물 위의 글쓰기'란 바로 이런 집착과 소유로서의 글쓰기가 지닌 세속성으로부터의 벗어남에 그 목적이 있는 것이라 여겨진다.

이렇게 말한 후에도 '물' 혹은 '물 위의 글쓰기'와 관련해서는 조금 더 부연할 게 남아 있다. 그것은 '물'의 마음을 가진 작자가, 물의 마음을 가진 글을, 물의 마음을 가진 매체에 쓴다고 할 때 그 뜻이 더욱 상세하게 드러나기 때문이다. 이것을 불교식으로 말한다면 청정한 마음을 가진 작자가, 청정한 마음을 가진 글을, 청정한 매체에 쓴다는 것이 될 것이다.[6]

'물'과 '물 위의 글쓰기'라는 것의 의미를 위와 같이 논의하고 나면 이것은 이제 앞 인용 구절의 또 다른 키워드인 '성현'이라는 존재에 대한 성찰로 이어진다. 최승호가 '물 위의 글쓰기'라는 큰 제목을 붙이고 기획 및 예고한 네 권의 시집에는 각각 성현이 등장한다. '달마대사', '노자', '장자', '성 프란치스코'가 그들이다. 최승호는 좁게는 성현의 대표적 표상인 이 네 명을 탐구하고, 나아가서는 이들을 토대로 삼아 성현 일반의 본성을

---

6 최승호는 『달마의 침묵』 이후에 바로 출간한 시집 『그로테스크』(민음사, 1999) 속의 작품 「물의 자서전」과 「물의 책」에서 다음과 같이 쓰고 있다. 이 두 작품의 내용은 그가 말한 바 '물 위의 글쓰기'의 '물'이 뜻하는 바를 실감 있게 이해할 수 있도록 할 것이다. "부러진 갈대 끝이 물에 닿아서/떨며 오직 한 획만을 물 위에 긋는 것을/무슨 뜻인지도 모르고 바라본다./물 맑은 가을 수로(水路)/갈대 그림자 물 아래 서걱거리고/흐르는 물은 무엇보다도/자서전 따위에는 관심이 없는 듯하다./물은 딱딱한 겉장 없이 흘러왔고/마지막 페이지도 없이 흘러갈 것이다./보석으로 보석을 씻듯이/물무늬로 물무늬를 지우듯이/흘러가는 물을/무슨 뜻인지도 모르고 바라본다."(「물의 자서전」 전문) "물의 책은/아무것도 씌어 있지 않아야 한다./투명해야 하고/펼치는 순간 손가락 사이로/물이 빠져나가야 한다./물의 책은/어둠이 오면 어두워야 하고/밝음이 오면 밝아야 한다./나는 물의 책으로/발이나 씻겠어./그래도 할 수 없다./나는 물의 책으로 화분에 물을 줄 거야./그래도 괜찮다."(「물의 책」 전문)

드러내보이고자 한 것이라 짐작된다. 또한 그는 이들의 탐구에만 그 목적을 두고 있는 것이 아니라 자신의 삶과 글쓰기가 이에 닿기를 소망하는 내적 꿈을 지니고 있었던 것이다. 이 점은 『달마의 침묵』 속에 들어 있는 그의 작품들 한 편 한 편마다에서 선명하게 드러난다.

그렇다면 성현이란 어떤 사람인가. 이기적이고 자기중심적인 에고의 왜곡과 한계를 알고 그것을 넘어선 우주적 실상의 세계를 조견(照見)하며 그에 계합된 삶을 살아간(살아가고자 한) 사람이 성현이다. 불교에선 이들을 각자(覺者) 혹은 보살로, 노자의 『도덕경』에선 이들을 도인 혹은 덕인으로, 『장자』에선 이들을 무위지인으로, 기독교에선 이들을 성자로 부른다. 이들을 무엇이라 부르든 공통점은 어떻게 아상을 넘어서 우주적 실상에 맞는 진리인의 삶을 사느냐 하는 점이다. 다시 말하면 일체(一切)를 일체(一體)로 알고 일심(一心)의 삶을 사느냐 하는 것이다. 그와 같은 삶을 사랑의 삶이라 부르든, 자비의 삶이라 부르든, 자유의 삶이라 부르든, 인애의 삶이라 부르든, 성현을 규정하는 핵심은 '일심'을 사용한다는 것이다. 최승호가 다루고자 하는 달마대사, 노자, 장자, 성 프란치스코는 모두 일심의 구현자이다.

다음으로 이들에게서 피어나는 '아름다운 물무늬'에 대하여 살펴보기로 한다. 이 말은 비유적이어서 그 뜻을 여러 가지로 풀어내야 비유의 속뜻이 전달돼 올 것이다. '아름다운 물무늬'는 감동의 모습, 실상과 어울리는 모습, 사람을 중생(重生)케 하는 모습, 중생을 보살로 이끄는 모습, 무위자연의 모습, 화엄의 모습, 중화(中和)의 모습, 조화의 모습 등과 같은 의미로 해석될 수 있을 것이다. 그러나 이 모든 것을 이끄는 하나의 원리가 있다면 그것은 '공심(公心)' 혹은 '일심(一心)'의 작용이라고 할 수 있을 것이다. 공심과 일심이 저변에서 작용할 때 그 행위는 '아름다운 물무늬'가 의미하는 모습을 드러내게 된다.

최승호의 『달마의 침묵』에서의 글쓰기의 목적은 이와 같은 '아름다운 물무늬'를 읽어내고 그것을 전달하며 그것에 이르는 행위를 하고자 하는 데 있다. 그런데 이런 '아름다운 물무늬'는 아무나 볼 수 있는 것이 아니라 그가 지혜인의 가능태 속에서 그 경지를 알고자 하며 그리워할 때 가능하다. 최승호의 『달마의 침묵』엔 이런 '아름다운 물무늬'가 곳곳에 등장한다. 최승호가 읽어낸 '아름다운 물무늬'의 모습이다. 그중 한두 가지만 소개하기로 한다.

> ① 깨달아 얻을 궁극의 실재가 없다는 것을 깨닫기 위해 그렇게 많은 사람들이 가출한다. 2천년도 넘게 이어져온 그 출가 행렬의 전위에 아내도 아들도 왕국도 다 버린 석가모니가 누더기 옷에 맨발로 우뚝 서 있다.
>
> —「출가인의 계보」 부분[7]

> ② 육조(六祖) 혜능 스님은 문맹(文盲)이었다고 한다. 글에는 어두웠으나 도안(道眼)은 밝아서 미혹에 눈멀었던 많은 제자들을 개안시켰다고 전해진다. 그 스님의 자신감 넘치는 말 중에 이런 말이 있다.
>
> "나는 불법을 모릅니다."
>
> —「자신감」 부분[8]

인용 시 ①에서 2천 년간 이어져온 출가인의 행렬과 그 전위에 서 있는 누더기 옷을 입고 맨발을 한 석가모니의 모습은 '아름다운 물무늬'를 발한다. 그리고 인용 시 ②의 문맹인 육조 혜능(慧能)스님이 제자들을 미혹

---

7 최승호, 『달마의 침묵』, 19쪽.

8 위의 책, 93쪽.

으로부터 개안시킨 행위와 '나는 불법을 모른다'고 말하는 그 당당함 속의 도안을 지닌 자의 자신감 역시 '아름다운 물무늬'를 발산한다. 위의 두 편의 인용 시가 보여주는 이와 같은 모습은 성현의 경지를 드러내는 글쓰기와 성현의 경지를 소망하며 외경하는 글쓰기의 좋은 실례이다.

최승호는 이와 같은 글쓰기 목적을 『달마의 침묵』에서 서문 역할을 하고 있는 「독자에게」라는 글에서 아주 심오하게 발전시켜 표현하고 있다.

> 중세의 신학자 마이스터 에크하르트는 한 설교에서 이렇게 말한다. 그는 성 바울로에 대해 말하면서 그가 하나님에게서 얻을 수 있는 모든 것을 포기할 뿐만 아니라 하나님에 대한 모든 관념과 함께 하나님이 줄 수 있는 모든 것을 포기한다고 말한다. 나 또한 마이스터 에크하르트에 대해 말하면서 이렇게 말할 수 있다. 나는 선(禪)에서 얻을 수 있는 모든 것을 포기할 뿐만 아니라 선에 대한 모든 관념들과 함께 선이 나에게 줄 수 있는 모든 것을 포기한다고.
>
> —「독자에게」 전문[9]

위의 내용에 따르면 최승호에게 있어서 『달마의 침묵』이란 글쓰기는 모든 것을 포기하는 데 있다. 그런데 이에 대해서는 부연 설명이 필요할 것 같다. 위의 인용문에 등장하는 모든 것을 포기한다는 것은 어떤 것도 얻지 않는, 이른바 「반야심경」에서의 '무소득(無所得)의 경지', 『금강경』에서의 '불가득(不可得)'의 경지와 같은 것이다. 얻으려야 얻을 수도 없지만, 얻고자 하는 마음도 내지 않는 무심의 상태, 그것이 바로 모든 것을 포기한다는 위 인용문의 속뜻이다.

최승호의 『달마의 침묵』에서의 글쓰기는 이와 같은 모든 것을 포기하는

---

9 위의 책, 9쪽.

경지를 말하고 그것에 도달하기 위한 방편이다. 이때의 글쓰기란 무엇인가를 얻고, 남기고, 드러내고자 하는 범부의 세속적 글쓰기와 전혀 다른 자리에 놓여 있다. 아무것도 얻지 않기 위하여 이렇게 열심히 글을 써야 한다는 이 역설을 어떻게 받아들여야 할까? 이것은 계속해서 '포기각서'를 쓰듯이 각서를 써야만 겨우 포기의 언저리에라도 닿을 수 있는 것 같은 인간 조건의 실제를 그대로 보여준 것이다.

그런데 여기서 주목해야 할 것이 있다. 최승호가 『달마의 침묵』을 통하여 위와 같은 점을 말하고 보여주었어도 그것은 글로서의 최승호의 실제일 뿐 인간으로서의 최승호의 실제와는 간극이 있을 수 있다는 사실이 그것이다. 이것은 작가 연구에서 늘 따라다니는 난제로서 어느 작가나 시인의 연구에도 해당되는 문제이다.

3. 글쓰기의 방법

1) 우주적 실상(實相) 위의 글쓰기

최승호의 『달마의 침묵』은 분명 종이 위에 글을 쓰고 있다. 책을 만들어 출간하고 그것에 값을 매겨 판매하고, 도서관에선 그 책을 구입하여 목록을 작성한 후 서가에 비치해놓고 있다. 그런 점에서 『달마의 침묵』의 외형은 세간 속에서의 글쓰기이며 그 방법을 그대로 따르고 있는 글쓰기이다.

그러나 그는 자신의 글쓰기란 '물 위에 글을 쓰는 것'과 같은 것이라고 밝히고 있다. 앞 장에선 이 '물'을 글쓰기의 목적과 관련하여 논의하였지만 여기서는 그 방법과 관련하여 논의하고자 한다. 그때 '물 위에 글을 쓴다는 것'은 글을 쓰는 매체로 인간사의 것을 선택하는 것이 아니라 우주사의 것을 사용한다는 것이다. 그러니까 인간적 인식으로 본 실체 위에 글을 쓰는 것이 아니라 인간적 인식 너머의 혹은 그와 무관한 우주의 실상 위에 글을 쓴다는 것이다.

그렇다면 우주의 실상이란 무엇인가. 최승호에게 있어서 우주의 실상이란 그가 '물 위의 글쓰기'라는 제목 하에서 그려보이고자 한 성현들, 그러니까 달마, 노자, 장자, 성 프란치스코가 터전으로 삼고 있는 '신성한 실재(divine reality)'이다. 이 신성한 실재의 개념은 올더스 헉슬리의 『영원의 철학』에서 영원의 다른 이름으로 사용한 것이다.[10] 그러나 좀 더 좁혀 말한다면 여기서 우주적 실상은 불교적 의미를 강하게 지닌다. 최승호는 이미 1975년도부터 시인의 길과 불가의 길을 회통시키려고 노력해온 시인이다.[11] 이문재가 최승호와 나눈 대담 속에는 이 점이 잘 밝혀져 있다.

여기서 우리는 글 쓰는 자의 매체에 대해서도 사유해보게 된다. 대지도, 나무도, 가죽도, 암석도, 종이도, 컴퓨터도, 또 그 무엇도 글쓰기의 물리적 매체가 될 수 있지만, 어떤 매체도 물리적으로 영원성을 지닐 수는 없다. 그런 점에서 글 쓰는 자의 소유욕과 자아의식은 언제나 상처를 입고 좌절되며, 쓰는 자가 감수해야 할 시공간적 한계를 고뇌하게 된다.

그러나 이와 같은 물리적 매체 위에 정신적 차원의 글쓰기에 대한 사유

---

10 올더스 헉슬리, 『영원의 철학』, 조옥경 역, 오강남 해제, 김영사, 2014.

11 이문재, 「최승호 : 시인의 길, 성자의 길」, 『내가 만난 시와 시인』, 문학동네, 2003, 128~143쪽. 이 대담의 글이 책으로 묶여 나오기 전에 처음으로 발표된 것은 1996년이다. 그때는 『달마의 침묵』이 출간되기 전이고, 『눈사람』이 세계사에서 출간되었던 시기이다.

가 더해지면 글쓰기는 물리적 매체의 영향을 받는 데서 벗어나 정신적 차원의 일이 된다. 최승호의 '물 위에 글을 쓰는 일'은 바로 이 물리적 영역을 넘어서서 그가 어느 곳에 글을 쓰든지 간에 정신적 차원의 과제를 수행하는 일이 된다.

최승호에게 정신적 차원의 글쓰기란 흔적 없는 글쓰기, 무상성의 글쓰기, 무심의 글쓰기, 우주적 흐름과 동행하는 글쓰기이다. 그에게 정신적 매체로서 글쓰기의 지면이 있다면 그것은 소아의 견해와 욕망을 넘어 연기적, 공성적, 대아적, 우주적 지면을 말한다. 이 같은 지면에 그는 정신적 수행인, 자유인, 해탈인의 마음을 지향하며 글을 쓰고자 하는 것이다.

최승호의 우화집『황금털 사자』속의 한 작품인「물 위에 쓰는 우화」에는 이와 같은 글쓰기에 대한 우화가 아주 흥미로우면서도 의미 있게 제시되어 있다.[12] 거기서 시인은 '글을 쓰고 싶을 땐 강가로 나가 흐르는 물 위에 손가락으로 글을 쓰던 다올씨'에 대하여 이야기하고 있다. 물 위에 글을 쓴다는 것은 지금까지 논의해온 내용과 같은 선상에 놓여 있으나 이에 한 가지 더 추가된 것은 그 '흐르는 물 위에' '손가락'으로 글을 썼다는 것이다. 여기서 '손가락'으로 글을 쓴다는 것에 대하여 다시 생각해볼 필요가 있다. 매체로서의 우주적 지면 위에 시인은 '손가락'이 가리키는 쓰기 도구를 사유하게 하기 때문이다. 손가락은 쓰기 도구 가운데 가장 무력하고 자연적이며 일시적인 도구이다. 이 세상에 남기를 꿈꾸지 않는 무위의 도구이며 무아의 도구이다. 그 손가락으로 흐르는 물 위에 글을 쓰는 것이 바로 매체로서의 우주적 실상 위에 소아의 욕망을 넘어선 글쓰기를 하는 모습이다.

---

12 최승호,『황금털 사자』, 해냄, 1997, 136~137쪽.

어디에 글을 쓸 것인가. 그리고 무엇을 도구로 삼아 글을 쓸 것인가. 이것은 글쓰기의 지면과 방식에서 사유해야 할 첫 번째 과제이다. 가능태로 말한다면 글을 쓸 지면은 무한하다. 그리고 도구 또한 무한하다. 그 가운데서 최승호의『달마의 침묵』을 중심으로 살펴본 글쓰기의 지면은 우주적 실상이며, 그 도구는 손가락이 상징하는바 소아적 소유와 욕망 너머의, 자발적으로 선택한 무력한 도구이다.

최승호의 이런 생각을 좀 더 발전적으로 가시화시켜 보여준 작품이 여럿 있다. 그 가운데서「불립문자」라는 작품을 통하여 이 점을 살펴보기로 한다.

> 불립문자(不立文字)란 나에게 죽음이고 침묵이며 결국 실직(失職)을 의미한다. 왜냐하면 시인 김종삼(金宗三)이 말했듯이 '나의 직업은 시'이기 때문이다. 문자 없이 누가 시를 쓸 수 있겠는가. 그리고 속된 말로 침묵이 밥을 먹여주겠는가. 문자를 세우지 않고 침묵해도 밥을 먹을 수 있는, 공양받는 스님들은 행복한 사람들이다. 아무말 안 해도 마음에서 마음으로 전해진 것을 전해 받을 수 있는 사람은 정말 대단한 사람이다. 그러나 현사(玄沙) 스님은 이심전심(以心傳心)에 대해 다르게 말한다. 달마는 전하지 않았고 이조(二祖)는 전해 받지 않았다고!
>
> —「불립문자」 부분[13]

위 시는 아예 지면도, 도구도, 문자도 버리는 글쓰기 방식에 대해 언급하고 있다. 시인은 침묵과 불립문자 그리고 이심전심의 고차원적 방식을 알고 있기에 '물'이니 '손가락'이니 하는 지면이나 도구 같은 것조차도 아예 초극해버린다. 이런 아무것도 없는 글쓰기 방식은 그러나 모든 것을

13 최승호,『달마의 침묵』, 15쪽.

전할 수 있는 방식으로서 시인에게 흠모의 대상이 된다. 달마는 전하지 않았고 이조(二祖)는 전해 받지 않았다고 하지만, 그들은 전하지 않으면서 전하는 '이심전심(以心傳心)'의 방식을 훌륭하게 수행하고 있기 때문이다.

이와 같은 글쓰기의 방식은 그의 작품 「가래침」에서 "친절한 가르침은 가래침 같다. 가래침 뱉듯이 가르친다. 아무것도 받아먹을 수 없도록."[14] 이라는 대단한 경구 같은 시구로 이어진다. 누구도 진리의 수동적 소비를 불가능하게 하는, 자력의 공부만을 시키는 고차원의 교수학습방법이자 글쓰기 방식을 최승호는 여기서 말하고 있다.

요컨대 최승호는 그의 『달마의 침묵』에서 우주적 실상이라는 지면과 손가락이 상징하는 글쓰기의 도구를 제시하면서 궁극적으로는 어느 곳에도, 어느 것으로도, 아무 것도 쓰지 않으면서 일체를 전달하는 침묵과 이심전심이라는 선가의 글쓰기 방식을 궁극으로 지향하고 있다.[15]

2) 작가와 독자가 없는 글쓰기

글을 쓰는 매체의 문제 다음으로 이야기할 것은 글을 쓰는 주체로서의 작가와 글을 읽는 또 다른 주체로서의 독자이다. 일반적으로 글을 쓰거나 글이 존재하는 데에는 작가와 독자 혹은 작가와 독자의 관계가 있다.

---

14 위의 책, 13쪽.

15 최승호가 『달마의 침묵』을 여는 앞부분 속표지 첫 장의 전부를 할애하여 이 책 전체의 성격을 시사하듯이 "나의 법은 마음으로써 마음에 전할 뿐이다. 문자를 세우지 않는다—달마"라고 적어놓은 것을 여기서 음미할 만하다.

그런데 최승호의 '물 위의 글쓰기'라는 글쓰기 방식에서는 우리가 상식적으로 생각하는 작가와 독자, 그리고 이들의 관계가 부재한다. 이때 부재한다는 것은 실체로서의 개인, 문자를 아는 존재로서의 인간, 그 개인과 인간들이 만들어내는 세속적 인간적 관계가 부재한다는 뜻이다.

작가가 실체로서의 소아적 욕망을 가지고 시를 썼을 때, 자연스럽게 소아적 욕망을 지닌 독자가 상정된다. 그리고 이들 사이는 대립과 분리, 단절과 갈등의 관계가 된다. 작가의 욕망과 독자의 욕망은 언제나 완전히 일치하지 않고, 작가와 독자는 각자의 욕망을 주장한다. 이런 작가와 독자가 서로를 이해 혹은 타협 및 화해의 관계로 만들어 나아가는 것을 우리는 작가와 독자 사이의 대화 관계가 이루어졌다고, 또는 작가와 독자 사이의 의사소통이 이루어졌다고 말한다. 그렇지만 이때의 대화와 의사소통 아래엔 앞서 언급한 이분법적 관계가 내재해 있다. 즉 상대성에 의한 '상(相)'이 작용한다.

일반적인 글쓰기는 이와 같은 환경 위에서 이루어진다. 따라서 작가와 독자는 서로 강력한 존재가 되고자 하고, 그들의 대화와 소통은 강력한 존재끼리의 '거래'의 일환이다.

그런데 최승호의 『달마의 침묵』을 비롯한 '물 위의 글쓰기'라는 글쓰기 방식에선 이러한 작가와 독자 및 이들 사이의 관계가 초월된다. 이때의 초월이란 이름만의 작가와 독자가 있을 뿐 이들 사이의 상대성, 곧 이분법이 작용하지 않는다는 것이다. 그렇다면 이때 작가는 어떤 마음으로 글을 쓰며 독자는 어떤 마음으로 글을 읽게 될까?

상대성과 이분법이 작동하지 않는 상황에서 작가와 독자는 절대적 작가이자 독자이다. 달리 말하면 스스로 깨우쳐 나아가는 자력의 글쓰기와 글읽기를 할 뿐, 작가와 독자 사이의 '거래'가 없다는 것이다.

최승호는 이것을 『달마의 침묵』의 「독자에게」라는 서론격의 글에서 자신은 이 책의 핵심 주제인 선(禪)에 의하여 얻을 수 있거나 발생할 수 있는 모든 것들을 포기한다고 선언조로 고백하였다. 작가가 이처럼 아무것도 얻지 않겠다고 포기선언을 하였을 때, 상식적인 의미의 독자는 자연스럽게 사라지게 되고 만다. 그러니까 최승호의 『달마의 침묵』에서 작가와 독자는 아무것도 아닌 관계 위에서 모든 것인 삶을 주체적으로 살 수 있는 존재이다.[16]

다시 최승호의 『달마의 침묵』에서 이와 같은 작가와 독자, 이들 사이의 관계를 보여주고 있는 몇 가지 예를 살펴보기로 한다.

최승호는 그의 시 「조사들」과 「제비의 설법」에서 다음과 같이 쓰고 있다.

> ① 조사(祖師)들은 조사(釣師), 즉 낚시꾼들 같다. 향기로운 미끼를 던져 중생을 낚아올리려 한다. 그러나 부처에게는 물고기에 집착하는 낚시꾼 같은 생각이 없었던 것 같다. 독버섯을 잘못 먹고 입적할 즈음에 부처는 이렇게 말하였다.

---

16 김원명이 혜심(慧諶) 스님의 『선문염송』의 글쓰기 방식을 논하면서 '주체 없는 주체'라는 말을 쓴 것과 고영섭이 불교 경전의 수사학을 논하면서 '주체의 회복'이라는 말을 쓰고 이를 강조한 것은 본 논의와 연관시켜 생각할 만하다. 특히 고영섭이 불교 경전의 수사학에서는 불성의 주체화를 이룬 화자가 불성의 주체화가 이루어지도록 청자에게 말함으로써 화자와 청자 모두가 주체의 회복에 성공하고 있다는 분석을 한 것은 크게 음미할 만하다. 사실 작가와 독자가 없는 글쓰기란 작가를 넘어선 작가, 독자를 넘어선 독자를 상정하고 있다는 점에서 고영섭이 말하는 바 주체(세속적 자아)를 넘어선 주체(불성을 증득한 자아)의 회복과 깊이 관련된다. 김원명, 「혜심(慧諶) 선문염송(禪門拈頌)의 글쓰기에 나타나는 주체 없는 주체」, 『현대유럽철학연구』 21, 2009, 247~264쪽; 고영섭, 『불교 경전의 수사학적 표현』, 경서원, 2003 참조.

"나는 한 중생도 건진 일이 없다."

―「조사들」 부분[17]

② 제비의 설법을 누가 들었나? 프란치스코 성인이 새들에게 설교했다는 말은 들었어도, 새가 법을 설했다는 말은 처음 듣는다. 청법자(聽法者)들은 온몸으로 지저귀는 제비의 진공묘음(眞空妙音)에 귀가 산뜻했을 것이다. 그리고 날개가 돋으려는 것 같아서 겨드랑이가 가렵지는 않았을까?

―「제비의 설법」 부분[18]

인용 시 ①에서 조사와 중생, 석가모니 붓다와 중생은 작가와 독자 같은 관계이다. 그런데 시인은 이들 두 가지 관계가 서로 다른 것 같다고 말한다. 조사는 중생에게 미끼라는 방편을 제공하여 중생을 구제하려고 애를 쓰지만, 부처는 아예 그런 마음이 없는 것 같다고 말이다. 그러니까 조사는 독자에게 간섭하는 계몽적인(또는 우월적인) 작가 같지만 부처는 그런 생각을 넘어서 있는 것 같다는 것이다. 분명 인용 시 ①의 표면적 문맥만을 보면 그러하다. 그러나 문맥 너머와 다른 작품들을 보면 최승호는 조사와 석가모니 붓다가 서로 다르지 않은 방법으로 작가와 독자 같은 관계를 중생들과 맺고 있다는 것을 꿰뚫고 있다. 앞 장에서도 인용했지만 '가르침은 가래침 같아야 한다'는 조사들의 언술관이나 '문맹으로서 나는 불법을 모른다'고 말한 혜능 스님의 선언 등과 같은 것은 바로 이런 점을 짐작케 하는 내용이다. 더욱이나 이심전심, 교외별전, 불립문자, 직지인심 등과 같은 조사선의 경지를 말하는 데 이르면 이 점은 보다 확연해진

17 최승호, 『달마의 침묵』, 67쪽.

18 위의 책, 129쪽.

다.

인용 시 ②의 작가인 제비와 독자인 청법자 사이의 관계도 흥미롭다. 아무런 인간적 생각이 없는 무심의 제비가 작가의 자리에 있고, 그 생각이 없는 제비로부터 청법을 하는 인간이 독자의 자리에 있는 것도 흥미롭고, 이들 사이의 이분법적 관계가 본질적으로 부재한다는 것도 흥미롭다. 청법을 하는 것은 본래 이분법적 관계를 파기 혹은 초탈하는 행위이다. 오직 들을 뿐, 아무런 대립성을 여기에 들여놓지 않겠다는 표상이다.

이처럼 작가와 독자, 그리고 이들 사이의 세속적이며 인간적인 상대적 관계성이 사라진 최승호의 '물 위의 글쓰기' 방식, 혹은 『달마의 침묵』의 글쓰기 방식을 아주 실감 있게 느끼도록 해주는 작품이 또한 앞서 잠시 언급했던 우화집 『황금털 사자』 속의 「물 위에 쓰는 우화」라는 작품의 내용이다.

> 글을 쓰고 싶을 땐 강가로 나가 흐르는 물 위에 손가락으로 글을 쓰던 다올 씨가 있었다. 그는 강가에서 혼자 슬퍼하기도 하고 웃기도 하였으나 우화집 한 권 내지 않았기 때문에 함께 웃은 독자도 없고 함께 눈물 흘린 독자도 없는 영원한 무명작가였다.
>
> 다올씨가 죽고 나서 세상에 그의 기이한 행동이 조금씩 알려지면서 소문에 헛소문이 덧보태져 나중에는 많은 사람들이 다올 씨가 살던 마을을 찾게 되었다. 그가 손가락으로 글을 썼던 개야강은 관광지가 되었으며 작가의 집은 명소가 되었다. 주위에는 작은 호텔들과 음식점들이 들어섰고 기념품 가게들도 생겨났다.
>
> 관광 안내원들도 나타났다.
>
> 그들은 어찌된 일인지 앵무새들처럼 똑같은 말을 반복했다.
>
> "이 개야강이 바로 다올 씨의 책입니다. 물의 책, 혹은 물의 우화집이라고 해도 좋겠지요. 글씨가 보이지는 않지만 이 흐르는 물에 숱한

우화들이 녹아 있습니다. 마을 사람들의 말에 의하면 다올 씨가 강으로 내려오면 낚시가 전혀 안 됐다고 합니다. 슬픈 우화를 쓸 때면 물고기들이 슬퍼하여 먹을 생각을 하지 않았고 우스운 우화를 쓸 때는 물고기들이 입을 벌리며 물 위로 튀어 올랐다는군요. 물고기들만이 그의 독자인 셈이었죠. 아름답지 않습니까. 전해 오는 이야기이긴 하지만 말입니다."

—「물 위에 쓰는 우화」 전문[19]

위 인용 작품 속의 작가인 다올 씨는 강물 위에 우화를 쓰고 우화집 한 권 내지 않아 독자조차 없는 무명작가이다. 그런 그에게 사람들은 강물이 그의 책이라고 말하면서 그는 이른바 '물의 책'을 쓴 사람이라고 자신들의 생각을 덧붙였다. 그러면서 이 강물엔 문자 없이 숱한 우화들이 녹아 있고 다올씨의 독자들은 강물 속의 물고기들이었다고 말을 덧붙였다. 위 인용 작품에서 세속적인 작가와 독자의 역할을 하는 것은 관광 안내원과 그것을 소비하는 관광객들이다. 그에 반해 절반은 만들어진 이야기지만 다올씨라는 작가와 물고기들이라는 독자들의 관계는 상대성과 이분법을 버린 강물의 구성원으로서 책과 문자와 거래를 넘어선 우주의 도반들이다.

그렇다면 도반으로서의 작가와 독자 그리고 이들 사이의 관계라는 말로 최승호의 '물 위의 글쓰기'라는 글쓰기 방식에서의 '작가와 독자가 없는 글쓰기'를 잠정적으로 규정할 수 있을까? 그럴 수 있을 것이다. 상(相)을 세우지 않은 글쓰기에서 오직 한 가지 공통의 지향점이 있다면 그것은 진리인 실상을 터득하는 일이니까 말이다.

이런 글쓰기 방식에서 작가와 독자 그리고 이들의 관계에는 조건 없는

---

19 최승호, 『황금털 사자』, 136~137쪽.

'향상일로(向上一路)'의 길만 있다. 혹시라도 작가와 독자라는 이름과 문자 혹은 세속적 관계를 빌린다 하더라도 그것은 이를 위한 한 방편에 지나지 않는 것이다.

3) 말문을 막는 글쓰기

앞의 두 절을 통하여 글쓰기의 방식 가운데서 매체의 문제와 작가 및 독자의 문제에 대하여 살펴보았다. 이제 본 절에선 전달의 방식인 이른바 말하기 방식이자 문장 기술의 방식에 대하여 살펴보기로 한다.

인류사에서 말과 글은 인간의 욕망이 낳은 산물이다. 좀 더 직접적으로 언급하자면 인간의 생존을 위하여 그 일환으로 발명된 도구이다. 따라서 모든 말과 글엔 인간의 욕망이 들어 있고, 도구적 성격이 깃들여 있으며, 세계의 객관적 실상과 맞지 않는 인간적 왜곡이 깃들여 있다. 그럼에도 불구하고 인간들은 이 말과 글을 사용할 수밖에 없는 처지이며, 이 말과 글에 의존하여 그들의 생존 욕구를 용이하게 구현하고 확장해 나아가고 있다.

말과 글의 이와 같은 특성과 한계를 아는 사람들에겐 말과 글이야말로 성찰의 대상이며 조심해서 사용해야 할 도구이고, 방편으로나 사용할 만한 위태로운 존재이다. 그럼에도 불구하고 인간들의 대단한 점은 이와 같은 말과 글을 통하여 세계의 실상을 보고 그것을 깨치려 한다는 점이다. 말하자면 말과 글의 특성과 한계를 알면서도 그 특성과 한계를 사용하여 보편적 진실과 세계의 실상을 만나고자 한다는 점이다.

불가의 경우, 보편적 진실과 세계의 실상을 만나게 하는 방법엔 말문을 열게 하는 교학의 방법과 말문을 닫게 하는 선학의 방법이 있다. 최승호는 '물 위의 글쓰기'라는 글쓰기 방식과 이를 실천해 보인 대표적 시집 『달마의 침묵』에서 말문을 닫게 하는 선학의 방법을 적극적으로 사용하고 있다.

이 시집의 절반 정도를 차지하면서 각 시편의 전반부이자 도입부를 이루는가 하면 그 자체로 자족적인 화두 역할을 하기도 하는 조사어록과 공안의 제시는, 말문을 막는 방법을 통하여 어떻게 보편적 진실과 세계의 실상에 도달하게 하는지를 여실하게 보여준다.

말문을 닫는 방식이란 언어를 불신하며 정상적인 언어 교환을 파기하는 것이다. 여기서 언어를 불신한다는 것은 언어에 깃든 인간들의 상(相)을 불신한다는 것이다. 구체적으로 이미지, 관념 등과 같은 상대성에 의하여 탄생된 주관적 인식 내용 일체를 불신한다는 것이다. 그것은 인간들의 욕망이 만들어낸 하나의 가상이자 환상일 뿐, 실제의 세계와는 어긋난다는 것이다.

조사록, 공안, 선담, 선어라고 불릴 수 있는 선불교의 말하기 방식과 글쓰기 방식은 이런 진단과 각성 위에서 비롯된 것이다. 최승호는 그의 시집 『달마의 침묵』에서 이와 같은 조사록, 공안, 선담, 선어 등을 시 속에 각 시편의 시작 부분마다 도입함으로써 우선 말문을 닫게 하는 데서 시를 시작한다. 그럼으로써 이 글을 읽는 사람들도 말문을 닫게 하는 글을 통과해야만 그 다음에 이어지는 시를 읽을 수 있도록 한다.

대주(大珠)가 마조(馬祖) 스님에게 묻다

—어디에서 왔느냐?
—월주(越州) 대운사(大雲寺)에서 왔습니다
—무슨 일로 왔느냐?

–불법을 구하려고 왔습니다

–자기 보물창고는 놔두고 이리저리 돌아다녀서 어쩌자는 것이냐?

나는 너에게 줄 아무 것도 없다. 불법 따위는 구해서 뭘 하겠냐.

–자기 보물창고라니요?

–지금 내게 묻고 있는 네 자신이 바로 보물창고다. 조금도 부족함이 없이 다 갖추어져 있어서 마음대로 쓸 수 있다.

그러니 굳이 밖에서 불법을 구할 필요가 있겠느냐.

나 자신을 스스로 믿지 못하는 것이 나의 불행이다. 나에 대한 불신은 언제부터 시작된 것일까? 그것은 자생적인가? 어떤 밤에 나를 들여다보면 구멍이 숭숭 뚫린 벽을 보는 느낌이 든다. 또 어떤 밤에 나를 들여다보면 나라는 게 허구렁이다. 먼지투성이 낡은 거미줄처럼 여겨질 때도 있다.

아무튼 이런 폐허 같은 자아는 자기신뢰에 전혀 도움이 되지 않는다, 없는 게 더 낫다. 믿을 만한 뿌리도 없고 텅 비지도 못하면서 균열이 가고 움푹한 채 떨고 있는 자아. 이런 붕괴 직전의 자아를 형성하려고 그렇게 자아를 부정해왔단 말인가?

—「자기신뢰」 전문[20]

위 인용 시에서 대주 스님과 마조 스님의 대화는 말문을 닫게 하는 말하기 방식이자 글쓰기 방식이다. 더 이상 말을 진행시키지 않거나, 전혀 물음과 동떨어진 답을 함으로써 대화가 의도적으로 파탄 나게 하는 방식인 것이다. 더 이상 말을 진행시키지 않으면 궁금증은 해소되지 않은 채 대의심(大疑心)을 낳게 하는 원천이 된다. 그리고 말을 진행시키되 대화가 파탄 나거나 어긋나게 하면 대화는 끝난 것 같지만 여전히 해결되지 않은 문제 앞에서 대의심에 들게 된다.

---

20 최승호, 『달마의 침묵』, 30~31쪽.

위 시의 대주 스님은 불법을 구하고자 마조 스님을 찾아온 것이다. 그러나 마조 스님은 대주 스님의 질문에 말문을 막는 방식의 대화를 진행시켜 나아간다. 따라서 대주 스님은 답답하기 그지없으나, 그렇다고 해서 어긋나는 대화가 계속해서 진행되도록 물음을 던질 능력도 없다. 이때 대주 스님은 들은 바가 없고, 마조 스님은 핵심을 다 말해준 것이 된다. 핵심을 말해준 스님과 아무것도 들은 바가 없는 스님 사이엔 말이 오고 갔지만 말문은 여전히 닫혀 있다.

위 인용 시에서 마조 스님은 대주 스님을 향하여 불법은 구하는 것이 아니라 이미 너 자신에게 있으므로 밖으로 찾아다니지 말라고, 너 자신을 신뢰하면 된다고 가르친다. 그러나 이 말 뜻이 대주 스님에겐 전달되지 않는 것이다.

최승호 시인은 이런 조사선의 담화를 꺼내놓고 이어서 자신의 말을 덧붙인다. 그가 말을 덧붙이는 방식은 말문을 닫는 말하기 방식에서 대주 스님보다 먼저 선담의 핵심 내용을 포착하고 그 자신의 삶을 진단하며 고백하는 형식이다.

최승호는 '자기신뢰'라는 말을 대주 스님과 마조 스님 사이의 선담에서 핵심 내용으로 포착하고 그 제목 하에 실은 자기신뢰가 자신에게도 깃들여 있지 않다는 사실을 고백하며 괴로워하고 있다. 그렇다면 여기서 자기신뢰란 무엇인가. 그것은 우리 자신이 현상적으로는 생사문제에 사로잡혀 있는 미망의 중생이지만 본질적으로는 불성을 지닌 진리 그 자체임을 믿는 것이다. 이와 같은 자기신뢰가 있을 때, 인간들은 부동심 속에서 중생의 삶을 넘어서서 진리인의 삶을 살게 된다고 불교는 말한다.

최승호의 『달마의 침묵』에서 말문을 막는 글쓰기 가운데 아주 격한 실례를 제시해보기로 한다. 말문을 닫게 하는 여러 가지 방식 가운데 이런 격한 말하기 방식은 일반인들에게도 가끔씩 회자되곤 한다. 그만큼 이런 말하기 방식은 큰 이질감 속의 충격을 주기 때문이다.

> ① 무엇이 보리(菩提)냐고 묻자 덕산(德山) 스님이 말했다.
> "가라, 여기에 똥을 싸지 말라."
>
> —「똥」 부분[21]

> ② 내가 약산(藥山) 화상을 뵈었을 때 말씀하시기를
> 누가 도를 묻거든 다만 '개 아가리를 닥쳐라'라는 말로
> 가르치라고 하였다. 그러니 나 또한 말하리라.
> 개 아가리를 닥치라고.
> –조주(趙州)
>
> —「가래침」 부분[22]

인용문 ①을 보면 한 구법자가 덕산 스님을 찾아가 보리, 곧 불도가 무엇이냐고 묻고 있다. 그는 그만큼 다급하고 간절한 것이다. 그러나 덕산 스님은 이를 아랑곳하지 않고 크게 말문을 막아버리며 "가라, 여기에 똥을 싸지 말라"고 힐난을 한다. 이 닫혀진 말문 앞에서 질문을 한 구법자는 물러나올 수밖에 없다. 그리고 불가에서 말하는 대의심, 대분심(大奮心)을 갖고서, 덕산 스님이 힐난하며 던진 말을 받아 안고 화두 일념에 들어갈 수밖에 없다. 덕산 스님에겐 도를 묻거나 말하는 것이 깨끗한 세상 위에 똥을 싸는 일처럼 세상을 더럽히거나 쓸데없는 오물을 더하는 일에 불과한 것이라 생각된 것이다. 그에게 도란 오직 말문을 막아버림으로써 도달

21 위의 책, 26쪽.
22 위의 책, 12쪽.

이 가능한 세계였던 것이다.

인용문 ②의 경우도 마찬가지이다. 조주 스님이 약산 스님을 뵈었을 때, 약산 스님은 조주 스님에게 말문을 막는 방식의 선담법을 가르쳐 주었다. 그것은 누가 도를 묻든지 간에 "개 아가리를 닥쳐라"라는 호통 조의 말로 말문을 막아버리라는 것이다. 조주 스님은 이 약산 스님의 말문을 막는 선담법을 그대로 받아들여 자신에게 또한 누군가가 도에 대하여 묻기만 한다면 "개 아가리를 닥치라"고 말하면서 말문을 막아버리겠다고 선언한다.

말문을 막는 말하기 방식 혹은 글쓰기 방식은 앞서 언급했듯 언어와 문장이 지닌 속성과 한계를 알고 그것을 불신하는 가운데 창조된 표현 방식이다. 그리고 이것은 도의 세계가 진실로 언어와 문장 너머에 있음을 꿰뚫어 아는 자들이 궁지에서 지혜로 선택한, 특수한 말하기 방식이자 글쓰기 방식이다. 달리 말하면 인간사에서 언어와 문장을 버릴 수는 없으니 그것들을 사용하면서 어떻게 그것들이 지닌 한계를 넘어설 수 있을까를 고민하여 만들어낸 방식인 것이다.

최승호의 '물 위의 글쓰기'라는 글쓰기 방식 혹은 『달마의 침묵』의 글쓰기 방식에서 이 방법은 아주 큰 효과를 내고 있다. 말문을 막아버림으로써 말이 가두는 장벽을 부수고 말들이 물처럼 제 욕망과 실체 밖에서 흐르게 할 뿐만 아니라 '침묵'이 궁극인 달마대사의 길에서 말들의 경계에 사로잡히지 않고 '도'를 전할 수 있는 비법이자 비방이 되고 있는 것이다.

최승호의 『달마의 침묵』에서 이 말문을 막는 방식의 조사록이나 선담법의 활용은 새로운 차원의 글쓰기 방식을 보여주는 매우 신선하며 의미 있는 방안이자 시도이다.

4) '공부인(工夫人)'의 글쓰기

최승호가 '물 위의 글쓰기'라는 큰 제목 아래 기획하여 출간하기로 예고한 4권의 시집 각각에서 중심인물로 탐구 대상이 되고 있는 달마대사, 노자, 장자, 성 프란치스코는 모두 공부인이다. 그리고 '물 위의 글쓰기 1'로 출간된 『달마의 침묵』 속의 달마대사를 비롯한 작품 속의 여러 스님들, 구법자들, 그리고 시를 쓰는 시인으로서의 최승호이자 작품 내 화자는 모두 공부인의 모습을 하고 있다.

그렇다면 공부인이란 무엇인가. 공부에는 두 가지 유형의 공부가 있다고 보아야 한다. 보통 우리가 공부라고 생각하는 인간사를 중심에 두고 이루어지는 공부와 인간사 너머의 전체적 실상을 앞에 두고 이루어지는 공부라는 두 가지가 있는 것이다. 전자의 경우 공부는 정보와 지식으로 이루어진다. 이것은 소유와 집착, 도구와 생존을 위한 앎의 세계이다. 그에 반해 후자의 경우, 공부란 지혜와 도심으로 이루어지고 있으며 이는 영원한 자유와 해방, 해탈과 행복을 위한 앎의 세계이다. 주지하다시피 『금강경』이 그토록 넘어서기를 간절히 원하면서 경계하는, 사상(四相)의 환유물인 에고 중심의 세속적 공부는 인간사 안에서만 부분적 효용성을 갖는 인지장애의 한 양태일 수 있다. 그러므로 이와 같은 공부는 인간의 욕망과 그로 인한 고통을 제대로 해결해주지 못한다. 이런 사실을 직시하고 사상 너머의 공부를 도모하고 개척한 이들이 있으니 그들의 공부 내용은 세속적 공부와 다른 양태를 띤다.

이와 같은 공부의 두 가지 양태 가운데서 후자의 공부를 위해 정진하는 사람들을 가리켜 공부인이라고 부른다. 공부인의 마음속엔 우주적 실상에 대한 그리움과 통찰이 있고, 그것을 삶 속에서 구현하고자 전심전력을 기울이는 원력이 있다. 그러나 이 길은 어렵고, 성과는 언제나 기대 같지 않은 게 대부분의 공부인들의 안타까운 현실 상황이다.

최승호가 '물 위의 글쓰기'라는 새로운 방식의 글쓰기를 시도한 것이나, 그가『달마의 침묵』에서 여러 가지 구체적인 글쓰기 방식을 고안한 것, 그리고 조사록과 선담을 앞에 제시한 후 이어서 자신의 글을 시로써 적어보인 것은 공부인으로서의 글쓰기의 면모를 보여준 것이다. 특히 조사록과 선담을 앞에 제시한 이후 거기에 이어서 자신의 글을 시로 써 보인 그 글에서 최승호는 공부인으로서 어떻게 정진하며 글쓰기를 해야 하는지에 대해 진솔하게 보여주고 있다. 이와 같은 그의 글을 읽는 보람은 상당히 크다. 단순한 시인을 넘어선 공부인의 글쓰기의 면모를 여기서 만날 수 있기 때문이다.

이와 같은 최승호의『달마의 침묵』에 나타난 공부인의 글쓰기 양상을 좀 더 체계적이면서 실감 있게 이해하기 위해서 한국 불교의 서양 전파에 가장 큰 공헌을 한 숭산(崇山) 스님이 제시한 자아 발견과 성장의 단계인, 선원(禪圓, Zen Circle)을 참고해볼 필요가 있다. 숭산 스님은 자아 발견과 성장의 단계를 '소아(小我, small I)－업아(業我, karma I)－공아(空我, nothing I)－묘아(妙我, freedom I)－대아(大我, big I)'로 설정하여 제시하였다.[23] 소아와 업아는 인간들의 본능적이며 습관적인 자아에 불과하나 공아와 묘아 그리고 대아는 우주적 실상을 본 자가 재구축한 자아이다. 공부인의 길은 숭산 스님이 제시한 자아 발견과 성장의 단계를 이해하고 그 발견과 성장의 단계에서 가장 본질적이며 높은 곳에 이르기를 바라는 데

---

23 현각 편,『선의 나침반 2 : 숭산대사의 가르침』, 허문명 역, 열림원, 2001, 118~130쪽.

있으며, 구체적으로는 소아와 업아의 본능적이고 습관적인 자아를 넘어 공아와 묘아 그리고 대아의 삶을 단계적으로 살고자 하는 데 있다.

최승호의 『달마의 침묵』에서 이런 자아의 양태는 아주 체계적으로 등장한다. 소아와 업아의 현실 및 그것을 넘어서기 어렵다는 진솔한 고백과 그럼에도 불구하고 그것을 넘어서고자 하는 노력, 묘아와 공아 및 대아의 현실상과 그것을 실현하고자 하나 실현하기 어려운 현실이 이 시집의 주된 내용을 이루고 있는 것이다.

> 내 마음은 이삿짐차 같다.
>
> 이 짐을 내려놓으면 다른 짐이 또 올라온다. 마음이 고물(古物)이 되어야 이 짐짝들의 끝없는 행렬이 멈출 것인지, 알 수 없다. 마음이 몇만 킬로미터를 뛰었는지 그동안 실었던 짐짝들을 늘어놓으면 족히 중부고속도로를 메우고도 남을 것이다.
>
> —「이삿짐차」 부분[24]

위 시에서 시인은 소아와 업아의 상과 관념으로 가득찬 그의 내면을 안타까워하며 고백한다. 이삿짐차처럼 무거운 마음, 아무리 내려놓아도 또 무엇인가를 싣고 가는 마음, 평생을 이 일의 반복으로 살아온 너무나 길고 오래된 자신, 그동안 실었던 소아와 업아의 상과 관념을 길이로 늘어놓으면 중부고속도로를 메우고도 남을 만큼이 되는 놀라운 분량을 바라보며 시인은 난감해 하는 것이다.

그러나 그의 이와 같은 난감함은 '성찰적'인 것으로서 그가 '공아'와 '묘아'의 세계를 알고 있기 때문에 가능한 것이다. 최승호의 『달마의 침묵』은

---

24 최승호, 『달마의 침묵』, 38~39쪽.

이 같은 소아와 업아의 끈질긴 반복적 발현에 주목하면서 한편으론 '공아'와 '묘아'에 대한 놀라움과 그리움, 도달하고 싶은 소망을 담고 있다.

> ① 옛사람을 뵙고 무엇을 얻었느냐고 묻자 용아(龍牙) 스님이 대답했다.
> –도적이 빈 방에 들어선 것 같았을 뿐이다.
>
> 정말 빈 방은 떼어갈 창문 하나 없다. 문짝 하나 없을 뿐더러 훔쳐갈 벽돌 한 장 없다. 둘러보면 사면에 벽이 없고 위에는 지붕마저 없어서 올려다보면 별이 소나기처럼 쏟아져 내릴지 모른다. 바닥에도 아무것도 없다. 무저(無底), 내려다보는 순간 도적은 바닥 없는 바닥으로 추락한다. 그리하여 한 도적의 도적질이 끝장 나는 것이다.
>
> —「빈 방」 전문[25]

> ② 밤마다 부처를 안고 자고 아침마다 부처와 함께 일어난다.
> 서 있으나 앉아 있으나 서로 따르고 말하거나 침묵하거나 함께한다.
> 마치 몸과 그림자 같아서 털끝만치도 떨어진 적이 없다.
> 부처님 가신 곳을 알고 싶은가?
> 이 말소리가 그것이다.
> –부대사(傅大士)
>
> 부처가 만약 묵직했다면 안아도 무겁고 함께 일어나도 무거웠을 것이다. 서 있어도 무겁고 앉아 있어도 무겁고 걸음걸이마다 무거워서 맷돌을 등에 업고 있는 것 같지 않았을까. 그러나 부처의 무게는 제로(Zero)이다. 체중계에 올라가도 몸무게가 느는 일이 없다.
>
> —「부처의 무게」 전문[26]

---

25 위의 책, 74~75쪽.

26 위의 책, 138~139쪽.

인용 시 ①의 '빈 방'과 인용 시 ②의 '부처'는 '공'의 표상이다. 먼저 인용 시 ①을 보면 시인은 빈 방과 같은 공의 세계에선 얻어갈 것이나 훔쳐갈 것이 아무것도 없다고 말한다. 그리고 그는 이어서 이 공의 세계엔 자신이 벽과 바닥으로 상징한 어떤 실체나 시비분별이 전혀 없다고 말한다. 이른바 허공의 세계라는 것이다. 이런 공에 대한 설명이자 묘사는 인용 시 ②에 이르러 아예 무게가 없는 '제로'의 세계로 표상된다. 부처, 곧 공의 세계란 체중이 전혀 없기에 언제나 제로의 눈금에 가 있으며 일체를 제로의 눈금으로 귀환시키는 능력을 지니고 있다는 것이다. 더욱이 그와 같은 공의 세계는 우리가 잊고 살기 쉬운 세계이지만 실은 언제나 우리와 함께 상존하는 세계라는 것이다.

최승호의 공에 대한 깊은 이해는 자연스럽게 숭산 스님의 자아 발견 및 성장 단계의 '공아'와 '묘아'의 세계를 보게 한다. 우리들 자신이 공한 존재라는 것, 그러므로 '진공묘유'와 같은 자유의 삶을 살 수 있는 가능성이 있다는 것, 이것이 최승호의 시에서 보게 되는 공아와 묘아의 모습이다.

그러나 최승호는 그 자신이 쉽게 이 경지에 도달했다고 말하지 않는다. 그는 끊임없이 자신이 도달하고 싶은 경지와 도달할 수 없는 현실 사이에서 고뇌하고 갈등하는 모습을 드러낸다.

> 어떤 것이 부처냐고 묻자 도전(道詮) 스님이 대답했다.
>
> ―눈이 녹기만 하면 봄은 저절로 온다.
>
> 무쇠솥 같은 자아를 녹여보려고 뜨거운 무화(無化)의 길로 자진해서 들어갔었다. 그러자 이번에는 요강 같은 자아가 얼굴을 내미는 것이 아닌가. 나를 녹여서 생불(生佛)로 만들어 보겠다는 성스러운 꿈은 적어

도 나에게는 무모한 꿈, 부적절한 꿈, 꿈꾸지 말았어야 했을 불행한 꿈
처럼 여겨진다.

—「용광로」 전문[27]

더 이상 설명이 필요치 않을 것이다. 도전 스님이 말한 바처럼 '눈'이라는 에고가 녹기만 하면 공아와 묘아의 길은 어렵지 않으나 그 에고를 녹이려고 공의 용광로로 돌진해도 에고는 녹지 않고 "요강 같은 자아"가 얼굴을 내민다는 것이다. 중생과 붓다의 거리, 소아/업아와 공아/묘아의 거리, 그 거리 사이에서 시인은 진퇴양난이다.

최승호의 『달마의 침묵』에서 대아의 모습은 잘 나타나지 않는다. 그러나 일반적으로 공아와 묘아가 사무치게 인식되고 터득되었을 때 대아의 도래는 자연스럽다. 공성이 현실 속에서 대아의 모습이 되어 현실을 포월하는 대아의 삶을 가능케 하는 것이다. 그때 시인은 '물 위에 글쓰기'에서 더 나아가 '흐린 물 위에 글쓰기'를 이룩하게 된다. 우리가 사는 이 '흐린 물'과 같은 세계에 연민심과 자비심을 가지고 적극적으로 글쓰기를 하게 되는 것이다.

이 글의 제2장인 '글쓰기의 목적'을 논의하면서 그 앞부분에 『달마의 침묵』 뒷면과 뒷표지 안쪽 날개에 쓰여진 "흐린 물 위로 성현들이 걸어올 때/그들의 발끝에서/아름다운 물무늬가 피어난다"라는 문구를 인용하며 여러 가지 의미를 찾아낸 바 있다. 여기서 이 문구를 다시 한 번 되새겨 볼 필요가 있거니와 특히 '흐린 물'이라는 말이 주목을 끈다. 결국 최승호에게 있어서 '물 위의 글쓰기'는 '흐린 물 위의 글쓰기'였고, 그때의 '흐린 물'이란 무심한 공성의 세계를 넘어서서 중생계를 포월하는 세계이다. 그

27 위의 책, 36~37쪽.

리고 이런 '흐린 물 위에서의 글쓰기'란 대아적, 대승적 글쓰기를 뜻한다고 볼 수 있다.[28]

4. 결어

지금까지 최승호의 시집『달마의 침묵』을 중심으로 그가 시집 속에서 드러내 보인 '물 위의 글쓰기'라는 글쓰기의 한 양상이자 방식에 대하여 살펴보았다.

최승호는 '물 위의 글쓰기'라는 새로운 글쓰기를 시도하고 성취하기 위하여 4권의 시집을 한꺼번에 기획하여 출간하기로 예고하였다. 그 4권의 시집 제목은『달마의 침묵』,『어린 장자(莊子)』,『노자(老子)의 여행가방』,『성 프란치스코의 슬픔』이다.

이 가운데 아직까지 '물 위의 글쓰기1'이라는 이름을 붙이고『달마의 침묵』한 권만이 출간되었으나 이것만으로도 새로운 글쓰기의 한 모습을 찾아보는 데는 큰 문제가 없다. 물론 앞으로 남은 3권의 시집이 출간되거나 그 일부라도 더 출간되면 다시 논문을 써야 할 필요가 있을 것이다.

최승호의『달마의 침묵』을 중심으로 한 새로운 글쓰기의 방식은 다음과 같은 의미를 제공해주었다.

---

28 최승호는 중생의 아픔을 자기화한 유마거사에 대해 각별한 애정을 갖고 있다. 그가 이문재와의 대담에서 "자비심은 무아에서 나온다. 무아는 우주의 자기화이다. 아픈 중생은 곧 나이다. 이 때 타인은 있을 수 없다"고 유마힐의 말을 인용하며 인간애와 생명애가 지닌 근본 문제를 해결했다고 말한 부분은 이 내용과 연관된다. 이문재, 앞의 글, 136쪽.

첫째, 글쓰기의 목적이 성현의 세계를 탐구하고 그 세계에 도달하는 데 있다는 점이다. 이것은 인간중심주의, 개인중심주의, 개성중심주의, 소유중심주의, 도구중심주의에 기반하여 이루어진 일반적이고 근현대적인 많은 글쓰기의 특성과 그 한계 및 왜곡 현상을 반성적으로 성찰해보는 데 큰 도움을 줄 수 있다.

둘째, 글쓰기의 매체를 우주적 실상으로 삼고 있다는 점이다. 기록과 저장, 소유권과 권력 등을 위하여 나무껍질이나 양피지에서 시작하여 돌, 종이, 컴퓨터 화면에 이르기까지 더 단단하고 영속적인 매체를 지향해온 인간사의 과정을 돌이켜볼 때, 이와 같은 매체의 선택은 파격적이고 초월적이다. 그러면서 인간의 욕망과 그 욕망의 역사에 대해 큰 성찰을 하도록 이끈다.

셋째, 글쓰기의 조건인 작가와 독자가 부재하는 글쓰기의 모습을 보여주고 있다는 점이다. 실체와 상대성의 개념 속에서 만들어진 작가, 독자, 그리고 작가와 독자의 관계라는 개념이 여기서 재고의 대상이 된다. 이와 같은 재고의 결과, 작가, 독자, 작가와 독자의 관계라는 실체적이며 상대적인 개념의 인간적, 현상적 한계를 넘어서 보는 길이 열리게 된다.

넷째, 글쓰기에서 말문을 닫는 방식을 사용하고 있다는 점이다. 이것은 언어, 말, 문자에 대한 사유를 다시 하게 만드는 것이며 말로써 말의 한계를 해결하려는 방식이기도 하다. 말문을 여는 방식의 글쓰기가 절대적 진실인 것으로 받아들였던 인간들의 글쓰기 방식은 말문을 닫는 방식의 글쓰기에서 큰 충격을 받게 된다. 그러면서 언어와 글쓰기에 대해 다시 사유하게 될 것이다.

다섯째, '공부인'의 글쓰기를 하고 있다는 점이다. 이것은 세계가 글을 쓰는 일에 복종하는 것이 아니라 글을 쓰는 일이 세계의 실상과 계합되기를 꿈꾸는 일이다. 그런 점에서 공부인의 글쓰기는 세속적 글쓰기와 구분된다. 그러면서 자신을 궁극의 경지에까지 이르도록 하려고 수련하는 길을 간다. 이때 자아는 현실과 이상 사이에서 한없이 고뇌하며 자신을 성장시켜 나아가는 쪽으로 길을 낸다.

위와 같은 글쓰기 방식은 일반적인 글쓰기는 물론 근현대적인 글쓰기의 한계를 넘어서게 하는 데 매우 시사적이라고 판단된다. 특히 근대가 시작된 지도 오랜 시간이 경과하면서 마침내 후기 근대를 맞이하게 되고, 근대의 문제점이 수없이 노정되는 현실 속에서, 위와 같은 글쓰기와 그 속에 내재된 세계관, 인간관, 가치관은 혼란스러운 근대적 현실을 새로운 각도에서 숙고하도록 하는 데 적잖은 기여를 할 것이라 생각된다. 그러면서 언어, 문자, 글, 글쓰기, 인간 문명, 인생 등에 대한 넓고 깊은 차원의 사유를 이끌어내는 한 계기를 제공해줄 수 있을 것이라 생각된다.

제8장
정일근의 시 : 받아쓰는 마음과 받아 적은 내용

1. 받아쓰는 마음

진정한 성인(成人)이 된다는 것은 자아가 점점 작아져서 무아(無我)에 가까워진다는 것이다. 무아가 된다는 것은 세계인 우주만유가 자신과 한 몸임을 깨우쳐 동체의식(同體意識) 속에서 살아가는 일이다. 지극한 축소가 지극한 확대로 이어지는 이 역설, 그것은 크게 비움으로써 크게 가득해지고, 크게 죽음으로써 크게 살아나며, 크게 버림으로써 크게 얻게 하는 우주적 진리의 참모습이다.

우리들이 살고 있는 이 세상에는 대문자 'B'로서의 책인 'Book'이 있고, 소문자 'b'로서의 책인 'book'이 있으며, 대문자 'H'로서의 집인 'Home(혹은 House)'이 있고, 소문자 'h'로서의 집인 'home(혹은 house)'이 있다. 또한 대문자 'M'으로서의 우주심인 'Mind'가 있고, 소문자 'm'으로서의 마음인 'mind'가 있으며, 대문자 'I'로서의 대아인 'big I'가 있고, 소문자 'i'로서의 소아인 'small i'가 있다. 앞에 제시된 Book, Home, Mind, I가 인간적 · 사적 이해관계가 개입되지 않은 실재의 세계라면, 뒤에 제시된 book, home, mind, i는 이들이 개입된 욕망의 세계이자 구성된 환상적 세계이다. 이를 두고 말한다면 성인이 된다는 것은 뒤의 욕망과 환상의 세계를 넘어서서 앞의 실재의 세계로 나아가는 일이다. 아니, 실재의 세계와 합치되도록 욕망과 환상의 세계를 수행(修行)하듯 승화시켜 나아가는 일이다.

정일근의 시에 나타난 시인의 마음을 한마디로 지칭한다면 그것은 바로 앞에서 말한 '성인의 마음'과 맞닿는 것이다. 달리 표현하면. 이 글의 제목 가운데 앞부분에 해당되는 '받아쓰는 마음'과 직결되는 것이다. 정일근이 이처럼 '성인의 마음'이자 '받아쓰는 마음'을 자신의 시적 태도이자 시심(詩心)으로 삼은 것은 그의 시를 다른 많은 시인들의 시와 구별시켜 주는 요인이면서 동시에 그의 시가 중생(重生)하도록 만드는 핵심 요인이다. '성인의 마음'과 '받아쓰는 마음'을 시 쓰기의 기저로 삼은 그는 그의 시와 삶에서 개인적 · 인간적 한계를 지닌 욕망과 환상의 언어를 말하는 대신 실재의 언어와 세계를 보고자 하였고, 자신을 외부로 주장하기보다 세계를 안으로 비추고자 하였으며, 소유하는 언어 대신 존재하는 언어를 창조하고자 하였다. 이처럼 한 시인이 사적인 주어를 버리고 실재를 주어로 삼을 때, 그리고 자아의 이해관계가 개입된 인위법의 시 쓰기를 지양하고 방심한 무위법의 시 쓰기를 꿈꿀 때, 여기서 발생하는 주체의 방하착(放下着) 내지 자발적 소멸은 더욱더 온전한 주체의 탄생과 회복을 가져오게 된다.

그렇다면 '성인의 마음'이자 '받아쓰는 마음'으로 실재의 말을 듣기 위하여 시인이 먼저 시도한 것은 무엇인가. 그것은 일차적으로 그 자신의 존재를 '맑고 밝게' 만드는 일이다. 그야말로 불가에서 말하는 '청정심의 거울' 그 자체가 되어서 실재와 세계가 그대로 그곳에 비칠 수 있게 하는 일이다. 정일근은 이것을 지향한다. 이러한 지향성이 계속되는 한 그의 시 쓰기는 계속될 것이고, 그의 거울이 청정해지는 정도에 따라 그가 보여주는 실재는 더욱 온전한 제모습에 가까워질 것이다.

잠시 다른 말을 하자면, 실제 세간 속의 우리들의 마음 거울은 항상 얼룩덜룩하고 제멋대로이며 탁하기 그지없다. 이런 거울에 참다운 실재가 제모습을 드러내기란 너무나도 지난한 일이다. 이 사실을 모르는 수많은 사람들은 아무 상(相)이나 붙들고 그것을 진실이라고 우겨대며 그 길로 질주한다. 이런 질주의 끝에는 언제나 결핍과 피로가 기다리고 있지만 그렇다 해도 특별한 계기가 주어지지 않는 한 그 관성과 유혹의 길을 벗어나기란 그리 쉽지 않다.

정일근은 이런 역주행의 비극을 아는 시인이다. 그는 이런 위험성을 알고 그것으로부터 벗어나 '성인의 마음'과 '받아쓰는 마음'을 갖고자 하게 되었고, 그런 마음의 싹이 움트고 성장하고 열매 맺고 깊어질 수 있는 그만의 공간을 찾아나서게 되었다. 그 찾아나섬의 끝에서 그가 만난 곳은 그의 시 대부분을 지배하고 주도하며 후원하는 중심 처소로서의 '은현리(銀峴里)'이다. 정확히 말하여 '경상북도 울주군 웅촌면 은현리 819번지'가 그곳이다. 그는 이곳에서 살며 이곳을 주인공으로 삼아 시를 쓰고 있는 것이다. 이제 이곳은 이미 서정주의 '질마재'나 유하의 '하나대'와 같이 고유지명을 넘어 하나의 보통명사이자 보편 상징이 되어가고 있다. 그는 여기서 그의 '성인의 마음'과 '받아쓰는 마음'이 더욱 깊어지고 온전해지도록 보살피며 가꾸어 나아가고 있는 것이다.

은현리는 이런 점에서 그에게 종교성의 기운까지 띤 '지성소(至聖所)'이자 '무설전(無說殿)'이다. 그곳은 실재의 실상이 빛나는 곳이며 모든 존재가 함께 법문을 하는 곳이다. 또 이곳은 정일근이 실재를 모시며 아침부터 밤까지 받아쓰기를 계속하는 크나큰 학교이자 아늑한 공부방이다.

이 은현리에서 정일근이 받아쓰기를 하는 매체는 언어의 최고 양식이라고 인간들이 추켜세우기도 하는 '시'이다. 그런데 과연 시로써 받아쓰기가 얼마만큼 가능할까. 시 또한 욕망의 언어가 만들어낸 문화적 집적물인데 그런 양식으로 언어를 초월한 실재의 세계를 제대로 받아쓴다는 것이 가능할까. 또한 은현리에서 일찍부터 농사꾼이 되어 농사일로 받아쓰기를 해온 그곳 사람들의 오래된 받아쓰기와 견주어볼 때 그들보다 월등하지는 못해도 동등하기라도 한 받아쓰기가 진행되고 있기는 한 것일까. 쉽게 답할 수 없는 질문이다. 그러나 분명한 것은 그가 은현리에서 이러한 받아쓰기에 대한 소망을 버리지 않고 시를 쓰고 있으며 그곳의 사람들은 물론 수많은 생명들과 더불어 한 식구나 된 듯이 둘러앉아 받아쓰기의 동행자로 살아가고 있다는 것이다.

필자가 앞서와 같은 질문을 던진 것은 요컨대 그가 시를 얼마나 사랑하느냐 하는 것을 묻고 싶기 때문이다. 달리 말하면 그의 시 쓰기에 사적 이해관계가 개입되지 않은 순수성과 순정성, 그리고 열정이 얼마나 살아 있느냐 하는 것을 묻고 싶기 때문이다. 여기서 잠시 그가 시에 대한 그 자신의 생각을 밝힌 대표적인 부분을 옮겨보고 이 점을 점검해볼 필요가 있다.

> 내가 큰 병 들어 모든 것 잃어버렸을 때도
> 조강지처마저 나를 버렸을 때도
> 혼자 남아 나를 사랑한 나의 시여
> 깊은 밤이나 이른 새벽에 깨어 시 쓸 때
> 펜혹은 박히고 거칠어진 고독한 손가락에
> 18금 금반지 끼워 주고 시의 손을 잡아 본다

그래, 이제 너하고 살아야겠다
기쁠 때나 노할 때나 슬플 때나 즐거울 때나
시야 나하고 살자, 검은 머리 파뿌리 될 때까지
시야 우리 같이 해로하며 살자

—「18금 금반지」 부분

위 시에서 시인은 시에게 18금 금반지를 끼워주면서 약혼식을 넘어 결혼식(結婚式)이자 결혼식(結魂式)을 한다. 그는 이 세상 모든 것보다 사랑하는 대상으로서 시를 선택하였고 그 시와 영혼이 맺어진 한몸이 되어 동침하고 있는 것이다. 이로써 그에게는 '시는 곧 나다'라는 등식이 만들어졌다. 이 등식 속엔 아무런 틈도 소외도 없다. 주객의 분열을 넘어선 자리에서 자신과 시가 애인이자 연인이며 부부이자 도반 같은 동일성으로만 존재할 뿐이다. 정일근은 이처럼 시에 대한 무한 애정 속에서 '시농사'를 짓듯, '시수행'을 하듯, 시를 선택하여 받아쓰기에 매진하고 있는 것이다.

정일근의 이번 김달진문학상 수상 시집 제목은『방!』(서정시학, 2013)이다. 불가의 '방(棒)'과 '할(喝)'을 연상시키는 이 제목의 함축성은 대단하다. 주지하다시피 덕산의 '방'과 임제의 '할'은 천지를 일순간 기절시키듯 뒤흔들어 존재를 청정한 실재로 되돌려놓는 강력한 에너지 덩어리이다. 모든 언어와 개념, 사적 감정과 감각을 지진처럼 초토화시켜 버리는 이 '방'과 '할' 앞에서 우리의 비본질과 잉여는 저도 모르게 힘을 잃는다. '방'과 '할'의 벼락을 제대로 맞은 사람, 그런 사람은 어느새 비본질과 잉여를 던져버리고 본질에 가까워지게 되는 것이다.

정일근은 '받아쓰는 마음'이 흔들리거나 그것이 자신의 기대와 같지 않을 때 자기 자신을 죽비의 다른 이름이기도 한 '방'의 몽둥이와 '할'의 외침으로 일깨우고 다잡는다. 실재를 받아쓰지 않고 자신의 욕망을 주장하려 드는 기색이 보일 때, 실재의 음성이 들리지 않고 자신의 음성에 집착하여 우왕좌왕하는 것 같을 때, 자아가 점점 팽창하여 실재를 못보는 무명 속으로 끌려들어갈 때, 그는 극약처럼 '방'과 '할'의 죽비를 내리치며 자신을 본심의 자리로 이끄는 것이다.

이 극약으로 그는 자기 존재의 부패와 이탈을 막아낸다. 그리고 언제나 '받아쓰는 마음'의 청정심을 유지하고자 한다. 하지만 그는 여기서 더 나아가 보다 큰 꿈을 갖기도 한다. 그것은 자신의 시 자체가 세상을 중심축으로 돌아오게 하는 '방'이나 '할'이 되도록 하려는 꿈이다. 사실 실재를 잘 받아쓴 시는 '방'의 몽둥이와 '할'의 외침과 같은 역할을 하기에 충분하다. 그때 시는 정일근의 수상 시집 『방!』 속의 대표작이라 할 수 있는 「소요유(逍遙遊) 외편(外篇)」의 일절처럼 '허(虛)를 쭉 찢고 가는' '가로지르기'의 '금강석'이자 '반야검'이 될 수 있다. 그러나 이 길은 얼마나 어려운가. 하지만 그는 이 길을 사모하며, 이 길로 나아가고자 한다.

2. 받아 적은 내용

정일근의 실재는 주로 은현리와 더불어 바다 그리고 어머니라는 이름을 갖고 나타난다. 또한 이들은 대지, 자연, 생명, 우주 등과 같은 이름을 갖고 나타나기도 한다. 이 장에서는 정일근이 '받아쓰는 마음'으로 '받아 적은 내용'이 무엇인지를 살펴보기로 한다. 그가 받아 적은 메모는 상당한 양에 달하는데 이번 수상 시집 『방!』의 절반 정도에서는 아예 '바다의 적바림'이라는 연작 제목을 달면서 바다에서 받아 적은 '적바림'들을 펼쳐 보이고 있다.

정일근이 받아 적은 내용을 두서없이 열거해본다. 꼭 이번 수상 시집만이 아니라 그가 받아 적기를 본격적으로 시작한 '은현리 시절'의 초기부터 최근까지 내놓은 중요한 시집, 이를테면 『마당으로 출근하는 시인』 『착하게 낡은 것의 영혼』 『기다린다는 것에 대하여』 등에 나타난 '받아 적은 내용들'을 여기에 소개해보기로 한다.

그 하나는 은현리의 주인공은 인간이 아니라는 것이다. 그렇다고 인간이 아닌 다른 어떤 것이 주인공이라는 말도 아니다. 여기서 차별과 분별, 시비와 성속의 구별은 사라진다. 은현리의 모든 존재는 평등심 속에서 살아가며, 한 식구처럼 둥근 밥상에 둘러앉는 관계로 맺어져 있다. 구체적으로 여기서는 작은 이슬방울과 크나큰 강물이 평등하고, 쪼그려 앉아야 보이는 풀꽃들과 키가 큰 인간이 평등하다. 또한 그의 시 「자연법 특강」과 같은 작품에서 인상적으로 보여주듯이 시멘트 바닥의 금간 틈 사이로 피어난 노란 괭이밥의 경고가 무겁고 비대한 인간들의 무지를 일거에 들어올리는 지렛대가 되기도 한다.

그 둘은 인위의 문명이 무위의 자연을 앞지를 수 없다는 것이다. 도시와 은현리, 욕망과 바다, 세간과 어머니가 대립된다면 도시와 욕망과 세간은 은현리와 바다와 어머니에 앞자리를 내주고 그 뒤를 따를 수밖에 없다는 것이 그의 생각이다. 정일근은 이런 은현리의 풀과 꽃과 나무와 생명들, 그리고 바다의 고래와 갈매기와 소금, 어머니의 언어와 일상과 삶을 조건 없이 사랑한다. 거의 맹목적이라 할 만큼 이들 앞에서 마음의 무릎을 꿇는 정일근의 사랑과 외경은 어느 한 쪽으로 너무 기울어진 편애와 편견의 심리로 보일 수도 있지만, 사실 이처럼 전폭적인 기울어짐이야말로 그의 시를 높은 자리로 밀어올리는 원동력이 된다.

그 셋은 은현리도, 바다도, 어머니도 '공양(供養)'의 삶을 살고 있다는 것이다. 불가의 용어이자 개념인 이 공양은 서로가 서로에게 생명의 밥이자 진리의 법이 되어주는 것이다. 다시 말하면 자발적으로 살림의 보시물이 되어 다른 존재를 살려내는 일이다. 정일근의 눈에 비친 은현리와 바다와 어머니의 세계는 보시와 상생의 장이다. 곧 공양의 무대이다. 여기서 존재는 중중무진하는 연기적 세계를 이뤄내며 실재의 진면목을 왜곡없이 연출한다.

그 넷은 실재의 세계는 조화와 화엄 혹은 화음의 세계라는 것이다. 합주, 교향악, 오케스트라, 평화 등과 같은 말로 표현되는 그 세계에서 모든 존재는 제 목소리를 내는 악기가 된다. 이를테면 「바다의 적바림 10」에서 갈매기는 제 몸이 명품인 악기가 되어 북서계절풍이 몰아칠 때 연주를 시작하고, 「은현리 천문학교」에서 수많은 별들은 시인과 더불어 밤마다 저마다의 악기 소리로 교향악을 연주한다. 그뿐 아니다. 작품 「세월의 화음」에서 은현리의 어머니와 아들은 늙어감 혹은 나이 듦이라는 생명 작용으로 화음을 연출하고, 「바다 피아노」에서는 동해 바다 전체가 한 대의 피아노가 된다.

그 다섯은 이들이야말로 심신의 참다운 건강을 선사하는 치유의 주인공이자 세계라는 것이다. 은현리도, 바다도, 어머니도 치유의 장소이며 동시에 주술사들이다. 그들을 통과하면 존재는 회생하고, 그들의 기운을 받으면 세계는 싱싱해진다. 이번 수상 시집 『방!』의 인상적인 작품 「하얀 민들레」에서 시인은 민들레로부터 새로운 피를 '수혈' 받고 살아난다. 그는 맑아지고 밝아졌으며, 사는 일이 축복이라는 생각에 이르게 되었고, 그 느낌 속에서 하루 종일 맑은 휘파람을 불며 지냈다고 말한다.

그 여섯은 이 세계가 하심처(下心處)이자 수행처라는 것이다. 정일근의 현실비판시에서 가끔씩 나타나곤 하였던 화자우월주의는 은현리 시절로 접어들면서 급격하게 사라진다. 그는 아상(我相)을 지우기 시작했고, 스스로를 배경으로 물러나게 하였으며, 자기 앞의 모든 존재들에게 '절'을 하기 시작하였다. 그 '절' 속에서 시인은 익어갔다. 그리고 이런 익어감은 세상의 다른 익은 존재들에 대해 눈을 뜨거나 그런 존재들의 세계를 그리워하는 데로 이어졌다. 시집『마당으로 출근하는 시인』속의 한 작품「물에게 절을 한다」를 보면 시인은 물 앞에서 연신 절을 한다. "물 쓰듯이 물을 쓰다 보니 귀한 줄 몰랐는데/산(山)물을 받아먹고 살면서부터/한 잔의 물도 고마워 물에게 절을 하는 날이 있다//고맙습니다 고맙습니다/물을 보내주시는 그분 앞에 경건히 무릎 꿇고/그분의 발을 씻겨드리고 싶은 날이 있다"고 말하면서 그는 하심을 배우고 있는 것이다. 이런 그가 보기에 설익은 것은 모두 성급한 욕망과 자아의 우월감이 빚어낸 비극적 산물이다. 그는 세상의 것들뿐만 아니라 자신의 시가 잘 익어가기를 바란다. 그는 작품「시, 간」에서처럼 잘 익은 시를 마을의 밥상마다 차려내고 그 시에 사람들이 밥 비벼먹는 배부른 저녁시간이 있기를 기대한다.

그 일곱은 이 세계가 자비의 세계라는 것이다. 자비는 한 존재가 도달할 수 있는 최종 지점이다. 정일근은 이 자비를 바다로 표상된 거대한 실재에서 읽는다. 세계이자 실재가 하나의 자비행을 실천하는 것으로 보일 때, 그 삶은 그대로 축복이자 놀라움이고 더 나아가 평화이다. 그는 이번 수상 시집『방!』속의「바다의 자비」에서 바다를 통해 자비행의 아름다운 모습을 전하고 있다.

> 해 뜨기 이른 시간 바다가 몰래 제 몸 한 부분 열어주는 것을
> 마산 합포만에서 새벽까지 눈뜨고 자지 않는 사람은 알지
>
> 오동동에서부터 세로로 길게 바다가 주문처럼 열리고

그곳에서 바다가 새들에게 선물하는 갈매 빛 따뜻한 땅이 떠오른다

밤새 물 위에서 잠자던 바닷새들 젖은 날개 젖은 발목 말리고 가라고
또 하루의 비행을 위해 잠시잠깐 내어주는 바다의 속살

행여 사람의 욕심이 볼까, 그 욕심 사진 찍고 요란한 뉴스 만들어낼까
물을 갈라 펼쳤다가 이내 덮어버리는 해시(海市)* 같은 바다의 자비

* 해시 : 신기루

—「바다의 자비」 전문

자비란 조건 없는 헌신이고 사랑이다. 불가의 보살행의 최고 단계인 이 자비행에서 삶은 아무런 응어리가 없는 '흐름'이 된다. 위 시에서 시인은 바다의 숨은 뜻과 전언을 우수한 학인(學人)처럼 참으로 잘 받아 적고 있다.

끝으로 이 세계가 무심(無心)과 무사(無事)의 세계라는 것을 정일근은 말하고 있다. 무심해야 무사하고, 무사해야 무심해지는 법이다. 이것은 은현리, 바다, 어머니가 보여주는 가장 깊고 높은 경지이다. 이 점은 이번 수상 시집 『방!』 속의 맨앞에 수록된 대표작 「치타슬로」를 통하여 아주 잘 나타나고 있다.

달팽이와 함께 느릿느릿 사는 사람의 마을에

개별꽃 곁에 키 작은 서점을 내고 싶다

낡은 시집 몇 권이 전부인 백양나무 책장에서

당나귀가 어쩌다 시 한 편 읽고 가든 말든

염소가 시 한 편 찢어서 먹고 가든 말든.

* 치타슬로(Cittaslow) : 느리게 사는 도시(slow city)라는 뜻의 이탈리아어

—「치타슬로」 전문

이쯤 되면 '그냥' 사는 것이다. 어떤 욕망도 엷어진 채 실재를 그대로 따르는 삶을 사는 것이다. 더 이상 시비하지 않는 삶, 그저 그런 삶, 아무렇지도 않은 삶을 지복(至福)의 한가운데에 두고 살아가는 것이다. 아무도 서로에게, 그 어떤 것도 다른 존재에게 구속이 되고 억압이 되지 않는 삶을 살아가는 것이다. 그런 삶을 가리켜 '평화의 삶'이라고 이름 붙일 수 있다면 그런 곳엔 평화의 삶이 펼쳐지고 있는 것이다. 그리고 그런 삶을 가리켜 '자유의 삶'이라고 이름붙일 수 있다면 그런 곳엔 자유의 삶이 흘러가고 있는 것이다.

이 정도로 정일근이 받아 적은 내용의 소개를 마무리하고자 한다. 더 많은 것들을 언급할 수도 있겠으나 지금까지 언급한 항목들만으로도 핵심적인 내용은 대강 전해질 수 있을 것이라 생각한다. 필자는 개인적으로 정일근의 '은현리 시절'을 남다른 관심과 애정으로 지켜보아 온 사람이다. 그곳에 가보지는 않았지만 그의 시가 전해주는 '은현리 소식'은 언제나 반갑고 애틋한 그 무엇이었다. 그의 수상을 축하한다. 건강하시고, 더 기쁜 '은현리 소식'을 계속 전해주시기 바란다.

제9장

한국 현대문학에 그려진 원효(元曉)의 삶과 사상

— 소설문학을 중심으로

1. 몇 가지 문제 제기

첫 번째 : 요즘 들어 부쩍 인류 혹은 인간 종(humankind)에 대한 사실적이며 객관적인 진단과 냉철한 이해가 더욱 더 필요하다는 생각이 강하게 든다. 지금까지 인간 종들은 그들 자신에 대하여 너무나 큰 주관적이며 낙관적이고 우월적인 환상을 갖고 살았다는 생각이 떠나지 않기 때문이다. 이른바 불교 유식론에서 말하는 제7식의 핵심인 아견(我見), 아애(我愛), 아만(我慢), 아치(我癡)를 마음껏 드러내며 자기도취에 빠졌던 것이 지구별에서 인간 종의 최근 역사가 아닌가 하는 생각이 드는 터이다.

실제로 침팬지와 비교하면 2퍼센트, 그리고 유인원과 비교하면 3퍼센트에 불과한 유전자상의 작은 차이밖에 지니고 있지 않다는 인간 종이 정말로 얼마나 대단한 인문정신과 인문세계를 이룩해왔던 것인가, 인간 종들이 꿈꾸듯이 과연 인간 정신과 인간문화는 앞으로도 계속 진화하며 발전해 나아갈 수 있을 것인가, 모든 생명 종의 활동에 한계가 있듯이 인간 종의 정신과 문화 구축에도 넘을 수 없는 한계가 본질적으로 내재해 있는 것이고 그 한계가 지금 바로 여기에서 나타나고 있는 것이 현실 아닌가, 하는 등의 생각들을 지울 수 없다.

이런 말로 글을 시작하는 까닭은 원효가 인문학으로서의 한국문학에 미친 영향을 살펴보는 것이 이 글의 목적이기 때문이다. 인간이 인간다울 수 있게 하는 최고의 자리에 인문학과 인문정신이 있다면 그 인문학과 인문정신이라는 고차원의 세계를 인간 종이 어디까지 창조하고 내면화하며 살아갈 수 있을 것인지에 대해 근거 없는 희망이나 낙관을 갖고 살아가는 것보다 냉정한 진단이 필요하다. 미국의 정신분석 임상의사이자 연구자인 데이비드 호킨스(David Hawkins)는 『의식혁명』[1]이라는 자신의 책을 통하여 현재 인간 종이 발전시킨 의식지수의 평균점수는 1000점 만점에 207점이라는 분석 결과를 공개하였다. 그러나 이것은 평균점수일 뿐 양적으로 보면 인류 전체의 85퍼센트에 해당되는 사람들이 의식지수 200 이하에 머물러 있으며 오직 15퍼센트에 해당되는 사람만이 200 이상의 자리에 놓여 있다고 전한다. 거칠게 말하자면 이때의 200이라는 의식지수의 지점은 인간의 이기성만이 작동하는 에고의 지점이다. 이런 연구 분석 결과는 인간 종의 현실이 어떤 것인지 잘 알려주는 하나의 자료가 된다.

두 번째 : 원효의 실상(fact)을 우리는 있는 그대로 알 수 없다. 역사적 재구성이든, 전기적 재구성이든, 한 존재의 실상을 재구성하여 온전하게 안다는 것은 너무나도 어려운 일이다. 자서전을 쓰는 사람이 자기 자신을 재구성하는 일조차도 엄밀하게 따지면 불가능하다는 사실은 이와 같은

---

1 데이비드 호킨스, 『의식혁명』, 백영미 역, 판미동, 2011.

작업의 어려움이 어떤 것인지를 잘 보여준다. 그만큼 우리의 대상에 대한 이해력과 분석력, 해석력과 판단력, 달리 말하면 인지능력은 '인지장애'와 같은 한계로 가득한 채 가동되고 있는 것이다.

현실 속의 우리들은 우리 눈앞에 남아 있는 어떤 실증적이라고 불리는 자료들을 겨우 볼 수 있을 뿐이다. 그러나 이 실증적 자료조차도 그 이면은 너무나 복잡한 미로와 같다. 그렇더라도 이것은 인간들이 현실적으로 만날 수 있는 가장 오염이 덜 된 자료이다. 실증적인 자료는 그런 점에서 역사의 토대를 이룬다. 그러나 우리들의 현실 속에 이런 실증적인 자료가 얼마나 남아 있단 말인가. 그리고 실증적인 자료라고 흔히 말하기는 하나 실제로 그것을 얼마나 충분히, 제대로 만들어낼 수 있단 말인가. 남아 있는 것도, 만들 수 있는 것도 한계로 가득하다.

원효에 관한 자료는 그 실증적인 차원에서 볼 때 이런 문제점을 고스란히 안고 있다. 그가 저술한 서책을 제외한다면 『삼국유사(三國遺事)』와 『송고승전(宋高僧傳)』 그리고 「서당화상비(誓幢和尙碑)」가 원효에 관한 소식을 알려주는 실제 자료의 거의 전부이다. 그러나 이런 사정은 원효에 대해서만 해당되는 것이 아니다. 고대의 경우, 어떤 역사적 인물이라도 그 자료의 부족함과 그것을 통한 재구축의 어려움은 동일하게 비슷하다.

이런 사정 속에서도 원효에 대한 역사적 재구성은 그동안 매우 적극적으로 이루어졌다. 우선 그가 남긴 방대한 저술이 역사적 재구성의 훌륭한 자료가 되었고, 앞서 언급한 몇몇 서책과 비문이 그것에 대한 보조 자료가 되었다. 이를 통해 이미 수많은 학자들은 그들이 구축한 역사적 원효상을 여러 연구서 등을 통하여 드러내었다.

이처럼 역사적 재구성(historical reconstruction)도 난해하고 난처한 일이거니와, 문학적 재구성(imaginary reconstruction)은 또 다른 문제를 안고 있다. 역사는 외형상으로만이라도 '사실'을 존중한다고 말하지만 문학은 '있을 법한 사실'로서의 '상상력'을 거침없이 동원하는 양식이기 때문이다. 문학이 상상력으로써 사실을 넘어선 신세계를 의미 있게 만들 수 있는 것은 문학이 지닌 장점이다. 그러나 문학이 역사적 존재에 상상력으로 접근할 때 문학과 역사, 상상력과 사실 사이에 벌어지는 난처한 문제가 제기된다. 원효라는 역사적 존재를 문학이라는 상상력의 세계로 접근할 때 원효와 문학 사이에는 이와 같은 묘한 불편함이 개입된다. 이미 문학자들도 역사와 문학 사이의 이런 문제점을 거론하며 기억하고 있지만, 자현(玆玄) 스님이 김선우의 소설을 대상으로 하여 논한 글 「『발원 1 · 2 : 요석 그리고 원효』를 읽고」(『불교신문』 2015.9.14)는 이와 관련하여 특별히 음미할 만하다.

세 번째 : 존재는 존재일 뿐이다. 마찬가지로 원효는 원효일 뿐이다. 그러나 개인적 요청에 의하여, 또는 시대적, 사회적 요청에 의하여 존재 혹은 원효는 여러 가지 방식으로 호명되거나 배제된다. 호명되거나 배제되는 대상은 그 개인적, 시대적, 사회적 맥락과 관련되어 해석되는 것이 일반적이다.

우리 역사 속에서 원효는 해방 이후부터 시작하여 1960년대에 들어와 더욱 적극적으로 호명되기 시작하였다. 학자들 사이에서도 원효는 대단한 불교인이자 사상가로 연구되어 그 높은 위상이 설정되며, 국가적 차원에서도 나라를 빛낸 인물로 교과서는 물론 지명(원효로[1946년 완공]가 대표적이다)에까지 등장하여 국민 및 나라와 동일시되고,[2] 대중예술의 대

2 참고로 밝히면 '원효대교'도 원효의 이름을 붙인 것으로 1981년에 완공되었다.

표적 양식인 영화나 텔레비전 드라마에까지 등장하기도 하였다. 그리고 어느 사이엔가 일반인들에게도 원효는 '대사(大師)' 혹은 '성사(聖師)'로서 본받을 만한 성인이자 위인이고 도인의 상으로 저항 없이 친숙하게 스며들게 되었다.

문학의 경우, 원효는 1980년대 이전에도 조금은 다루어졌으나 1980년대가 시작되면서부터 부쩍 문제적인 인물로 본격 탐구되거나 언급되기 시작하였다. 서정주, 황지우, 고은, 윤동재 등에서 시작하여 남정희, 고영섭, 고창수, 한승원, 황동규, 이승하, 김선우, 심윤경, 민병도 등으로 이어지면서 원효에 대한 탐구와 관심은 꾸준히 확대되는 가운데 현재에 이르고 있다. 참고로 1980년대 이전의 원효에 대한 성찰과 관심이 나타난 경우를 언급해보기로 한다. 그것은 1940년대의 이광수와 1960년대의 김수영(시 「원효대사」)에게서 보이는 것인데 이들은 양적으로 매우 적은 편이나 그 의미만은 결코 작지 않다.[3]

이 가운데서 이미 1942년에 이광수에 의하여 『원효대사』라는 장편소설이 창작된 것은 좀 더 강조하여 언급할 필요가 있다. 그리고 문학작품은 아니지만 이미 1930년대에 최남선에 의하여 원효의 중요성이 강조된 것도 언급될 필요가 있다고 생각된다.

금년으로 원효 탄신 1400주년이 되었다고 해서 여러 가지 기념행사가 펼쳐지고 있다. 이전보다 더 적극적이면서도 강력하게 원효가 이 땅에 호

---

3 이광수의 『원효대사』에 대한 논의는 아래에서 본격적으로 이루어질 것이므로 여기서 언급하는 것은 생략하고, 김수영의 경우만 언급하기로 한다. 김수영의 시 「원효대사」는 원효가 텔레비전 드라마를 통하여 대중사회 속으로 들어온 것을 일정한 거리 속에서 지적한다. 이른바 원효의 대중화 혹은 상업화의 징후를 문제 삼고 있는 것이다.

명되고 있거니와 그것은 2017년도의 우리가 처해 있는 사회적 · 시대적 현실과 깊은 관련이 있을 것이라 생각된다. 그렇다면 2017년도의 이 시점에서 원효는 왜 그토록 큰 매력과 의미를 지니고 호명되는 것일까. 현재, 원효의 호명은 불교계는 물론 불교계를 넘어서 인문학의 전 영역으로까지 확장되어 이루어지고 있음을 알 수 있다. 그리고 『법보신문』이 지난해 말부터 기획하여 독자들에게 제공하고 있는 '원효에게 길을 묻다'라는 연재물을 보더라도 원효는 이 시대의 멘토로서 호명되고 있을 뿐만 아니라 불교계 너머의 인문학은 물론이요 다시 인문학 너머의 영역으로까지 확대되며 우리에게 길을 안내할 인물로 인식되고 있음을 확인하게 된다. 이와 같은 호명은 언제까지 어떻게 이루어질까? 물론 정확히 알 수 없는 노릇이지만 궁금한 일이 아닐 수 없다. 그리고 그 현상은 우리들이 처해 있는 삶의 현실을 시사해주는 중요한 징후이자 자료가 될 것이다.

네 번째 : 원효를 읽는 방식은 만인만색이다. 어디 원효뿐일까. 어떤 대상도 그것을 읽는 방식은 만인만색이다. 특히 어떤 대상이 하나의 텍스트로서 복합성과 중층성을 지녔다면 그에 대한 읽기는 더욱 다채로워지고, 흥미로워진다. 원효의 경우, 읽기의 대상으로서 이런 모습을 지니고 있다.

주지하다시피 이 땅에 고승은 적지 않다. 더욱이 불교가 전파된 지역을 총망라해서 보면 고승대덕의 숫자는 더욱더 많아진다. 그럼에도 불구하고 왜 원효가 그토록 이 땅에서 남달리 많은 사람들의 관심과 해석의 대상이 되었을까. 이에 대해 다음과 같은 몇 가지 점을 언급해 볼 수 있을 것이다.

첫째로 원효는 불교인이라는 보편성과 한국의 불교인이라는 특수성을 한꺼번에 가지고 있다는 점이다. 불교가 인간 종교를 넘어서 우주 종교라는 점은 널리 알려진 바이다. 그러니 만큼 불교에서 인간이나 국가, 민족 등과 같은 것은 방편의 성격을 띤다. 그런 점에서 원효는 인류로서의 불교인이지만 또 한편으로는 한국의 시공간 속에서 활동했던 한국인으로서의 불교인이라는 이중성을 논하기에 적절한 면을 갖고 있다. 원효의 이와 같은 점은 불교 전반에 대한 관심과 더불어 한국적 시공 속에서의 불교에 대한 관심을 함께 아우르게 한다.

둘째로 원효는 학승이면서 선승이다. 원효가 학승으로서 남긴 저술은 총 80여 부, 150여 권이라고 기록될 만큼 방대한 분량이며 그중 현존하는 학술서 중 상당수가 지금까지도 불교계의 중요한 교과서이자 참고문헌으로 인정받고 있다. 하지만 원효는 선승이다. 그가 의상과 더불어 당나라로 유학을 가던 중에 이른바 '해골바가지 물 사건'으로 인하여 불교 전체를 한 마디로 압축할 수 있는 '심생고(心生故) 종종법생(種種法生), 심멸고(心滅故) 감분불이(龕墳不二)'의 세계를 증득하고 서라벌로 회귀한 것은 그의 선승다운 면모를 보여준 것이다. 학승의 길은 중후하고 선승의 길은 드라마틱하다. 원효는 이 양자를 함께 아우름으로써 학자의 매력과 선사의 매력, 교학의 매력과 선심의 매력을 함께 읽어낼 수 있게 하였다.

셋째로 원효는 귀족과 평민의 중간지대에 놓여 있다. 그가 신분상으로 육두품에 해당된다는 점은 귀족의 영역과 평민의 영역을 분리시키면서 동시에 연속시키는 양면성을 한 몸에 지니고 있다는 근거가 된다. 육두품은 성골과 진골의 시각에서 볼 때 소수자이다. 그러나 일반 하층민들의 자리에서 볼 때는 주류이다. 원효가 타고난 이런 생래적 신분과, 그런 신분적 현실 속에서 관료의 길과 승려의 길을 그에 걸맞게 걸어가야 했던 운명은 많은 것을 사유하도록 이끌기에 충분하다.

넷째로 원효는 성인이면서 범부이다. 그가 탐구한 불교학과 그가 닦은 불학은 그를 성인으로 부르기에 족한 것이다. 그러나 그는 파계를 통하여 '거사'의 신분으로 돌아왔고 그에겐 아들 설총이 있다. 더군다나 아들 설총은 출가인이 아니라 신라 행정부의 실무적 관료가 되었다. 원효를 성인으로 부를 때 그는 대사이고 성사이다. 그러나 그를 범부로 부를 때 그는 남편이고 아버지이며 거사이고 처사이다.

이런 것이 원효의 외양에 불과하다고 할지라도, 그런 외양에서 보이는 양면성과 이중성은 원효를 여러 측면에서 읽어내며 흥미를 더하게 한다.

다섯째로 원효는 지계자(持戒者)이며 파계자이다. 계율이란 엄밀한 의미에서 방편에 지나지 않을지라도 불교 수행의 근본이 계정혜(戒定慧)에 있다는 사실로부터 시사되듯 계율의 준수는 깨달음으로 가는 첫 자리가 아닐 수 없다. 계율을 지키지 않는다면 선정은 다가오기 어렵고, 선정이 다가오지 않는 터에 지혜가 터득되긴 더욱 어렵다.

계율은 출가인들에게는 말할 것도 없거니와 일반 신도들에게도 요구되는 일차적인 윤리이다. 따라서 원효가 파계를 하였다는 것은 일반인들로 하여금 놀라움과 동질감을 함께 느끼도록 만드는 요인이 된다. 고승의 파계는 한편으로는 놀라움의 원천이 되고, 다른 한편으로는 범부를 합리화시키기에 좋은 근거가 된다. 이런 원효의 양면성은 역시 원효에 대한 관심과 해석에 의욕을 느끼도록 이끌기에 충분하다.

끝으로 원효는 지혜인이면서 어리석은 자이다. 그는 천하의 우주적 진리를 알고 있는 고승이지만 『삼국유사』를 보면 현실 속에서 많은 어리석은 행동을 한 것으로 기록돼 있다. 낙산사의 관세음보살을 친견하러 가다가 실패한 일, 사복에게 질타를 받고 입을 다문 일, 혜공과의 대결에서 지고 만 일 등에서 보이듯, 그는 현실 속에서 고승의 도력과 무관하게 어리석다. 이 점 또한 원효의 매력이다. 그가 보여주는 지혜인의 면모와 어리석은 자의 면모가 어우러지면서 사람들의 관심을 유발시킨다.

그러나 뭐니 뭐니 해도 그가 외적으로 평민이 되어, 범부가 되어, 어리석은 자가 되어 백성들의 세상에서 그들의 친구가 되어 살았다는 점이 관심을 끌어낸다. 그는 분명 지혜인이었고 고승이었지만 그의 처소를 백성들이 사는 세간의 한가운데에 두고 그들 속에서 세속인의 표정으로 살았던 것이다. 이런 점들이 바로 원효가 많은 관심과 해석의 대상이 될 수 있는 중요 요인이다.

문제 제기가 길어졌다. 그렇다면 실제로 한국문학 속에서(특별히 한국 현대소설 속에서)[4] 원효는 어떤 방식으로 해석되고 재구되고 의미화되었을까?[5] 가치 있는 허구로서의 문학이라는 양식에서 그 '가치'를 찾아보기로 한다.[6]

---

4 한국 현대소설사에서 원효를 다룬 대표적인 작품으로는 이광수의 장편『원효대사』(1942), 남정희의 장편『소설 원효』(1992), 한승원의 장편『소설 원효』(2006), 심윤경의 단편「천관사」(2008), 김선우의 장편『발원 : 요석 그리고 원효』(2015)가 있다. 이 가운데 남정희의『소설 원효』는 시기적으로 일찍 원효에 주목한 점은 기억할 만하나 문학적 완성도가 미흡하여 본격적인 논의에서 제외하고자 한다. 그리고「천관사」는 연작집『서라벌 사람들』속의 작은 한 부분이므로 간단하게 언급하는 것으로 그치고자 한다.

5 장영우가『법보신문』의 연재물인 '원효에게 길을 묻다' 가운데 여덟 번째 글로서「문학 속의 원효」를 다룬 것은 짧지만 의미가 있다. 그는 이 글에서 이광수의『원효대사』, 한승원의『소설 원효』, 김선우의『발원 : 요석 그리고 원효』를 함께 다루며 원효에 대한 문학적 형상화가 흥미나 설화 위주로 이루어지기보다 원효 사상에 대한 보다 깊은 탐구와 이해 속에서 이루어져야 한다는 점을 지적하고 있다. 장영우,「원효에게 길을 묻다 8－문학 속의 원효」,『법보신문』2017.1.4.

6 한국 현대시에 나타난 원효에 대해 연구한 대표적 결과물로는 이승하의 것이

2. 한국문학이 불러낸 원효의 의미

1) 근대와 근대 너머

인간 종의 삶의 전개 과정 속에 나타난 한 시대가 근대이다. 역사학자들뿐만 아니라 일반 사람들도 이 근대를 특수한 시대로 규정한다. 근대라는 시대 자체의 성격이 특수성을 갖고 있는 데다가, 근대란 우리가 살고 있는 현시대와 특별히 근접해 있거나 우리가 방금 거쳐온 시대이기에 더욱더 각별한 관심의 대상이 되어 있는 것이기도 하다.

인간 종의 삶의 전개 과정 속에서 근대를 진보의 한 형태로 해석하는 입장도 있다. 그러나 어떤 시대가 진보의 잣대로 측정될 수 있는지의 여부는 그렇게 쉽사리 답하기 어려운 면이 있다. 어쨌든 인간 종은 '근대'라고 불리어진 한 시대를 만들어냈고, 그 시대의 영향력은 대단했으며 그 영향은 지금도 여전하다.

이와 같은 근대의 키워드는 '개인'과 '인간', '자유'와 '평등'이다. 모든 개인은 자유로워야 하며 모든 인간은 평등해야 한다는 것이 근대의 이데아

있다. 이승하는 7명(서정주, 김수영, 황동규, 윤동재, 허만하, 고창수, 고영섭)의 현대 시인의 작품 17편을 대상으로 삼아 이들의 작품을 분석한 결과, 원효의 인간적 면모를 부각시킨 경우와 불교 교리에 다가간 것이 주종을 이룬다고 말하였다. 이승하, 「한국현대시에 나타난 '원효' 연구」, 『첨단문화기술연구』 2호, 중앙대학교 문화콘텐츠기술연구원, 2006.12, 29~49쪽. 이승하가 언급한 시인 이외에 황지우, 민병도가 또한 비중 있게 다루어질 수 있을 것이다. 특히 민병도의 시조집 『원효』(목언예원, 2010)는 전편이 원효를 다룬 작품집으로서 그 의미가 매우 크다.

이다. 인간 종의 삶의 여정 속에서 근대의 개인과 인간만큼 세속적으로 대단한 지위를 부여받은 경우도 많지 않다. 그러나 그 지위가 대단하다고 하여 그것이 반드시 좋은 것이라고 말하기는 어렵다. 다만 이데아의 형태가 그러하다는 지적을 할 뿐이다.

근대의 개인에게 주어진 자유는 여러 가지이다. 그것은 법률 속에도 들어 있다. 그러나 그와 같은 문자적 자유 이전의 차원에서 사유해보면 근대가 한 개인에게 부여한 자유의 핵심은 밥벌이의 자유와 성선택의 자유라고 볼 수 있다. 밥벌이의 자유란 각 개개인이 자신의 육신을 먹여살릴 방법상의 자유요, 성선택의 자유란 각 개개인이 자신의 번식을 선택할 자유이다. 말하자면 찰스 다윈이 이야기하는 자연선택과 성선택의 자유가 각 개개인에게 전적으로 개인의 일로서 주어진 것이다. 좀 더 품위 있게 표현하자면 직업의 자유와 결혼의 자유가 주어진 것이다. 이와 같은 직업의 자유와 결혼의 자유는 물적 토대가 되어 여러 가지 다른 자유를 생산해 낸다.

이런 이야기로부터 근대의 문제를 풀어가는 까닭은 그 시대가 어떤 시대이든지 간에 인간 종의 가장 강력한 카르마는 생존의 카르마라고 생각되기 때문이다. 이 문제와 관련하여 지광 스님은 인간의 중독 가운데 가장 큰 중독이 '삶에의 중독'이라고 말한 바 있다. 생명의 한 종인 인간 종은 '생명'이라는 말 자체가 가리키듯이 이 땅에 살고자 왔다. 살고자 하는 그 엄청난 생존 욕구는 인간 카르마의 거의 전부를 만들어 냈다고 하여도 과언이 아니다. 따라서 근대 역시 이 문제로부터 읽어낼 때 그 근대성의 핵심이 포착될 수 있다. 근대는 추상이 아니라 구체이며, 진보라고 불리기 이전에 생존 카르마의 또 다른 형태라고 볼 수 있는 것이다.

근대의 인간이 지닌 평등의 문제도 이런 관점에서 생각해 볼 수 있다.

도대체 무엇이 평등하다는 것인가. 그것은 한 개인이 생존 욕구를 구현할 수 있는 기회의 평등이요 그가 구현한 생존 결과의 평등이다. 밥벌이의 평등성과 성선택의 평등성을 보장하거나 추구한다는 것이다.

따라서 근대의 인간들은 참으로 엄청난 자유와 평등을 보장받게 되었다. 모든 개인이 밥벌이의 주체이며 성선택의 주인공이 된 것이다.

이전의 신분사회의 와해와 가문주의의 쇠퇴가 이와 같은 개인과 인간을 만들어낸 것이다. 더 이상 분리할 수 없는 개인이자 이 지구별의 우월적 중심이라 자처하는 인간은 근대 세계 속에서 개개인의 독자 정부와 인간 중심의 인간 정부를 구축할 수 있는 법적 허락을 부여받게 된 것이다.

한국 근대문학 속에서 원효는 이와 같은 근대적 삶의 도입과 성장 그리고 성숙을 만들어낸 인물로 그려지고 있다. 김선우의 『발원 : 요석 그리고 원효』에서 왕실 권력과 백성 사이의 차별, 귀족불교와 서민 신앙 사이에 나타난 간극, 제정일치라고 할 만한 왕실 권력과 귀족불교의 결탁이 만들어낸 권력과 일반 백성들의 억눌린 삶 사이의 단절은 그야말로 타기해야 할 당대 신라의 문제점이자 모순점인데 그것의 극복을 가능케 하는 존재가 바로 원효로 그려지고 있다. 원효는 개인을 발견하고 그들에게 사회적 자유와 평등, 삶의 자유와 평등을 가져다주고자 하는 인물로 나타난다.

김선우의 소설에서는 요석공주 또한 왕실 권력, 귀족불교, 남성우월주의의 배타성을 넘어선 각성된 주체이자 지식인이며 혁명가로 등장한다. 요석의 이런 모습은 근대가 꿈꾸는 이상적 여성상을 대표한다. 그는 생물학적 여성으로서의 특수성을 지니고 있으면서 근대가 각 개인에게 선사한 자유와 평등을 생존의 현실에서는 물론 사회적 이상의 차원에서도 구현한 인물이다.

김선우의 『발원 : 요석 그리고 원효』에서 원효보다도 인상적인 인물은 요석이다. 요석을 눈뜨도록 만드는 데 원효가 일정한 역할을 하지만 실제로 요석과 원효는 근대적 지성을 지닌 동지로서의 관계를 맺고 있는 자유와 평등사회의 이웃이다.

여기서 더 나아가 원효와 요석은 근대적 계몽주의자의 면모를 지니고 있다. 그들은 백성들을 자유롭고 평등한 개인으로서 눈뜨게 함으로써 신라국에 자유사회 및 평등사회를 구축하고자 한다. 그리고 실제로 백성들은 요석과 원효의 영향에 의하여 그와 같은 눈뜸과 변모를 이룩해 낸다.

그런데 흥미로운 것은 김선우의 『발원 : 요석 그리고 원효』에서 이런 근대적 개인들은 자발적 공동체를 구축하는 데로 나아간다는 것이다. 말하자면 자본주의 시장경제 속에서의 경쟁과 대립, 소유와 지배, 불안과 공포 등에 지배받지 않고 '아미타림 공동체'가 보여주는 바와 같은 자발적 나눔과 협력의 상생 공동체를 이룩하는 데로 나아가고 있다는 것이다. 이런 아미타림 공동체는 승가공동체의 변주 형태처럼 보이기도 한다. 그리고 만해 한용운이 이상향으로 꼽았던 '불교사회주의'의 한 모습을 떠올려 보도록 만들기도 한다.[7]

요컨대 김선우는 그의 소설 『발원 : 요석 그리고 원효』에서 다원적인 의미의 근대적 개인의 생존방식을 넘어서 보고자 하는 소망을 피력한 것으로 이해된다.

그러나 리얼리티의 차원에서 보자면 인간 종에게 참다운 근대적 개인으로서의 자유와 평등을 구현할 수 있는 자질이 있는지에 대해서는 의문

---

7 한용운은 「석가의 정신 - 기자와의 문답」(『삼천리』 제4권, 1931년 11월호) 중 두 번째 문답 항목인 '불교사회주의란'에서 불교사회주의의 현실적 필연성을 말하며 그에 대한 저술 작업을 하고 싶다고 피력한다. 『한용운전집 2』, 신구문화사, 1973, 291~295쪽.

이 든다. 더욱이 특별한 극소수를 제외한다면 아미타림과 같은 공동체, 더 나아가 불교사회주의와 같은 사회적 공동체의 구현이 가능한지에 대해 더욱 큰 의문이 든다.

김선우가 이 점을 설득력 있게 제시하고자 하였다면 인간 종의 특성에 대하여 보다 냉철한 진단과 이해가 선행되었어야 한다고 생각한다. 상상력과 소망에 의하여 인간 종을 한없이 드높은 존재로 들어올리기는 쉽고, 또 그렇게 들어올리는 데서 작자나 독자들이 주관적 기쁨을 추상 속에서 누릴 수는 있어도, 실제로 인간 종의 삶과 진보는 그리 쉽게 희망적 비전을 제공할 수 있는 것이 아님을 말하지 않을 수 없다.

이런 점에서 필자는 김선우가 인간 종에 근대적 패러다임으로서의 개인, 시민, 주체, 인권 등의 개념에만 입각해서 접근하지 말고 진화론적인 차원에서의 '동물' 혹은 불교적 시각에서의 '중생'이라는 관점에서 접근하였다면 보다 복합적인 차원에서의 리얼리티 확보에 성공할 수 있지 않았을까 하는 생각이 든다. 덧붙이자면 권력자와 약자, 지배계층과 피지배계층, 상류층과 하류층, 가진 자와 못 가진 자 같은 근대적 이분법과 선악이분법을 넘어서서 이 두 계층이나 부류가 모두 다윈적인 의미에서의 생명 종이자 동물종이고 불교적인 의미에서의 중생이라는 관점에서 접근하고 이해했다면 인간과 인간 사회의 진면목에 좀 더 가까운 소설 세계를 만들어낼 수 있지 않았을까 하는 생각이 든다.

심윤경의 연작소설집 『서라벌 사람들』에 포함되어 있는 단편 「천관사」[8]에 대해서도 유사한 문제점을 지적해볼 수 있다. 그는 이 단편소설에서 원효의 위력을 과도하게 설정한 것과 더불어 백성들의 변화를 참으로 단

8 심윤경, 『서라벌 사람들』, 실천문학사, 2008, 209~266쪽.

순하게 처리하였다. 말하자면 원효의 감화력에 의하여 서라벌의 백성들이 순식간에 화엄적인 공동체를 이룩함으로써 너무나도 멋진 세계를 만들어내었다는 것이다. 그러나 포교를 해본 사람은 알겠지만 석가모니 부처님도 포교의 한계를 느꼈듯이 원효 역시 저자거리에서 포교하며 그 같은 장애를 수없이 경험하며 난감해 했을 것이고 백성 혹은 중생들의 변화가 참으로 얼마나 어려운 과제인가를 절감했으리라 생각한다. 그런 점에서 심윤경 역시 근대와 근대 너머를 가리키고 있기는 하지만 원효에 대한 이해와 백성 및 중생들에 대한 이해가 너무나도 낭만적이고 안이했던 것이 아닌가 하는 생각을 지울 수 없다.

2) 민족과 민족 너머

우리 문학에서 원효는 민족의 문제와 관련되어 호명되었다. 이광수의 『원효대사』가 그 대표적인 경우이지만 한승원의 『소설 원효』에서도, 그리고 김선우의 『발원 : 요석 그리고 원효』에서도 이 점은 비중의 차이가 있을 뿐 마찬가지이다.

민족이란 근대적인 국가 개념과 다르게 매우 혈연적이며 생물학적인 속성을 지닌다. 민족이란 게젤샤프트와 같은 계약관계로서의 공동체라기보다 게마인샤프트와 같은 정서적이고 숙명적인 공동체의 면모를 지니고 있는 것이다.

국가에 비하여 제도적으로는 허술하지만 심정적으로는 견고한 이 민족 관념은 인간 종이 생물학적 차원의 생존 욕구와 그 삶을 버리지 못하는 한 여전히 그들의 정체성을 좌우하는 핵심 요인일 수밖에 없다. 특히 한국인의 정체성 속에는 이 민족 개념이 무척이나 강력하게 생존 문제와 더불어 내재해 있다고 볼 수 있다.

앞 장에서 언급한 근대를 논의할 경우에도 이 민족 개념은 근대 이전의 자리에서 혹은 근대 문제와 더불어 함께 고려될 수밖에 없다. 그리고 국가를 논할 경우에도 이 민족 개념은 역시 국가 이전이나 국가와 더불어 함께 고려될 수밖에 없다. 요컨대 20세기 한국의 근대와 근대 국가의 문제를 논의할 때 민족 개념은 거기에 선행되거나 동행되는 것이다. 주지하다시피 우리 근대사와 근대국가는 일제강점이라는 특수한 경험으로부터 시작되었고 이 땅의 사람들은 '한 민족'임을 특별하게 의식하며 살아왔다. 이런 까닭에 근대사와 근대국가 속에서도 민족 개념은 더욱더 강화될 수밖에 없었던 것이라 생각된다. 그러나 이런 민족 개념의 강조는 좋고 나쁨의 문제 이전에 인간들이 생존해가는 삶의 한 양태라고 보는 것이 타당하다.

일제강점기 가운데서도 특별히 암흑기라고 불리는 1940년대 초반에 이광수가『원효대사』를 통하여 원효로부터 민족을 불러낸 것은 그대로 그의 생존 현실을 반영한 것이다. 이광수는 민족을 호명하지 않고서는 취약해진 생존 감각을 극복할 수가 없었던 것이고 추락한 자존감을 회복시킬 수 없었던 것이라 생각된다. 말하자면 이광수에게 원효는 불안감과 낭패감, 열등감과 좌절감에 빠져 있던 자신과 조선인들을 기운 나게 해줄 수 있는 선조이자 의지처이자 닮고 싶은 모델로 선택되었던 것이다. 이광수는 자신과 원효를 민족적 차원에서 동일시하거나 외경함으로써 그의 허약한 현실을 넘어서려고 하였던 것이다.

이광수는『원효대사』의 서문인「내가 왜 이 소설을 썼나」에서 이 소설을 쓰게 된 소견을 진지하게 피력하고 있다. 논자에 따라서는 이 서문의 내용을 표면에 드러난 문자 그대로 받아들이지 않고 이면적 의미를 찾아내려고 하는 경우도 있지만, 필자는 서문의 내용을 일단 그대로 받아들여보는 것도 일정한 의미를 가질 수 있다고 생각한다. 물론 이에 대해서는 많은 논의가 필요할 것이나 여기서는 이런 시도를 하는 것 자체에 우선 의미를 두고자 한다. 그때 이 서문의 내용으로부터 몇 가지 사실을 만날 수 있는데 그 가운데 가장 중요한 것이 원효가 민족의 문제와 연관되어서 작가를 사로잡고 있다는 것이다. 아래에 그 실례를 몇 가지 들어보기로 한다.[9]

- 내가 원효대사를 내 소설의 주인공으로 택한 까닭은 그가 내 마음을 끄는 사람이기 때문이다. 그의 장처 속에서도 나를 발견하고 그의 단처 속에서도 나를 발견한다. 이것으로 보아서 그는 가장 우리 민족적 특성을 구비한 것 같다.

- 나는 언제나 원효대사를 생각할 때에는 키가 후리후리하고 눈이 어글어글하고 옷고름을 느슨히 매고 갓을 앞으로 수긋하게 쓰고 휘청휘청, 느릿느릿 걸어가는 모습을 본다. 이것은 신라의 화랑의 모습이요, 최근까지도 우리 선인들의 대표적인 모습이었다.

- 그는(원효는－필자) 국민으로는 애국자요, 승려로는 높은 보살이다.

- 나는 이 소설에서 원효를 그릴 때에 그의 환경인 신라를 그렸다. 왜 그런고 하면 신라라는 나라가 곧 원효이기 때문이다. 크게 말하면 한 개인이 곧 인류 전체이지마는 적어도 그 나라를 떠나서는 한 개인을 생각할 수 없기 때문이다.

9 아래의 인용문은 이광수의『원효대사』서문에 들어 있는 내용을 발췌하여 적어본 것이다. 이광수,『원효대사』, 애플북스, 2014, 13～18쪽.

• 나는 원효를 그림으로 불교에 있어서는 한 중생이 불도를 받아서 대승 보살행으로 들어가는 경로를 보이는 동시에 신라 사람을 보이고, 동시에 우리 민족의 근본정신과 그들의 생활 이상과 태도를 보이려 하였다.

• 나는 우리 민족을 무척 그립게 아름답게 본다. 그의(민족의 – 필자) 아무렇게나 차린 허술한 속에는 왕의 자리에 오를 고귀한 것이 품어 있다고 본다. (중략) 그는 결코 저를 잃음이 없이 민족의 단일성을 지켜 내려왔다.

여기서 민족과 관련된 이광수의 소견을 좀 더 구체적으로 살펴볼 수 있다. 우선 이광수에게 원효는 우리 민족이 그러하듯 장점과 단점을 함께 지닌 존재이다. 그리고 원효는 화랑이나 군자 및 선비 등과 같은 우리 민족의 자랑할 만한 표상이요 애국애족의 마음을 지닌 공심(公心)의 인물이다. 또한 원효는 인류이기 이전에 신라라는 민족적 공동체의 일원이요 우리 민족의 근본정신과 이상을 지닌 존재이다. 이광수는 이런 우리 민족을 무척이나 그립고 아름다운 존재라고 규정한다. 그러면서 우리 민족은 어떤 어려움 속에서도 고귀한 품성을 잃지 않고 '민족의 단일성'을 지켜 내려온 역사를 지니고 있다고 말한다.

이광수의 이런 발언은 민족적 정체성이 멸실되고 그 자신도 친일행위를 할 수밖에 없었던 1942년도의 현실 속에서, 그러나 내면 깊은 곳에서 긍정하지 않고서는 견딜 수 없었던 민족을 원효라는 인물에 의지하여 살려내고자 하였던 마음의 소산으로 읽힌다.

민족 문제를 언급할 때 그것은 이광수의 『원효대사』에서도, 한승원의 『소설 원효』에서도 그리고 김선우의 『발원 : 요석 그리고 원효』에서도 '전쟁' 문제와 함께 묘사되고 논의된다. 민족이라는 생존 공동체의 보존과 확장을 위하여 '전쟁'에 어떻게 임해야 할 것인가 하는 문제가 결코 안이하거나 쉽게 접근할 수 있는 일이 아니기 때문이다.

당시의 역사적 정황이 그러했듯이 이 세 편의 소설에서도 전쟁은 고구려/신라/백제 간의 삼국 전쟁에다가 당나라라는 중국의 출현이 주된 배경을 이루고 있다. 여기서 일차적인 민족 개념은 각 나라의 구성원들이다. 그리고 2차적인 민족 개념은 고구려/신라/백제라는 삼국 구성원들이다. 그렇다면 민족의 보존과 확장을 도모하는 전쟁에서 원효는 어떤 방식으로 해석되고 호명된 것일까.

이광수의『원효대사』에서 원효는 민족을 위하여 전쟁을 허락하는 인물이다. 원효가 도적떼의 굴에 들어가 그들을 감화시킨 후 전쟁터로 나아가게 한 것이 단적인 예이다. 그에 반해 한승원의『소설 원효』에서 원효는 민족 간의 전쟁을 반대하는 반전주의자이자 세계주의자이다. 여기서 원효는 역사적 현실보다 불교적 이상을 더 앞자리에 두는 인물로 그려진다. 그런가 하면 김선우의『발원 : 요석 그리고 원효』에선 원효가 전쟁에 매우 소극적인 인물로 표현된다. 그는 전쟁에 앞장서서 살생을 감수하며 민족을 수호하고 확장하는 인물이 아니라 후방에서 부상자들을 치유하는, 그것도 민족이나 국가를 넘어서서 모든 부상자들을 한결같은 마음으로 치료하는 소극적 전쟁 반대자로 묘사된다.

참으로 난처한 일이다. 민족이라는 직접적 생존 공동체를 위하여 전쟁을 어떻게 대할 것인가 하는 문제는 앞에서도 말했듯이 결코 쉽게 답을 찾을 수 있는 것이 아니기 때문이다. 동일한 인물인 원효가 세 작가에 의하여 이렇듯 서로 다른 세 가지 양상으로 불려나왔다는 것은 각 소설가가 지닌 세계관 및 원효관(元曉觀)의 차이 때문이기도 하겠지만 그들이 처한 현실의 생존 위험이 얼마나 절박한 정도의 것이었던가 하는 문제와도 연관이 있다고 생각된다. 말하자면 이광수의 시대보다 한승원이나 김선우의 시대는 한결 생존상의 여유가 있었던 시대였다는 말이다.[10]

민족은 절대개념은 아니다. 그러나 삶에 중독된 인간 종들에게 생물학적, 혈연적 의미를 상당히 짙게 지닌 민족 개념은 절대적인 것에 가까운 무게를 지니고 있다. 사회적 동물로서의 인간 종에게 민족이라는 공동체는 넘어서기 어려운 현실적 힘을 발휘하는 것이다.

어쨌든 이광수의 『원효대사』에서 원효는 민족의 최고 자리에 놓고 싶은 위인이다. 그리고 한승원의 『소설 원효』에서 원효는 역설적이지만 민족을 넘어선 세계주의자로 민족의 자랑이다. 그리고 김선우의 『발원 : 요석 그리고 원효』에서 원효는 모든 민족을 동일하게 사랑하는 자비의 신라인이자 그 너머의 보살이다.

한승원의 『소설 원효』에 나타난 민족 문제에 대해 조금 더 언급하기로 한다. 한승원은 원효를 반전주의자이자 세계주의자로 숭모하지만, 그가 원효와 의상, 신라와 당나라의 문제를 다룰 때 그의 애정은 온전히 원효와 신라에만 편중되어 나타난다. 토착적 인물인 원효에 비하여 당나라로 유학을 간 의상의 면모는 너무나 낮은 것으로 묘사되고 있으며, 신라에 대해 작가가 보여주는 애정에 비하여 큰 나라인 당나라에 대한 평가는 또한 너무나 인색하다. 그런 점에서 한승원은 매우 보수적이고, 『소설 원효』 속의 원효는 그 보수성을 만족시키고 있기에 한승원의 사랑을 받고 있다는 생각을 지울 수 없다.

---

10 여기서 코살라국 왕 비두다바의 석가족 침공에 대하여 석가모니 부처님이 보인 대응방식을 참고로 생각해 볼 수 있다. 석가모니 부처님은 궁극적으로 반전론을 선택한 셈이고, 그럼에도 불구하고 끝내 석가족이 멸망한 것을 보고 이를 인연업보론으로 해석하였다.

바야흐로 인류는 글로컬리티를 지향하는 시대이다. 민족은 로컬리티의 중심에 있는 생존 현실이자 관념적 세계이다. 그러나 이 민족 너머를 바라보고 포용하지 않을 때 로컬리티는 협소한 보수성과 생존에서의 위험성을 벗어나기 어렵다. 그런 점에서 원효를 글로벌리티의 모델로 이해하고 묘사하는 것은 로컬리티의 한계를 해결해주는 동시에 글로컬리티의 종합성을 만족시켜주는 일이기도 하다. 지금 우리가 원효에게 길을 묻는 것이 의미를 갖는다면 그것은 원효가 이런 로컬리티와 글로벌리티를 함께 이야기할 수 있는 회통의 인물이자 중도의 인물이기 때문에 가능할 것이다.

3) 파계(에로스)와 파계(에로스) 너머

원효를 다룬 한국문학에서 파계의 문제는 핵심에 놓인다. 그렇다면 이처럼 문학 속에서 핵심을 이루는 파계란 무엇인가. 또한 계(戒)란 무엇인가. 누구나 알고 있는 것 같지만 이 파계와 계의 문제를 근원적으로 사유할 때 이들 자체의 문제는 물론 원효와 관련된 파계와 계의 문제도 보다 심도 있게 이해할 수 있을 것이다.

불교는 계정혜(戒定慧) 삼학을 교리의 중심에 놓고 있다. 이때 계와 정은 혜에 도달하기 위한 디딤돌과 같다. 계가 성취되어야 정이 이룩되고, 계와 정이 구현되어야만 혜가 나타날 수 있다. 이와 같은 계는 모든 인간사회의 형성과 유지 및 발전을 위한 초석이 된다. 우리나라로 따진다면 저 고조선의 8조금법에서부터 현재의 대한민국 헌법에 이르기까지, 인류사적으로 본다면 기독교의 10계에서부터 유가의 3강5륜과 불가의 5계에 이르기까지, 모든 계율은 인간 종이 사회를 이루며 살아가는 생존 규율이다.

이때 모든 계율의 핵심은 인간 종이 그토록 살고자 하는 생존 욕구를 존중하고 만족시키는 데 그 근거가 있다. 그러므로 모든 계율의 중심에서는 생존 유지에 필요한 것이 무엇인지를 고려하여 살생을 금하고(목숨의 차원), 도둑질을 금하며(밥의 차원), 사음을 금하는(번식의 차원) 것이다. 말하자면 다윈이 그토록 강조하는 자연선택과 성선택의 조건을 보호해주는 것이다.

우리 문학이 그동안 인간 종의 살고자 하는 욕구의 원천인 식욕과 성욕에 그토록 엄청난 지면을 할애해온 것도 이와 맥을 같이한다. 식욕과 성욕, 달리 말해 가난의 문제와 성애의 문제는 인간 종이 중생지견(衆生之見)을 넘어서지 않는 한 해결될 수 없는 문제이고 그것은 인간들을 괴롭히면서 또한 추동하는 원동력인 것이다.

원효가 한국문학에 들어올 때 원효는 계율의 핵심이라고 할 수 있는 불살생계와 불사음계의 문제를 제기하였다. 이 중 불살생계는 전쟁의 문제를 다루는 데서 직접적으로 나타났고 지배계층과 피지배계층의 평등 문제를 다루는 데서 간접적으로 나타났다. 그리고 불사음계는 요석공주를 비롯한 여인들과 원효 사이의 연정 문제에서 직접적이면서 비중 있게 등장하였다.

계란 절대성을 지니기보다 인간 종의 살고자 하는 욕구를 평화롭게 해결하고자 하는 데서 나타난 일종의 방편이다. 그리고 그 계란 인간 종의 중생성(衆生性)을 일차적으로 순화시키는 인간 지성의 한 양태이다. 그러나 살고자 하는 존재로서의 생존 카르마에 독하게 젖어 있는 인간 종들에게 이 계를 지킨다는 것은 그리 쉬운 일이 아니다. 그것은 출가한 승려들에게도 마찬가지여서 파계의 문제는 언제나 관심사가 된다.

원효는 외형상 파계승이다. 요석공주와 애욕을 나눠 설총을 낳았고, 승려의 신분에서 소성거사의 신분으로 내려와 저자거리의 사람이 되었다는 것이 전설 혹은 기록상의 내용이다. 애욕의 문제를 초월하지 못하고 생존 카르마에 그대로 이끌리고 만 존재가 원효인 것이다. 이런 원효의 성적 파계 문제를 한국문학은 매우 흥미로워 하면서 서로 다른 입장에서 다루고 있다.

먼저 이광수의 『원효대사』를 보면 원효는 요석공주뿐만 아니라 진덕여왕까지 그에 대한 연정을 느낄 정도로 매력적인 인물이며 더 나아가 요석공주와 진덕여왕 사이에 질투심까지 불러일으키는 성애의 대상이다. 결국 원효는 이와 같은 여인들의 적극적인 연정 속에서 파계승이 되거니와 특별히 요석공주와의 사이에서 아들까지 낳는 일이 발생하게 된다.

이광수의 『원효대사』에서는 원효의 파계가 여성들에 의하여 이루어진 어쩔 수 없는 일처럼 묘사된다. 그리고 더 나아가 그의 파계 행위가 공심에 의한 것과 같은 기미를 드러내며 마침내는 요석공주가 비구니가 되어 원효의 수도와 포교에 동행하는 승가 구성원이 되는 것으로 결말을 낸다.

이광수의 『원효대사』에서 파계의 중생적 기미가 강하게 드러났다면 한승원의 『소설 원효』에선 원효의 파계를 아예 부정하고 공인이자 도인으로서의 원효상을 그려보이고자 한다.

한승원은 원효의 파계와 관련된 이른바 '자루 없는 도끼' 노래를 다음과 같이 다르게 받아들인다.

> 신라 땅의 모든 젊은이들과 물자가 전쟁터로 실려 나가던 그 판국에 원효는 여자 생각이 동하여 전쟁으로 말미암아 과부가 된 요석공주하

고 동침이나 하고 싶어 한 파렴치한 승려였더란 말인가.[11]

요컨대 한승원은 원효와 관련된 파계의 이야기가 설득력 없는 것이며 원효를 폄하하려는 음모론의 가능성까지도 상정할 만한 수준의 것이라고 주장한다. 한승원은 하늘이 무너지려 한다는 것과 자루 빠진 도끼는 당시 전쟁 상황에 빠져 있는 신라 사회를 말한 것이라고 본다. 중생을 도탄에 빠지게 하는 삼국 전쟁을 중단해야 한다고 주장하는 지성인이 없는 당시의 신라 사회는 진리라는 자루가 빠져버린 도끼와 같다는 것이다. 뿐만 아니라 이것을 더 깊이 읽어보면 자루가 빠져버리고 없는 도끼는 '눈[胚芽]을 잃어버린 우주적인 씨앗'과 같은 것을 뜻한다고 해석한다.

한승원의 『소설 원효』에서 원효의 성적 욕망과 파계는 들어설 틈이 없다. 그는 『삼국유사』의 내용 자체를 의심하며 『삼국유사』에 수록된 '자루 빠진 도끼' 이야기의 기존 해석을 부정한다.

한승원에게 원효는 인간 종을 넘어선 도인이다. 그는 도인으로서의 원효에게 한없는 외경의 마음을 보내면서 그를 아낀다. 이런 한승원에게 원효를 따라다니는 파계의 대표적인 두 가지인 욕구로서의 살생심과 음욕심은 처음부터 부정되고 그의 작품 속에 수용되지 않는다.

한승원이 『소설 원효』에서 원효를 반전주의자로 그려보인 것은 살생심의 부재와 관련된 것이요, '자루 빠진 도끼' 이야기를 나라 살리기와 신성한 진리의 회복이라는 문제로 해석한 것은 음욕심의 부재와 관련된 것이다.

원효에 대한 한승원의 이런 묘사는 이광수의 그것보다 원효를 높은 경

---

11 한승원, 『소설 원효』 1, 비채, 2006, 8쪽.

지에 두고 있는 것이다. 물론 이것은 리얼리티의 차원과는 좀 다른 점이다. 그러나 드러난 것만 놓고 본다면 이광수의 『원효대사』에서 원효는 인간과 도인 사이를 오가고 있는 존재이며 한승원의 『소설 원효』에선 원효가 인간 너머의 도인으로 상정되고 있다.

이제 김선우의 『발원 : 요석 그리고 원효』를 살펴보기로 하자. 김선우의 『발원 : 요석 그리고 원효』에서 원효는 요석과 도반의 관계로서 개인적 연정을 넘어 사회적, 정신적 동지애를 주고받는다. 도반으로서의 연정이란 상대를 지배하여 자신의 생존욕을 확장시키며 공고하게 하기 위한 중생적 욕망과 달리 서로가 서로의 존재를 존중하고 발전시키며 해방시키는 가운데 인간 종으로서 지닌 성적 능력을 사용하는 것이라 할 수 있다. 이것을 보살적 사랑이라고 부를 수 있다면 그런 표현이 적절할 터인데 이런 일이 어떻게 현실 속에서 가능할 수 있는가의 문제는 깊은 탐구를 요한다.

김선우는 『발원 : 요석 그리고 원효』에서 '자루 빠진 도끼' 이야기를 일차적으로 사회적, 정치적 차원의 민중적 관점에서 묘사한다. 도끼 자루란 권력을 의미하는 것인데 그 권력이 백성들에겐 거의 전무하다는 것이다. 그러니 이 권력을 백성들이 지니게 한다면 왕실과 귀족 중심의 비정상적인 권력 집중 현상이 해체되고 민중들이 주인이 되는 새 나라가 건설될 수 있다는 것이다. 그러나 이차적으로 김선우의 『발원 : 요석 그리고 원효』에서 '자루 빠진 도끼'는 정신적, 영성적 차원에서 권력의 결핍이나 결여가 아니라 자유와 해방의 구현을 가능케 하는 표상이 된다. 이와 관련된 부분을 인용해보기로 한다.

> 원효의 얼굴에 순간적인 긴장이 어리는 것을 일별한 후, 국왕이 하

문했다.

"자루 없는 도끼에는 새 자루를 끼워야 하지. 자루를 끼우지 않고는 도끼질을 못할 것이 아니냐?"

"백성들의 도끼에는 자루가 없습니다. 도끼날밖에 가진 것이 없는 백성들, 온몸으로 도끼날인 백성들, 의지할 혈통도 권세도 없는 백성들, 자루 없는 도끼라야 진정한 새 하늘을 열 수 있는 지도 모르옵니다. 백성들 스스로 찾아낸 의미가 그것이라 여깁니다."

원효를 쏘아보는 국왕의 미간이 또 한 번 성마르게 꿈틀거렸다.

현실적인 부와 권력의 질서는 도끼를 움직이는 자루이다. 그런데 지금 이자는 기존의 질서와 무관한 자리에서 새 하늘이 열린다는 말을 하고 있지 않은가. 부와 권력으로부터의 단절, 그것을 결핍과 소외가 아니라 자유와 해방이라고 받아들이는 사유의 역전은 국왕의 심장에 소름이 돋게 했다.

이자를 어떻게 처리할 것인가.

국왕은 원효를 노려보며 침을 삼켰다.

"네가 원하는 새 시대란 어떤 것이냐?"

"모든 중생이 번뇌를 벗고 해탈에 이를 수 있는 큰 수레의 시대를 그리워합니다."[12]

위에서 보듯이 국왕과 백성이 권력과 부를 중심에 놓고 세속적 대립을 할 때 '도끼 자루'는 권력과 부의 재편을 통한 평등사회의 실현을 가능케 하는 것이며, 권력과 부 자체가 세속적 짐이 된다는 입장을 취할 때엔 이의 부재를 오히려 장점으로 삼아 새 시대의 구현이 가능하다는 것이다. 그러나 원효가 '도끼 자루'를 통하여 궁극적으로 이룩하고자 하는 세상은 인용문의 맨 뒷부분에 나와 있듯이 '모든 중생이 번뇌를 벗고 해탈에 이

12 김선우, 『발원 : 요석 그리고 원효』 2, 민음사, 2015, 202~203쪽.

를 수 있는 큰 수레의 시대'이다. 즉 대승불교적인 차원의 해탈과 평등심이 구현된 세계이다.

여기서 원효는 대승불교인이다. 그러나 실제 작품에서 원효와 요석이 보여주는 왕실 권력과 엘리트 불교 권력에 대한 비판과 공격은 백성들에 대한 애정과 관심에 비해 너무 각박한 것으로 보인다. 만약 보다 폭넓은 의미에서의 대승불교인이라면 왕실 권력과 엘리트 불교 권력에 대해서도 동일한 연민심과 자비심을 보여주어야 했을 것이다. 이것은 현실적 권력자이든 약자이든 중생이라는 견지에서 보면 대동소이하고 이들 모두가 번뇌를 벗고 해탈에 이를 수 있을 때에 진정한 큰 수레의 새 시대가 올 수 있을 것이기 때문이다.

지금까지 살펴본 김선우의 『발원 : 요석 그리고 원효』에서 파계의 대표적 두 마음인 살생심과 음욕심 중 전자는 전쟁을 막을 수는 없으나 국경을 넘어선 전쟁터의 모든 인간에 대한 연민심과 보살핌의 마음으로, 후자는 도반으로서의 동지적 · 이성적 만남이라는 음양의 초월적 하나됨으로 승화된다. 그럼으로써 원효와 요석은 인간 종의 생존 카르마를 넘어서게 되고 세속적 이상주의보다 높은 초월적 이상주의를 꿈꾸는 데로 나아가게 된다.

3. 결어 : 한국문학과 원효의 미래

한국문학과 원효의 미래는 한국문학과 불교의 미래라고 바꾸어 말해도 무방하다. 원효는 인간 원효이지만 궁극으로는 불교인이기 때문이다. 그런 점에서 원효는 불교를 자신의 방식으로 가장 잘 체현한 일종의 역사적

'화신(化身)'으로서 특별한 애정을 받아 온 불교인이다.

필자의 견해로 불교는 존재와 세계의 현상과 본질을 가장 철저하게, 그리고 폭넓게 아우른 관점과 통찰력을 갖고 있다. 불교는 데이비드 호킨스가 말한 바 인간의 의식지수가 0부터 1000에 이르는 전 과정을 이해하고 있는 종교이며, 인간을 찰나와 무한 속에 함께 놓고 볼 수 있는 종교이고, 극미와 극대를 함께 볼 줄 아는 종교이다. 그런 점에서 불교는 응용의 폭이 크고 인간 종뿐만 아니라 어떤 존재에 대해서도 극단적인 견해를 삼가는 종교이다.

우리가 살고 있는 근대, 아니 후기 근대라고 부를 수 있는 현 시점은 앞으로 나아가야 할 지표로서의 건전한 패러다임을 갖고 있지 못한 시대이다. 다시 말하면 인간 종의 생존 욕구가 만개한 시대로서의 근대와 후기 근대를 지나면서 인간들은 더 이상 생존 욕구의 만개에다 발전과 행복의 목표를 맞출 수 없는 지점에 와 있다. 이것을 가리켜 인간의 에고가 극한 지점까지 확장된 시대로서의 근대와 후기 근대를 넘어설 패러다임이 필요한 상황이라고 말한다면 적절할 것이다.

이와 같은 근대와 후기 근대는 이전 시대보다 얻은 것도 많지만 잃은 것도 상당히 많다. 그것은 앞에서 생존 욕구, 에고 등으로 표현한 중생심의 작동이 성공가도를 달린 만큼 그 그림자를 고스란히 동반하고 있기 때문이다. 현재 인간들의 의식지수가 기껏해야 평균 207에 머물러 있다는 호킨스의 분석은 이런 근대와 후기 근대인의 모습을 그대로 보여준다고 할 수 있다.

한국문학은 이런 현실 속에서 불교인인 원효를 상당히 매력적인 인물로 사랑하고 수용하였다. 그는 저 먼 곳의 신라인이면서도 근대와 후기 근대인의 비전을 보여준 사람이면서 또한 이것들을 넘어서게 한 사람으로 작가들에게 읽혀졌다. 그러니까 원효는 근대와 후기 근대인이 인간적 유토피아를 이룩하며 살 수 있는 최대치의 삶을 가리켜 보여준 인물이면서, 인간적 유토피아 아래 숨어 있는 근대와 후기 근대의 상처를 치유하도록 이끈 존재이기도 하다고 느껴진 것이다. 그렇다면 작가들은 원효에게서 어떻게 근대 혹은 후기 근대로 지칭될 수 있는 현재의 성취와 더불어 그 성취 이면의 상처를 치유할 수 있는 세계를 발견하게 된 것일까? 그것은 일차적으로 원효의 힘이라기보다 불교의 힘이라고 생각된다. 원효는 바로 불교의 세계를 통하여 근대와 후기 근대의 성과도 만들어내었으며 그 이후도 준비하게 하였던 것이다.

원효는 한국문학에서 민족 개념과 더불어서 많이 논의되었다. 민족이란 근대 및 후기 근대와 결합될 때에도, 그리고 국가라는 개념과 결합될 때에도 뭔가 어색한 부분이 존재한다. 근대, 후기 근대, 국가 등의 개념이 사회적 성격을 띤다면 민족이란 개념은 혈연적, 생물학적 성격을 띠고 있기 때문이다. 그럼에도 불구하고 이 땅에서 이들은 서로 결합되어 사용되었다. 따라서 원효는 한편으로 근대, 후기 근대, 국가의 문제와 관련되어 수용되었으면서도 다른 한편으로는 민족의 개념과 더불어 수용되었다. 불교는, 그리고 불교의 화신인 원효는 근대도, 후기 근대도, 국가도, 민족도 그 특성과 경계가 약화되고 있는 현재는 물론 미래에, 앞서 말한 근대 및 후기 근대 이후는 물론 국가와 민족 이후도 지시할 수 있는 미래적인 존재이다. 불교든 원효이든 이들은 국가 너머, 민족 너머를 가리키는 거대한 스케일의 담론을 지니고 있기 때문이다.

지금 한국문학은 상당히 큰 어려움에 처해 있다. 근대와 후기 근대의 끝자리에서, 국가주의와 민족주의가 약화되는 현실 속에서 이전의 근대적 이성이나 인간중심주의 및 혈연중심주의의 패러다임으로는 새로운 언어를 만들어낼 수 없는 지점에 와 있는 것이다. 그런 상황에서 우주 종교라고 불리는 불교와 그 불교를 현실과 대중 속에서 화작(化作)의 방식으로까지 유통시킨 원효는[13] 새 지평을 여는 데 크게 기여할 가능성을 갖고 있다. 현재 우리 문학에서 얼마간 보이기도 하는, 원효를 예찬하고 불교를 예찬하며 이들을 신성화하고 신비화하는 경향은 그 나름의 의미가 있지만 큰 역할을 하기는 어렵다. 예찬과 신성화 대신 원효와 불교를 철저하게 이해하고 내면화하여 그것을 우리 문학의 새로운 길을 여는 데 등불로 삼을 때 우리 문학은 리얼리티를 지닌 새 지평을 열어갈 수 있을 것이다.

이른바 '도(道) 프로그램'이 부재한 채, 다원적인 인간관과 인간 생존 욕망의 확장만을 극한까지 밀고 나온 것이 지금까지의 우리들의 삶이다. 그러면서 인간 종을 다른 종과 구별되는 특별한 존재로 상상하고 산 것이 또한 우리들의 삶이다. 이런 차원에서 제아무리 새로운 시스템을 만들고 새로운 양식의 문학을 창작한다 하더라도 그것은 한계 내에서의 또 다른 반복일 뿐이다. 이제 우리들의 삶과 문학은 그간의 인간 이해를 현실적으로 냉정하게 진단하고 수정하며 인간 종은 물론 세계에 대한 보다 높은 차원의 안목을 터득함으로써 삶과 문학이 공히 발전할 수 있는 길을 걸어가야 한다. 여기에 '도 프로그램'의 최고봉에 놓여 있다고 보아도 과언이 아닌 불교와 불교인으로서의 원효는 많은 시사점을 제공할 것이다.

13 법륜, 『깨달음』, 정토출판, 2012, 141~144쪽.

제10장
한국 근현대시에 나타난 '자화상' 시편의 양상

— 근대적 자아인식의 극복을 위한 하나의 시론

1. 문제 제기

자화상은 내가 나 자신을 스스로 인식하여 표현한 나의 상이다. 여기서 '나', '인식', '나의 상'이라는 세 가지 말은 특별한 주목을 요구한다. 그것은 바로 '나'란 무엇인가, '내가 나를 인식한다는 것'은 무엇인가, '내가 인식한 나의 상'이란 어떤 것인가와 같은 심각한 주제이자 물음이 이 속에 내재돼 있기 때문이다.

인간은 거울이 없다면 평생 자신의 얼굴을 볼 수 없는 신체 구조상의 특성을 갖고 태어났다. 이것은 매우 상징적이고 시사적이다. 그러나 인간은 그러한 신체상의 구조적 한계 속에서 자의식을 탄생시켰으며, 그 자의식은 마침내 거울을 만드는 데로 나아가게 하였고, 거울의 탄생은 인간들로 하여금 평생토록 자신을 거울 속에 비추어보며 자의식을 강화시키는 역설을 창조하였다.

자화상은 거칠게 말하면 이런 자의식과 거울창조의 산물이다. 그런데

'나'라는 의식, 곧 자의식이란 한낱 '형성된 의식'에 지나지 않는 것이라 할지라도, 그 의식은 물질처럼 견고한 현실적 구속성을 지녔으며 사람들은 이 자의식에 토대를 두고 그 자신이 '나라고 생각하는' 존재를 지키고 영위해 나아간다. 그런 점에서 나는 바로 나라는 자의식이 만들어내고, 창조하고, 영위해 나아간 하나의 '구성적 산물'이다.

근대가 되면서 세계는 인간중심주의와 개인중심주의를 근간으로 삼고 형성 및 전개되었다. 그런데 근대를 한가운데서 지배하고 이끈 이런 인간중심주의와 개인중심주의는 시인들의 자아인식에도 고스란히 영향을 미쳤다.

그렇다면 인간중심주의와 개인중심주의란 무엇인가. 그것은 인간과 개인을 중심에 놓고, 이른바 분리의식과 차별의식을 핵심으로 삼아 세계를 바라보면서 인간사와 생을 영위하는 하나의 세계관이자 틀이다. 이런 세계관이자 인생과 삶의 틀은 그야말로 근대인들의 보편적인 삶뿐만 아니라 예술 전반, 더 나아가서는 이들의 일상적인 미시적 삶 하나하나까지를 움직이고 지배하는 심층적 동인이 되었다.

'자화상'이라는 제목으로 시를 비롯한 예술 분야의 창작품이 본격적으로 왕성하게 문제성을 띠면서 등장하게 된 것은 이와 같은 근대의 일이다. 그만큼 인간이며 개인이라는 개체적 인간의식과, 분별적 자의식의 형성은 예술가들에게 자기 자신을 스스로 운영하고 책임질 주체로서의 의무감과 책임감을 무겁게 부여하였으며, 그들은 이런 의무감과 책임감이 가져온 열정 속에서 자기 자신을 마침내는 차별적 소유 개념으로까지 인식하며 그들이 믿는 자아성장과 자아성공 그리고 자아발전에 힘을 기울였다.

우리 시 속에서도 근대에 이르러 「자화상」 시편의 창작은 하나의 주목할 만한 '현상'으로 드러난다. 1923년에 창작된 박종화의 「자화상」을 필두로 하여 이상(1936), 노천명(1938), 윤곤강(1939), 윤동주(1939), 서정주(1941), 박세영(1943), 한하운(1949), 김현승(1957), 박용래(1973), 박두진(1976), 고은(1978, 1997), 최승자(1981), 장석주(1985), 윤승천(1986), 박세현(1987, 1990), 윤성근(1988), 이수익(1988, 2007), 문정희(1991), 임영조(1992), 김형영(1993), 유안진(1993), 이대흠(1997), 이경임(1998), 장석남(1998), 박용하(1999), 이선영(1999, 2003), 유하(2000), 김춘수(2001), 오탁번(2002), 이응준(2002), 김상미(2003), 조용미(2004), 이원(2007), 김종길, 김규동, 김남조, 정진규, 이근배, 김종해, 강은교, 김지하, 신달자(이상 2009) 등의 시에서 「자화상」 시편을 찾아볼 수 있다.[1] 따라서

---

1 괄호 속의 연도는 시집을 출간한 경우엔 시집의 발간 연도를 기준으로 하였고, 시집을 출간하지 않은 경우엔 발표 연도를 기준으로 하였다. 그리고 뒤의 김종길부터 신달자까지의 9명의 시인은 『시인세계』 2009년 여름호 특집란에 '자화상'이라는 대제목 아래 각각의 소제목을 달아 발표한 것임을 밝혀둔다. 부연하여 「자화상」 시편이 수록된 시집명 혹은 지면을 모두 제시하면 다음과 같다.
박종화, 『흑방비곡(黑房秘曲)』(조선도서주식회사). 이상, 『조선일보』 1936.10.4. 노천명, 『산호림(珊瑚林)』(자가본). 윤곤강, 『동물시집』(한성도서). 윤동주, 『하늘과 바람과 별과 시』(정음사). 서정주, 『화사집(花蛇集)』(남만서고). 박세영, 『자화상』(조선출판사). 한하운, 『한하운시초』(정음사). 김현승, 『김현승시초』(문학사상사). 박용래, 『강아지풀』(민음사). 박두진, 『속(續) · 수석열전(水石列傳)』(일지사). 고은, 『새벽길』(창작과비평사)과 『어느 기념비』(민음사). 최승자, 『이 시대의 사랑』(문학과지성사). 장석주, 『어둠에 바친다』(청하). 윤승천, 『안 읽히는 시를 위하여』(청하). 박세현, 『꿈꾸지 않는 자의 행복』(청하)과 『오늘 문득 나를 바꾸고 싶다』(중앙일보사). 윤성근, 『먼지의 세상』(한겨레). 이수익, 『그리고 너를 위하여』(문학과비평사)와 『꽃나무 아래의 키스』(천년의시작). 문정희, 『별이 뜨면 슬픔도 향기롭다』(미학사). 임영조, 『갈대는 배후가 없다』(세계사), 김형영, 『내가 당신을 얼마나 꿈꾸었으면』(문학과지성사). 유안진, 『구름의 딸이요 바람의 연인이어라』(시와시학사). 이대흠, 『눈물 속에는 고래가 산다』(창작과비평사). 이

이들이 쓴「자화상」 시편을 한 자리에 모아놓고 그 양상과 특성 그리고 이들이 지닌 의미와 의의를 구체적으로 검토해보는 일은 적잖이 중요한 것이 될 터이다. 실제로 이들「자화상」 시편의 탐구를 통하여 우리는 우리의 근현대시 100여 년 동안 이 땅의 시인들이 보여준 자아인식과 자아표현의 특징적인 실상을 종합적으로 생생하게 만나볼 수 있을 것이다. 그리고 이와 더불어 자아의식이야말로 다른 그 무엇보다도 삶과 인생 그리고 예술을 규정짓는 중핵적 관념이기 때문에 이들이 반영되고 집약된「자화상」 시편을 통해 이들 속에 직접 혹은 간접적으로 연관되고 영향을 미친 시대적, 문명사적, 철학적 세계까지도 만나볼 수 있을 것이다.

이 글은 이와 같은 시각과 전제 위에서 우리 근대시의「자화상」 시편 속에 나타난 자아인식이 지닌 특성은 물론 그 한계를 어떻게 극복할 수 있을 것인가에 대한 문제를 염두에 두고 있다. 지금 우리는 근대를 지나 후기 근대 혹은 탈근대적 삶이 진행되고 있는 21세기의 초입 단계에 들어와 있는 바, 이런「자화상」 시편을 통한 근대 우리 시인들의 자아의식의 진단과 탐구는 우리가 앞으로 어떻게 지난 시대와 다른 자의식을 형성하고 창조해 나아가야만 이전 시대의 자아인식이 보여준 한계와 문제점을 극복하고 보다 진전된 자아인식에 도달할 수 있는가를 시사해주는 한 계기가 될 것이다.

경임, 『부드러운 감옥』(문학과지성사). 장석남, 『젖은 눈』(솔). 박용하, 『영혼의 북쪽』(문학과지성사). 이선영, 『평범에 바치다』(문학과지성사)와 『일찍 늙으매 꽃꿈』(창작과비평사). 유하, 『천일마화』(문학과지성사). 김춘수, 『거울 속의 천사』(민음사). 오탁번, 『벙어리 장갑』(문학사상사). 이응준, 『낙타와의 장거리 경주』(세계사). 김상미, 『잡히지 않는 나비』(천년의시작). 조용미, 『삼베옷을 입은 자화상』(문학과지성사). 이원, 『세상에서 가장 가벼운 오토바이』(문학과지성사).

지금까지 「자화상」 시편을 대상으로 연구한 주요 논문으로는 신익호의 글[2]과 김권동의 글[3]이 있다. 신익호는 서정주, 이상, 윤동주, 윤곤강, 노천명, 박용래, 한하운, 박세영의 「자화상」 시편을 대상으로 이들이 지닌 특성을 네 가지로 분류하여 자의식의 성격을 논하였다. 이 논문은 연구 대상을 이전의 연구자들보다 조금 더 확대시킨 점, 그리고 각 자화상 시편이 지닌 특징을 유형별로 보다 상세화시켜 논의한 점은 높이 살 만하나, 좀 더 많은 자료를 통하여 근현대시사 속에서 쓰여진 「자화상」 시편을 보다 거시적으로 보고 그 진단 위에서 미래를 도모하는 데까지 도달하지는 못한 아쉬움을 남기고 있다.

김권동의 글은 1930년대 후반에 「자화상」 시편을 쓴 세 명의 시인, 노천명, 서정주, 윤동주를 중심으로 자화상의 문학적 특성에 대해 논의한 글이다. 1930년대를 특화한 점은 의미 깊으나 그 연구 범위가 협소하고 제한적이다.

본 논문의 대상, 목표, 방법은 다음과 같다. 우선 대상에 있어서는 우리 근현대시 100여년 동안 창작된 주요 「자화상」 시편 전체를 대상으로 삼는다. 그리고 그 목표에 있어서는 우리 근현대 100여년의 「자화상」 시편이 지닌 자아인식의 특성을 살펴보고, 그것의 원인과 더불어 앞으로 나아갈 방향을 모색해본다. 끝으로 방법에 있어서는 자아인식이야말로 구성된 관념이라는 인식론적 입장 위에 서서 이 글을 쓰기로 한다. 그럼으로써 자아인식의 개선 및 변화 가능성을 열어놓고자 한다.

---

2 신익호, 「「자화상」에 나타난 자아인식의 시적 형상화」, 『한국언어문학』 68집, 2009, 277~308쪽.

3 김권동, 「1930년대 후반 「자화상」의 문학적 특성에 대한 연구−노천명, 서정주, 윤동주를 중심으로」, 『한민족어문학』 52집, 2008, 333~360쪽.

2. 자아의 영역과 대상

시인들은 어디까지를 자아의 영역으로 설정하고 있는 것일까. 이런 물음을 제기하는 까닭은 우리가 자아라고 생각하거나 동일시하는 영역의 넓이와 그 대상이 지닌 성격에 따라 한 인간의 세계관과 인생관 그리고 삶 전체가 달라지기 때문이다. 물론 이에 따라 시인을 포함한 예술가들의 예술작품 전반은 물론「자화상」이란 이름의 작품들도 그 모습이 달라진다.

자의식의 영역은 다양하고 주관적이며 가변적이다. 극미에서 극대까지, 유한에서 무한까지, 육체에서 정신까지, 감각에서 영혼까지, 일점에서 무변까지, 소아에서 대우주까지, 무정물에서 유정물까지 이르는 넓은 스펙트럼 속에 그 영역을 인식 내용에 따라 다양하게 설정할 수 있기 때문이다. 이것은 자의식의 설정이 사실의 문제가 아니라 인식의 문제라는 점을 뜻하는 것이다. 그리고 실제로 우리가 살아가는 세계는 사실의 문제 이상으로 인식의 문제가 중요하다는 것을 뜻한다. 그렇다면 우리의 인식 작용은 어떻게 이루어지는 것일까. 여기에 답을 하기는 쉽지 않다. 다만 우리의 인식의 문제 가운데 하나인 자의식의 형성과 전개는 중중무진이라고 표현할 수밖에 없는 수많은 근인(近因)과 원인(遠因)을 원인으로 삼아 이루어진다는 점, 그러나 가깝고 직접적인 차원의 원인을 말해본다면 다른 어떤 것보다도 동시대적 지배관념이 크게 영향을 미친다는 점만을 말할 수 있다. 어쨌든 그 형성과 설정 및 전개의 모든 것을 밝히는 것은 불가능하나, 분명한 것은 이 자의식의 세계란 절대적인 사실의 세계가 아니라 인간의 의식 및 인식 작용이 빚어낸 구성적 실체라는 점을 다시 한번 상기할 필요가 있다. 그리고 어떤 자의식의 내용을 갖고 살아가든 이들 모두는 구성적 실체라는 점에서는 모두 동일하다는 것도 기억할 필요

가 있다.[4]

그렇더라도 자아의 영역은 일반적으로 넓을수록, 개방적일수록 자아중심적 유아(有我)의 삶에서 자아초월적 무아의 삶으로 방향을 돌리게 만든다. 그리고 배타성과 분별성, 단절성과 차별성을 넘어설수록 자아중심적 소아(小我)의 삶에서 자아초월적 대아(大我)의 삶을 가능하게 한다. 그런 점에서 한 인간은 물론 한 시인의 자아의 영역을 검토해보는 일은 매우 중요하다.

앞 장에서 열거한 우리 근대 시인들의 자아의 영역은 적어도 의식적 차원에서는 시공간적으로 볼 때 그렇게 넓다고 할 수 없다. 거칠게나마 먼저 결론을 밝히자면 시간적으론 대체로 이번 생(출생-사망)이, 공간적으론 내 신체와 내것이라 여긴 가족, 역사, 민족, 직업, 고향 등이 이들의 자아의 영역에 속한다.

박종화, 이상, 모윤숙, 윤곤강, 김현승, 김규동, 이수익, 임영조, 윤성근, 이대흠, 김상미, 한하운, 장석주, 이원, 장석남, 박세현, 박용하, 조용미, 김형영, 이응준, 최승자, 강은교 등에게선 개인으로서의 개체가, 김종길, 이근배, 서정주, 김종해, 김지하, 신달자 등에게선 부모와 조상으로 표상되는 혈족과 가족사가, 김남조, 이선영, 문정희, 김지하 등에게선 시를 쓰는 시인과 예술가로서의 직업 및 사회적 삶이, 고은, 김규동, 박세영, 오탁번, 김춘수, 윤승천 등에게선 고향과 역사와 민족 같은 공동체적 삶이 자아의 영역으로 인식되거나 탐구되고 있다. 그리고 여기서 언급되

---

4 이런 점을 심층적으로 밝혀놓은 이론 가운데 하나가 불교유식론이다. 불교유식론에서 말하는 자아의 형성 과정은 자아인식의 실제를 이해하는 데 큰 도움을 준다. 오카노 모리야, 『불교심리학입문-유식(唯識)으로 자신을 변화시킨다』, 김세곤 옮김, 양서원, 2000 참조.

지 않은 몇몇의 다른 시인들이 있는 바, 그들은 드물게 앞의 시인들과 달리 자아의 영역을 인간사와 개인사로 한계지어진 시공간 너머까지 확대하여 설정하고 있다. 윤동주, 유안진, 서정주, 박두진, 박용래, 유하, 정진규 등에게서 이런 모습이 크고 작게 드러나거니와, 이들의 자아의 영역은 무한, 무변, 무상, 자연, 우주 등과 같은 말로 표현될 수 있는 개인과 인간사 너머를 그 나름의 차원에서 넘나들거나 지향하고 있는 터이다.

앞서 몇 차례 언급했듯이 나를 하나의 분리되고 구별된 이번 생의 단독 주체이자 인간적 개체로 인식하는 것은 근대 및 근대시의 가장 보편적인 특징이자 모습이다. 그렇게 분리된 나는 누구도 침해할 수 없는 하나의 독립된 정부이고, 그와 같은 나는 인간사 속에서 자아보존과 자아유지, 그리고 자아확대를 꿈꾸며 살아간다. 그리고 그런 나는 가능하면 다른 모든 존재를 자신의 주변에 배치시키고 자신을 세상의 중심에 놓고자 한다. 여기서 분리된다는 것은 내가 넓게는 세계 및 우주와 분리되었으며, 좁게는 다른 사물 및 사람들과 분리되었고, 더욱 심각하게는 마침내 나 자신과도 분리되었다는 생각을 담고 있다. 그런데 모든 존재는 분리될수록 고립되고 고통스럽다. 그것은 분리의식을 통하여 한 존재는 자신을 세계 '속에' 존재하는 전일적 존재로 인식하지 않고, 세계와 '대면하여' 대립하고 투쟁하며 갈등하게 만들기 때문이다. 이런 분리된 개아가 최종적으로 도달하고자 하는 세계는 앞서 언급했듯이 인간이 중심이 된 인간 영역과 개인이 중심이 된 개인 영역에서의 자기중심적 성취이다. 그것을 자아실현이라 할 수도 있고, 자유에의 도달이라고 말할 수도 있을 것이며, 또 다른 어떤 말로도 표현할 수 있을 것이다.

우리 시사의 앞자리에 서 있는 박종화, 이상, 노천명, 윤곤강, 김현승, 그리고 그 뒤를 잇는 김규동, 이수익, 임영조, 윤성근, 이대흠, 김상미, 한하운, 장석주, 이원, 장석남, 박세현, 박용하, 조용미, 김형영, 이응준, 최승자, 강은교 등에게서 자아는 앞서 말한 바와 같은 근대적 개인으로서의 개아이다. 따라서 이들의 자아가 추구하는 세계는 개인으로서의 단독정부이자 독립정부가 성취할 욕망, 소망, 자유, 프라이버시 등의 구현이 핵심이다. 이런 맥락에서 우리에게 너무나도 잘 알려진 이상과 노천명의 「자화상」 시편을 잠시 보기로 하자.

> ① 여기는어느나라의데드마스크다. 데드마스크는盜賊맞았다는소문도 있다. 풀이極北에서 破瓜하지 않던이수염은絕望을알아차리고生殖하지 않는다. 千古로蒼天이허방빠져있는陷穽에遺言이石碑처럼은 근히沈沒되어있다. 그러면이곁을生疎한손짓발짓의信號가지나가면서無事히스스로와한다. 점잖던內容이이래저래구기기시작이다.
>
> — 이상, 「자상(自像)」 전문[5]

> ② 5척 1촌 5푼 키에 2촌이 부족한 불만이 있다. 부얼부얼한 맛은 전혀 잊어버린 얼굴이다. 몹시 차 보여서 좀체로 가까이하기 어려워한다.
>
> 그린 듯 숱한 눈썹도 큼직한 눈에는 어울리는 듯도 싶다마는……
>
> 전시대 같으면 환영을 받았을 삼단 같은 머리는 클럼지한 손에 예술품답지 않게 얹혀져 가냘픈 몸에 무게를 준다. 조고마한 거리낌에도 밤잠을 못 자고 괴로워하는 성격은 살이 머물지 못하게 학대를 했을 게다.
>
> — 노천명, 「자화상」 부분[6]

위 두 작품에서 자아의 영역은 개체이자 개인으로서의 '나'이다. 그런

---

5 이상, 「자상」, 『조선일보』 1936.10.4.

6 노천명, 「자화상」, 『산호림』(자가본), 1938.

'나'는 이상의「자상」에서, "絕望을알아차리고生殖하지않는" 존재이다. 여기서 절망을 하고 그로 인해 생식하지 않는다는 것은 의미심장하다. 절망이란 인간중심주의의 산물이자 개인중심주의의 산물이기 때문이다. 그리고 생식하지 않는다는 것은 생명의 사물화, 무위의 유위화, 자연의 인공화를 뜻하기 때문이다. 이런 점에서 자아의 영역 설정은 자신과 세계를 대하는 데 있어서 무척이나 중요하다. 그리고 그 영역의 설정 내용에 따라 삶과 시, 그리고 예술은 아주 다른 것을 보고, 느끼고, 제시한다.

노천명의 경우는 어떠한가. 그는 개아로서의 자신의 신체와 그 이미지, 그리고 자신의 성격을 자아라고 묘사하였다. 자신을 이처럼 신체적 차원과 성격적 차원에서 인지할 때, 자아의 영역은 좁아지고 분리된다.

다음으론 혈족과 가족사를 자아의 영역에 깊이 이끌어 들인 경우를 보기로 한다. 근대적 개인이란 본래 이런 혈족과 가족사로부터도 구별된 독립된 이성적 개체이지만, 우리 시사 속의 자아 영역 설정에서 이런 혈족과 가족사의 자기동일시 및 자기화는 흔히 볼 수 있는 현상이다. 이것은 근대적 개인의 출현 이전의 자아상을 보여주는 것이면서, 다른 한편으로는 근대적 개인 이후의 자아상을 암시하는 것이기도 하다.

서정주는 그의「자화상」[7]에서 주지하다시피 '종인 애비', '풋살구를 먹고 싶어 하는 에미', '파뿌리같은 할머니', '머리숱 많은 외할아버지'를 불러내었다. 그는 자신을 이들의 연장(延長)으로 생각하였다. 아니 이들을 자신의 연장으로 생각하였다. 그리고 김종길은 생후 2개월만에 세상을 떠난 어머니, 그 어머니 대신 자신을 보살펴준 증조부, 증조모, 조모를 그의「자화상」 시편 서두에서 불러내었다. 그런 그에게 자신은 아직도 이들과

---

7 서정주,「자화상」,『화사집』, 남만서고, 1941.

대비되는 어린 아이이다. 달리 말하면 그들의 눈길을 의식하며 살아가는 '여든을 넘긴 아이'이다. 한편 이근배는 외할아버지, 친할아버지, 할머니, 아버지, 어머니의 후손으로 자신을 규정짓고 그들의 교훈 속에서 아직도 자신이 살아가고 있음을 말하고 있으며, 김지하는 어머니와 아버지 그리고 할머니를 자아 영역 속에 불러들여 간절하게 기억하고, 김종해와 신달자는 각각 자신들의 어머니를 불러내어 그들을 잊을 수 없는 자기 생의 원초적 실체로 상정하고 있다.

가족은 물론 혈족이라고 불리는 것조차 실은 '구성적 산물'이다, 따라서 이들 또한 시대에 따라 바뀌며 장소에 따라 달라진다. 한마디로 말해 가족과 혈족도 삶의 방편으로 만들어진 관념의 한시적 현실태일 뿐인 것이다. 그러나 인류사에서 가족과 혈족 관념은 가장 오래된 사회적 관념이자 안정된 현실태 가운데 하나이다. 따라서 웬만큼 실상을 직시하지 않고는 자신의 정체성 문제를 이 경계로부터 분리시켜 바라보거나, 이 경계를 바르게 인식하여 실상으로서의 자아 영역을 설정하는 경우가 많지 않다.

어쨌든 가족과 혈족이 자아의 영역에서 중요한 역할을 한다는 것은 현실적으로 일반적인 일이면서 동시에 주목할 만한 현상이기도 하다. 그것은 사회 관습적 차원에서는 물론 정신분석학적 측면에서, 그리고 심리학적 차원에서 그러하다.

그런데 앞서 언급한 시인들에게서 보이는 특징 가운데 하나는 혈족과 가족사를 자아 정체성과 관련시킬 때 부모나 조상들을 불러낼 뿐 자녀와 부부에 대해서는 거의 언급하지 않고 있다는 점이다. 이 점에 대해서는 여러 설명이 가능할 것이나 가장 개연성이 큰 것은 부모나 조상이야말로 자녀나 부부에 비하여 직접적인 탄생과 성장의 신체적, 정신적 시혜자이자 보호자이고 권력자이기 때문일 것이다. 그리고 우리 사회의 전통적 효

관념과 조상중심주의의 관념 내지 관습이 작용하였기 때문일 것이다.[8]

이제 시인이라는 사회적 이름과 행위를 통하여 자화상에 집중한 몇몇 시인에 대해 살펴보기로 하자. 김남조, 문정희, 이선영에게서 이런 점이 강하게 드러나고 김지하에게서도 부분적으로 이런 면을 만나볼 수 있다.

김남조는 그가 시인임을 크게 의식한다. 그리고 감각과 감성의 남다른 기복과 만개 속에서 자신이 시인임을 지켜온 것에 대해 안도한다. 이들이 말하는 시인이란 것도 깊이 생각해보면 역시 일종의 만들어진 사회적 명칭이고 세상이 부여한 명색에 지나지 않지만 김남조는 이런 시인으로서의 자기 생에 무엇보다 큰 의미를 부여했던 것이다. 이런 점은 문정희에게서 더욱 강력하게 나타난다. 문정희는 '눈부신 시인'이 되고 싶었던 그의 마음을 자아의 영역 한가운데 놓고 있다. 그러므로 그에게 자화상의 성공 여부는 그가 생각한 '눈부신 시인'이 되었느냐의 여부에 달려 있다.

사회적 자아로서의 직업이 자의식의 중심을 차지할 때, 직업은 나를 너와 구별시켜주며, 내가 나로서 존재하게 하고, 사회적 생명성을 얻게 할 뿐만 아니라, 그 행위로써 사회적 소통을 가능하게 한다. 그러나 직업이라는 분별성과 전문성은 근대에 와서 더욱 강화된 개념이며 그 이면에 근대적 개인으로서의 사회적 성취가 놓여 있다는 점은 기억할 필요가 있다.

한편 근대적 개인일지라도 그 삶의 저변이나 삶을 구성하는 세계 속에는 분리된 개인과 더불어 그 개인의 확장 영역과 같은 어떤 장소, 세계, 공동체가 있다. 고향, 역사, 민족 등과 같은 말로 이들을 표현할 수 있거니와, 고은, 김규동, 오탁번, 김춘수 등에게서 이런 문제와 관련된 모습과

---

8 이 점에 대해서는 최재석이 깊이 있게 밝힌 바 있다. 최재석, 『한국가족연구』, 일지사, 1982 참조.

탐구가 드러난다. 김규동과 오탁번은 고향과의 자아동일시를, 고은은 역사 및 민족과의 자아동일시를, 그리고 김춘수는 역사의 간섭과 그 역사로부터의 탈주 욕구를 말하고 있다.

고향이 자아동일시를 이루는 까닭은 그곳이 경험적 자아를 형성시킨 최초의 장소이기 때문이다. 경험적 자아는 말 그대로 경험이 만든 자아이다. 따라서 주관성을 띤다. 그런데 그때의 주관성이란 경험적 주객 차별성의 한 작용이다. 말하자면 고향인 곳과 고향이 아닌 곳, 나의 고향과 너의 고향을 구분하는 가운데 형성된 경험인 것이다.

민족과 역사를 자신과 동일시하는 자아인식도 위와 맥을 같이한다. 여기엔 반드시 타자가 존재하거니와 그 타자와 나는 최선의 차원에서 공존하거나 화합하지만, 그렇지 않은 경우 단절, 대립, 갈등, 투쟁, 저항 등과 같은 배타적 관계를 이룬다. 그렇더라도 내가 민족과 역사의 차원으로까지 확대될 때 자아의 공적 영역은 넓어진다.

고은은 민족과 역사를 자신과 동일시하면서 침략주의자 일본, 친일지주, 강대국 중국, 중국인, 서양인 등을 적대적인 타자로 설정한다. 그에게 조선민족인 자신과 조상 그리고 우리들은 이들의 식민주의가 만들어낸 피해자이다. 따라서 그는 해방을 이루고자 분노하고 저항하며 투쟁한다. 고은에게 이러한 행위는 공적 자아의 발현 양상이지만, 그의 이 공공성 속에는 우리 민족과 타민족, 우리 역사와 다른 역사 사이의 넘을 수 없는 배타성이 내재해 있다.

한편 김춘수는 민족이니, 역사니 하는 것에 의심을 갖는다. 이들조차 허상이거나 사상의 한 양태라는 생각 속에서 그는 진정한 자아를 이들로부터 구출하고자 한다. 그렇다면 김춘수에게 이들과 동일시될 수 없는 참자아란 어떤 모습일까. 그것은 관념이자 해석으로서의 역사 이전에 여기

이렇게 실재하는 현존 그 자체이다.

이제 마지막으로 인간중심주의의 인간사와 개인중심주의의 개인사 너머로까지 자아를 확장시킨 경우를 보자. 윤동주, 유안진, 서정주, 박두진, 박용래, 유하, 정진규 등에게서 이런 모습이 드러나거니와, 그중에서도 유안진과 박두진 그리고 정진규에게서 특히 이런 모습이 두드러진다.

우리가 근대시사 초창기에 「자화상」을 쓴 대표적인 시인으로 알고 있는 서정주나 윤동주에게서도 이런 기미는 얼마간 보인다. 윤동주의 경우엔 하늘, 바람, 계절 등과 같은 인간사와 개인사 너머의 것들이 다만 그와 함께 존재하는 이 대지와 자연과 우주이고, 서정주의 경우는 그를 키운 8할의 바람 역시 그와 동일시된 일체라기보다 그에게 영향을 미친 하나의 드넓은 세계이다. 그렇더라도 자아의 영역 속에, 자아의 형성 속에 이러한 존재나 세계가 중첩되고 보인다는 것은 의미가 있다. 이들은 한 인간이나 시인의 자아가 근대를 지배한 인간중심주의와 개인중심주의의 한계를 다소나마 넘어설 수 있는 가능성을 보여주기 때문이다.

유안진, 박두진, 정진규의 경우는 좀 더 관심 깊게 살펴볼 필요가 있다. 이들의 자아의 영역은 앞의 시인들보다 훨씬 크게 인간중심주의와 개인중심주의를 넘어서고 있기 때문이다.

우선 유안진과 박두진의 시를 보기로 한다.

① 한 오십년 살고보니
나는 나는 구름의 딸이요 바람의 연인이라
눈과 서리와 비와 이슬이
강물과 바닷물이 뉘기 아닌 바로 나였음을 알아라

(중략)

돌아보지 않으리
문득 돌아보니
나는 나는 흐르는 구름의 딸이요
떠도는 바람의 연인이라.

— 유안진, 「자화상」 부분[9]

② 돌과 돌들이 굴러가다가 나를 두들기고,
모래와 모래가 쓸려가다가 나를 두들기고,
물결과 물결이 굽이쳐가다가 나를 두들기고,

너무도 기나긴 억겁의 세월,

햇살과 햇살이 나를 두들기고,
달빛이 나를 두들기고,
깜깜한 밤들이 나를 두들기고,
별빛과 별빛이 나를 두들기고,

아, 훌훌한 낙화가
꽃잎이 나를 두들기고,
바람이 나를 두들기고,
가랑비 소낙비 진눈깨비가 나를 두들기고,
싸락눈 함박눈 눈보라가 나를 두들기고,
우박이 나를 두들기고,

(중략)

끝없는 아름다움

---

9 유안진, 「자화상」, 『구름의 딸이요 바람의 연인이어라』, 시와시학사, 1993.

예술이 나를 두들기고,

나사렛 예수
주 그리스도와 하느님,
말씀이 나를 두들기고.

— 박두진, 「자화상」 부분[10]

유안진이 인용 시 ①에서 말하는 자아의 실체이자 영역은 구름, 바람, 눈, 서리, 이슬, 강물, 바닷물 등으로 표상된 자연과 우주 전체 혹은 그 자체가 된다. 유안진은 나이 50이 되면서 그가 이전의 나라고 생각한 좁은 의미의 인간적 개아가 아니라, 그야말로 무아에 가까운 자연과 우주 전체가 바로 참자아라는 것을 느낀 것이다. 이런 자아 영역의 확대는 현상적 주객 차별성에서 초월적 주객 동일성으로 가는 한 방식이다. 시인은 자아의 실상을 거시적으로 인지함으로써 주객의 분별과 대립, 단절과 갈등을 넘어 주객이라는 말 자체가 존재하지 않는 일체와 일심의 세계로 나아가게 된 것이다.

인용 시 ②의 박두진 역시 자신을 시간적으로 무한까지, 공간적으로 무변까지 확대하고자 하는 모습을 보여준다. 자연사, 우주사, 인간사, 종교사를 한꺼번에 아우르면서 이들 모두가 실은 자기 자신이라고 말하는 그의 자아 영역은 상대적으로 넓다. 경계를 긋지 않는 그의 열린 자아 영역은 우주 만유와 세계 전체를 전일성의 장으로 이어놓고자 하고 있다.

다음은 정진규의 자화상 시편인 「모든 사진에는 내가 보이지 않는다」[11]

---

10 박두진, 「자화상」, 『속 · 수석열전』, 일지사, 1976.

11 정진규, 「모든 사진에는 내가 보이지 않는다」, 『시인세계』 2009년 여름호, 41쪽.

를 보기로 하자. 그는 "아침마다 해 뜨는 한복판에 한 그루 느티로 다시 서는", "날마다 새로 入籍하고 또 入寂하는" 모습이 자신의 자아상이요, 그의 자아 영역이라고 말한다. 그의 자아상과 자아 영역은 불교적 무상 관념에 닿아 있어서 그 속에 무한이자 무변인 시공간 의식이 스며 있다.

앞의 세 시인을 중심으로 인간중심주의와 개인중심주의를 넘어선 자아의 영역에 대해 살펴본 셈이다. 흔하게 발견되는 경우는 아니지만 우리 근현대시사 속에 이런 영역이 있다는 것을 알려주는 한 실례이다. 그리고 근대적 자아인식의 한계를 벗어날 수 있는 한 가능성을 보여주는 실례이기도 하다.

3. 자아의 해석과 평가

그렇다면 앞 장에서 살펴본 바와 같이 자아의 영역과 대상을 설정하고 있는 시인들은 그들의 「자화상」 시편 속에서 어떻게 자신의 모습을 해석 및 평가하고 있는 것일까. 모든 해석과 평가는 오독과 오인이라고 말해도 지나치지 않을 정도로 자의적이고 주관적이며 가변적이지만, 이런 해석과 평가에 따라 개인과 사회의 삶이 현실적으로 강하게 영향을 받는다는 것만은 다시 한 번 강조할 필요가 있는 엄연한 사실이다.

따라서 해석과 평가의 사실 여부 및 객관성과 정확성 여부는 부차적이다. 그보다 중요한 것은 한 시인이 자기 자신을 어떻게 바라보았느냐 하는 현상으로서의 해석 행위이자 평가 결과이다.

우리의 근현대시사 속에서 「자화상」 시편을 쓴 시인들은 대부분 자신의 상을 부정적으로 해석하고 평가하였다. 그 부정의 정도는 매우 심한 수준이고, 그 숫자도 상당하여, '부정적 자아인식'이란 문제는 「자화상」 시편의 한 일반적 현상이라 할 수 있다. 그리고 그 원인 또한 탐구해볼 만한 가치가 있는 문제로 작용하고 있다.

그렇다면 시인들은 구체적으로 어떻게 자신을 부정적으로 해석 및 평가하고 있으며, 그런 부정적 해석과 평가가 나타난 원인은 어디에 있는 것일까.

「자화상」 시편을 쓴 시인들이 보여준 부정의 내용을 열거하면 그것은 절망, 우울, 좌절, 자학, 회의, 불안, 파산자의식, 불구자의식, 허무, 병적 질주, 애증, 결핍, 체념, 냉담, 타율성, 구속감, 억압, 도구화, 고독, 비본질화, 조롱, 풍자, 세속화, 소심성, 일상성, 무능력, 자폐, 비인간화, 질병, 불건강, 카르마, 불운, 자기소외, 피식민지 의식, 갇힘, 수인의식, 피해 의식, 어긋남, 사소함, 자해, 자조, 위축, 사소함, 유아의식, 열등한 역사, 권태, 단절감, 낯설음, 위기의식, 자멸의식 등과 같은 것들이다. 여기서 보듯이 그 내용의 실제는 조금씩 다르지만 크게 보면 대부분의 시인들이 「자화상」 시편을 통하여 애도 혹은 우울이란 말을 동원할 수 있을 만큼의 부정적 자아인식과 그 해석 및 평가를 하고 있다는 것이다. 그런데 이런 점과 아울러 앞서 언급했듯이 무엇이 그들로 하여금 이렇게 자신들의 삶을 부정적으로 인식하게 만드는 것인가에 대해 살펴볼 필요가 있다.

시인들이 부정적 자아의식을 드러낸 양상은 다양하지만, 그 이유는 대략 다음과 같은 네 가지 정도로 나누어 살펴볼 수 있다. 첫째는 개인사적인 이유, 둘째는 가족사적인 이유, 셋째는 사회적, 시대사적인 이유, 넷째는 존재론적인 이유가 그것이다. 물론 이들이 서로 공존하거나 혼합되어 있는 경우도 있지만, 핵심적인 문제에 초점을 맞추어 분류한다면 방법적으로 이런 구분이 가능하다.

먼저 개인사적인 이유로 인하여 부정적인 자아의식을 드러낸 시인들과 그들의 「자화상」 시편에 대하여 살펴보기로 하자. 노천명, 김현승, 박종화, 최승자, 한하운, 윤곤강, 강은교, 이선영, 유하, 이응준, 장석남, 이수익, 김형영, 임영조 등이 이런 경우에 속한다. 그런데 그 실제를 들여다보면 이들은 노천명, 김현승 같은 경우처럼 소시민적 개아의 차원에서 그 자아상을 소박하게 읽어내어 가벼운 부정의식을 드러낸 것으로부터 최승자, 한하운, 강은교의 경우처럼 자기존재에 대한 엄격한 진단과 드높은 요구로 인하여 심각한 부정의식을 드러낸 것에 이르기까지 그 진폭과 양상이 다양하다.

> ① 5척 1촌 5푼 키에 2촌이 부족한 불만이 있다. 부얼부얼한 맛은 전혀 잊어버린 얼굴이다. 몹시 차 보여서 좀체로 가까이하기 어려워한다.
>
> 그린 듯 숱한 눈썹도 큼직한 눈에는 어울리는 듯도 싶다마는……
>
> 전시대 같으면 환영을 받았을 삼단 같은 머리는 클럼지한 손에 예술품답지 않게 얹혀져 가냘픈 몸에 무게를 준다. 조고마한 거리낌에도 밤잠을 못 자고 괴로워하는 성격은 살이 머물지 못하게 학대를 했을 게다.
>
> — 노천명, 「자화상」 부분[12]

> ② 내 목이 가늘어 懷疑에 기울기 좋고
>
> 혈액은 鐵分이 셋에 눈물이 일곱이기
> 咆哮보담 술을 마시는 나이팅게일……
>
> (중략)

12 노천명, 앞의 책.

사랑이고 원수고 모라쳐 허허 웃어버리는
肥滿한 모가지일 수 없는 나---

내가 죽는 날
단테의 煉獄에선 어느 扉門이 열리려나?

— 김현승, 「자화상」 부분[13]

위의 두 편의 인용 시에서 보듯이 노천명과 김현승은 그들이 생각하는 자신의 개인적 특성 및 성향을 소박하게 의식하고 기술한다. 그런 가운데서 그들은 일반적인 「자화상」 시편들이 품기 쉬운 나르시시즘의 경향을 담고 있다. 이러한 나르시시즘은 대부분 그 속성이 우월적 나르시시즘이다. 말하자면 내가 다른 존재나 사람보다 더 낫거나 그렇게 되고 싶다는 소망의 표현이다. 따라서 자신에 대한 부정적 표현이나 그 의식조차 나르시시즘을 강화하기 위한 역설일 때가 적지 않다. 위의 두 시편 속에서도 그런 기미가 얼마간 드러난다. 하지만 위의 인용 시에서 이런 나르시시즘은 부정적 자아의식에 예속돼 있거니와, 이런 부정의식은 시인 자신이 스스로에게 부여한 목표, 기대, 꿈, 희망 등을 그의 현실적 자아상이 충족시켜주지 못하고 있다는 판단에 의한 것이다.

한편 개인사적인 이유로 인하여 자아에 대한 부정의식을 드러내면서도 위의 두 시인의 경우에서 본 것과 상당히 다른 지점에서 그 부정의식을 문제적으로 드러내는 시인을 살펴보기로 한다. 앞서 언급한 최승자, 한하운, 강은교 등의 경우가 여기에 속하거니와, 이들의 부정의식은 나르시시즘의 흔적을 배제한 채, 자학적이라 할 만큼 가혹하고, 체념적이라 할 만

---

13 김현승, 「자화상」, 『김현승시초』, 문학사상사, 1957.

큼 고통스런 자기해석과 평가로부터 기인한다.

① 나는 아무의 제자도 아니며
누구의 친구도 못 된다
잡초나 늪 속에서 나쁜 꿈을 꾸는
어둠의 자손, 암시에 걸린 육신.

어머니 나는 어둠이에요.
그 옛날 아담과 이브가
풀섶에서 일어난 어느 아침부터
긴 몸뚱어리의 슬픔이예요.

— 최승자, 「자화상」 부분[14]

② 오늘 석 달치 항경련제를 처방받았으니 6월 22일까지 나의 목숨은 유예되었다.

나의 하늘 속에 별들이 경련을 하다 돌아간다.
나는 잠시 걸음을 멈춘다.
별이 나의 머리 위에서 꿈꾸는 것을 보며
석 달치의 잠, 석 달치의 꿈을 시작한다.

— 강은교, 「나의 거리－강은교씨를 미리 추모함」 부분[15]

③ 한번도 웃어본 일이 없다
한번도 울어본 일이 없다.

웃음도 울음도 아닌 슬픔

---

14 최승자, 「자화상」, 『이 시대의 사랑』, 문학과지성사, 1981.

15 강은교, 「나의 거리－강은교씨를 미리 추모함」, 『시인세계』 2009년 여름호, 46쪽.

그러한 슬픔에 굳어버린 나의 얼굴

(중략)

지나는 거리마다 쇼윈도 유리창마다
얼른 얼른 내가 나를 알아볼 수 없는 나의 얼굴.

— 한하운, 「자화상」 부분[16]

인용 시 ①의 시인은 스승이나 어머니로 표상되는 종적인 세계에서도, 친구로 표상되는 횡적인 세계로부터도 자신을 스스로 단절시키고 고립시킨다. 그것은 이 시인이 자신을 태초부터 생겨난 어둠과 같은 존재요, 치유할 수 없는 슬픔의 몸이라고 인식하였기 때문이다. 그의 이와 같은 극단적 부정의식은 사회적 압력이나 타율적 기준에 의한 것이 아니다. 그것은 스스로 자신에 대하여 설정한 엄격하고도 독자적인 개인적 기준과 상에 의한 것이며 자발적인 자기검열과 자기비판에 의하여 나타난 것이다.

인용 시 ②의 시인인 강은교는 죽음에 대한 비극적 인식과 그 죽음을 약물로 유예시키는 것이 고작일 수밖에 없다는 자신의 불안정한 현실에 대해 고통스럽게 토로한다. 이런 부정의식은 우선은 그의 죽음에 대한 비극적 관념에서, 다음으로는 매순간 경험하고 있는 신체적, 생명적 고통에서 비롯된다. 의식적인 관념과 나날의 생체험, 그 두 가지가 중요한 원인인 것이다.

인용 시 ③의 시인은 주지하다시피 나병환자였던 한하운이다. 그는 상상과 미래 속의 죽음보다 더 절박한 지금, 여기에서의 신체적 고통과 좌

16 한하운, 「자화상」, 『한하운시초』, 정음사, 1949.

절감으로 인한 부정의식을 드러내고 있다. 그에겐 웃음은 물론 울음조차 사치스러운 희망의 산물로 여겨진다. 이런 웃음과 울음을 비켜선 마음은 체념 혹은 우울이다. 시인은 이런 자아상 앞에서 그 스스로도 낯설음을 체험하며 해결할 수 없는 개인적 숙명성을 느낀다.

「자화상」 시편을 쓴 시인 가운데 개인사적인 이유로 인해 부정의식을 드러낸 시인이 가장 많다. 그러나 이와 더불어 가족사적인 이유로 인하여 부정의식을 드러낸 시인도 적지 않다. 이들 가족사적 이유가 원인이 된 시인들은 대체로 가족을 자아와 강하게 동일시한 경우이다. 서정주, 신달자, 이근배, 김종길, 문정희 등을 여기서 주요 시인으로 거론할 수 있다.

서정주는 주지하다시피 그의 「자화상」에서 종인 아버지, 바다에서 목숨을 잃은 외할아버지, 가난하고 힘없는 어머니와 할머니를 떠올리며 부정의식을 표백하였다. 그리고 이근배는 월북한 아버지의 정치적 선택과 그 아버지가 부재한 자리 속에서 조부모로 상징되는 가문의 가르침과 그로부터 비롯된 의무감이 원인이 되어 자아 부정의식을 표출하였다. 그리고 김종길은 두 살 때 세상을 떠난 모상실의 원체험과 그를 돌본 조부모와 가문의 기대에 못 미친 부끄러움으로 인하여 부정적 자아의식을 드러내었다.

이처럼 이러저러한 가족사로 부정의식을 보여주는 시인들 가운데 앞서 살펴본 시인들과 조금 다른 측면에서 새롭게 관심을 갖고 살펴볼 만한 시인들이 있다. 신달자와 문정희가 그들이다. 이들은 둘다 여성시인으로서 남성중심주의의 가부장적 가족주의 관념과 그 모순이 빚어내는 고통을 통해 자아상에 대한 부정의식을 강하게 드러내고 있는 것이 특징적이다.

① 거창 신씨 종가 맏며느리로 시집 온 어머니 젤 우선 할 일은 아들을

낳는 것이었는데
　어쩌나 딸 여럿을 연이어 쭉 낳으며 어머니 생은 발바닥이 되었는데
　그 여섯째 딸인 날 두고 어머니 무서운 생각 작심하였는데 세상 나오자마자
　그 비린 걸 발길로 걷어차고는 어머니는 생으로 굶기 시작했다는데
　질긴 목숨이라 두 모녀가 살기는 살았다고는 하나……

— 신달자, 「뉘」 부분[17]

② 어지러워요,
당신에 기대어 한세상 살면
바람 속에서도 향내가 나고
칠흑의 밤도 달콤할 줄 알았어요

그대는
내 유일한 권력
칼보다 무서운 무기
눈빛 하나로 적을 무찌르고
하늘의 별도 모두 따 담는
작고 아름다운 호수인 줄 알았어요

(중략)

나를 날려보내 주세요
버려 주세요

— 문정희, 「어느 자화상」 부분[18]

인용 시 ①의 화자인 신달자는 아들 못 낳는 어머니의 여섯째 딸로 태

17　신달자, 「뉘」, 『시인세계』 2009년 여름호, 58쪽.
18　문정희, 「어느 자화상」, 『별이 뜨면 슬픔도 향기롭다』, 미학사, 1992.

어난 가족사적 고통을, 인용 시 ②의 문정희는 절대적인 보호자라고 생각한 남편이 실은 억압자임을 깨닫고 느끼는 가족사적 고통을 토로하고 있다. 자신과 동일시한 가족사가 그들의 삶에 깊이 관여한 이들 두 시인의 자아의식은 바로 위와 같은 점으로 인하여 부정성을 띠는 방향으로 기울고 있다.[19]

이제 세 번째로 사회적, 시대적 이유로 인해 부정적 자아의식을 드러내는 시인들에 대해 살펴보기로 한다. 이상, 고은, 박세영, 이원, 김춘수, 윤성근, 박세현 등이 그 대표적인 예이며, 서정주, 윤동주, 김규동 등에게서도 얼마간 이런 부분을 찾아볼 수 있다.

그런데 위의 시인 가운데 고은과 김춘수와 박세영이 정치적, 역사적 이유로 인해 부정적 자아의식을 드러낸다면, 이원, 윤성근, 박세현은 문명사적 이유로, 이상은 이들이 혼합된 복합적 이유로 인해 부정적 자아의식을 드러낸다. 정치적이며 역사적인 문제로 부정적 자아의식을 드러내는 고은과 김춘수 그리고 박세영 같은 경우는 우리 시사의 「자화상」 시편 속에 실제로 그 숫자가 그리 많지 않음에도 불구하고 오래된 주제라서 익숙한 느낌을 준다. 그에 반해 문명사적 이유로 부정적 자아의식을 드러내는 이원, 윤성근, 박세현 등과 같은 경우는 오히려 그 빈도가 더 잦아도 최근의 주제라서 그런지 상대적으로 생소한 느낌이다.

> 머리를 일산 시장좌판에 내놓았는데 며칠이 지나도
> 사가는 사람이 없다

---

19 신달자와 문정희의 「자화상」 및 자아인식의 문제는 페미니즘적 시각에서 별도로 상세하게 논의할 필요가 있다.

머리를 옥션 경매에 올렸는데 클릭을 해도 머리에서
모래시계가 생겨나지 않는다는 연락이 왔다

머리를 벼룩 시장 난전에 가져갔더니 대뜸 풍선처럼
불어본다 쭈글쭈글한 머리가 조금씩 펴지고 입이 벌
어진다 남의 지문을 씹고 있는 입은 다행히 아직 울
부짖지는 않는다

— 이원, 「자화상」 전문[20]

시장과 기계로 대표되는 현대문명 속에서 자아가 거래되는 현장을 묘사하고 있다. 하나의 상품이 되어버린 자아는 시장에서 소비자를 만나야만 자아로서의 값을 획득한다는 게 위 시의 전언이자 요지이다. 그런데 위 시 속의 화자인 자아는 그런 가치 획득에서 실패한다. 그리고 그런 가치 획득에 진심으로 동의하지도 않는다. 바로 이것은 그에게 부정적 자아의식의 원천이 된다. 거래로 구성된 문명의 현실도, 그런 한가운데서 살아가야 하는 자아의 모습도 인정하기 싫고 수용하기 어렵다는 것이다. 이런 점은 윤성근과 박세현의 「자화상」 속에서도 유사하게 나타난다.

끝으로 존재론적인 이유로 부정적인 자아의식을 드러낸 시인들에 대해 살펴보기로 한다. 여기서 존재론적인 이유란 세속적인 문제와 별개로 우리가 이 지구별에 태어났다는 사실 그 자체, 아니 이 우주 속에 존재한다는 사실 그 자체, 좀 더 좁혀 말한다면 지금-여기에 이렇게 생생하게 생존한다는 사실 그 자체를 문제 삼아 고민하는 경우를 말한다. 이대흠, 김상미, 이수익, 장석남 등의 「자화상」 시편에 이런 점이 드러나 있거니와, 그들의 존재론적 고민은 부정적 자아의식을 낳는 쪽으로 기울어져 있다.

20 이원, 「자화상」, 『세상에서 가장 가벼운 오토바이』, 문학과지성사, 2007.

이대흠은 그의 「자화상」에서 어머니 뱃속이라는 '따뜻한 감옥'으로부터 현실이라는 '차가운 감옥'[21]으로 나온 것이 결국은 생이라고 규정짓는다. 그러니까 그에게 생 전체는 감옥에서의 운행 과정이며 다만 생의 과정에 다른 점이 있다면 그것은 이 감옥으로부터 저 감옥으로의 이동뿐이다. 이런 자아의식 속에서 이대흠은 억압된 분노와 해결할 수 없는 우울을 느낀다. 김상미는 그의 「자화상」에서 너와 나로 서로 분리된 존재의 합일이야말로 실은 "핏물 섞인 일심동체의 잔혹함"[22]을 내장시키고 있는 모순과 아이러니의 세계에 불과함을 역설하고 있다. 남녀로 혹은 주객으로 분리된 너와 나의 현실 속에서 존재들의 결합은 비극적일 수밖에 없다는 게 그의 생각이다. 장석남 또한 그러하다. 그는 자신의 「자화상」에서 외로움을 존재의 근간으로 읽어낸다. 그리고 그렇게 가로놓인 외로움은 도저히 극복되지 않는 숙명적 외로움과 같은 것이라고 생각한다. 이런 인식과 의식을 장석남은 그대로 품고 고통스러워한다.

끝으로 이수익의 경우를 보기로 한다. 심각한 질병을 앓고 난 다음에 쓴 것처럼 보이는 이수익의 「자화상」은 '제몸을 부수며' '핏빛 자해의 울음소리'를 내는 '종소리'[23] 같은 것이 생이라는 요지의 말을 전하고 있다. 자해를 통해서만 존재를 입증하는 생의 모순과 비극성이 여기에 들어 있다.

지금까지 시인들의 「자화상」 시편 속에 나타난 부정의식의 원인을 네 가지로 파악하고 이의 구체적 실상에 대해 살펴보았다. 그러나 비록 표면적 원인은 서로 다르게 나타난다 할지라도 이들의 저변에는 그와 같은 다름을 상쇄할 만한 한 가지 본질적이며 근원적인 공통점이 내재해 있다.

---

21 이대흠, 「자화상」, 『눈물 속에는 고래가 산다』, 창작과비평사, 1997.

22 김상미, 「자화상」, 『잡히지 않는 나비』, 천년의시작, 2003.

23 이수익, 「자화상」, 『꽃나무 아래의 키스』, 천년의시작, 2007.

그것은 바로 인간중심주의와 개인중심주의라는 근대적 인간간과 자아관이 이들을 지배하고 있다는 점이다. 근대적 인간중심주의와 개인중심주의의 자아관 속에서 인간들은 내가 있다, 내 것이 있다, 내가 옳다, 내가 중심이다 등의 아상(我相)을 중심에 놓고 분리의식과 차별의식으로 살아간다. 물론 이것은 인류의 공통된 성향이지만 그것이 합법적으로 사회화되고 구조화되며 첨예화된 것은 근대의 일이다.

이와 같은 아상중심주의의 문법에서는 자아와 세계에 대한 온전한 포용과 긍정의 세계에 도달하기 어렵다. 그런 점에서 근대적 아상의 형성과 발견, 자아의식 탄생과 고착은 인류사의 근대를 진전시킨 원인이자 인류사에 고통과 비극을 가져온 요인이기도 하다. 많은「자화상」시편들이나 예술품들은 아상인 자아를 자각하고 주장한 데서 출현한 산물이다. 이러한「자화상」에는 자아긍정의 모습을 띠고 있는 이른바 나르시시즘의 성향이 있다. 그러나 이 나르시시즘은 참다운 자아 및 세계 긍정과 궤를 달리하는 자폐적, 분별적, 단절적 자아만족감의 성격을 띨 때가 대부분이다.

앞서 이 글을 시작한 서두에서 밝힌 바처럼 분별의식과 차별의식이 전면화되고 첨예화된 근대적 인간중심주의와 개인중심주의의 관념은 자아를 지적으로 성장시키는 데는 크게 공헌하였으나 자아초월적이며 영성적인 존재로 전변시키는 데는 한계를 가졌다. 그리고 그 속에서 나타난 부정의식은 긍정을 전제로 한 방편으로서의 부정의식으로 작용하지 못하고 부정의식 그 자체로 머무는 한계를 드러내었다.

이 이외에도 시인들이「자화상」시편 속에서 부정의식을 드러낸 데에는 근대의 문학적 관습 및 시작 관습이 작용하였을 것이다.[24] 부정과 비판을

---

24 근대의 문학적 관습에 대해서는 따로 본격적인 논의를 할 필요가 있다. 필자는

문학과 시의 주된 역할로 받아들인 다수의 근대 문인들이 세계를 부정하고 비판하는 것은 말할 것도 없고 자아까지도 대상화하며 부정과 비판의 시선을 보낸 것은 주지의 사실이다.

앞의 제2장에서 자아의 영역 문제를 논하는 가운데 좁은 자아의 영역을 벗어나 시를 쓰는 시인으로 몇몇 예외적인 시인을 살펴본 일이 있다. 그들은 여기서도 특별히 다른 측면에서 살펴볼 필요가 있거니와, 그것은 이들의「자화상」시편에서 부정의식이 희미해지거나 퇴색하면서, 비록 강한 자아긍정 의식은 아닐지라도 자아와의 편안한 화해가 어느 정도 이루어지고 있기 때문이다. 유안진, 정진규, 박두진, 박용래 등의 시편이 이런 모습을 보여주고 있는데 그 실상과 더불어 이들이 지닌 의미를 탐구해보기로 한다.

유안진은 나이 오십이 되어 보니 자신이라고 하는 것은 다른 게 아니라 "구름의 딸이요 바람의 연인"이며, "눈과 서리와 비와 이슬이/강물과 바닷물이 뉘기 아닌 바로 나였음을" 알게 되었다고 말하였다. 이 부분을 한 번 더 옮겨 보기로 한다.

> 한 오십년 살고보니
> 나는 나는 구름의 딸이요 바람의 연인이라
> 눈과 서리와 비와 이슬이
> 강물과 바닷물이 뉘기 아닌 바로 나였음을 알아라
>
> (중략)

근대의 문학적 관습이 이제 그 시효를 거의 다한 것이 아닌가 하는 생각을 한다. 이것은 우리의 근대와 근대문학이 한계 지점에서 새로운 돌파구를 모색하고 있다는 진단에서 나온 생각이다.

돌아보지 않으리
문득 돌아보니
나는 나는 흐르는 구름의 딸이요
떠도는 바람의 연인이라.

— 유안진, 「자화상」 부분[25]

시인의 말처럼 그런 깨달음은 나이 50쯤이 되어서이다. 여기서 우리는 분리된 자아의식의 이전 단계를 거쳐 분리의식과 차별의식이 얼마나 한계가 많은 것인지를 깨닫고 새로운 단계의 자아의식으로 진입한 한 시인을 본다. 새로운 단계에서 이 시인이 깨달은 바는 자신이 인간의 자녀가 아니라 자연과 우주의 자녀라는 것, 더 나아가서는 그들의 자녀라기보다 그들과 일체라는 것을 느끼기 시작하였다는 것이다. 이런 깨달음과 인식의 전환 속에서 시인의 자아에 대한 부정의식은 현격하게 줄어들고 자아 긍정의 방향이 열리기 시작한다.

정진규의 경우도 마찬가지이다. 그는 자신의 자아상을 분리되고 차별된 자리에 고착시켜 그 자아를 고집하기보다 날마다 새로 태어나고 사라지듯 '入籍하며 入寂하는 것이' 자신의 자아상이라고 말한다. 그런 그의 말 속에는 자신의 자아상에 대한 편안한 수용과 무심한 관조가 있다. 그는 부정하지 않고, 있는 그대로 포용한다.

나는 나를 實寫할 수가 없습니다 나는 나를 內色할 수도 없으며 나를 열지도 닫을 수도 없습니다 (중략) 다시 태어나고 다시 태어나다 보니 모든 나는 없는 나가 아닌지요 (중략) 나의 잠적이여 아침마다 해 뜨는 한복판에 한 그루 느티로 다시 서는−, 변함없습니다. 날마다 나는

25 유안진, 앞의 책.

새로 入籍하고 있습니다 入寂하고 있습니다

— 정진규, 「모든 사진에는 내가 보이지 않는다」 부분[26]

위와 같은 자화상이 가능한 까닭은 그가 무상성(無常性)을 체화했기 때문이다. 여기서 조금 더 나아간다면 불가(佛家)에서 말하는 연기법을 체득했기 때문이다. 우리가 명사성의 존재가 아니라 동사성의 흐름이라는 것, 또한 구별된 원자가 아니라 열린 우주라는 것, 그리하여 결국은 나랄 것이 없는 무아의 존재라는 것, 그런 인식이 위의 시 속에 들어 있다. 정진규의 이런 자아상은 앞의 많은 자아상들과 구별된다. 그러면서 근대적 자아인식의 극복을 위한 한 길을 보여준다.

박두진의 경우도 문제적이고 흥미롭다. 박두진은 알다시피 기독교 신앙을 갖고 산 시인이다. 그런 그가 「자화상」 시편에서 보여주는 자아인식은 단순히 좁은 기독교적 자아관에 머물지 않고 이 우주만유 전체가 자신의 삶과 연관돼 있음을 토로하는 데로 나아가고 있다. 자연, 신, 예술, 사회, 도덕, 사랑 등과 같은 모든 것들이 모여 자신의 몸을 구성하였다고 생각하는 것, 그것을 마치 하나의 화엄세계가 자신이며 그 자신이 드넓은 화엄세계 속에 있는 듯 표현한다.

돌과 돌들이 굴러가다가 나를 두들기고,
모래와 모래가 쓸려가다가 나를 두들기고,
물결과 물결이 굽이쳐가다가 나를 두들기고,

너무도 기나긴 억겁의 세월,

---

26 정진규, 앞의 시, 41쪽.

햇살과 햇살이 나를 두들기고,
달빛이 나를 두들기고,
깜깜한 밤들이 나를 두들기고,
가랑비 소낙비 진눈깨비가 나를 두들기고,
싸락눈 함박눈 눈보라가 나를 두들기고,
우박이 나를 두들기고,

(중략)

끝없는 아름다움
예술이 나를 두들기고,

나사렛 예수
주 그리스도 하느님,
말씀이 나를 두들기고

— 박두진, 「자화상」 부분[27]

박두진의 「자화상」 시편은 다른 어떤 시인의 경우보다 시공간적으로 드넓다. 자연에서 우주, 현실에서 이상, 예술에서 신앙까지 그는 이 세계 전체를 자신과 결합시킨다. 그런 박두진의 「자화상」 시편 속에는 다차원의 자아에 대한 종합적인 수용과 긍정이 있을 뿐, 부정의 기미가 거의 없다. 이처럼 자아의 영역을 인식 범위의 끝까지 넓힐 수 있는 것, 그리고 만유와 일체감으로 더불어 소통하고 중생(重生)한다는 것은 자아의 좁은 경계를 풀어놓은 자에게 가능한 일이다.

끝으로 박용래의 경우를 보기로 한다. 박용래는 자신을 우주와 대면시

27 박두진, 앞의 책.

키지 않고 우주 속에 겸허히 위치시킨다. 마치 하심(下心)을 체득한 자처럼 그는 소박한 자리를 차지함으로써 우주 전체와 화해하는 전변을 창조한다.

> 한 오라기 지풀일레
>
> 아이들이 놀다 간
> 모래성
> 무덤을
> 쓰을고 쓰는
> 강둑의 버들꽃
> 버들꽃 사이
> 누비는
> 햇제비
> 입에 문
> 한 오라기 지풀일레
>
> — 박용래, 「자화상 Ⅱ」 부분[28]

위에서 보듯이 박용래는 자신을 가장 낮고 좁은 곳에 위치시킴으로써 자연과 세계 그리고 우주와 화해하는 모습을 보여준다. 작아짐으로써 커지고 낮아짐으로써 높아지는 비밀이 여기에 있다.

방금 살펴본 네 명의 시인들은 근대적 관념으로 언급되어 온 인간중심주의와 개인중심주의, 그리고 단절적 분별의식과 배타적 차별의식으로부터 의식적이든 무의식적이든 얼마간 떨어져 있는 경우이다. 그런 그들의 관념은 자아에 대한 부정의식으로부터 일정한 거리를 두게 하는 원천이

---

28 박용래, 「자화상 Ⅱ」, 『강아지풀』, 민음사, 1975.

되었고, 그들이 사는 세계와 스스로의 자아인식 앞에서 정도의 차이는 있으나 화해와 수용, 긍정과 포용의 마음을 갖게 하였다. 이런 점에서 이들 네 명의 시인들은 우리 근현대시의 「자화상」이 근대적 구도를 넘어서 앞으로 열어갈 방향을 그 나름의 지점에서 시사하고 있다. 흡족하지는 않지만 이런 시인들의 자아인식은 하나의 디딤돌이자 받침돌이 될 것이라 생각한다.

4. 결어

이 논문은 우리의 근현대시 100여 년 동안 「자화상」이라는 이름으로 창작된 시편이 그 분량이나 성격적 특성에 있어서 하나의 시사적이며 시대적인 현상을 이룬다는 점, 그런 현상 속에는 독특한 문법과 세계관이 내재해 있다는 점, 그 독특한 문법과 세계관이란 시인들이 동일시한 자아의 영역이 상당히 좁고 그런 영역 속에서 형성된 자아상에 대한 해석과 평가가 부정적이라는 점, 이런 부정적 의식의 편향성 속에는 분명히 어떤 이유가 있을 터인데 그것은 근대를 지배하고 주도한 인간중심주의와 개인중심주의가 낳은 결과라고 생각된다는 점, 이런 사실은 우리 시사와 인류사의 발전에 일면 공헌한 측면도 있지만 이제는 그것을 극복할 시점에 와 있다는 점 등에 주목하여 시작되고 쓰여진 것이다.

그리고 위와 같은 문제를 풀어가기 위해 이 논문에서는 자아의식과 자아표현이란 하나의 인식 작용이 빚어내는 '구성적 세계'라는 인식론적 입장을 취하였다. 이런 인식론적 입장을 취할 때 자아인식과 자아의식 더 나아가 자아표현은 얼마든지 개선과 변화가 가능한 하나의 세계임을 이해할 수 있다.

본 논문은 위와 같은 문제의식과 방법론을 통해 우리 근현대시 100여 년 동안 창작된 「자화상」 시편을 검토한 결과 다음과 같은 결론을 도출하게 되었다.

우리의 근현대시사 속의 시인들은 거의가 새롭게 등장한 근대적 인간관 및 세계관을 토대로 삼아 그 내부에서 자아인식을 하고 「자화상」 시편을 창작하였다. 그 결과 각 시인들이 보여주는 외형상의 개성과 목소리는 매우 강력하고 다채롭게 되었다. 그것은 인간과 개인으로서 그들이 획득하고 부여받은 자유의 힘에 기인한 것이다. 그러나 이런 외양과 달리 그 이면을 직시해보면 자아의 영역은 좁고 분리되었으며, 자아의 해석과 평가는 부정의식에 젖어 있다. 이것은 근대를 지배하고 주도한 인간중심주의와 개인중심주의의 관념을 그들이 벗어나지 못하였기 때문이다. 그러니까 인간중심주의와 개인중심주의는 근현대시사 속의 시인들이 지닌 집단 관념이자 사회적 관념이고 구조화된 관념이다.

근대는 주지하다시피 신에게 종속되었던 인간을 해방시키고, 집단에 종속되었던 개인을 해방시켰다. 그럼으로써 인류사의 진전을 이룩하였으나 신 대신 인간이, 집단 대신 개인이 부각되었을 뿐 분별의식과 차별의식에 의거한 단절적, 배타적 중심주의를 벗어나지 못함으로써 또 다른 문제점을 드러내게 되었다.

그렇다면 「자화상」 시편을 중심으로 드러나는 이런 근대적 자아인식은 계속되어야 할까. 만약 근대적 자아인식이 더 이상 시대적, 본질적 유효성을 잃었다면 어떻게 이 점을 극복하여야 할까. 탈근대와 21세기의 시대와 문명은 이에 대한 답을 기다리고 있다.

필자는 여기서 불교 경전, 『노자 도덕경』, 『장자』, 『주역』, 『천부경』 등에서 보여주는 우주적 진리, 다르마, 도(道), 영성 등의 가치를 재인식함으로써 근대적 자아인식의 한계를 넘어설 수 있다는 말을 하고자 한다. 이들은 서로 조금씩 다른 측면을 갖고 있으나 공통점은 세계를 분리와 차별 이전 혹은 이후의 세계인 일체와 일심의 장으로 보고 있다는 점이다. 일체와 일심으로서의 자아인식은 좁았던 자아의 영역을 무한까지 확대시키고, 분리되었던 자아의 고립상태를 무진의 관계망 속에서 인식하게 하며, 차별로 위계화되었던 중심주의를 평등심으로 바꾸어놓고, 부정적이었던 자아인식을 절대긍정의 바탕 위에서 재고하게 한다.

이 말은 달리 표현한다면 우리의 근현대시사 속의 「자화상」 시편이 신에서 인간으로, 집단에서 개인으로, 본능에서 지성으로 이른바 씨줄에 해당된 것만을 바꾸었을 뿐 본질적인 차원에서의 소위 날줄(經)의 존재와 가치를 회복하지 못한 상태에 있었다는 것을 뜻한다.[29] 그런 점에서 날줄의 인식이 없는 극단까지의 분화와 자유를 추구할 위험에 놓여 있는 서구적 포스트모더니즘은 위험한 측면을 갖고 있다. 세상은 제아무리 대단한 분화 속에서 자유와 개성을 추구하여도 날줄의 회복 없이는 전체성과 근간을 회복하지 못한 경우처럼 불안정 속에 놓이기 때문이다.

만약 앞으로의 우리 시사 속에서 날줄의 회복과 구축이 이루어진다면 자아의 영역은 보다 넓어지고, 자아의 해석과 평가도 부정 일변도에서 벗어날 수 있을 것이다. 그리고 자아의 영역이 설령 좁게 설정되었고, 자아의 해석과 평가가 부정적 측면에 기울었다 하여도 그것을 한갓 '방편'으로 사용할 줄 아는 지혜가 나타날 것이다.

29 불교와 관련하여 '날줄'의 중요성을 역설한 우승택의 다음 책은 참고할 만하다. 우승택, 『날줄 원각경』, 불광출판사, 2010.

우리 근현대시의 「자화상」 시편은 너무 고통스러운 포즈를 취하고 있다. 애도를 넘어 우울에 가까울 만큼의 부정적 해석과 인식이 지배적이다. 이런 우리 근현대시의 「자화상」 시편이 지닌 특성이자 아쉬움을 극복 내지 변화시킬 수 있는 단초와 가능성을 우리는 앞에서 예외적으로 다룬 몇몇 시인들, 그러니까 유안진, 박두진, 정진규, 박용래 등의 경우에서 볼 수 있다. 그런 점에서 이들의 출현은 매우 소중하다.

우리의 근현대시사 속에서 시인들은 인간의 이름으로, 개인의 이름으로 획득한 아상의 높이와 강도만큼 역으로 그에 상응하는 고통과 결핍감을 경험하였다. 그 고통과 결핍감은 때로 단명과 죽음으로까지 이어질 위험성도 갖고 있었고, 시인됨을 천형으로 이해하는 비극적 자아인식까지 가져왔다. 그러나 앞서 언급하고 논의한 바처럼, 시인들의 근대적 자아인식은 새로운 국면으로 진입할 필요가 있다. 그럼으로써 보다 넓고 안정된 자아의 처소와 삶을 구축할 필요가 있다.

제2부

불교시학의 확장

제1장

의상(義湘) 스님의 「법성게(法性偈)」와 심보선 시인의 「강아지 이름 짓는 날」

1. 「법성게」와 환지본처(還至本處)

내가 아는 것이 너무나 없다는 사실을 절감할 때마다, 내가 안다고 하는 것이 실은 환상과 같은 것임을 느낄 때마다, 내가 산다는 것이 실은 끈을 끊고 떠난 겨울 하늘의 방패연 같이 정처 없는 것임을 느낄 때마다, 그리고 내가 사는 이 세상이 점점 더 시비분별과 교언영색(巧言令色)의 늪지대가 되어 그 속을 거니는 일이 버겁다고 느껴질 때마다, 나는 의상 스님의 「법성게」를 만트라처럼 반복하여 읊조리고 음미한다.

그러다 보면 떠돌던 마음과 고단했던 영혼이 시나브로 '귀가(歸家)'를 하게 되고, 어수선했던 삶이 잔잔히 정리되면서 아주 가끔씩은 '꿈 없는 잠'을 자게 된다.

다들 아시겠지만 「법성게」는 법(존재, 진리)의 성품을 노래한 '게송(偈頌)'이다. 나는 수많은 시 작품 가운데 이 「법성게」를 으뜸으로 친다. 시라면 기본적으로 지녀야 할 내용의 심오함과 표현의 아름다움, 곧 고차원의 정신성과 미학성을 함께 갖춘 걸작 중의 걸작이 「법성게」이다.

「법성게」는 의상 스님이 신라 문무왕 10년(670년)에 지었다고 한다. 대승불교의 총결산이라고 할 수 있는 『대방광불화엄경』(줄여서 『화엄경』)의 요체를 7언 30구, 총 210자로 표현한 이 시는 법성을 증득한 이가 지은 창작 한시이다.

나는 여기서 법성, 증득, 창작이라는 세 가지 말에 주목하고자 한다. 법성은 우리의 모든 것을 해결해 줄 수 있는 근원적 진실이요, 증득은 우리 안의 진심을 통과한 입증된 경험이며, 창작은 나의 고유한 개체성을 통과한 창조의 언어이다.

그러고 보면 우리가 우왕좌왕하고, 표피적인 말이나 하며, 관습에 얽매여 사는 것은 '법성을 증득한 창작인'의 삶이 우리에게서 구현되지 않았기 때문이다.

범부인 우리들은 법성보다 현실을 생각하고, 증득하기보다 에고와 타협하며, 창작하기보다는 모방한다. 이런 삶이 무한 증식되는 세상에서의 삶은 불가에서 그토록 경고하는 이른바 '윤회고(輪廻苦)'를 벗어날 수가 없다. 그리고 이런 가운데서 이루어지는 시 또한 우리가 살고 있는 삶의 수준을 벗어날 수가 없다.

잠시 「법성게」의 전문을 인용해보기로 한다.[1]

---

1 「법성게」의 한글 번역문을 정화(正和) 스님의 번역(정화 풀어씀, 『법성게』 증보판, 법공양, 2010)에 따라 제시하면 다음과 같다 : "법성은 원융하여 두 모습이 없고/모든 법은 움직이지 않고 본래 고요하니/이름도 없고 모양도 없으며 모든 것이 끊겨/증지라야 아는 바이지만 다른 경계 아니네/참된 성품은 깊고 깊으며 가장 미묘해/자성을 지키지 않고 인연 따라 이루네/하나 속에 모든 것이 있고 모든 것 속에 하나가 있으며/하나 그대로 모든 것이며 모든 것 그대로 하나이니/한 티끌 속에 시방을 머금고/모든 티끌마다 또한 그러해/한량 없이 먼 시간

法性圓融無二相 諸法不動本來寂 (법성원융무이상 제법부동본래적)
無名無相絕一切 證知所知非餘境 (무명무상절일체 증지소지비여경)
眞性甚深極微妙 不守自性隨緣成 (진성심심극미묘 불수자성수연성)
一中一切多中一 一卽一切多卽一 (일중일체다중일 일즉일체다즉일)
一微塵中含十方 一切塵中亦如是 (일미진중함시방 일체진중역여시).
無量遠劫卽一念 一念卽是無量劫 (무량원겁즉일념 일념즉시무량겁)
九世十世互相卽 仍不雜亂隔別成 (구세십세호상즉 잉불잡란격별성)
初發心時便正覺 生死涅槃相共和 (초발심시변정각 생사열반상공화)
理事冥然無分別 十佛普賢大人境 (이사명연무분별 시불보현대인경)
能仁海印三昧中 繁出如意不思議 (능인해인삼매중 번출여의부사의)
雨寶益生滿虛空 衆生隨器得利益 (우보익생만허공 중생수기득이익)
是故行者還本際 叵息妄想必不得 (시고행자환본제 파식망상필부득)
無緣善巧捉如意 歸家隨分得資糧 (무연선교착여의 귀가수분득자량)
以多羅尼無盡寶 莊嚴法界實寶殿 (이다라니무진보 장엄법계실보전)
窮坐實際中道床 舊來不動名爲佛 (궁좌실제중도상 구래부동명위불)

30개의 구절 중 어느 한 구절도 눈길을 주지 않고 넘어갈 수가 없다. 그리고 눈길 가는 대로 어느 구절을 읽어도 해당 구절이 지닌 뜻의 심오함과 표현의 절묘함 앞에서 감탄하지 않을 수가 없다. 불구덩이에 던져졌어

이 한 생각이요/한 생각이 한량 없는 시간으로/구세와 십세가 서로 같지만/뒤섞이지 않고 제 모습을 이루네/처음 발심할 때가 바른 깨달음이며/생사와 열반은 항상 함께 하고/이와 사가 하나 되어 분별이 없으니/모든 부처님과 보살님과 큰 사람의 경지네/부처님께서 해인삼매 가운데서/뜻대로 부사의함을 나타내고/중생을 이롭게 하는 보배비가 허공에 가득하니/중생들은 그릇 따라 이익을 얻네/그러므로 수행자는 마음자리에 돌아와/망상도 쉬지 않고 열반도 얻지 않으나/분별을 떠난 교묘한 방편으로 뜻대로 여의보배를 잡아/집[불성]에 돌아가 분에 따라 자량을 얻네/다라니[연기실상]의 다함 없는 보배로/법계의 참된 보배궁전을 장엄해/마침내 실제의 중도자리에 앉으니/예부터 움직이지 않아 부처라 이름하네."

도 타지 않은 말들만의 모음이라더니 그 견고함과 아름다움이 보석 같다.

30개의 구절을 다 살펴볼 수 없으니 첫 부분의 두 구절과 중간 부분의 두 구절, 그리고 마지막 부분의 두 구절만 살펴보기로 한다.

法性圓融無二相 諸法不動本來寂(법성원융무이상 제법부동본래적)

여기서 나는 이 우주만유가 일승(一乘)이라는 하나의 수레바퀴를 타고 굴러간다는 사실을 생각한다. 끝도 없이 구별하고 구분하며 대립하고 투쟁하는 이 사바세계의 세속 문법에 익숙한 우리들에게, 실은 만유가 일승의 배를 타고 있다는 이 놀라운 사실의 전언이야말로 언제나 흩어지고 나뉘어져서 불안하고 공포스러운 우리들의 가난한 마음을 깃대처럼 붙들어준다. 일승이 살아 움직이고 있다니! 일승의 다른 말인 대승(大乘)이 일어나고 있다니! 이 일승과 대승을 신뢰할 때 삶은 비로소 신심으로 인한 대안심과 대해방의 길을 열어가게 된다.

一微塵中含十方 一切塵中亦如是(일미진중함시방 일체진중역여시)

하나의 작디작은 티끌 속에 어느 하나 차별 없이 시방 세계 전체가 들어 있다는 이 놀라운 소식 앞에서 나는 내 앞에 있는 작은 먼지 하나만 잘 읽어내어도 세상의 모든 모습과 이치를 만날 수 있겠다는 생각을 해본다. 과학자들이 세포 하나에서 세상의 전부를 읽어내듯이, 이 무한이라고 말할 수밖에 없는 미진수의 티끌들이 우주 전체의 프랙탈적 존재요, 그들 자체의 환유라니, 멀고 먼 곳을 떠도는 일은 이쯤해도 될 것 같다. 그런 점에서 우리는 시 한 편만 잘 연구해도 천리안의 소유자가 될 수 있을 것이라는 기대를 갖게 된다.

窮坐實際中道床 舊來不動名爲佛(궁좌실제중도상 구래부동명위불)

이 구절을 음미하면서 지금 '나는 어디에 있는가'라는 물음을 반복한다. 나는 지금 어느 자리에서 살고, 먹고, 말하고, 잠자고 있는 것인가. 내가 서 있는 자리를 자각하지도 못한 채, 욕망대로, 카르마대로 말하고 먹고 잠자고 돌아다니는 삶이 안타깝기만 한 것이다. 언제쯤이면 나도, 너도 중도실제의 명당자리에 터를 잡고 살아갈 수 있을까? 시 또한 그런 자리에서 탄생될 수 있을까?

법성을 증득한 만큼 좋은 시가 탄생될 수 있다는 가설을 말해본다. 욕망의 말, 에고의 말, 카르마의 말이 아닌, 법성의 증득으로 거듭난 언어에 의해 시의 위상이 높아질 수 있다고 말해본다.

'시승(詩僧)'이라는 말이 있다. 로담(路談) 스님은『한국의 시승(詩僧)』과『중국의 시승』이라는 책을 각각 집역(集譯)하고 편역(編譯)한 바 있다. 시와 승을, 시성과 법성을 한 자리에서 만나게 한 노력이 빚어낸 성과이다. 시도, 삶도, 가볍고 어수선한 시대이기에, 이런 말과 성과를 떠올리며 새 길을 모색해 본다.

2.「강아지 이름 짓는 날」과 방하착(放下着)

며칠 전에 출간된 심보선의 시집『오늘은 잘 모르겠어』를 읽다「강아지 이름 짓는 날」이라는 흥미로운 작품을 발견하였다. 집약하기보다 풀어놓는, 결과보다 과정을 즐기도록 이끄는 시집의 시작법을 두고 여러 견해가 있을 터이나, 한 가지 분명한 것은 지성의 활동이 탁월하다는 것이다.

시인이 과정을 즐기는 시작법을 쓰고 있기 때문에 조금 길지만 시의 전문(사진 제외)을 인용하기로 한다.

> 오늘은 온 식구가 모인 날이다.
> 조만간 집에 들일 새 강아지 이름을 짓기 위하여.
>
> 지금 같이 사는 개는 한국어와 산스크리트어를 조합한
> "잘생긴 보살Minami Lama"이라는 이름이다.
>
> 당시 어머니는 "개는 개일 뿐"이라며 반대했지만
> 나는 "개에게도 불성이 있다"고 고집했다.
>
> 오늘 어머니는 "검둥이"가 어떠냐 물었다.
> 우리는 새 강아지의 털 색깔은 갈색이라 답했다.
> 어머니는 알고 있다고 말했다.
>
> 검둥이는 우리 집에서 기른 첫 번째 개의 이름이었다.
> 일종의 수미쌍관이라고나 할까.
> 어머니에겐 새 강아지가 마지막 개가 될 수도 있으니까.
>
> 여동생은 "그렇다면 브라운Then Brown"이 어떠냐고 했고
> 나는 말없이 고개를 가로저었다.
>
> 인공지능을 전공한 남동생은 "야생지능Wild Intelligence"이 어떠냐
> 했다.

잠자코 이야기를 듣고 있던 제수씨는 "커피 한잔" 어떠냐 했고
나는 잠시 혼란스러웠지만 이내 "좋지요"라고 답했다.
(사실 제수씨는 개 이름 하나에 고상을 떠는 우리 셋에 재치 있게 한 방 날린 것이다.)

식구들이 커피를 마시는 동안 나는 사진 한 장을 생각했다.

다섯 살 무렵의 나랑 그때 키운 강아지가
옛집의 마당에서 함께 잠든 모습을 아버지가 찍은 사진이다.

(사진 생략)

이름도 기억나지 않는 그 강아지는 다 자라기도 전에
자기보다 몸집이 몇 배나 큰 개와 싸우다 물려 죽었다.
지금 생각해보면
뭔가 아버지와 비슷한 운명이었던 것 같다.

아버지는 죽은 개를 집 앞 공터에 묻고
삽을 땅에 꽂아 세워놓고는 긴 묵념을 올렸다.

어른이 된 후 가끔 그 장면을 떠올리면 "숭고"라는 단어도 함께 떠오른다.

나는 강아지 이름으로 "숭고"가 어떠냐 물었다.
식구들은 뭔 소리냐 물었다.

나는 롱기누스의 「숭고에 관하여Peri Hypsos」를 인용하여 숭고란 "한 순간 벼락처럼 출현하여 모든 것을 가루로 부숴 흩날려버리고 독자를 황홀경에 가까운 경탄에 빠뜨려 시인에게 불멸의 명성을 가져다주는 말의 위력"*이라고 말했다.

다들 말없이 고개를 가로저었다.

어머니는 말했다.
"얘야, 네 말을 정확히 이해할 사람은 우리 중에 아무도 없구나. 하지만 아버지가 살아 계셨다면 적어도 그렇게 말하는 너를 자랑스러워했을 거다. 그러고는 나중에 친구들과의 술자리에서 틀림없이 "여보게들, 숭고가 무슨 뜻인지 아는가?"라고 물었을 거다."

여동생이 물었다. "아버지라면 강아지 이름을 뭐라고 지었을까?"
남동생이 답했다. "우리 뜻대로 하라고 했겠지."

어머니와 제수씨는 말없이 고개를 끄덕였다.

오늘은 강아지 이름을 짓기 위해 온 식구가 모인 날이다.
고인의 뜻을 마음 한구석에 새기고
우리는 밤이 늦도록 토론을 이어간다.

*『시학』(아리스토텔레스 외, 천병희 옮김, 문예출판사, 2002, p. 267) 중 일부를 변형했다.

지금 우리 사회는 '강아지 수난시대'이다. 강아지들이 제 본성을 잃고 인간의 마을로 편입되었다. 그 강아지는 강제적으로 인간의 반려자가 되어야 하거니와, 그 첫 번째 절차가 이름을 부여받는 일이다. 심보선의 위 시에서 식구들은 모여앉아 강아지에게 이름을 부여하는 인간화 의식을 치르기 시작한다. 그 장면이 너무나 흥미롭다. 의상 스님의 「법성게」가 그토록 부정하는 '명(名)'과 '상(相)'을 그에게 부여하기 시작하는 것이다. 명과 상을 부여하는 일이란 자신의 식작용(識作用)을 투사하는 횡포이자 자승자박의 꿈을 꾸는 일이라는 게 의상 스님을 비롯한 불가의 일관된 견해이다.

위 시에서 이미 화자의 집에 살고 있는 강아지의 이름은 '잘생긴 보살 Minami Lama'이다. 개는 개일 뿐이라는 어머니의 사상과 개에게도 불성이 있다는 화자의 사상 사이에서 탄생한 이름이다. 그리고 새로 들일 강아지를 위하여 어머니는 '검둥이'라고, 여동생은 '그렇다면 브라운Then Brown'이라고, 남동생은 '야생지능Wild Intelligence'이라고, 제수씨는 '커피 한잔'이라고, 화자이자 위 시의 창작자인 심보선은 '숭고'라고 하는 것이 어떠냐며 강아지 이름을 거론한다. 다 그럴듯하지만 어느 것도 합의를 끌어내지 못한다. 그때 돌아가신 아버지의 견해가 궁금해진다. 이를 떠올린 여동생이 질문한다. "아버지라면 뭐라고 이름을 지었을까?"라고 말이다. 이에 남동생의 대답이 위 시 전체를 흔들어 깨우며 급물살처럼 재편시킨다. 남동생의 말이란 "아버지라면 우리 뜻대로 하라고 했겠지"이다.

모두가 자신의 내면을 투사하면서 이름의 정당성과 우월성을 주장하는 자리에서 아버지는 아무것도 주장하지 않는 위임자이자 무아의 인물이다. '너희들 뜻대로 하거라,' '나는 아무 생각이 없다,' '나는 어느 것도 다 좋다'는 아버지의 말씀은 명과 상을 넘어선 자의 '할(喝)'과 같은 말씀이다.

「법성게」가 그 세 번째 구와 네 번째 구에서 말하는 내용을 이와 관련시켜 본다. "無名無相絕一切(무명무상절일체) 證知所知非餘境(증지소지비여경)"이 세 번째와 네 번째 구의 내용이다. 이 두 구절은 법성이란 이름도 없고 상도 없이 일체가 끊어진 자리요, 그것은 증득해서 아는 것이지 다른 방법이 없다는 것이다. 강아지 이름을 무엇이라고 하든 그것은 인간적 언어이다. 당사자인 강아지도 그 이름을 이해하지 못할 뿐만 아니라 그 언어 밖의 다른 존재들도 이 언어를 이해하지 못한다. 그리고 그 이름을 공유하는 사람들도 '꿈의 공동체'를 임시 건물처럼 잠시 구축해보는 것에 불과하다.

고인인 아버지의 마음을 이해한 이후로 위 시의 가족들이 벌인 강아지 이름 짓기의 토론이자 의식은 보다 고차원의 경지로 비약했을까? 그것이 어느 정도의 경지였는지는 몰라도 아버지의 말씀 앞에서 아상(我相)이 수그러들 수밖에 없었으니 좀 더 높은 경지에서의 토론이자 의식이 이루어졌을 것이다.

또한 위 시에서는 강아지 이름 짓기의 동참자이며 강아지 이름 짓기를 관찰하고 있는 화자이자 시인의 유연한 이중적 역할이 흥미롭다. 거리를 마음대로 조절하며 참가자와 관찰자가 동시에 될 수 있다는 것은 앞서 말한 지성이 살아 있다는 증거이다. 적어도 지성이 살아 있다면 바깥 경계인 명과 상에 함몰되는 일은 없을 것이다.

명과 상이 점점 증식되고 교묘해지면서 인간을 법성의 자리로부터 멀어지게 하는 외부지향성의 시대이다. 수많은 명과 상의 자극에 노출되어 하루의 일과를 마치고 집에 돌아오면 참나는 사라지고 명과 상이 몸 전체를 주도하는 나날이다. 이 명과 상은 잠자리에까지 따라와 숙면을 방해한다. 강아지는 사라지고 강아지 이름만 논란이 되는 것처럼, 참나는 사라지고 경계만이 시빗거리로 파고든다. 어떻게 우리가 이런 전도몽상의 삶으로부터 벗어나 본래자리로 귀가할 것인가? 귀가와 동의어ㅈ인 '환지본처'를 이룩할 것인가? 현기증 나는 시대에 근원의 문제에 대해 사유해본다.

제2장
불가의 '공양게(供養偈)'와 정진규 시인의 '밥시' 시편들

1. 공양, 공양게, 공양미학

지난번에는 「법성게(法性偈)」를 통하여 '법'의 문제에 대해 사유해보았다. 법의 문제는 고도의 추상성을 지니고 있지만 밥의 문제는 즉물적이기 그지없어서 사람들은 법 문제보다 밥 문제 앞에서 크게 실족하곤 한다.

우리가 이 땅에서 자유롭게 살고자 한다면 법 문제와 더불어 밥 문제를 시원하게 풀 수 있어야 한다. 법의 문제가 이법계(理法界)의 과제라면 밥의 문제는 사법계(事法界)의 과제이다. 이사(理事)에 걸림이 없는 삶, 그것이 가능해야 자유라는 말의 꼬리라도 간신히 언급해 볼 수 있다.

그런데 앞서 말했듯이 법의 문제보다 우리를 가까운 데서 흔들리게 하는 것이 밥의 문제이다. '오도(悟道)'는 다음 생에 하겠다고 시간을 미루어 늘려 잡고 변명을 해도 큰 문제가 없지만, '식사'는 단 한 끼만 건너뛰어도 몸이 말을 듣지 않는다. 도저히 미룰 수 없는 문제가 밥 문제이다.

이 밥의 문제는 생명으로 이 땅에 온 우리들의 업보이자 자업자득의 결과이다. 밥을 먹지 않고는 살 수 없는 생명으로서의 몸을 스스로 지어가지고 온 까닭이다. 따라서 종교인이든, 철학자이든, 사회학자이든, 시인이든, 이 밥의 문제를 직시하고 탐구 및 해결하지 않고는 자신들의 길을 앞으로 밀고 멀리까지 나아갈 수가 없다.

불가에 따르면 밥이란 욕계의 탐진치(貪瞋痴)를 불러일으키는 원천이며 살아 있는 존재로서 다른 살아 있는 존재를 죽여서 먹는 생태계의 난처한 법칙이다. 이 논리에 따르면 밥의 문제를 가장 잘 해결하는 사람이 가장 훌륭한 세간의 성공자요, 출세간의 지혜인이라 할 수 있다.

불가에서 식욕은 오욕락(五慾樂 : 식욕, 성욕, 수면욕, 권력욕, 명예욕)의 맨 앞에서 언급된다. 그만큼 식욕은 강력하고 넘어서기 어려운 존재이기 때문이다. 그러나 우리는 먹지 않고 살 수 없기에 '오후불식'을 하기도 하고, '발우공양'을 거행하기도 하고, 탁발을 시행하기도 한다. 그렇더라도 우리가 밥을 먹지 않고는 살 수 없다는 게 자명한 사실이다.

이에 불가에선 '공양(供養)'이라는 개념과 '공양게(供養偈)'라는 게송을 통해 이른바 '공양미학(供養美學)'이라고 할 만한 문화적이며 영성적인 미학을 창조하고 있다. 밥을 먹는 일은 단순한 식사 행위가 아니라 '공양'을 하는 일이요, 공양을 하는 일은 게송으로 지어 부를 가치가 있는 문화적, 영성적 일이고, 밥을 먹는 문제는 인간의 불성에 의하여 진리와 계합되는 방향으로 나아갈 수 있다는 믿음을 가질 만하다는 것이다.

밥의 문제를 이와 같이 드높은 차원으로 들어올린 불가의 '공양게'를 들어보기로 한다. 이 게송은 다섯 가지를 '관(觀)'한다는 의미에서 '오관게(五觀偈)'라 불리는 것으로, 여러 가지 공양게 가운데 가장 널리 알려지고 불리어지는 대표적인 공양게이다. 게송이 수록된 곳은 불교 경전 「소심경(小心經)」이다.

計功多小 量彼來處 (계공다소 양피래처)
忖己德行 全缺應供 (촌기덕행 전결응공)
防心離過 貪等爲宗 (방심이과 탐등위종)
正思良藥 爲療形枯 (정사양약 위료형고)
爲成道業 應受此食 (위성도업 응수차식)

위의 한문 게송을 직역과 의역의 한글로 각각 옮겨 보면 다음과 같다.

[직역]
내 공덕의 분량과 이 음식이 온 곳을 헤아려보니
나의 덕행으로는 공양 받을 자격이 전혀 없음을 알겠네
과오를 떠나고 탐욕이 주인이 되는 것을 막아
몸이 마르는 것을 치료하는 양약으로 바르게 생각하여
도의 과업을 이룩하고자 이 음식을 받겠나이다.

[의역]
이 음식이 온 곳을 생각해보니
내 덕행으로는 받기가 부끄럽네.
마음의 모든 욕심을 버리고
몸을 고치는 양약임을 바로 알아
여법한 삶을 살기 위해 이 음식을 받네.

참고로 요즘 종교와 신앙의 대상을 넘어서 대중적으로 영향력을 크게 끼치고 있는 법륜(法輪) 스님이 설립한 정토회의 현대화된 공양게송을 소개해보기로 한다.

한 방울의 물에도 천지의 은혜가 깃들여 있고
한 톨의 밥에도 만인의 노고가 스며 있으며

한 올의 실타래 속에도 베 짜는 이의 피땀이 서려 있네
이 물을 마시고, 이 음식을 먹고, 이 옷을 입고
부지런히 수행 정진하여
괴로움이 없는 사람, 자유로운 사람이 되어
일체 중생의 은혜에 보답하겠습니다.

밥이 철학이 되고, 종교가 되고, 노래가 될 때, 밥은 이미 정신의 영역으로 넘어가게 된다. 단순히 우리의 생물학적 생명 연장과 확장에 그 목적이 있는 것이 아니라 인생길을 가는 한 사람의 지성인이자 수행자로서 진리의 지혜인이 되고자 하는 데 그 뜻을 두고 있는 것이다. 인류가 여기까지 밥의 문제를 승화시키고 고양시킨 것은 인류사의 공적이라고 하지 않을 수 없다. 인간들이란 짐승의 피를 짙게 지닌 존재이지만 그 속에 피의 혼탁함과 거칠음을 맑히고 잠재울 수 있는 '피의 정화능력'을 함께 지니고 있는 것이다.

밥으로 인하여 세상은 언제나 시끄럽기 그지없다. 밥의 정치학, 밥의 사회학, 밥의 경제학, 밥의 경영학, 밥의 인문학을 대학에서 밤늦게까지 가르치고 논하여도 그 해결의 진도는 느리기만 하다.

인류는 불과 얼마 전까지만 해도 지구별의 거친 생태계에서 '먹히는 존재'에 불과하였다. 눈에 보이지 않는 세균과 바이러스에서부터 눈에 보이는 늑대, 호랑이, 사자 등에 이르기까지 많은 존재들이 인류보다 강자였다. 그리고 자연생태계는 인류에게 더 호의적이지 않았다.

그런 인간들이 근대 산업도시 문명의 시대를 거치면서 '먹는 존재'로 등극하였다. 이제 인간들은 지구별의 생태계에서 '먹히는 존재'의 시간을 마감하고 '먹는 존재'가 된 것이다. 이것은 성공이자 혁명이지만, 인간의 중생심은 '먹히는 존재'일 때나 '먹는 존재'일 때나 다같이 작용하여 작금

이 땅에서 '먹는 존재'로서의 인간들이 보여주는 '밥 문화'는 그야말로 저급함의 극단을 달리고 있다. 실로 생각 없는 인류에겐 '먹히는 일'도 '먹는 일'도 비루하기만 하다. 두려움이 자만심으로, 피해 의식이 지배욕으로, 결핍감이 쾌락중심주의로 그 모습을 바꾸었을 뿐, '먹힐 때'와 '먹을 때'의 인류의 마음은 중생심의 양태를 벗어나지 못하고 있기 때문이다.

이런 시절, 공양과 공양게 그리고 공양미학에 대한 공부와 성찰은 인류를 더 이상은 저급해지지 않게 하는 '양약(良藥)'이 될 것이다. 밥을 마련하는 일 못지않게 밥을 왜 먹는 것이며 어떻게 먹을 것인가의 문제에 대해 닫혔던 눈을 뜰 수 있게 될 것이기 때문이다.

진정 성철(性徹) 스님과 더불어 전설처럼 전해오는 '밥값 내놔라'의 그 호통 속에 들어 있는 '밥값'을 하며 사는 일은 스님들에게도 어려운 과제임은 말할 것도 없거니와 우리 같은 범부들에게는 더욱더 지난한 일이다. 그러나 이런 '밥값'의 고민을 안고 사는 삶의 길을 걸어가고자 할 때, 그래도 삶은 조금 더 나은 쪽으로 방향을 내리라 생각한다.

2. 밥, 밥시, '뜨거운 상징'

'불교방송'의 한 프로그램을 진행하던 원영(圓映) 스님이 가을 들녘을 가리켜 '부처님 빛'을 닮아가고 있다며 한소식 전했던 이 가을에 정진규 시인이 세상을 떠났다. 그의 갑작스런 이별 소식으로 인하여 금년 가을은 놀라움과 더불어 말더듬이처럼 다가왔고 가을 들녘을 바라보는 마음도 이전 같지가 않다.

정진규 시인은 우리 근현대시사에서 '몸'의 본질과 그 상징성을 가장 깊고 따스하게 읽어낸 시인이다. 이런 시인의 몸은, 당신의 고향마을 동산에 마련된 선대들의 묘원(기유원(己有園))에 또 다른 의미의 몸이 되어 묻혔다. 정진규 시인이 이와 같은 '몸'의 문제에 도달하기까지 사로잡혀 있었던 세계이자 화두는 '밥'이었다. 그는 또한 우리 근현대시사에서 이 '밥'의 문제가 지닌 본질과 그 상징성을 아주 깊고 따스하게 천착하고 승화시킨 시인이다. '밥'의 문제를 푸는 일은 그에게 '몸'의 문제를 발견하고 풀어가는 일과 다르지 않은 과제였다.

정진규 시인은 「아버지의 정미소」라는 시에서 다음과 같이 고백하고 있다. "지난 늦가을 밤, 이 밤 너의 정서는 주로 어떤 거냐고 노란 은행잎 떨어지는 인사동 밤거리를 함께 걸으며 네가 물었을 때 이를테면 나의 대답은 엉뚱했다 우리집은 정미소였다 아버지의 정미소, 늦가을마다 밤새워 하얀 쌀들을 가마니 가마니 밤새워 찧어내던 아버지의 정미소, 하얀 쌀과 아버지, 발동기 소리가 내 마음의 곳간에서 아득히 들려오고 있다고 정서는 곳간과 같은 것이라고 나는 말해주었다"고 말이다. 정진규 시인의 원체험 장소는 정미소이고 그 정미소는 하얀 쌀들을 가마니 가마니 밤새워 찧어내던 곳이다.

하얀 쌀들의 봉우리, 하얀 쌀들의 동산, 하얀 쌀들의 출생이 그의 근원정서의 심연이었던 것이다. 나는 여기서 그가 안성농림학교 출신이었다는 사실을 떠올린다. 농경사회적 상상력, 아니 생명 감각의 상상력은 그의 상상과 삶의 원형질이었던 것이다.

이런 정진규 시인은 1987년도에 '정진규 문학선'을 나남출판사에서 출간하면서 그 제목을 '따뜻한 상징'으로 붙인 바 있다. 이 제목은 그의 시 제목이기도 하거니와 여기서 '따뜻한 상징'은 "하이얀 쌀 두어 됫박"이다. 잠시 해당 부분을 조금 옮겨본다.

(상략) 요즈음 추위는 그런 것 때문이 아니라고 하지만, 요즈음 추위는 그런 것 때문이 아니라고 하지만, 그들의 문전마다 쌀 두어 됫박쯤씩 말없이 남몰래 팔아다 놓으면서 밤거리를 돌아다니고 싶다 그렇게 밤을 건너가고 싶다 가장 따뜻한 상징, 하이얀 쌀 두어 됫박이 우리에겐 아직도 가장 따뜻한 상징이다

—「따뜻한 상징」 부분

이렇게 따뜻한 상징을 전하는 것이 그의 삶과 시 쓰기의 뜻이자 보람이라는 말이 위 인용문에서 전해온다. '따뜻한 상징!', '하이얀 쌀 두어 됫박!', 그것을 통해 추운 세상의 다리를 건너보고자 하는 시인의 심층 마음!

정진규 시인이 이토록 간절하게 오랫동안 가슴속에 품어온 '쌀'의 문제는 '밥시'가 되어 본격적으로 시화된다. 시집 『별들의 바탕은 어둠이 마땅하다』(문학세계사, 1990)에서 정진규 시인은 '밥시' 연작 9편을 선보이고 있다. 이 '밥시' 연작 가운데 제일 마음을 울리는 작품은 「밥시 1」과 「밥시 6」 그리고 「밥시 7」이다.

정진규 시인은 「밥시 1」에서 다음과 같이 전하고 있다.

이런 말씀이 다른 나라에도 있을까 이젠 겨우 밥술이나 좀 들게 되었다는 말씀, 그 겸허, 실은 쓸쓸한 안분(安分), 그 밥, 우리나란 아직도 밥이다 밥을 먹는 게 살아가는 일의 모두, 조금 슬프다 돌아가신 나의 어머니, 어머니께서도 길 떠난 나를 위해 돌아오지 않는 나를 위해 언제나 한그릇 나의 밥을 나의 밥그릇을 채워놓고 계셨다 기다리셨다 저승에서도 그렇게 하고 계실 것이다 우리나란 사랑도 밥이다 이토록 밥이다 하얀 쌀밥이면 더욱 좋다 나도 이젠 밥술이나 좀 들게 되었다 어머니 제삿날이면 하얀 쌀밥 한 그릇 지어올린다 오늘은 나의 사랑하는 부처님과 예수님께 나의 밥을 나누어드리고 싶다 부처님과 예수님이

겸상으로 밥을 드시는 모습을 보고 싶다 그분들은 자주 밥알을 흘리실 것 같다 숟가락질이 젓가락질이 서투르실 것 같다 다 내어주시고 그분들의 쌀독은 늘 비어 있었을 터이니까 그분들은 언제나 우리들의 밥이었으니까 늘 시장하셨을 터이니까 밥을 드신 지가 한참 되셨을 터이니까

—「밥시 1」 전문

위 시에서, 사는 일과 사랑하는 일이 '밥'을 통하여 이루어지고 있다는 시인의 진단이 큰 공감을 불러일으킨다. 생존의 문제도, 삶의 문제도 이 '밥'을 물질이자 상징으로 놓고 이루어진다는 인간사의 비의가 마음을 울리기 때문이다. 더욱이 위 시에선 인간사의 최정상이나 초월 지점에 놓여 있는 부처님과 예수님이 마주 앉아 식사하는 모습을 상상해놓은 것이 인상적이다. 밥이 공물이 되고, 식사가 공양이 되며, 공양이 수행이 되게 하는 부처님과 예수님의 밥상을 시인은 아주 잘 읽어내고 있기 때문이다.

「밥시 6」도 인상적이다. 정진규 시인은「밥시 6」에서 밥을 짓는 일의 어려움과 밥을 나누는 일의 보람에 대해 언급하고 있다. 밥을 잘 짓는 일도 눈물을 흘려야 하는 일이요, 그 밥을 고봉으로 담아서 각각의 존재에게 알맞는 모습으로 차려내는 일은 더욱더 생의 과업으로 삼고 싶은 일이라는 것이다.

이런 가운데 정진규 시인은「밥시 7」에 이르러 '밥'에 담긴 부부론과 인생론을 결산해 보인다. 작품의 전문은 다음과 같다.

한 삼십여 년 전 이야기이지요 지금도 연애라는 걸 더는 못 벗어나고 철없이 살고 있는 저희 내외가 그 연애라는 걸 처음 시작했을 때 돈도 없고 갈 곳도 없어서 어떤 절을 찾아간 적이 있었지요 우리 사랑 한 채의 집으로 지어내자면서 한 채의 절이 될 때까지 그렇게 가자면서 어

떤 절을 찾아간 적이 있었지요 거기서 저희는 절밥을 얻어먹었어요 세상에서 가장 정갈하게 비워낸 절밥 한 상 세상에서 가장 넘치게 고봉으로 담겨진 절밥 한 상 차려주셨어요 공양(供養)이라 했어요 그날 이후 저희 내외도 그런 절밥 한 상 세상에 차려 내자면서 예까지 오기는 왔지요 부끄럽게 예까지 오기는 왔지요

—「밥시 7」 전문

위 시에서 '공양(供養)'이라는 말이 눈에 띈다. 이제 정진규 시인에게 밥은 '공양'이라는 이름과 더불어 높은 차원에서 인식되기 시작한 것이다. 그러면서 그는 당신 부부가 서툴지만 이 세상에 '절밥 한 상' 같은 세계를 차려내자면서 길을 걸어왔다고 고백하고 있는 것이다. 물론 그 고백엔 부끄러움이 섞여 있다. 우리는 너나할 것 없이 언제나 '절밥 한 상'과 같은 결실물을 차려내는 보살심의 주인공이 되고 싶은 소망 속에서도, 이 마음보다 먼저 달려드는 '나를 위한 밥상'으로서의 '중생심의 밥상'을 건너뛰기 어렵기 때문이다.

글이 길어졌다. 이제 글을 마치며 정진규 시인이 '밥' 문제와 더불어 가장 고아하고 유려한 지점에 도달한 작품 한 편을 언급하고자 한다. 그 작품은 시집 『사물들의 큰언니』(책만드는 집, 2011) 속에 들어 있는「밥을 멕이다」이다.

어둠이 밤새 아침에게 밥을 멕이고 이슬들이 새벽 잔디밭에 밥을 멕이고 있다 연일 저 양귀비 꽃밭엔 누가 꽃밥을 저토록 간 맞추어 멕이고 있는 겔까 우리 집 괘종 붕알시계에게 밥을 주는, 멕이는 일이 매일 아침 어릴 적 나의 일과였던 생가(生家)에 와서 다시 매일 아침 우리 집 식구들의 조반을 챙기는 그러한 일로 하루를 열게 되었다 강아지에게도 밥을 멕이고 마당의 수련들 물항아리에도 물을 채우고 뒤곁 상추, 고추들 눈에 뜨이게 자라오르는 고요의 틈서리에도 봄철 내내 밥을 멕

였다 물밥을 말아주었다

—「밥을 멕이다」 전문

이쯤 되면 우주 만유 전체가 서로가 서로에게 밥을 먹이는 인드라망의 우주적 진경이 터득된 것이다. 이제 그는 눈이 밝아진 것이다. 밥을 통하여 한 소식을 한 것이다. 어둠이 밤새 아침에게 밥을 먹이고, 이슬들이 새벽 잔디밭에 밥을 먹이고, 알 수 없는 존재가 양귀비꽃에게 밥을 먹이고, 일체의 가솔들에게 시인이 밥을 먹이고, 특히 채마밭의 채소들은 물론 그 사이의 '고요의 틈서리'에도 봄철 내내 밥을 먹일 줄 아는 시인이 위 작품 속에 들어 있다.

위 작품에서 무엇보다 '고요의 틈서리'에까지 봄철 내내 밥을 먹여 그 고요를 키워내었다는 시인의 '밥 철학'은 다시 한 번 음미되어야 한다. 그의 '밥 철학'은 여기서 '지혜의 미학', '자비의 미학', '우주의 미학' 으로 상승되고 있기 때문이다.

어떻게 하면 여법(如法)하게 밥을 먹을 수 있을까? 그리고 여법하게 밥 문제를 해결할 수 있을까? 이 탁한 욕계에서 '밥'의 문제를 앞에 두고 '법'의 도움을 청하면서 부족하지만 절실한 사유를 이어가본다.

제3장
오도송(悟道頌)과 열반송(涅槃頌) 그리고 서시(序詩)와 종시(終詩)

1. 오도와 오도미학/열반과 열반미학

참으로 난처하고 난감하며, 취약하고 위태로운 인간 종(種)의 갖가지 모습 앞에서 밀려오는 비애감을 감출 수 없는 시간이 잦은 나날이다. 이 지구별에서 인간이라는 하나의 생명 종이 펼쳐내는 드라마는 왜 이토록 칙칙하고 얼룩덜룩한 것일까. 매일매일 전해오는 뉴스며, 가깝고 먼 인간사의 속사정을 보고 듣는 일은 불편하기 그지없다.

그러다가도 인류사 속의 수많은 지혜서들을 떠올리면, 그리고 인간 정신의 고처(高處)를 사모하고 가꾸어온 사람들의 흔적을 만나게 되면, 밀려오는 그 같은 비애감에 허둥대던 시간들이 민망하기만 하다.

'오도/오도송/오도미학', 그리고 '열반/열반송/열반미학'의 오래된 전통은 인간 종의 비루함과 범속성 앞에서 허둥대던 마음을 초가을 햇살처럼 거풍시켜주는 원석이다. 그리고 인간된 자의 위의(威儀)를 되찾게 하고 희망을 품게 해주는 크나큰 후원자이다.

이런 정신적 · 문화적 경지를 보면서 나는 다음과 같은 찬탄의 소리를 내어본다 : 오도를 꿈꾸는 인간이 이 땅에 있다니! 오도를 구현한 인간 종이 이 지구별에 있다니! 그 소식을 노래이자 시로써 표현한 인간들이 인류사 속에 있다니! 오도의 모든 것을 미학적 차원으로 온전하게 들어올린 사람들이 하나의 계보를 이루고 있다니!

이런 찬탄은 죽음 앞에서 높은 경지를 창조하고 시를 짓고 그것의 미학화를 이루어내는 열반의 귀한 전통을 볼 때에도 동일하게 나온다. 죽음이라는 인간 존재의 최대 난코스를 '열반'으로 바꾸고, 그 열반이라는 일대사를 노래로 불러 환희심의 세계로 전변시키고, 가장 난해한 죽음을 품격 있는 순수 미학의 절정으로 들어올린 지혜인들의 모습을 보면 저도 모르게 감동과 전율이 일어나는 것이다. 요컨대 죽음과 관련된 이런 깨침의 소리이자 문화적 · 예술적 양식화는 인간 종의 비루함과 중생적(衆生的) 진애(塵埃)를 정화시키는 성스러운 노래요 복된 음악과도 같다.

석가모니 부처님은 35세에 오도를 하였다. 우리가 잘 아는 『님의 침묵』의 시인 만해(萬海) 스님은 39세에 오도송을 불렀다. 그리고 경전이 아니면서도 경전의 대접을 받을 만큼 심오한 『육조단경(六祖壇經)』의 주인공인 혜능(慧能) 스님은 글자 한 자 모르는 분이 일순간에 도를 깨치고 법통과 법맥을 전수받았다.

역시 석가모니 부처님은 80세에 열반에 들면서 '자등명(自燈明) 법등명(法燈明) 자귀의(自歸依) 법귀의(法歸依)'라는 열반송을 남겼다. 그리고 한국 선불교의 서양 전파에 최고의 공헌을 한 숭산(崇山) 스님은 78세가 되던 2004년에 입적하시면서 '만고광명(萬古光明)이요 청산유수(青山流水)'라고 열반송을 남겼다. 또 현시대의 일반인들에게까지도 종교를 넘어서서 잘 알려져 있을 뿐만 아니라 존경을 받고 있는 성철(性徹) 스님은 1993

년에 81세로 입멸하시면서 '그간 천하의 남녀를 속인 죄가 수미산 같다'고 당신의 수행을 엄격하게 결산하는 언어로 열반송의 첫머리를 시작하였다. 그리고 일제강점기에 최초의 조선인 법관이 되었으나 그 자리를 버리고 출가한 효봉(曉峰) 스님은 '지금까지 내가 한 말 모두가 군더더기이니, 오늘 일을 묻고자 한다면 달이 일천 강물에 비친다고 할 뿐'이라는 열반송을 남겼다.

이런 오도와 오도송, 열반과 열반송의 예는 지면이 넘치도록 제시할 수 있다. 그 가운데 특별히 높은 경지를 열어보인 고승들의 오도와 오도송, 열반과 열반송의 자료는 여러 수행자 · 연구자들의 원력과 노고에 의하여 마치 '불사(佛事)'를 하듯 정리되고 해설되어 서책의 형태로 간행된 일도 있다. 자료 정리는 물론 해석과 해설까지 잘 덧붙여져 있으므로 이 서책들은 일반인들도 어렵지 않게 찾아 읽고 깨침과 감동을 받을 수 있다. 그 대표적인 예를 제시하면 다음과 같다. 우선 무산(撫山) 스님의 『선사들의 오도송 : 위대한 선승들이 부른 깨침의 노래』(김영사, 2003)가 있다. 그리고 이상철 거사의 『내 삶의 마지막 노래를 들어라 : 65인의 큰 스님들이 남긴 열반송 이야기』(이른아침, 2007)가 있다. 또 진옹월성(震翁月性) 스님의 『오도에서 열반까지』(사유수, 2014)가 최근에 출간돼 있다.

나는 이 글에서 오도송과 열반송을 구체적으로 제시하거나 해석하는 일을 더 하지 않기로 한다. 앞서 제시한 책들을 보면 오도와 오도송, 열반과 열반송의 실제를 풍부하게 만나볼 수 있기 때문이다. 다만 여기서 강조하고 싶은 것은 이들 전통이자 시 속에 담긴 인간으로서의 삶의 자세, 삶의 목표, 삶의 방법, 삶의 미학 등이 지닌 소중한 가치이다. 그것을 강조하면서, 중생적이고 범속한 인간살이의 비루함과 얼룩덜룩함을 조금이나마 넘어서 보는 시간을 갖고 싶은 것이다.

가능성으로 말하면 오도와 열반은 누구나 할 수 있다고 하지만 실제로 아무나 경험할 수는 없는 영역이다. 『법화경』은 모든 이에게 부처가 될 수 있다는 수기를 주었고, 『화엄경』은 일체 중생과 만유에 모두 불성이 들어 있으며 눈 뜨고 보면 세상은 있는 그대로가 다 보석 덩어리와 같은 '불화로 장엄된' '화엄세계'라고 말하지만, 노력하지 않는 이에게도 부처의 미래가 보장돼 있고, 불화로 장엄된 화엄세계가 찬란하게 들어오는 것은 아니다.

문제는 인간으로서의 삶의 자세, 삶의 목표, 삶의 방법, 삶의 미학에 대한 바른 관점을 정립하고 정진하는 일이다. 어떤 태도로 살 것인가, 어떤 목표를 갖고 살 것인가, 어떤 방법으로 살아갈 것인가, 어떤 미학을 창조할 것인가 등등에 대한 '정견(正見)'이 정립되지 않으면 오도도, 열반도 머나먼 남의 나라의 일로만 남아 있을 뿐이다.

나는 오도송과 열반송을 보면서 진리인 도를 깨치고 말겠다는 그 대발심의 자세에 감동한다. '아침에 도를 들으면 저녁에 죽어도 좋다'는 공자님의 절박한 고백처럼 진리에 대한 간곡하고 간절한 소망을 품는 것은 삶의 첫 발자국을 바른 곳으로 떼어놓게 하는 원천이 된다.

다시 나는 삶의 목표와 방법을 진리인 도의 구현에 두고 살아가려는 그분들의 모습에서 큰 감동을 받는다. 생존 욕구의 카르마에 휘둘려서, 에고의 욕구에 지배되어, 탐진치의 늪 속으로 대책 없이 걸어 들어가며 고통의 정도를 높여가는 무반성적인 수많은 사람들의 삶에 비한다면 위와 같은 삶의 목표와 방법을 정립한다는 것은 삶의 하루하루를 '정도(正道)' 위로 걷게 하는 원동력이 된다.

또한 삶의 미학을 진리인 도와 계합된 미학으로 창조하고 완성하고자 하는 그들의 원대한 꿈 앞에서 나는 감동을 받는다. 미학은 고사하고 세상을 본능적인 무질서와 소음, 소란과 싸움의 장으로 만드는 이 속계에서 삶의 전 과정을 진리인 도의 미학으로 창조하고 완성해보고자 하는 대원력은 참으로 귀하다 하지 않을 수 없다.

이렇듯, 오도와 오도송, 열반과 열반송은 그 존재와 전통 자체만으로도 세상을 격상시키고 정화시킨다. 그 격상과 정화의 정도는 아주 커서 마치 호롱불을 켜고 살던 마을에 전깃불을 밝혀준 것만 같다. 따라서 비록 청자의 수준에서 벗어나지 못한다 할지라도 오도의 소식과 그 노래이자 시를 음미하는 시간엔 비할 데 없는 행복감이 찾아온다. 그리고 죽음이 열반이 된 소식과 그 노래이자 시를 내 일처럼 마음에 품어보는 것 또한 비할 데 없는 기쁨의 시간이 된다.

나는 오도도, 열반도 이른바 '마른 지혜'로나 겨우 짐작해보는 관념적 수준에 머물고 있지만, 그런 세계를 열어보이는 분들의 소식을 듣는 일만으로도 삶은 고아해지고 청정해지며, 자유와 해방의 대소식이 바람처럼 스며드는 드문 시간을 순간이나마 갖게 된다.

오도송과 열반송은 인간승리의 한 양식이라고 생각된다. 인간의 마음으로, 인간의 언어로, 인간의 세상에서 할 수 있는 일 가운데 최고의 차원에 속하는 것이라 해도 과언이 아니다.

나는 상상해본다. 어느 날 인간 종이 크게 진화하여 이런 노래이자 시를 대중가요처럼 부르고 다니는 시대는 올 수 없을까? 우리가 사는 이 땅을 진정 법화의 땅, 불화의 땅, 화엄의 땅으로 빛내고 사랑하며 사는 에덴동산과 같은 인간들의 시대는 올 수가 없을까?

인간들이 이 세상에 온 목적이 싸워서 이기는 데 있는 것처럼 어느 곳엘 가도 싸움 소리가 지천이고 모두가 상처투성이인 세상을 어떻게 치유하고 넘어설 수 있을까? 참으로 막막하고 불안하고 안쓰러운 현실이다.

이제는 축제조차도 '살생의 축제'가 인기를 얻는 것 같다. 강원도 화천의 소위 산천어축제엔 이 겨울 170만 명이 모여서 대성공을 이루어냈다고 하는 뉴스 전달자의 흥분된 어조가 텔레비전의 화면을 채우고 있다. 방생의 공덕을 짓지는 못할지언정 '살생의 축제'를 이렇게 대규모로 공인받은 자리에서 부끄러움 없이 벌여도 되는 것일까? 그리고 그것을 이렇게 자랑스러워하면서 홍보해도 되는 것일까? 모든 계율의 첫째는 '불살생계(不殺生戒)'이다. 이것은 고조선의 8조 금법부터 21세기 현시대의 우리가 사는 세상의 세속법에 이르기까지 변함없는 진실이다. 이런 현실 속에서 나는 어색하게, 외계에서 온 사람인 듯, 오도와 오도송, 열반과 열반송의 소중함을 역설해 본다.

2. 서시와 종시, 그리고 그 미학의 세계

근대와 근대시의 세계로 접어들면서 개개인의 자유와 개성의 총량은 커졌지만 시와 삶의 수준은 상당히 '졸(拙)'해졌다. 더욱이나 자유와 개성에 대한 오해가 일어나고, 전체성에 대한 사유가 감퇴하면서 보통 사람들은 물론 시인들조차도 그 삶과 언어가 협소한 반경 내에 머물게 되었다. 말할 것도 없이 그 미학성도 피상적인 것이 되고 부박해졌다.

그런 가운데 서시와 종시는 인간된 자와 시인된 자의 품격을 높여주는 드문 근대적 언술 형태라고 볼 수 있다. 마치 오도송의 한 자락에 맞닿아 있는 것 같은 서시와, 열반송의 계보에 미약하나마 연속성을 두고 있는 것 같은 종시의 출현은, 그런 점에서 반갑지 않을 수가 없다.

서시라고 하면 대부분의 사람들은 윤동주의 「서시」를 가장 먼저 떠올릴 것이다. 그만큼 이 시의 위력과 진정성은 대단하다. 그의 「서시」로 인하여 일반 사람들까지 서시의 숭고성에 공감하고 삼가는 마음까지 갖게 되었다.

실로 언제 읽어보아도 윤동주의 「서시」는 전율과 감동을 느끼게 한다. 그렇다면 무엇 때문에 이런 일이 가능할까. 생각해보면 그것은 다름 아니라 이 시에 인간된 자의 정견(正見)과 정도(正道)가 들어 있기 때문이다.

윤동주의 「서시」가 보여주는 인간된 자의 정견은 "죽는 날까지 하늘을 우러러/한 점 부끄럼이 없기를"이라는 구절과 거기에 담겨 있는 서원이자 원력의 힘에서 비롯된다. 하늘 혹은 하늘거울이 상징하는 세계를 자신의 모든 것 앞에 전제하고 그것에 의지하며 그것과 계합된 삶을 살아가겠다는 다짐과 자세야말로 정견의 실제를 그대로 보여준 것이다. 윤동주의 이와 같은 고백적인 선언은 에고와 아상(我相)의 무분별한 욕구에 저당잡혀 살던 보통 사람들조차도 충격을 받도록 이끌고, 그런 사람들의 심층에 잠자고 있던 하늘과 하늘성(性)을 깨어나게 만드는 계기가 된다.

다시 윤동주의 「서시」는 "별을 노래하는 마음으로/모든 죽어가는 것을 사랑해야지"라는 구절과 "나한테 주어진 길을/걸어가야겠다"는 구절에서 보이는 정도와 정념의 표출에 의하여 전율과 감동을 느끼게 한다. 가장 순수하고 순정한 마음으로 일체의 목숨들을 사랑하겠다는 다짐과 자신에게 주어진 길을 사도처럼 걸어가겠다는 결의는 그 숭고함으로 읽는 이를 흔든다.

이런 윤동주의 「서시」는 근대시의 오도송 같다. 아니, 영성적 게송 같다. 수많은 사람들이 긴 시간을 두고 변함없이 윤동주의 서시 앞에서 마음을 여는 것은 이 시 속에 담긴 이런 오도의 성격과 영성적 기운 때문이라 생각된다.

윤동주의 「서시」 이외에 김종삼, 고은, 이시영, 김용택, 이성복 등의 서시도 있다. 김종삼은 그의 「서시」에서 헬리콥터가 지나가는 허공을 바라보며 무위의 자연성이 주는 기쁨을 느끼는 동시에 인위의 전쟁사가 주는 비애를 한꺼번에 보아야 하는 모순을 전달하고 있다. 그리고 이성복은 『남해 금산』속의 「서시」에서 '정처 없음'의 긴 시간과 '정처 있음'의 짧은 시간 사이에서 삶 전체를 '정처 있음'의 시간으로 들어올리고 싶은 소망을 담아내고 있다.

나는 앞서 언급한 시인들 가운데 김용택의 「서시」를 여기서 함께 읽어보고 싶다. 김용택의 『연애시집』(2002) 첫 장엔 다음과 같은 「서시」가 등장한다.

> 세월이 가면
> 길가에 피어나는 꽃 따라
> 나도 피어나고
> 바람이 불면
> 바람에 흔들릴라요
> 세월이 가면
> 길가에 지는 꽃 따라
> 나도 질라요
> 강물은 흐르고
> 물처럼 가버린
> 그 흔한 세월
> 내 지나온 자리
> 뒤돌아다보면
> 고운 바람결에
> 꽃 피고 지는
> 아름다운 강 길에서

많이도 살았다 많이도 살았어
바람에 흔들리며
강물이 모르게 가만히
강물에 떨어져
나는 갈라요

꽃 따라 피고지고, 바람 따라 흔들리고, 강물 모르게 강물이 되어 살겠다는 무욕의, 무위의, 초연의 삶에 대한 다짐이 위 시의 내용이다. 이 시에 나타나 있는 화자의 마음은 비장하기보다 평화롭고, 모험적이기보다 순탄하며, 숭고하기보다 우아하다. 이 시집을 낸 시기가 김용택 시인의 나이 55세 때이니 이런 「서시」를 쓸 만도 하다. 이제 점점 그의 삶이 인간사를 넘어서서 더 넓은 자연사와 우주사로 분모를 확장해 가며 아상을 줄여가고 있는 모습이다. 무모한 젊은 시절엔 분자보다 분모가 작아 의욕은 충천하지만 삶이 불안정하다. 그러나 나이가 들어갈수록 분모가 분자보다 커지기 시작하여 삶은 밋밋하지만 바닥이 넓은 함선처럼 안정된다.

서시는 자신이 파악한 삶과 세계의 본문을 압축한 요체이다. 그러므로 서시를 쓴다는 일이 쉬운 것만은 아니다. 온전한 본문이 부재한다면 좋은 서시도 쓰여지기 어렵고, 비록 서시라는 이름을 붙이고 시를 썼더라도 이어지는 본문과 조화를 이루기 어렵다.

서시와 짝을 이루는 근대적 양식의 시로서 '종시'가 있다. 열반송과 같은 고차원의 깨침을 그 안에 담고 있는 최후의 시라고까지는 할 수는 없어도, 한 인간이 죽음 앞에서 내놓는 최후의 언어라는 점에서 열반송과 같은 엄숙미가 있다.

죽음 앞에서 시를 쓰다니! 인간이라는 종도 참 이상한 일을 하고 있다. 그러나 이와 같이 죽음을 미학화하고 의미화하는 인간의 존재 승화와 자기 승화의 노력은 감동적이다.

우리 근 · 현대시사 속에서 종시의 시인으로 널리 알려진 사람은 박정만이다. 그는 42세(1988년)라는 너무 이른 나이에 정치적 불운 속에서 세상을 떠나고 말았다. 그러면서 그가 남긴 「종시」는 많은 사람들에게 깊은 인상을 주면서 회자된다. 박정만 시인이 세상을 떠난 후인 1990년에 그의 시전집이 외길사에서 출간되었다. 그리고 1991년에는 박정만 시인의 「종시」의 내용을 그대로 제목으로 삼아 『나는 사라진다 저 광활한 우주 속으로』라는 산문집이 역시 외길사에서 출간되었다. 그때 600페이지가 넘는 박정만 시전집의 마지막 위치에 수록된 작품이 「종시」이고, 나는 그의 「종시」 내용을 제목으로 삼은 산문집의 발문을 쓰는 시간을 가졌다.

박정만의 「종시」는 짧지만 강렬하고 충격적이다. "나는 사라진다/저 광활한 우주 속으로"가 전부이다. 사라짐의 단호함과 사라지려는 장소의 우주성은 인간사의 집착심과 옹졸함을 일시에 해체시켜 버린다. 그리고 우리들의 안목을 밝고 시원하게 열어주며 향상시킨다.

박정만의 이 「종시」는 시간이 지나면서 일반인들도 사랑하는 그의 대표작이 되었다. 짐작건대 그들 또한 그들의 몸 안에 자리잡은 집착심과 옹졸함을 이 시가 전하는 불퇴전의 '단호함'과 인간계 너머의 '광활함'으로 치유해볼 수 있는 시간을 갖게 되기 때문일 것이다.

박정만의 이런 종시와 유사한 것으로 기형도의 마지막 작품 「빈집」도 생각해 볼 수 있다. 또 죽음에 바로 직면해서 쓴 것은 아니지만 천상병의 「귀천(歸天)」도 이 자리에 놓아 볼 수 있을 것이다. 뿐만 아니라 죽음 앞에서 내놓은 여러 의인들의 절명시 같은 작품들도 넓게 보면 이런 계열 속에 위치시켜 볼 수 있을 것이다. 그러나 오늘은 여기서 그치기로 한다. 다만 인간의 일대사인 죽음을 주체적으로 승화시키며 인간 종의 한계를 극복하고자 하는 영혼의 고차원을 사유하면서 사람에 대한 신뢰와 애정을 키워보는 것에 뜻을 두기로 한다.

불가에선 우리들에게 당신들은 지금 욕계의 육도를 윤회하고 있는 것이니 도약하고 비약하여 욕계 너머로 해탈하라고 일깨워주면서 팔만대장경을 가리키고 있다. 그리고 고승대덕들은 그런 비약이 가능하니 지레 겁먹고 눌러 앉아 있기만 하지 말라고 우리들에게 오도송으로, 열반송으로 용기를 북돋아 주며 안내자 역할을 자청한다. 또한 불가에선 비록 욕계에 살더라도 삼악도가 아닌 삼선도에 살라고 오계의 수계를 권하며 길을 안내한다. 선지식들은 오계만 잘 지켜도 바라밀이 가능하다며 '지계바라밀'을 안내하고 찬탄한다.

근 · 현대의 시인들도 발맞추어 서시를 쓰고 종시를 쓰며 삶의 차원 변이를 꿈꾼다. 3차원의 이 욕계에서 이루어지는 상상만이 전부가 아니라고 말해주면서 그들도 욕계 너머를 가리키는 상상을 서시와 종시에 담아낸다.

인간 종의 그 비루함과 얼룩덜룩함을 넘어서는 길에 오도송이, 열반송이, 서시가, 종시가, 그리고 이들을 뒷받침하는 미학이 있다. 이런 정신세계이자 문화적 · 예술적 세계가 존재한다는 것은 인간계를 영 망가뜨리지는 않게 하는 양약이다.

제4장
불교 경전 속의 게송과 문학비평가들의 시 쓰기

1. 불경의 수사학과 게송의 미학성

불교는 인간사를 신구의(身口意) 삼업(三業)과 삼행(三行)의 일로 요약하여 설명하고 있다. 인간들의 일이 제아무리 복잡한 것 같아도 잘 숙고해보면 그 심층은 몸과 말과 뜻에 의하여 이루어지고 있다는 것이다.

이런 사유 속에서 불교는 신구의 삼업과 삼행이 청정(淸淨)해지기를 소망한다. 청정해진다는 것은 그것이 인간적, 개인적 분별심에 의하여 물들지 않은 경지로 승화된다는 것이다. 그러나 이 경지는 얼마나 지난한 세계인가. 생존 욕구에 깊이 사로잡힌 우리들은, 개인이든 집단이든 한 순간도 이 욕구의 채색으로부터 온전히 벗어난 삼업과 삼행을 구사하기가 어렵다.

그런 까닭으로 불교 경전은 그 첫 서두를 '여시아문(如是我聞)'으로 시작한다. '이와 같이 나는 들었다'는 것으로 첫 문장이 시작되는 것이다. 다시 말하면 내가 이렇게 생각하는 것이 아니라, 다만 붓다로부터 내가 이렇게 들었다는 것이다. 여기서 나는 사라지고 붓다의 음성만 그대로 남는다.

불교 경전의 이와 같은 수사학은 경전의 내용을 청정한 것으로 만드는 데 기여한다. 그럼으로써 화자와 독자 사이에 신뢰의 장이 크게 형성되도록 한다. 마치 기독교 경전에서 하나님의 음성을 하늘나라로부터 직접 듣는 선지자들처럼, 붓다의 말씀을 여실하게 가감 없이 시공간을 넘어서서 원음으로 직접 청취하는 것과 같이 되는 것이다.

외적으로 볼 때 불교 경전의 특징으로 들 수 있는 것은 그 수와 양이 참으로 많다는 점이다. 『기독교 성경』, 『노자 도덕경』, 『장자』, 『역경』, 『논어』, 『천부경』, 『동경대전』, 『원불교전서』 등등, 우리 주변의 수많은 경전들을 떠올려 보아도 불교 경전만큼 그 수와 양에 있어서 다양하고 방대한 경우는 달리 없다. 이것은 그 자체로 호오와 수준의 문제라고 말하기 어렵다. 다만 특징이 그러하다는 것이다.

그런데 흥미로운 것은 이 불교 경전에서 붓다의 말씀을 가르치고 알리는 깨침의 수사학이 특이하다는 사실이다. 모든 분야의 경전이 다 저마다 경전으로서의 독특한 수사학적 특성을 지니고 있지만 불경의 수사학은 따로 언급할 필요가 있을 만큼 그 특징이 뚜렷하다.

앞서 말했듯이 불경의 수사학은 그 첫 부분이 '여시아문'으로 시작되는 관행을 따르고 있을 뿐 아니라, 그 상상력의 스케일이 우주적이고 화려하며, 문장 전개 방식이 상당히 드라마틱하다. 이런 수사학으로 인하여 불경은 긴 분량의 경전조차도 읽는 과정에서 지루해질 틈을 주지 않으며, 일종의 흥취 같은 것을 느끼게 한다. 이와 같은 것을 보면 붓다는 물론 당시의 승가공동체에 속한 사람들과 이후 불교 경전의 결집자들은 대단한 문장가였다는 생각이 든다. 특히 오늘 이 자리에서 이야기할 불교 경전의 '게송(偈頌)' 문제는 이 점을 더욱 확실하게 실감하고 확인하도록 한다.

불교 최초의 경전이라 일컬어지는『숫타니파타(經集)』도 그렇거니와 이후에 이어지는『아함경』,『법구경』,『금강경』,『법화경』,『화엄경』 등등, 우리에게 익숙한 경전들 속에서 '게송' 은 아주 자연스럽고 효과적으로 사용되며 크나큰 수사학적 기능을 감당하는 가운데 불법 전개의 효율성을 드높이고 있다. 이것을 언어사적으로 보면 경전 성립 당시의 환경이 외워서 기억하고 전달하는 구술 중심 시대였기 때문이라는 점이 고려될 필요가 있다. 그러나 이런 점을 감안하더라도 불경 전체의 기술과 전개 방식에서 '게송'을 비롯한 '시가 양식'의 적절한 구사와 배치는 불경 전체의 전달력과 미학성을 훌륭하게 만드는 중심 요인이라 할 수 있다.

이로써 불교 경전은 산문과 운문의 융합, 서사와 서정의 회통, 극적 대화와 시적 대화의 활용, 시니피에와 시니피앙의 유연한 교호작용, 반복과 중첩의 효율적 활용 등을 통해 그 전달력과 품격을 갖추고 있는 특수한 글이 된다.

잠시 불경에서 사용되고 있는 '게송'의 실상을 살펴보기로 한다. 한국불교 조계종단의 소의경전이자 일반인들에게도 너무나 잘 알려져 있는『금강경』의 4가지 사구게(四句偈)는 게송 중의 게송으로 대중들에게까지 찬탄을 받는다. 붓다는 이『금강경』에서 오직 한 가지 사구게만이라도 수지독송하고 그것을 남에게 잘 알려주면 그 공덕이 비교할 데가 달리 없을 만큼 수승하다고 하였다. 이른바 전법과 법보시의 중요성을 역설한 것이다. 그런데 이『금강경』에 등장하는 사구게는 붓다가 수보리 존자를 향하여 공성(空性)을 설명하던 긴 내용을 압축하여 시적으로 강하게 각인시킨 4행시이다. 시적 게송을 통한 산문성의 보완이자 초월인 것이다. 그 가운데서 제 5분(分)에 등장하는 "범소유상(凡所有相)/개시허망(皆是虛妄)/약견제상비상(若見諸相非相)/즉견여래(卽見如來)(무릇 상 있는 것이/다 허망하며/모든 상이 실상이 아님을 본다면/즉시 여래를 보리라)"라는 사구게와 마지막 장인 제 32분에 등장하는 "일체유위법(一切有爲法)/여몽환포영(如夢幻泡影)/여로역여전(如露亦如電)/응작여시관(應作如是觀)(일체의 유위법이/꿈 같고 환상 같고 포말 같고 그림자 같으며/또한 이슬 같고 번갯불 같으니/마땅히 이와 같이 보라)"이라는 사구게는 그 요약과 압축성과 시적 성격이 특별히 대단하다. 그리고 이 가운데서도 제32분의 사구게는 그 비유에 있어서 질적으로 탁월하다. 일체의 '만들어진 유위법'의 세계란 꿈 같고, 환영 같고, 포말 같고, 그림자 같고, 이슬 같고, 번개 같다는 표현이 수승한 미학성을 자랑한다. 이런 비유에 공감하면서 이 한 편의 게송만을 음미하여도 우리는『금강경』이 총 32분이나 되는 긴 분량에서 말하고자 하는 바의 중심 세계에 직입하는 것이 가능하다.

요즘 많은 저술 작업을 하고 있으며 대중으로부터 사랑을 받고 있는 월호(月瑚) 스님은『법구경』의 게송을 모으고 해설을 붙인『삶은 환타지다』(민족사, 2014)라는 책을 출간하였다.『법구경』전체를 보지 않아도 이 게송을 시집처럼 읽고, 노래하듯 음송하고 음미하다 보면『법구경』의 대의를 실감 있게 만나볼 수 있다. 이 책은 마치『법구경』의 시선집 같은 역할을 한다. 또한 원로 비구니 스님이자 대학승인 계룡산 동학사의 일초(一超) 스님은『화엄경』의 게송을 모두 모으고 번역하여 방대한 분량의『화엄경 게송집』(민족사, 2016) 상하권을 출간하였다.『법구경』도 훌륭하지만 게송의 양적, 질적 진수는 이『화엄경』에서 최고조로 만개하여 작동하는 것 같다.『화엄경』은 그 분량도 방대하거니와 인물, 배경, 장소, 언어 등이 그야말로 상상을 초월하는 수준에서 대하드라마처럼 펼쳐지고 있다. 여기에 들어 있는 게송들은 각 편마다를 따로 놓고 보아도 탁월하며, 경전 속에서 수행하는 역할도 자재로우면서 효율적이다. 부연하자면 이런『화엄경』의 게송을 모아 해석해놓은 일초 스님의 역저『화엄경 게송집』상하권은 방대하고 우수한 시 작품들의 모음집인 세계명시선처럼 그 범위와 양태가 크고 다채롭고 화려하다.

『화엄경』을 읽다보면 적당히 숨을 골라야 할 무렵이 올 때마다 어김없이 게송이 등장한다. 그럼으로써 분위기가 일신되며 이전의 산문적 언어의 한계가 보충되거나 게송의 시적 표현에 의해 붓다의 세계가 새롭게 구현되고 묘사된다. 산문과 시의 적절한 교섭과 배치 및 화응으로 인하여 경을 읽는 재미와 깊이를 더하도록 하고 있는 것이다.

『화엄경』의 제1품은「세주묘엄품(世主妙嚴品)」이다. 세상의 주인공을 환유하고 있는 이른바 화엄성중들이 훌륭하게 장엄하고 있는 세계상을 보여주고 있는 부분이다. 여기에는 39명의 신들과 왕 혹은 천왕들이 세상의 주인공의 대표적인 환유로서 등장하는데 이들이 각각 득법(得法)한 내용은 산문으로 설명된 다음 시적으로 압축하여 여실하게 만드는 게송을 잇따르게 하고 있다. 이「세주묘엄품」의 맨 처음에 나오는 게송이자『화엄경』의 첫 번째 게송이 되는 대목은 "불신보변제대회(佛身普徧諸大會)/충만법계무궁진(充滿法界無窮盡)/적멸무성불가취(寂滅無性不可取)/위구세간이출현(爲救世間而出現)"이라는 4행시이다. 번역하면 다음과 같다: "붓다의 몸은 모든 대회에 두루하고/법계에 충만하여 다함이 없으며/적멸은 성품이 없어 취할 수 없으나/세간을 구원하기 위하여 출현하였네." 여기서 화자인 묘염해천왕(妙焰海天王)은 붓다와 그의 다른 이름인 적멸의 충만함과 그 성품 및 역할에 대하여 밝히고 있다.

나는 이 글에서 불경의 게송을 분석하거나 연구하는 데 뜻을 두고 있지 않다. 다만 불경의 수사학에서 시의 일종인 게송이 이토록 자유자재로 사용되고 있어 미학성을 드높이고 있다는 점과 그것이 경전의 산문성과 교학성이 지닌 한계를 보완하는 데 크게 기여하고 있다는 점을 말하고 싶은 것이다. 그리고 게송이 문장 속에 녹아드는 일이 이토록 자연스럽고 일상적인 시대와 환경을 다시금 지금, 이곳에 불러내어 살아 숨쉬게 하고 싶은 것이며, 과도할 정도로 언어가 산문화되고 소음처럼 변해버린 이 시대의 언어 환경을 반성하며 성찰해보고 싶은 것이다.

나는 가끔 강의실에서 시론을 가르치다가『화엄경』의 방식처럼 한 절이나 한 장이 끝나면 게송으로 이것을 읊어보고 싶은 생각이 문득 들곤 한다. 산문으로 한 번 설명하고, 게송으로 한 번 시화하여 드러내는 문장의 드라마틱하며 상호보완적인 수사학을 구사해보고 싶은 것이다.

시적 표현이 없는 산문을 길게 읽는 일은 지루할 때가 많다. 특히 요즘 다량으로 생산되는 갇힌 양식의 학술논문을 읽는 일은 무척이나 건조하고 따분하다. 산문 과잉의 시대에 시심을 그리워하며 이런 엉뚱한 생각을 해본다.

2. 비평의 수사학과 시 쓰기의 미학성

문학비평가들의 시 쓰기가 하나의 작은 현상이 된 듯하다. 장르 간의 단절상이 깊게 드리워진 현재의 우리 문단에서 장르를 넘어서서 활동을 한다는 것은 쉽지 않다. 특히 정식 등단을 하지 않고 새로운 장르로 직입한다는 것은 아주 어려운 일에 속한다.

그럼에도 불구하고 시인으로 정식 등단을 하지 않은 문학비평가들(특히 시비평가들)이 시집을 출간한 예가 눈에 띄고 있다. 그 숫자상으로 많다고 할 수는 없을지 모르겠으나 앞서 말했듯이 문단의 혹은 글쓰기의 작은 현상으로 읽힌다.

현 문단의 원로인 유종호 선생은 『서산이 되고 청노새 되어』(민음사, 2005)를, 이어령 선생은 『어느 무신론자의 기도』(문학세계사, 2008)를, 정현기 선생은 『시에 든 보석』(서정시학, 2006)과 『기우뚱기우뚱』(푸른사상, 2018) 등을 각각 출간한 바 있다. 그리고 중진인 송희복 선생은 『기모노 여인과 캔커피』(고요아침, 2007)를 비롯하여 『경주의 가을을 걸으면』(작가세계, 2015)과 『첩첩의 겨울 산』(문, 2017)을, 송희복 선생과 같은 연배인 필자도 부끄러운 일이지만 『신월인천강지곡(新月印千江之曲)』(푸른사상, 2016)과 『님의 말씀』(푸른사상, 2016)을 출간한 바 있다. 특별히 유종호 선생, 그리고 이어령 선생과 같은 세대인(작년 봄에 작고하신) 김용직 선생께서는 한시 사화집을 네 권이나 출간하였다. 『벽천집(碧天集)』(토우, 1999), 『송도집(松濤集)』(깊은샘, 2004), 『회향시초(懷鄕詩抄)』(푸른사상, 2008), 『채정집(採情集)』(푸른사상, 2012)이 그 목록이다.

이런 비평가들의 시집을 보면서 나는 비평과 시 쓰기 사이의 거리 및 교호관계를 떠올려본다. 특히 이 시집들의 서문을 읽으면서 고백체 속에 담긴 말과 그 내용에 주목해 본다. 유종호 선생과 이어령 선생은 시인으로 불리는 것을 바라지 않는다고 밝히고 있다. 구체적으로 유종호 선생은 "시인 소리를 듣고 싶은 생각은 전혀 없다"는 말로, 이어령 선생은 "아무도 나를 시인이라고 불러서는 안 됩니다"라는 말로 각각 시인이라는 이름을 사양하고 있다. 그리고 정현기 선생은 시 쓰기란 일지(일기) 쓰는 일과 같은 것이었다고 말하며, 김용직 선생은 한시 창작 동호회인 '난사(蘭社) 모임에 숙제로 낸 것이 시집이 되었으며 난사 말석에서 모임을 어지럽혔다'고 겸손한 마음을 전달하고 있다. 이로써 볼 때 비평가들이 등단 절차 없이 시집을 내면서 전문적인 근대 시인으로서의 대접을 받고자 하는 마음을 거의 지니지 않고 있음을 알 수 있다.

그렇다면 이들은 왜 시집을 출간한 것이었을까? 한두 편의 시도 아니고 한 권 이상의 시집을 출간한 것일까? 나는 이를 보면서 다음과 같은 몇 가지 생각에 잠겨본다.

첫째, 유종호 선생의 서문 내용과 관련하여 생각을 해본다. 유종호 선생은 당신의 시 쓰기를 가리켜 "시와 모국어를 향해 건네는 소소한 애정 헌사요 정신 노화에 대처하는 내 나름의 방식일 뿐이다"라고 말한다. 그러면서 이런 말을 하는 전제처럼 그는 "시는 내 삶의 첫 열정이라는 말을 자주 해왔다"고 서문의 첫 단락, 첫 문장에서 밝히고 있기도 하다. 시라는 존재와 모국어라는 언어 양태에 대한 애정 표현, 정신 노화를 극복하는 방법은 비평을 쓰는 일로도 얼마간 해결할 수 있을 것이다. 그러나 비평의 담론과 수사학은 시를 쓰는 일과 달리 2차 텍스트의 그것이다. 제아무리 비평이 자유로운 언어와 사유를 허용받는다 하더라도 그것은 장르상 2차 텍스트의 추상성을 벗어나기 어렵다.

나는 여기서 생각한다. 유종호 선생에게 시 쓰기는 시와 모국어의 한가운데를 직접 만나서 1차 텍스트로 시와 모국어에 대한 살가운 자신의 사랑을 더하는 일이요, 그 한가운데에서 솟아나는 실재의 첫 에너지를 만나 정신의 싱싱함을 유지시키는 일이었다고 말이다. 그러면서 이와 더불어 생각나는 것은, 불가에서 그토록 충고하는, 경전이나 읽고 외우는 일로 끝내는 것은 남의 밭의 소를 헤아리는 일과 같으니 직접 본 성품에 직입하여 몸과 삶으로 불성의 꽃을 피우라는 전언이다.

둘째로는 이어령 선생의 시집 서문과 관련하여 생각을 해본다. 이어령 선생은 서문에서 "산문의 언어는 딱정벌레의 등처럼 딱딱합니다. 그것으로 연약하고 부드러운 시의 육질을 보호해 줍니다. 시를 쓴다는 것은 산문의 껍질 속에 숨어 있던 속살을 드러내는 행위입니다"라고 말한다. 그리고 이어서 "(나는; 필자) 시를 썼습니다. 절대로 볼 수 없는 그리고 보여서는 안 될 달의 이면 같은 자신의 일부를 보여준 것입니다. 그리고 그것은 딱정벌레의 껍질 뒤에 숨어 있는 말랑말랑한 내 알몸을 드러내는 것과 다를 것이 없습니다"라고 덧붙인다.

딱정벌레의 겉과 속, 이것을 산문과 시의 비유로 삼아 당신의 시 쓰기가 지닌 뜻을 밝히고 있는 것이다. 나는 이 대목을 보면서 딱정벌레의 겉과 속을 불가에서의 교학과 선학, 경전과 참선, 연설과 게송, 강설과 기도 같은 관계로 연관지어 연상하였다. 이런 연상이 떠오른 데에는 이어령 선생의 이번 시집에 실린 시들이 기독교 성경에 대한 교리적 이해와 수용 속에서 하나님에 대한 어두운 골방 속의 기도처럼 쓰여진 것이라는 사실이 작용하였다. 이어령 선생의 시집을 읽고 있노라면 그중 여러 편이 하나님께 바치는 기도와 고백을 담은, 기독교 경전의 게송과 같은 것으로 다가온다.

셋째는 김용직 선생의 한시집 서문과 관련하여 생각해보기로 한다. 김용직 선생은 제1 한시집 서문에서 "내 전공은 한국 현대문학이다. 현대문학 전공자에게 한시는 외도라고 여길 수밖에 없을 것이다. 그런 내가 한시를 익히게 되자 한국문학이 서구문학과는 차원을 달리함을 짐작하게 되었다"라고 밝히고 있다. 한국문학이 서구문학과 차원을 달리한다는 사실을 체득한 것, 그것이 김용직 선생께는 한시를 계속 쓰게 한 동인이었다. 김용직 선생은 이 한시집들에서 당신이 쓰신 한시를 직접 한글로 번역하여 옆면에 나란히 싣고 있는데 이 번역문이야말로 한시를 능가하는 언어능력과 정신성 및 미학성을 지니고 있다.

나는 김용직 선생의 한시집 네 권을 통독하면서 이 시집들이야말로 선생이 그간 이룩한 학문과 비평 그리고 그 정신적 토대의 주축으로 자리잡았던 유가정신 및 동양정신의 계송과 같은 것이라고 생각하였다. 네 권이나 되는 이 한시 형태의 게송 속에는 선생의 산문의 언어 사이로 흘러내렸거나 억압되었던 구체적 질료들이 유연성을 덧입고 싱그럽게 살아나고 있었기 때문이다. 이로 인해 김용직 선생의 한시집은 서구문학과 다른 차원의 질감을 획득함은 물론 당신의 산문적 글들이 지녔던 특별한 건조성에 대한 독자들의 의문을 일시에 무너뜨리게 하는 역할도 하였다.

인간이라면 누구나 산문성과 시성을 함께 지니고 살아간다. 그리고 세상은 산문성과 시성이 함께 동원될 때 실재와 실상에 조금 더 가까이 다가갈 수 있다. 그렇더라도 이들이 인간적 언어로 이루어지는 예술이자 문화이기에, 객관적이며 우주적인 실재와 실상은 언제나 언어 저쪽에 아스라하게 존재한다. 이때 현자들은 언어 이전 혹은 그 너머로 직입하는 길을 모색하기도 한다. 언어라는 매개를 아예 버리고 실재와 실상의 만남으로 나아가고자 하는 것이다. 나라는 개인과 인간 종이라는 인류의 언어문화 이전에도 있었고 그런 언어문화 이후에도 있을 세계를 인정하고 외경하는 자세가 그 근저에 자리잡고 있다.

글을 마치면서 시론이라는 비평적 행위를 현대적 게송으로 표현하여 하나의 의미 있는 사건을 이룬 이성복 시인의 성과에 대하여 간단히 언급하기로 한다. 이성복 시인은, 방금 시인이라는 말을 쓴 데서도 알 수 있듯이, 주된 행위가 시를 쓰는 일이다. 그러나 그는 시를 창작하는 일에 대하여 연구하고 가르쳐 온 교수이자 시학자이기도 하다. 그런 그가 자신의 오랜 시작생활과 교수 생활 및 학문 여정을 통하여 정립된 그만의 창조적 시론을 선보였는데, 그 책의 제목은『무한화서(無限花序)』(문학과지성사, 2015)와『불화하는 말들』(문학과지성사, 2015)이다. 이 두 권의 시론집은 처음부터 끝까지 모든 내용이 게송 혹은 시적 언어를 빌려 표현되고 있다. 읽는 재미와 보람이 내용과 형식의 양면에서 함께 느껴지는 저술이다. 시인으로 수련을 쌓아오지 않았으면 갖출 수 없었던, 시학자로서 탐구하지 않았다면 역시 가능할 수 없었던 시성과 산문성, 시적 언어와 산문적 사유가 함께 어우러진 수작이다.

시가 사서삼경에 속하면서 '시경(詩經)'으로까지 대접받던 시대가 있었다는 게 아득하게만 여겨진다. 학자나 선비 혹은 생각 있는 지성이라면 누구나 시를 생활화하고 문집 몇 권씩은 가지고 있었던 때도 아득하게만 여겨진다. 시서화(詩書畵)를 교양인의 3대 과목으로 삼으면서 이를 통해 수양의 길을 가고자 하던 시대가 있었다는 사실도 역시 아득하기만 하다.

근대의 예술과 삶의 방식은 이전 시대의 모순과 한계를 타파하는 데 크게 기여했지만, 경전도 게송도 박물관적 대상이 되고, 학문도 예술도 속화된 시장 속에 편입되어 근대성의 부분적 성취만 보여준 채 적잖게 부박해진 현실이 안타깝다. 말하자면 타파와 해체 이후에 참다운 근대적 지성과 미학이 제대로 정립되지 않고 내면화되지 않아 외화내빈의 현실을 드러내고 있는 모습이 안타깝다.

이러한 때에 경전과 게송, 비평과 시 쓰기가 지닌 정신과 철학의 본질을 살려내는 일은 유의미하다. 이러한 일들을 통하여 인생의 날줄과 씨줄이 어떤 것인지를 분명하게 보고 실감함으로써 여러 면에서 삶이 율(律)과 격(格)을 갖추게 될 것이기 때문이다.

제5장
'카르마-다르마-파라미타', 그 시학과 미학

1. 카르마, 유아(有我), 근대시의 미학

근대시는 우리 시학의 한 벨트이다. 그런 의미에서 근대시 이전과 이후는 상상 가능한 시간을 넘어선 차원에서 상정될 수 있다. 하지만 그 이전과 그 이후를 전체상 속에서 실감 있게 가시화하는 일은 불가능하다. '부모미생전(父母未生前)'이라고 불러 마땅한 신화적이지만 실재하는 시간도, 미래라는 이름으로 다가올 초인간적이지만 역시 실재하는 시간도 실로 인간의 지력과 상상력을 넘어선 자리에 존재하기 때문이다.

내가, 아니 우리가 공부한 근대시의 특성을 한 두 마디 말로 요약하여 제시하는 것이 허용된다면, 그것은 개인과 인간의 발견 및 승리에 그 근거가 놓여 있는 것이라고 말할 수 있다. 여기서 개인과 인간은 유아의 실체적 존재가 되어 합법적으로 승인되었고, 이들의 카르마는 한껏 존중되고 만개되었으며, 그것은 다양한 이름의 시학과 미학을 낳았다. 근대에 이르러 개인과 인간은 인간사 및 자연사와 우주사에서 우월적 지표를 가진 강력한 존재가 되었으며, 이들의 행위 역시 그에 어울리는 우월적 지위와 의미를 지니게 되었다. 요컨대 근대에 이르러 개인과 인간의 존재 및 행위는 가감 없이 그대로 인간사와 자연사 및 우주사의 '우성소(dominant)'이자 '선진(avante)'이 되었던 것이다.

이런 현상은 그 자체로 인류사적, 문명사적 그리고 자연사적, 우주사적 의미를 지닌다. 그동안 개인은 인류사와 문명사의 흐름 속에서 조명 받은 바가 거의 없는 존재였고, 인간이라는 종(種) 또한 자연사와 우주사의 전개 과정에서 미약한 마이너리티에 불과하였기 때문이다. 천지는 어떤 존재도 편애하지 않는다는 뜻을 지닌 '천지불인(天地不仁)'이라는 말이 있거니와 개인과 인간에겐, 근대에 이르러 이처럼 '불인'한 천지로부터 부여된 '때'가 온 것이다.

그러나 문제는 개인과 인간들이 이 뜻을 제대로 알아채지 못하고 있다는 데 있다. 개인과 인간은 이렇게 맞이한 '때' 속에서 오히려 '유아'의 상을 견고하게 만들면서 아견(我見), 아애(我愛), 아만(我慢), 아치(我癡)에 사로잡힌 존재가 되었고, 그것은 무수한 카르마를 만들어 소위 절제되지 않는 카르마의 장을 이 땅에 연출하는 데로 이어졌다.

개인, 이 말은 영어로는 'individual', 더 나눌 수 없는 존재라는 뜻을 가진 말이다. 이러한 개인의 발견은 소아(small I)가 인간사와 자연사 및 우주사 속에서 '주체(subject)'로 된 대사건이다. 또한 인간, 영어로는 'human being', 좀 더 정확히는 'homo sapiens sapiens', 이른바 생각하고 또 생각하는 인간이란 뜻을 지닌 '슬기인간'의 출현과 발견은 인간들이 인간중심주의를 인류사와 자연사 및 우주사 앞에 내세우도록 만든 대사건이 된 것이다.

그러나 개인과 인간의 유아라는 상과 그것에 바탕을 둔 개인중심주의와 인간중심주의는 그들의 카르마에 대해 지나치게 관대한 자세로 임하거나 그것에 대해 비성찰적인 태도로 일관하게 만드는 한계를 낳았다. 진화론의 관점을 빌려서 말해본다면 개인과 인간 종의 카르마란 대체로 생존욕에 바탕을 두고 만들어진 것인데, 이런 카르마의 우월적인 합법화와 비반성적인 주류화는 이들을 생존에만 사로잡힌 단견의 존재가 되게 하였다. 이런 카르마의 선택과 그것에 대한 복종을 무명(無明)이자 무지(無智)라고 한다면 인간들은 더 이상 분리될 수 없는 '놀라운 개인'이 되고 지구상의 '특별한 슬기로운 인류'가 된 결과 역설적으로 더욱더 무명과 무지에 빠지는 모습을 드러내게 되었던 것이다.

더 나눌 수 없는 개인의 출현과, 생각함으로써 존재한다는 슬기인간이라는 인간 종의 출현, 그리고 그들의 카르마가 일방적으로 화려하게 독주하고 그 지배력이 대단하게 된 것은 이른바 지혜인들이 말하는 일자(一者)가 다자(多者)가 되고 '일즉다(一卽多) 다즉일(多卽一)'의 원리가 구현되는 순환의 길 속에서 인류사 및 자연사 그리고 우주사가 보여준 자연스러운 한 과정일 수 있다. 그러나 문제는 이 놀라운 소식으로서의 개인과 인간 종의 출현 및 그들의 카르마의 발현이 그 자체로 배타성과 절대성을 지닌 것처럼 속단됨으로써 개인과 인간 종의 유아적 성격인 아견, 아애, 아만, 아치의 심성 속에서 무수한 왜곡상이 빚어졌다는 것이다.

이러한 현상 앞에서 몇몇 지혜인들은 '눈을 뜨라'고 하는 간곡한 조언을 전한 바 있다. 그러나 유아성에 사로잡힌 개인과 인간 종은 그 말의 진의를 알아듣기도, 실천하기도 어려웠다. 너무나도 우월한 존재가 되어 버린 개인과 인간 종은 개인적, 집단적 나르시시즘에 빠지게 되었고, 그것은 그들로 하여금 전체를 보기보다 자기 자신만을 보는 '외눈박이'가 되도록 하였다.

근대인들은 개인의 개체성을 개성이라고 부르며 찬미하였다. 일리가 있고 공감할 부분도 있는 말이다. 또한 근대인들은 인간 종의 인간성을 휴머니티라고 부르며 상찬하였다. 역시 귀담아 들을 만한 부분이 있으며 그럴 만하다고 공감을 표시할 수도 있다. 그러나 개성과 휴머니티가 온전성을 성취하려면 그것은 전체성과 코스모스에 대한 인식을 동반해야 한다. 그것도 사심 없이, 있는 그대로의 양면성을 함께 사유하고 수용하며 실천하는 일을 동반해야 한다. 그때 비로소 개성은 온전한 개성일 수 있고, 휴머니티 역시 온전한 휴머니티일 수 있다.

그러나 근대의 격한 물결은 이런 사유를 가능케 하는 데 불리한 방향으로 작용하였다. 개인과 인간은 주관적인 자유와 평등, 편협한 지성과 이성의 개념을 앞세워 그들의 삶과 인간사를 열어나아갔다. 이때의 자유와 평등은 엄연한 한계 내의 그것이었고, 지성과 이성 또한 마찬가지였다. 여기서 퍼스낼리티로서의 개성과 휴머니티로서의 인간성은 그 미명에도 불구하고 이름에 값하는 성과를 내지 못하였다. 이런 점은 우리 시단에서도 마찬가지였다. 그리고 그것은 지금까지 계속되고 있으며, 근자에 이르러서는 더욱더 정도가 심해지고 있다.

일자(一者)와 다자(多者), 일즉다(一卽多)와 다즉일(多卽一)의 원리를 내면화하지 못한 근대시 역시 개인과 인간의 카르마를 개성과 휴머니티로 오해하여 드러낸 점이 아주 많다. 많은 시인들은 분명히 자유와 평등, 이성과 지성을 사랑했으나 그 사랑의 본상이 한계를 지닌 것이었기 때문에 이들의 이름으로 오히려 소외되고 절망하는 아이러니를 낳았다. 그들은 시를 씀으로써 '해결'되는 것이 아니라 시를 씀으로써 '미해결'의 고통 속으로 들어가는 모순도 드러내었다. 근대시의 이와 같은 문학적 관습 속에서 많은 시인들은 열정만큼 성과를 내지 못하였으며, 노력만큼 드높은 의

식세계에 도달하지 못하였다. 그러나 흥미로운 것은 개인적, 유아적 생존욕에 바탕을 둔 카르마만큼 강력한 충동력과 추동력을 갖고 있는 것이 달리 없기에 근대시의 활력은 엄청나다는 것이다.

이런 근대시 속에서, 좀 거친 표현이 허용된다면, 진정한 의미에서의 근대시의 정신인 자유와 평등, 지성과 이성의 한 극점에서 시와 시인세계의 참모습을 보여준 예가 김종삼의 시 작품 「시인학교」라고 생각한다. 김종삼은 시인들의 개성이 유미성에 도달하기를 꿈꾼 사람이며, 자유가 자율이 되기를 소망한 사람이다. 그리고 이런 근대시의 한계와 극복 과정을 시인 생활 전체를 통하여 철저하게 보여준 시인이 이승훈이다. 그리고 근대인 되기의 소망과 좌절, 근대인 자체의 태생적 한계, 근대적 삶 앞에서의 딜레마를 타협하지 않는 지성으로 맞서서 드러낸 시인이 이상이다. 이상은 당대의 사람들이 근대인이 되지 못함으로써 갖는 아픔과 근대인이 됨으로써 갖는 아픔을 동시에 포착하여 '치료를 기다리는 무병(無病)'을 앓고 있는 인간들의 모습과 그 환자들의 용태를 스스로 진단해보는 '진단서'까지 발급해 제시하였다.

이런 근대시의 개성과 휴머니티는 그 나름 세련된 시학이자 미학의 원천이다. 그러나 그 개성과 휴머니티의 저변을 형성하는 소아(small I)와 업아(karma I)의 한계성은 근대시학과 미학의 한계성도 동시에 드러낸다. 이런 시학과 미학 앞에서 우리는 흥미로워하거나 감탄할 수 있다. 무수한 다자의 출현은 흥미롭고, 그런 가운데서 빛나는 현상과 카르마는 감탄까지 불러일으킨다. 이때 시는 재능의 영역이 되기 쉽고, 재능을 넘어선다 하더라도 주체의 의지와 노력 그리고 장인적 수련의 영역이 되고 만다.

그러나 이만큼의 개인과 인간의 자유 그리고 지성과 이성의 자기규율성도 흔한 역사적 산물은 아니다. 불가(佛家)에서 그토록 주목하는 탐진치만의(貪瞋痴慢疑)의 역사가 인간과 인류의 주류사라면 이만한 정도의 성과만으로도 인간과 인류는 중생사의 물결을 한 차원 고양시켰다고 볼 수 있기 때문이다.

지금은 우리 근현대시의 출발로부터 110주년이 되는 시점이다. 길다면 길고, 짧다면 짧은 이 기간 동안에 활동한 무수한 시인들의 이름이 자동화된 습관처럼 떠오른다. 갑오경장, 일제강점기, 해방, 6 · 25전쟁, 분단, 도시화, 산업화, 정보화, 글로벌화 등등의 이름으로 명명될 수 있는 이 기간 동안 그 시인들은 집단의식이자 미학이라고 부를 수 있는 근대적 사유와 근대적 미학을 만들면서 참으로 열심히 살아왔다. 그러나 이제는 그것이 빚어내는 현상계적 효용성이 급격히 줄어드는 시점이 된 것 같다. 현상계란 원래 그런 것이어서 이 점은 어쩌면 자연스러운 일인지도 모른다.

그렇다면 어떻게 해야 할까? 큰 일이 없는 한, 현상계는 또 다른 현상을 만들면서 인류사의 주류인 중생사의 다른 과정을 만들어갈 것이다. 그러나 그것이 생존욕에 기반한 소아와 카르마의 현상이자 역사인 이상 그것 역시 한계 내의 자유와 효용성만을 허락할 것이다. 인간과 인류가 눈을 뜨지 않는 한, 세상은 다른 반복으로 세상사를 연속시켜 나아갈 뿐 근본적인 변화이자 변혁을 이룩하기는 어렵기 때문이다.

지금 이 시대, 개인과 인간들의 생존욕이 빚어낸 근대도시의 문명사적, 문화적 외형은 난공불락의 요새를 형성하고 있는 듯하다. 그럼에도 불구하고 정작 인간인 우리들은 이곳에서 피로감을 느끼며, 제정신을 차리기가 어렵다. 어느 때보다 엄청난 개인과 인간들의 탐진치만의의 누적, 그리고 탁월한 카르마의 우월한 지배력이 이런 문명과 문화적 저변을 형성하고 있는 까닭이다. 우리 근대시도 이와 같은 현실에서 자유롭지 못하다. 홍수 속에서 정작 식수난을 겪게 된다는 속담처럼 시의 외형은 커지고 화려해졌지만 식수와 같은 맑은 물은 찾기가 어렵다.

나는 이런 현실을 가리켜 우리 문명이 여름문명의 최극단에 와 있음을 말해주는 것이라고 그 의미를 언급해본 바 있다. '장(長)'과 '분화'의 속성을 치열하게 가진 여름문명, 그 가운데서도 극단의 지점에 와 있는 여름문명이 더 이상 분리될 수 없는 개인이라는 이름과 만물의 영장이라고 자찬된 인간 종의 카르마에 의하여 이와 같은 문명사를 만들어내었다는 뜻이다. 누구도 미래를 알 수 없다. 어디 미래뿐인가. 과거와 현재도 알 수 없다. 다만 하나의 이데아처럼 제시되어 이미 교과서적 지식이 된 개인과 개성, 인간과 휴머니티, 지성과 이성을 앞에 놓고 벌어진 근대시와 근대시학 그리고 근대미학의 한 부분을 조심스럽게 분석하고 논의해볼 뿐이다.

2. 다르마, 무아(無我), 영원성의 미학

나는 누구인가? 이 물음에 대한 바른 답이 주어지고 그에 따라 살아가지 않는 한 삶은 언제나 고통스러운 처지에 놓이게 된다. 그러나 이 사실을 알고 그런 물음을 항시 본격적으로 제기하고 그 물음에 대한 바른 답을 찾고자 하거나 실제로 찾은 경우는 아주 드물다. 더욱이 그 답에 따라 살아가는 경우는 더욱더 드물기만 하다.

개인이든 인류이든 그 무슨 이름으로 우리들이 불리어지든 우리가 고통스러운 처지의 삶으로부터 벗어나려면 이 물음을 끌어안고 그에 대한 답을 찾아야 한다. 이런 제안에 대하여 누군가는 '희론(戲論)'이라며 냉소적인 자세를 취할 수도 있을 것이고, 또 많은 이들은 이게 '나'라며 자신의 몸을 어이없다는 표정으로 가리킬 수도 있을 것이다. 다 부정할 수 없는 반응이다. 그러나 이런 반응은 일면적이거나 급하고 표면적이다.

한국불교의 서양 전파에 지대한 공헌을 한 숭산(崇山) 스님은 인간의 자아서클을 전체적인 안목으로 파악하여 알아보기 쉽게 그려 보이고 있다. 현각(玄覺) 스님이 편하고 허문명 씨가 번역한『선의 나침반』속에서 이 자아서클은 0도에서 시작하여 90도로, 다시 180도를 거쳐 270도와 360도로 이어지는 원형을 구성하고 있다. 여기서 0도엔 소아(small I)를, 90도엔 업아(karma I)를, 180도엔 공아(nothing I)를, 270도엔 묘아(freedom I)를, 360도엔 대아(big I)를 배치하고 있는데 이런 서클은 다음과 같은 의미를 내재시키고 있다 : '자아는 소아–업아–공아–묘아–대아의 단계를 거치며 발전할 수 있고 그렇게 되어야 한다.'

하지만 현실 속에서는 이 다섯 가지 자아가 제각각 분리되어 자아의 이름으로 활동하거나 그 일부분만이 자아로 선택되어 활동하기가 일쑤이다. 그러나 표면적으로는 그러하더라도 실상 이들은 우리 속에서 한 몸이 되어 작용한다. 이 자아서클의 속뜻을 아는 자의 눈으로 본다면 각각의 자아는 서로 회통되거나 단계적으로 발전해 나아가고자 하는 지향성을 갖고 있다.

본장에서 다룰 내용은 '다르마'와 '무아' 그리고 '영원성의 미학'이다. 카르마와 구별되는 다르마, 유아와 구별되는 무아, 근대성과 구별되는 영원성이 여기에 있다. 아니 실은 카르마 속에 들어 있는 다르마, 유아 속에 들어 있는 무아, 근대성 속에 들어 있는 영원성이 여기에 있다.

다르마는 위의 도표를 기준으로 할 때 진공묘유, 즉 공성의 자아와 묘유의 자아를 함께 가리킨 것이다, 인간을 포함한 만유를 진공과 묘유로 읽어본 안목, 그것이 나는 누구인가라는 물음의 심층적 세계를 보여준 답이라는 것, 이 사실을 직시할 때 인간된 존재가 다른 차원의 경지로 아연 질적인 도약을 하여 진입한다는 것을 여기서 읽어낼 수 있다. 인간들이 진공의 자아와 묘유의 자아인 다르마를 보고 그것이 자기 자신의 진면목임을 아는 것은 실로 개인과 인간의 자기규정을 심연에까지 내려가 근원적으로 하고 있는 것이다.

인간들이 '나는 누구인가'라는 질문 앞에서 '나는 공아이자 묘아인 다르마이다'라고 답할 수 있을 때 인간의 삶은 카르마를 넘어서 다르마에 이른다. 생존욕을 넘어선 우주적 자아, 진화론을 넘어선 무심의 무아, 한계 내의 시간성과 공간성에서 해방된 영원의 존재가 되는 것이다.

지금까지 논의한 내용은 주로 불교적인 개념에 입각한 것이다. 이런 논의에 누군가는 불편한 기색을 보일지도 모르겠다. 그렇다면 이곳에서 국내에 『멋진 신세계』의 작가로 널리 알려진 영국의 소설가 올더스 헉슬리가 미국으로 이주한 후 그의 나이 50대 초반에 쓴 『영원의 철학』을 언급해야 할 것 같다. 올더스 헉슬리는 이 『영원의 철학』에서 동서고금의 이른바 '영원(perennis)'에 관련된 다채로운 전거들을 폭넓게 모아 제시한 후 그에 대한 자신의 견해를 덧붙였다. 그 결과 인간들의 심층엔 'divine reality'라고 부를 수 있는 '신성한 실재' 곧 '영원성'이 존재하고 있으며 '그대가 그것이다(That Art Thou)'라는 말처럼 우리 자신이 곧 '영원' 그 자체라는 결론을 도출하였다.

여기서 성철 스님의 저서 『자기를 바로 봅시다』가 떠오른다. 우리들은 우리가 흔히 생각하는 표면적인 소아나 업아가 아니라 심층적인 진공묘유의 자아라는 가르침이 이 책의 핵심 내용이다. 그리고 또한 며칠 전에 출간된 한형조 교수의 『성학십도(聖學十圖) : 자기구원의 로드맵』이라는 책이 떠오른다. 한형조 교수는 여기서 퇴계의 「성학십도」를 논의하며 성리학의 원천이자 궁극인 무극(無極) 혹은 '이일(理一)'과의 자기 동일시가 구원의 출발점임을 역설한다. 엊그제 출간된 한자경 교수의 『공적영지(空寂靈知)』도 떠오른다. 동서철학을 함께 공부한 한자경 교수는 이 책에서 '공적영지'가 자기 자신임을 보고 믿는 데서 자아의 방황이 끝난다는 것을 역설한다.

뿐만 아니다. 예수의 기도문인 '내 뜻대로 하지 말고 아버지 뜻대로 하시옵소서'라는 간절한 기도문도 떠오른다. 오염된 내 뜻과 대비되는 청정한 아버지의 뜻은 우리가 동일시해야 할 '영원'의 다른 이름이다.

물론 위에서 언급한 저서나 인물들의 견해는 구체적인 차원에서는 서로 조금씩 다를 수 있다. 하지만 중요한 것은 '나는 누구인가'라는 물음 앞에서 '신성한 실재', '청정한 진리', '인식 너머의 실재'가 우리 자신임을 가르친 것은 동일하다는 사실이다. 이것은 나는 '개인이고 개체다', '나는 인간이고 우월하다', '나는 시공간 속의 존재이다'라는 근대적 관점과 대비된다.

이와 같은 영원성의 시학과 미학을 구현한 우리 시사 속의 몇몇 시인들을 언급해볼 수 있다. 『유심』지를 간행했을 뿐만 아니라 「심(心)」이라는 시로써 자신의 시세계를 연 만해(萬海) 한용운, 석전(石顚) 대종사를 외경하며 중앙불전을 다니고 마침내 영원을 체화한 『동천(冬天)』의 시인 서정주, 일본대 종교학과를 다니고 신성한 실재에 일찍이 눈을 뜬 『말씀의 실상』의 시인 구상, 적멸의 자리에서 시와 시조를 쓰고 한국시단을 후원했던 설악산의 고승이자 시승(詩僧) 조오현 스님, 사랑을 화두로 삼아 예수의 혼에 다가가며 시력 70년을 맞이한 김남조 시인 등등.

영원성이 부재한 현실에서 시도 삶도 그 범위가 좁고 깊이가 얕다. 이를테면 분모가 작으니 삶의 반경 또한 작기만 하여 큰 울림을 갖기 어려운 형국이다. '내가 누구인지' 알 수 없는 자리에서 쏟아지는 말들은 그 뜨거움에도 불구하고 '빛'이 없는 '열기'만 같다. 뜨거운데 환하지 않은 것, 심각한데 시원하지 않은 것, 진지한데 피로한 것은 자기규정의 왜곡과 한계성에 큰 원인을 두고 있는 터이다.

그러나 이런 말을 하기는 쉽지만 그 극복의 길을 실천하기는 어렵다. 그리고 그 자리를 체득하지 않는 한 발화된 말들은 공허하다. 그러나 알고 짓는 죄가 모르고 짓는 죄보다 작다는 붓다의 말씀처럼 아는 것만으로도 그 공은 적지 않다는 데서 위로를 얻는다. 근대시가 시효를 다해가는 듯 불편한 현 시점에서 모색의 한 과정으로 이와 같은 사유를 꺼내 본다.

3. 파라미타, 대아(大我), 감동의 시학

동국대학교 서울캠퍼스의 교양대학 이름이 '다르마 칼리지'이다. 그리고 같은 대학교의 경주 캠퍼스 교양대학의 이름은 '파라미타 칼리지'이다. 다르마와 파라미타, 둘 다 산스크리트어이므로 우리에겐 좀 낯설게 들린다. 그렇다고 해서 음사된 달마(達磨), 바라밀(婆羅蜜)과 같은 표현을 사용해도 낯설기는 마찬가지이다.

파라미타, 우리가 잘 알고 있는 「마하반야바라밀다심경」과 『금강반야바라밀경』의 근저를 이루고 있는 바라밀, 이 파라미타는 중생계인 이 언덕에서 상락아정(常樂我淨)의 세계인 저 언덕의 세계로 건너가는 마음이자 행(行)이요 정도(正道)이다. 불교는 이 바라밀행으로 6가지 혹은 10가지를 제시한다. 이른바 6바라밀과 10바라밀이 그것이다.

불교에 관심이 조금 있는 사람이라면 잘 알겠지만 이 바라밀행은 대아

(大我, big I)의 형성 과정이자 대아가 만들어내는 원력행이다. 이 둘 사이에는 상당히 큰 차이가 있지만 중요한 것은 대아를 중심에 두고 행위가 이루어진다는 사실이다.

대아는 숭산 스님의 자아서클에 의하면 진공묘유의 자아를 본 자에게서 자연스럽게 회향의 방식으로 나타나는 자아이다. 그리고 그 회향의 방식에 의하여 자연스럽게 진공묘유의 자아를 깊이 있게 체득하고 확인해가는 길이기도 하다. 결국 진공묘유의 자아와 회향의 대아 사이에는 상의상존(相依相存)의 성품이 자리하고 있는 것이다.

파라미타! 그 길의 빛을 본 사람에게 공심(空心)은 공심(公心)으로, 분별심(分別心)은 일심(一心)으로 전변하기 시작한다. 그럼으로써 세상이 다시 보이기 시작하고 자아의 삶은 전체성을 띠기 시작한다.

이런 바라밀행은 일체의 고액(苦厄)으로부터 우리를 건져준다고 「마하반야바라밀다심경」은 그 첫 부분에서 단호하게 선언한다. 우리를 고통스럽게 만들던 인식 작용이 지혜의 작용으로 전변되는 데서 찾아오는 자유와 평화와 안심을 말하는 것이리라.

이 바라밀행은 언제나 앞 장에서 언급한 '신성한 실재'를 움직이게 하고 그 세계를 터치한다. 그럼으로써 일심이 작동할 때 나타나는 '감동'의 물결이 자생적으로 흐르거나 흘러나오게 한다.

우리 시를 보면 이 사실을 정확히 인지하고 있는 경우가 아니더라도 바라밀행의 기운이 작동할 때 '감동'의 시간이 창조된다. 주지하다시피 6바라밀행의 세목은 보시바라밀, 지계바라밀, 인욕바라밀, 정진바라밀, 선정바라밀, 반야바라밀이고, 10바라밀의 세목은 이에 역(力)바라밀, 원(願)바라밀, 방편바라밀, 지(智)바라밀이 덧붙여진 것이다.

감동은 감탄과 다르다. 감탄에서 나와 너는 분별되지만 감동에서 나와 너는 '하나'가 된다. 따라서 자신을 자발적으로 무화시키면서 대아로 탄생시키는 감동의 경험은 인간의 경험 가운데 최고의 경험이 된다. 이 감동만큼 힘이 센 것은 달리 없다.

『의식혁명』의 저자인 미국의 데이비드 호킨스는 이런 감동의 힘을 위력(force)과 구분되는 파워(power)로 명명하였다. 전자가 두려움을 기반으로 한 유아의 힘이라면 후자는 사랑과 자발적 하나됨을 근간으로 한 무아의 힘이다. 그러면서 호킨스는 인간의식을 실험으로 수치화하였고, 그 수치를 0에서 1000에 이르는 스펙트럼으로 분석하여 제시하였다. 인간의 마음은 그들이 어떤 마음을 쓰느냐에 따라 의식지수가 0에서 1000까지 차등이 일어난다는 것이다. 그가 0에서 200까지로 설정한 지대에는 불가의 육도윤회 가운데 삼악도라고 부를 만한 마음들이 배치되어 있다. 그리고 200을 넘어서면 참다운 이성과 지성에 의한 인간다움의 고차원에 속하는 삼선도라고 부를 만한 것이 배치되어 있다. 그런 다음 500이 넘어서면 성인의 반열에 진입하기 시작하는 무아와 대아의 마음이 펼쳐지고 있다. 앞서 언급한 퇴계의 「성학십도」의 '성학'을 지향하는 이, 본장의 내용으론 '파라미타'의 마음을 쓰고 사는 이, 숭산 스님의 자아서클에 기대면 진공묘유의 자아 위에서 대아의 마음으로 살아가는 이, 기독교 경전에 의하면 새사람이 되어 '믿음, 소망, 사랑'의 마음을 쓰며 살아가는 이 등이 그런 사람들이다.

호킨스가 500 이상의 자리에서 그 최고의 자리인 1000에 위치시킨 사람은 크리슈나, 붓다, 예수이다.

그런데 여기서 흥미로운 것은 전인류를 대상으로 한 의식지수의 평균은 207이고 그 가운데 85퍼센트가 200 이하이지만, 의식지수 700 수준의 한 사람이 200 수준 이하에 있는 사람 7천만 명을 상쇄하며 600 수준의

한 사람이 200 수준 이하의 사람 1천만 명을 상쇄하고, 500 수준의 한 사람이 200 수준 이하에 있는 75만 명을 상쇄한다는 것이다. 그런데 안타깝게도 현재 지구상에서 700으로 측정되는 사람의 수는 고작 12명이라는 것이다. 어쨌든 높은 의식지수의 인간들이 갖고 있는 정화력은 엄청나다.

감동의 순간은 드물다. 전생을 걸쳐서 보더라도 그렇게 많지는 않다. 그만큼 우리의 의식지수가 낮다는 증거이다. 그럼에도 불구하고 사람들은 높은 의식지수를 꿈꾸고 사랑한다. 다만 그것이 마음대로 되지 않을 뿐이다.

또한 데이비드 호킨스는 문장과 글 그리고 책들에 스며 있는 의식지수도 수치화한다. 영혼의 무게를 잴 수 있다는 말이다. 여기서 좋은 시란 어떤 것인가? 근현대시 110년을 맞이하고 있는 우리 시는 어디로 가야 할 것인가? 이런 물음들을 진지하게 제기하고 숙고해볼 필요가 있다. 시뿐만 아니라 인간존재의 생의 가치가 의식과 마음의 향상에 의하여 좌우된다면 우리의 시도, 우리의 삶도 협소하고 낮은 인식과 마음의 자리를 털고 일어설 계기와 대전환이 필요하다.

바야흐로 개체의 분화가 가속도를 더해가는 시대이다. 그럴수록 마음의 분모가 송곳 끝처럼 작아지고, 사람들의 내면은 불안의 정도를 키워간다. 시도 그렇다. 분화된 작은 개체가 알 수 없는 방언처럼 알 수 없는 소리를 내며 불통의 세상 속에서 고독하게 소진되어가는 형국이다.

나는 생각한다. 더 작은 개체로의 밀물 같은 분화의 격류에 그냥 휩쓸려가며 그것을 절대화하다가는 삶도 시도 까치발을 뜨고 한세상 사는 것과 같은, 그런 모습이 될 것이라고 말이다. 이쯤해서 우리는 '눈을 뜨고' 전체성과 전체상을 읽어보기 시작해야 한다고 본다. 그리하여 참자아(true self)를 찾고 그 위에서 중생(重生)하는 삶을 다시 살아가기 시작해야 한다고 생각한다.

지금은 삶도, 시도, 인류 문명도 위태로운 시대이다. 물질적 풍요가 우리를 가끔씩 위로해주기는 하나 그것은 본질적이지 못하다. '파라미타! 대아! 감동!'의 참뜻을 다시 새길 때이다.

이것은 먼저 나 자신에게 하는 말이다. 그러고 나서 누군가와 함께 나눌 수 있기를 기대하는 말이다.

제6장
여름문명의 극단을 사유할 때 :우리 시의 나아갈 길

— 자연과 영성의 회복을 기대하며

1. 2000년대 시를 위한 이해 혹은 변명

근대 도시산업문명은 이른바 여름문명[1]의 성격을 지니고 있다. 최남선이 『소년』지와 『청춘』지를 발간하고 『소년』지 창간호의 권두시로 「해(海)에게서 소년에게」를 실으며 소년과 청년으로 표상되는 '장(생장수장(生長收藏)에서의 장(長))'의 기운을 한껏 역설하고 희망에 부풀어 올라 있을 때, 우리 시는 근대시라는 새로운 명칭을 갖고서 여름문명의 문턱으로 들어서고 있었던 것이다.

그로부터 100년이 넘는 세월이 지난 지금, 근대 도시산업문명은 여름문명의 극단 지점에 와 있다고 말할 만큼 뜨겁게 작열하고 있다. 땅 속의

---

1 '여름문명'이란, 인류사와 인간 문명을 4계절의 원형으로 나누어 살펴보는 관점에 설 때 제시될 수 있는 개념이다. 내용은 조금씩 다르나 증산교의 개벽사상, 우주 변화의 원리를 논하는 역(易)사상, 음양오행론에 기초한 다양한 이론 등이 이런 관점을 취한다.

물기운이 남김없이 바깥으로 분출하고 발산된 한여름의 풍경처럼 도시산업문명이 양적, 질적 팽창을 극한까지 밀고 나간 형국이다.

서울에 한 번 가 보아라. 아니 서울이 아니어도 좋다. 국내의 어느 곳이든 한 번 나가 보라. 하다못해 지방 소읍에라도 가 보아라. 그곳이 어디든 여름문명의 극단을 닮아 있다. 과학적으로 말하면 이 '장(長)'의 계절인 여름은 분자활동이 극대화되는 시기이다. 따라서 모든 것이 빠르고, 가깝고, 부산스럽고, 변덕스럽다. 비유하면 비등하는 물 같다.

이런 시절엔 사람들의 의식이나 언어도 여름을 닮아 있다. '장'의 성격을 한껏 뿜어내고 있는 것이다. 음(陰)의 영역에 숨어 있어야 할 의식과 언어가 일제히 양(陽)의 영역인 바깥으로 솟구치고 방출돼 나옴으로써, 의식과 언어가 그만큼 다양하고 화려한 반면 양적 비대성과 질적 복잡성을 지니게 되는 것이다.

우리 시단엔 지금 1950년에 등단한 노시인부터 금년에 등단한 앳된 신인에 이르기까지, 근 70년의 거리를 두고 있는 시인들이 함께 시작 활동을 하고 있다. 그러므로 이들이 보여주는 각 세대마다의 특수성은 언제나 뚜렷이 나타나고 그 점은 고려되어야 한다.

그러나 시단의 새로운 물결을 앞서서 자연스럽게 만들어 나아가는 시인들은 신세대 시인들이다. 2000년대가 시작되면서 소위 '뉴웨이브' 논쟁이니, '미래파' 논쟁이니 하는 논쟁거리를 제공한 시인들은 바로 이 신세대 시인들이다. 이들의 언어는 시비를 논하기 이전에 하나의 현상이거니와, 그 현상을 이해하고자 할 때 이들이 여름문명의 한복판에서 태어나서 자라고 성장한 세대임을 인지하는 것은 매우 유익하다.

2000년대 이후 신세대의 언어는 일체의 에너지이자 물기가 바깥으로 솟구쳐 오른 성하의 나무가 보여준 무성함처럼 다변이고, 장광설이고, 화사하고, 부산스러우며, 현시적이다. 그들의 참을 수 없는 내적 분출의 욕망이 이렇게 언어를 바깥으로 마구 뿜어낸 것은 유사 이래 최고조에 달해 있다고 할 수 있다. 이런 그들의 언어는 그들이 의도적으로 만들어낸 기획물이라기보다 인간사와 인간 문명 그리고 인간언어가 지구별의 한 영역에서 살아가고 있는 자연스러운 삶의 과정이라고 보는 게 적절하다.

그러나 이런 여름문명의 시는 외양이 무척이나 화려한 대신 안쪽이 허하다. 외화내빈이라고나 할까? 앞서 말했듯이 이런 시는 여름 나무처럼 무성한 이파리와 큰 키를 외적으로 한껏 자랑하고 있지만 그 속의 뿌리와 가지는 약하고 허전한 것이다. 그런데 이런 외화내빈의 현상은 시에서만이 아니라 우리들의 삶의 전 영역에서 나타나는 것이다. 지금 당장 우리 둘레를 돌아다보면 관공서에서 찻집에 이르기까지, 대형 가전제품에서 자그마한 아이스크림에 이르기까지 어느 하나 이런 모습으로부터 자유로운 것이 없다.

따라서 2000년대의 우리 시를 보면서 느끼는 것은 각 시대에 걸맞은 시나 시가의 양태가 있었던 것처럼, 2000년대에 걸맞은 시와 시 형태가 지금 자연스럽게 나타난 것이라는 생각이다. 하지만 좋은 시는 어떤 문명이나 단계의 한가운데에 있으면서도 전체성의 세계를 잊지 않는다. 경사진 당대적 현상에 단견으로 집착하고 몰입하는 것으로부터 벗어나 보다 큰 존재와 삶의 이치를 조감하는 것이다.

만약 시인이 이 땅에서 대접을 받고 그 역할이 존중된다면, 시인이야말로 전체성의 안목을 지닌 자요, 그런 가운데서 마음을 쓰고 언어를 빚어내는 사람인 까닭이다. 세상의 물결을 그대로 따르는 일은 어렵지 않다. 그러나 그 물결을 관찰하며 세상의 참모습을 깊이 있게 읽어내는 일은 매우 어렵다. 시인의 시인됨이 이런 데에 있다면, 시인들은 당대성 앞에서 흥분하기보다 당대성을 포월할 수 있는 능력을 길러야 할 것이다.

2. 가던 길을 멈추고 원론을 숙고해야 할 때

아무리 열심히 살아도 일이 성취되지 않을 때, 아무리 세상과 발맞추어 가도 보람이 느껴지지 않을 때, 아무리 밤을 새워 일해도 명작이 탄생되지 않을 때, 일을 하면 할수록 발전은 고사하고 소진만 되는 것 같을 때, 그때는 일체의 하던 일에 거리를 두고 멈춰 서서 '원론적인 물음'을 던져 보는 것이 필요하다. 지금, 우리 시단은 이런 시점에 와 있다고 생각한다. 1908년도에 첫 발걸음을 뗀 「해에게서 소년에게」의 출현 이후, 우리 시는 110년 정도 앞만 보고 달려오면서 첫 새벽의 기운이 소진될 만한 시점이 되기도 하였거니와, '엔트로피의 증가'가 어느 때보다 과도한 때이다.

'시가 시를 낳는다'지만 더 이상 시가 시를 낳을 기운이 없는 시대, 타고난 원기로 한 생애를 살아간다고 하지만 그 원기가 다해가는 시대, 새로운 것을 추구한다지만 한계 내의 새로운 것으로는 새로움다운 새로움을 드러내 보이기 어려운 시대, 이런 시대가 우리 시가 처해 있는 현시대인 것 같다.

이때 관성과 타성을 멈추고, '원론적인 물음'을 던짐으로써 다시 시작하는 '첫 힘'을 구축할 필요가 있다. 그때의 원론적인 물음에는 다음과 같은 것이 있으리라 : 산다는 것은 무엇인가, 인간은 왜 시를 쓰는가, 나는 왜 시를 쓰는가, 2000년대에도 시는 계속 씌어져야 하는가, 2000년대의 시는 어떠해야 하는가, 왜 2000년대의 시가 힘을 잃었는가, 시는 언어와 어떤 관계에 있는가, 시는 우주만유와 어떤 만남을 갖고 있는가, 나는 좋은 시인인가 등등.

이런 질문은 다중지능이론을 전개한 하워드 가드너에 의하면 '답이 없는 영성적(실존적) 물음'이다. 그는 이런 질문능력이 대단할수록 대단한 성과를 창출할 수 있다고 말한다. 또한 이런 물음은 철학적 질문의 원형이다. 철학적 질문이 깊어질수록 뛰어난 지력이 생산되고 좋은 말과 글이 생산된다는 것은 상식이다.

그렇다면 지금은 철학적 성찰이 필요한 시대인가? 그렇다고 할 수 있다. 철학적 성찰은 무자각적인 것을 자각적인 것으로, 복잡한 것을 명쾌한 것으로, 본능적인 것을 의식적인 것으로, 말초적인 것을 본질적인 것으로 안내하는 힘이 있다. 철학적 성찰에 의하여 우리는 밝은 지성의 체계를 형성하고 그 위에서 살아갈 수 있으며, 대상과 유행에 함몰되지 않고 관찰자의 독자성을 확보할 수 있다.

우리 시는 그간 우리 사회에서 문학의 이름으로, 예술의 이름으로, 문화의 이름으로, 지성의 이름으로 상당한 기여를 했을 뿐만 아니라 대우를 받았다. 시인들은 가난했지만 자부심과 자기만족감을 느꼈고, 개체이지만 전체를 사유했고, 사인이지만 공심을 가졌다. 그런 우리 시엔 이른바 '아우라'가 있었다. 아우라의 발생 요인은 다양하겠지만 가장 중요한 것은 사욕의 길이 아닌 공심(公心)의 길을 가는 것이다. 그러니까 '나' 혹은 '우리'의 영역이 점점 넓어질수록 그 사람이나 글에서 아우라가 발휘된다.

인간의 의식지수를 과학적으로 측정하고 밝혀낸 『의식혁명』의 저자인 미국의 정신분석 임상의이자 학자인 데이비드 호킨스는 모든 글과 책에 담긴 의식의 질과 무게까지 측정하여 그 책의 의식지수를 수치화할 수 있다고 하였다. 그러니까 사람뿐만 아니라 그 사람이 쓴 책이나 그가 만든

물건까지도 의식수준을 담고 있는 것이다. 그 의식수준이 높을수록 그 사람이나 글 혹은 물건은 아우라를 발산한다고 보는 것이 나의 생각이다. 우리가 고전이라고 일컫는 책들, 특별히 바이블이라고 일컫는 경전들은 정말로 상당한 의식수준을 담고 있기 때문에 시간과 공간을 넘어서서 유효할 뿐만 아니라 그 아우라가 대단하다.

우리 시는 지금 아우라가 상당히 상실되었다. 좀 심하게 표현하자면 평범하고 범속하기까지 하다. 의식수준이 그리 높지 않은 까닭이다. 이와 관련하여 비약이 허용된다면 철학적 성찰이 제대로 이루어지지 않은 시가 너무나 많다는 것이다.

그러나 나는 이런 현상을 비난하기보다 이해하고자 한다. 이 엄청난 여름문명의 한가운데서 누가 쉽게 정신 차리고 철학적 성찰을 할 수 있겠는가. 거대도시의 뜨겁고 유혹하는 한복판에서, 일체가 바깥으로 분출하고 솟구쳐서 어디를 가나 소음덩어리 같은 것과 알 수 없는 미로가 전개되는 이 세속도시의 한가운데서, 그리고 아침부터 저녁까지 텔레비전과 스마트폰에 사로잡혀 질주하는 무방비 상태의 노마드처럼 이곳저곳을 정처없이 흘러다니는 이 시대에, 어떻게 차분히 철학적 성찰을 할 수가 있겠는가.

그러나, 그렇기 때문에 시인들은 이 모든 것을 집어 던지고 여름날 장기 휴가를 떠난 사람처럼, 그만의 고유한 공간에서 철학적 성찰을 해야 한다. 수도자의 안거와 같은 안거의 시간을 갖고 자신을 지켜야 한다. 그렇지 않고는 시 또한 세상을 복사하거나 세상에 치일 뿐 세상을 넘어서기 어렵다. 일체는 자신의 내면의 반영인데 내면이 가꾸어지지 않고 어떻게 좋은 시를 쓸 수 있겠는가.

2000년대의 시인들은 시사적으로, 그리고 시대적으로 매우 불운한 환경에 처해 있다고 볼 수 있다. 이미 근현대시의 동력은 고갈되어 가는 상태이고, 시대적 환경은 시를 허락하기엔 너무나 난폭하고 대중적이다.

그러나 이런 상황이기에 2000년대 시인들은 할 일이 크다. 그들은 우리 시사를 다시 쓰는 첫 지점을 마련해야 할 것이고, 끝이 시작이라는 역설처럼 그 끝 지점에서 가역의 힘으로 태초 이래 지금까지 누적된 힘을 끌어 모으는 임무를 수행해야 할 것이다.

이런 의식이 제대로 치러진다면 2000년대의 신세대 시인들은 우리 근현대시 100년 이후의 새 단계를 여는 선두주자가 될 것이다. 그들은 엔트로피 최대 지점에서 엔트로피 제로 지점을 마련할 수 있고, 그 지점에서 신생의 언어를 싱싱하게 창출할 수 있을 것이다.

요즘 우리 시단을 보는 일은 좀 힘에 겹다. 문예지도, 시집도, 시인도 그 숫자는 엄청나지만 '파워'가 전달되지 않는다. 잡지들도 'Littor(릿터)'니 'Axt(악스트)'니 하는 작명을 해가며 시대와 동행해보고자 하지만 어색한 느낌을 지울 수 없고, 시집도 꾸준히 출간되지만 가슴 한가운데로 깊이 파고들지 않는다. 그리고 시인들도 어마어마하게 많지만 숫자만큼 사회 속에서 시단의 파워가 형성되지 않는다.

이와 같은 우리 시단은, 본장의 제목처럼 진실로 '가던 길을 멈추고 원론을 숙고할 때'이다. 그리고 새롭게 충전한 힘으로 새 길을 열어갈 때이다.

3. 거대도시를 제대로 공부해야 할 때

지금은 지구별 전체가 하나의 거대도시이다. 그런 지구도시를 두고 지구는 둥근 것이 아니라 '평평하다'고 말한 이도 있다. 실로 세상이 첨단 문명도시사회가 되면서 하나가 되었다. 그리고 그 놀라운 도시는 우리의 삶의 터전이자 우리를 지배하고 있다.

요즘은 근대인이니 현대인이니 하는 말보다 도시인이라는 말이 더 적절하다고 느껴질 정도이다. 양적으로나 세력에 있어서나 도시는 이미 인간들의 삶의 토대이자 중심이 되었고, 대부분의 사람들이 도시에서 태어나 도시에서 살다 도시에서 죽는 인생 코스를 거치고 있다. 이것은 농경사회 시절, 작은 마을에서 태어나 작은 이웃 마을의 처녀 총각과 결혼한 후 그 작은 마을에서 살다가 죽으면 그 마을 뒷동산에 묻히던 삶과 너무나도 대조적이다.

그런데 도시라는 인간의 발명품은 지금도 증식과 강화 일로에 있다. 지구 전체를 도시화할 기세로, 도시는 누구도 간섭하기 어려운 자체의 동력으로 확장되어가고 강력해져가고 있는 것이다. 이와 같은 도시의 등장을 충격 속에 맞이하며 이미 1980대 후반에 '도시시'라는 명칭이 나타났고, 김혜순 시인은 도시를 가리켜 아예 '나의 우파니샤드'라고 규정하기도 했다.

거대도시 혹은 도시의 거대화를 무엇이라 규정하든지 간에, 도시인으로 살아가는 문제는 점점 더 부정할 수 없는 현실이자 난처한 문제가 되었다. 조금 과장해서 말한다면 이제 도시화의 물결로부터 벗어날 수 있는 은거지는 없다. 귀농이니, 귀촌이니 하는 말들을 하지만 실은 농촌이나 시골도 거대도시의 문법이 작용하는 외곽일 뿐이다.

2000년대 신세대의 시는 이와 같은 도시와 도시화의 산물이다. 그들의 시는 도시를 닮았고, 그들의 시가 탄생되는 장소도 도시이다. 실로 2000년대 신세대 시인들은 자연을 모른다. 그들이 알고 익숙해져 있는 것은 거대도시의 인간들과 그들이 만들어낸 인공물들이다. 그러고 보면 2000년대 신세대들의 시는 본격적인 도시인의 시라고 할 수 있다. 이전 시인들이 적어도 유년기나 청년기 정도에 자연을 경험한 세대로서 시를 썼다면, 이들은 그런 경험이 전무한 도시적 경험만으로 시를 쓰는 것이다.

도시와 도시화는 의식주 생활은 물론 인간의 식작용(識作用)에 해당되는 감각, 감정, 사고, 정신, 영혼 등 일체의 것들을 바꾸어 놓았다. 그에 따라 언어, 상상, 문화, 문명, 사회 등도 전혀 달라졌다. 인류사 속에서 그야말로 새로운 장소와 새로운 삶이 탄생된 것이다.

이와 같은 도시와 도시화를 어떻게 보아야 할까? 그와 같은 도시와 도시화 속에서 어떤 시를 써야 하는 것일까? 아니 쓸 수가 있는 것일까? 1980년대 말에 장정일은 3주일 간 서울 경험을 하고 『서울에서 보낸 3주일』이란 시집을 내놓았지만, 당장 하루만이라도 2017년 현재의 서울을 경험해보면 시라는 것이 어떻게 존재방식을 만들어가야 할지에 대해 크게 고뇌하지 않을 수가 없다.

하드웨어로서의 서울과 소프트웨어로서의 도시, 그리고 이런 도시 속에 만들어진 또 하나의 세계인 사이버 세계는 도시와 도시화, 문명과 문명화에 대한 더욱더 복잡한 사유와 성찰을 강요한다. 그리고 시가 나아가야 할 길에 대해 고뇌하게 한다.

요컨대 지금, 우리 시는 이 거대도시에 대해 연구해야 한다. 기존의 어떤 용어로도 설명되지 않는 새로운 거대도시의 출현과 증식을 이해하지 않고서는 삶은 물론, 시가 나아갈 길도 찾아내기 어렵다.

이제 세상은 달라졌다. 그렇더라도 인간의 일이란 기본적으로 의식주를 해결해야 하고 생존 욕구를 충족시켜야 하는 것이지만, 그 방식과 관점이 전혀 달라질 수밖에 없는 세상이 도래했다는 것이다. 과연 앞으로 어떤 도시인이 나타날까? 그리고 그들에 의하여 어떤 시가 창작될까? 우리 시의 앞날을 결정하는 중요한 토대이자 환경에 거대도시가 놓여 있다.

4. 디지털 세계를 다시 공부해야 할 때

디지털이라는 말도 이제 진부하다. 사이버 세계라는 말도 상식이 되었다. 그러나 그 양적, 질적 영향력과 지배력은 끝을 상상하기 어렵게 커지고 있다.

이원 시인이 이런 디지털 세계이자 사이버 세계에 충격을 받고『야후!의 강물에 천 개의 달이 뜬다』라는 시집을 내놓은 것이 2001년의 일이다. 그는 디지털 세계와 사이버의 세계를 기술적, 경험적으로 이해하고 있었으며, 이에 대한 인문학적 성찰을 누구보다 전문적으로 행할 수 있는 사람이었다. 그런 그의『야후!의 강물에 천 개의 달이 뜬다』라는 시집이 시단에 준 신선함은 큰 것이었다.

그러나 그로부터 엄청난(?) 시간이 지난 지금, '야후'도 사라졌고, 디지털 사이버 세계는 다른 장을 만들며 놀라운 진화과정 속에서 우리를 재편된 그들의 손안으로 완벽하게 집어넣고 말았다. 어디를 가도 세상은 디지털이 지배하고 있다. 우리는 디지털의 환유물인 스마트폰의 작은 창을 통하여 세계를 본다. 그 안에 펼쳐지는 무한과 무변이라고 말할 수밖에 없는 '멋진 신세계'를 만나기 위하여 우리는 매일(매순간마다) 그 작은 창의 커튼을 연다.

스마트폰 속에서 우리의 삶이 생로병사의 길을 간다. 2000년대는 스마트폰이라는 제국과 그 상상력이 지배하는 시대이다. 이 자그맣고, 보드랍고, 유연하고, 매끄러운, 그러면서 똑똑하고 무서운 스마트폰이 우리의 선지식이자 도반인 시대이다. 이런 변화는 컴퓨터가 대중화된 1990년 전후로부터 가장 후하게 계산하여도 30년이 되지 않은 시기의 일이다.

이제 인간은 '호모 디지털'이다. '나는 클릭한다 고로 나는 존재한다'고 인간의 존재방식을 선언했던 이원의 말이 '나는 스마트폰을 터치한다 나는 존재한다'라고 차원 변화를 하면서 인간은 더욱더 세련된 디지털 세계의 시민이 되었다.

나는 우리의 감각과 감정, 사고와 정신, 상상력과 창조력이 이 스마트폰에 맞게 최적화되어 가고 있다고 생각한다. 보이는 세계로서의 거대도시와 더불어 보이지 않는 세계로서의 거대 디지털 세계가 우리를 장악하고 있는 것이다. 도시와 디지털, 도시인과 기계인, 이것은 이 시대를 대표하는 용어이자 세계이다.

나는 이 디지털 세계를 보면서 1930년대 이상의 「오감도」 연작 가운데 제 4호를 떠올린다. 환자의 용태를 그려보이고 그에 대한 진단을 내린 의사 이상이 '0 : 1'이라는 진단 기호로 이분법의 현실과 위험성에 대한 경고를 내린 것이 지금에 와서 완벽하게 구현되고 있다는 느낌이 들기 때문이다. 디지털 세계는 나누고 분리한다. 균질화된 나눔과 분리 속에서 재결합되는 디지털적 창조의 세계는 아날로그의 나누고 분리할 수 없는 '번짐'의 세계와 너무나 다르다.

디지털 세계에서 인간은 끝없는 만남을 갖고 있지만 그 만남의 환상 아래에는 끝없는 이별과 소외가 동행하고 있다. 육체성을 지니지 않은 이 디지털 세계의 환상적 출몰을 우리는 감당해야 한다.

시란 본래 아날로그적인 속성이 강하다. 자연성, 천진성, 육체성, 영성 등이 아날로그적 속성의 대표적인 성품이다. 지금 이런 속성이자 성품은 디지털 제국 안에서 고전하고 있다. 디지털 세계는 어떤 것도 숨기지 않는다. 그야말로 양(陽)의 극단을 허락해 버린다. 그러나 아날로그의 세계는 극단을 허락하지 않는다. 극단의 언저리에서 다시 물러서며 극단을 허무는 것이 아날로그 세계의 존재방식이다.

이렇게 볼 때 스마트폰으로 표상되는 디지털 세계는 여름문명의 대표적 현상이다. 일체를 바깥인 양의 세계로 노출시키고 아래쪽(안쪽)인 음의 세계를 제로화하려고 하는 여름문명의 원리가 그대로 반영되어 나타난 것이다. 사실 음의 세계가 제로화된다는 것은 죽음과도 같은 세계가 왔다는 것이다. 자연과 우주는 이 죽음과도 같은 상황을 막기 위하여 양의 극단에서 음의 씨앗이 움트도록 전회시키지만 스마트폰의 질주가 이것을 허용하거나 자각할 만큼 '스마트'한지 모르겠다.

바야흐로 디지털의 세계가 여름문명을 완성(?)시키는 듯하다. 어느 곳에 숨을 수도 없고, 어느 것도 숨길 수 없는 디지털 세계의 삶이 날로 가속페달을 밟고 있는 듯하다. 이런 가운데서 시인들은 이 현실에 적응하며 그 현실을 돌파하려고 안간힘을 쓰고 있으나, 그들의 적응력도, 안간힘도 역부족인 듯하다. 이것은 한 인간이 당대의 거대한 환경을 뛰어넘는 것이 어려운 일이며, 쓰나미처럼 닥쳐오는 당대 문명의 현실을 통제하는 것도 또한 쉬운 일이 아니기 때문이다. 이럴 때, 한 가지 방법은 '지금, 여기'를 상상과 지성의 힘으로 떠나 더 크고 근원적이며 오래된 세계를 관조해보는 것이다. 마치 일상을 떠나 먼 곳의 여행지에 도착하여 삶을 다시 전체적으로 관망해보듯이 말이다.

5. 자연과 영성(도심)을 회복해야 할 때

예술은 자연의 짝퉁이라는 조용헌의 말처럼[2], 자연의 한가운데로 들어오면 예술이 초라해진다. 자연 속의 집엔 그림을 걸어 놓아도 어색하고, 음악을 틀어 놓아도 겉돌고, 시집을 꽂아 놓아도 시시하다. 바닷가에 바다 그림을 걸어 놓은 것처럼, 계곡 옆에서 음악을 듣는 것처럼, 새들의 지저귐 속에서 시집을 펴보는 것처럼 그 대단하다고 하는 예술이 무력해지는 것이다.

도대체 자연이 어떤 것이기에 이런 현상이 나타나는 것일까? 자연은 완전성의 상징이기 때문이다. 즉, 4계절의 원형으로 말한다면 4계절을 한몸에 지니고 있는 존재요, 음양오행론으로 말한다면 음양과 오행을 한꺼번에 아울러 지니고 구현하는 존재요, 영성과 도심의 차원에서 말한다면 처음부터 이 이치와 속성을 위반하지 않는 영체요 도체이다. 그러니까 자연은 개체중심주의에 빠져 있는 존재가 아니라 스스로 그러한 자연성의 전체적 흐름을 수행하는 존재이다.

예술이 이런 자연으로부터 탄생되고 자연을 흠모하는 인간 행위의 일종이라면, 거대도시에서, 디지털의 제국에서 인간들은 어떤 예술을 할 수 있을 것인가. 자연을 알지도 못하고, 자연을 보지도, 자연에 살지도 않은

---

2 그의 말을 한 번 그대로 옮겨본다. "예술품이란 무엇인가. 아무리 생각해 봐도 '자연의 대용품' 같다. 문명이란 무엇인가. 자연과 멀리 떨어져 사는 것이다. 도시도 마찬가지다. 자연과 유리된 삶이다. 예술이란 자연을 접할 수 없는 문명과 도시의 산물이다. 많은 돈을 투자해 예술품을 구입할 필요가 없다. 진짜 예술품은 대자연이다. 대자연의 모조품이 예술품인 것이다. 진품은 자연이고 '짝퉁'은 예술품 아니겠는가. 자연에서 살면 그게 곧 예술이다. 자연에서 못 사는 사람에게나 예술품이 필요하다." 조용헌, 『고수기행』, 랜덤하우스, 2006, 36쪽.

인공의 거대도시와 디지털 세계의 자녀들은 어떤 예술을 만들어갈 것인가? 그 속에서도 예술은 창조되겠지만, 그 모습의 편협성과 위태로움을 심히 걱정하지 않을 수가 없다.

그 방안을 나는 알 수 없으나, 시를 포함한 예술이 앞으로 제대로 살기 위해서는 자연과 자연성, 영성과 도심의 회복이 정말로 필요하다. 이들이 부재하는 가운데서 예술을 하고 시를 쓴다는 것은 고층 아파트에서 머물며 그곳이 세계의 전부인 것으로 인지하며 시를 쓰는 것과 같다.

세계를 구성하는 4대(四大)로서의 지수화풍(地水火風 : 흙, 물, 불, 공기)을 거대도시와 디지털 세계는 밀어내고 있다. 그리고 자연의 시공간을 배제하고 있다. 말할 것도 없이 천지의 무위성을 한껏 억압하고 있다. 이런 인간적 행위가 어디까지 가능할까? 그리고 그곳에서 이와 같은 사실을 인지하지 못한 채 창작되는 시며, 다른 예술들이 얼마나 훌륭한 역할을 할 수 있을까?

나는 2000년대 우리 시의 현실을 이해하면서도 그것이 놓친 세계와 넘어서야 할 길을 거칠게나마 언급해 본 것이다. 진정 이 여름문명의 한가운데서 만들어진 거대도시와 디지털 세계 속에서 우리 시는 어디로 갈 것인가? 그리고 어떻게 처신할 것인가? 유사 이래 참으로 새로운 환경과 경험 세계가 우리 앞에 펼쳐져 있다.

제7장
대지의 도리와 덕성 그리고 21세기 우리 시

1. 현대 도시 문명인의 난제

지혜인은 전체상을 본다. 그리고 지혜인은 아닐지라도 사람이라면 누구나 근원적으로 전체상에 대한 그리움을 지니고 있다. 그러나 우리가 살고 있는 이 현실은 전체상을 보고 그것을 추구하기엔 너무나도 열악한 환경이다.

일반적으로 전체상이라고 하면 천지인(天地人) 삼재를 가리킨다. 대우주, 대자연, 대인간계가 그것이다. 그러나 지금 이 도회 문명 속의 현대인들은 대우주와 대자연을 잊은 지가 참으로 오래 되었다. 대우주와 대자연은 말할 것도 없거니와, 대인간계를 '하나'의 관점에서 바라보고 포용하는 사람도 이제는 거의 없다.

그렇다면 그들은 무엇을 보고 있는 것인가. 그들이 보는 것은 자기 자신과 그들을 둘러싼 문명들뿐이다. 그들은 개체화된 자신에 탐닉하고 문명이라는 경계에 사로잡힌 채 전 생애를 보낸다.

그들은 하늘도 보지 않는다. 땅도 보지 않는다. 자연은 물론 다른 생명체들도 보지 않는다. 오직 거대한 도시 문명에 갇혀서 자신과 문명 사이의 야합을 경쟁적으로 추구해 나아갈 뿐이다.

그러나 어마어마한 우주사와 지구사에 비추어 보면 한 줄기 번개와도 같이 짧은 이 현대 도시 문명의 아상(我相)중심주의와 문명중심주의가 광란의 춤을 추더라도, 이와 무관하게 시간을 넘어서고 공간을 넘어선 영원성으로서의 천지는 언제나 여여하고, 그 속의 일월은 언제나 이법을 따라 운행되고 있으며, 지수화풍은 제 모습을 잃지 않고 어김없이 무위행(無爲行)을 펼치고 있다.

유사 이래, 현대 도시 문명 속의 사람들만큼 협소한 삶을 살아가는 경우도 없을 것이다. 외양으로 보면 현대 도시인들은 지구촌의 일원으로서 어느 때보다 확장된 삶을 살아가는 것 같고, 저 달나라나 화성에까지 도달하고자 하며 확대된 우주적 관심을 쏟고 있는 것 같지만, 실상 그들의 의식 속엔 개체화된 이기적 자아와 문명화된 도시의 현실 이외의 다른 것이 거의 들어 있지 않다.

거칠게 말하자면 평생 동안 자신의 얼굴과 문명의 유혹에 빠져서 살다 생을 마치는 사람들, 그것이 세계의 전부인 줄 알고 흥분하거나 애면글면하는 사람들이 현대 도시 문명인들이다.

물론 이렇게 산다고 하여 크게 문제될 것은 없다. 모두들 그렇게 살아가고 있으며, 그런 가운데서도 인간 수명은 늘어나고 있다는 희소식(?)이 터져 나오고 있지 않은가. 그러나 질적인 차원에서 보면 이와 같은 삶 속엔 너무나 많은 고통이 내재돼 있다. 불안, 긴장, 우울, 흥분, 공포, 피로 등과 같은 비정상적인 마음 상태가 시도 때도 없이 밀려든다. 원리상으로 보면 전체상에서 멀어질수록, 전체상으로부터 비껴나 있거나 그것을 무시할수록 인간적 고통의 총량은 증가한다. 전체상이라는 진실과 계합되지 못한 삶이란 불구의 그것이기 때문에 그러하다.

따라서 현대 도시 문명인들은 갈수록 코너로 몰리는 사람들처럼 이 전체상에 대한 무지의 대가를 치르고 있다. 그들은 얻은 것 같은데 얻은 것이 없고, 부유한 것 같은데 결핍 속에 있으며, 승리한 것 같은데 패배감을 지울 수가 없다.

이런 현대 도시 문명 속에서의 고통스런 삶을 극복하기 위해서는 '눈을 뜨고' 전체상을 보아야 한다. 그리고 그 전체상의 이치 속에서 겸허하게 전체와 한몸이 되는 존재의 대전환을 이룩해야 한다.

도시 문명은 지금도 거대한 규모로 증식해 가고 있다. 지구 표면이 남김 없이 인간과 인간 문명으로 뒤덮일지도 모른다는 공포심을 자아낼 만큼 도시 문명의 기세는 엄청난 팽창 일로에 있다. 그리고 그 속에서의 인간들은 우물 안 개구리처럼 자아탐닉과 문명에 사로잡힌 협소한 삶을 살아가고 있다.

이번 호 기획 주제인 '대지에 대한 성찰'은 이와 같은 현대 도시 문명인들의 삶을 진단하고 그 치유책을 모색하는 데 일조를 할 수 있을 것이라 생각한다.

2. 천지음양(天地陰陽)의 대지성 혹은 여성성

한문교육의 초등학교 입문서 같은 『천자문(千字文)』은 '천지현황(天地玄黃), 우주홍황(宇宙洪荒)'을 언급하는 것으로부터 시작된다. 이것은 매우 시사적이며 의미심장하다. 인간들의 세계 이해에 있어서 천지와 우주가 맨 앞자리에서 인식되고 존중되어야 한다는 것을 보여주고 있기 때문이다. 천지는 천리와 지리의 표상이며, 우주는 공간성과 시간성의 표상이다. 이러한 천지와 우주는 인간의 탄생 이전부터 존재해왔고, 인간을 넘어서서 존재하며, 인간 이후에도 존재할 무시무종(無始無終), 광대무한의 그것이다.

이 세계를 인지하면서 인간과 자아를 인식하느냐, 그렇지 않느냐 하는 점은 실로 엄청난 차이를 유발한다. 이들을 인식하는 경우 인간은 천지우주 속에서의 자신들의 바른 위상과 역할을 구축할 수 있지만, 그렇지 않을 경우 인간은 천지우주로부터 떨어져 나온 미아로서의 환상과 고통으로부터 벗어날 수가 없다.

『주역』의 음양론의 근거는 천지(天地)이다. 천은 양이고, 지는 음으로서 이들은 서로 대대적(待對的)인 관계 속의 한몸이다. 따라서 이들 가운데 어느 하나가 부재하여도 세계의 온전성은 이룩될 수 없다. 건(乾)괘로 표상되는 하늘과 곤(坤)괘로 표상되는 땅이 언제나 서로 마주보며 서로를 품어 안아야 한다.

이와 같은 사실을 언급하는 것은 이 글의 주제인 대지의 속성에 대해 사유해보기 위해서이다. 여기서 대지는 허공 및 공성(空性)과 대비되는 땅과 색(色)의 환유로서 물질화된 우주적 실체를 가리킨다. 상상조차 불가능하게 만드는 무한 허공과 공성에 비하면 대지는 그 물리적 외형이 매우 작다. 물리학자들과 천문학자들에 의하면 지구를 포함한 별들은 무한 허공 속에 마치 작은 점처럼 떠 있다는 것이다.

그러나 그 외형이 작다 할지라도 대지의 상징과 역할은 결코 작지 않다. 무한 허공의 양성(陽性)과 짝을 이루는 대지의 음성(陰性)은 천지를 음양의 한몸으로 온전하게 완성시키는 중대한 의의를 가진 세계인 것이다.

이와 같이 엄청난 의미를 지닌 대지에 대하여 현대인들은 무지하거나 오만방자한 태도를 취한다. 그들은 대지 이전에 인간과 자아가 있고, 대지는 인간이 도구화할 수 있는 존재이며, 대지 따위는 죽은 것이나 마찬가지라는 생각을 무의식 속에 담고 있다. 대지가 지닌 우주적 이법에 대한 이해, 그것에 대한 외경심과 경건성, 대지와 한몸이 되고자 하는 하심(下心)의 마음 등은 어디서도 찾아보기 어렵다.

지극히 최근에 이 지구사 속에 등장한 인간들은 그들의 일시적 성공(?) 앞에서 걷잡을 수 없는 오해를 가중시켜 나아가고 있는 것이다. 인간들은 천지의 실상과 참뜻을 깨달아야 한다. 그리고 대지의 중요성을 깨달아야 한다. 하늘과 짝을 이루는 대지의 어마어마한 위신력이 어떤 것인지를 체득해야 한다.

근원적으로 보면 인간은 천지 사이에서 태어난 생명체이다. 그러나 범위를 조금 좁혀서 보면 인간은 대지의 자녀들이다. 그런 점에서 대지는 위대한 어머니이자 인간의 몸을 탄생시킨 직접적 생모이다. 이 위대한 어머니이자 생모를 무시하고 부정하며 오만의 극단에 서 있는 인간들은 기아(棄兒)이자 고아를 자처하고 사는 셈이다. 기아와 고아는 한편 자유롭다. 누구의 간섭도 받지 않는 대자유인과 같다. 그러나 기아와 고아의 끝은 고독과 고통이다. 이것은 그가 본래 한몸인 이치를 거부한 가출인이 되었기 때문이다.

도시 문명 사회를 가득 메운 현대인들은 대지성과 모성성 그리고 여성성의 미덕을 상실한 삶에 길들여져 있다. 그들은 누구의 말도 듣지 않고, 대지성과 모성성 같은 것쯤이야 자신들의 지적 능력이나 욕망으로 극복할 수 있을 것 같다는 착각을 하고 있다. 한국 땅 전체를 뒤덮고 있는 도시화와 문명화 그리고 인공화의 난폭한 증대는 현대인들의 이런 속마음을 그대로 보여주고 있다. 이제 어느 곳도 안전지대가 아니다. 인간들의 독심과 욕망이 전국토를 흔들어놓고 있는 것이다.

그러니 이제 대지의 이법과 실상을 하루 빨리 인지해야 한다. 그리고 그 대지에 대한 외경심과 대지 앞에서의 하심을 공부하고 펼쳐보여야 한다. 그렇게 하지 않는다면 현대 도시 문명 속의 인간들은 하늘은 물론 땅조차 저버린 고도 속의 고립자이자 괴이한 존재가 될 것이다. 이것은 노자가 말하는 '까치발을 뜨고 발걸음을 옮기는 것'과 같은 것이다. 두 발을 편안하게 디딜 수 있는 대지, 온몸을 편안하게 뉘일 수 있는 대지가 필요한 것이다.

3. 지수화풍(地水火風)의 지성(地性) 혹은 토성(土性)

대허공엔 무수한 별들이 존재한다. 그 대허공의 대지와 같은 별들을 구성하는 대표적 요소는 지수화풍이다. 태양계의 작은 한 영역을 차지하고 있는 우리들의 처소인 지구별도 여기서 예외가 아니고 그 지구별 속의 만물들도 여기서 벗어나지 않는다.

지수화풍 사대(四大) 중에서 가장 느리고, 낮고, 변함없고, 친근하며, 구체적인 것은 '지(地)'인 흙이다. 흙은 만물과 만상의 토대이자 지지자이며 동반자이다. 물이 냉정하게 흘러가고, 불이 무변하게 타오르며, 바람이 무상하게 날아가도, 지인 흙은 그 자리에 유정하게 머물러 있다. 그러면서, 세상에는 한결같고 변하지 않는 세계도 있다며 인간뿐만 아니라 위기감 속에 있는 만물과 생명체들을 안심시킨다.

이와 같은 흙을 통하여 우리는 안심과 안정을 주는 자의 미덕을 배운다. 그리고 세상에서는 감각적이고 날렵하며 화려한 것만이 좋은 것이 아니라 무디고 느리며 질박한 것도 그에 못지않게 소중하고 귀한 것임을 느끼게 된다.

우리가 살고 있는 현대 도시 문명 사회는 지수화풍의 성품 가운데 지성(地性)보다 수성(水性)이, 수성보다 화성(火性)이, 화성보다 풍성(風性)이 강력한 힘을 갖고 있는 사회이다. 사회는 점점 바람처럼 가벼워지고, 불처럼 뜨거워지며, 물처럼 덧없어진다. 특히나 풍성의 증장은 걷잡을 수가 없을 정도이고, 화성의 번식은 스스로의 문명을 불태울 만큼 강력하고 전면적이다. 굳이 분류해서 말한다면 풍성과 화성, 이 둘이 현대 도시 문명 사회의 지배적인 구성 성분이다. 그리고 무엇이든 일단 증식과 번식의 단계로 나아가면 그 극단을 꿈꾸는 것이 물성의 일반적인 법칙이듯이, 지금 풍성과 화성의 문명은 그 극단으로 끝을 보고자 하는 자처럼 치닫고 있다.

이런 사회에서 사람들은 누구나 뜨겁고 격하며 예측할 수 없는 상태가 되어 살아간다. 긍정적으로 보면 이런 사회는 무척이나 역동적인 사회이지만 그 반대의 측면에서 본다면 언제나 긴장과 흥분을 자아내는 불안정한 사회이다.

지금 한 번 도심의 한가운데로 나아가 보라. 풍성과 화성, 더 나아가 수성이 빚어내는 문명의 양상은 제정신을 유지하기 어렵게 만든다. 물리적으로만 보더라도 대로와 그 위를 질주하는 자동차들의 풍성, 수직으로만 치솟는 빌딩들의 화성, 무리를 이루고 흘러다니는 군중들의 수성은 임계지점을 넘어선 듯 위태롭다.

지수화풍은 어느 하나만 우월적 지표를 지닌 게 아니다. 이들은 언제나 균형과 조화를 이루어야 한다. 그렇게 볼 때 현대 도시 문명 사회는 균형과 조화가 심각하게 깨진 사회이다. 앞서 언급했듯이 풍성과 화성의 질주 앞에서 수성도 얼마간 그러하지만 특별히 지성이 배제된 불균형과 부조화의 문명이 형성된 것이다.

지금 우리가 지성의 중요성을 언급하는 것은 바로 이와 같은 대균형과 대조화의 온전함이라는 기준에 비추어볼 때 지성의 회복과 재발견이 어느 때보다 절실하기 때문이다. 지성의 회복과 재발견이 부재한다면 우리들의 현대 도시 문명 사회는 토대와 지지자를 상실한 풍선이나 광대처럼 부박하고 불안정한 삶을 거둬낼 수가 없을 것이다.

우리의 현대 도시 문명 사회는 흙과 지성으로 돌아가야 한다. 그리고 그 흙과 지성을 내 몸 속에 품어 안고 존재의 과열과 위태로움을 가라앉혀야 한다. 도심은 물론 가정에서 흙과 지성을 완벽하게 밀어내고 발전이라는 명목과 외양의 화려함에 이끌려 만들어진 현대 도시 문명의 과도한 풍성과 화성은 반드시 치유되어야 한다. 그것은 우리의 무지한 욕망이 욕구하고 질주하며 가리키는 대로 구축된 근거 없는 불균형과 부조화의 모습이지 참된 성찰과 우주적 이치 위에서 구축된 건강한 양상이 아니다.

이렇게 볼 때 현대 도시 문명 사회는 흙과 지성을 배제시키고 살아가는 일종의 '시험단계'를 거치는 것과 같다. 그러나 문명은 시험단계를 오래 거쳐도 좋을 만큼 한가한 세계가 아니다. 문명은 삶의 모든 것이며, 삶의 근거지이다.

그리고 흙과 지성은 발언권도 없는 무력한 자 같지만, 알고 보면 흙과 지성만큼 저력이 있는 게 달리 없다는 사실을 직시해야 한다. 이와 같은 흙과 지성은 '말 없는 말'로써 언젠가 그 존재의 힘과 소중함을 은밀하게 혹은 시위하듯 전달할 것이다. 흙과 지성의 반란, 아니 경고가 들려올 때쯤이면 사람들은 이미 그들의 욕망이 만들어낸 도시 문명 사회에서 어지간히 피폐해진 모양을 하고 있을 것이다. 그런 우울한 미래가 오기 전에, 우리는 현명한 자의 안목으로 흙과 지성의 소중함에 눈뜨고 그것을 받아들여야 한다. 우리들의 몸이 지수화풍으로 이루어진 이상, 이들 가운데 어느 하나라도 배제한 불균형의 편협된 문명은 우리를 불구의 상태로 몰아간다. 그러면서 어서 빨리 균형을 이룩하라고 우리에게 신호와 경고음을 보낸다.

지금은 우리의 존재와 삶의 실상을 근원부터 직시할 때이다. 그리하여 기본에 충실한 존재와 삶을 구축할 때이다. 지금 우리는 흙과 지성을 심각하게 돌려놓고 있으며 풍성과 화성이라는 극양(極陽)의 속성에 유혹되어 지성과 수성이라는 음덕(陰德)의 소중함을 저버린 상태이다. 이 현대도시 문명 사회에서 우리의 몸과 삶이 아프다면 그것은 일차적으로 이와 같은 흙과 지성, 그리고 음덕을 배제시킨 까닭이다.

4. 생장수장(生長收藏)의 대모지신(大母地神) 혹은 순환성

지구별은 우주 속에서 생명을 키우는 대표적인 별이다. 물론 지구별 이외에도 우주 속에는 생명의 흔적을 간직하고 있거나 생명체들을 품어 안은 수많은 별들이 있을 것이라고 추측한다. 이처럼 지구별은 많은 생명체의 별들 가운데 하나일 수 있지만, 우리가 지금 생존하고 있는 이곳의 현장지대라는 점에서, 지구별에서의 생명현상은 우리에게 각별한 의미를 지니는 것으로 다가온다.

지구별의 생명들을 키우는 대표적 존재는 대지이다. 물론 생명체들은 대지의 기운뿐만 아니라 앞 장에서 언급한 수성, 화성, 풍성의 기운을 함께 머금고 살아간다. 그러나 생명현상의 근본 이치인 생장수장의 순환성을 현상적으로 구현하는 구체적인 장소는 무어니 해도 대지이다. 따라서 대지는 대모지신으로서의 성격을 갖는다.

다들 아시겠지만 생장수장이란 한 생명체나 생명군이 태어나고(生), 확장되고(長), 수축하고(收), 저장되는(藏) 일련의 과정을 말한다. 모든 생명들은 태어나고자 하고, 일단 태어나면 성장하고 확장되는 길을 가며, 그 성장과 확장이 마무리되면 수렴하여 열매를 맺고 마침내 땅 속으로 저장되어 돌아간다. 생명의 순환이란 이와 같은 과정의 무한 반복을 가리킨다.

우리는 이러한 생명의 순환성이 대지라는 몸을 빌려 구체화되는 것을 보면서 대지에 의존하고, 대지의 품속을 찾아가고, 대지를 사랑한다. 대지야말로 봄이 오면 새싹을 틔우고, 여름이 오면 이파리를 성장시키고, 가을이 오면 열매를 익게 하며, 겨울이 되면 씨앗을 품속에 품어 안는 생명체들의 궁전이자 터전으로서 우리를 보호하고 안심시키는 것이다.

그러나 도시 문명 사회는 인간중심주의에 입각하여 다른 수많은 생명체들을 주변으로 소외시키고 도구화시킨 특별한 문명이자 사회이다. 이 도시 문명 사회에선 그곳의 우월한 중심이 되었노라고 자부하는 인간들조차 온전한 생장수장의 순환성을 구현하지 못하며 생명의 생명다움을 상실하고 있다. 이처럼 도시 문명 세상 속에서 인간들은 그들 자신을 포함한 생명 전체의 생장수장하는 순환성의 원리를 인지조차 못하거니와 그와 같은 인식 부재가 무엇을 뜻하는지도 숙고하지 않는다. 오직 이들은 생명의 순환성이 잊혀진 자리에 인간의 욕망과 인공의 발명품들을 한계없이 채워댈 뿐이다.

이제 인간의 통제 능력 밖으로 독자적 증식을 해가고 있는 것 같은 거대 도시 문명 사회 속에서 인간들은 도시 문명의 질주하는 힘에 예속당한 느낌이 들기도 한다. 혹은 그렇게까지는 되지 않더라도 상당 부분 자포자기하거나 말할 수 없는 불안감을 느끼며 살아가는 듯하다. 조금 더 양보하여 도시 문명 사회의 거대 욕망과 인공성에 그들 자신도 욕망과 인공성으로 무장한 도시인이 되어 적응해보려고 애를 쓰기도 하지만 그 성취는 쉽지 않고 지불해야 할 대가는 적지 않은 듯하다.

한상철 교수가 우리들이 살고 있는 현시대를 '피로사회'니 '자기착취 시대'니 '에로스의 종말 시대'니 하는 말로 묘사한 것은 이와 같은 생장수장의 순환성이 파괴되고 잊혀진 사회의 현상을 적절하게 지적한 것이라고 생각된다. 생장수장이야말로 다른 반복을 통하여 생명체가 거듭나는 원리이자 상생과 상극의 조화 속에서 세상의 균형과 영속성을 이룩해 가는 원리이다. 따라서 이 원리를 구현하는 대지를 상실한 채 그것을 배제시킨 이기적 독단성 그리고 이 원리의 진면목을 망각한 무지 속에 사는 현대 도시인들의 삶이란 원천적으로 건강하고 건전한 것이 되기 어렵다.

인공 도시 문명이 선호하는 것은 생장수장의 순환성이 아니라 생산과 소비, 소유와 버림의 이분법이거나, 불가능한 영생불멸을 꿈꾸는 욕구의 편파성이다. 이와 같은 이분법과 편파성 속에서 움직이고 작동하는 도시 문명 사회에서 삶은 대립과 투쟁을 본질로 삼고, 실패와 허무, 쾌락과 탐닉을 부산물로 삼는다.

요즘 도시 문명 사회 속의 인간들이 철저히 인간 본위적인 태도로 애완동물을 대하는 방식이라든가 '산천어축제'를 비롯한 살생의 축제를 벌이는 일 등은 자연스러운 생명의 생장수장의 원리를 거스르는 염려스러운 현상이다. 이와 같은 행위들의 이면에 생명과의 만남을 갖고 싶은 그리움이 존재한다는 것을 백분 감안하더라도, 생장수장의 대지적, 생명적 원리를 모르는 이런 행위들이 생명과의 바른 만남을 불가능하게 하고 있다는 사실은 간과될 수 없다. 이 점은 크게 각성되고 개선되어야 한다.

현대 도시 문명 속의 도시인들은 아파트(아스팔트)에서 태어나 아파트(아스팔트)에서 살다 아파트(아스팔트)에서 죽는 특이한 인류사의 한 단계를 거치고 있다. 그 속에서 인간들은 엄청난 문명의 풍요와 화려함을 구가하며 즐기고 있지만, 본래 생명인 인간들의 근원적 욕구인 생장수장의 순환성이 억압당하고 있는 까닭에, 그들의 삶은 얻는 것 이상으로 잃는 게 많은 형국이다.

그렇다면 이 도시 문명 사회 속에 생명의 생장수장하는 대지성이 살아 움직이도록 하는 것은 어떻게 가능할까? 쉽게 그 방안이 떠오르지는 않지만 무엇보다 중요한 것은 이와 같은 사실을 우선 제대로 인식하는 것이며, 무한한 욕망에 근거를 두고 있는 효율성 제일주의와 무한 경쟁이라는 도구주의를 제도적 차원에서 통제하고 시민의식의 차원에서 그 문제점을 보완하는 것이다.

그러나 이렇게 말해놓고 보니 거대한 바위에 달걀 하나를 던진 것과 같은 느낌이다. 현대 도시 문명 사회는 그 기세로 볼 때 극단까지 가 보지 않고서는 돌아올 기미를 보이지 않고 있으며 인간의 지혜라는 것은 이러한 생명의 원리를 자각하고 그 실천 방안을 구사할 수 있을 만큼 신뢰할 만한 수준이 못 된다는 생각이 사라지지를 않기 때문이다.

생명이 사라진 세상, 생명의 이치가 존중되지 않는 세상, 생명이 살아가는 대지가 병들거나 부재하는 세상은 어떤 문명의 인공물로 수식을 하고 보상을 하여도 생명의 참다운 행복과 생태계의 온전한 건강성을 이룩하기도, 경험하기도 어려운 지대이다. 이 시대를 바라보면서 우리는 이러한 사실을 상기하고 아파하며 염려하지 않을 수가 없다.

5. 21세기 우리 시와 대지성의 결핍

시는 내면의 반영이자, 삶의 반영이고, 체험의 반영이다. 자신의 내면이 아닌 것을 쓸 수 없으며, 자신의 삶이 아닌 것을 묘사할 수 없고, 자신의 체험이 아닌 것을 말할 수 없다. 그런 점에서 한 시대의 시는 그 이면의 모든 것을 비춰주는 반영체라고 할 수 있다. 그러나 또 달리 말하면 시는 내면의 초월이고 삶의 초월이며 체험의 초월이다.

2000년대가 시작되면서, 좀 더 멀리 잡아보면 1990년대가 시작되면서, 우리 시단에서는 도시 문명 사회의 언어와 상상력을 지배적으로 드러내는 새로운 형태의 시가 대세를 이루기 시작하였다. 사람들은 이를 가리켜 도시시라 칭하기도 하고, 포스트모던 시니 해체시니 하는 용어를 쓰기도 하고, 최근에는 '미래파'의 시니 뉴웨이브의 시니 하는 말을 꺼내기도 하였다. 이와 같이 여러 가지 표현들이 등장하였지만 이러한 현상을 문제 삼고 있는 사람들의 공통점은 그 시들이 도시 문명의 기운을 왕성하게 보여주는 대신 생명성의 상실, 대지성의 상실, 음덕의 상실, 건강성의 상실 등과 같은 양상을 드러내는 것을 염려하고 있다는 점이다. 이것은 한 시대의 정직한 징후일 수도 있지만 그것을 징후만으로 분석하고 전달하기에는 아쉬운 점이 크다.

새로운 시인들 또한 도시 문명 사회의 한 구성원이지만 그들만이라도 도시 문명 사회의 결여와 왜곡상을 제대로 인지하고 도시 문명 사회와 시가 서야 할 길과 나아가야 할 길을 선지자처럼 알려주었으면 하는 바람이 있기 때문이다. 시와 시인의 역할이 시대의 반영이나 그 추종으로 끝난다면 그것은 쉬운 일이다. 그러나 시대를 넘어서고 그 근원을 성찰하여 시대의 선지자가 되는 일은 남다른 각성과 사명감이 없다면 가능하지 않은 일이다. 그런 점에서 시인들에게는 당대라는 좁은 한계를 넘어서 전체성과 전체상을 보는 공부와 경험이 필요하다. 어떤 시도 전체성과 전체상을 직시하지 않고서는 그 온전성을 드러낼 수 없다. 그런 점에서 21세기 우리 시단의 새로운 시들은 당대성을 포착하면서도 세계의 전체성과 전체상을 조감하고 읽어내는 원숙하고 진지한 안목과 자세를 필요로 한다.

전체성과 전체상은 시공을 초월한 이치의 세계이다. 이것에 무지한 상황에선 건강한 언어와 포월적인 상상력을 구사할 수 없다. 이와 같은 맥락에서 지금 현대 도시 문명 사회 속의 시인들은 우주적 이치를 읽어야 하고 대지성의 부재 혹은 음덕의 부재가 지닌 의미를 숙고해야 한다. 파편화된 자아가 벌이는 개체성의 유희와 개성이라는 이름으로 옹호되는 자폐적 자아탐닉으로는 시의 공적 역할을 감당할 수 없다.

공적 역할은 공심(公心)의 반영이다. 공심은 전체성과 전체상을 볼 때의 마음이다. 이것을 거듭 역설하고 있는 언어들이 수많은 지혜서와 경전이라는 이름의 텍스트들에 들어 있거니와 그와 같은 지혜의 호명과 재발견은 공심의 출현과 증장에 크나큰 도움을 줄 것이다.

대지의 도리와 덕성을 말하는『주역』을 보라. 그런가 하면 대지의 무위자연성을 알려주는『노자 도덕경』을 보라. 어찌 그뿐인가. 천지인을 하나 속에서 평등하게 보는『천부경』을 보라. 그리고 거경궁리(居敬窮理)를 가르치는 성리학을 보라. 이런 예는 일일이 다 들 수가 없을 것이다. 다만 전체성과 전체상의 통찰에서 가능한 우주적 이치와 공심의 출현이 우리 시의 편견과 협소한 안목을 수정해줄 수 있다는 것을 말하고 싶은 것이다.

현대 도시 문명 사회가 우리들의 생명 환경을 더욱 일방적으로 밀어붙이면서 전체성과 전체상에 대한 시야를 갖기 어렵게 만들수록 시인들은 그와 같은 현실의 특성과 한계를 알고 더욱더 노력하여 시야의 확장을 도모해야 할 것이다. 그렇게 할 때 시인들은 우주의 본상을 보게 되고, 하늘과 땅이 존재한다는 사실을 절감하게 되며, 대지성의 무던함이 무엇인지를 알게 되고, 도시 문명 사회의 언어와 상상력 너머의 세계를 드러내는 시의 경지를 마치 '길 없는 길'을 만들듯이 열어갈 수 있을 것이다.

너무나 뜨겁고 격하고 광대하며, 일체가 칸막이 속에서 대립각을 세우고 분리되어 있으며, 모든 것을 얻었지만 아무도 행복한 것 같지 않은 이 현대 도시 문명 사회를 바라보면서, 부족하지만 위와 같은 몇 가지 말들을 전해본다. 시인들도, 또 우리들 자신도 현대 도시 문명 사회에 무작정 예속되거나 야합하지 말고 더 근본적이며 전체적인 세계를 직시하면서 치유와 개선의 길을 모색해야 할 것이다. 어느 것도 영원한 것은 없듯이, 현대 도시 문명 사회도 장차 어느 시점에선가 모습을 바꾸기는 하겠지만, 막연히 그런 날을 기다리기만 한다면 너무나 오랜 시간이 걸릴 것이고 그때까지 사람들이 겪어야 할 고통과 피로가 참으로 짙을 것이다.

이 지구별의 대지는 이미 인간 못지 않게 상처투성이가 되어 있다. 그러나 대지와 대지성은 회복의 손길과 시간을 기다리고 있다. 그 회복력이 소진하기 전에 인간들의 무지는 타파되고 대지와 대지성에 대한 사랑과 존중의 마음은 아침처럼 깨어나야 한다.

제8장
선비정신과 한국현대시
— 근현대시 100년과 그 이후를 생각하며

1. 문제 제기

100여 년의 역사를 갖고 있는 우리 근현대시는 그동안 적지 않은 성취를 이루었다. 그것은 거칠게 말하면 인간과 개인의 발견에서 비롯된 것이다. 근대가 발견한 인간과 개인은 근대예술 및 근대시의 문학제도와 문학관습을 형성하였다. 따라서 이런 세계 속에서 이루어진 근현대 시인들의 시는 비록 그 모습에서 얼마간의 차이를 드러내고 있을지라도 크게 보면 대동소이하다고 할 수 있다.

인간과 개인의 발견을 통한 20세기 초반의 소위 '개화기'를 시작으로 전개돼온 우리 근현대시는 이제 21세기의 초입으로 접어들면서 새로운 화두 속에서 새로운 차원의 21세기적 '개화기'를 열어갈 필요가 있다. 이런 내적 요구는 아직 우리 시의 하부에서 미미하게 전달돼 오고 있을 따름이나, 그 중요성은 결코 미미하지 않다고 생각한다. 한마디로 말하면 우리 근현대시 100여년은 그 역할을 거의 다하고, 이제 새로운 단계의 시세계가 창조되기를 기다리고 있는 것이다.

한국시인협회에서 '선비정신과 한국현대시'라는 주제를 택한 데에도 이런 문제의식과 소망이 담겨 있다고 생각한다. 그렇다면 과연 선비 혹은 선비정신을 재발견하고 지금 이 시점으로 호명하여 불러내는 것은 21세기의 새로운 우리 시세계를 열어가는 데 얼마만큼 유효한 것이 될 수 있을까. 선비상과 선비정신을 어떻게 규정짓느냐에 따라 그 양태는 상당히 달라지겠지만, 적어도 상식적인 차원에서 이들의 개념을 받아들일 때 그 유효성은 적지 않을 것이라 생각한다. 여기서 상식적인 차원의 개념이란 '도(道)' 혹은 '경(經)'이라는 이름의 우주적 진리이자 실상을 지향하고 탐구하고 체화하는 삶을 살아가는 자가 곧 선비라는 의미이다.

2. 경(經)으로서의 시

근대는 '경'을 주변부로 배치시키고 그 대신 앞 장에서 문제제기를 하며 언급한 인간과 개인을 중심에 놓으면서 운영된 시대이자 문명이다. '경'이란 우리말로 풀어쓰면 '날줄'이다. 그리고 내적인 측면에서 말한다면 '도'이다. 이런 '경'을 담은 책을 우리는 '경전'이라고 한다. 그러니까 경 혹은 경전이란 대문자 'B'를 쓰는 'Book'으로서의 우주적 텍스트를 소문자 'b'를 쓰는 'book', 곧 인간의 텍스트로 표현한 세계이다.

경, 날줄, 도, 우주적 진리, 우주의 실상, 이런 것을 어떤 모습으로 파악하고 있느냐 하는 것은 경전마다 다르다. 그러나 그런 다름 속에도 경전들에는 큰 공통점이 있으니 그것은 이러한 실재의 바탕 위에 생의 씨줄을 짜 넣으려고 한다는 점이다. 그리고 세계를 인간 너머의 차원까지 확대하여 읽어내고자 한다는 것이다. 그럼으로써 세계란 인간중심주의와 개인중심주의로 설명하고 운영할 수 없는 '전일적(全一的) 장(場)'이 되고, 이 장 속에서 인간과 개인은 세계와 대면해 있지도 않으며, 세계 속의 부분이 되어 있지도 않고, 세계 그 자체가 된다는 것이다. 우주 자체로서의 인간과 개인이 되는 것이다. 여기서 인간과 개인은 소아에서 대아로 전변한다.

날줄은 신체의 근간인 척추와 같다. 더 나아가 뼈대와 같다. 이 척추와 뼈대 같은 날줄이 부재한 가운데 인간적 욕망과 취향에 따라, 더욱이 개인적 욕망과 취향에 따라 씨줄놀이를 한다면, 그 씨줄의 향방은 가늠할 수 없는 불안정 속에 놓이게 된다. 파편의 불안정한 자유, 그것이 다채롭게 전개될 뿐이다. 파편의 불안정한 자유에도 그 나름의 의미가 없는 것은 아니나, 이들을 제아무리 오랫동안 계속하고 누적시킨다 하여도 그것은 여전히 파편의 불안정한 자유에 지나지 않는다.

우리 근대시는 이런 한계로부터 벗어날 시점에 서 있다. 수를 헤아릴 수도 없는 시인들, 수를 헤아리기조차 불편할 만큼 많은 시 잡지들, 수를 헤아리는 것이 불가능할 정도의 온라인/오프라인 상의 매스미디어들, 수를 정말로 가늠할 수 없이 쏟아져 나오는 시 작품들의 소음 같은 소용돌이 속에서 우리는 정신을 차리고 새 길을 모색할 필요에 처해 있는 것이다.

시인, 시 잡지, 매스미디어, 시 작품 등의 일방적인(독자 없는) 창궐은 음양오행론의 세계관을 빌려서 말한다면 우리 시가 생(生)의 기운으로 가득 찬 목성(木性)의 단계를 지나 장(長)의 기운으로 충만한 화성(火性)의 끝 지점, 그러니까 4계절로 말한다면 여름의 끝 지점에 와 있다는 신호이다. 여름의 끝 지점은 절기상으로 볼 때 '대서(大暑)'쯤 될 것이다. 여름이

폭발하여 최고에 다다른 지점이다.

그러나 이 지점은 가을이라는 금성(金性)과 겨울이라는 수성(水性)의 계절이 오고 있음을 알리는 또 다른 신호이다. 더 이상 폭발할 수 없는 임계지점에 와 있다는 메시지이다. 시선을 안으로 돌리고, 생장의 기운에 도취되어 그동안 잊고 있던 날줄의 전일성과 온전성을 찾으라는 신호이다. 이제 모든 것이 과잉이 된 이 시점에서, 우리는 생장의 기운이 빚어내는 특성이자 부작용의 한 양태인 과잉 속의 열성과 경쟁만으로 문제가 해결되지 않음을 직시해야 한다.

경, 날줄, 우주적 진리, 우주의 실상, 영성, 이런 것들을 잊은 문명은 언제나 앞으로 남고 뒤로 밑지는 장사와 같다. 무척이나 열심히 살아왔는데도 어느 시인의 말처럼 우리는 늘 '소위 보람 있다는 일로 생을 낭비'하였다는 느낌에서 벗어날 수가 없는 것이다. 그것은 시대적 관념과 의식적 작용에 의하여 인간중심주의와 개인중심주의의 모범생이 되었다 하여도, 그 관념과 모범성 아래에서는 불교식으로 말하면 불성(佛性)이자 본심(本心)이, 유교식으로 말하면 천지(天地)이자 본성(本性)이, 노장식으로 말하자면 자연(自然)이자 무위(無爲)가, 대종교 식으로 말하자면 일심(一心)과 홍익인간(弘益人間)의 정신이, 기독교식으로 말한다면 하나님의 나라가 작용하고 있기 때문이다. 그것은 우리가 이룩한 인위적인 기성의 세계가 아니라 우리가 간직하고 있는 자연적인 기존의 세계이다.

3. 극기복례(克己復禮)와 본성(本性)회복으로서의 시

'극기복례와 본성 회복으로서의 시'를 말할 때, 예(藝)는 예(禮)가 된다.

그리고 시는 끝없이 소아로서의 자기를 넘어서는 일이 되며, 본연지성(本然之性)에 다가가는 일이 된다.

예는 우주만물에 대한 공경의 사상이자 그 결과이며 표현이다. 인간만이 아닌 우주만유를 예의 마음으로 만날 때, 시는 예(禮)로서의 예(藝)가 된다. 예(禮)가 기저에 놓이고 체화될 때, 정서도, 생각도, 감정도, 언어도, 그리고 시의 형태도 절제와 생명감을 창조하게 된다. 여기서 절제는 율(律)을 지닌 내적 질서이고, 생명감은 인간을 살리게 하는 좋은 기운의 발현이다.

이런 점에 비추어볼 때, 우리 근현대시는 예보다는 탐닉을, 질서보다는 자유를, 생명감의 발현보다는 부정적 비판을 주로 일삼았다. 그 점에서는 자아와 세계를 대하는 방식에 있어서 늘 대동소이하였다. 따라서 그들에게는 세계도, 자신도 늘 만족스럽지 못한 대상이었다.

유가의 인격론인 극기복례는 소아를 넘어서서 예로 돌아간다는 말임을 우리는 다 잘 알고 있다. 소아를 불가(佛家)식으로 규정하면 유아(有我)이자 업아(業我)가 될 것이다. 이 유아이자 업아를 어떻게 넘어설 수 있을까. 이들을 개성이란 말로 미화할 수만은 없는 것이 사실임을 상기할 때, 근대예술과 시가 그토록 강조한 개성은 좀 더 엄격한 시선으로 평가될 필요가 있다. 개성은 유아와 업아의 무절제한 표현이 아니라, 적어도 극기의 정신을 가진 자가 자기다움의 씨줄을 표현한 것이라고 생각해야 한다.

그런 점에서 시를 가리켜 자아의 표현이라고 한 말도 보다 심층적으로 이해되어야 한다. 우리가 말하는 자아란 그렇게 방심하여 옹호하거나 그대로 신뢰할 만한 것이 못되기 때문이다. 인류사의 '타락'을 가져온 최고의 문제가 '자아폭발'이라고 말하면서 "지난 6000년 동안 인류는 일종의 집단적 정신병을 앓아왔다!"고 역설하는 미국의 심리학자 스티브 테일러의 말은 경청할 만하다. 그는 서양의 심리학자답게 '날줄'을 통한 극기의 방향을 제시하는 데까지 그의 견해를 밀고 나가지 못했으나, 자아의 무조건적인 옹호와 그것에의 탐닉이 얼마나 커다란 문제점을 안고 있는지에 대해 깊이 절감하고 걱정하였던 것이다.

극기가 이루어지지 않으면 시는 나르시시즘의 한 표현이 되기 쉽다. 건강한 나르시시즘은 우리의 삶에 원동력이 된다고들 말하지만, 날줄의 존재를 알지 못하는 나르시시즘은 그 정도의 차이가 있을 뿐 역시 건강한 나르시시즘이든, 과잉의 나르시시즘이든, 결핍의 나르시시즘이든 대동소이한 문제점을 갖는다. 현시대는 인류 전체가 이런 나르시시즘의 질병을 앓고 있는 듯하다. 소아 속으로 더 깊이 파고들기만 하는 현시대의 모습을 포스트모더니즘이라고 말하든, 해체주의라고 표현하든, 또 그 무엇이라고 표현하든, 그것은 문제의 본질적 해결이 되지 못한다.

극기복례가 됨으로써 본성 회복이 이루어지면, 우리는 소아로서 살지 않고 본심을 지닌 자로서 살게 된다. 본심이 정심(正心)이고, 정심이 성심(誠心)이라고 할 때, 이런 우리의 삶은 우주율과 합일되는 삶이 된다.

요즘 '시와 치유'를 말하는 논의가 심심치 않게 나온다. 그러나 근현대시라는 텍스트로 치유를 논할 때는 상당한 한계가 내재한다. 인간중심주의와 개인중심주의를 저변에 깔고 있는 근현대시의 담론은 부분적인 감정이입이나 공감을 가져다줄 뿐, 그 이상으로 나아가게 하지 못하기 때문이다.

여기서 좀 심한 말을 한다면 치유되지 않은 자가 치유할 수 없고, 치유의 텍스트가 아닌 것을 가지고 치유를 할 수는 없는 것이다. 시의 과제를 치유에 두지 않는다면 아무 문제가 없으나, 영혼의 위로니, 마음의 양식이니 하는 말을 시와 더불어 거론해온 그간의 사정으로 볼 때, 시인과 시는 이런 문제로부터 자유로울 수만은 없다.

극기가 이처럼 중요한 의미를 갖고 우리를 본성의 세계로 안내하면 시는 자연스럽게 수신(修身)의 한 방식이 된다. 수신을 수행과 동의어로 쓴다면 수행으로서의 시라는 말이 가능할 것이다. 이런 필자의 말에 거부감을 표현하는 사람이 있을지 모르나, 수신과 수행은 시만이 아니라 삶의 모든 영역을 살리는 지름길이다.

4. 수신제가치국평천하(修身齊家治國平天下)로서의 시

위와 같이 소제목을 달고 보니 거창한 것 같기도 하고, 진부한 것 같기도 하다. 그러나 선비가 학문으로서 경을 중심에 놓고, 인격으로서 극기를 통한 본성 회복을 한가운데 놓는다면, 경륜에 있어서는 '수신'을 통해 치국평천하에 도달한다는 이 말이야말로 새롭게 되새겨볼 필요가 있다. 그것은 시인을 공인으로, 다시 말하면 공적 담론을 내놓는 자로 생각해온 우리의 오래된 관행과, 근현대시사 속의 시인의 역할을 생각할 때 그러하다.

위에서 언급한 수신은 다른 모든 것이 그러하듯이 인간들의 어리석음과 이기심에 의하여 왜곡되게 사회화되면 수많은 문제점을 낳고 만다. 그러나 왜곡된 사회화 과정을 제쳐 놓고 본질에 직입하여 '수신'의 참의미를 음미한다면 수신은 모든 것을 나로부터 비롯된 것으로 보고 나를 통하여 해결하고자 하는 놀랍고도 보편성 있는 삶의 한 방식이고 방향이다.

수신은 인격의 온전성을 꿈꾼다. 모든 언어가 나라는 몸과 필터를 통하여 표출되는 것임을 생각할 때, 나의 모든 언어는 나의 몸의 연장(延長)이고, 인격의 문제는 언어의 문제로 이어진다.

정치가 재능만의 문제가 아니듯이, 시 쓰기 또한 재능과 더불어 마음의 문제요, 인격의 문제이다. 재능과 마음이 겸비된다면 더할 나위 없이 만족할 만하나, 우리의 근현대시는 마음보다 재능 쪽에 지나칠 정도로 경사되었다. 글을, 시를, 문장을 쓰는 일이 재주나 재능의 문제로만 여겨진 그간의 사정은 우리 모두가 다 아는 바이다. 그러나 모든 재능은 그 저변과 한가운데서 마음이 뒷받침될 때 그 값을 제대로 발휘한다.

우리 근현대시를 보면 감탄을 자아내는 시나 시구는 많지만, 진정한 감동을 자아내는 시는 극히 적다는 사실을 발견하게 된다. 필자는 이런 문제와 관련하여 시 읽기의 핵심인 '공감'의 문제를 다루면서 공감에는 크게 자아중심적 유아의 공감과 자아초월적 무아의 공감이 있고, 이들의 하위 유형으로 다양한 공감 형태가 있음을 밝힌 바 있다. 그런데 여기서도 언급했듯이 우리 근현대시 속에는 감탄을 넘어선 감동이 빈약하다는 것이 일반적인 양상이다.

그렇다면 왜 '감탄'에서 '감동'으로 이어지지 못할까? 필자는 그 이유를 감탄이 재능에서 오는 것인 반면 감동은 마음에서 오는 것이라는 데서 찾아냈다. 시를 재주만으로 생각할 때 시는 재주의 끝 지점에서 힘을 상실한다. 자비심이 가장 큰 발견과 성공의 원천이라는 말처럼, 수신과 수행을 통한 마음의 경작과 고양은 시를 감탄에서 감동으로 나아가게 하는 원천이 될 것이다.

한편 우리의 근현대사, 아니 인류사는 현실적 능력을 존중하며 전개돼 왔다. 전쟁에서의 무조건적인 승리, 시장에서의 무조건적인 이익, 사회 속에서의 무조건적인 성공을 높이 샀다. 이것은 능력을 마음보다 앞자리에 두고 전개된 역사이다. 그러나 중요한 것은 마음이 부재한 능력은 존경과 공감을 자아내는 데까지 이르기 어렵다는 것이다.

공인으로서의 발언을 해왔고, 아직도 담당하고 있는 시와 시인들은 '제가' '치국' '평천하'를 시어로써 행하고자 하는 경우에 비유할 수 있다. 특히 우리 근현대시사의 경우처럼 그것이 우리의 역사와 깊이 관련돼 움직인 경우, 시와 시인들의 '제가' '치국' '평천하'의 역할은 보다 강화되었다.

그러나 그 공을 인정하면서도 이쯤해서 잘 생각해볼 사항이 있다. 그것은 제어되지 않은 분노, 공격, 비판 등과 이분법적 사유가 적지 않게 작용했다는 것이다. 나는 선하고 약한 사람이며, 세계는 악하고 강한 존재라는 단순한 인식이 작용했던 것이다. 필자는 여기서 '나'라는 존재의 실상을 파악하고 수신과 수행에 가까운 자기 인격의 완성을 지향하는 노력이 선행되거나 적어도 병행되어야 한다는 말을 하고자 한다. 외부에 대한 지적과 비판이 내부에 대한 지적과 비판으로 이어져야 하고, 단순한 이분법을 넘어 이분법의 최고 단계인 중도(中道)와 중용(中庸), 공성(空性)과 시중(時中)의 원리를 토대로 삼고 있어야 하는 것이다.

이런 점에서 사적 언어보다 공적 언어는 더 어렵고 조심스럽다. 수신과 수행이 선행하거나 동행하지 않는 언어는 살림의 언어보다 죽임의 언어가 되기 쉽기 때문이다.

그런데 요즘은 이러한 시인들의 공적 언어조차 희미해지고 자기탐닉적인 사적 언어가 팽배하고 있다. 이분법에 의거한 공적 언어도 문제이지만, 자폐적 자기탐닉의 지나친 사적 언어에의 몰입도 또한 문제이다. 필자는 이런 점에서 건강한 우리시의 언어를 기대한다. 수신과 수행, 그리고 '제가'와 '치국' 및 '평천하'를 함께 아우를 수 있는 언어가 바로 건강한 언어이다.

5. 마무리

'나는 있다'라는 문장이자 명제에서 지금까지 우리 근현대시는 '나는' 쪽에 경사되어 전개되었다. 내가 있고, 내것이 있고, 내가 옳으며, 내가 성공해야 한다는 자아중심성과 자아확장의 관념 및 논리가 주도적이었던 것이다. 나, 나의, 나를, 나의 것이라는 배타적 자아와 개체 의식은 이런 우리 근현대시의 중심에 있었던 것이다.

그러나 앞서 본장에서 언급한 바와 같은 한계가 드러나고 있는 지금, 우리는 나 이전에, 나 이후에, 나의 저변에 침묵처럼 존재하고 있는 '있다'의 존재를 보아야 한다. 동양의 사상에 근접해 있는 하이데거 식으로 말한다면 다자인(Dasein) 이전에 자인(Sein)이 있음을, 자인을 통과하지 않고는 다자인이 참된 다자인일 수 없음을 생각해야 한다.

시어가 어디로 가야 할 줄을 모르고 동어반복과 파편화의 위험에 처해 있는 지금, 모든 언어는 자인을, 침묵을, 도를, 법을, 무위를 통과하는 데서 하나의 길을 만날 수 있을 것이라 생각한다. 전체를 나 자신으로 받아들이지 않고, 전체로부터 뛰쳐나가 내가 전체라고 생각하며 지내온 지난날의 위험성과 유아성(幼兒性)을 이제 우리시도, 우리의 삶도 극복하고 치유할 때가 된 것이다.

제9장
꽃들의 화엄(花嚴) 혹은 화엄(華嚴)

요즘처럼 불가에서 왜 그토록 '고(苦)'의 문제를 맨 앞에 놓고 사유하였으며 그것을 마침내 '고성제(苦聖諦)'라고까지 부르면서 이로부터 이고득락(離苦得樂)의 불법을 전개시켜 나아갔는지에 대해 뼈저리게 공감하는 때도 달리 없다.

그럼에도 불구하고 봄날은 왔고, 봄날 속의 꽃들은 꽃대궐을 이루며 화엄(花嚴)과 화엄(華嚴)을 가르친다. 이들이 만들어낸 화엄(花嚴)과 화엄(華嚴)의 세계를 수희찬탄하고 공경예배하며 사심을 잊도록 안내하는 명작을 함께 읽어보기로 한다. 함께 읽고자 하는 작품은 정진규 시인의 「해마다 피는 꽃, 우리 집 마당 10품(品)들」이다.

정진규는 그가 30여 년간 살던 서울의 북쪽, 수유리에서의 삶을 마감하고 자신의 생가터인 안성시 미양면 보체리로 내려와 저녁이 아름답다는 뜻의 '석가헌(夕佳軒)'이라는 당호의 집을 짓고 안성 시절의 삶을 열어가기 시작하였다. 그가 생가로 '환지본처(還至本處)'한 것이 2007년의 일이니 벌써 그곳에서의 삶도 10년이 넘었다. 그는 그간 수유리 시절 이상으로 왕성한 창작열을 과시하였다. 그 가운데 최고 결실이라 생각되는 작품의 하나가 「해마다 피는 꽃, 우리 집 마당 10품들」이다. 시인이 이 작품에서 품계를 주고 있는 꽃들과 그 이유를 만나면서 환희심을 느껴보기로 하자.

> 1品 산수유, 입춘날 우리 집 대문 앞에서 노오랗게 탁발하는 반야바라밀다심경

정진규는 산수유를 제1품으로 들었다. 여기엔 사연이 있다. 그가 수유리에서의 삶을 마감하며 모시고 온 유일한 나무가 30년생 산수유나무이기 때문이다. 정진규는 이 산수유를 입춘날 자신의 집 대문 앞에서 탁발하며 독경하는 스님의 「반야심경」으로 읽는다. 아름답다! 산수유나무가 탁발을 하면서 「반야심경」을 읽고 저 피안을 가리키는 선지식 노릇을 하다니!

> 2品 느티, 초록 금강 이불 들치고 기지개 켜는 봄날 새벽 활시위 일제히 떠나는 눈엽(嫩葉) 화살떼, 명적(鳴鏑)이여! 율려(律呂)여!

정진규 시인이 제2품으로 든 것은 느티나무이다. 석가헌이 있는 마을 초입에는 마을의 나이와 유사한 노현자 풍의 느티나무가 서 있다. 그는 이 느티나무를 보며, 그것을 초록색의 금강 이불을 들치고 출가하듯 떠나는 화살떼로 읽은 것이다. 그리고 거기서 명적을 듣고, 우주율의 율려가 작동하는 소리를 듣는 것이다. 민감하고 심오하다.

> 3品 수선화, 춘설난분분 헤치고 당도한 노오란 연서, 부끄러워 다시 오무린 예쁜 우주

제3품은 수선화이다. 담장 밑의 키 작은 수선화를 그는 겨울을 뚫고 당도한 노란 연서로 읽는다. 그리고 그 수선화에게서 부끄러움의 표정과 그

속에 담긴 '예쁜 우주'의 모습을 읽는다. 이토록 예쁜 우주도 있다니!

> 4品 수련, 고요의 잠수부 어김없이 입 다무는 정오, 적멸을 각(覺)하는 시간이다 고요를 피우는 꽃

제4품은 수련이다. 수련이 '睡蓮'임은 다들 알 것이다. 시인은 이 수련에게서 적멸과 고요를 읽는다. 적멸을 아는 꽃이자 고요를 피워내는 꽃을 본 것이다. 이들로 인해 대낮의 소란스러움이 가라앉는다.

> 5品 수수꽃다리, 라일락이란 이름으로 창씨개명(創氏改名)한 여자, 바람 불러 향기로 동행, 요새는 보랏빛 꿈을 한 가방씩 들고 다닌다

수수꽃다리! 라일락의 본명이 친근하다. 보랏빛 꿈을 환상처럼 안겨주는 라일락을 시인은 제5품으로 선정하였다. 라일락이 들고 다닌다는 보랏빛 꿈의 가방을 열어보고 싶다.

> 6品 영산홍, 미당(未堂)의 소실댁을 이겨 보려고 올해도 몸부림 부림하였으나 오줌 지리느라고 놋요강만 파랗게 녹슬었습니다

제6품인 영산홍은 미당 서정주의 시 제목이다. 시인은 미당보다 더 나은 시를 써보려 애를 썼으나 그만한 경지에 도달하지 못했음을 고백한다.

> 제7品 접시꽃, 꽃 피기 시작하면 끝내게 수다스럽다 수다로 담 넘는 키, 시의 절제를 우습게 안다

제7품은 접시꽃이다. 이름이 독특하다. 그러나 접시꽃은 꽃 모양보다 큰 키가 인상적이다. 시인은 이 접시꽃을 보며 시의 미덕인 절제보다 한 층 높은 차원에 접시꽃의 수다가 있다고 말한다. 수다는 자유다. 그렇다,

자유는 절제보다 윗길이다.

> 8品 흰 민들레, 우리 집 마당에만 이른 봄부터 초가을까지 흰 민들레 지천이다. 노란 민들레는 범접을 못 한다 지천(至賤)이여, 궁극의 시학이다 비방 중의 비방이다

제8품은 흰 민들레이다. 노란 민들레는 외래종이지만 흰 민들레는 토종이다. 이 민들레에서 시인은 어디에나 존재하는 '지천(至賤)의 사상과 미학'을 본다. 굳이 상(相)을 낼 필요가 없는 지천의 경지, 그것을 시인은 시학의 궁극이요 삶의 궁극으로 본다. 『금강경』의 부처님이 수보리에게 그토록 반복하여 말씀하신 사상(四相)의 초극이 여기에 있다.

> 9品 들국, 들국엔 산비알이 있다 나이 든 여자가 혼자서 엎드려 노오란 들국을 꺾고 있다 나이든 여자의 굽은 허리여, 슬픈 맨살이 햇살에 드러나 보인다 나이 든 여자의 산비알이여

제9품은 산국이라고도 불리는 들국화이다. 시인은 이 들국화에서 산비탈의 정서를 보고 그 산비탈에서 들국화를 꺾는 나이 든 여자의 '나이 든' 시간을 읽는다. 삶과 생에 대한 연민심이 가슴을 찡하게 한다.

> 10品 풀꽃들, 이름이 없는 것들은 어둠 속에서 더 어둡다 지워지면 어쩌나 아침에 눈뜨면 그것들부터 살폈다 고맙다 오늘 아침에도 꽃이 피어 있구나 내일 아침엔 이름 달고 서 있거라

드디어 제10품이다. 시인은 10품으로 이름 없는 풀꽃들을 든다. 시인이 가장 마음 졸이며 아끼고 돌보는 꽃들이다. 시인은 이들이 어두운 밤을 견디고 살아 있음에 고마움을 느낀다. 그리고 이름 없는 꽃들에게 축원을 보낸다. 이름을 넘어서는 자가 실상(實相)을 아는 자이리라.

제10장
에덴동산과 무상(無償)의 꿈꾸기 그리고 화엄세계

— 비평을 하며 걸어온 30여 년의 여정

불완전한 인간이 시를 쓰고, 불완전한 인간이 시집을 출간하고, 불완전한 인간이 비평을 하며, 불완전한 인간이 비평집을 세상에 내놓는다. 또한 이런 불완전한 인간들이 모여서 시단과 평단을 구성하고, 그 불완전한 인간들이 형성한 시단과 평단이 역시 불완전한 모습으로 뒤뚱거리며 움직인다.

사실 인간들이 발설한 대부분의 언어가 '구업(口業)'의 일종에 지나지 않는 것처럼, 시인들의 언어나 비평가 혹은 평론가들의 언어 역시 '구업'의 일종에서 크게 벗어나기 어렵다. 다만 시인과 평론가들의 구업이 대중적인 일반의 그것과 조금 다른 점이 있다면 그것은 그들의 구업이 선업이 되게 하고자 노력한 정도가 좀 더 높고 가상하다는 점일지 모르겠다. 이처럼 불완전한 인간들이 영위하는 삶은 어디서나 위태롭고 안쓰럽다.

비평가 혹은 평론가라는 이름을 달고 살아온 나의 30여 년을 되돌아본다. 최선을 다하고자 무척이나 노력한 것은 분명하지만, 부끄러운 마음은 그지없다. 어쩌다 오래된, 지난날의 내 평론집을 책장 깊은 곳에서 만나 슬쩍 들춰보면 멋쩍은 마음에 얼른 책표지를 덮게 된다. 그러나 이런 멋쩍음을 느끼면서도 한편으로 더 나은 현실과 미래를 기대하고 상상하며 또다시 글을 쓰게 되는 나 자신을 바라보면, 인간이란 멈추지 못하고 현재성과 미래성에 저당잡혀 사는, 그런 숙명성 속의 한 존재가 아닌가 하는 생각이 든다.

원고 청탁을 받고 처음에는 비평 혹은 평론 일반의 근원적인 문제에 대한 글을 써보고자 하였다. 그러나 다시 생각해보니 그렇게 했다가는 내용이 추상적이고 계몽적이며 당위적인 모습을 띠게 될 것 같았고, 현재의 문단에서 벌어지는 부끄럽고 혼란스러운 일들을 보며, 그냥 나 자신이 비평가로서 걸어온 여정을 소박하게 서술하는 것이 좋겠다는 생각에 이르렀다.

돌이켜 보니 내 비평의 개인적 근원은 기독교 성경의 '에덴동산'과 가스통 바슐라르의 '무상(無償)의 꿈꾸기'에 놓여 있었던 것 같다. 여고 2학년이 되던 봄날에 교회에 나가기 시작하면서 만난 성경 속 '에덴동산'의 풍경과 대학 2학년 무렵에 만난 바슐라르의 저서 및 그에 대한 연구서들 속의 '무상의 꿈꾸기'는 나를 너무나도 강력하게 사로잡았다. 나는 그 세계 앞에 전율하며 감격하였고, 그런 세계의 매력 속에 나를 헌신하고 싶었다.

내게 이 양자는 이후 시와 시학, 시 비평과 시 연구를 하면서 더 근원적이며 강력하게 만나고 구현하고자 한 세계였다. 내게 아주 오랫동안 시, 시학, 시 비평, 시 연구 등으로 언급될 수 있는 '시의 나라'는 '절대의 것', '구원을 가능하게 하는 것', '생을 바쳐도 좋을 것'과 같은 것으로 인식되었다. 그것은 '에덴동산'과 '무상의 꿈꾸기'를 가능하게 하는 공간처럼 여겨졌던 것이다. 조금 과장스러운 표현이 허용된다면 나는 마음속에 유토피아를 품은 '시교도(詩敎徒)'였다.

나의 첫 평론집『존재의 전환을 위하여』의 제목에 들어 있는 '존재의 전환'이라는 말은 '에덴동산'과 '무상의 꿈꾸기'를 향한 존재의 전환, 아니 그런 세계를 통한 존재의 전환을 이루고자 한 나의 꿈과 의지를 담은 것이다. 그리고 이어지는 평론집『시와 젊음』과『광야의 시학』은 이런 전환과 추구를 심화시킨 것이었다.

그 가운데서 나는 잠시『광야의 시학』과 관련하여 고백할 것이 있다. 20대까지 세상 물정을 잘 모르고 살아왔던 나는(지금도 그러하지만) 세상의 중생적(衆生的) 리얼리티를 조금씩 알아가면서 크나큰 상심을 하게 되었다. 나는 그런 나를 위로하고 지켜 나아가기 위한 안간힘으로 기독교 성경에 나오는 모세의 '광야'를 떠올리며 힘을 내었고, 그래도 심하게 상심한 마음이 치유되지 않을 무렵에 이르러선 신학대학원에 진학하는 문제를 깊이 고민하게 되었다. 그러니까 내가 33세가 되던 해, 박사학위를 받고 1년이 지난 시점쯤, 평론가로서 6년차가 되던 해, 나는 신학대학원의 학생이 되고자 원서를 내기 직전의 단계까지 나아갔다. 지금도 생각하면 무슨 신의 '계획'이 있었던 것만 같은 생각이 든다. 그런 고민을 하고 있을 무렵 나는 충북대학교에서 시 분야 교수를 채용한다는 공고를 보게 되었고 그것은 결국 내가 그 학교에 취직하게 되는 일로 이어졌다. 그때 나는 유월절에 예수가 제자들의 발을 씻겨주었던 일을 떠올리며 나도 그렇게 살고 싶다는 다짐 속에 교수 생활을 시작하였다.

그러나 시를 가르치는 교수로 생활하는 가운데서도 '에덴동산'과 '무상의 꿈꾸기'라는 세계는 계속하여 나를 비추는 거울이 되면서 나로 하여금 앞으로 나아가도록 추동하고 있었다. 그리하여 나는 취직으로도 해결될 수 없는 모순되고 불합리하며 아픈 세상의 현실 속에서 '우주공동체와 문학의 길'이라는 제목으로 연재를 시작하게 되었고, 우주공동체라는 거창하고 허황돼 보이는 개념을 붙들고 그 속에서 빛을 찾으려 노력하며 허우적거렸다. 그때 내가 환희심 속에서 감동하며 맞이하기 시작했던 새로운 세계가 있었으니 그것은 『중용』, 『주역』, 노자, 장자 등의 동양적 세계와 김종철 선생이 만든 『녹색평론』 및 김지하 시인의 산문집 『타는 목마름에서 생명의 바다로』였다. 이들은 나의 '우주공동체' 개념을 이끌고 후원해주는 큰 역할을 하였다.

1991년의 서유럽 여행 이후, 나는 심한 충격 속에서 교회 출석을 유보하였다. 생각할 거리가 너무나 많이 밀려왔다. 나는 이후 근 10년 동안 세계 각지를 여행하는 데 많은 시간을 바쳤다. 외형으로는 세계여행이었지만 그 속마음은 '에덴동산'과 '무상의 꿈꾸기'라는 세계를 인간사 속에서 찾고 싶었던 발길이었다. 나의 이런 여행은 밀레니엄이 시작되는 2000년도의 1년간, 럿거스대학교 방문교수라는 직함을 얻어 미국이란 땅에 머무르면서 일단락되었다. 이제 나는 세계에 대한 환상을 접게 되었다. 특히나 근대와 포스트근대, 인간과 인간사, 시와 시 연구 등에 대한 무모한 꿈을 재조정하게 되었다. 그러나 이것은 의식의 차원에서 벌어진 일일 뿐, 더 심층적인 곳에서 나는 여전히 '에덴동산'과 '무상의 꿈꾸기'를 그리워하였다.

'우주공동체와 문학의 길'로 시작된 1990년대에 나는 비평가로서 몇 가지 과제에 초점을 맞추고 글을 썼다. 첫째는 우주공동체의 개념을 조금씩 정밀하게 만들어가는 것이었고, 둘째는 자연을 재발견하는 일이었으며, 셋째는 나와 같은 세대의 시인들에 대한 글을 쓰는 일이었다. 첫 번째 일은 두 번째 일과도 이어져 나는 문명사와 생태 문제에 특별한 관심을 가지는 데로 나아가게 되었고『우주공동체와 문학의 길』,『한국 현대시와 자연탐구』 등의 책을 출간하는 한편, 학부모가 된 사실도 잊은 채 아이를 데리고 서울을 떠나 경기도 변두리에 있는 S시의 고적한 그린벨트로 무모한 이사를 감행하기도 하였다. 그러나 이런 일들은 비현실적인 것 같았지만 '에덴동산'과 '무상의 꿈꾸기'를 심화해 나아가는 데 큰 역할을 하였다.

위에서 말한 세 가지 가운데 세 번째 일은 여기서 따로 이야기해야 할 것 같다. 내가 한 사람의 시학자이자 비평가로 활동하면서 가장 어려움을 느꼈던 것이 '역사적 재구성(historical reconstruction)'의 문제였다. 가까이는 6 · 25전쟁과 남북 분단 문제, 좀 더 멀리는 일제강점기와 조선 후기, 더 멀리는 고려시대, 삼국시대, 고조선 시대 등에 이르기까지 역사를 재구성하는 일은 언제나 추상성과 학습된 사실의 주변을 실감 없이 맴도는 일이었다. 고백하자면 나는 지금도 이런 시대의 문학을 가르칠 때 그 실감 없음의 어려움을 고스란히 느끼고 있다.

이런 나의 경험과 고민은 내가 실감 속에서 말할 수 있는 동시대와 동세대의 시인들을 탐구하는 데로 나아가게 하였다. 두 번의 긴 연재를 거쳐 출간된『상상력의 모험 : 80년대 시인들』과『몽상의 시학 : 90년대 시인들』은 이런 경험과 고민의 산물이었다. 여기서 나는 이와 관련한 사항을 한 가지 부기해야겠다. 그것은 이 두 가지 연재를 하면서 나는 우리 시단의 평론과 담론이 경직된 정치적, 사회적 시각에 경사되는 것을 막기 위하여 상상력과 몽상의 다양한 스펙트럼을 펼쳐보이려고 무척이나 노력을 하였다는 것이다. 시인들이 꿈꾼 세계를 다채롭게, 화려하게, 있는 그대로 드러내보이고 싶었던 것이다. '에덴동산'과 '무상의 꿈꾸기'는 이런 것을 실천해야 한다고 나에게 거듭 충고하였다. 덧붙이자면 앞의 연재물과 책 이외에도 『시 읽는 기쁨』 제1권에서 제3권까지를 출간한 것 역시 이런 맥락 위에 놓여 있는 것이다.

2000년대로 진입하면서 나는 동양적인 세계에 더욱 마음이 이끌리게 되었다. 특별히 경전의 세계에 아주 크게 마음이 가게 되었다. 그러나 독학으로는 한계가 있었다. '경전'이라고 이름이 붙은 책들은 유불선의 경전은 물론 『태극권경』에 이르기까지 그야말로 부지런히 사 모았으나 진전은 아주 작았다. 그러던 중, 나는 음양오행론의 원리와 실제를 한 전문가로부터 배우게 되었고 불교의 세계와 만나는 행운을 갖게 되었다. 이 두 세계에 눈을 뜨게 되면서 '에덴동산'과 '무상의 꿈꾸기'로 표상되는 내 내면의 원천은 폭넓은 통합과 회통을 이룩하기 시작하였다.

이런 결과로 나는 부족하지만 『정진규의 시와 시론 : 중(中)과 화(和)의 시학』, 『마당 이야기』, 『한국현대시와 평인(平人)의 사상』, 『맑은 행복을 위한 345장의 불교적 명상』, 『일심의 시학, 도심의 미학』 등의 책을 출간하게 되었다. 이제는 시를 읽는 일보다 경전을 읽는 일이 훨씬 마음을 끌어당겼고, 이런 세계를 음미하는 일이 나날의 기쁨이자 과제가 되었다.

물론 나는 알고 있다. 전문가들이 본다면 나의 경전 읽기가 얼마나 표면적인 차원에 그치고 있을 것인가 하는 점을 말이다. 그러나 그 절실함과 체화 과정만은 나를 기운 나게 하였고 고양시켰다.

하지만 이 공부는 끝이 없었다. 내용의 이해라는 차원에서도 그렇지만

'수행'의 차원으로 이어지지 않는 한 공부의 실질은 형편없는 것이었기 때문이다. 그런 까닭에 이 공부는 해도 해도 제자리걸음인 것만 같았다. 특별히 불교 공부는 억세게 속화된 내 몸과 마음을 바라보며 그 앞에서 수도 없이 절망하게 만들었다. 그러나 나는 책이 가르치는 대로 실천할 수는 없어도 책을 어느 정도 읽을 수는 있는 정도가 되었다. 나의 서가에서는 점점 시에 관한 책이 옆으로 밀려나고 불경을 중심으로 한 다양한 경전과 그에 관련된 책들이 중심 자리를 차지하게 되었다. 그러면서 나는 또다시 이사를 감행하여 특별히 밖으로 나가지 않으면 하루 종일 사람을 거의 만나볼 수 없는 곳으로 생활 근거지를 옮겼다. 나는 드디어 '천지인(天地人)'의 공동체 같은 '에덴동산'과 그들의 꿈과 같은 '무상의 꿈꾸기'를 실제로 연습하며 어린이처럼 익힐 수 있는 외적 환경 속에 들어가게 되었다.

이런 자리에서 평론가이자 시학자인 내게 두 가지 과제가 제기되었다. 그 하나는 만해의 『님의 침묵』을 읽어내는 일이요, 다른 하나는 내가 그간 생각해온 시론을 완성하는 일이었다. 『님의 침묵』 읽기는 참으로 어려웠다. 이것이겠지 하고 가다 보면 그것이 아니었고, 저것이겠지 하고 가다보면 역시 그것이 아니었다. 나는 자나깨나 『님의 침묵』을 끼고 살았다. 불교 공부가 조금씩 진전될수록 『님의 침묵』은 점점 더 가까이 다가와 그 속내를 보여주기 시작했다. 나는 어느 날 '확신'이 찾아온 것 같은 감격 속에서 『님의 침묵』에 관한 글을 쓰기 시작하였고 그것을 묶어 『한용운의 『님의 침묵』, 전편 다시 읽기』라는 책을 출간하였다. 그리고 이어서 수도 없이 개요를 만들었다 고쳤다 지워버렸다 했던 시론의 목차를 완성하고 『붓다와 함께 쓰는 시론』을 출간하게 되었다.

이제 시도, 삶도, 비평도, 경전 공부도 조금 고삐를 늦출 시간이 찾아왔다. 내가 그토록 그리워했고, 나를 그렇게 추동했던 '에덴동산'과 '무상의 꿈꾸기'의 현실적 구현이 얼마간 이루어진 것만 같았다. 나는 이완의 모드 속에서 조금 여유롭게 나 자신과 세상을 둘러보는 시간을 가졌다. 그때에 찾아온 것이 시 쓰기였다. 나는 내가 시를 쓰게 되리라곤 일찍이 생각한 바가 없다. 물론 대학시절 동아리 활동 등을 통하여 창피하기 그지없는 시적 언어를 몇 마디 연습해보기는 하였으나 시를 쓰는 일은 나의 길이 아니라고 생각하였다. 그런데 시가 솟아나기 시작하였다. 한 달 동안에 90여 편이 자연스럽게 쓰여졌다. 나는 생각하였다. 내 속에 학문적 언어와 비평적 언어의 통제로 인하여 갇혔던 구체적 언어들이 물길을 트고 올라오는 것인가 보다 하고 말이다. 나는 이로써 모든 게 정리된 줄 알았다. 그런데 시가 또 쓰여지기 시작하였다. 보름 만에 80여 편의 시가 역시 자연스럽게 쓰여졌다. 시인들에게 보이긴 민망하기 그지없는 수준이지만 어쨌든 그렇게 해서 나오게 된 것이 시집 『신월인천강지곡』과 『님의 말씀』이다. 나는 여기서 '무상의 꿈꾸기'를 나도 모르게 희열 속에서 시의 언어로 수행하였던 것 같다.

나는 요즘 소망하고 있다. 만약 내생이 있다면(실제론 다시 태어나지 않는 것이 최상이지만), 꼭 출가하여 출가인의 삶을 한 번 살아보고 싶다고 말이다. 내가 신학대학원에 진학하지 못한 것은 이번 생엔 자격이 안 되어서 그런 것이었고, 시 공부를 통해 뭔가 연습을 더 해야 된다는 메시지였던 것 같으니, 내생을 한 번 기약해보자는 것이다.

그러려면 앞으로 참다운 삶을 잘 살아야 할 터인데 그것이 걱정이다. 나는 참다운 삶과 공부가 얼마나 어려운지를 뼈저리게 느끼고 있다. 앞서 말했듯 억세게 굳어진 내 몸과 마음이 정말로 말을 잘 듣지 않는다. 그래도 내가 지금까지 공부해온 시를 앞에 놓고 더 좋은 비평을 하고, 더 나은 책을 내고, 더 나은 평단의 형성과 전개를 꿈꾸어보는 일밖에 내가 달리 할 수 있는 게 무엇이 있겠는가.

이번 방학엔 무비(無比) 스님이 강설하신 『화엄경』(『大方廣佛華嚴經』) 81권 가운데 지금까지 출간된 78권을 사놓고 그것을 읽는 일에 많은 시간을 들이고 있다. 『화엄경』과 그 세계야말로 내가 그토록 전율하면서 그리워했던 '에덴동산'과 '무상의 꿈꾸기'의 최대 결정판이자 최고 결정판이다. 인류가 이런 세계를 만들어냈다는 것이 놀랍고 자랑스럽고 아름답다. 인간에 대한 신뢰를 무한히 가져도 될 근거가 여기에 있다. 앞으로 한동안은 『화엄경』을 공부하는 데 전념할 생각이다. 그 이후에 나의 비평이 어떻게 전개될지는 나도 알 길이 없다.

게재지 목록

제1부

「일심(一心) 혹은 공심(空心)의 시적 기능에 관한 시론(試論)」:『한국시학연구』 29, 2010.12.

「'시적 감동'에 대한 불교심리학적 고찰」:『한국문학논총』 71, 2015.12.

「한용운의『님의 침묵』에서의 '고제(苦諦)'의 해결 방식과 그 의미」:『국제비교한국학』 22권 3호, 2014.12.

「구상의『그리스도 폴의 강』과 불교적 상상력」:『한국문학논총』 74, 2016.12.

「불교유식론으로 본 이승훈 시의 자아탐구 양상」:『국어국문학』 166, 2014.5.

「조오현의 연작시「절간 이야기」의 장소성 고찰」:『개신어문연구』 42집, 2017.8.

「최승호의 시집『달마의 침묵』에 나타난 글쓰기의 양상」:『개신어문연구』 43집, 2018.8.

「정일근의 시, 받아쓰는 마음과 받아 적은 내용」:『서정시학』 58, 2013.5.

「한국문학에 그려진 원효(元曉)의 삶과 사상」:『한국불교사연구』 11, 2017.6.

「한국 현대시에 나타난 '자화상' 시편의 양상」:『인문학지』(충북대 인문학연구소) 43집, 2011.12.

제2부

「의상(義湘) 스님의「법성게(法性偈)」와 심보선 시인의「강아지 이름 짓는 날」」:『시와시학』 2017년 가을호.

「불가의 '공양게(供養偈)'와 정진규 시인의 '밥시' 시편들」:『시와시학』 2017년 겨울호.

「오도송(悟道頌)과 열반송(涅槃頌) 그리고 서시(序詩)와 종시(終詩)」:『시와시학』 2018년 봄호.

「불교 경전 속의 게송과 문학비평가들의 시 쓰기」:『시와시학』 2018년 여름호.

「'카르마-다르마-파라미타', 그 시학과 미학」:『시와시학』 2018년 가을호.

「여름문명의 극단을 사유할 때: 우리시의 나아갈 길」:『시와정신』 2017년 가을호.

「대지의 도리와 덕성 그리고 21세기 우리 시」:『신생』 66, 2016.3.

「선비정신과 한국현대시」: 한국시인협회 2011년 정기세미나(안동).

「꽃들의 화엄(花嚴) 혹은 화엄(華嚴)」:『불교평론』 2017년 여름호.

「에덴동산과 무상(無償)의 꿈꾸기 그리고 화엄세계」:『월간문학』 2018년 4월호.

찾아보기

인명

ㄱ

ㄴ

ㄷ

ㄹ

ㅁ

ㅂ

ㅈ

ㅊ

ㅋ

ㅌ

ㅍ

ㅎ

작품 및 도서

ㄱ

ㄴ

ㄷ

ㄹ

ㅁ

ㅂ

ㅇ

ㅈ

ㅊ

기타

저자 정효구 鄭孝九

1958년 출생. 충북대학교 사범대학 국어교육과를 졸업하고 서울대학교 대학원(국어국문학과)에서 석사학위와 박사학위를 받았다. 1985년 『한국문학』 신인상을 수상하며 문학평론 활동을 시작했다. 미국 럿거스대학교의 동아시아 언어문화학과에 방문교수로 체류한 바 있다.

저서로는 『상상력의 모험 : 80년대 시인들』, 『몽상의 시학 : 90년대 시인들』, 『시 읽는 기쁨 1-3』, 『한국현대시와 평인(平人)의 사상』, 『마당 이야기』, 『맑은 행복을 위한 345장의 불교적 명상』, 『일심(一心)의 시학, 도심(道心)의 미학』, 『한용운의 『님의 침묵』, 전편 다시 읽기』, 『붓다와 함께 쓰는 시론』, 『신월인천강지곡(新月印千江之曲)』, 『님의 말씀』, 『다르마의 축복』 등 다수가 있다. 2016년 현대불교문학상을 받았다.

현재 충북대학교 인문대학 국어국문학과 교수로 재직하고 있다.

불교시학의 발견과 모색

초판 1쇄 발행 · 2018년 11월 16일
초판 2쇄 발행 · 2019년 11월 25일

지은이 · 정효구
펴낸이 · 한봉숙
펴낸곳 · 푸른사상사

편집 · 지순이 | 교정 · 김수란
등록 · 1999년 7월 8일 제2-2876호
주소 · 경기도 파주시 회동길 337-16(서패동 470-6)
대표전화 · 031) 955-9111~2 | 팩시밀리 · 031) 955-9114
이메일 · prun21c@hanmail.net
홈페이지 · http://www.prun21c.com

ISBN 979-11-308-1384-4 93800
값 35,000원

이 도서의 국립중앙도서관 출판예정도서목록(CIP)은 서지정보유통지원시스템 홈페이지(http://seoji.nl.go.kr)와 국가자료공동목록시스템(http://www.nl.go.kr/kolisnet)에서 이용하실 수 있습니다.(CIP제어번호: CIP2018034969)